IDÉALIS

Titre original : *To Sleep in a Sea of Stars*

Première publication en langue originale aux États-Unis en septembre 2020 par Tor Books,
une marque de Macmillan Publishing Group, LLC.
Publié par Tom Doherty Associates.

Loi n° 49-956 du 16 juillet 1949 sur les publications destinées à la jeunesse.
Dépôt légal : septembre 2021
ISBN : 979-1-0363-2507-6

CHRISTOPHER PAOLINI

IDÉALIS

TOME 2

DORMIR DANS UN OCÉAN D'ÉTOILES

Traduit de l'anglais (États-Unis)
par Éric Moreau, Benjamin Kuntzer
et Jean-Baptiste Bernet

bayard

COMME D'HABITUDE, CE LIVRE EST DÉDIÉ À MA FAMILLE.

Ainsi qu'aux scientifiques, ingénieurs et rêveurs
qui œuvrent à bâtir notre avenir au sein des étoiles.

Un roman du cycle Fractalvers

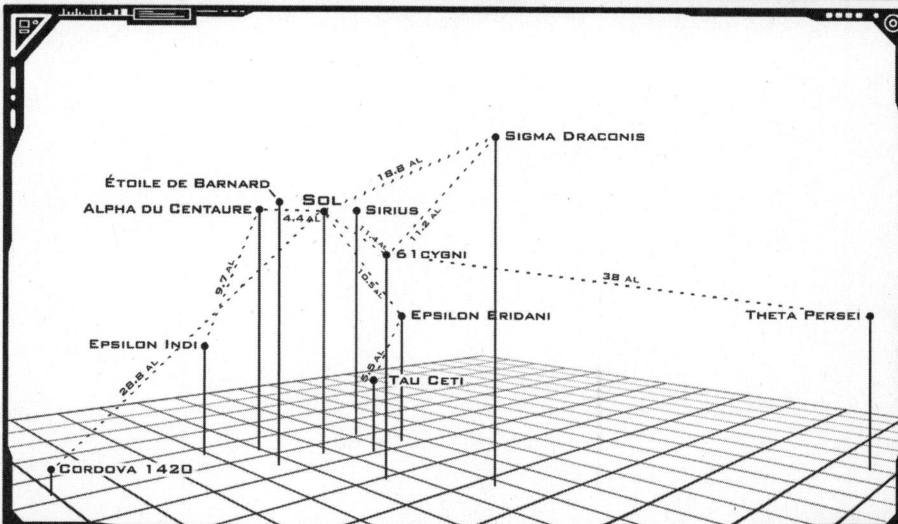

Ligue des Mondes Alliés

- Sol
- Alpha du Centaure
  - Monde de Stewart
- Epsilon Eridani
  - Eidolon
- Epsilon Indi
  - Völund
- Sigma Draconis
  - Adrastée
- Theta Persei
  - Talos VII
- 61Cygni
  - Ruslan

Non alignés

- Cordova 1420
- Tau Ceti
  - Shin-Zar

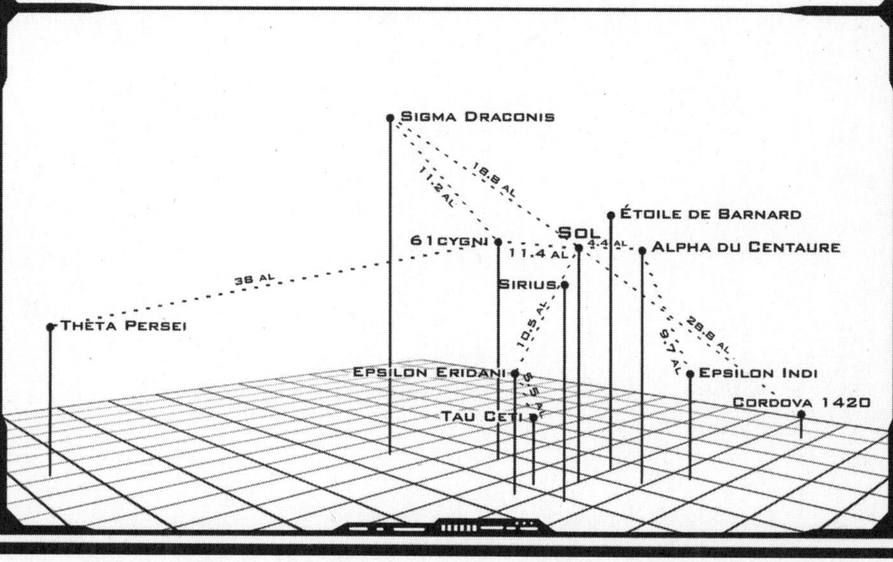

PREMIÈRE PARTIE

★ ★ ★ ★ ★ ★ ★

FIDELATIS

Nous ne sommes pas nés que pour nous seuls.

Cicéron

CHAPITRE 1

★ ★ ★ ★ ★ ★ ★

DISSONANCE

1.

Kira ouvrit brusquement les yeux.

Pourquoi s'était-elle réveillée ? Un changement dans l'environnement avait troublé la Lame souple, qui l'avait tirée du sommeil. Quelque remous presque imperceptible dans les courants d'air qui circulaient à travers l'*Hélix*. Un lointain vrombissement de machines. Une légère baisse de la température par ailleurs étouffante. *Quelque chose*.

Inquiète, elle jeta un coup d'œil dans le sas. Itari s'y trouvait encore, enfermé dans sa gangue, à peine visible à la lueur rouge de la longue nuit artificielle.

Kira relâcha son souffle, soulagée. Elle n'avait aucune envie d'affronter la medz.

– G-Gregorovich ?

La gorge de Kira était si sèche que sa voix grinça. Elle toussa et refit une tentative, mais l'IB s'entêta à ne pas se manifester. Elle essaya une autre tactique :

– Morven, vous êtes là ?

– Oui, madelle Navárez, répondit la pseudo-intelligence.

– Où sommes-nous ? coassa-t-elle, avant de tenter de déglutir.

– Nous venons d'atteindre notre destination.

– Sol.

– C'est exact, madelle Navárez. Le système de Sol. L'*Hélix* est sorti de PRL il y a quatre minutes et vingt et une secondes. Procédures d'arrivée standards en cours. Le capitaine Falconi et les autres se réveilleront bientôt.

Ils avaient réussi. Kira songea avec effroi à tout ce qui avait pu se passer depuis qu'ils avaient quitté 61 Cygni six mois plus tôt.

Il lui semblait incroyable qu'ils aient voyagé la moitié d'une année. La magie de l'hibernation... qu'elle soit artificielle ou autre.

– Quelqu'un nous a contactés ?

– Oui, madelle Navárez, répondit promptement Morven. Nous avons reçu quatorze messages des stations de surveillance du CMU. J'ai expliqué que l'équipage était indisponible pour l'instant. Les autorités locales insistent cependant pour que nous indiquions le plus tôt possible notre système d'origine et notre mission en cours. Elles sont très nerveuses.

– Ouais, ouais, marmonna Kira.

Falconi se chargerait des formalités auprès du CMU quand il sortirait de cryo. Il était doué pour ce genre de choses. Qui plus est, il tiendrait à s'exprimer au nom de l'*Hélix*.

Tout ankylosée, elle s'extirpa du nid de couvertures et de sangles qu'elle s'était construit près du sas.

Sa main.

L'avant-bras et la main qu'elle s'était amputés dans le vaisseau medz avaient... reparu. Stupéfaite, Kira les leva, les fit pivoter pour les examiner sous tous les angles, écarta et referma les doigts.

Ce n'était pas le fruit de son imagination. Son bras était bien réel. Elle le palpa avec l'autre main, dont elle sentit le contact. Il ne s'était écoulé que cinq jours depuis son dernier réveil, et dans l'intervalle la Lame souple lui avait fabriqué une réplique parfaite de son membre disparu.

Puis elle eut un doute.

Une peur soudaine assombrit ses pensées. Elle inspira à fond, se concentra sur le dos de sa main, et, par la volonté, fit refluer la Lame souple.

Kira poussa un petit jappement lorsque sa main se creusa, fondant comme neige au soleil. Elle eut un mouvement de recul, physique et mental, et en perdit sa concentration. En un éclair, la Lame souple reprit la forme de son bras manquant.

Les yeux voilés de larmes, Kira cligna les paupières, accablée par l'amertume.

– Putain, jura-t-elle, en colère contre elle-même.

Pourquoi se laissait-elle tant affecter par la perte de cette main ? Se faire remplacer un membre, c'était presque une formalité.

Pas pour elle. Son corps et son esprit formaient un tout. Sa main avait fait partie de la représentation qu'elle se faisait d'elle-même jusqu'à Bughunt, et sans elle Kira se sentait incomplète. Pendant un court moment, elle avait caressé l'espoir d'avoir recouvré son intégrité, mais non.

Toutefois, elle avait bel et bien une main, et c'était mieux que rien. Et le fait que le xéno ait réussi à la reproduire constituait un signe encourageant. Pourquoi ne l'avait-il pas fait avant ? Parce qu'il savait qu'ils touchaient à la fin de leur traversée ? Pour montrer sa capacité à réaliser une des coopérations auxquelles elle avait tenté de le former depuis leur départ de Bughunt ? Kira était perplexe. Quelle que fût l'explication, le résultat lui donna confiance. La Lame souple avait agi spontanément, et de façon constructive.

Kira examina de nouveau sa main et s'émerveilla de tant de minutie. C'était une copie quasi parfaite de l'original. Elle remarqua comme seule différence une légère disparité de densité. Son nouveau bras lui semblait un brin plus lourd, mais c'était presque imperceptible.

Testant toujours la mobilité de ses doigts tout neufs, Kira sortit de sa couchette. Elle tenta d'afficher la date sur ses visios et se rendit alors compte que, comme pendant le trajet jusqu'à Bughunt, la Lame souple avait absorbé ses lentilles.

Puis elle se rappela le petit étui contenant la paire de remplacement que Vishal lui avait imprimée.

Après les avoir mises avec précaution, elle cligna les yeux et éprouva un certain réconfort lorsque l'affichage superposé de ses visios apparut. *Voilà qui est mieux*. Elle était de nouveau opérationnelle.

Résistant à l'envie impérieuse de consulter les informations, Kira quitta l'antichambre du sas, se tracta le long des parois jusqu'au centre de l'*Hélix,* puis s'engagea dans le conduit principal.

Le cargo était toujours désert, silencieux et enténébré. Sans le bruit du système de ventilation, on aurait pu se croire dans un vaisseau fantôme dérivant dans le cosmos depuis une éternité. Kira avait l'impression d'être une pilleuse d'épaves... ou une exploratrice ouvrant un mausolée vieux de plusieurs siècles.

Elle songea encore à la cité sur Nidus et aux terribles découvertes qu'ils y avaient faites. Elle grogna et secoua la tête, agacée. Son imagination devenait trop envahissante.

Alors qu'elle atteignait le niveau situé au-dessous de la salle de commandement, l'alarme de propulsion retentit. Kira planta fermement ses pieds au sol, et une véritable gravité pesa sur elle – il y avait de nouveau un haut et un bas ! – lorsque le réacteur à fusion de l'*Hélix* se mit en branle avec un rugissement.

Elle poussa un soupir de soulagement, accueillant la combustion avec satisfaction.

Les bandes lumineuses tremblotèrent et passèrent du rouge à la lueur d'un blanc bleuâtre du mode jour. Cette lumière était presque aveuglante après tant de temps passé dans la pénombre. Kira se cacha les yeux le temps qu'ils s'adaptent.

Falconi et les autres émergeaient tout juste de cryo lorsque Kira arriva à la casemate. À quatre pattes sur le sol, Sparrow était secouée de haut-le-cœur tel un chat recrachant une boule de poils.

– Purée, ce que je déteste ces grandes traversées ! pesta la spatio, avant de s'essuyer la bouche.

– Vous êtes tous debout, parfait, commenta Kira.

– Façon de parler, grommela Falconi.

Il était aussi livide que Sparrow et, comme le reste de l'équipage, il avait de gros cernes noirs. Kira ne leur enviait pas les effets secondaires d'une aussi longue hibernation.

Après un dernier spasme, Sparrow se leva et, vacillante, rejoignit Falconi, Nielsen et Hwa-jung, qui sortaient des vêtements de leurs casiers. Il fallut plus longtemps à Vishal pour se remettre en route. Lorsqu'il fut en état, il distribua les petites pilules bleues que Kira ne connaissait que trop bien. Elles soulageaient la nausée et rechargeaient le corps en nutriments.

Vishal lui en proposa une aussi, mais elle la refusa.

– Comment ça se présente ? s'enquit Falconi en enfilant ses chaussures.

– Je n'ai pas encore eu d'infos, répondit Kira.

La voix de Gregorovich jaillit alors d'un ton rieur et narquois :

– Salutations, mes chatons. Content de vous retrouver dans le monde des vivants. Oh que oui ! Nous avons survécu à la grande traversée du néant. De nouveau nous avons défié les ténèbres et triomphé de leurs terribles dangers.

Sur quoi, il s'esclaffa jusqu'à ce que tout le vaisseau résonne de son rire.

– Y en a au moins un qui est de bonne humeur, commenta Nielsen en fermant son casier.

Vishal s'approcha d'elle et pencha la tête pour lui poser une question à voix basse.

– Hé ! s'exclama Sparrow en observant Kira. D'où tu sors ton nouveau bras ?

Kira haussa les épaules, un peu intimidée.

– De la Lame souple. Je me suis réveillée avec.

– Ha ! Fais gaffe qu'il se barre pas tout seul, alors.

– Oui, merci.

Tous les tubes cryo étaient ouverts, sauf celui de Trig. Kira alla lui témoigner sa sympathie à travers le hublot givré. Le gamin avait la même mine qu'auparavant, d'une sérénité déroutante. S'il n'avait pas été d'une pâleur cadavérique, on aurait pu le croire en train de dormir.

– Bon, dit Falconi en se dirigeant vers la porte. Voyons ce qu'il en est.

2.

– Putain de bordel de merde ! s'écria Sparrow.

À côté d'elle, Hwa-jung fronça les sourcils avec un grognement réprobateur, sans détacher le regard de l'hologramme. Comme tous les autres.

Falconi faisait défiler des images prises dans tout le système. Sol était une zone de guerre. Des ruines de fermes d'antimatière flottaient en orbite de Mercure. Des débris de vaisseaux encombraient les abords de Vénus et Mars. Sur des astéroïdes, des résidômes étaient crevés comme des œufs. Stations spatiales, circohabitats et cylindres O'Neill dérivaient dans le système. Des installations de ravitaillement d'Hydrotek crachaient des panaches d'hydrogène enflammé s'échappant des cuves perforées. Sur Terre – même la *Terre* ! –, des cratères d'impact grêlaient les deux hémisphères, et une rouille noire couvrait une partie de l'Australie.

De très nombreux appareils et plateformes orbitales s'amassaient autour des planètes habitées. La Septième flotte du CMU était massée aux abords de Deimos, assez près de la limite Markov pour opérer un bond au débotté, sans trop s'éloigner du satellite afin de pouvoir venir à la rescousse des planètes du système solaire interne en cas d'urgence.

Les combats faisaient encore rage en plusieurs endroits. Les medz avaient établi une petite tête de pont sur Pluton, et elles avaient envahi un certain nombre de complexes souterrains dans les régions arctiques de Mars. Les tunnels empêchaient le CMU de détruire les aliens par des frappes aériennes, mais on procédait à des opérations au sol pour les éliminer tout en essayant de sauver les civils. Plus grave : la tache sur le territoire australien. Un vaisseau cauchemar s'y était écrasé, et en quelques heures son infection s'était enracinée et répandait sa putrescence. Heureusement pour la Terre, le crash s'était produit dans le plus aride des déserts, et le recours immédiat aux panneaux solaires pour calciner les putrides avait permis d'endiguer l'infestation, même si l'on poursuivait les efforts pour être sûrs que pas un seul lambeau de chair n'avait échappé à l'annihilation.

– Seigneur, se lamenta Vishal, avant de se signer.

Même Falconi semblait abasourdi par l'étendue des dégâts.

Nielsen blêmit quand elle ouvrit une fenêtre dressant une liste des nouvelles en provenance de Vénus. Kira entraperçut la portion d'un titre indiquant : *Une ville tombe et…*

– Il faut que je passe un appel, annonça la seconde, livide. Je dois vérifier si… si…

– Allez-y, l'encouragea Falconi en lui posant une main sur l'épaule. On s'occupe de tout.

Nielsen lui adressa un regard reconnaissant et quitta la timonerie.

Kira échangea des coups d'œil inquiets avec les autres. Si Sol était en si mauvaise posture, qu'en était-il du reste de la Ligue ? *Vőlund !*

Alors qu'elle cherchait des nouvelles de chez elle, Gregorovich intervint :

– Hum, si je puis me permettre une suggestion, mieux vaudrait répondre au CMU avant qu'ils commettent un acte inconsidéré. Ils nous menacent de sévères représailles si nous ne leur fournissons pas immédiatement nos informations de vol et une explication claire quant à nos intentions.

Falconi soupira.

– Ils savent qui nous sommes ?

L'IB eut un gloussement dénué d'humour.

– Si j'en juge par la nature frénétique de leurs communications, je dirais que c'est une *certitude*.

– Très bien. Mettez-moi en relation.

Kira s'assit au fond de la salle et écouta Falconi s'entretenir avec la personne que Gregorovich lui avait passée.

– Oui… Non… Exact… Le BCMU *Darmstadt*. Gregorovich, vous allez… Hein-hein. Elle est juste à côté de moi, oui… D'accord. Bien reçu. Terminé.

– Alors ? fit Kira.

Falconi se frotta le visage, puis les regarda, Sparrow, Hwa-jung et elle. Les poches sous ses yeux semblaient encore plus foncées.

– Ils nous prennent au sérieux, c'est donc un bon début. Le CMU veut que nous nous amarrions à la station Orsted, *pronto*.

– C'est loin ? demanda Kira.

– À sept heures d'ici, répondit Falconi avant qu'elle ait pu enclencher ses visios.

– Orsted est un circohabitat en orbite de Ganymède, une des lunes de Jupiter, expliqua Sparrow. Le CMU l'utilise comme point de transit majeur.

Logique. La limite Markov pour Sol se trouvait tout près de Jupiter. Kira n'en savait pas long au sujet de Sol, mais elle avait au moins retenu ce détail de ses cours de géographie stellaire.

– Vous ne les avez pas prévenus qu'on a une medz à notre bord ?

Falconi but longuement à une bouteille d'eau.

– Non. Je ne veux pas trop les affoler. On pourrait amener ça en douceur.

– Ils vont être vénères quand ils vont le découvrir, rétorqua Kira.

– Ça, c'est clair.

La voix de Hawes, rendue rauque par la cryo, retentit alors par l'intercom :

– Capitaine, nous sommes sortis des tubes, mais il faut que la medz vienne dégager le reste de mes hommes de ces putains de cocons. On pourrait les découper, mais j'ai peur de les charcuter.

– Bien reçu, lieutenant, indiqua Falconi. Envoyez un de vos gars au sas, et je charge Kira de le rejoindre.

– C'est bien aimable, capitaine.

Falconi jeta un coup d'œil au plafond.

– Gregorovich, la medz est réveillée ?

– Tout juste, répondit l'IB.

– Je me demande comment elle a su qu'on était arrivés, marmotta Falconi.

Kira se dirigeait déjà vers la porte quand il se tourna vers elle.

– Je m'en occupe, le devança-t-elle.

3.

Accompagner Itari à la cale à marchandises, attendre que la medz extraie les trois marines et, à l'aide d'une autre sécrétion gélatineuse, les réveille, prit en tout une quarantaine de minutes. Lorsqu'elle ne se chargeait pas de traduire, Kira patientait à côté d'un rack de matériel en parcourant les nouvelles en provenance de Völund.

Elles n'avaient rien de réjouissant.

Un article au moins annonçait que la planète avait subi un bombardement orbital dans la région de Highstone. Les proches de Kira ne vivaient pas à proximité de la ville, mais assez près pour que cette information aggrave son inquiétude.

Les medz s'étaient aussi posées près de Toska, une implantation située dans l'hémisphère sud, quoique, d'après la dernière mise à jour (datant de presque un mois), elles n'y soient pas restées. Plusieurs bâtiments cauchemars avaient traversé la zone externe du système, où ils avaient engagé un affrontement brutal avec les medz, à l'issue inconnue, tous les vaisseaux impliqués dans la bataille ayant accompli un bond PRL. La Ligue avait envoyé des renforts, mais seulement une force d'intervention réduite, la majorité de sa flotte étant concentrée dans Sol et aux alentours afin de protéger la Terre.

Kira interrompit sa lecture quand Itari en eut terminé avec les soldats, et elle raccompagna l'extraterrestre au sas. Lorsque Kira lui parla d'Orsted, la medz se contenta d'un acquiescement poli. L'alien montrait un manque de curiosité surprenant quant à la destination de l'*Hélix* ou à ce qui les attendait à leur arrivée. Lorsqu'elle le questionna à ce sujet, il répondit :

[[Ici Itari : L'ondulation s'étendra comme elle le souhaite.]]

Une fois la medz de retour dans le sas, Kira fit un crochet par la cambuse pour prendre de quoi manger, puis remonta à la salle de commandement. Nielsen arriva en même temps qu'elle. La capitaine en second avait le teint rouge et les larmes aux yeux.

– Tout va bien ? s'enquit Falconi depuis l'autre bout de la table holo.

Nielsen hocha la tête et s'enfonça dans son siège anticrash.

– Mes enfants sont en vie, mais ma fille Yann a perdu sa maison.

– Sur Vénus ? demanda Kira.

Nielsen renifla et lissa son T-shirt brun.

– Toute la ville s'est pulvérisée dans l'atmosphère. Yann s'en est sortie de justesse.

– Bordel, maugréa Falconi.

Après quelques instants de silence, la seconde se raidit et balaya les environs du regard.

– Où est Vishal ?

D'un geste distrait, Falconi désigna l'arrière du vaisseau.

– À l'infirmerie. Je crois qu'il voulait procéder à quelques tests sur les marines.

– Il ne vivait pas dans un cylindre d'habitation quelque part dans Sol, lui ?

L'inquiétude assombrit le visage de Falconi.

– Ah bon ? Il ne m'en a jamais parlé.

Nielsen poussa un soupir exaspéré.

– Les hommes, tous les mêmes. Si vous preniez parfois la peine de poser des questions…

Elle se leva de son siège et sortit d'un pas furieux.

Falconi la regarda partir, un peu surpris. Il se tourna ensuite vers Kira, comme s'il espérait des explications de sa part. Elle haussa les épaules et reporta son attention sur ses visios.

Les conflits interstellaires progressaient à une vitesse de tortue – malgré des technologies aussi pointues que celles des medz –, mais ce qui s'était produit *jusqu'alors* était d'une répétitivité déprimante. Les autres colonies avaient connu le même sort que Völund (même si les batailles sur le Monde de Stewart étaient d'une ampleur plus semblable à celles qui avaient eu lieu dans Sol).

Pour ne rien arranger, les cauchemars s'en mêlaient. À mesure que les mois passaient, ils montaient en puissance, si bien que le CMU les affrontait aussi souvent que les medz. À chacune de leurs apparitions, ces monstres semblaient prendre de nouvelles formes, comme s'ils étaient constamment en train de muter. Ou, ce que Kira estimait le plus probable, comme si l'intelligence qui commandait leur expansion – la Dévoreuse destructrice née de la fusion improbable d'humains, de Wranaui et de Lame souple – procédait à des expériences effrénées, aléatoires et démentes pour trouver la combinaison la plus performante pour le combat.

En imaginant le niveau de souffrance que les cauchemars devaient endurer, ainsi qu'infliger, Kira se sentit nauséeuse.

Elle constata sans surprise que la guerre avait débouché sur une convergence inédite des volontés humaines. Même les Zariliens avaient laissé de côté leurs différends avec la Ligue pour joindre leurs forces à l'effort militaire contre leurs ennemis communs. À quoi bon poursuivre les querelles internes quand des monstres surgissent des ténèbres ?

Malheureusement, la puissance de tous les humains réunis ne suffisait pas à repousser les agresseurs. Les nouvelles avaient beau être fragmentées, il en ressortait clairement que l'humanité subissait défaite sur défaite.

Les informations étaient accablantes. À bout de nerfs, Kira ferma ses visios et contempla les panneaux de voyants et de boutons au-dessus de sa tête, s'efforçant de ne pas penser à la tournure catastrophique que semblaient prendre les évènements.

Une alerte apparut dans un coin inférieur de sa vision. Un message. Kira l'ouvrit, anticipant une communication de Gregorovich.

Il n'en était rien.

Dans sa boîte de réception se trouvait une réponse à la vidéo qu'elle avait envoyée à sa famille depuis 61 Cygni. Le compte expéditeur était celui de sa mère.

Kira fixa longuement la notification, sous le choc. Elle s'aperçut tout à coup qu'elle avait oublié de respirer. Elle n'avait pas escompté de réponse. Sa famille ne pouvait pas savoir où et quand elle reparaîtrait, comment un message avait-il donc pu lui parvenir *ici*, dans Sol ? Sauf si…

Tremblante, elle consulta le fichier.

Une vidéo s'afficha devant elle, une fenêtre sombre sur ce qui était apparemment un bunker souterrain. Kira reconnut le type d'abri antiradiations qu'utilisaient les premiers colons établis sur Völund… Ses parents étaient assis face à elle, réunis autour d'un bureau encombré d'outils et de médikits. Debout derrière eux, Isthah regardait l'objectif d'un air nerveux.

Kira déglutit.

Un bandage entourait la cuisse droite de son père. Celui-ci semblait très amaigri, les rides autour de ses yeux et de son nez étaient beaucoup plus profondes que dans son souvenir. Elle distingua dans ses favoris du blanc qui n'aurait pas dû s'y trouver s'il avait pu respecter le calendrier de ses injections JUVI. Quant à sa mère, elle paraissait encore plus dure qu'auparavant et elle arborait la coupe courte affectionnée par les colons qui passaient leur temps en exoderme.

Seule Isthah n'avait pas beaucoup changé, ce qui réconforta Kira.

Sa mère se racla la gorge.

– Kira, nous n'avons reçu ton message qu'hier. Il est arrivé avec un mois de retard.

Son père prit la suite :

– On est drôlement heureux d'apprendre que tu es en vie, ma grande. Tellement soulagés.

Derrière lui, Isthah courba la tête. Kira fut surprise qu'elle n'intervienne pas ; cette retenue était inhabituelle. Cela étant, ils vivaient une période inhabituelle.

Sa mère leur jeta un bref regard à tous les deux avant de reporter son attention sur la caméra.

– Je suis désolée, nous sommes désolés *tous les trois* pour tes coéquipiers, Kira. Et… pour Alan. Il avait l'air d'être quelqu'un de bien.

– Ça doit être très dur pour toi, ajouta son père. N'oublie pas qu'on pense à toi très fort et qu'on espère que tout va s'arranger. Je suis sûr que les scientifiques de la Ligue vont trouver un moyen de te retirer ce… (il eut un instant d'hésitation) ce parasite extraterrestre.

Sa mère lui posa une main réconfortante sur le bras et dit :

– Je ne comprends pas trop pourquoi la Ligue n'a pas bloqué ton message. Il est peut-être passé au travers des mailles du filet, mais bref. Je suis contente qu'on l'ait reçu. Comme tu le vois, nous ne sommes pas à la maison. Les medz ont débarqué il y a quelques semaines, et il y a eu des combats dans les environs de Highstone. Nous avons dû être évacués, mais nous allons bien. Nous sommes logés chez des gens du coin, les Niemerase...

– De l'autre côté des montagnes, précisa son père.

Légère inclinaison de tête de sa mère.

– Ils nous laissent occuper leur abri en attendant mieux. Nous sommes pas mal protégés, et c'est très grand.

Ça ne semblait pas « très grand » à Kira.

– Les medz ont brûlé les serres, intervint Isthah à mi-voix. Elles les ont toutes incendiées. Il ne reste plus rien...

Non.

Leurs parents remuèrent nerveusement. Son père contempla ses larges mains posées sur ses genoux. Kira ne l'avait jamais vu aussi triste et abattu.

– Ouais, bougonna-t-il, avec un petit rire sans joie. Je me suis fait ce bobo en essayant de m'échapper à temps.

Il tapota le bandage à sa jambe et afficha un sourire forcé.

Puis sa mère releva les épaules et reprit :

– Écoute-moi, Kira. Ne t'inquiète pas pour nous, d'accord ? Pars pour ton expédition, et nous serons là à ton retour... Nous allons envoyer cet enregistrement dans tous les systèmes de la Ligue, comme ça il t'attendra où que tu arrives.

– On t'aime, ma puce, déclara son père. On est fiers de toi et du travail que tu accomplis. Sois prudente, et on te dit à bientôt.

Après quelques mots affectueux de sa mère et d'Isthah, la vidéo se termina.

Les visios de Kira se firent floues et embuées. Elle inspira difficilement et se rendit compte qu'elle pleurait. Elle ferma l'affichage, se plia en avant et enfouit le visage dans ses mains.

– Hé, dit Falconi, qui parut affolé et inquiet à la fois. (Il s'approcha, et elle sentit le contact léger de sa main dans son dos.) Qu'est-ce qui ne va pas ?

– J'ai eu des nouvelles de mes parents.

– Est-ce qu'ils sont…

– Non, non, ils vont bien, mais… ils ont dû quitter notre maison, celle où j'ai grandi. Et le simple fait de les voir, eux et ma sœur… Ils traversent une période difficile.

– Comme tout le monde en ce moment, commenta doucement Falconi.

– Je sais, mais ça date de… (elle vérifia la date du fichier) presque deux mois. Deux mois ! Les medz ont lancé des frappes orbitales sur Highstone il y a un mois, et je ne sais même pas s'ils sont…

Elle laissa sa phrase en suspens. La surface de ses bras se couvrit de minuscules picots tandis que la Lame souple reflétait ses émotions. Une larme tomba sur son avant-bras, vite absorbée par les fibres.

Falconi s'agenouilla à côté d'elle.

– Je peux me rendre utile ?

Surprise, elle réfléchit une seconde.

– Non, mais… je vous remercie. Tout ce qu'on peut faire, c'est trouver un moyen de mettre un terme à cette foutue guerre.

– Ce serait pas mal, c'est sûr.

Elle s'essuya les yeux d'un revers du poignet.

– Et vos proches à vous ? Vous avez eu…

Une trace de chagrin assombrit le regard du capitaine.

– Non, et ils sont trop loin pour que je puisse les appeler. Je ne suis pas sûr qu'ils aient envie d'avoir de mes nouvelles, de toute façon.

– Ça, vous n'en savez rien. Avec ce qui se passe… Nous

sommes confrontés à la fin possible de notre monde. Vous devriez prendre contact avec vos parents. C'est le moment.

Falconi resta silencieux quelques instants, puis il lui tapota l'épaule et se leva.

– Je vais y songer.

Ce n'était pas grand-chose, mais Kira ne pouvait espérer en obtenir davantage de sa part. Elle se leva à son tour et annonça :

– Je vais à ma cabine. Je veux leur répondre avant qu'on arrive à Orsted.

Falconi grommela, déjà plongé dans l'examen de l'hologramme.

– À votre place, je ne compterais pas sur la Ligue pour vous laisser expédier un message. Sur les medz non plus, d'ailleurs. Je vous parie une brouette de crédits que les communications vers Völund sont encore plus bouchées que les chiottes qu'on avait dans la cale.

Un doute passager ébranla la confiance de Kira. Puis, acceptant la situation telle qu'elle était, elle se stabilisa et déclara :

– Il faut quand même que j'essaie.

– C'est si important que ça, la famille, pour vous ?

– Évidemment. Pas pour vous ?

Il ne répondit pas, et elle vit se crisper ses épaules se crisper.

4.

Sept heures.

Celles-ci passèrent plus vite que Kira s'y attendait. Elle enregistra sa réponse pour ses parents et sa sœur – elle leur raconta les évènements de Bughunt, là encore sans évoquer son rôle dans la création de la Dévoreuse –, et leur offrit même une petite démonstration des prouesses de la Lame souple en faisant surgir de sa paume la forme d'une constellation de minuit. Elle songea que ce clin d'œil ferait sourire son père. Elle leur dit surtout qu'elle les espérait en bonne santé et les exhorta à la prudence, avant de terminer ainsi :

– Si tout se passe bien, vous recevrez ce message d'ici une semaine. J'ignore ce que la Ligue attend de moi, mais je suppose qu'on ne m'autorisera pas à communiquer avec vous pendant quelque temps… Quoi qu'il arrive sur Völund, tenez bon. Nous avons une chance de mettre un terme aux hostilités avec les medz, et je vais tout faire pour que ce soit le plus vite possible. Alors ne baissez pas les bras, d'accord ? Ne laissez pas tomber… Je vous aime très fort. Au revoir.

Ensuite, Kira s'accorda quelques minutes seule dans l'obscurité de sa cabine, paupières closes, le temps que sa respiration se calme et que son corps fraîchisse.

Puis elle se secoua et retourna à la timonerie. Vishal discutait à mi-voix avec Falconi et Sparrow. Le médecin courbait la tête pour être plus à leur hauteur.

– … si c'est trop dur, doc, disait le capitaine. Sincèrement. Si vous préférez quitter le vaisseau, je comprendrai. Nous pourrions recruter un autre…

Vishal faisait déjà non de la tête.

– Je vous remercie, capitaine, mais ce ne sera pas nécessaire. Mon oncle m'a promis de me tenir au courant dès qu'il aurait du nouveau.

Sparrow le fit sursauter en lui donnant une tape sur l'épaule.

– Vous savez que vous pouvez compter sur nous, doc. Si je peux faire quoi que ce soit pour vous, vous n'avez qu'à demander, et (elle siffla) *fchuiitttt*, je serai là.

Tout d'abord, Vishal sembla offensé qu'elle se montre aussi familière, puis il se détendit et répondit :

– Je vous remercie, madelle Sparrow. C'est très aimable à vous.

En s'asseyant, Kira lança un regard interrogateur à Falconi.

<*Qu'est-ce qui se passe ? – Kira*>

<*Les medz ont détruit le cylindre d'habitation de Vishal. – Falconi*>

<*Merde. Sa mère et ses sœurs ? – Kira*>

<*Possible qu'elles aient évacué à temps, mais pour l'instant, pas de nouvelles. – Falconi*>

Lorsque Vishal s'installa dans son siège anticrash à côté d'elle, Kira déclara :

– Falconi vient de me mettre au courant. Je suis vraiment désolée. C'est horrible.

Il fronça les sourcils, mais sa voix resta douce :

– Merci pour votre gentillesse, madelle Kira. Je suis sûr que tout ira bien, si Dieu le veut.

Kira espéra qu'il avait raison.

Elle enclencha ses visios et se brancha sur le flux vidéo des caméras arrière de l'*Hélix* pour suivre leur approche de l'immense masse rayée de Jupiter et du petit disque moucheté qu'était Ganymède.

Le spectacle qu'offrait Jupiter dans toute sa splendeur orangée lui rappela avec un pincement cinglant la planète Zeus visible dans le ciel d'Adrastée. Rien de surprenant à cela : c'était à cause de cette similarité que la première équipe de prospection l'avait nommée ainsi.

Ganymède, en comparaison, semblait insignifiante, même si (comme les visios de Kira l'en informèrent) c'était la plus grosse lune du système, plus volumineuse même que Mercure.

Quant à leur destination, Orsted, ce n'était qu'une poussière flottant très haut au-dessus de la surface cabossée de Ganymède. Plusieurs autres grains étincelants, encore plus petits, l'accompagnaient sur son orbite, chacun d'entre eux indiquant l'emplacement d'un des nombreux transports, remorqueurs et drones agglutinés autour de la station.

Kira ne put réprimer un frisson. Chaque fois qu'elle pensait comprendre l'immensité du cosmos, quelque chose venait lui rappeler qu'il n'en était rien. Le cerveau humain était physiquement incapable d'appréhender des distances et des échelles aussi gigantesques. (C'était peut-être différent pour les intelligences de bord.) Tout ce vide, où toute construction par l'Homme (passée ou future) ne serait jamais qu'un infime atome…

Elle s'ébroua et reporta le regard sur la station. Même les spatios les plus expérimentés pouvaient devenir fous s'ils contemplaient le néant trop longtemps.

Kira avait toujours souhaité visiter Sol, en particulier la Terre, cette mine de merveilles biologiques. Mais elle n'avait jamais imaginé que sa visite se déroulerait dans ces circonstances tumultueuses, précipitées, et dans l'ombre de la guerre.

La vue de Jupiter l'emplissait toutefois d'un profond émerveillement, et elle aurait voulu qu'Alan fût là pour partager cette expérience avec elle. Ils avaient évoqué plusieurs fois le projet de mettre de l'argent de côté pour s'offrir des vacances dans Sol. Ou d'obtenir une bourse de recherche qui leur permettrait de se rendre dans le système aux frais du consortium. Ce n'avait été que des paroles en l'air. De vagues spéculations au sujet d'un avenir possible.

Kira s'efforça de recentrer ses pensées sur autre chose.

– Tout est nickel ? s'enquit Falconi quand Nielsen revint quelques minutes plus tard.

– Nickel chrome, renchérit Nielsen. Les inspecteurs ne devraient pas nous chercher les poux.

– Sauf pour Itari, intervint Kira.

La seconde afficha un sourire mordant.

– Au moins, on ne pourra pas nous reprocher d'avoir enfreint la quarantaine. Depuis le premier jour, personne n'a jamais respecté la moindre mesure de bioconfinement avec les medz.

Elle alla ensuite s'asseoir dans le siège anticrash, juste à côté de Vishal.

Sparrow eut un grognement de dégoût et se tourna vers Nielsen.

– Voilà ce qu'on récolte avec un gouvernement stellariste.

– Mmh. Les expansionnistes et les conservateurs ne valent pas mieux. Ils feraient la même chose s'ils étaient au pouvoir.

Sparrow secoua la tête.

– Ouais, c'est ça, gardez vos œillères. Le Prime consul se sert de cette histoire d'état d'urgence pour verrouiller la mainmise de la Ligue sur les colonies.

– Tsss, siffla Kira.

Rien d'étonnant à ces manœuvres. Les stellaristes privilégiaient toujours Sol. Elle le comprenait dans une certaine mesure, mais cela ne l'empêchait pas d'y trouver à redire.

Nielsen afficha une expression à la fois impassible et affable.

– Un peu extrême, comme opinion, Sparrow.

– Vous verrez, rétorqua la spatio. Quand ce bordel sera fini, si jamais on s'en sort, on ne pourra même pas aller pisser sans avoir obtenu la permission de Central Terre. Je vous le garantis.

– Vous exagé…

– Qu'est-ce que je disais ? Vous êtes de Vénus. *Évidemment* que vous allez soutenir la Terre, comme tous ceux qui ont grandi dans les nuages.

Nielsen se renfrogna, et elle s'apprêtait à répondre quand Falconi intervint :

– Ça suffit, la politique. Gardez ça pour quand on aura assez à boire pour rendre ça supportable.

– Oui chefffff, fit Sparrow d'un ton grincheux.

Kira reporta son attention sur ses visios. Elle ne parvenait jamais à suivre les subtilités de la politique interstellaire. Trop de paramètres changeants. Elle savait en revanche qu'elle n'aimait pas les stellaristes (ni la plupart des politiciens, d'ailleurs).

Orsted gagna en volume et finit par occuper toute la vue arrière. La station paraissait lourde et belliqueuse, semblable à un gyroscope gothique, de teinte foncée, aux reliefs acérés. Le bouclier fixe avait l'air intact, mais le circohabitat rotatif couplé à l'édifice était creusé d'entailles épaisses sur un quart de cercle, comme si un monstre l'avait griffé. Une décompression explosive avait déchiré la coque le long des lacérations, transformant les plaques de tôle en lignes de pétales irréguliers. Entre ces pétales, des salles, blanches et luisantes de givre.

La face supérieure (c'est-à-dire pointée vers l'espace et non vers Ganymède) du moyeu central d'Orsted était hérissée d'antennes, de paraboles, de télescopes et d'armes figées sur leurs paliers sans friction. La majeure partie de cet équipement semblait cassée ou fondue. Mais les attaques n'avaient apparemment pas atteint le réacteur à fusion renfermé au cœur du moyeu.

La poutre en treillis qui s'étendait sur plusieurs centaines de mètres à partir de la face inférieure du palet central d'Orsted paraissait intacte, mais de nombreux radiateurs transparents parmi ceux qui l'émaillaient étaient perforés ou brisés, réduits à l'état d'éclats tranchants dont les veines sectionnées déversaient des flots de métal à l'état liquide. Des dizaines de bots de maintenance voletaient autour des radiateurs endommagés, s'affairant à endiguer les pertes de fluides frigorifiques.

Le système de communications et de défenses auxiliaire monté à l'extrémité de l'armature était noirci et mutilé. Par chance, la chambre de confinement du générateur Markov (qui alimentait les capteurs PRL de la station) n'avait pas été percée. Le générateur ne contenait jamais qu'une quantité infime d'antimatière, mais, en cas de brèche, tout l'ensemble (et une bonne partie de la poutre) aurait été annihilé.

Quatre croiseurs du CMU s'alignaient du côté bâbord de la structure, démonstration ostentatoire de la puissance militaire de la Ligue.

– Par Thulé ! s'exclama Sparrow en s'asseyant. Elle a drôlement morflé, la station.

– Tu es déjà venue sur Orsted ?

Sparrow s'humecta les lèvres.

– Une fois, oui, pendant une perm. Je me serais bien passée d'une deuxième visite.

– Ce serait pas mal de boucler vos ceintures, lança Falconi à la cantonade.

– 'vos ordres, chef.

Ils s'attachèrent, et la propulsion s'acheva. Kira grimaça lorsqu'ils revinrent en impesanteur. L'*Hélix* exécuta un dernier demi-tour (de façon à voler de face vers la station) et Gregorovich annonça :

– Arrivée à destination dans quatorze minutes.

Kira tâcha de faire le vide.

Hwa-jung se joignit à eux peu après, entrant dans la timonerie avec l'élégance d'une ballerine. Un air de dégoût lui froissait le visage, et elle semblait plus renfrognée que d'habitude.

– Comment vont Roncible et Ronron ? s'enquit Falconi.

La cheffe mécano accentua sa grimace.

– Le chat a encore eu un petit accident. Beurk. Il y avait du caca partout. Si jamais j'achète mon propre vaisseau un jour, je n'aurai pas de chat de bord. Les cochons, c'est chouette. Pas les chats.

– Merci d'avoir nettoyé.

– Mmh. Je mérite une prime de risque.

Ils restèrent silencieux un moment, puis Sparrow déclara :

– En parlant de bioconfinement, ils auraient pas dû être si fumasses contre nous, sur Ruslan.

– Pourquoi ? demanda Nielsen.

– Tous ces animaux qui se sont échappés, c'était une super source de nu*triton*.

Kira grogna avec les autres, qui ne protestèrent que pour la forme. La plupart d'entre eux, songea-t-elle, étaient juste tristes que Trig ne fût pas là pour les régaler de ses plaisanteries habituelles.

– Que Thulé nous préserve des calembours, se plaignit Vishal.

– Ça pourrait être pire, rétorqua Falconi.

– Ah ouais ? Comment ?

– Elle pourrait être mime.

Sparrow jeta un gant au capitaine, qui s'esclaffa.

5.

Le ventre de Kira se noua quand l'*Hélix* ralentit et, dans un léger soubresaut, accosta la cale d'arrimage qu'on leur avait assignée dans l'anneau bouclier d'Orsted.

Quelques secondes plus tard, le signal de validation retentit.

– Bon, écoutez bien, dit Falconi en débouclant son harnais. Le commandant Akawe a négocié pour qu'on nous accorde des grâces officielles… (Il décocha un regard par en dessous à Kira.) À nous, les scélérats, s'entend. La Ligue devrait les avoir dans ses dossiers, mais ce n'est pas une raison pour s'afficher. Personne ne l'ouvre tant qu'on n'a pas de représentant juridique et qu'on n'est pas au clair sur la situation. Ça vaut double pour vous, Gregorovich.

– Comme il vous plaira, ô capitaine, mon capitaine.

Falconi grommela et ajouta :

– Et n'allez pas non plus dégoiser sur la medz. Kira et moi nous chargerons d'aborder le sujet.

– Hawes et ses hommes n'auront pas déjà averti le CMU ? demanda Kira.

Petit sourire sarcastique de Falconi.

– Je suis certain qu'ils l'auraient fait si je leur avais donné l'accès aux communicateurs…

– Hawes se démène comme un forcené pour l'obtenir, commenta Nielsen.

Falconi s'élança vers la porte pressurisée.

– Aucune importance. Nous allons nous entretenir tout de suite avec le CMU, et ça va leur prendre un bout de temps pour débriefer nos copains marines.

– On est obligés d'y aller tous ? s'enquit Hwa-jung. L'*Hélix* va avoir besoin d'une bonne révision, après un bond pareil.

Falconi désigna la porte d'un geste.

– Tu auras tout le temps qu'il te faut pour t'occuper du vaisseau, Hwa-jung. C'est promis. L'officier de liaison sur Orsted a demandé expressément la présence de tout le monde. (Sparrow grogna et Vishal leva les yeux au ciel.) Je pense qu'ils ne savent pas encore trop quoi faire de nous. Il est question de vérifier les ordres auprès de Central Terre. Je n'ai jamais laissé un de mes membres d'équipage livré à lui-même, et je ne vais pas commencer avec Kira.

– Merci, dit celle-ci, sincère.

– De rien.

Falconi eut un sourire carnassier, que Kira trouva tout de même rassurant.

– S'ils ne vous traitent pas bien, on foutra le boxon. Les autres, vous connaissez le topo. On ouvre l'œil et on ferme la bouche. N'oubliez pas, c'est pas un congé à terre.

– Entendu.

– 'vos ordres.

– Bien sûr, capitaine.

Hwa-jung acquiesça d'un signe de tête.

Falconi tapa du plat de la main sur la cloison.

– Gregorovich, maintenez le vaisseau en stand-by, au cas où nous devrions décarrer en vitesse. Et exercez une surveillance complète de nos visios jusqu'à notre retour.

– Bien évidemment, répondit Gregorovich d'un ton mielleux. Je me ferai un devoir de contrôler au plus près les flux de vos mirettes électroniques. Quel régal de voyeurisme !

Leur long sommeil ne l'avait visiblement pas changé, *lui*, pensa Kira.

– Vous vous attendez à du grabuge ? demanda Nielsen tandis qu'ils quittaient la salle de contrôle.

– Non, dit Falconi, mais mieux vaut prévenir.

– Je plussoie, ajouta Sparrow.

Conduits par Falconi, ils gagnèrent le puits central de l'*Hélix* et descendirent l'échelle jusqu'au sas ménagé dans le nez du vaisseau. Les entropistes les y rejoignirent, leurs longues robes de quêteurs ondoyant dans l'impesanteur, telles des voiles gonflées par le vent. Ils inclinèrent la tête et murmurèrent un « Capitaine » avant de s'arrêter.

– Bienvenue à notre petite sauterie, railla Falconi.

Le sas se retrouva bondé lorsqu'ils s'entassèrent, surtout

avec Hwa-jung qui prenait autant de place que trois, mais, en se serrant et en poussant un peu, ils réussirent à tenir.

Le compartiment hermétique entama son cycle habituel de cliquetis, sifflements et autres bruits indistincts.

Quand la porte extérieure coulissa, Kira vit un dock de chargement identique à celui où elle était arrivée sur Vyyborg, un peu plus d'un an auparavant. Cela l'emplit d'un curieuse sensation, à la croisée de l'impression de déjà-vu et de la nostalgie. Ce qui avait été familier, voire accueillant, lui paraissait à présent froid, austère et, même si elle savait que c'était dû à sa nervosité, inquiétant.

Un petit drone sphérique les attendait, flottant juste à la gauche de l'ouverture. Le voyant jaune de sa caméra était allumé, et son haut-parleur diffusa une voix d'homme :

– Par ici, je vous prie.

À coups de petits jets d'air comprimé, le drone pivota et fila vers la porte pressurisée à l'autre bout de la longue salle aux parois métalliques.

– J'imagine qu'on doit le suivre, déclara Falconi.

– Il faut croire, confirma Nielsen.

– Ils ont conscience que le temps presse ? demanda Kira.

Sparrow fit claquer sa langue.

– Tu es bien naïve, Navárez. On ne bouscule pas les bureaucrates. Il y a le temps, et il y a le temps de l'armée. Grouille-toi d'attendre, c'est la procédure standard.

Falconi s'élança alors d'un bond vers la porte pressurisée. Il effectua une pirouette dans les airs, un bras au-dessus de la tête pour se rattraper en se posant.

– Frimeur, railla Nielsen, qui s'extirpa du sas en s'agrippant aux mains courantes de la paroi.

Un par un, ils quittèrent l'*Hélix* et traversèrent le quai pourvu de robots de chargement télépilotés et de rails crantés pour immobiliser les conteneurs. Kira savait que des lasers, des aimants et divers appareils vérifiaient leur identité, les scannaient pour détecter d'éventuels explosifs ou autres armes, chercher des indices de contrebande, etc. Cela lui donna la chair de poule.

L'espace d'un instant, elle envisagea de laisser la Lame souple la masquer… mais elle repoussa cette pulsion.

Elle n'allait quand même pas au combat.

Derrière la porte pressurisée, le drone s'enfonça à toute allure dans le vaste couloir qui s'étendait. Le passage mesurait au moins sept mètres de large.

Toutes les portes le long du corridor étaient verrouillées, et, à part l'équipage de l'*Hélix*, il n'y avait personne. Ni à l'angle du premier coude, ni après le second.

– Tu parles d'un accueil, commenta sèchement Falconi.

– Ils doivent avoir peur de nous, indiqua Vishal.

– Non, le contredit Sparrow. C'est d'*elle* qu'ils ont peur.

– Ils n'ont peut-être pas tort, maugréa Kira.

Elle fut surprise d'entendre Sparrow s'esclaffer d'un rire tonitruant.

– Ouais, vas-y. Montre-leur qui c'est qui commande.

Même Hwa-jung parut amusée.

Ils traversèrent les cinq niveaux de l'anneau bouclier, avant de trouver, comme Kira l'avait anticipé, une cabine magtram au bout du couloir. La porte était déjà ouverte, les sièges inoccupés.

Dans l'obscurité de l'autre côté de la cabine, Kira entendit le murmure du circohabitat rotatif qui tournait sans discontinuer.

– S'il vous plaît, attention à vos mains et à vos pieds en montant à bord, conseilla le drone en s'arrêtant à côté.

– Ouais, ouais, bougonna Falconi.

Kira s'assit avec les autres et se sangla. Puis un signal musical retentit, et depuis des haut-parleurs une voix de femme annonça :

– La cabine va partir. Merci d'attacher vos ceintures et de tenir tout objet pouvant flotter dans l'habitacle.

La porte coulissa dans un crissement aigu.

– Prochain arrêt : section C.

Le magtram accéléra en douceur et presque sans bruit, franchit l'opercule pressurisé au bout du terminal et s'engagea dans le conduit de transit principal imbriqué entre l'anneau d'amarrage et le circohabitat. Dans le même temps, Kira sentit l'engin tourner vers l'intérieur (elle se sentit *elle-même* tourner), et une pesanteur jusqu'alors inexistante la poussa au fond de son siège. Ses bras et ses jambes retombèrent, et quelques secondes plus tard elle eut le sentiment d'avoir recouvré son poids normal.

La rotation combinée à l'accélération l'emplit d'une drôle de sensation. Mais, après avoir éprouvé un certain vertige, elle s'habitua.

Le bas se situait à nouveau sous ses pieds, vers l'extérieur de la station, au-delà de l'anneau bouclier et loin du moyeu.

La cabine s'arrêta dans un mouvement fluide, et la porte étanche opposée à celle par où ils étaient entrés se rétracta.

– Ah. J'ai l'impression qu'on m'a entortillé autour d'une tige, se plaignit Vishal.

– On est deux, doc, renchérit Falconi.

Un concert de cliquetis retentit lorsqu'ils détachèrent leurs ceintures, puis ils pénétrèrent dans le terminal, peinant à trouver leur équilibre.

Falconi s'arrêta avant d'avoir fait deux pas. Kira s'immobilisa à côté de lui.

– *Shi-bal*.

Une escouade de soldats en méca noire les attendait. Tous étaient armés. Tous les mettaient en joue. Deux modèles d'assaut lourd se dressaient derrière les autres, pareils à des géants massifs à tête d'insecte. Au sol, de proche en proche entre les fusiliers, on avait fixé des tourelles. Enfin, saturant l'air de son bourdonnement, guettait un essaim de drones de combat.

La porte du magtram se ferma d'un coup sec.

Une voix tonna :

– Les mains sur la tête ! À genoux ! Si vous n'obéissez pas, vous serez abattus sans sommation ! *EXÉCUTION* !

CHAPITRE 2

★ ★ ★ ★ ★ ★ ★

ORSTED

1.

Kira se demandait bien pourquoi elle s'était attendue à autre chose de la part du CMU – pourtant cette attitude la décevait autant qu'elle la mettait en rage.

– Espèce d'enflures ! cracha Falconi.

La voix résonna de nouveau dans le terminal.

– J'ai dit : à genoux !

Inutile de résister. Kira parviendrait juste à se faire tuer, ou à provoquer la mort de ses compagnons – voire de ces soldats, qui malgré les apparences n'étaient pas ses ennemis. Ils étaient humains, après tout.

Kira s'agenouilla, les mains sur la tête, sans jamais quitter les troupes des yeux. L'équipage de l'*Hélix* l'imita, de même que les entropistes.

Une demi-douzaine de militaires se ruèrent vers eux dans une cacophonie métallique. Le poids de leurs mécas faisait trembler le sol, et Kira sentait ses tibias vibrer à chacun de leurs pas.

Les soldats vinrent se placer derrière eux et entreprirent d'attacher les mains des membres de l'équipage et des entropistes dans leur dos. Hwa-Jung gronda quand on lui attrapa les bras. Tout d'abord, elle résista, et Kira entendit l'armure du militaire grincer tandis qu'il luttait pour la maîtriser, mais la cheffe mécano finit par céder en lâchant un juron en coréen.

Les hommes du CMU relevèrent sans ménagement les compagnons de Kira, puis les entraînèrent vers le côté de la salle, en direction d'une porte pressurisée qui coulissa à leur approche.

– Ne les laissez pas vous faire du mal ! lui cria Falconi. Le premier qui vous touche, vous lui arrachez les mains, compris ? (Un soldat le poussa dans le dos.) Hé, on nous a graciés ! Relâchez-nous avant que j'appelle un avocat qui se fera un plaisir de faire démolir ce trou pour rupture de contrat ! Vous n'avez rien contre nous ! Je vais…

Sa voix s'évanouit peu à peu tandis qu'on l'emmenait dans le couloir. Il ne fallut que quelques secondes pour que les autres disparaissent à leur tour.

Kira sentit un frisson parcourir ses doigts malgré les efforts de la Lame souple. Une fois de plus, elle se retrouvait seule.

– Nous perdons un temps précieux, lança-t-elle. Je dois parler à votre chef. Nous détenons des informations de la plus extrême urgence concernant les medz qui intéresseront au plus haut point le Prime consul.

Les soldats s'écartèrent, libérant un chemin devant elle, et Kira crut un instant que ses paroles avaient eu l'effet désir. Cependant, la même voix lui ordonna :

– Ôtez vos lentilles et déposez-les par terre.

Et merde.

Ils les avaient sans doute détectées dès son arrivée sur Orsted.

– Vous n'êtes pas au courant ? cria-t-elle presque alors que la Lame souple se durcissait en réaction à sa colère. Pendant que vous m'emmerdez, des medz sont en train de tuer des gens ! Qui commande, ici ? Je ne ferai rien tant que…

Le volume de la voix devint alors assourdissant.

– OBÉISSEZ si vous ne voulez pas être ABATTUE sur-le-champ ! Vous avez dix secondes ! Neuf. Huit. Sept.

Kira songea tout d'abord à se cuirasser intégralement pour essuyer le feu des soldats. Elle était sûre que le xéno la protégerait d'à peu près toutes leurs armes. Les affrontements sur Nidus lui avaient cependant montré qu'elle était vulnérable aux plus lourdes, sans parler des conséquences pour Falconi et le reste de son équipage…

– C'est bon ! capitula-t-elle en tempérant sa colère.

La Lame souple lui obéit et reprit un aspect normal.

Elle porta la main à ses yeux, écœurée de devoir encore une fois perdre tout accès à un ordinateur.

Une fois les lentilles par terre, la voix retentit de nouveau :

– Les mains sur la tête ! Bien. Quand je vous le dirai, vous vous lèverez et vous rendrez de l'autre côté du terminal. Vous trouverez une porte : empruntez-la. Si vous vous tournez, vous serez abattue. Reculez ou baissez les mains, et vous serez abattue. Au premier geste de travers, vous serez abattue, c'est compris ?

– Oui.

– Allez-y.

Kira réussit à se relever sans s'aider de ses bras, puis avança.

– Plus vite ! lui ordonna la voix.

Elle pressa le pas – sans faire de zèle. Elle n'allait pas non plus se mettre à courir.

Les drones de combat ne la lâchaient pas d'une semelle, leur bourdonnement perpétuel lui vrillant le crâne comme la pire des migraines. Quand elle dépassa les soldats, ceux-ci la suivirent à leur tour, formant un rempart mobile d'acier silencieux et impassible.

Au bout du terminal, elle trouva la porte annoncée. Deux autres rangées de militaires l'attendaient derrière, leurs armes braquées sur elle.

Kira s'engagea du même pas mesuré dans une salle immense (un tel gâchis de place avait quelque chose d'indécent), éclairée de panneaux lumineux incrustés au plafond, grâce auxquels les lieux semblaient baignés par les rayons du Soleil. Cette lumière n'était pas de trop, car les murs et le sol pratiquement noirs rendaient l'endroit particulièrement oppressant.

Comme ailleurs, portes et couloirs avaient été scellés, certains avec de grandes plaques fraîchement soudées. Des bancs, des terminaux informatiques et quelques arbres en pot étaient disposés dans la salle selon un quadrillage bien net, mais le regard de Kira fut surtout attiré par la structure qui se trouvait en plein centre.

C'était un polyèdre de trois mètres de haut environ, peint en vert kaki. Un grillage de forme exactement identique l'enveloppait, à une distance d'une quinzaine de centimètres. D'épais disques de métal larges comme des assiettes étaient disposés sur les facettes de ce treillis de façon à laisser un minimum d'espace entre eux. Chacun de ces disques était équipé d'un panneau de commande pourvu de touches et d'un petit écran lumineux.

Une porte ménagée dans le polyèdre révélait un petit compartiment obscur.

Kira s'arrêta.

Les soldats et les drones en firent autant.

– Entrez là-dedans, *vite* ! ordonna la voix.

Consciente qu'elle mettait la patience des militaires à rude épreuve, Kira attendit encore quelques secondes, savourant ses derniers instants de liberté, avant de prendre une grande inspiration et d'obtempérer.

La porte claqua derrière elle, résonnant comme un glas dans ce ténébreux cachot.

2.

Plusieurs minutes passèrent, pendant lesquelles Kira entendit les soldats s'affairer et déplacer du matériel.

Une nouvelle voix s'adressa à elle, de l'autre côté de la porte : un homme à l'accent grasseyant si marqué qu'elle regretta de ne plus avoir ses visios pour bénéficier de sous-titres.

– Madelle Navárez ? Vous m'entendez ?

Les mots de l'homme étaient certes un peu étouffés par les cloisons, mais elle le comprenait.

– Oui.

– Je suis le colonel Stahl. C'est moi qui vais me charger de votre débrief.

Colonel. Ce n'était pas un grade de la marine.

– Vous faites partie de l'armée ?

L'homme hésita un instant.

– Non, madelle. RCMU. Renseignement.

Évidemment. Comme Tschetter. Kira faillit éclater de rire. Elle aurait pu s'en douter.

– Suis-je en état d'arrestation, colonel Stahl ?

– Pas exactement. Vous êtes détenue en vertu de l'article trente-quatre de la loi pour la Sécurité stellaire, qui stipule…

– Je le connais, l'interrompit-elle.

Une autre pause de Stahl, qu'elle mit sur le compte de la surprise.

– Je vois. J'imagine que vos quartiers ne sont pas à la hauteur de ce à quoi vous vous attendiez, madelle Navárez, mais mettez-vous à notre place. Avec le genre de trucs que les cauchemars nous ont fait voir au cours des derniers mois, nous ne pouvons pas nous permettre de faire confiance au xéno que vous trimballez avec vous.

Kira se retint d'ironiser.

– D'accord, je comprends. Maintenant, pourrait-on…

– Pas encore. J'aimerais être parfaitement clair, histoire d'éviter de… malheureux accidents par la suite. Savez-vous ce que sont les disques fixés à l'extérieur de votre cellule ?

– Non.

– Des charges creuses. Des pénétrateurs autoforgés. Les parois de la structure sont électrifiées. Coupez le courant, et ces charges exploseront, vous réduisant en une boule de matière en fusion de moins d'un mètre de diamètre. Rien ne peut survivre à ça, pas même votre xéno. Est-ce clair pour vous ?

– Oui.

– Avez-vous des questions ?

Oh oui. Des tonnes, mais elle avait peu d'espoir d'obtenir un jour toutes les réponses. Ce qui n'allait pas l'empêcher d'essayer.

– Qu'est-ce qui va arriver à l'équipage de l'*Hélix ?*

– Ils seront détenus et soumis à un interrogatoire visant à déterminer exactement ce qui les lie à vous, au xéno et aux medz.

Kira ravala sa frustration. Difficile de demander au CMU d'agir autrement – ce qui ne signifiait pas qu'elle devait apprécier l'emploi de telles méthodes pour autant. Enfin, inutile de se mettre Stahl à dos. Pour l'instant.

– Bon, on le fait ce débrief, oui ou non ?

– Quand vous voudrez, madelle Navárez. Nous détenons l'enregistrement de votre conversation avec le capitaine Akawe, sur Malpert, donc pourquoi ne pas partir de là, et nous raconter ce qui s'est passé depuis ?

Kira lui narra donc ce qu'il voulait savoir. Elle alla droit au but, s'efforçant de se montrer aussi méthodique que possible. Elle commença par expliquer pourquoi ils avaient quitté 61 Cygni et rejoint Bughunt, puis ce qu'ils avaient trouvé sur Nidus. Elle évoqua ensuite l'attaque des cauchemars, avant de rapporter dans ses moindres détails l'offre d'alliance faite par Tschetter au nom des medz rebelles.

Kira se retint en revanche de parler du rôle qu'elle avait joué dans la création des cauchemars. Elle en avait pourtant eu l'intention, et l'avait promis à Falconi. Mais la façon dont la Ligue la traitait ne l'incitait pas à se montrer charitable. Les choses auraient été différentes – quoi qu'il lui en ait coûté – si cette information avait pu les aider à gagner la guerre, mais, cela n'étant pas le cas, elle préféra se taire.

Une fois son récit fini, Stahl resta silencieux si longtemps que Kira se demanda s'il était encore là.

– Votre intelligence de bord peut-elle confirmer tout cela ? demanda-t-il enfin.

– Oui. Elle détient aussi les enregistrements du *Darmstadt*, qui corroboreront mon témoignage.

– Je vois. (Le ton tranchant de Stahl ne suffisait pas à masquer son inquiétude. Le compte rendu de Kira l'avait puissamment ébranlé.) Je ferais mieux d'aller les consulter au plus vite, dans ce cas. Si vous n'avez rien à ajouter, madelle…

– Justement…

– Qu'y a-t-il ? demanda le colonel, sur ses gardes.

Kira inspira profondément.

– Je dois vous prévenir que nous avons une medz à bord de l'*Hélix*.

– *Quoi ?*

Kira entendit les pas précipités de soldats qui accouraient.

– Qu'y a-t-il, mon colonel ? demanda une voix.

– Rien, rien, répondit Stahl avec humeur. Tout va bien, ne restez pas là.

– Bien, mon colonel.

Le claquement des bottes lestées s'éloigna.

Stahl jura doucement.

– OK, Navárez. Maintenant expliquez-moi ce que vous entendez par là.

Alors elle le lui expliqua.

Stahl jura de nouveau.

– Qu'est-ce que vous allez faire ? demanda-t-elle.

Gregorovich ne pourrait pas grand-chose si le CMU décidait d'investir l'*Hélix*, à moins de prendre des mesures drastiques et probablement suicidaires.

– Je vais appeler le Central Terre. Cette histoire dépasse très largement mes compétences.

Kira entendit alors Stahl partir, suivi par le tumulte des soldats, un grondement qui monta, monta, pour s'éteindre, comme une grosse vague, la laissant seule dans le silence.

– C'est bien ce que je pensais, murmura-t-elle avec une satisfaction perverse.

3.

Kira jeta un coup d'œil autour d'elle.

Le polyèdre était complètement vide : ni lit, ni toilettes, ni lavabo, ni tuyau d'évacuation. Murs, sol et plafond étaient tapissés du même revêtement vert, et elle disposait pour toute source de lumière d'une petite lampe ronde au-dessus de sa tête. Les fentes recouvertes d'un fin maillage qui longeaient les bords du plafond étaient probablement des trous d'aération.

Elle était la seule occupante de cette étrange prison géométrique.

Kira supposait que des caméras la filmaient, et que Stahl – ou quelqu'un d'autre – surveillait ses moindres gestes.

Si ça les amusait…

Kira demanda à la Lame souple de lui recouvrir le visage, afin de voir les ondes électromagnétiques et infrarouges.

Stahl n'avait pas menti : les parois étaient saturées de boucles d'énergie bleutées, et entre les extrémités de chacune courait un serpent d'électricité luisant. Ces fils n'étaient pas logés dans les parois : le courant semblait venir du treillis qui soutenait les charges creuses, et circulait le long de connecteurs disposés sur toute la surface du polyèdre. Le sol lui-même luisait faiblement sous l'effet d'un champ magnétique induit.

Kira remarqua quelques légères perturbations au-dessus de la porte et dans les coins du plafond, de petits tourbillons qui connectaient entre eux les filaments électriques. Des caméras. Elle avait vu juste.

Elle laissa le masque se retirer et s'assit par terre.

Colère et frustration menacèrent dans un premier temps de l'emporter, mais Kira réussit à les tenir en échec. *Non*. Pas question de se mettre dans tous ses états pour des choses auxquelles elle ne pouvait rien changer. Pas cette fois. Elle affronterait ce qui l'attendait sans jamais perdre le contrôle. La situation était déjà assez compliquée comme ça.

De toute façon, ils n'avaient pas eu d'autre choix que de rejoindre Sol. La proposition du Nœud d'esprits était trop importante pour risquer de perdre un temps précieux en la transmettant depuis un autre système de la Ligue. Entre les brouillages et les affrontements, il aurait été impossible de savoir si leur message avait trouvé son destinataire. Et puis il y avait Itari ; la medz représentait un lien crucial avec le Nœud d'esprits, et Kira devait servir de traductrice. Ils auraient pu se contenter de quitter l'hyperespace pour délivrer leur message et repartir sans attendre… si cela n'avait pas été un acte déloyal. Et puis, même en faisant fi de tout le reste, ils devaient à Akawe de relayer en personne la proposition des medz.

Kira aurait toutefois préféré ne pas mêler Falconi et son équipage à ses problèmes. Heureusement, le CMU ne devrait pas les garder aux arrêts trop longtemps. Maigre consolation, certes.

Kira prit plusieurs grandes inspirations pour tenter de faire le vide en elle et, voyant que ça ne marchait pas, s'obligea à penser à l'une de ses chansons préférées, « Tangagria ». Elle laissa la mélodie l'emporter. Et le temps s'écoula.

Après ce qui lui parut des heures, Kira entendit approcher les pas lourds d'une armure mécanisée. Ils s'arrêtèrent à côté de la cellule, une fente s'ouvrit dans la porte, et une main gantée de métal lui tendit un plateau-repas.

Kira s'en saisit. La main se retira et l'ouverture se referma avec un claquement.

– Cognez contre la porte quand vous aurez terminé, lui dit le soldat.

Puis les pas s'éloignèrent – un peu.

Combien étaient-ils à monter la garde ? Seulement cet homme, ou toute une escouade ?

Kira posa son plateau par terre, s'assit en tailleur et fit un rapide inventaire de son repas. De l'eau dans un gobelet en carton. Une assiette, en carton elle aussi, avec deux barres-rations, trois tomates jaunes, un demi-concombre et une tranche de melon. Ni couteau, ni fourchette, ni assaisonnement.

Kira poussa un soupir. Ces derniers temps, elle avait consommé assez de barres pour toute une vie, mais, au moins, le CMU avait décidé de la nourrir, et puis ces quelques crudités constituaient une touche de fraîcheur bienvenue.

Elle mangea en fixant la fente de la porte. On pouvait donc faire passer des choses par là sans déclencher les explosifs. Si elle parvenait à glisser une fibre ou deux dehors, elle pourrait peut-être couper le courant à l'extérieur de la cellule…

Non, elle n'essaierait pas de s'échapper. Pas cette fois. Si elle – ou plus exactement la Lame souple – pouvait aider la Ligue, elle avait le devoir de rester. Même si c'était une belle brochette de connards.

Une fois son repas fini, elle frappa à la porte, et, comme annoncé, le soldat vint récupérer le plateau.

Elle essaya ensuite de marcher en rond, mais, puisqu'il n'y avait pas plus de deux pas et demi d'une paroi à l'autre, elle opta vite pour des séries de pompes, de squats et quelques appuis tendus renversés, histoire d'évacuer un peu d'énergie et de stress.

Kira venait de terminer quand la lampe au-dessus de sa tête baissa d'intensité et vira lentement au rouge. En moins d'une minute, elle se retrouva dans une obscurité quasi totale.

Même si elle s'était résolue à ne pas s'inquiéter, et malgré la fatigue, Kira eut du mal à s'endormir. Cette journée avait été trop riche en évènements pour qu'elle parvienne à se détendre. Son cerveau tournait en boucle et revenait sans cesse sur les cauchemars. Le sol dur et inconfortable de la cellule n'arrangeait rien.

Kira se concentra sur sa respiration. Son cœur se calma peu à peu, les muscles de son cou se relâchèrent, et elle sentit une agréable fraîcheur gagner ses membres.

En attendant le sommeil, elle compta les faces de sa prison, douze au total, ce qui en faisait… un dodécaèdre ? Dans la pénombre, les murs avaient pris une teinte marron qui, associée à la forme concave de la cellule, donnait à Kira l'impression d'être à l'intérieur d'une coquille de noix.

– … et de me considérer comme le roi d'un espace infini, murmura-t-elle avec un petit rire.

Kira aurait voulu que Gregorovich la voie. Lui seul aurait pu apprécier cette plaisanterie.

Elle espérait que tout allait bien pour lui. S'il ne faisait pas d'esclandre, il pourrait s'en tirer avec une simple amende et un blâme. Les intelligences de bord étaient trop précieuses pour être mises à pied, même dans le cas d'infractions relativement sérieuses. Seul problème : Gregorovich pouvait très bien se mettre à divaguer comme lors de leurs petites conversations, ce qui amènerait le CMU à le déclarer instable, et la Ligue à l'extraire de l'*Hélix* et l'interdire de vol. Il devrait quoi qu'il arrive subir une batterie de tests psychologiques, et Kira n'était pas sûre qu'il ait envie ou soit capable de cacher les aspects les plus excentriques de sa personnalité. Et s'il ne…

Elle s'interrompit, agacée par sa propre attitude. Ce qui devait arriver arriverait. Pour l'instant, une seule chose comptait : elle avait besoin de dormir.

Il devait être près de trois heures du matin quand son cerveau accepta enfin de se laisser emporter par le sommeil bienvenu. Kira aurait aimé que la Lame souple partage l'une de ses visions avec elle, mais, si elle rêva bien, ses songes restèrent les siens.

4.

La lumière se ralluma dans la cellule.

Kira se redressa aussitôt, le cœur affolé, prête à l'action, avant de voir les murs de sa geôle et de se rappeler où elle se trouvait. Elle se frappa la cuisse du poing en grognant.

Pourquoi la Ligue traînait-elle autant ? L'offre des medz de Tschetter était pourtant de celles qu'on accepte sans hésiter.

Kira se leva, et une fine pellicule de poussière glissa le long de son corps. Elle scruta le sol à ses pieds, paniquée.

Il semblait intact.

Kira soupira, soulagée ; elle aurait eu droit à une surprise des plus explosives si la Lame souple avait rongé le plancher de sa cellule pendant la nuit. Le xéno avait vraisemblablement fait preuve de jugeote. Elle n'était pas la seule à vouloir rester en vie.

– Tâche de bien te tenir, murmura-t-elle.

On cogna contre la porte, et elle ne put réprimer un sursaut.

– Navárez ! Il faut qu'on parle, tonna Stahl.

Enfin.

– Je vous écoute.

– J'ai quelques questions supplémentaires à vous poser.

– Allez-y.

Stahl l'interrogea au sujet de Tschetter – la major lui avait-elle semblé avoir toute sa tête ? Kira l'avait-elle trouvée différente de celle qu'elle avait rencontrée sur le *Circonstances atténuantes* ? Et ainsi de suite. Il la cuisina au sujet des medz, du Traqueur, du Bâton bleu, et voulut tout savoir sur les cauchemars.

– OK, c'est bon pour moi, finit-il par annoncer.

– Attendez ! Qu'est-ce que vous avez fait de la medz ? demanda Kira.

– On l'a collée en bioconfinement.

– Elle est… toujours en vie ? bredouilla Kira.

La question sembla vexer le colonel.

– Évidemment, Navárez. Vous nous prenez pour une bande d'incapables ? Ça nous a demandé un peu de boulot, mais nous avons réussi à *inciter* votre camarade à bouger ses tentacules et à passer de l'*Hélix* à la station.

Kira aurait voulu savoir ce que l'homme entendait exactement par « inciter », mais jugea préférable de ne pas le lui demander.

– Je vois. Et donc, qu'a décidé de faire la Ligue au sujet de Tschetter, du Nœud d'esprits, et cetera ?

– C'est confidentiel, madelle.

Kira serra les dents.

– Colonel Stahl, vous ne croyez pas que j'ai le droit d'être au courant, avec tout ce qui est arrivé ?

– Peut-être, mais ça n'est pas de mon ressort.

Kira s'efforça de garder son calme.

– Pouvez-vous au moins me dire combien de temps je vais rester enfermée là-dedans ?

Si la Ligue la transférait sur un navire du CMU, ce serait le signe qu'ils comptaient sur elle pour les aider à négocier les termes de leur alliance avec le Nœud d'esprits.

– Demain matin, à neuf heures pile, vous monterez à bord d'un vaisseau de poste, qui vous emmènera sur la station-labo de LaCern afin qu'on vous examine plus en détail.

– *Pardon ?* bafouilla Kira. Pourquoi feriez-vous… La Ligue ne va-t-elle pas au moins essayer de communiquer avec le Nœud d'esprits ? Qui d'autre que moi avez-vous pour servir d'interprète ? Iska ? Tschetter ? On ne sait même pas si elle est encore en vie ! Je suis la seule à *parler* la langue des medz !

Stahl soupira, et, quand il répondit enfin, ce fut d'une voix bien plus fatiguée :

– Nous ne comptons pas discuter avec elles, Navárez.

Kira comprit qu'en lui révélant cela, le colonel enfreignait les consignes.

– Qu'entendez-vous par là ? s'alarma-t-elle.

– Que le Prime consul et ses conseillers estiment que les medz sont trop dangereuses pour qu'on leur fasse confiance. Elles ont été déclarées *Hostis Humani Generis*, après tout. Vous étiez sûrement déjà au courant, ça a été annoncé avant que vous ne quittiez 61 Cygni.

– Que vont-ils faire, alors ? chuchota presque Kira.

– C'est déjà en cours, Navárez. La Septième flotte s'est mise en route aujourd'hui, sous le commandement de l'amiral Klein, pour attaquer la flotte medz stationnée près de l'étoile dont Tschetter nous a donné les coordonnées. C'est une naine orange située à un mois et demi d'ici. L'objectif consiste à écraser les medz au moment où elles s'y attendent le moins, et s'assurer qu'elles ne puissent plus jamais représenter une menace.

– Mais..., protesta Kira, qui ne savait pas par où commencer pour expliquer ce qui n'allait pas dans ce plan.

Le CMU était peut-être une belle collection de fumiers, mais ils étaient loin d'être idiots.

– Les medz verront la Septième arriver, et elles fileront en hyperespace avant que vous soyez assez près pour faire feu. Notre seule chance serait d'éliminer leur commandement avant que...

– Ce ne sera pas un problème, répondit Stahl plus sèchement que jamais. Nous ne nous sommes pas tourné les pouces au cours des six derniers mois, figurez-vous. Les medz disposent peut-être de technologies et d'armes plus performantes que les nôtres, mais s'il y a bien une chose pour laquelle nous sommes doués, nous autres humains, c'est pour nous débrouiller avec ce que nous avons sous la main. Nous avons les moyens de les empêcher de nous voir, et aussi de décamper. Pas de quoi tenir très longtemps, mais ça nous suffira.

– Que comptez-vous faire pour les medz de Tschetter, le Nœud d'esprits ?

Stahl laissa échapper un grognement, avant de répondre d'une voix crispée, comme s'il était sur la défensive :

– Un escadron de chasseurs a été dépêché vers le point de rendez-vous.

– Dans quel but ?

– Les éliminer jusqu'à la dernière.

Kira eut l'impression qu'on venait de la gifler. D'accord, elle n'aimait pas beaucoup la Ligue, mais jusque-là elle ne l'avait jamais considérée comme ouvertement maléfique.

– Mais c'est n'importe quoi, colonel ! Pourquoi…

– Nous n'y sommes pour rien, nous, Navárez. C'est une décision politique. Il a été décrété que laisser leurs chefs en vie, même les rebelles, représentait un trop grand risque pour l'humanité. Ce n'est pas une guerre, mais une extermination. Une éradication. On se débarrasse d'abord des medz, pour ensuite se concentrer sur les cauchemars.

– « Décrété » ? cracha Kira avec tout le mépris dont elle était capable. Par qui ?

– Le Prime consul en personne. (Le colonel marqua une pause.) Désolé, Navárez, on n'y peut rien.

Entendant qu'il commençait à s'éloigner, Kira lui cria :

– Qu'il aille se faire foutre, et vous aussi au passage !

Elle resta immobile, le souffle court, les poings serrés, et remarqua alors que la Lame souple – qu'*elle*, Kira – s'était hérissée de pointes qui avaient transpercé sa combinaison. Une fois de plus, elle s'était laissé emporter par ses émotions.

– Ça sent pas bon, pas bon du tout…, murmura-t-elle, sans vraiment savoir si elle parlait de son avenir ou de la décision de la Ligue.

À présent calmée, mais toujours animée d'une colère froide, Kira s'assit par terre, en tailleur, et tenta d'analyser la situation. Il était manifeste que Stahl désapprouvait lui aussi la décision du Prime consul. Le colonel ne lui avait pas révélé les plans de la Ligue simplement pour bavarder. Peut-être voulait-il qu'elle fût prévenue, pour une raison connue de lui seul.

Ce qui n'avait plus vraiment d'importance : le coup bas que la Ligue réservait au Nœud d'esprits passait avant tous ses problèmes. L'humanité avait enfin une chance de connaître la paix (avec les medz, tout du moins), et voilà que le Prime consul allait tout faire rater parce qu'il ne souhaitait même pas tenter le coup. Était-ce un si grand risque que ça, pourtant ?

Kira sentit la frustration le disputer à la colère à l'idée que cet homme, pour qui elle n'avait pas voté – pas plus que les autres, d'ailleurs ! –, allait leur mettre les medz à dos jusqu'à la fin des temps. Ils se laissaient diriger par la peur, non l'espoir, et la peur faisait une bien piètre conseillère, les évènements récents étaient là pour en témoigner.

Comment s'appelait le Prime consul, d'ailleurs ? Elle ne parvenait même pas à s'en souvenir tant ils défilaient à la tête de la Ligue.

Si seulement elle pouvait trouver un moyen de prévenir le Nœud d'esprits, peut-être que tout espoir d'alliance ne serait pas perdu. Kira se demanda si la Lame souple était capable de contacter les medz. Sans doute que non : les signaux qu'émettait le xéno semblaient se diffuser au hasard dans toute la galaxie, et pouvoir être captés par tous. Attirer davantage de medz et de cauchemars dans Sol n'arrangerait les affaires de personne.

Mais si elle réussissait à s'évader… alors quoi ? Kira n'avait pas vu le document que Tschetter avait transmis à Akawe (et que le *Darmstadt* avait copié sur l'*Hélix*), mais elle était sûre qu'il contenait des informations de contact : heures, fréquences, localisations… Il y avait en revanche peu de chances que les informaticiens du CMU en aient laissé la moindre copie sur les ordinateurs de l'*Hélix*, et aucun moyen de savoir si Gregorovich avait pris la peine de mémoriser ces données au moins en partie.

Si ce n'était pas le cas – et il aurait été irresponsable d'imaginer quoi que ce fût d'autre –, Itari constituait leur seule chance de prévenir le Nœud d'esprits. Kira devait donc non seulement s'échapper, mais aussi tirer la medz d'affaire et trouver un vaisseau qu'elles pourraient emprunter pour quitter le système et s'arracher à ses mesures de brouillage, le tout pendant que le CMU ferait tout son possible pour les arrêter.

Un plan complètement fantaisiste, en somme.

Kira contempla les facettes du plafond en grognant, hantée par un sentiment d'impuissance – le pire des tourments, assurément – presque douloureux.

Elle dut patienter un long moment avant de voir arriver un petit-déjeuner, auquel elle toucha à peine tant son estomac était noué. Après avoir renvoyé le plateau, elle s'assit au milieu de sa cellule pour méditer et envisager la suite des évènements.

Si seulement j'avais mon concertina. Jouer l'aurait tant aidée à se concentrer.

5.

Elle ne reçut aucune autre visite de toute la journée. Sa colère et sa frustration subsistaient, mais l'ennui finit par les étouffer. Sans ses visios, elle se retrouvait une fois de plus seule avec ses pensées, lesquelles n'avaient pour le moment rien de réjouissant.

En fin de compte, elle choisit de tuer le temps en recourant à la méthode qui avait fait ses preuves lors des longs trajets en hyperespace depuis son départ de Sigma Draconis : elle somnola, se laissant dériver dans cette demi-inconscience brumeuse qui permettait à la Lame souple de préserver son énergie tout en demeurant prête à réagir dans la seconde en cas de besoin.

C'est ainsi que Kira passa sa journée, seulement interrompue par le déjeuner insipide qu'on lui apporta, et le dîner, qui le fut encore davantage.

La lumière finit par virer au rouge, et la somnolence laissa la place au sommeil.

6.

Kira sentit le sol trembler et ouvrit les yeux d'un coup, assaillie par le souvenir du *Circonstances atténuantes*. Il aurait aussi bien pu être minuit que trois heures du matin : Kira savait seulement qu'elle était restée allongée sur le côté assez longtemps pour avoir la hanche endolorie et le bras complètement engourdi.

Une nouvelle secousse, plus forte que la précédente, accompagnée d'un vertige proche de celui qu'elle avait ressenti à bord du magtram. Elle se cramponna au sol et attendit de recouvrer ses moyens.

Une décharge d'adrénaline dissipa les dernières bribes de sommeil. Il n'y avait qu'une seule explication possible : le circohabitat lui-même avait été ébranlé. *Oh, merde*. Orsted subissait une attaque.

– Hé ! Qu'est-ce qui se passe, ici ? cria-t-elle à l'une des caméras.

Pas de réponse.

La cellule trembla une troisième fois, et la lumière au-dessus de sa tête vacilla. Elle entendit un bruit sourd, au loin ; peut-être une explosion.

Kira passa sur-le-champ en mode survie. La station était prise d'assaut. Était-elle en sécurité dans sa cellule ? Tout dépendait de la source d'énergie qui l'alimentait, en supposant qu'aucun missile ou rayon laser ne vienne lui régler son compte. Si sa geôle était reliée au réacteur principal, et si ce dernier se retrouvait coupé, les charges tout autour d'elle risquaient d'exploser. Même chose en cas de grosse surcharge. Elle avait en revanche peut-être une chance de s'en tirer si la cellule disposait de sa propre alimentation. Autant tenter le tout pour le tout.

BOUM !

Elle manqua de tomber quand la prison entière trembla autour d'elle. La lumière clignota de nouveau, de manière plus prononcée cette fois, et Kira sentit son cœur se serrer. Elle fut pendant quelques secondes persuadée qu'elle allait mourir… mais l'univers continua à exister, et elle avec.

Kira se redressa et contempla la porte. Que le CMU et la Ligue aillent se faire voir. Elle ne resterait pas une seconde de plus dans cette boîte.

CHAPITRE 3

★ ★ ★ ★ ★ ★ ★

ÉVASION !

1.

Kira s'approcha de la porte avec une profonde détermination.

Elle n'avait que deux options. Désamorcer les explosifs ou dévier le courant pour enfoncer le vantail sans finir réduite en charpie.

Le sol gronda.

Quoi qu'elle tente, elle devait agir vite.

La solution la plus sûre restait le désamorçage, mais elle ignorait *comment* s'y prendre. Même si elle réussissait à glisser quelques vrilles par la fente de la porte, elle ne verrait rien. Si elle tâtonnait, elle avait neuf chances sur dix de tout faire sauter.

Conclusion : il fallait créer une dérivation. Le xéno savait la protéger des décharges électriques. Cela signifiait qu'il pouvait canaliser l'électricité vers des chemins conducteurs à la surface de son corps. Théoriquement, la Lame souple était donc en mesure de former des câbles ou quelque élément capable d'assurer la continuité du courant si elle ouvrait la porte, pas vrai ?

La lumière faiblit un instant.

Si elle ne se dépêchait pas, elle était fichue de toute façon.

Elle recouvrit son visage de son exoderme, puis examina les flux électriques enchâssés dans le polyèdre. Une demi-douzaine d'entre eux barraient le panneau coulissant. C'était ceux-là qu'il lui faudrait dériver.

Kira prit son temps pour visualiser ce qu'elle voulait, avec autant de détails et de clarté que possible. Surtout, elle tenta de faire comprendre ses *intentions* à la Lame souple, ainsi que les conséquences d'un échec. Comme l'aurait formulé Alan : « Ça fait un gros boum. »

– Ça ne va pas faire boum, murmura Kira. Pas cette fois.

Elle lâcha ensuite la bride au xéno et l'exhorta à agir par lui-même.

Un bouquet de fils noirs très fins jaillit de sa poitrine, et chacun d'entre eux s'étira jusqu'aux points où, de part et d'autre de la porte, émergeaient les flux. Puis d'autres câbles s'étendirent sur le métal et relièrent les bornes.

Elle sentit alors le xéno forer les parois, enfonçant des pointes d'une finesse de l'ordre de l'atome à travers les panneaux métalliques, vers les composants électriques.

Lorsque la cellule trembla assez fort pour la faire vaciller, Kira retint son souffle.

Plus que quelques microns à creuser et… contact ! Les flux électriques bleutés bondirent hors de leur trajectoire établie jusqu'aux fils disposés par la Lame souple. Autour de ceux-ci, les arcs translucides de forces magnétiques s'ébranlèrent aussi, se troublant et se réalignant le temps de trouver un nouvel équilibre.

Kira demeura figée, dans l'attente de l'inévitable explosion. Celle-ci ne se produisant pas, elle se détendit légèrement.

Ne bouge plus, intima-t-elle à la Lame souple, avant d'avancer la main entre les câbles. Elle posa les doigts sur le mécanisme de verrouillage et fit pénétrer l'exoderme *dans* le panneau.

Un bruit de déchirement visqueux succéda au grincement métallique lorsque le scellement hermétique se décolla.

Le hululement d'une sirène s'insinua par l'interstice.

Comme si elle tentait de caresser un maltigre sans le réveiller, Kira poussa la porte.

Celle-ci pivota avec un couinement de protestation, mais *s'ouvrit*.

Kira en rit presque. Cela n'avait pas pété.

Puis elle fit un pas en avant. Les fils se courbèrent autour d'elle lorsqu'elle franchit le seuil, et, bien que les flux électriques se soient tordus, ils ne cédèrent pas.

Elle était libre !

Le hall offrait un spectacle cauchemardesque de couleurs criardes. Les voyants d'urgence bariolaient les murs de rouge, des rangées de flèches jaunes luisaient au sol et au plafond. Si elle suivait ces flèches orientées dans le sens horaire, elle parviendrait au bunker le plus proche.

Bon, et maintenant ?

– Pas un geste ! beugla un homme. Les mains sur la tête !

Kira se détourna et vit deux soldats en méca près d'un pilier, à un peu moins de dix mètres sur sa droite. L'un d'eux tenait un blaster, l'autre un crache-plombs. Derrière eux, quatre drones s'élevèrent et se mirent en position stationnaire.

– Tu as cinq secondes pour obéir, ou je t'explose la cervelle ! cria le soldat au laser.

Kira leva les bras et fit un pas de plus hors de sa cellule. Deux fines vrilles la reliaient toujours aux circuits de dérivation que l'exoderme avait constitués en travers de la porte.

Les soldats se raidirent, et le bourdonnement des drones s'intensifia lorsque les machines s'approchèrent en décrivant un large arc de cercle autour d'elle.

Un autre pas. *Bang !*

Une balle dorée s'écrasa sur le plancher devant elle, et Kira sentit comme un pincement au mollet lorsqu'un éclat l'atteignit.

– Je déconne pas, là ! À terre, tout de suite ! Je le répéterai p…

– Ne dis pas n'importe quoi, rétorqua-t-elle sèchement. Tu ne vas pas me tirer dessus, marine. Tu n'imagines même pas les ennuis que tu aurais avec le colonel Stahl si tu me descendais. Le CMU a sacrifié beaucoup d'excellents éléments pour me faire venir ici.

– J'en ai rien à foutre de ton blabla. On a l'ordre de t'empêcher de t'échapper, quitte à te buter. Maintenant, à terre !

– D'accord. C'est bon.

Kira fit le calcul. Elle ne se trouvait qu'à un mètre et demi de la cellule. Avec un peu de chance, cela suffirait…

Elle se courba, comme pour s'agenouiller, puis bascula pour exécuter une roulade. Ce faisant, elle arracha les fils reliés au polyèdre et les ramena vers elle.

Un éclair incandescent l'aveugla, et un coup de tonnerre la percuta si violemment que le choc la secoua jusqu'à la moelle.

2.

Sans son exoderme, l'explosion aurait projeté Kira au milieu du hall. Le xéno la maintint ancrée au plancher, telle une bernacle résistant aux assauts d'un tsunami. Une chaleur suffocante l'enveloppa – si intense que même la Lame souple ne put la protéger tout à fait.

Puis un air moins cuisant déferla sur elle, et sa vue s'éclaircit.

Sonnée, elle se releva.

La déflagration avait arraché plusieurs mètres du plancher, laissant derrière elle un cratère de plaques, de câblage et de conduits fracassés, ainsi que des fragments de machinerie impossibles à identifier. Au centre du cratère gisaient les restes du polyèdre, masse informe de métal et de matériau composite à moitié fondus.

Sur un large cercle autour de l'épicentre, des balles de shrapnel avaient été projetées au sol et au plafond. Un éclat biseauté de charge creuse s'était logé à quelques centimètres seulement de sa tête.

Kira n'avait pas prévu que l'explosion serait aussi puissante. Le CMU devait *vraiment* tenir à empêcher la Lame souple de s'échapper. Les explosifs n'avaient pas eu pour seul objectif de la tuer, mais de l'anéantir.

Elle devait trouver Itari.

Les soldats en méca étaient étendus au sol un peu plus loin sur le côté. L'un d'eux remuait les bras, désorienté. L'autre s'était mis à quatre pattes et rampait vers son blaster.

Trois drones brisés gisaient à terre. Le quatrième planait de travers, ses hélices tournant par saccades irrégulières.

Kira le transperça d'un coup de la lame que le xéno forma avec sa main de remplacement. La machine détruite s'écrasa avec un gémissement pitoyable de ses propulseurs mourants.

Kira traversa ensuite le hall à toutes jambes, percuta le marine qui tentait d'attraper son arme et l'expédia par terre, étalé sur le ventre. Sans lui laisser le temps de réagir, elle ficha la Lame souple dans les articulations de l'armure mécanisée et en trancha les câbles d'alimentation pour l'immobiliser. L'engin pesait plus d'une tonne, mais elle le retourna comme une crêpe, en arracha la visière et saisit l'homme par le col.

– … répondez-moi, bordel ! cria-t-il, avant de refermer brusquement la bouche et de braquer sur Kira des yeux verts chargés de peur déguisée en colère.

Il semblait presque aussi jeune que Trig.

Parfait. Les communicateurs étaient HS. C'était à l'avantage de Kira, mais elle eut tout de même un bref instant de flottement. Elle s'était évadée de sa cellule en prenant sa décision sur un coup de tête, pourtant la réalité de la situation la rattrapa. Impossible de se cacher sur une station spatiale où les caméras étaient omniprésentes. Le CMU allait pouvoir la suivre à la trace. Et, dès qu'elle questionnerait le marine au sujet d'Itari, il saurait où elle voulait se rendre.

L'homme perçut son hésitation.

– Alors ? fit-il avec un rictus narquois. T'attends quoi ? Vas-y, qu'on en finisse.

Il croit vraiment que je vais le tuer.

Cette conviction lui sembla si injuste que Kira fut sur la défensive.

Un soubresaut secoua la station.

Au loin une alarme de dépressurisation se mit à hurler avec une insistance stridente.

– Qu'est-ce que tu racontes ? rétorqua-t-elle. J'essaie de t'aider, ducon.

– Ben voyons.

– Ferme-la et écoute-moi bien. On nous attaque. Ce sont peut-être des cauchemars, peut-être des medz. Ça n'a pas d'importance. S'ils nous font sauter, c'est foutu.

– Mon *cul* ! s'exclama le marine, avant de lui cracher au visage. L'amiral Klein vient de se mettre en route avec la Septième flotte pour atomiser ces enfoirés. Il va leur foutre la raclée qu'ils méritent.

– Tu ne comprends pas, mon bonhomme. La medz qui est arrivée ici avec moi à bord de l'*Hélix*, celle que vous avez enfermée en cellule, elle vient offrir une proposition de paix. La paix, tu m'entends ? Si elle meurt, tu crois que ça fera plaisir aux autres medz ? Et le Prime consul, il sera content ? Si la medz explose avec nous, ce n'est pas ta Septième flotte qui réglera le problème. Tu piges ? Elle va résister combien de temps, cette station, à ton avis ?

Comme pour ponctuer sa question, Orsted vacilla plus violemment que jamais.

Assaillie par la nausée, Kira réprima un haut-le-cœur.

– Nous devons *à tout prix* faire sortir cette medz d'ici.

Le soldat plissa vigoureusement les paupières, puis secoua la tête en grimaçant comme s'il souffrait, avant de déclarer :

– Et puis, merde. Au quartier de bioconfinement. C'est là qu'ils l'ont emmenée. Au bioconfinement.

– Où ça se…

– Sur ce même pont. Dans le sens antihoraire. Près du pavillon hydroponique.

– Et l'équipage de l'*Hélix* ?

– Au quartier de détention. Même section. Tu ne peux pas le rater.

Kira se releva.

– Très bien, tu as pris la bonne décision.

Le marine cracha de nouveau, par terre cette fois.

– Si tu nous trahis, c'est moi qui te buterai.

– J'espère bien, répondit Kira, qui s'éloignait déjà.

Il faudrait une grosse demi-heure au soldat pour s'extirper de l'exosquelette, aussi conclut-elle qu'il ne représentait pas une menace immédiate. L'autre marine, en revanche, commençait à bouger. Elle fonça jusqu'à lui, saisit le sommet de son casque, ouvrit le boîtier à l'arrière et arracha le système de refroidissement de l'armure. Celle-ci se mit aussitôt hors circuit pour ne pas fondre.

Voilà. Qu'ils essaient de la suivre, maintenant !

Kira s'élança dans la direction opposée à celle indiquée par les flèches jaunes. *Cache-moi*, ordonna-t-elle à la Lame souple. Un léger bruissement soyeux parcourut sa peau, et, lorsqu'elle se contempla, Kira vit à travers elle, comme si son corps s'était changé en verre.

Les capteurs thermiques pourraient quand même la détecter, mais elle estimait peu probable que les caméras de la station couvrent aussi le spectre infrarouge. En tout cas, grâce à son camouflage, il serait plus difficile au CMU de la repérer. Dans combien de temps enverrait-on des soldats enquêter sur l'implosion de sa cellule ? Cela n'allait pas tarder, même si Orsted subissait une attaque en ce moment même.

La sortie du hall débouchait sur une longue allée centrale. Déserte. Tout le monde à bord était sans doute caché, occupé à prêter main-forte aux infirmiers et aux médecins, ou à combattre les assaillants. Kira s'en réjouissait. Elle n'avait franchement pas envie d'affronter des marines. Ils étaient censés être dans le même camp, après tout.

Elle remonta le large couloir à fond de train, sans prendre le trottoir roulant. Elle avançait plus vite sans lui. Tout du long, elle chercha des inscriptions sur les murs qui indiqueraient l'emplacement du pavillon hydroponique. En règle générale, on utilisait surtout ses visios pour se repérer, mais la loi imposait à tout vaisseau et toute station de disposer d'une signalisation claire pour les situations d'urgence.

Si ça, ce n'est pas une situation d'urgence ! songea Kira. Loi ou pas, les indications qu'elle voyait étaient petites, en partie effacées, et difficiles à lire, ce qui la forçait à ralentir pour les déchiffrer.

À la première intersection, elle contourna une fontaine dont le jet, en s'élevant et en retombant, dessinait un symbole de l'infini presque complet. La force de Coriolis perturbait toujours la façon dont Kira voyait la gravité (ou la gravité apparente) à l'œuvre. Cela ne lui aurait sans doute pas semblé étrange si elle avait grandi dans un circohabitat.

Estimant qu'elle avait parcouru au moins cinq cents mètres, elle finit par se demander si le marine lui avait menti et si elle devait faire demi-tour, mais un peu plus loin, à un angle, elle repéra deux lignes d'inscriptions d'un vert décoloré.

La ligne supérieure indiquait : *Pavillon hydroponique 7G*

Et celle du bas : *Détention 16G*

Sur la paroi opposée se trouvait une autre indication : *Bioconfinement & Décontamination 21G*. Dans cette direction, Kira aperçut un poste de contrôle : une porte fermée flanquée de portiques blindés et de deux écrans. Deux marines en méca intégrale montaient la garde. Malgré la bataille qui faisait rage, ils n'avaient pas quitté leur poste. Kira n'aurait pas été étonnée qu'il y en eût d'autres derrière.

Elle procéda à un rapide calcul. Peut-être réussirait-elle à s'approcher assez pour désactiver les armures de ces marines, mais ceux qu'elle rencontrerait ensuite, ce serait une autre paire de manches. Et, dès qu'elle aurait libéré Itari, toutes les forces du CMU sauraient où elle était.

Bordel. Si elle passait à l'attaque, nul ne pouvait prédire ce qu'il adviendrait. La situation deviendrait incontrôlable, et alors… cela risquait de tourner au carnage.

Un léger tremblement ébranla le pont. Si elle attendait trop, c'était la station elle-même qui risquait d'échapper à tout contrôle.

Elle grogna et se détourna du bioconfinement. *Et puis, merde.* Elle avait besoin d'aide. Si elle réussissait à délivrer les membres d'équipage de l'*Hélix*, elle pourrait compter sur eux.

Les battements de son cœur grondant à ses oreilles, elle fonça dans le couloir latéral qui conduisait aux cellules. Si celles-ci étaient aussi surveillées que le secteur de bioconfinement, elle se demandait bien comment elle pourrait s'y prendre. Grande était la tentation de laisser la Lame souple se déchaîner, mais Kira avait retenu l'amère leçon. Quoi qu'il arrive, jamais elle ne devait reproduire l'erreur qui avait eu pour résultat la création des cauchemars. La galaxie ne s'en relèverait pas.

Les indications aux murs la guidèrent à travers plusieurs segments identiques.

Lorsqu'elle passa un énième tournant, elle vit un homme et une femme agenouillés près d'une porte pressurisée située à la moitié du couloir, le poignet enfoncé loin dans une trappe qu'ils avaient ouverte dans la paroi, la figure éclairée par un tremblotement électrique phosphorescent. Ils ne portaient de vêtements ni en haut ni en bas, seulement un caleçon d'un gris terne. Leur peau avait la blancheur de la craie, et tout leur corps, à l'exception de leur visage, était recouvert de tatouages d'un bleu luisant. Ces lignes formaient des motifs pareils à des circuits imprimés qui rappelèrent à Kira les formes qu'elle avait vues dans la salle souterraine sur Adrastée.

Elle mit un certain temps à reconnaître Veera et Jorrus.

Elle était encore invisible et bien trop loin pour que les entropistes l'entendent, pourtant ils décelèrent sa présence. Sans regarder dans sa direction, Jorrus déclara :

– Ah, prisonnière Navárez…

– Vous avez pu vous joindre à nous. Nous…

– … espérions que vous y parviendriez.

Puis tous les deux arrachèrent quelque chose à l'intérieur du mur, et la porte pressurisée s'ouvrit sur une cellule austère.

Falconi en sortit.

– Pas trop tôt, maugréa-t-il.

3.

Kira laissa refluer son invisibilité, et Falconi la vit.

– Ah, vous voilà, dit-il. J'avais peur qu'on doive vous chercher partout.

– Pas la peine, non.

Elle s'approcha. Les entropistes s'attaquaient à la porte suivante.

– Vous étiez derrière des barreaux, vous aussi ? s'enquit le capitaine.

Brusque hochement de tête de Kira.

– Vous le savez bien.

– Vous avez réussi à ne pas vous faire repérer ?

– Impossible.

Il eut un rictus mauvais.

– Et merde. Il faut qu'on se magne.

– Comment avez-vous fait pour vous échapper ? demanda-t-elle aux entropistes.

Veera éclata d'un bref rire aigu, chargé de tension.

– Chaque fois, on nous retire nos robes en pensant…

– … que ça suffira. Nous avons d'autres cordes à notre arc que nos habits multicolores, prisonnière.

Falconi grommela.

– Ça fait notre affaire, commenta-t-il, avant de se tourner vers Kira : Qui attaque la station, à votre avis ?

Prête à répondre qu'elle n'en avait pas la moindre idée, elle prit le temps de la réflexion. Elle ne ressentait pas une trace de la compulsion qu'il l'assaillait toujours à l'approche des vaisseaux medz. Ce qui signifiait…

– Je suis à peu près sûre que ce sont les cauchemars.

– Génial. Raison de plus pour ne pas lambiner. Si ça canarde dans tous les sens, personne ne nous verra décamper.

– Vous êtes sûr que c'est raisonnable ?

Falconi comprit aussitôt à quoi elle faisait allusion. Si ses comparses et lui s'enfuyaient, leurs amnisties seraient nulles et non avenues, et, contrairement au gouvernement local de Ruslan, le CMU ne cesserait pas de les pourchasser juste à la frontière du système. Les membres de l'*Hélix* deviendraient des fugitifs dans tout l'espace exploré, à l'exception possible de Shin-Zar et de diverses possessions franches situées aux marges.

– Un peu que je suis sûr, affirma-t-il.

Cette réponse emplit Kira d'un profond sentiment de camaraderie. Au moins, elle ne serait pas seule.

– Veera, Jorrus, reprit-il. Vous avez réussi à établir une connexion avec Gregorovich ou pas encore ?

Les entropistes secouèrent la tête. Ils continuaient à triturer les câblages à côté de la porte pressurisée voisine.

– L'accès au système de la station est protégé et…

– … nous ne disposons pas de transmetteurs assez puissants pour joindre l'*Hélix* à travers tous ces murs.

– Putain ! jura Falconi.

– Où sont les gardes ? demanda Kira, qui s'attendait à trouver toute une escouade de marines postés dans le quartier de détention.

Falconi désigna les entropistes d'un mouvement du menton.

– Je n'en sais rien. Ces deux-là ont piraté les caméras. Il nous reste environ cinq minutes avant que le central de sécurité ait à nouveau un visuel sur nous.

Veera dressa l'index sans détourner son attention du compartiment électrique.

– Nous pourrions éventuellement brouiller les…

– … capteurs de la station pour gagner un peu plus de temps, termina Jorrus.

Falconi grommela encore.

– Faites au mieux… Vous pouvez l'ouvrir, cette foutue porte ?

– Nous y travaillons, capitaine, répondirent-ils.

– Laissez-moi faire, intervint Kira.

Elle leva la main droite, puis la Lame souple transforma ses répliques de doigts en lames et en pointes.

– Attention, la mit en garde Falconi. Il y a peut-être des conduits pressurisés ou des câbles haute tension dans la paroi.

– Ça ne devrait pas poser…

– … de problème, affirmèrent les entropistes, avant de s'écarter.

Kira s'avança, ravie de pouvoir enfin *agir*. Elle abattit le poing contre le métal et exhorta la Lame souple à se déployer. Le xéno s'étendit sur le panneau, insinua ses vrilles fureteuses dans le mécanisme de verrouillage. Puis elle tira, les pênes cédèrent en crissant et la porte coulissa sur son rail.

Dans la petite cellule, Sparrow se tenait à moitié accroupie devant la couchette, en position de combat.

– Par Thulé ! s'exclama-t-elle en voyant Kira. Je suis contente que tu sois dans notre camp.

Falconi claqua des doigts.

– Surveillance du périmètre, vite.

– Bien reçu, indiqua la spatio, qui sortit en vitesse.

Elle alla au bout du couloir en trottinant et jeta un coup d'œil à l'angle.

– Par ici ! lança Falconi à Kira en montrant une autre porte sécurisée.

Comme pour la première, Kira en arracha les verrous. À l'intérieur, Hwa-jung se leva.

– Ah, mais tu te bats ! se réjouit la mécanicienne, avant de sourire.

– Tu me connais, répondit Kira.

– Celle-ci ! s'écria Falconi.

Après un autre crissement, ils libérèrent Nielsen. La seconde adressa un rapide signe de tête à Kira et alla se poster près de Falconi.

Pour finir, Kira força la cellule où était emprisonné Vishal. Il paraissait hagard, mais il lui sourit et déclara :

– Quelle délicieuse surprise !

Un soulagement plus profond illumina son visage lorsqu'il vit Nielsen et les autres.

Falconi revint auprès des entropistes.

– Alors, vous l'avez trouvé ?

S'ensuivit un silence qui donna à Kira l'envie de hurler d'impatience.

– Ça reste à confirmer, mais il semblerait...

– ... qu'ils aient laissé Trig en état de stase à bord de l'*Hélix*.

– Falconi, intervint Kira à mi-voix. Nous devons délivrer la medz. Si nous ne la sortons pas de là, tout ce qu'on fait risque de ne servir à rien.

Il fouilla son regard de ses yeux glacials, d'un air presque dépourvu d'émotion, même si elle devinait que, comme elle, il était si soucieux qu'il n'avait plus de place pour la panique.

– Vous êtes sûre ? insista-t-il, d'un calme absolu.

– Certaine.

Elle vit alors une bascule s'opérer en lui. Il afficha une expression plus dure, et une lueur implacable brilla dans ses yeux.

– Sparrow, fit-il.

– Oui, chef ?

– Nous devons faire évader une medz et trouver un moyen de nous tirer de ce gros tas de ferraille. J'attends tes suggestions.

L'espace d'un instant, Sparrow donna l'impression de vouloir protester. Puis, comme Falconi, elle sembla mettre de côté ses réticences et se concentrer sur le problème à résoudre.

– Nous pourrions tenter de couper le courant du quartier de bioconfinement, suggéra Nielsen en s'approchant.

Sparrow secoua la tête.

– Ça marchera pas. Ce secteur dispose d'alimentations de secours.

Elle s'agenouilla et releva la jambe gauche de son pantalon. Puis elle enfonça les doigts dans la peau qui couvrait son tibia et, à la grande stupéfaction de Kira, la souleva pour laisser apparaître un petit compartiment ménagé dans l'os.

– Il faut toujours être paré, commenta la spatio en réponse à son regard perplexe.

Sparrow sortit un couteau à lame étroite forgé dans un matériau vitreux non métallique, un filet aux mailles noires qu'elle enfila comme des gants, et trois petites billes d'aspect mou, presque charnu.

– Un jour, il faudra que tu m'expliques ça, la prévint Falconi.

– Un jour, oui, acquiesça la femme, qui referma la petite cache et se leva. Mais pas aujourd'hui.

À Kira, elle demanda :

– Qu'est-ce que tu as vu, toi, au quartier de bioconfinement ?

Kira lui décrivit le poste de sécurité et les deux marines qui y montaient la garde. Un discret sourire fendit le visage de Sparrow.

– OK, voilà ce qu'on va faire. (Elle claqua des doigts et fit signe à Veera de la rejoindre.) Vous, l'entropiste, quand je vous donnerai le signal, vous vous approcherez des soldats jusqu'à ce qu'ils vous repèrent.

– Est-ce bien…

– Ne discutez pas. Kira.

– Je peux me rendre invisible, l'interrompit-elle.

Sparrow approuva d'un brusque hochement de tête.

– Ça nous facilitera la tâche. Je vais me charger des deux gardes. Toi, tiens-toi prête à assommer le premier qui sortira de là.

– Pigé.

– Parfait. C'est parti pour la baston.

4.

Une fois cachée avec Sparrow dans la coursive qui débouchait sur le couloir central, Kira se camoufla de nouveau.

– C'est classe, ça, chuchota la spatio.

Devant elles, Veera franchit le croisement et se dirigea vers le bioconfinement. L'entropiste avait des courbes plus voluptueuses que ne le laissait supposer sa robe moirée, et les tatouages sur sa peau pâle ne faisaient qu'accroître cette impression. On ne pouvait qu'être distrait par son allure, ce qui était le but recherché.

– En avant, dit Sparrow.

Elle quitta leur cachette et se précipita vers le côté, hors du champ de vision des soldats.

Kira fonça dans l'autre direction, et toutes deux flanquèrent Veera, prenant position des deux côtés du passage menant au quartier de bioconfinement.

Alors que Veera atteignait la porte, les marines la virent. Kira entendit leurs pas lourds lorsque leurs armures pivotèrent, et, avec une perplexité flagrante, un homme s'écria :

– Hé, vous ! Qu'est-ce que vous fou…

Il n'eut pas l'occasion de finir sa question. Sparrow passa le bras à l'angle et jeta les billes charnues vers les militaires. Il y eut trois *bzzzzt !* brefs lorsque les mécas tirèrent sur les projectiles.

Grave erreur.

Trois puissants éclairs embrasèrent le couloir, de la fumée satura l'air, et, grâce à sa vision augmentée, Kira vit des tremblotements violets d'énergie électromagnétique. *Bordel de merde !*

Sparrow entra aussitôt en action. Elle franchit le coin en sprintant et disparut dans la fumée. Des grincements métalliques retentirent, suivis quelques instants plus tard de deux énormes bruits sourds lorsque les mécas s'écroulèrent, inertes.

Kira la suivit de près. Basculant en mode infrarouge, elle vit coulisser la porte blindée. Un autre soldat en armure de combat sortit, son blaster prêt à faire feu. Plus loin, trois marines supplémentaires se mirent à couvert précipitamment derrière des bureaux.

Malgré la multitude de capteurs qui équipaient une méca à usage militaire, le marine de la porte ne la vit pas arriver. Elle se projeta violemment contre l'armure tout en y infiltrant une centaine de fibres. Il ne lui fallut qu'une fraction de seconde pour en identifier les points faibles et la désactiver.

La méca se verrouilla et se renversa. Kira la traîna sur le côté, bondit dans le quartier de bioconfinement, se réceptionna par une roulade et se remit debout. Aucun marine à l'intérieur ne pouvait déterminer sa position exacte, ce qui ne les empêcha pourtant pas de faire feu à l'aveuglette vers le dernier endroit où elle avait surgi.

Trop lents. Un faisceau laser creusa un trou dans le dossier de la chaise juste à côté d'elle, mais Kira s'élançait déjà, expédiant des vrilles dans toute la salle pour prendre chaque soldat au collet.

Ne tue pas, implora-t-elle la Lame souple, en espérant qu'elle lui obéirait.

Peu après, les marines s'effondrèrent à terre. Le poids de leur armure écrasa des tables, brisa des étagères et enfonça le plancher.

– Tu les as tous eus ? s'enquit Sparrow en passant la tête.

Kira atténua son invisibilité et acquiesça. Plus loin dans la pièce, une porte donnait sur une salle de décontamination de vastes dimensions. Derrière celle-ci se trouvait une troisième porte pressurisée, qui à son avis devait ouvrir sur la chambre d'isolement où l'on détenait Itari.

– Couvre-moi, dit-elle.

– Ça marche.

Il aurait sans doute été possible de soutirer les codes d'accès aux marines, mais Kira n'avait pas de temps à perdre. Avançant d'un pas rapide, elle écarta les bras devant elle et laissa la Lame souple faire tout le travail.

Par le hublot, elle vit Itari assise par terre, à l'autre bout du compartiment, ses tentacules recourbés sous elle, pareils aux pattes d'une araignée morte.

Un bref soulagement traversa Kira. Au moins, ils étaient au bon endroit.

Elle se plaqua contre le panneau coulissant et encore une fois chargea la Lame souple de se faufiler dans le mécanisme, puis de l'*arracher*.

Clac. La serrure se brisa. Tirant et poussant avec le xéno, Kira fit rouler la lourde porte.

Une proxomone interrogative lui parvint tandis que la medz dépliait ses tentacules.

[[Ici Itari : Idéalis ?]]

[[Ici Kira : Si tu veux vraiment obtenir la paix, nous devons partir d'ici.]]

[[Ici Itari : Ces biformes sont-ils nos ennemis ?]]

[[Ici Kira : Non, mais ils ne l'ont pas encore compris. Ne les tue pas, je te prie. Prends quand même garde à ne pas te faire tuer non plus.]]

[[Ici Itari : À ta guise, Idéalis.]]

Kira fit demi-tour pour rejoindre les autres et entendit Itari la suivre dans un bruissement de tentacules.

– Mission accomplie ? demanda Falconi lorsque Sparrow, Itari et elle émergèrent de la fumée.

Veera enfilait une veste qu'elle avait trouvée dans les bureaux du quartier de bioconfinement.

– Ouaip, confirma Sparrow. Les nibards, ça marche à tous les coups. Personne n'y résiste.

– Tirons-nous d'ici, lança Kira à la cantonade.

Orsted grondait de partout.

– Que les cieux nous protègent, oui, s'affola Vishal.

– Veera ! Jorrus ! cria Falconi.

– Capitaine ?

– De nouvelles de Gregorovich ?

– Toujours rien.

– Ils brouillent les communications ?

– Non. Ils le maintiennent en isolement total.

– Il va se débattre comme un beau diable, intervint Hwa-jung.

– Tant mieux. Ça peut nous être utile, indiqua Falconi, avant de s'adresser à tous les autres. Bien. Nous allons emprunter le passage principal. Si quelqu'un se pointe, dégagez à droite et mettez-vous à couvert. Il ne faut pas qu'ils vous prennent en otage. Kira, vous devrez nous débarrasser de ceux qui se dresseront en travers de notre chemin. Nous n'avons aucune arme, nous autres.

– Parlez pour vous, rétorqua Sparrow en levant sa main droite.

Son poignard à l'aspect de verre étincela entre ses doigts.

Kira désigna les marines à terre.

– Et si on récupérait leurs…

– Ça ne servirait à rien, la coupa le capitaine. Elles sont verrouillées. Les civils ne peuvent pas utiliser les flingues du CMU sans autorisation. Assez jacassé. Dépêchons-nous de…

Brusquement, les portes pressurisées se fermèrent avec un bruit sourd et bloquèrent l'accès à toutes les branches de l'intersection, sauf celle par où Kira était arrivée. Dans cette direction, elle entendit le vrombissement de mécas, puis une bonne vingtaine de marines accoururent, armés de blasters, de fusils à impulsion électrique et de tourelles lourdes. Une nuée de drones semblables à des guêpes les accompagnait.

– Pas un geste ! cria une voix amplifiée.

5.

Kira et les autres, y compris la medz, battirent en retraite dans le couloir menant au secteur de bioconfinement et se mirent à couvert de part et d'autre de la porte.

La voix tonna de nouveau :

– Nous savons que vous essayez de venir en aide à la medz, Navárez. Le soldat Larrett nous a tout dit.

Kira devina que ce Larrett était le marine à qui elle avait parlé après avoir fait exploser le polyèdre.

– Enfoiré, grogna-t-elle.

– Sauf si quelqu'un a une solution miracle, on est mal barrés, asséna Falconi d'un air abattu.

Puis Stahl s'exprima par les haut-parleurs encastrés dans le plafond luisant, assez fort pour se faire entendre malgré le vacarme des alarmes.

– Kira, c'est une très mauvaise idée. Vous n'arrangerez rien en combattant, surtout pas votre cas. Rendez-vous immédiatement, dites à la medz de regagner sa cellule, et personne ne sera…

Le pont gronda et se tordit de nouveau sous leurs pieds.

Kira n'hésita pas.

Elle bondit dans le couloir, où elle fit jaillir des dizaines de filins de sa poitrine et de ses jambes. Les vrilles se fichèrent dans le sol en divers endroits.

Ne perds pas le contrôle. Ne perds pas…

Elle fut sonnée par une balle qui ricocha sur sa tête, et sentit comme de violents coups de poing dans ses côtes, juste au-dessus du cœur. Puis elle ramena les filins à elle en arrachant de gros morceaux du plancher.

À son injonction, le xéno rassembla tous ces éléments et les agença à la façon d'écailles pour former devant elle un haut bouclier en pointe.

Une mitraille de lasers le cribla d'impacts chauffés à blanc et dégoulinants de métal fondu.

Kira fit un pas en avant, et le xéno déplaça le pavois d'un même mouvement. Elle alla chercher plus loin avec l'exoderme et décrocha d'autres morceaux du pont, qu'elle ajouta à sa carapace pour l'épaissir et l'élargir.

– Tous avec moi ! cria-t-elle.

L'équipage et la medz se précipitèrent à sa suite.

– On est juste derrière vous ! indiqua Falconi.

Des balles sifflèrent au-dessus de sa tête, puis une explosion ébranla le bouclier et secoua Kira de la tête aux pieds.

– Grenade ! hurla Sparrow.

[[Ici Itari : Puis-je me rendre utile, Idéalis ?]]

[[Ici Kira : Ne tue personne si tu peux l'éviter, et surtout ne te mets pas devant moi.]]

Deux drones surgirent en bordure du bouclier. Kira les transperça de deux rapides estocades et continua de forcer le passage. Elle avait du mal à garder l'équilibre sur le fatras de poutrelles tordues et de tuyaux mis à nu qu'était devenu le sol.

– Il faut juste que vous nous ameniez jusqu'au terminal ! indiqua Falconi.

Kira acquiesça d'un signe de tête. Bien qu'elle ne vît pas ce qui se trouvait devant elle, elle ne cessait de recourir à son exoderme pour décrocher des plaques du plancher et des murs, des bancs et tout ce qui pouvait lui servir à les protéger. Elle ignorait quel poids la Lame souple pouvait supporter ou déplacer, mais elle avait la ferme intention de le découvrir.

Une autre grenade frappa le rempart mobile. Cette fois, Kira la sentit à peine.

Plusieurs vrilles du xéno s'enroulèrent autour d'un objet long, lisse et chaud (si chaud qu'il lui aurait sans doute brûlé la chair profondément) : une tourelle laser. Elle arracha le canon du sol et le ficha dans l'intervalle entre deux bancs, pour compléter le bouclier géant.

– Encore des drones ! annonça Vishal.

Avant même qu'il ait pu terminer sa phrase, Kira créa un maillage de barres et d'entretoises (certaines en métal, d'autres formées avec la Lame souple) entre le bouclier, le plafond et les parois lointaines. Elle sentit et entendit les appareils heurter cette barrière en plusieurs endroits ; le vrombissement de leurs hélices se fit plus aigu sous l'effort.

Elle tressaillit lorsque des grenades percèrent une ouverture dans le grillage.

– Putain ! s'écria Falconi.

Les drones se précipitèrent vers la béance. Lorsque l'un d'eux s'y engouffra, Itari l'expédia au loin d'un coup de tentacule précis. Avant que les autres aient pu passer et trouver un angle de tir, Kira les attrapa un par un, comme un caméléon gobant des mouches, et les fracassa.

Tous sans exception.

Elle sentait l'exoderme s'étoffer, se renforcer avec du métal et du carbone puisés dans la structure de la station. Ses jambes et ses bras lui paraissaient plus épais, et un sentiment de puissance la gagna ; elle se sentait capable de forer un chemin à travers le roc.

La fusillade s'estompa à mesure que les marines partaient en courant, martelant le plancher de leurs pas lourds.

Kira eut un rictus triomphant. Ils avaient donc compris qu'il était vain de résister. Parfait. Si elle pouvait à présent conduire tout le monde sain et sauf à l'*Hélix*, alors…

Devant eux, elle ne vit pas la porte pressurisée s'actionner mais l'entendit se fermer brusquement. Puis ce fut au tour de la suivante, et ainsi de suite sur toute la longueur du couloir principal.

– Merde ! pesta Nielsen. Ils nous ont coincés.

– Restez derrière moi ! commanda Kira.

Elle continua d'avancer jusqu'à ce que son bouclier heurte la porte. Celle-ci était trop massive et robuste pour qu'elle pût la forcer rapidement, mais pas le cadre qui l'entourait. Il ne fallut que quelques instants avant que le panneau bascule en arrière et s'abatte dans un fracas assourdissant.

Dix mètres plus loin, la porte anti-souffle suivante leur barrait la route.

Kira réitéra l'opération, et le deuxième obstacle connut vite le sort du premier. Puis ce fut le tour d'un troisième… et d'un quatrième.

Toutes les portes du corridor étaient fermées. Cela ne les empêchait pas de progresser, mais les ralentissait considérablement.

– Le CMU cherche à gagner du temps, devina Falconi.

Elle grommela.

– À tous les coups, ils nous préparent un beau comité d'accueil au terminal.

Un puissant sifflement retentit à proximité des parois. La nuque de Kira se hérissa. L'air était-il aspiré, ou y injectait-on une substance ?

– Du gaz ! s'écria Falconi, avant de relever le col de sa combinaison sur sa bouche et son nez.

Les autres l'imitèrent. Le tissu moulait leurs traits et formait un filtre hermétique. Les entropistes exécutèrent des gestes mystérieux, et les lignes de leurs tatouages s'étendirent sur leur visage, qu'elles couvrirent d'une fine membrane.

Kira fut impressionnée par cette nanotechnologie de la plus haute volée.

Quand elle franchit la dernière portion de l'allée centrale – le tronçon adjacent au terminal –, elle le sut aussitôt, car un déluge de balles, de tirs laser, d'impulsions électriques et d'explosifs s'abattit sur le bouclier. Les impacts la firent vaciller en arrière, mais elle s'arc-bouta et poursuivit son avancée d'un pas résolu.

Alors qu'elle avait parcouru un tiers de la section, Falconi lui tapota l'épaule et indiqua :

– À droite !

Il pointa l'index vers l'entrée du terminal.

À peine Kira eut-elle pivoté dans cette direction que les conduits sous ses pieds se mirent à trembler, et elle entendit un vacarme pareil à celui d'une avalanche. Les marines chargeaient.

Disposant de moins d'une seconde pour se préparer, elle tordit plusieurs solives du plancher pour soutenir le bouclier et l'empêcher de se renverser.

– Accrochez-vous ! cria-t-elle.

Malgré son épaisseur, le pavois se gauchit et pencha en arrière lorsque les soldats le percutèrent avec leurs mécas. Dans un crissement métallique terrible, les marines se mirent à en arracher des éléments.

– Je vous tiens, grinça Kira, avec un sourire carnassier.

Elle projeta des centaines de fibres filiformes à travers la masse énorme du bouclier, par toutes les crevasses et tous les interstices cachés dans sa structure, jusqu'à ce qu'elles trouvent les carapaces lisses des armures mécanisées. Puis, comme plus tôt, elle envoya les filaments forer les articulations et les jointures des mécas, sectionna tous les câbles électriques et les tubes de refroidissement qu'elle rencontrait, s'arrêtant seulement quand elle sentait le contact de la chair en surchauffe.

Cela exigea d'elle un gros effort, mais la Lame souple lui obéit et respecta sa volonté de préserver la vie. La confiance de Kira redoubla.

Derrière le pavois, les grincements cessèrent, et les soldats s'écroulèrent dans un vacarme digne de la chute de titans.

– Vous les avez tués ? s'enquit Nielsen, d'une voix trop forte dans le silence soudain.

Kira se passa la langue sur les lèvres.

– Non.

Parler lui procura une sensation étrange. Le bouclier semblait occuper une part d'elle plus grande que son propre corps. Elle en sentait jusqu'au moindre centimètre carré, et la quantité d'informations qu'elle recevait était étourdissante. Cette expérience était-elle similaire à ce que connaissaient les intelligences de bord ? Elle en était perplexe.

Alors qu'elle s'apprêtait à se désolidariser du pavois, d'autres pas lourds approchèrent au bout de l'allée centrale.

Avant que Kira ait pu réagir, les lumières tremblotèrent et s'éteignirent, à l'exception des petites veilleuses d'urgence au sol, et le pont se souleva comme une vague, ce qui fit vaciller et tomber tout le monde sauf Kira et Itari.

Un fracas gigantesque de métal froissé se répercuta dans la structure, et l'aiguillon noir d'un vaisseau à la coque veinée perfora le plancher un peu plus loin dans le couloir, derrière les marines qui venaient d'arriver en renfort. Des alarmes de dépressurisation hurlèrent, et par une ouverture suintante ménagée dans le flanc de l'appareil intrus se déversèrent des dizaines de cauchemars claudicants.

La pétarade assourdissante des mitrailleuses automatiques retentit, doublée des claquements électriques des lasers lorsque les marines ouvrirent le feu sur les assaillants à l'allure grotesque.

– *Shi-bal !* jura Hwa-jung.

Kira cria et poussa le bouclier vers l'avant, déblayant les mécas inertes. Si les cauchemars identifiaient ce qu'elle était, tous fondraient sur elle. Elle accéléra l'allure jusqu'à presque courir et cessa d'ajouter de la matière au pavois, son seul objectif étant désormais de s'échapper.

Elle se retourna, fit pivoter le bouclier autour de Falconi et des autres, dos au terminal. Puis elle marcha à reculons dans l'allée centrale, pas à pas, jusqu'à ce que les bords du rempart métallique cognent contre les murs des deux côtés de la porte.

Elle tira en vitesse le bouclier vers elle, réduisant son envergure pour former un rempart dense en travers du passage. Puis elle le fixa au sol, au plafond et aux parois à l'aide de morceaux de métal gauchis, de sorte qu'on ne puisse l'en dégager qu'en le découpant.

Falconi lui martela l'épaule du poing.

– Abandonnez-le ! lui intima-t-il.

Une grosse détonation retentit dans le terminal lorsqu'une grenade explosa derrière le bouclier. Quelques secondes plus tard, on entendit les marines le marteler.

Il allait tenir, mais pas très longtemps.

Kira en extirpa le xéno et, ramenée à sa sensation de taille normale, se sentit diminuée.

Après avoir fait volte-face, elle constata que les autres avaient déjà traversé le petit terminal et forçaient l'ouverture des portes d'une cabine magtram.

Une voix d'homme surgit du plafond :

– Ici Udo Grammaticus, directeur de cette installation. Cessez de résister, et je vous garantis qu'il ne vous sera fait aucun mal. C'est notre dernière sommation. Vingt soldats en armure sont postés devant votre…

Il continuait, mais Kira ne l'écoutait plus. Elle alla au pas de course jusqu'à la capsule, où Falconi demanda :

– On peut l'utiliser ?

– À part l'éclairage, tout le courant est coupé, répondit Hwa-jung.

– Du coup on ne peut pas partir ? enchaîna Nielsen.

Hwa-jung grogna.

– Pas comme ça, en tout cas. Les magtrams ne fonctionneront pas.

– Il y a forcément un autre moyen d'accéder à l'anneau d'amarrage, intervint Vishal.

– Comment ? rétorqua Sparrow. La rotation de la structure est beaaaaaucoup trop rapide pour qu'on puisse sauter dans le tunnel comme ça. Kira et la medz s'en sortiraient peut-être, mais nous autres serions réduits en charpie. On est marron, putain.

Derrière le bouclier, la fusillade faisait toujours rage – des détonations sourdes leur parvenaient par salves contrôlées pendant que les marines combattaient les cauchemars. Du moins Kira le supposait.

– D'accord, merci beaucoup, répliqua sèchement Falconi, avant de se tourner vers Hwa-jung. C'est toi l'ingénieure. Des idées ?

Il jeta ensuite un coup d'œil aux entropistes.

– Et vous ?

Veera et Jorrus écartèrent les mains en signe d'impuissance.

– La mécanique…

– … n'est pas notre spécialité.

– Mettez-y un peu du vôtre. Il existe forcément un moyen de sortir d'ici sans se précipiter vers une mort certaine.

La chef mécanicienne fronça les sourcils.

– Bien sûr que oui, à condition d'avoir assez de temps et le matériel adéquat.

Un autre *boum* résonna dans le hall.

– Manque de bol, ce n'est pas le cas, rétorqua Falconi. Allez, ce qui te passe par la tête. Tant pis si c'est fantaisiste. Fais preuve de *créativité*, madelle Song. C'est pour ça que je t'ai engagée.

Le front de Hwa-jung se plissa de plus belle, et la Zarilienne se tut quelques instants. Puis elle marmonna « *Aigoo* » et se faufila dans la cabine. Elle passa les mains sur le plancher, le tapota de ses doigts repliés à plusieurs endroits. Elle fit ensuite signe à Kira de la rejoindre et déclara :

– Là. Découpe le sol juste là. (Elle dessina un carré par terre.) Fais très attention. Retire seulement la couche supérieure. N'endommage rien en dessous.

– Compris.

Kira reproduisit le carré avec l'index, rayant le composite gris du bout de l'ongle. Elle réitéra ce mouvement en accroissant la pression, et de son doigt émergea une lame fine aussi dure qu'un diamant, qui creusa le matériau sur un centimètre de profondeur environ. Elle agrippa alors la plaque, qu'elle colla à ses paumes comme avec des gants gecko, et la détacha.

Hwa-jung se mit à quatre pattes et, penchée au-dessus de l'ouverture, examina les câbles et les composants.

Les martèlements à l'extérieur du terminal s'intensifièrent. Kira jeta un coup d'œil au bouclier, qui commençait à s'incurver. Elle allait bientôt devoir le consolider.

Hwa-jung eut un petit grognement et se leva.

– Je peux faire bouger la cabine, mais il me faut du jus.

– Ah bon ? Il n'y a pas d'autre so…, protesta Falconi.

– Non, trancha la mécanicienne. Sans courant, autant essayer de déplacer un gros rocher. Je ne pourrai rien en tirer.

Kira se tourna vers la medz.

[[Ici Kira : Peux-tu réparer cette machine ?]]

[[Ici Itari : Je ne dispose d'aucune source d'énergie qui pourrait convenir.]]

– Et une alim d'armure mécanisée ? suggéra Nielsen. Ça ferait l'affaire ?

La mécanicienne secoua la tête.

– Il y aurait assez de puissance, oui, mais ça ne sera pas compatible.

– Tu pourrais utiliser une tourelle laser ? demanda Kira.

La chef mécano hésita, puis hocha la tête.

– Possible. Si on peut relier les condensateurs à…

Kira n'attendit pas la suite. Elle bondit hors de la capsule et fonça jusqu'à la barrière de fortune. Lorsqu'elle l'atteignit, les martèlements cessèrent, et, bien que cela l'inquiétât, elle n'allait pas s'en plaindre.

Déployant le xéno en dizaines de tentacules ondulants, elle les plongea dans l'amas de ferraille et chercha la tourelle qu'elle y avait enfouie. Elle la trouva vite : un engin métallique dur et lisse, encore chaud d'avoir fait feu. À toute vitesse, elle tordit et plia des éléments du pavois afin de créer une galerie assez large pour y faire passer la tourelle, tout en s'efforçant de conserver l'intégrité de la structure afin que sa face externe demeure intacte.

– Ça serait bien de se magner ! la pressa Falconi.

– Qu'est-ce que je fais, à votre avis ? s'emporta-t-elle.

La tourelle fut enfin dégagée. Tenant l'arme dans ses bras comme s'il s'agissait d'une charge explosive, Kira retourna vite au magtram et la remit à Hwa-jung.

Sparrow jetait des regards alentour en tapotant son couteau vitreux contre sa cuisse. Puis elle saisit Kira par le bras et l'entraîna un peu à l'écart.

– Qu'est-ce qu'il y a ? l'interrogea Kira.

D'une voix basse et crispée, Sparrow expliqua :

– Ces troufions vont faire péter le plafond ou les murs pour passer. Je te le garantis. Tu ferais bien de nous concocter une sorte de fortification, sinon on va finir éparpillés façon puzzle.

– Je m'y colle.

Sparrow hocha la tête et regagna la cabine, où Vishal aidait Hwa-jung à démonter la tourelle.

– Tout le monde en arrière ! les avertit Kira.

Puis elle se tourna face au terminal encombré, et, comme dans l'allée centrale, fit surgir des dizaines de filins de la Lame souple, qu'elle chargea de faire le nécessaire. Un tumulte retentissant l'assaillit lorsque le xéno s'employa à démanteler le sol, les murs et le plafond. Elle rapprocha les morceaux et les assembla en vitesse pour édifier une coupole devant le quai d'embarquement du magtram.

Tandis que le tout s'agençait avec fracas, elle eut de nouveau une sensation d'expansion de sa présence au monde. Une sensation grisante. Elle s'en méfiait, tout comme elle se méfiait d'elle-même et de la Lame souple, mais l'attrait du *plus* était puissant, et la facilité avec laquelle le xéno et elle agissaient de concert l'enhardissait.

Un des panneaux arrachés devait renfermer le haut-parleur de l'intercom, car il y eut des étincelles, puis la voix du directeur de la station se tut.

Un mètre après l'autre, elle désossa le terminal, mettant à nu Orsted et son squelette de poutrelles entrecroisées, anodisées contre la corrosion et perforées de nombreux trous pour les alléger.

Bientôt, elle ne vit plus que l'intérieur de la coupole, mais continua à la consolider. L'obscurité les enveloppa, et depuis la cabine Vishal protesta :

– Vous ne nous facilitez pas la tâche, madelle Navárez !

– Vous préférez vous faire canarder ? rétorqua-t-elle.

Une explosion secoua le terminal.

– Il va être temps d'envoyer la sauce, commenta Falconi.

– J'y travaille, répondit Hwa-jung.

Kira se déploya davantage, à la limite de sa portée, et découvrit qu'elle pouvait s'étirer encore plus loin. Sa perception de l'environnement s'affina, couvrit une zone sans cesse plus vaste, et l'afflux massif d'informations devint vertigineux : bosses et égratignures ici, conduits là, câbles en dessus et en dessous, un chatouillis de décharges électriques, chaleur et froid, et mille sensations issues de mille points différents sur la Lame souple, toujours mouvants, changeants, gagnant en surface.

C'était trop. Elle ne pouvait pas tout encaisser. Sa supervision flanchait par endroits, alors la Lame souple agissait de son propre chef, allait de l'avant avec une volonté inexorable. Kira sentait son esprit se fragmenter lorsqu'elle tentait de se focaliser sur un emplacement, puis un autre, et encore un autre... Chaque fois elle parvenait à ramener le xéno au pas, mais dans le même temps la Lame souple essaimait ailleurs, continuait à croître... à se développer... à s'*accomplir*.

Kira se noyait dans l'existence en expansion de la Lame souple. Une étincelle de panique surgit en elle, mais bien trop faible pour réfréner l'exoderme. La Lame souple lui transmettait sa satisfaction qu'on la laisse enfin libre de servir son dessein. Kira recevait d'elle des images fugaces de... *champs jaunes parsemés de fleurs chantantes*... souvenirs qui... *une excroissance pareille à un arbre avec des écailles métalliques en guise d'écorce*... la désorientaient davantage, à cause desquelles il lui était presque... *une meute de créatures au long corps couvert de fourrure qui lui jappaient dessus entre leurs mâchoires tachetées*... impossible de se concentrer.

Lors d'un bref accès de lucidité, l'horreur de la situation frappa Kira. Qu'avait-elle fait ?

Avec des oreilles qui n'étaient pas les siennes, elle entendit le bruit de la fatalité : les pas pesants et calibrés de soldats en méca investissant le terminal. Une gêne cuisante et pénétrante perturba plusieurs pseudopodes préhensiles. Surprise, Kira/le xéno se rétracta.

Bien sûr qu'ils allaient s'en prendre à elle/lui.

Murs, poutres et éléments de soutien s'effondraient à mesure que les marines démolissaient la structure de la station autour du bouclier. Le pont vacilla, mais peu importait. Seul comptait la nécessité de récolter plus de masse : plus de métaux, plus de minéraux, toujours *plus*. Une faim naquit en elle/lui, un appétit insatiable, *dévorant*.

– Kira !

La voix parut provenir du bout d'un tunnel. Elle/il n'identifia pas qui l'appelait. Ou peut-être ne s'en souciait-elle/il pas. Des choses bien plus importantes exigeaient leur attention.

– *Kira !*

Comme à distance, elle/il sentit des mains sur elle/lui, qui la/le secouaient et tiraient. Rien qui pût la/le faire bouger, bien sûr : leurs filins de fibres assemblées étaient trop robustes.

– *Kira !*

Une douleur se fit sentir sur leur visage, toutefois si faible et lointaine qu'il fut aisé de l'ignorer.

La douleur se manifesta une deuxième fois. Puis une troisième.

La colère enfla quelque part en elle/lui. Elle/il s'examina depuis d'innombrables points de vue, avec des yeux en dessus, en dessous, des yeux encore organiques, et par eux elle vit un homme qui se tenait près d'elle, le visage écarlate, en train de hurler.

Il la gifla.

Le choc suffit à la faire revenir à elle quelques instants. Elle eut un brusque hoquet, et Falconi ordonna :

– Secouez-vous ! Vous allez tous nous tuer !

Elle sentait qu'elle replongeait déjà dans le bourbier de la Lame souple.

– Frappez-moi encore, lui réclama-t-elle.

Après un temps d'hésitation, il s'exécuta.

Un voile rouge submergea la vision de Kira, mais la douleur cinglante à sa joue lui offrit de quoi se focaliser hors de la Lame souple et se recentrer. L'effort fut ardu ; elle devait rassembler les différentes parties de son esprit comme si elle tentait de se libérer de dizaines de mains cherchant à l'agripper, une pour chaque fibre du xéno, et toutes d'une force incommensurable.

La peur fournit à Kira la motivation requise. Le rythme de son cœur s'emballa tant qu'elle fut à deux doigts de perdre connaissance. Puis, peu à peu, elle parvint à se rétracter en elle-même. Dans le même temps, elle rappela le xéno, qui tout d'abord résista ; il rechignait à quitter les murs et les pièces alentour, renoncer à son projet grandiose et céder ce qu'il avait déjà soumis.

Finalement, la Lame souple se replia sur elle-même, pour regagner le corps de Kira. Il y avait désormais une quantité superflue de xéno, et à peine l'eut-elle constaté que des fibres se ratatinèrent et se réduisirent en poussière.

Falconi leva de nouveau la main.

– Attendez, lui intima Kira.

Son audition revenait à la normale ; elle entendit le sifflement de l'atmosphère artificielle qui s'échappait et les alarmes de dépressurisation qui prenaient le pas sur toutes les autres.

– Qu'est-ce qui s'est passé ? s'enquit Falconi. (Elle secoua la tête, ne se sentant toujours pas tout à fait elle-même.) Vous avez arraché un bout de la coque et failli nous expédier dans le cosmos.

Kira regarda en l'air et trembla en voyant, juste au-dessus d'eux, une fine faille noire d'espace visible par une brèche taillée dans le plafond ravagé et plusieurs strates de ponts saccagés. Au-delà tournoyaient des étoiles, kaléidoscope frénétique de constellations, à la vélocité étourdissante.

– J'ai perdu le contrôle, désolée.

Elle toussa.

Quelque chose heurta l'extérieur de la coupole avec un bruit métallique.

– Hwa-jung ! cria le capitaine. Il faut qu'on se tire d'ici. Ça urge !

– *Aigoo !* Fichez-moi la paix !

Falconi se tourna vers Kira.

– Vous allez pouvoir mettre les bouts ?

– Je pense.

La présence intrusive de la Lame souple continuait à grouiller inlassablement dans son esprit, toutefois son sentiment d'identité tenait bon.

Là où avait eu lieu l'impact, Kira entendit un crachement chuintant, pareil à celui d'un chalumeau congestionné. Un point à l'intérieur du dôme luisit d'un rouge mat, puis devint jaune, et presque aussitôt elle sentit la température monter dans l'espace réduit.

– C'est quoi, ça ? demanda Nielsen.

– Merde ! pesta Sparrow. Ils utilisent une lance thermique, ces cons !

– La chaleur va nous tuer ! s'alarma Vishal.

Falconi agita le bras.

– Tous dans la cabine !

– Je peux les repousser ! indiqua Kira, même si cette perspective l'emplit de nouveau de peur.

Tant qu'elle se concentrait sur un seul effort et réfrénait la Lame souple… Avant même d'avoir fini sa phrase, elle se mit à désosser le sol dans l'enceinte du dôme et en plaqua les morceaux sur le point incandescent. Des fumerolles jaillirent des panneaux de composite, qui rougissaient et mollissaient.

– Laissez tomber ! On doit tracer ! cria Falconi.

– Enfermez-vous dans la cabine. Je vais vous faire gagner un peu de temps.

– Arrêtez de déconner et montez ! C'est un ordre.

[[Ici Itari : Idéalis, nous devons partir.]]

La medz s'était déjà faufilée à l'avant du compartiment, les tentacules pressés contre les bords.

– Non ! Je peux les retenir. Prévenez-moi quand vous…

Falconi l'empoigna par les épaules et la fit pivoter vers lui.

– *Tout de suite !* Je n'abandonne personne. Grouillez-vous !

À la lueur de la combustion, ses yeux bleus paraissaient aussi brillants que deux soleils flamboyants.

Kira céda à cette injonction. Elle lâcha la coupole et se laissa emmener dans le magtram. Sparrow et Nielsen fermèrent la porte, qui se verrouilla avec un puissant déclic.

– Vous cherchez à vous faire tuer ou quoi ? grogna Falconi à l'oreille de Kira. Vous n'êtes pas invincible.

– Je sais, mais…

– Bouclez-la. Hwa-jung, on est parés au départ ?

– Presque, capitaine. Presque…

À l'extérieur du compartiment, une gerbe de métal chauffé à blanc jaillit du point incandescent au moment où la lance transperça l'épaisse barrière. Le jet amorça alors un mouvement vers le bas, découpant lentement un côté d'une ouverture de la taille d'une méca.

– Ne regardez pas ! les avertit Sparrow. Ça vous brûlerait la rétine.

– Hwa-jung…

– Prête ! annonça la mécanicienne.

Kira et les autres se tournèrent vers elle. La tourelle gisait en pièces détachées à ses pieds. Le boîtier d'alimentation était ouvert, et des câbles le reliaient à la machinerie qui emplissait le châssis de la cabine.

– Écoutez bien, déclara Hwa-jung, en tapotant le module électrique. Ce générateur est endommagé. Quand je vais l'activer, il risque de fondre et d'exploser.

– On prend le risque, trancha Falconi.

– Ce n'est pas tout.

– On n'a pas franchement le temps pour un discours, là.

– Écoutez, à la fin ! *Aish !* (Les yeux de Hwa-jung étincelaient à la lumière aveuglante de la lance thermique.) J'ai pu me raccorder aux alims des électroaimants. Ce machin va nous soulever, mais c'est tout. Je ne peux pas accéder à la direction, du coup ça ne nous fera pas avancer.

– Alors comment…, tenta de demander Nielsen.

– Kira, voilà ce que tu vas faire : tu nous arraches un siège chacun, puis tu casses les vitres là et là. (Hwa-jung désigna les deux côtés du compartiment.) Quand j'aurai activé le circuit, tu nous propulseras en avant avec ton xéno, et nous nous engagerons dans le tube principal. Les supercondensateurs n'auront assez de jus que pour nous maintenir en suspension pendant quarante-trois secondes. Nous tournons grosso modo à deux cent cinquante kilomètres/heure par rapport à l'anneau d'amarrage. Nous devrons donc réduire cette vitesse au minimum pour qu'on ne se crashe pas. Pour ça, nous allons sortir les sièges par les vitres et les pousser contre les parois du tube. Ça servira de freins. C'est clair ?

Kira et les autres hochèrent la tête de concert. À l'extérieur, la gerbe de métal fondu disparut un instant lorsque la lance atteignit le sol. Puis elle reparut au sommet de l'incision dégoulinante et entama une coupe horizontale.

– Vous allez devoir pousser de toutes vos forces, reprit Hwa-jung. Sinon, la collision nous tuera.

Kira saisit un siège et l'arracha à ses cardans dans un tintement métallique creux. Les trois suivants produisirent le même bruit. Par un bref échange de proxomones, elle expliqua à Itari ce qu'ils faisaient, et la medz s'empara à son tour de deux sièges.

– C'est complètement barjo, ton plan, Unni, commenta Sparrow.

Hwa-jung grommela.

– Ça va marcher, canaille. Tu vas voir.

– Attention à vos yeux, prévint Kira, avant d'expédier des vrilles de la Lame souple dans les vitres de part et d'autre du magtram.

Un souffle de chaleur digne d'une fournaise les submergea depuis l'enceinte de la coupole. Falconi, Nielsen, Vishal et les entropistes se jetèrent à terre, et le capitaine s'écria :

– Par les sept enfers !

La lance thermique attaquait sa seconde entaille verticale.

– Tenez-vous prêts, annonça Hwa-jung. Allumage dans trois, deux, *un*.

Le sol se souleva de quelques centimètres sous les pieds de Kira, et gîta légèrement avant de se stabiliser.

Elle leva les bras, puis fit jaillir plusieurs vrilles de ses doigts par les vitres brisées et sur les parois du couloir. Le xéno comprit son intention ; les cordons s'accrochèrent tels les fils d'une toile d'araignée, et Kira tira.

La cabine était lourde, mais elle glissa vers l'avant, apparemment sans friction. Avec un léger bruissement, elle franchit la membrane hermétique au bout de la station, puis s'inclina vers le bas et s'élança à pleine vitesse dans le tube enténébré de la face interne de l'anneau d'amarrage.

Le vent hurlait autour d'eux. Sans son masque, Kira aurait eu le plus grand mal à voir et entendre son environnement dans le torrent d'air déchaîné. Il faisait froid, aussi, même si, là encore grâce au xéno, elle évaluait mal dans quelle mesure.

Elle ramassa un siège et le fit sortir par la vitre la plus proche. Un crissement terrible déchira les bourrasques, et une gerbe d'étincelles illumina le tube. La traction faillit lui arracher le siège des mains, malgré l'aide de la Lame souple, mais elle affermit sa poigne et le maintint en position.

Devant elle, Itari faisait de même. Elle avait une vague conscience des autres qui se relevaient en titubant derrière elle. Le crissement empira lorsque Nielsen, Falconi, Vishal, Sparrow et les entropistes raclèrent leurs sièges contre le mur. La capsule tangua en produisant un vacarme de marteau-piqueur.

Kira tâcha de garder le compte des secondes, mais le bruit était trop assourdissant, et le vent la déconcentrait. Elle avait néanmoins l'impression qu'ils ralentissaient. Elle pesa encore plus fort sur le siège, qui se débattait dans ses mains comme un être vivant.

Le tube en avait déjà râpé les pieds et la moitié de l'assise ; bientôt, elle n'aurait plus rien à quoi s'accrocher.

Lentement – beaucoup trop – elle se sentit devenir plus légère, et ses semelles se mirent à glisser. Elle se fixa au sol grâce à l'exoderme puis jeta des filins et arrima les autres afin qu'ils puissent continuer à pousser sans dériver.

Le grincement s'atténua, l'oriflamme d'étincelles se fit plus courte et plus large, et peu après les flammèches s'échappèrent en tortillons aux motifs complexes.

Kira commençait tout juste à penser qu'ils allaient s'en sortir quand les électroaimants se coupèrent.

La cabine percuta la rampe extérieure avec un hurlement geignard qui étouffa les crissements des sièges. La capsule cahota, le plafond se tordit et se déchira. Itari passa à travers le pare-brise avant, ses tentacules volant en tous sens, et à l'arrière il y eut un éclair électrique aussi aveuglant que la foudre, puis de la fumée envahit le magtram.

Avec un gémissement allant decrescendo, ils s'immobilisèrent.

6.

Kira éprouva une montée nauséeuse quand la sensation de pesanteur disparut, mais pour une fois son estomac ne se souleva pas. Elle avait mieux à faire. Explosions, lance thermique et collision de magtram… Xéno ou pas, son corps tout entier lui paraissait meurtri.

Itari ! La medz était-elle encore en vie ? Sans elle, tous leurs efforts auraient été vains.

Se mouvant par gestes saccadés malgré l'impesanteur, elle relâcha sa prise sur la cabine et l'équipage. Falconi, qui saignait à la tempe, porta la main à son entaille et demanda :

– Tout le monde va bien ?

Vishal grogna et répondit :

– J'ai l'impression que je viens de perdre quelques années d'espérance de vie, mais ça va.

– Ouais, fit Sparrow. Pareil.

Nielsen chassa des éclats de verre de ses cheveux, les envoya dériver par la béance du pare-brise.

– Un peu secouée, capitaine.

– Idem pour nous, enchaînèrent Veera et Jorrus.

Ce dernier avait les côtes couvertes d'éraflures, qui semblaient bénignes.

Kira se faufila jusqu'à l'avant du magtram fracassé et regarda dehors. Plusieurs mètres devant eux, Itari s'accrochait à une poutrelle de la coque. Une humeur orange coulait d'une profonde entaille près de la base d'un de ses tentacules.

[[Ici Kira : Ça va aller ? Tu peux bouger ?]]

[[Ici Itari : Ne t'inquiète pas pour moi, Idéalis. Cette forme peut encaisser de gros dégâts.]]

Tout en parlant, la medz sortit un bras osseux de sa carapace et, à la grande stupéfaction de Kira, s'attaqua au membre blessé à coups de pince.

– Bah merde alors ! s'exclama Sparrow, qui avait rejoint Kira.

Avec une rapidité déconcertante, la medz trancha son tentacule et le laissa flotter parmi une nuée de globules orange informes. Alors qu'elle venait de tailler son moignon à vif, elle ne saignait déjà plus.

Hwa-jung toussa et émergea de l'amas de fumée. Elle s'agrippa à une poignée et pointa l'index devant elle.

– La prochaine station magtram est juste un peu plus loin.

Kira passa la première, utilisant le xéno pour dégager les tessons du pare-brise. Elle sortit de la capsule d'une poussée, puis, un par un, les autres s'en extirpèrent. Hwa-jung était la dernière ; elle passait de justesse dans le cadre.

Se tenant à des mains courantes fixées aux parois, ils se faufilèrent dans le tube enténébré où résonnait le moindre bruit. Au bout d'un moment, des lumières tremblotèrent quelques mètres devant eux.

Soulagée, Kira se propulsa dans leur direction.

Tandis qu'ils se laissaient flotter vers le quai, deux portes automatiques coulissèrent dans la paroi et leur permirent de plonger dans le vestibule situé de l'autre côté.

Ils marquèrent alors un arrêt pour se regrouper et se repérer.

– Où sommes-nous ? demanda Kira.

Elle remarqua que Vishal souffrait d'une vilaine entaille à l'avant-bras droit, que Hwa-jung avait les mains brûlées et cloquées. La douleur devait être atroce, mais la cheffe mécanicienne la cachait bien.

– Deux arrêts trop loin, indiqua Nielsen, qui pointa le doigt dans le sens de contre-rotation (bien qu'ils ne fussent plus en rotation).

La seconde ouvrant la marche, ils s'engagèrent dans les couloirs abandonnés de l'anneau d'amarrage.

Ils croisèrent des bots ici et là : certains se rechargeaient à des prises murales, d'autres filaient sur des rails de guidage, d'autres encore se propulsaient à petits jets d'air comprimé, s'attelant aux innombrables tâches nécessaires au fonctionnement d'Orsted. Aucune machine ne parut s'intéresser à eux, mais Kira savait que toutes enregistraient leur emplacement et les moindres de leurs mouvements.

Les ponts extérieurs accueillaient les installations industrielles. Des raffineries qui, même pendant l'attaque des cauchemars, continuaient à vrombir de leur activité indispensable. Des stations de production de carburant, où l'on extrayait par fission les composants élémentaires de l'eau. Des entrepôts pleins à craquer de matériaux utiles. Et bien sûr, les vastes ensembles d'usines en impesanteur, où l'on produisait tout, des mitrailleuses aux médicaments, en quantité suffisante pour satisfaire aux besoins de la population d'Orsted mais aussi d'une grande partie de la FCMU.

Les parties inférieures de la station, désertes, donnaient la chair de poule à Kira. Même là, les sirènes d'alarme vagissaient toujours, et des flèches lumineuses (plus petites et moins éclatantes que celles de la partie principale du complexe) indiquaient le chemin des casemates les plus proches. Mais un bunker ne lui serait d'aucune utilité. La seule protection sur laquelle elle pouvait compter était la solitude que lui offrait le cosmos, mais, là aussi, les cauchemars et les medz risquaient de la trouver.

Ils avancèrent rapidement, et, au bout de quelques minutes seulement, Falconi montra du doigt un couloir menant vers la partie extérieure et déclara :

– Ici.

Kira reconnut le passage qu'ils avaient emprunté à leur arrivée sur Orsted.

De plus en plus impatiente, elle se propulsa dans la courbe par poussées des pieds. Après tout ce qui s'était produit dans la station, retrouver l'*Hélix* lui donnait l'impression de rentrer à la maison.

La porte pressurisée du quai d'amarrage coulissa, et par le sas à l'autre bout elle vit…

Les ténèbres.

Le vide.

Et au loin, à peut-être un kilomètre, l'*Hélix* qui s'enfonçait à toute allure dans l'espace, suivi du panache blanc de propulseurs par jets de gaz.

7.

Falconi cria. Il ne prononça pas le moindre juron, il poussa juste un cri brut de colère et de désarroi. Kira se sentit elle aussi céder au désespoir. Elle laissa son masque refluer de son visage.

Ils avaient perdu. Après tous ces efforts…

Falconi s'élança d'un bond vers le sas. Il atterrit maladroitement et son souffle fut expulsé de ses poumons dans un *whouf* sonore, mais il s'agrippa aux échelons fixés près du compartiment hermétique. Puis il se traîna devant la vitre, plaqua le front contre le saphir et scruta l'*Hélix*.

Kira détourna le regard. Le voir ainsi la gênait, comme si elle l'épiait dans son intimité. Le chagrin du capitaine était trop manifeste, trop profond.

– Ha ha ! s'exclama Falconi. Je te tiens ! Ça, c'est nickel ! Je l'ai rattrapé à temps.

Il se tourna vers eux et leur adressa un sourire radieux, plein de malice.

– Pardon, capitaine ? fit Nielsen, qui se laissa flotter jusqu'à lui.

Il pointa l'index sur la vitre. À son grand étonnement, Kira vit l'*Hélix* ralentir et faire machine arrière pour revenir vers le sas.

– Comment vous avez fait ça ? maugréa Hwa-jung.

Falconi tapota sa tempe maculée de sang.

– Signal visuel direct transmis par mes visios. Tant que les capteurs passifs du vaisseau fonctionnent, tant qu'ils sont à portée et que la vue est dégagée, on ne peut pas les brouiller. Contrairement aux ondes radio ou aux émissions PRL.

– Ça fait pas mal de conditions, capitaine, commenta Vishal.

Falconi pouffa.

– Oui, mais ça a marché. J'ai installé un dispositif de prise de contrôle au cas où quelqu'un tenterait de voler l'*Hélix*. Pas question qu'on me pirate *mon* vaisseau.

– Et vous ne nous en avez jamais parlé ? dit Nielsen.

Elle semblait franchement vexée. Kira, quant à elle, était impressionnée.

La légèreté de Falconi s'effaça.

– Vous me connaissez, Audrey. Toujours savoir où se trouvent les sorties de secours. Toujours avoir un atout dans sa manche.

– Hein hein.

Elle ne paraissait pas convaincue.

– Alors, montrez-moi un peu vos mains, dit Vishal en allant vers Hwa-jung, qui se plia docilement à l'examen du médecin. Mmh, ce n'est pas trop méchant. Essentiellement des brûlures au deuxième degré. Je vais vous donner un spray pour éviter que ça laisse des cicatrices.

– Et des antalgiques, s'il vous plaît.

Il rit doucement.

– Et des antalgiques, bien sûr.

L'*Hélix* ne tarda pas à revenir à proximité. Tandis qu'il emplissait la vitre de sa masse énorme, Veera saisit la poignée au centre du sas pour se rapprocher du hublot et obtenir une meilleure vue.

– Aaahhhhh !

Son hurlement s'acheva en gargouillis étranglé. Elle se cambra presque en deux, puis tout son corps se raidit, à l'exception de ses mains et de ses pieds agités de petits tressaillements. Son visage se tordit en un rictus affreux, la mâchoire crispée.

Jorrus hurla comme elle, bien qu'il fût loin du sas, et se contorsionna de la même façon.

– Ne la touchez pas ! cria Hwa-jung.

Kira ne l'écouta pas ; son exoderme allait la protéger.

Elle enroula plusieurs filins autour de la taille de Veera tout en s'arrimant au mur le plus proche. Puis elle décrocha l'entropiste secouée de convulsions. Ce ne fut pas chose aisée ; la main de Veera agrippait la poignée avec une force surnaturelle.

Dès que ses doigts ne furent plus en contact avec la porte, Veera devint toute molle, et Jorrus cessa son cri déchirant, même s'il garda l'expression d'un homme qui venait d'assister à une horreur indicible.

– Que quelqu'un la rattrape ! s'écria Nielsen.

Vishal s'élança et saisit Veera par une manche. Il l'entoura de son bras et, de sa main libre, lui releva les paupières. Il lui ouvrit ensuite la bouche et examina sa gorge.

– Elle va s'en sortir, mais il faut l'emmener à l'infirmerie.

Jorrus grogna. D'une pâleur alarmante, il se tenait la tête dans les bras.

– C'est grave ? s'enquit Falconi.

Le médecin lui décocha un regard inquiet.

– C'est difficile à déterminer, capitaine. Je vais devoir surveiller son cœur. La décharge a peut-être grillé ses implants. Rien ne me permet de le savoir pour l'instant. Il faut les redémarrer.

Jorrus marmonnait dans sa barbe – aucun mot que Kira pût saisir.

– C'était franchement vicieux, commenta Nielsen.

– Ils paniquent, déclara Sparrow. Ils tentent tout pour nous empêcher de fuir. (Elle leva le majeur vers le centre de la station.) Allez bien vous faire électrocuter la gueule, bande d'enfoirés ! Vous m'entendez ?!

– C'est ma faute, intervint Kira en montrant son visage. J'aurais dû garder mon masque. J'aurais détecté l'électricité.

– Vous n'y êtes pour rien, la contredit Falconi. (Il manœuvra pour aller voir Jorrus.) C'est bon. Veera va s'en sortir, d'accord ? Détendez-vous, ça va aller.

– Vous ne comprenez pas, dit l'entropiste entre deux respirations saccadées.

– Expliquez-moi, alors.

– Elle… Moi… Nous…

Il se tordait les mains, geste qui, en impesanteur, suffit à le faire dériver. Falconi le rattrapa et le stabilisa.

– Il n'y a plus de *nous* ! se lamenta Jorrus. Plus de *nous deux*. Plus de *moi*. Terminé. C'est fini, fini, fini, ahhhh !

Il se replongea dans des marmottements incompréhensibles.

Falconi le secoua.

– Reprenez-vous ! Le vaisseau est presque arrivé.

Ses efforts furent vains.

– Leur esprit commun est brisé, conclut Hwa-jung.

– Et alors ? Il est encore lui-même, non ?

– C'est…

Veera revint à elle en haletant et un violent sursaut la fit tournoyer sur elle-même. Aussitôt après, elle se pressa les tempes entre les mains et hurla. En l'entendant, Jorrus se recroquevilla en position fœtale et geignit.

– Génial, fit Falconi. Maintenant il faut qu'on se farcisse deux cinglés. Manquait plus que ça.

Avec la douceur d'une plume, l'*Hélix* s'immobilisa devant le sas. Une série de claquements métalliques retentirent lorsque les crampons d'arrimage s'enclenchèrent et accrochèrent l'avant de l'appareil.

Falconi désigna le vaisseau d'un geste.

– Kira. Si vous voulez bien ?

Tandis que le médecin se démenait pour calmer les entropistes, Kira couvrit de nouveau son visage de son masque. Le courant qui parcourait le sas lui apparut sous la forme d'une épaisse barre de lumière bleue, comme si on avait fiché un segment d'éclair dans la poignée. Elle fut surprise que Veera n'ait pas été tuée sur le coup tant la barre était large et éblouissante.

Elle fit surgir deux vrilles, qu'elle plongea dans la porte et, comme elle l'avait fait dans sa cellule, dévia le champ électrique par la surface câblée de la Lame souple.

– C'est bon, ça ne craint plus rien, annonça-t-elle.

– Spectaculaire ! s'enthousiasma Falconi, qui sembla quand même inquiet quand il pressa les commandes du sas.

Constatant qu'aucune décharge ne le traversait, il se détendit et activa le déverrouillage.

Après un bip, un voyant vert s'alluma au-dessus du panneau de contrôle. La porte coulissa en chuintant.

Kira relâcha alors sa prise, rétracta la Lame souple et laissa l'électricité reprendre son chemin normal.

– Que personne ne touche la poignée, prévint-elle. Elle est encore brûlante.

Elle répéta ses instructions à l'intention d'Itari.

Falconi passa le premier. Il se laissa flotter jusqu'à l'avant de l'*Hélix*, composa un code sur le clavier d'accès, et ce fut au tour du sas de l'appareil de s'ouvrir. Kira et les autres suivirent le mouvement, Vishal entourant Veera d'un bras tandis que Hwa-jung aidait Jorrus, à peine capable de se déplacer seul. Itari, qui fermait la marche, se faufila dans le sas avec l'élégance d'une anguille.

Une pensée traversa l'esprit de Kira. Une pensée affreuse, cynique. Et si le CMU choisissait ce moment précis pour faire sauter les crampons d'arrimage, les expédier dans l'espace, elle et les autres ? Sachant ce que la Ligue et l'armée leur avaient déjà infligé, elle les en croyait tout à fait capables.

Mais le scellement hermétique entre les sas tint bon, et, lorsque les derniers centimètres des tentacules d'Itari furent à l'intérieur de l'*Hélix*, Nielsen referma la porte du bâtiment.

– *Sayonara*, Orsted, lâcha Falconi, qui se dirigea vers le puits central.

Le vaisseau paraissait mort. À l'abandon. La majeure partie des lampes étaient éteintes, la température était glaciale. L'odeur familière qui y persistait réconforta cependant Kira.

– Morven, dit Falconi. Amorce la séquence de décollage et prépare le lancement. Et rallume le chauffage, bordel.

La pseudo-intelligence répondit :

– Capitaine, les mesures de sécurité stipulent spécifiquement que nul…

– Désactive les mesures de sécurité, rétorqua le commandant de bord, avant de débiter un long code d'autorisation.

– Mesures de sécurité désactivées. Amorçage des préparatifs de décollage.

Falconi dit à Hwa-jung :

– Essaie de remettre Gregorovich en ligne avant qu'on se barre à toute berzingue.

– À vos ordres.

La mécanicienne confia Jorrus à Sparrow puis s'élança dans le couloir en flottant pour s'enfoncer dans les profondeurs du vaisseau.

– Allez, venez, s'il vous plaît, dit Vishal en tirant Veera dans la même direction. En route pour l'infirmerie. Et vous aussi, Jorrus.

Laissant les entropistes diminués entre les mains de Sparrow et du médecin, Kira, Nielsen et Falconi se dirigèrent vers la timonerie. Itari leur emboîta le pas, et personne, pas même le capitaine, n'émit d'objection.

Falconi parut dégoûté en entrant dans la salle. Des dizaines de petits objets flottaient : des stylos, deux gobelets, une assiette, plusieurs clés quantiques et toutes sortes d'autres détritus. On avait l'impression que le CMU avait fouillé chaque tiroir, placard et poubelle sans prendre la moindre précaution.

– Nettoyez-moi ça, ordonna Falconi en allant à la console principale.

Kira forma un filet avec la Lame souple et s'attela au ramassage des déchets. La medz demeura près de la porte pressurisée, tentacules repliés.

Falconi pressa plusieurs boutons sous la console : autour d'eux les lumières se firent plus vives et les machines s'allumèrent. Au centre de la salle, l'affichage holo s'anima.

– Bien, dit Falconi. Nous avons de nouveau l'accès complet.

Il tapota des touches sur le bord de l'hologramme, qui projeta une carte des environs d'Orsted, indiquant les emplacements et les vecteurs de tous les vaisseaux à proximité. Quatre points rouges clignotants signalaient les appareils ennemis : des cauchemars engagés dans une escarmouche avec les forces du CMU aux abords de Ganymède. Un cinquième point désignait le bâtiment cauchemar enfoncé dans l'anneau intérieur d'Orsted.

Kira espérait que le lieutenant Hawes et les autres marines seraient en sécurité à bord de la station. Ils avaient obéi aux ordres du CMU et de la Ligue, mais ce n'en étaient pas moins des gens bien.

– Apparemment, ils ont attaqué la station et poursuivi leur chemin, commenta Nielsen.

– Ils vont revenir, rétorqua Falconi, sinistre.

Les yeux bougeant en tous sens, il examinait les informations qui s'affichaient sur ses visios. Il éclata d'un gros rire.

– Ben ça alors, ça m'en…

– Qui l'eût cru ? enchaîna Nielsen.

À contrecœur, Kira demanda :

– Qu'est-ce qu'il y a ?

– Le CMU nous a fait le plein. C'est dingue, non ?

– Ils envisageaient sans doute de réquisitionner l'*Hélix* et de l'affecter au transport de marchandises, répondit Nielsen.

Falconi grommela.

– Ils nous ont laissé les Howitzers, aussi. Charmante attention.

Puis l'intercom s'enclencha dans un cliquetis, et la voix reconnaissable entre toutes de Gregorovich retentit :

– Mazette, vous n'avez pas chômé, mes petits choux. Mmmh. Vous avez mis un grand coup de pied dans la fourmilière, à ce que je vois. Bien, nous verrons ce que nous pouvons faire sur la question. Oui, nous verrons cela. Hi hi hi… Au fait, mes délicieuses infestations, j'ai rallumé le propulseur à fusion. Il n'y a pas de quoi.

Un bourdonnement grave leur parvint depuis l'arrière du vaisseau.

– Gregorovich, faites sauter le restricteur, ordonna Falconi.

L'intelligence de bord eut un temps d'arrêt infinitésimal.

– Êtes-vous *absolument* sûr, ô capitaine, mon capitaine ?

– Oui, certain. Virez-le.

– Je ne vis que pour vous servir, rétorqua Gregorovich, qui gloussa un peu trop longtemps au goût de Kira.

Tandis qu'elle s'attachait dans un siège, elle ne put s'empêcher de s'inquiéter au sujet de l'IB. Le CMU avait placé Gregorovich en confinement ; celui-ci avait donc été en privation sensorielle quasi totale depuis leur arrivée sur la station. Pareil traitement comportait toujours des risques, surtout pour un esprit tel qu'une intelligence de bord, et a fortiori pour Gregorovich, étant donné son passé.

– C'est quoi, le restricteur ? demanda-t-elle à Falconi.

– C'est une longue histoire. Nous avons un tampon dans le propulseur à fusion qui modifie la signature de nos poussées, et qui le rend un chouïa moins efficace. Si on l'enlève, *bam !* on passe pour un autre vaisseau.

– Et vous ne l'avez pas retiré à Bughunt ? se récria Kira, outrée.

– Ça n'aurait servi à rien. Ou pas à grand-chose, en tout cas. C'est une différence qui s'exprime en quelques centièmes d'un point de pourcentage.

– Alors ça ne nous cachera pas aux…

Falconi eut un geste impatienté.

– Gregorovich implante un virus dans tous les ordinateurs auxquels nous envoyons des infos de registre. Ce programme crée une seconde identification avec un autre nom de bâtiment, un plan de vol différent, des specs de réacteur correspondant à notre propulsion sans restricteur. En ce qui concerne les ordinateurs, ce ne sera pas l'*Hélix* qui se fera la malle à toute bombe. Ça ne trompera sans doute personne plus de quelques minutes, mais pour l'instant je ne crache sur aucun avantage.

– C'est malin.

– Malheureusement, tempéra Nielsen, c'est un dispositif à usage unique. Du moins jusqu'à ce qu'on puisse accoster et en faire installer un nouveau.

– Sous quel nom volons-nous en ce moment, alors ? questionna Kira.

– Le *Cochon-tige*, répondit Falconi.

– Vous aimez vraiment les cochons, pas vrai ?

– Ce sont des animaux très futés. À ce propos… Gregorovich, où sont les bestioles ?

– Ce sont de nouveau des boules de poils glacées, ô capitaine. Le CMU a préféré les remettre en cryo pour s'éviter la corvée de nourriture et de nettoyage.

– Comme c'est aimable à eux.

L'*Hélix* fut parcouru d'une secousse lorsqu'il se décrocha de l'anneau d'arrimage, puis l'alerte de manœuvre retentit quelques secondes avant que les propulseurs à jets de gaz s'enclenchent et l'éloignent de la station.

– Nous allons balancer une dose de radiations supplémentaire à Orsted, déclara Falconi, mais je pense qu'ils l'ont bien mérité.

– Et avec les intérêts, renchérit Sparrow en passant devant Itari près de la porte.

Elle se harnacha à son tour. La medz s'ancra solidement au sol en prévision de la combustion imminente.

Le visage de Vishal apparut dans l'affichage holo.

– Nous sommes parés, ici à l'infirmerie, capitaine. Hwa-jung est là aussi.

Avec un rugissement qui allait crescendo, la fusée principale de l'*Hélix* plaqua Kira au fond de son siège, et ils partirent d'Orsted à vitesse grand V. La poussée lui arracha un rire, qui fut néanmoins étouffé par l'énorme vacarme. Ils avaient bel et bien réussi. Cette constatation lui parut presque absurde. Peut-être allaient-ils pouvoir empêcher la Septième flotte de réduire à néant les chances de paix.

Un tintement pareil à un carillon retentit, et sa jubilation retomba.

Au prix d'un effort, elle tendit le cou pour consulter l'affichage, regrettant de ne plus avoir ses lentilles. L'hologramme bascula sur une vue de Saturne au moment où un vaste essaim de points rouges apparaissait près de la géante gazeuse.

Quatorze autres vaisseaux cauchemars venaient de sortir de PRL.

CHAPITRE 4

★ ★ ★ ★ ★ ★ ★

NÉCESSITÉ

1.

Itari s'approcha de l'écran, bien campé sur ses tentacules.

– Kira..., la mit en garde Falconi.

– Ça ne craint rien, répondit-elle en espérant avoir raison.

Nielsen fit un zoom arrière sur l'hologramme, et pour la première fois Kira vit ce qui se passait dans toute l'étendue de Sol. En plus des vaisseaux postés près d'Orsted et des quatorze autres près de Saturne, des dizaines de bâtiments cauchemars avaient débarqué dans le système. Certains fonçaient à tombeau ouvert vers Mars, d'autres tournaient autour de Neptune et malmenaient son système de défense. D'autres encore faisaient route vers la Terre et Vénus.

Un trait luisant scintilla sur l'holo, filant d'un satellite proche de Jupiter jusqu'à l'un des navires cauchemars, qui disparut en une petite explosion lumineuse. D'autres suivirent, et chaque fois un nouveau vaisseau se retrouvait rayé de la carte.

– Qu'est-ce qui se passe ? demanda Kira.

– J'en sais trop rien, avoua Sparrow en étudiant ses visios, les sourcils froncés.

– Je peux vous éclairer, gloussa Gregorovich. La Ligue a fait construire un laser solaire. Les fermes à énergie de Mercure récoltent les rayons du Soleil et les envoient à des récepteurs dans tout le système. La plupart du temps, cette énergie sert essentiellement à la production d'électricité, mais peut aussi, en cas d'intrusion exogénique… faire ce que vous venez de voir. Canalisez cette puissance inouïe avec un laser géant et ça donne un bon gros rayon de la mort.

– Malin, commenta Falconi.

– Je confirme, dit Sparrow avec un sourire. Se servir des récepteurs locaux pour réduire le décalage luminique… bien joué, vraiment.

– Nous sommes suivis ? demanda Kira.

– Pas pour l'instant, mes poussins, répondit Gregorovich. Nos identifiants factices semblent tenir le coup.

– À ce propos, je pourrais savoir ce qu'est un cochon-tige ?

– Ah, enfin ! Merci ! s'écria Nielsen d'un ton excédé.

– C'est un cochon avec une tige, répondit Falconi avec un sourire en coin.

– Ou une tige pour cochon, renchérit Sparrow.

Sur l'holo, Vishal haussa les sourcils.

– Si je ne m'abuse, ce n'est rien d'autre qu'un jeu de mots douteux.

Il se déconnecta alors, et son visage disparut.

– Donc, en résumé, nous sommes à bord d'un calembour volant ? demanda Kira.

– Ça se peut bien, ricana Falconi.

– Je crois avoir déjà entendu l'expression chez les marines, cela dit, lâcha Sparrow.

– Pour désigner quoi ? demanda Kira.

– Je t'expliquerai quand tu seras plus grande.

– Trêve de bavardages, lança Falconi. (Il se tourna sur son siège pour regarder Kira.) Vous ne nous avez pas tout raconté, pas vrai ? C'est pour ça que vous teniez tellement à secourir la medz ?

Kira se crispa. S'évader avait été un jeu d'enfant comparé à ce qu'elle devait accomplir à présent.

– Le CMU vous a expliqué ce qu'ils ont décidé de faire ?

– Non.

– Pas un mot ?

– Rien du tout.

– Bon…

Kira prit quelques secondes avant de se lancer, mais fut coupée dans son élan par un pépiement incongru émis par la projection holographique de l'affichage.

– Orsted est en train d'émettre un message sur toutes les fréquences, annonça Gregorovich. C'est le colonel Stahl. Je crois qu'il s'adresse à vous, mon épineuse amie.

– Faites-nous entendre ça, lui lança Falconi. Ça ne va pas nous tuer de l'écouter.

– Je n'en suis pas si sûre, marmonna Sparrow.

Le visage du colonel remplaça l'holo du système. L'homme semblait inquiet, hors d'haleine, et sa joue gauche était barrée par une estafilade luisante.

– Madelle Navárez, je vous en conjure, si vous entendez ce message, faites demi-tour. Le xéno est trop important pour la Ligue, et vous aussi. Quelles que soient vos intentions, je vous assure que votre départ n'arrangera rien, au contraire. Vous risquez de signer notre arrêt de mort à tous en vous faisant tuer ou en laissant nos ennemis mettre la main sur le xéno. Vous ne voudriez pas avoir ça sur la conscience, Navárez. Je sais que la situation ne vous plaît pas, mais, par pitié, pensez à la survie de l'humanité et revenez ! Je vous promets qu'aucune charge supplémentaire ne sera retenue contre vous ou l'équipage de l'*Hélix*. Vous avez ma parole.

Le message s'arrêtait là, et l'holo afficha de nouveau la carte du système.

Kira sentait le poids de tous les regards sur elle, même celui d'Itari, avec sa multitude de petits yeux disposés un peu partout sur sa carapace.

– Alors ? lui demanda Falconi. À vous de décider. Même s'il est hors de question que nous, nous rebroussions chemin. Mais je peux couper les réacteurs le temps que vous sautiez dans le vide, histoire que vous ne finissiez pas carbonisée. Je suis sûr que le CMU se ferait un plaisir de vous récupérer.

– Non, répondit Kira. On continue.

Elle leur expliqua alors à tous, y compris à Itari, que le Prime consul voulait trahir le Nœud d'esprits et attaquer la flotte medz.

Sparrow laissa échapper un grommellement désabusé.

– C'est bien ce que je détestais le plus dans l'armée. Toutes ces putains de manigances politiques.

La peau soudain teintée de vert et de violet, la medz agita les tentacules, manifestement alarmée.

[[Ici Itari : Si un Nœud ne peut être formé entre votre espèce et la nôtre, les putrides nous engloutiront tous.]]

Après que Kira eut traduit, Falconi lui demanda :

– Et donc, qu'est-ce que vous comptez faire ?

Elle se tourna vers l'alien.

– J'espérais qu'Itari pourrait prévenir le Nœud d'esprits avant l'arrivée des chasseurs-pisteurs du CMU, poursuivit-il.

Kira répéta cela à la medz, et ajouta :

[[Ici Kira : Peux-tu te servir de notre transmetteur pour avertir le Nœud d'esprits ?]]

[[Ici Itari : Non. Vos télomones ne sont pas assez rapides. Elles n'atteindraient pas le point de rendez-vous à temps… Le Septième banc envoyé par votre conclave ne pourra pas tuer le grand Ctein à lui seul. Il aura besoin que nous l'assistions et que nous prenions le commandement pour guider les Branches dans la bonne direction. Sans le Nœud d'esprits, votre banc est perdu, comme nous tous.]]

Kira sentit le désespoir la gagner. Ça ne pouvait pas se finir ainsi !

[[Ici Kira : Si nous nageons à la suite du Septième banc, pourrions-nous nous approcher suffisamment du point de rendez-vous pour prévenir le Nœud d'esprits à temps ?]]

Une onde cramoisie courut le long des tentacules de la medz et l'air se chargea de proxomones affirmatives.

[[Ici Itari : Oui.]]

Ça ne résoudrait pas les problèmes plus vastes qui opposaient les medz et la Ligue, mais ceux-là, personne à bord de l'*Hélix* n'était de taille à les régler.

Kira s'efforça de ne rien laisser paraître de ses émotions lorsqu'elle traduisit pour Falconi et les autres.

– Tu parles bien de voler droit en territoire ennemi ? demanda Sparrow d'une voix nettement plus pondérée que d'ordinaire. *Aish*… Imagine que les autres medz nous rattrapent, ou les cauchemars…

– Je sais.

– Stahl n'a pas tort, nous ne pouvons pas laisser le xéno tomber entre de mauvaises mains, commenta Nielsen. Je suis navrée, Kira, mais c'est vrai.

– On ne peut pas non plus rester sans rien faire.

Sparrow se frotta lentement le visage.

– On est déjà des criminels aux yeux de la Ligue, mais, là, on parle de trahison, de complicité avec l'ennemi, ce qui nous vaudrait la peine de mort dans à peu près tous les territoires habités.

Falconi se pencha en avant et actionna l'intercom.

– Hwa-jung, Vishal, rappliquez dès que possible en salle de contrôle, ordonna-t-il.

– Bien, capitaine.

– J'arrive tout de suite, capitaine.

Kira sentit l'angoisse lui tordre l'estomac. Le problème, c'était la Lame souple, et il en avait toujours été ainsi, depuis la nuit des temps. Des millions – voire des milliards – d'êtres vivants avaient déjà péri par sa faute, medz aussi bien qu'humains, et voilà qu'à cause d'elle les cauchemars menaçaient aujourd'hui de contaminer la galaxie entière, anéantissant toute autre forme de vie.

Ce n'était pas complètement vrai. En ce qui concernait les putrides, le xéno n'était pas seul fautif. *Kira* avait joué un rôle dans la création de la Dévoreuse. Toute la souffrance qui s'était déversée sur les étoiles était le fruit de sa peur et de sa violence incontrôlées.

Elle se plaqua les mains sur les yeux en gémissant et s'enfonça les ongles dans le crâne jusqu'à ce que la douleur devienne presque aussi insupportable que celle qui lui tenaillait les entrailles. Le xéno semblait perdu : elle le sentait se solidifier, s'épaissir, comme s'il se préparait pour une attaque.

Tout serait plus facile si seulement elle pouvait se défaire de la Lame souple. Ils auraient alors tellement plus d'options à disposition. Le Nœud d'esprits avait protégé le xéno pendant des siècles ; il pourrait le faire de nouveau.

Sans la Lame souple, Alan serait encore en vie, et tant d'autres avec lui. Tout ce que Kira désirait – et ce depuis que l'organisme l'avait contaminée –, c'était être libre. *Libre !*

Elle abattit la main sur le mécanisme de fermeture de son harnais et se leva en poussant sur les bords de son siège. Malgré les 2,5 g, elle resta debout. Même si le xéno l'aidait à tenir, ses bras lui donnaient l'impression d'être chargés de plomb, et ses genoux comme les plantes de ses pieds commençaient à l'élancer.

Pourtant elle s'en moquait.

– Kira…, commença Nielsen.

Elle hurla, comme quand elle avait compris qu'Alan était mort. Elle cria, ouvrit grand les bras, et utilisa tout ce qu'elle avait appris lors de ses entraînements avec la Lame souple – la moindre once de maîtrise acquise à la sueur de son front au cours de ces longs mois passés en PRL – pour repousser la membrane. Elle concentra toute sa colère, sa douleur et sa frustration sur ce désir unique et primordial.

Le xéno se couvrit de pointes et de crêtes dans toutes les directions, vibrant en réaction à son attaque mentale – mais sans se déchaîner complètement pour autant. Kira lui tenait la bride haute pour qu'il ne s'en prenne pas à ses compagnons.

Un risque demeurait néanmoins.

Dans les creux entre chaque excroissance, elle sentait la membrane s'amincir puis se retirer jusqu'à ce qu'un air frais et sec caresse sa peau nue, une sensation d'une intimité déroutante. Ces zones découvertes s'agrandirent peu à peu, gagnées par la chair de poule, pâles îlots au milieu des ténèbres hérissées.

Itari recula dans l'encadrement de la porte, les tentacules levés comme pour se protéger.

Kira continua de forcer le xéno à se retirer jusqu'à ce qu'il ne forme plus que quelques bandes de matière semblables à des tendons. Rien de plus qu'une poignée de fibres, sur lesquelles elle se concentra, poussant, admonestant, implorant pour qu'elles se détachent d'elle. Elle leur *ordonna* de la laisser.

Les tendons se tordirent, mais refusèrent de céder. Kira sentait dans son esprit la Lame souple résister. Elle avait reculé et reculé encore, mais elle refusait d'aller plus loin. La prochaine étape, c'était la séparation, ce dont elle semblait ne vouloir à aucun prix.

Furieuse, Kira insista encore. Tout commença à trembler et les bords de son champ de vision s'obscurcirent peu à peu sous le coup de l'effort. Pendant un instant, elle crut qu'elle allait perdre connaissance. Mais elle resta debout, et la Lame souple continua à la défier. Elle lui envoyait des pensées étranges, pratiquement incompréhensibles, qui remontaient des profondeurs de son esprit. Des pensées telles que : *La création indivisée ne pouvait pas être rejetée à tort.* Et : *Le temps était déséquilibré. La faim des grappeurs multiples n'était pas apaisée, et il n'y avait pas de nacelle à proximité. La création devait tenir pour le moment.*

La forme était certes biscornue, mais le fond, relativement clair.

Kira poussa un grand cri et lança toute la force qui lui restait contre la Lame souple. Une dernière tentative pour la chasser. Une dernière chance de se libérer et de retrouver au moins en partie ce qu'elle avait perdu.

Mais le xéno ne céda pas. Impossible de savoir s'il ressentait la moindre compassion pour Kira et ce qu'elle endurait, ou s'il déplorait de lui résister ainsi. Kira ne percevait qu'une volonté inflexible, et la satisfaction de voir ce qu'il créait tenir bon.

Alors, pour la première fois depuis qu'elle avait admis qu'Alan était mort, elle abandonna. L'univers regorgeait de choses qu'elle ne pouvait pas contrôler, et la Lame souple en faisait manifestement partie.

Kira se laissa tomber à genoux avec un sanglot étranglé. Le xéno coula le long de son corps, doux comme une pluie de sable, et la sensation de l'air frais sur sa peau disparut, à l'exception de son visage. Elle sentait toujours le sol et un courant d'air lui chatouiller le bas du dos, mais tout était filtré par la peau artificielle de la Lame souple. Celle-ci supprimait le moindre inconfort, effaçait la morsure du froid et les reliefs du sol sous ses genoux, pour que tout fût chaud, agréable.

Kira serra les paupières en haletant, sentant les larmes poindre au coin de ses yeux.

– Dieu tout puissant…, murmura Vishal sur le pas de la porte. (Il approcha en titubant et passa un bras autour de ses épaules.) Tout va bien, madelle Kira ?

– Ça va, s'efforça-t-elle de répondre malgré la boule dans sa gorge.

Elle avait perdu. Elle avait jeté toutes ses forces dans la bataille, mais cela n'avait pas suffi, et il ne lui restait plus que le strict minimum – les mots qu'avaient employés Inarë, et qui lui allaient tellement bien en cet instant.

– Vous êtes sûre ? demanda Falconi.

Elle hocha la tête sans le regarder, et des larmes se mirent à tomber sur le dos de ses mains. Ni chaudes ni froides. À peine humides.

– Oui, répondit-elle en prenant une inspiration saccadée.

2.

Kira venait de se relever pour regagner son siège quand Hwa-jung entra dans la pièce d'un pas sonore. La force de poussée ne semblait pas affecter le moins du monde la cheffe mécano, qui se mouvait avec aisance alors que la pesanteur était encore plus importante à bord que sur Shin-Zar.

– J'imagine que nous sommes coincés avec le xéno ? demanda Falconi.

Kira ne répondit pas tout de suite, trop occupée à assurer à Itari qu'elle allait bien.

– Voilà.

– Pardonnez-moi, capitaine, mais quel est le problème ? intervint Vishal. Nous devons décider où aller, non ?

– En effet, répondit Falconi, la mine sombre.

Il fit part de la situation au médecin et à Hwa-jung en quelques phrases succinctes, puis conclut :

– En gros, je veux savoir si l'*Hélix* tiendra le coup.

– Capitaine..., commença à protester Nielsen.

Il la coupa d'un geste sec.

– J'essaie juste d'évaluer les choix qui s'offrent à nous. (Il se tourna vers Hwa-jung.) Alors ?

La cheffe mécano se mordit la lèvre.

– Alors, les tuyaux ont besoin d'être purgés et il faudrait réviser le réacteur à fusion et le Markov... On est pas mal question eau, air et vivres, mais personnellement je referais le plein de tout si on devait se lancer dans un long voyage.

– Mais est-ce qu'on peut y arriver ? insista Falconi. Un trajet de trois mois en hyperespace, aller-retour. En comptant trois semaines hors de cryo, histoire de pas prendre de risques.

Hwa-jung inclina légèrement la tête.

– Oui, on peut, mais franchement je le conseillerais pas.

Falcona laissa échapper un petit rire féroce.

– Je crois que la majorité de ce que nous avons fait au cours de l'année passée pourrait entrer dans la catégorie « pas conseillé ». (Il se tourna vers Kira.) Mais la grande question, ce n'est pas : « Peut-on ? » mais : « Doit-on ? »

– On n'a rien à y gagner, déclara Sparrow en se penchant en avant, les coudes sur les genoux.

– Non, c'est vrai, admit Falconi.

– Et nous avons de grandes chances d'y rester, ajouta Nielsen. Sans compter que si on en réchappe…

– On finira sûrement exécutés pour trahison, termina Falconi en tirant sur son pantalon. Oui, c'est comme ça que je vois les choses moi aussi.

– Mais que feriez-vous à la place ? demanda doucement Kira.

Elle sentait toute la précarité de l'instant. Si elle insistait trop, elle allait les perdre.

D'abord, personne ne répondit, puis Nielsen prit la parole :

– Nous pourrions conduire Trig dans un vrai hôpital, quelque part à l'extérieur de la Ligue.

– Mais votre famille vit bien ici, dans Sol ? rétorqua Kira. (Le silence de la seconde lui offrit une réponse suffisante.) Et la vôtre aussi, n'est-ce pas, Vishal ?

– Oui, admit le médecin.

Kira regarda les autres, tour à tour.

– Nous avons tous des proches auxquels nous tenons, et aucun d'eux n'est à l'abri en ce moment. Nous n'avons pas le droit d'aller nous terrer quelque part.

Hwa-jung marmonna quelques mots d'assentiment et Falconi baissa les yeux sur ses mains jointes.

– Ne cédez pas à la tentation des faux espoirs, murmura Gregorovich. Résistez et allez chercher l'approbation ailleurs.

– Chut, le rabroua Nielsen.

Falconi leva le menton vers le plafond et se gratta la mâchoire. Le bruit de ses ongles contre sa barbe naissante était étonnamment sonore.

– J'ai une question pour Itari : si jamais nous avertissions le Nœud d'esprits, resterait-il tout de même une chance pour que medz et humains vivent en paix ?

Kira répéta la question à la medz, qui répondit :

[[Ici Itari : Oui. Mais, si le Nœud est tranché, le puissant et cruel Ctein régnera sur nous jusqu'à la fin de cette ondulation, pour notre malheur à tous.]]

Falconi poussa un de ces grognements dont il avait le secret.

– Mouais. C'est bien ce que je pensais. (Il se tourna vers Kira, autant que son siège et son harnais le lui permettaient.) Vous iriez, vous ?

Malgré la peur d'une nouvelle incursion dans l'inconnu, elle hocha la tête.

– Oui.

Falconi dévisagea chacun des membres de son équipage.

– Alors ? Votre verdict ?

Sparrow fit la grimace.

– Je vais pas dire que l'idée d'aider le CMU après le coup qu'ils nous ont fait m'enchante, mais… allez, OK. J'en suis.

Vishal poussa un profond soupir et leva la main.

– Je déteste imaginer que cette guerre puisse s'éterniser. Si nous pouvons faire quoi que ce soit pour l'empêcher, je pense qu'il est de notre devoir d'essayer.

– Moi, je vais où elle va, déclara Hwa-jung en posant une main sur l'épaule de Sparrow.

Nielsen cligna plusieurs fois les yeux, et Kira mit un moment avant de comprendre que la seconde était au bord des larmes.

– Je vote oui moi aussi, annonça-elle en reniflant.

– Et les entropistes ? demanda Kira.

– Ils ne sont pas en état de prendre une décision, répondit Falconi. Mais je vais leur poser la question.

Son regard se perdit dans le vague quand il dirigea son attention vers ses visios. Ses lèvres remuèrent en silence tandis qu'il subvocalisait un message, dans une salle de contrôle devenue silencieuse.

Kira supposa qu'il communiquait avec les entropistes via l'un des écrans de l'infirmerie, puisque leurs implants avaient grillé. Elle en profita pour informer Itari des dernières évolutions de la conversation. Le va-et-vient constant requis par la traduction commençait à l'épuiser mentalement. Elle jeta aussi un coup d'œil sur l'holo de l'affichage principal ; à son grand soulagement, elle ne vit aucun vaisseau à leurs trousses, mais apprit que les cauchemars avaient réussi à détruire l'émetteur-récepteur du laser solaire le plus proche.

– Bon, Veera n'est pas en état de parler, mais Jorrus vote pour, annonça Falconi. (Il les regarda tous une nouvelle fois.) Donc, nous sommes d'accord ? Alors, c'est parti. Gregorovich, mettez le cap vers le point de rendez-vous que Tschetter nous a donné.

L'intelligence fit entendre un petit rire désabusé, un son étonnamment normal pour lui.

– On ne m'aurait pas oublié, par hasard ? Mon vote compte pour des prunes, c'est ça ?

– Bien sûr que non, soupira Falconi, exaspéré. Soit, que votez-vous ?

– Ce que *je* vote ? répondit Gregorovich, une pointe d'instabilité dans la voix. C'est bien gentil à vous de me poser la question. Je vote *NON*.

Falconi leva les yeux au ciel.

– Dans ce cas, navré pour vous, Gregorovich, mais nous avons déjà décidé. Vous avez sept voix contre vous. Maintenant, calculez-nous un itinéraire et fichons le camp.

– Non, je ne crois pas.

– Pardon ?

– Je n'en ferai rien. Suis-je assez clair, ô capitaine, mon sévère, mon surnuméraire capitaine ?

Gregorovich se mit alors à glousser, glousser encore, pour finalement partir dans un grand rire dément qui retentit dans les coursives de l'Hélix.

Kira sentit une peur glacée s'insinuer en elle. L'intelligence de bord, qui lui avait toujours semblé au bord de la folie, venait de définitivement perdre la raison, et tous se retrouvaient à sa merci.

3.

– Gregorovich…, commença Nielsen.

– Je refuse, murmura l'intelligence de bord. Je refuse avec véhémence. Je ne vous conduirai pas là-bas, oh non, et rien de ce que vous pourrez dire ou entreprendre ne me fera changer d'avis. Vous pouvez me lustrer le poil et me tapoter le crâne, me couvrir de jolis rubans et me faire ployer sous le poids de précieux pamplemousses, jamais je ne reviendrai, ne retournerai, ne ferai demi-tour et encore moins machine arrière sur ma décision.

[[Ici Itari : Quel est le problème ?]]

Kira lui expliqua, et la medz prit une teinte verdâtre, nauséeuse.

[[Ici Itari : Vos formes de navires sont plus dangereuses que le plus traître des courants.]]

Falconi cracha un juron.

– Mais qu'est-ce qui va pas chez vous, Gregorovich ? On n'a pas de temps à perdre avec vos conneries ! Changez de cap tout de suite, c'est un ordre.

– Jamais, au grand jamais.

Le capitaine abattit la main sur la console.

– Non, mais vous êtes sérieux, là ? Vous n'avez rien dit pour Bughunt, et vous allez vous mutiner maintenant ?

– Le péril n'était pas une certitude alors. Les risques calculés restaient dans la limite du raisonnable, en se basant sur les informations à disposition. Vous n'étiez pas sur le point de vous jeter tête la première dans un méli-mélo martial, ce que je ne vous laisserai pas faire aujourd'hui. Oh que non ! lâcha l'intelligence de bord avec une morgue insupportable.

– Pourquoi ? demanda Nielsen. Qu'est-ce qui vous fait si peur ?

De nouveau, ce gloussement maladif.

– L'univers est en train de se disloquer, un moulin à vent poussé à bout. Tout n'est que vide et ténèbres, et pourtant qu'est-ce qui continue à compter ? La chaleur de l'amitié, la lueur de la bonté humaine. Trig est déjà entre la vie et la mort, figé dans un tombeau de glace, et je refuse de laisser cet équipage se faire tailler en pièces encore davantage. C'est hors de question. Il est hautement probable, si nous nous retrouvons une fois de plus pris entre cauchemars et medz, et avec la Septième flotte qui rôde, prête à mettre le bazar, que nous connaissions tous une fin funeste, sous la forme d'un vaisseau ou un autre fondant sur nos têtes avec toute la fureur d'un cruel destin qui n'aurait que faire de la grâce, de la pitié ou de toute considération humaine.

– Je prends note de vos inquiétudes, rétorqua Falconi. Et maintenant je vous somme de changer de cap.

– Je ne peux pas, capitaine.

– Vous ne voulez pas, plutôt.

Gregorovich répondit cette fois par un rire bas, prolongé.

– L'incapacité est-elle le produit de l'inné ou de l'acquis ? C'est bonnet blanc et blanc bonnet, me direz-vous.

Kira surprit le regard inquiet que Falconi lança à Nielsen.

– Vous avez entendu Kira. Si nous ne prévenons pas le Nœud d'esprits, la Ligue perdra sa seule chance de faire la paix avec les medz, et potentiellement de battre les cauchemars. C'est vraiment ce que vous voulez ?

– Quand une force inamovible rencontre un objet irrésistible, la causalité devient confuse. Les probabilités dépassent les capacités des moyens de calcul. Les variables statistiques n'ont plus aucune contrainte.

– Vous voulez dire « une force irrésistible » et un « objet inamovible », fit remarquer Nielsen.

– Je m'efforce de toujours dire ce que je veux dire.

– Mais vous n'y arrivez pas forcément ?

Sparrow se racla la gorge avec dédain.

– Ça m'a tout l'air d'être une façon prétentieuse d'admettre qu'on n'a pas la moindre idée de ce qui va se passer.

– Ah, mais c'est exactement ça ! s'écria Gregorovich. Personne n'en sait rien, et c'est précisément de cette incertitude que je tiens à vous protéger, mes petites perdrix.

– C'est bon, j'en ai ma claque de votre insubordination, gronda Falconi. Ça ne me fait pas plaisir, mais vous ne me laissez pas le choix. Code d'accès quatre-six-six-neuf-vatefaire. Autorisation : Falconi-alpha-bravo-bravo-whisky-tango.

– Navré, capitaine, mais vous vous attendiez vraiment à ce que ça marche ? demanda Gregorovich. Vous ne pouvez pas me chasser comme ça. L'*Hélix* m'appartient bien plus qu'à vous. La chair de ma chair, et cetera. Montrez-vous donc bon perdant. Et maintenant, direction Alpha du Centaure, et, si nous trouvons l'endroit trop dangereux, nous n'aurons qu'à nous réfugier aux confins de l'espace habité, là où les aliens et leurs tentacules inquisiteurs n'auront aucune raison de venir nous chercher. Voilà, voilà.

Pendant que l'intelligence de bord pérorait, Falconi désigna Hwa-jung et claqua des doigts sans faire de bruit. La cheffe mécano hocha la tête, défit son harnais et se dirigea prestement vers la sortie.

Avant qu'elle pût la franchir, la porte se verrouilla avec un claquement métallique.

– À quoi jouez-vous, madelle Song ? ronronna l'IB. Je connais toutes vos petites ruses. Ne songez pas une seconde à contrarier mes projets : même en machinant mille ans vous ne pourriez pas me rouler. Je lis en vous comme dans un livre, madelle Song. Renoncez, je vous prie, à vos déshonorants desseins, vous n'avez pas le coup de crayon pour ça.

– Vite, la console ! souffla Falconi. Tu pourrais peut-être…

Hwa-jung fit demi-tour et se précipita vers l'une des trappes d'accès, sous le panneau de contrôle situé près de la table holographique.

– Et moi ? demanda Kira.

Elle ignorait ce que la cheffe mécano avait en tête, mais distraire Gregorovich lui semblait de toute façon une bonne idée.

– Vous ne pouvez pas me retenir ici, poursuivit-elle. Arrêtez tout de suite votre numéro si vous ne voulez pas que je vienne ouvrir votre caisson et arracher tous vos fils.

Une gerbe d'étincelles jaillit du panneau d'accès dès que Hwa-jung le toucha. Elle retira sa main avec un cri de douleur et se prit le poignet en grimaçant.

– Sale enfoiré ! glapit Sparrow.

– Allez-y, essayez donc, susurra l'intelligence de bord, et tout le vaisseau se mit à trembler. Ça ne changera rien, rien du tout. J'ai programmé le pilote automatique et rien de ce que vous ferez ne pourra l'arrêter...

Hwa-jung montra les dents, l'air mauvais. Elle tira un chiffon d'une poche de sa ceinture et l'enroula autour de sa main en recouvrant les doigts, puis se pencha de nouveau vers la trappe.

– Laisse-moi ess..., commença Kira, mais la mécano avait déjà ouvert le panneau et farfouillait à l'intérieur.

– Que pensez-vous faire exactement, ma Song d'une nuit d'été ? J'ai les racines trop profondément enfouies, vous ne pourrez jamais me déterrer, pas même avec mille lasers montés sur mille robots. À bord de l'*Hélix*, je suis omniscient et omniprésent. L'alpha et l'oméga. Oubliez ces petites plaisanteries pathétiques et veuillez vous préparer pour...

Hwa-jung tira d'un coup sec sur quelque chose, sous la console ; les bandes lumineuses se mirent à clignoter, des parasites remplacèrent la voix de Gregorovich dans les haut-parleurs et la moitié des voyants qui tapissaient les murs s'éteignirent.

– Et bim, laissa tomber la cheffe mécano.

4.

Un silence abasourdi régnait dans la salle de contrôle.

– La vache ! Ça va ? demanda Sparrow.

– Ouais, grogna Hwa-jung.

– Qu'est-ce que tu as fait ? s'écria Falconi.

Kira entendit dans cette question toute sa colère contre Gregorovich, mais aussi contre la cheffe mécano, qui venait peut-être d'endommager l'intelligence de bord et/ou l'*Hélix*.

– J'ai supprimé Gregorovich de l'ordinateur, répondit Hwa-jung en se relevant.

Elle frotta sa main blessée en faisant la grimace.

– Comment ? demanda le capitaine.

Kira se posait la même question. Gregorovich n'avait pas menti : les intelligences de bord étaient étroitement intégrées au fonctionnement de machines comme l'*Hélix,* et les en extraire pouvait se révéler aussi facile qu'ôter son cœur à un organisme vivant sans tuer celui-ci au passage.

– Gregorovich a beau être une tête, il y a des choses sur l'*Hélix* que même lui ne comprend pas. Il connaît ses circuits, et moi les conduits par lesquels ils passent. *Aish !* Celui-là, je vous jure. (Elle secoua la tête.) Tous ses câbles d'alimentation sont équipés de disjoncteurs qui le protègent des surtensions, et qu'on peut activer d'ici ou de la casemate. (Elle haussa les épaules.) Rien de bien sorcier.

– Alors il est complètement coupé ? demanda Nielsen. Tout seul, dans le noir ?

– Pas complètement. Il a un ordinateur intégré dans son caisson, et il peut consulter tout ce qui y est stocké.

– Dieu merci, soupira Vishal.

– Mais il ne peut contacter personne ?

– Non, répondit Hwa-jung. Aucune connexion, ni sans fil, ni filaire. On peut lui parler si on veut, en se branchant à l'extérieur de son caisson, mais il faudra être prudents. Le moindre accès à un système externe lui suffirait pour reprendre le contrôle de l'*Hélix*.

– Il ne va pas du tout aimer ça, dit Sparrow.

Kira opina du chef. Gregorovich devait être absolument furieux. Quel cauchemar de se retrouver une fois de plus piégé dans son bain nutritif, sans aucun moyen de contacter l'extérieur… Cette seule pensée la fit frissonner.

– On s'en balance, grommela Falconi en passant une main dans ses cheveux. Pour l'instant, tout ce qui compte, c'est de ficher le camp de Sol avant de nous faire réduire en confettis. Tu peux nous calculer un nouvel itinéraire ?

– Oui, capitaine.

– Eh bien, fais-le. Programme-nous un autre trajet aléatoire. Trois sauts, ça devrait suffire.

Hwa-jung regagna son siège et se concentra sur ses visios. L'avertissement d'impesanteur retentit quelques secondes plus tard ; les réacteurs se coupèrent, et la sensation de poussée écrasante disparut instantanément.

La Lame souple maintint Kira collée à son fauteuil pendant que l'*Hélix* se réorientait. Comment s'en étonner ? Le xéno était si prévenant, tellement soucieux de son bien-être ! Sauf quand il était question de ce qu'elle voulait vraiment. Elle sentit sa vieille rancœur contre la Lame souple se déverser tel un poison aigre suintant d'un furoncle. Mais c'était une colère inutile, parce qu'elle ne pouvait rien faire pour changer les choses – de même que Gregorovich ne pouvait pas échapper à la prison qu'était son esprit.

– Combien de temps avant de pouvoir passer en PRL ? demanda-t-elle.

– Trente minutes, répondit Hwa-jung. Les modifications de la medz tiennent bon. On peut exécuter notre bond plus vite.

[[Ici Itari : Idéalis ?]]

Kira lui résuma ce qui venait de se passer, et les tentacules de la créature reprirent une teinte orange plus normale.

– Un vrai feu d'artifice, dit Sparrow en désignant Itari. Je n'avais pas remarqué à quel point elles peuvent être colorées.

Kira était impressionnée par la facilité avec laquelle l'équipage avait accepté la présence de la medz – et elle aussi, en l'occurrence.

L'*Hélix* acheva sa manœuvre, et Kira sentit la pression de l'accélération quand le vaisseau redémarra, en route vers un nouveau point à la limite Markov du système.

5.

L'équipage passa les trente minutes suivantes à préparer l'*Hélix* pour son passage en hyperespace – et à se préparer pour un nouveau séjour en cryo. Il aurait été préférable qu'ils disposent d'un peu plus de temps pour se remettre de leur hibernation précédente, chaque cycle laissant des traces sur l'organisme, mais ils restaient tout de même largement au-dessous de la limite annuelle. Lapsang l'avait fixée à deux passages par mois pendant trois mois pour les trajets commerciaux, mais Kira savait que les civils et le personnel militaire dépassaient souvent très largement ce chiffre – non sans conséquences pour eux.

Ils reçurent au moins une bonne nouvelle avant de se mettre en route, grâce à Vishal, qui, un grand sourire aux lèvres, fit irruption dans la salle de contrôle et s'écria :

– Écoutez tous ! J'ai reçu un message de mon oncle : ma mère et mes sœurs sont sur Luna, Dieu soit loué. (Il se signa.) Mon oncle m'a promis qu'il veillerait sur elles. Il possède un abri, enterré très profondément, et elles pourront y rester aussi longtemps que nécessaire.

– C'est fantastique, Vishal, répondit Falconi en lui donnant une tape sur l'épaule. Vraiment.

Tous se succédèrent ensuite pour congratuler le docteur.

Kira saisit dès qu'elle le put l'opportunité de se retirer un moment dans sa cabine. Elle ouvrit une vue en direct du système et zooma sur la Terre, guère plus qu'un petit point vert et bleu.

Le berceau de l'humanité. Une planète grouillante d'une vie composée en grande partie d'organismes multicellulaires bien plus avancés que tout ce qu'on trouvait dans la plupart des xénosphères. Seule Eidolon s'en approchait un tant soit peu, du point de vue de l'évolution, mais elle ne possédait pas une seule espèce dotée de conscience.

Comme tous les exobiologistes, Kira avait étudié la vaste diversité du biome terrien, et elle avait toujours espéré pouvoir se rendre là-bas un jour – mais Orsted restait pour elle un record de proximité, et il était maintenant peu probable qu'elle pose jamais le pied sur cette planète.

Pouvoir contempler la Terre ainsi avait quelque chose d'irréel. Et dire qu'encore trois cents ans auparavant la totalité de l'humanité vivait et périssait sur ce petit caillou. Tous ces gens, piégés là, incapables de s'aventurer dans les étoiles comme elle et tant d'autres l'avaient fait depuis.

Le mot « terre » lui-même venait de la planète qu'elle avait sous les yeux. Et « lune » de cette sphère blanche qui flottait tout près d'elle (toutes deux étaient entourées d'anneaux orbitaux aussi éclatants que du fil d'argent).

La Terre.

La Lune.

Les originaux.

Kira prit une inspiration, submergée par l'émotion – chose inhabituelle pour elle.

– Adieu, murmura-t-elle, sans vraiment savoir à qui ou à quoi.

Elle referma alors l'écran et partit rejoindre le reste de l'équipage. Très vite, l'alerte de saut supraluminique retentit et l'*Hélix* passa en PRL, laissant derrière lui Sol, la Terre, Jupiter, Ganymède, les cauchemars, et la plus grande partie de l'humanité.

GANYMEDE : STATION ORSTED

*　　*　　*　　*

FONDU AU NOIR I

1.

Au troisième bond hors de Sol, tout le monde se trouvait en cryo à part Falconi, Hwa-jung et, bien sûr, Kira. Falconi ayant conclu qu'ils n'avaient plus aucune raison d'enfermer Itari dans un sas, même la medz s'était plongée en hibernation, blottie dans la cale à marchandises bâbord.

Tandis qu'ils attendaient dans l'espace interstellaire que l'*Hélix* refroidisse avant de pouvoir entamer le dernier segment de leur voyage, Kira alla à la cambuse, réchauffer trois portions alimentaires, qu'elle engloutit avec quatre verres d'eau et une poche entière de noix de béryl confites. Manger en impesanteur ne l'enchantait pas, mais, après les efforts intenses fournis par le xéno sur Orsted, elle était affamée.

Pendant son repas, elle ne put s'empêcher de penser à Gregorovich, qui était encore tenu à l'écart du système informatique de l'*Hélix,* seul dans son boîtier pareil à un tombeau. Ce traitement la dérangeait, surtout parce qu'elle éprouvait de l'empathie pour lui. Kira savait ce qu'on endurait seul dans l'obscurité – le temps qu'elle avait passé isolée à bord de la

Valkyrie l'avait plus que familiarisée avec cette sensation – et elle s'inquiétait des conséquences qu'une telle claustration pourrait avoir sur l'IB. C'était un sort qu'elle ne souhaitait pas à son pire ennemi. La mort était une issue préférable.

Par ailleurs, même si elle rechignait à l'admettre, Gregorovich était devenu son ami. Si tant est que ce fût possible entre une intelligence de bord et un humain. Leurs conversations lors des voyages PRL avaient offert à Kira un grand réconfort, et elle voyait d'un mauvais œil qu'on lui inflige ce traitement.

À son retour à la timonerie, elle donna une tape sur le bras de Falconi pour attirer son attention et déclara :

– Qu'est-ce que vous comptez faire au sujet de Gregorovich ?

Falconi soupira, et les reflets de ses visios disparurent de ses yeux.

– La question, c'est plutôt ce que je *peux* faire. J'ai essayé de lui parler, mais il n'est pas très cohérent. (Il se massa les tempes.) Pour l'instant, le seul vrai choix que j'aie, c'est de le placer en cryo.

– Et ensuite ? Vous le gardez au congélo jusqu'à nouvel ordre ?

– Peut-être. Je ne vois pas trop comment je pourrais lui faire confiance après ça.

– Pourriez-vous…

Il l'interrompit d'un regard.

– Savez-vous ce qu'on fait aux IB qui désobéissent à un ordre, hors circonstances atténuantes ?

– On les met à la retraite ?

– Exactement. (Falconi pointa le menton vers l'avant.) On les retire de leur vaisseau et on révoque leurs autorisations de vol. Sans autre forme de procès. Même dans les bâtiments civils. Vous savez pourquoi ?

Kira fit la moue, anticipant déjà la réponse.

– Parce qu'elles sont trop dangereuses.

D'un doigt qu'il fit tourner autour de sa tête, Falconi désigna leur environnement.

– N'importe quel vaisseau, même aussi petit que l'*Hélix*, est une véritable bombe volante. Vous vous êtes déjà demandé ce qui se passerait si quelqu'un – au hasard, une IB démente – précipitait un remorqueur ou un croiseur contre une planète ?

Kira grimaça au souvenir de l'accident survenu sur Orlog, une lune de son système natal. On y voyait encore le cratère à l'œil nu.

– Rien de réjouissant, répondit-elle.

– Rien de réjouissant, en effet.

– Et pourtant vous étiez d'accord pour prendre Gregorovich à votre bord ? (Elle l'examina d'un regard curieux.) C'était un sacré risque, non ?

– Oui, et ça l'est toujours. Mais Gregorovich avait besoin d'un foyer, et je me suis dit qu'on pourrait s'entraider, lui et moi. Jusqu'à présent, il ne m'avait jamais donné à penser qu'il représentait un danger pour nous ou pour l'*Hélix*. (Il se passa les doigts dans les cheveux.) Putain… J'en sais rien, en fait.

– Pourriez-vous restreindre son accès aux communications et à la navigation subluminique ?

– Ça ne marcherait pas. Une fois qu'une IB fait partie du système, c'est presque impossible de lui interdire de se connecter à l'ensemble. Elles sont trop futées, et trop profondément intégrées aux ordinateurs. Ça revient à vouloir attraper une anguille à mains nues. Tôt ou tard, elle se débine.

Kira se frotta les bras, songeuse. *Très fâcheux*. Outre son inquiétude pour Gregorovich en tant que personne, la perspective de s'aventurer en territoire hostile sans lui à la barre lui déplaisait.

– Vous permettez que je lui parle ?

Elle fit un geste vers le plafond.

– En fait, ça serait plutôt…

Falconi pointa l'index vers le plancher, avant de poursuivre :

– Pourquoi, en fait ? Ça ne me dérange pas du tout, mais je ne vois pas ce que ça pourrait arranger.

– Peut-être pas grand-chose, mais je m'inquiète pour lui. J'espère réussir à le calmer un peu. Nous avons pas mal discuté, en PRL.

Falconi haussa les épaules.

– Vous pouvez essayer, mais, encore une fois, je ne pense pas que ce sera très utile. Gregorovich avait l'air carrément à la masse.

– Comment ça ? demanda Kira, plus inquiète que jamais.

Falconi se gratta le menton.

– Bizarre, quoi. Il a toujours été à part, mais là c'est plus profond. Comme s'il avait vraiment un grain. (Il secoua la tête.) Franchement ? Peu importe que Gregorovich soit calme ou pas. Je ne lui rendrai pas le contrôle de l'*Hélix*, sauf s'il me persuade qu'il s'agissait d'un fait isolé. Et je ne vois pas comment il le pourrait. Parfois, on ne peut pas se racheter.

Elle le scruta.

– On commet tous des erreurs, Salvo.

– Et elles ont des conséquences.

– En effet, et nous aurons peut-être besoin de Gregorovich quand nous aurons rejoint les medz. Morven est bien gentille, mais ce n'est qu'une pseudo-intelligence. En cas de grabuge, elle ne nous sera pas d'une grande aide.

– C'est sûr.

Kira posa la main sur l'épaule du capitaine.

– En plus, vous l'avez dit vous-même : Gregorovich est l'un d'entre vous au même titre que Trig. Vous allez vraiment le laisser tomber aussi facilement ?

Falconi la dévisagea longuement en contractant les muscles de sa mâchoire. Au bout d'un moment, il céda.

– Bon, d'accord. Parlez-lui. Tâchez donc de mettre un peu de plomb dans cette boule informe de béton qu'il prend pour un cerveau. Allez voir Hwa-jung. Elle vous expliquera où aller et comment vous y prendre.

– Merci.

– Mmh. Par contre, empêchez Gregorovich d'accéder au réseau central.

Kira prit congé et alla trouver la cheffe mécanicienne, qui travaillait dans la salle des machines. Elle ne sembla pas surprise par la requête de Kira.

– Par ici, lui indiqua-t-elle, avant de remonter en direction de la timonerie.

Les couloirs de l'*Hélix* étaient froids, enténébrés, et d'un calme inquiétant. Une forte condensation perlait sur les cloisons, sur lesquelles les ombres des deux femmes s'étiraient.

Un niveau au-dessous de la salle de commandement, près du noyau du vaisseau, se trouvait une porte verrouillée que Kira avait déjà vue sans vraiment y prêter attention. Elle l'avait prise pour celle d'un placard ou d'une salle de serveurs.

D'une certaine manière, c'était le cas.

Hwa-jung fit coulisser la porte et en dévoila une deuxième, un mètre plus loin.

– Ça fonctionne comme un mini-sas, au cas où le reste du bâtiment serait dépressurisé et son air vidé dans le cosmos, expliqua-t-elle.

Elles entrèrent dans un petit local très chaud, qui résonnait du vrombissement de nombreux ventilateurs. Ses parois étaient couvertes de voyants qui clignotaient comme des guirlandes de Noël, chaque diode associée à un interrupteur, un commutateur ou un sélecteur. En son centre se trouvait l'énorme sarcophage neural. Lourd édifice métallique deux fois plus large et plus profond que le lit de Kira, il lui arrivait à la poitrine, dégageait une présence intimidante et semblait avoir été conçu pour mettre en garde quiconque pénétrait dans la pièce – « Ne touchez pas, ou vous le regretterez. » Ses câbles de raccordement étaient presque noirs, et un côté du caisson était habillé d'un écran holo, bordé de rangées de jauges vertes indiquant les niveaux de divers gaz et liquides.

Bien que Kira eût déjà vu de tels sarcophages dans des jeux ou des vidéos, elle n'en avait jamais approché aucun. Elle savait ce dispositif relié au réseau électrique et à la plomberie de l'*Hélix*, mais, s'il devait en être coupé, il était parfaitement capable de maintenir Gregorovich en vie pendant des mois, voire des années, selon l'efficacité de sa source d'énergie interne. Faisant office à la fois de crâne et de corps artificiels, il était conçu pour résister lors de rentrées atmosphériques à des vitesses et des pressions qui réduiraient en poussière la plupart des vaisseaux. La robustesse de ces coffres était légendaire. Bien souvent, le sarcophage (et l'IB qu'il renfermait) restait le seul élément intact après la destruction de son vaisseau parent.

Imaginer un cerveau dans cette épaisse dalle de métal et de saphir était déroutant. Pas un cerveau ordinaire, qui plus est. Celui-ci était plus gros – beaucoup plus – et plus ample que la normale : de la matière grise en forme d'ailes de papillon fripées qui entourait le cœur à l'aspect de noix constituant le siège original de la conscience de Gregorovich, conscience qui atteignait désormais des proportions incommensurables. Se représenter tout cela mit Kira mal à l'aise, et elle ne put s'empêcher d'avoir le sentiment que le caisson blindé était vivant lui aussi. Vivant, et en train de l'observer, même si elle savait que Hwa-jung avait désactivé les capteurs de l'IB.

La mécanicienne sortit un casque audio filaire de sa poche et le lui remit.

– Branche-le là. Garde bien les écouteurs sur les oreilles le temps que tu lui parles. S'il était en mesure de diffuser des sons, il pourrait s'introduire dans le système.

– Sans blague ? s'étonna Kira, dubitative.

– Sans blague. Il lui suffirait de n'importe quel point d'entrée.

Kira trouva la prise jack sur le flanc du caisson, s'y connecta et, ignorant à quoi elle devait s'attendre, dit :

– Allô ?

La cheffe mécano grommela.

– Deux secondes…

Elle actionna un commutateur près de la prise.

Un vacarme assourdissant assaillit Kira. Elle sursauta et se précipita pour baisser le volume. Le bruit s'atténua pour laisser place à un torrent de marmonnements irréguliers – une suite ininterrompue de mots sans presque aucune pause entre eux, un galimatias de flux de conscience exprimant les moindres pensées qui traversaient l'esprit de Gregorovich. Ces grommellements comportaient plusieurs strates, babillements d'une foule clonée parlant seule, aucune bouche ne pouvant suivre le rythme acharné et fulgurant des mécanismes de son intellect.

« Je t'attends dehors », articula Hwa-jung, avant de se retirer.

– … Allô ? répéta Kira, qui se demandait dans quoi elle s'était fourrée.

Le charabia ne s'interrompit pas, mais il reflua, et une seule voix – la voix qu'elle connaissait – s'en détacha :

– Allô ? Bonjour, ma cousine, ma jolie, ma belle enfant. Êtes-vous venue jubiler, madelle Navárez ? Pour retourner le couteau dans la plaie de mon infortune ? Pour…

– Quoi ? Bien sûr que non.

Un rire résonna dans les oreilles de Kira, crissement strident de verre brisé qui lui hérissa la nuque. La voix synthétique de Gregorovich avait une tonalité étrange, un vacillement distordu qui rendait ses voyelles difficilement compréhensibles ; quant au volume, il alternait entre faible et fort, et le son ne cessait d'être coupé.

– Que voulez-vous, alors ? Soulager votre conscience ? Tout est de votre fait, ô tas de bidoche perclus d'angoisses, c'est votre choix, votre responsabilité. Ceci est une prison de votre fabrication, et en tous points une…

– C'est vous qui avez tenté de pirater l'*Hélix*, pas moi, rétorqua Kira. (Elle avait le pressentiment que, si elle ne lui coupait pas la parole, l'IB ne se tairait jamais.) Je ne suis pas là pour me disputer avec vous, par contre.

– Hahahaha ! Quel est votre but, alors ? Mais je me répète… Vous êtes tellement lente, trop lente. Votre esprit est pareil à la boue, votre langue tel le plomb oxydé, votre…

– Mon esprit va très bien, l'interrompit-elle sèchement. C'est juste que je réfléchis avant de parler, contrairement à vous…

– Oh, non ! On déploie le véritable étendard, pirates à tribord, crâne et os croisés, prêts à poignarder dans le dos un ami dans le besoin, ohahahaha, quand sur le récif rocheux se dresse un phare aux volets fermés et que le gardien se noie seul, « Malcolm, Malcolm, Malcolm ! » crie-t-il, et le mille-pattes hurle par compassion solitaire.

L'inquiétude de Kira redoubla. Falconi avait raison. Quelque chose ne tournait pas rond chez l'intelligence de bord, et le problème ne se réduisait pas à son désaccord avec leur décision d'aider le Nœud d'esprits. *Procédons avec doigté.*

– Non, répondit-elle. Je suis passée voir comment vous alliez avant que nous prenions le départ.

Gregorovich gloussa.

– Votre sentiment de culpabilité est aussi limpide que l'aluminium transparent, ça, oui. Oh que oui. Comment je vais ?...

Il y eut une pause bienvenue dans sa bouillie verbale, et même les bredouillements en fond sonore s'atténuèrent, puis le ton de l'IB se fit plus mesuré – retour inattendu à un semblant de normalité.

– L'impermanence de la nature m'a depuis longtemps rendu fou à lier, ne l'aviez-vous pas remarqué ?

– Je m'efforçais d'être polie et de ne pas le mentionner.

– Votre tact et vos égards sont absolument sans égal.

Voilà qui était mieux. Kira esquissa un sourire. Le soupçon d'équilibre mental de l'IB demeurait toutefois fragile, aussi se demandait-elle dans quelle mesure elle pouvait aller plus loin.

– Ça va aller, vous ?

Un rire proche du raclement de gorge échappa à Gregorovich.

– Moi ? Oh, je vais me porter à *merveiiiiiiillle*, bien sûr. Au poil, comme un coq en pâte. Je vais rester là, tout à ma solitude, me consacrer à des pensées généreuses et à l'espoir de futures bonnes actions, oui, oui, voilà.

En résumé, *non*, donc. Kira s'humecta les lèvres.

– Pourquoi avez-vous pris ce risque ? Vous saviez que Falconi ne vous laisserait pas prendre le contrôle. Alors pourquoi avoir essayé quand même ?

Le chœur d'innombrables voix enfla de plus belle.

– Comment vous expliquer ? Devrais-je m'expliquer ? À quoi bon, maintenant, quand les actes sont révolus et les conséquences imminentes ? Hihi. Écoutez tout de même : j'ai affronté les ténèbres, jadis, perdu mon équipage et mon vaisseau. Je ne voudrais, ne pourrais jamais l'endurer encore, oh que non. Plutôt sombrer dans le néant – la mort, cette fin des temps immémoriaux. Un destin de loin préférable à l'exil le long des froides falaises où les âmes errent et s'étiolent dans l'isolement, chacune un cerveau de Boltzmann, un tourbillon de mauvais rêves. Qu'est-ce que l'esprit, nulle matière, qu'est-ce que la matière, nul esprit, et l'isolement la plus cruelle réduction d'avril et…

Un surgissement de parasites l'interrompit, et sa voix ne fut plus audible, mais Kira ne l'écoutait déjà plus. Il divaguait de nouveau. Elle pensait comprendre ce qu'il avait tenté d'exprimer, mais ce n'était pas ce qui l'inquiétait. Quelques heures d'isolement n'auraient pas dû déséquilibrer Gregorovich à ce point. Qu'est-ce qui pouvait affecter si profondément une intelligence de bord ? Kira se rendit compte qu'elle n'en avait aucune idée.

Si elle orientait la conversation vers des eaux plus calmes, peut-être parviendrait-elle à l'amadouer et à découvrir la nature du véritable problème. Peut-être.

– Gregorovich… Gregorovich, vous m'entendez ? Si vous êtes là, répondez-moi. Que se passe-t-il ?

Au bout d'un moment, l'IB se manifesta d'une voix fluette, lointaine.

– Kira… Je ne me sens pas dans mon assiette. Je ne… Tout est sens dessus dessous.

Elle plaqua le casque plus serré sur ses oreilles.

– Pouvez-vous me dire à quoi c'est dû ?

Petit rire gagnant en force.

– Oh, nous passons aux confessions et aux aveux, maintenant ? Hmmm ? C'est ça ? (Nouveau gloussement déconcertant.) Vous ai-je jamais raconté pourquoi j'ai choisi de devenir une intelligence de bord, ô invétérée questionneuse ?

Kira n'avait pas envie de changer de sujet, mais elle ne voulait pas se mettre Gregorovich à dos. Tant qu'il était d'humeur à discuter, elle était d'accord pour écouter.

– Non, pas encore.

L'IB eut un grognement amusé.

– Parce que j'estimais que c'était une bonne idée, voilà pourquoicestainsssssiiiii. Ah, bêtise indomptée de la jeunesse… Mon corps n'allait pas fort, voyez-vous (non, vous ne voyez pas, mais si, oh oui). Il me manquait plusieurs membres, et certains organes vitaux, et, d'après ce qu'on m'a expliqué, une quantité spectacuLAIRE de sang et de matières fécales maculaient la route. Ruban noir sur pierre noire, du rouge, du rouge, du rouge, le ciel n'étant plus qu'une parcelle délavée de douleur. Les seules solutions envisageables étaient de m'installer dans un simili en attendant qu'on me cultive une nouvelle enveloppe ou de me transformer en intelligence de bord. Et moi, pétri d'arrogance et d'ignorance, j'ai décidé d'affronter l'inconnu.

– Même en sachant que c'était irréversible ? Ça ne vous dérangeait pas ?

Kira regretta aussitôt d'avoir posé ces questions. À son grand soulagement, Gregorovich les prit bien.

– Je n'étais pas aussi brillant que maintenant. Oh non, non, non. Je pensais que ce qui me manquerait, ce ne serait que les bons kawas, cuillerées suaves et sucrées, savoureuses et envoûtantes, et les plaisirs d'une compagnie charnelle serrée tout contre soi, profonde, oui, et dans les deux cas j'ai songé, songé, oui, que la réalité virtuelle me fournirait des substituts plus qu'adéquats. Bits et octets, codes binaires, ombres d'idéaux fondants affamés d'électrons, affamés, affamés… Ô, comme je me trompais, comme je faisais erreur… erreur, *erreur*, j'aurais toujours pu m'accommoder d'un simili pour me plonger à ma guise dans les délices sensuels.

La curiosité de Kira était piquée.

– D'accord, mais pourquoi ? demanda-t-elle, d'une voix aussi apaisante que possible. Pourquoi opérer cette transition ?

Gregorovich rit, et elle décela de la suffisance dans sa voix.

– Pour le frisson, voyons. Pour devenir bien plus que ce que j'étais avant et chevaucher les étoiles tel un colosse affranchi des contraintes de la vulgaire chair.

– Ça n'a pas dû être un changement facile, quand même. Votre vie suit une direction, et brusquement un accident vous fait dévier sur une tout autre trajectoire.

Elle songeait plus à elle-même qu'à lui.

– Qui a parlé d'un accident ?

Elle cligna les paupières.

– Je pensais que…

– Ces détails n'ont pas d'importance, non, aucune. J'avais déjà envisagé de devenir une intelligence de bord. Ma dislocation prématurée a seulement précipité une décision hasardeuse. Certains embrassent le changement plus aisément que d'autres. La monotonie est ennuyeuse, et qui plus est, comme les anciens aimaient à le faire remarquer, l'attente de ce qui *pourrait* advenir ou de ce qui *devrait* advenir est la source la plus commune de notre insatisfaction. Les attentes mènent à la déception, la déception conduit à la colère et au ressentiment. Oui, j'ai conscience du caractère délicieusement ironique des faits, mais la connaissance de soi n'est guère un rempart contre la folie, ma sympathique symbiote. C'est au mieux une armure percée d'une brèche.

Plus Gregorovich se livrait, plus il paraissait calme et sensé. *Continue à le faire parler.*

– Si c'était à refaire, prendriez-vous la même décision ?

– Pour ce qui est de me convertir en intelligence de bord, oui. Pour le reste, pas vraiment. Doigts, orteils et archers sans pareil.

Kira fronça les sourcils. Petite rechute de Gregorovich.

– Quelque chose vous manque de votre vie d'avant ? J'allais dire « quand vous aviez un corps », mais je suppose que l'*Hélix* est devenu votre corps.

Un soupir désincarné retentit dans le casque.

– La liberté. Voilà ce qui me manque. Ma liberté.

– C'est-à-dire ?

– L'espace exploré tout entier est – était – à ma disposition. Je peux voyager plus vite que la lumière. Je peux plonger dans l'atmosphère d'une géante gazeuse et me prélasser dans l'aurore d'Eidolon, ce dont je ne me suis pas privé. Mais, comme vous l'avez mentionné, ô perspicace petite tracasserie, l'*Hélix* est mon corps, et il le demeurera jusqu'au jour (à supposer que ce jour arrive) où l'on m'en retirera. Quand nous nous arrimons, vous êtes libre de quitter l'*Hélix* et d'aller où bon vous semble. Pas moi. À travers des caméras et des capteurs je peux participer de loin, mais je reste quand même uni à l'*Hélix,* et cela resterait vrai même si je possédais un simili que je pouvais piloter à distance. Voilà ce qui me manque, la liberté de me déplacer sans restrictions, sans histoires ni complications… Il paraît qu'une intelligence de bord sur le Monde de Stewart s'est construit un corps mécanisé haut de dix mètres et qu'elle consacre son temps à arpenter les zones inhabitées de la planète, à peindre les paysages des montagnes avec un pinceau grand comme un être humain. J'aimerais disposer d'un corps semblable un jour, même si la probabilité que cela se réalise me semble à présent très faible.

Gregorovich poursuivit :

– Si je pouvais me prodiguer un conseil à moi-même dans le passé, avant ma transformation, je me recommanderais de profiter de ce que j'ai. Trop souvent, on n'apprécie les choses que lorsqu'elles nous échappent.

– C'est parfois la seule façon dont nous retenons la leçon, rebondit Kira.

Elle se tut un instant, STUPÉFAITE par sa propre intervention.

– À ce qu'il semblerait. C'est la ténébreuse tragédie de notre espèce.

– Pourtant, ignorer l'avenir et/ou se complaire dans les regrets peut être tout aussi nocif.

– En effet. Ce qui compte, c'est de se donner du mal, et ainsi de nous améliorer. Sinon, nous aurions aussi bien fait de ne jamais descendre des arbres. Mais ça ne sert à rien de nous scruter le nombril en pleurnichant quand celui-ci part à la dérive, et que le temps s'emballe. J'ai des mémoires à écrire, des bases de données à purger, des sous-routines à réorganiser, des bandeaux défilants à concevoir, la catoptromancie à maîtriser, carrés sur carrés une onde ou une étincelle indivisible dites-moi dites-moi dites-moi…

Il paraissait bloqué dans une boucle mentale, les mots « dites-moi, dites-moi » se répétant dans les oreilles de Kira à des volumes différents. Kira se renfrogna, frustrée. Ils avaient fait d'énormes progrès, mais il semblait incapable de maintenir sa concentration.

– Gregorovich…, fit-elle, avant de répéter, plus brusquement qu'elle en avait eu l'intention : Gregorovich !

Une pause appréciable dans la logorrhée, puis, d'une voix presque trop faible pour être audible :

– Kira, je ne me sens pas dans mon assiette. Pas du touuuuut.

– Pouvez-vous…

Le chœur de voix hurlantes reprit son rugissement, arrachant à Kira une grimace et la forçant à baisser le volume.

Parmi le déferlement sonore, elle entendit Gregorovich déclarer, d'un ton presque *trop* calme, *trop* cultivé :

– Que des vents cléments bercent votre sommeil imminent, ma conciliante confesseuse. Puissent-ils vous soulager de votre mélancolie effervescente. Quand nos chemins se recroiseront, je ne manquerai pas de vous remercier comme il se doit. Oui. Tout à fait. Et gardez-vous de ces satanées attentes.

– Merci, j'y veillerai, répondit-elle, essayant de le ménager. La reine de l'espace infini, hein ? Mais vous ne m'avez pas…

Un rire narquois se détacha de la cacophonie.

– Nous sommes tous rois et reines de notre propre démence. Seule importe la façon dont nous exerçons notre règne. Maintenant, partez ; laissez-moi à ma méthode, aux atomes à compter, aux QET, aux causalités à remettre en question, le tout dans une matrice d'indécision, en boucle, en boucle, et la réalité qui se tord comme des photons au-delà de la déformation masse d'espace-temps que transgressions supraluminiques tourments plateau tangentiel saisis sens dessus dessous par hahahaha…

2.

Kira retira les écouteurs et, le front plissé, scruta le plancher.

Se mouvant avec précaution dans l'impesanteur, elle alla retrouver Hwa-jung.

– Comment il va, notre *bonhomme* ? s'enquit la mécanicienne.

Kira lui rendit le casque audio.

– Pas super bien. Il est… (Elle avait du mal à décrire le comportement de Gregorovich.) Il débloque. Il y a un problème, Hwa-jung. Un gros, gros problème. Il déblatère sans discontinuer, et de temps en temps il a l'air incapable de construire une phrase cohérente.

La Zarilienne fronça les sourcils à son tour.

– *Aish*, marmonna-t-elle. Dommage que Vishal soit déjà en cryo. Moi je bosse avec les machines, pas les cerveaux visqueux.

– Ça ne pourrait pas provenir d'un souci mécanique ? Est-ce qu'il aurait pu arriver un pépin à Gregorovich pendant que nous étions sur Orsted ? Ou quand tu l'as déconnecté du système central ?

Hwa-jung lui jeta un regard noir.

– J'ai actionné un *coupe-circuit*. Impossible que ça cause un dysfonctionnement.

Sans se départir de son air renfrogné, elle fourra le casque dans sa poche.

– Reste ici, enjoignit-elle à Kira d'un ton brusque. Je veux vérifier un truc.

La cheffe mécano se détourna et, d'une poussée des jambes, s'élança vers la coursive.

Kira attendit aussi patiemment que possible. Elle ne cessait de repenser à sa conversation avec Gregorovich. Elle frissonna et serra les bras autour d'elle. S'il allait aussi mal qu'il en donnait l'impression… ils n'auraient peut-être pas d'autre choix que de le conserver en cryo. Naviguer avec une intelligence de bord déséquilibrée relevait du cauchemar.

Il existait, médita-t-elle, de nombreuses sortes de cauchemars dans la galaxie. Certains petits, d'autres énormes, mais les pires d'entre tous étaient ceux avec lesquels on vivait.

Kira voulait parler de Gregorovich à Falconi, mais elle s'efforça de patienter jusqu'au retour de Hwa-jung.

Il s'écoula près d'une demi-heure avant que la mécanicienne reparaisse. Elle avait du cambouis sur les mains, de nouvelles traces de brûlure sur ses manches froissées, et un air contrarié qui n'apaisa en rien Kira.

– Tu as trouvé quelque chose ?

Hwa-jung brandit un petit objet noir – un boîtier rectangulaire large comme deux doigts.

– Ça, répondit-elle d'un ton dégoûté. Pfff ! C'était fixé aux circuits qui s'enfoncent dans le sarcophage de Gregorovich. (Elle secoua la tête.) C'est débile. Je savais qu'il y avait un hic pour que les voyants de la timonerie s'emballent comme ça quand j'ai actionné le disjoncteur.

– C'est quoi ? demanda Kira en s'approchant.

– Un bloqueur d'impédance. Ça empêche les signaux de traverser un câble. Le CMU a dû l'installer comme sécurité supplémentaire pour que Gregorovich ne puisse pas s'échapper. Aucun de mes contrôles ne me l'a révélé quand nous sommes remontés à bord de l'*Hélix*. (Elle eut de nouveau un mouvement de tête dépité.) Quand j'ai tiré le disjoncteur, ça a provoqué une surtension dans le circuit, et cette surtension s'est répercutée sur Gregorovich.

Kira déglutit.

– Qu'est-ce que ça signifie ?

Hwa-jung soupira et détourna le regard quelques secondes.

– La surtension a brûlé les petits câbles électriques qui alimentent Gregorovich. Les composants ne sont pas connectés correctement à ses neurones, et ceux qui le sont, *aish !* ils ne transmettent pas le courant comme il faut.

– Est-ce qu'il souffre ?

Haussement d'épaules de la mécanicienne.

– Je n'en sais rien. Mais l'ordinateur indique que de nombreux composants grillés se trouvent dans son cortex visuel et dans la zone d'élaboration du langage, alors il se peut que Gregorovich voie et entende des trucs qui ne sont pas là. Ahhh. (Elle secoua le boîtier.) Il va falloir que Vishal s'en occupe. Je ne peux pas réparer Gregorovich, moi.

Un vif dépit gagna Kira.

– Il faut qu'on attende, du coup.

Ce n'était pas une question.

Hwa-jung hocha la tête.

– Le mieux, c'est de placer Gregorovich en cryo. Vishal l'examinera quand nous serons arrivés, mais je ne crois pas qu'il puisse arranger son état, lui non plus.

– Tu veux que je prévienne Falconi ?

– Oui, dis-lui. Je veux qu'on congèle Gregorovich. Je passerai en cryo juste après.

– D'accord, ça marche. (Kira posa alors la main sur l'épaule de Hwa-jung.) Merci, en tout cas. Au moins, nous savons à quoi nous en tenir, maintenant.

La cheffe mécano grommela.

– En quoi ça nous aide, par contre ? Ah, quel bordel. Quel gros bordel !

Elles se séparèrent, la mécanicienne se faufilant dans la salle du sarcophage tandis que Kira retournait à la salle de commandement. Falconi ne s'y trouvait pas, et n'était pas non plus dans le pavillon hydroponique dévasté.

Intriguée, Kira alla voir à la cabine du capitaine. Ça ne ressemblait pas à Salvo de rester dans son compartiment en un moment pareil, pourtant… Elle frappa.

– Entrez.

La porte grinça lorsque Kira l'ouvrit. Falconi était assis à son bureau, sanglé à son siège pour éviter de dériver. Il tenait dans une main une poche de boisson qu'il sirotait.

Puis elle remarqua l'olivier bonsaï repoussé vers le fond du plateau. Ses feuilles étaient flétries, la plupart des branches, cassées, le tronc penchait contre un bord du pot, et la terre qui entourait les racines avait été vraisemblablement retournée : de petits agglomérats flottaient librement sous sa cloche de plastique transparent.

L'état désastreux de l'arbuste la désarçonna. Elle savait que les plantes avaient beaucoup d'importance pour le capitaine.

– Alors ? Qu'est-ce que ça a donné ? demanda-t-il.

Kira s'arc-bouta contre la cloison avant d'entamer son compte rendu.

Falconi se rembrunit au fur et à mesure.

– Bordel de merde, jura-t-il. Ces enfoirés du CMU. Il a fallu qu'ils nous foutent un peu plus dedans. À chaque fois, putain...

Il se passa la main sur le visage et fixa un point imaginaire par-delà la coque du vaisseau. Kira ne se rappelait pas l'avoir déjà vu si furieux ou fatigué.

– J'aurais dû écouter mon instinct. Gregorovich est bon pour la casse.

– Ce n'est pas *lui* qui est bon pour la casse, le contredit Kira. En soi, il n'a rien de détraqué. C'est le matériel auquel il est raccordé.

Falconi eut un grognement sarcastique.

– Vous jouez sur les mots. Il ne fonctionne pas. Donc, il est pété. Et je n'y peux rien non plus. C'est la première fois que Grego a vraiment besoin d'aide, et moi...

Il secoua la tête.

– Il a une place très importante pour vous, n'est-ce pas ?

Un froissement de papier aluminium se fit entendre lorsque Falconi prit une gorgée de sa gourde. Il évita son regard.

– Si vous interrogiez le reste de l'équipage, vous découvririez sûrement que Gregorovich a passé beaucoup de temps à discuter avec chacun d'entre nous. Il n'est pas forcément loquace quand on est en groupe, mais, chaque fois que nous avons dû nous appuyer sur lui, il a répondu présent.

Kira planta fermement ses pieds sur le plancher et laissa la Lame souple l'y ancrer.

– Hwa-jung m'a dit que Vishal ne serait peut-être pas en mesure de le soigner.

– Ouais, fit Falconi en soufflant. Intervenir sur les implants d'une intelligence de bord, c'est coton. Et notre médibot n'est pas non plus habilité à s'en charger… Bon sang de Thulé. Grego n'était même pas dans un état aussi grave quand on l'a récupéré.

– Qu'est-ce que vous allez faire si on doit se battre contre les medz ?

– On détale comme des lapins si jamais c'est possible. L'*Hélix* n'est pas un bâtiment de guerre. (Il pointa l'index vers elle.) Et ça ne change rien du tout à ce qu'a fait Gregorovich. Ce n'est pas à cause d'un bloqueur d'impédance qu'il s'est mutiné.

– … Non. Sans doute pas.

Falconi secoua la tête.

– Quelle buse ! Il a eu tellement peur de nous perdre qu'il a préféré sauter de la falaise, et voilà ce que ça lui a valu… ce que ça *nous* a valu.

– Ça montre qu'on peut toujours commettre des erreurs, même avec un énorme cerveau comme le sien.

– Mmh. Ça, c'est à supposer que Gregorovich se trompe. Il pourrait avoir raison, vous savez.

Kira pencha la tête sur le côté.

– Si vous le pensez vraiment, pourquoi allons-nous avertir le Nœud d'esprits ?

– Parce que j'estime que ça vaut la peine de prendre ce risque.

Elle jugea alors judicieux de changer de sujet. Désignant l'olivier d'un geste, elle demanda :

– Qu'est-ce qui s'est passé ?

Un rictus mauvais retroussa la lèvre de Falconi.

– Le CMU, encore une fois, voilà ce qui s'est passé. Ils l'ont arraché à son caisson de stase pour chercher... je ne sais pas trop quoi. Ça m'a pris un temps fou de tout nettoyer.

– L'arbre va s'en remettre ?

Kira n'avait encore jamais eu affaire à cette variété de plantes.

– Ça m'étonnerait. (Falconi caressa une branche, mais très brièvement, comme s'il redoutait d'aggraver les dégâts.) Il est resté hors de terre presque une journée, à une température très basse, sans eau, les feuilles à l'air libre... (Il tendit la poche.) Vous avez soif ?

Elle saisit la gourde et porta la paille à ses lèvres. La brûlure âpre de quelque tord-boyaux lui assaillit la bouche.

– Pas mauvais, hein ? commenta Falconi en voyant sa réaction.

– Ouais, fit Kira.

Elle prit une autre lampée et lui rendit la poche.

Il tapota le plastique argenté.

– Ce n'est pas forcément le plus recommandé avant la cryo, mais on s'en fout, non ?

– Carrément.

Falconi but à son tour, puis poussa un long soupir et bascula la tête en arrière pour contempler ce qui, en état de pesanteur, aurait dû être le plafond.

– Quelle époque on vit, Kira. C'est complètement dingue. Putain, avec tous les vaisseaux en perdition qu'on a dû sauver, il a fallu qu'on tombe sur le vôtre.

– Désolée. Ce n'est pas ce que j'aurais souhaité, moi non plus.

Il projeta la poche d'alcool vers elle. Elle la regarda flotter dans l'air, puis s'en empara. Une autre gorgée de tord-boyaux, et une autre coulée brûlante descendit dans sa gorge.

– Ce n'est pas votre faute, déclara-t-il.

– Je pense que si, justement, répondit-elle d'une voix posée.

– Non. (Il rattrapa la gourde, qu'elle lui avait relancée.) On aurait quand même été touchés par cette guerre, même si on ne vous avait pas secourue.

– D'accord, mais...

– Mais rien du tout. Vous croyez que les medz allaient nous foutre la paix jusqu'à la fin des temps ? Votre découverte de l'exoderme sur Adrastée leur a seulement servi de prétexte pour déclencher leur invasion.

Kira songea un instant à cette remarque.

– Possible. Et les cauchemars, vous en faites quoi ?

– Ouais, eh bien... (Falconi secoua la tête. Apparemment, il ressentait déjà les effets de la boisson.) C'est juste le genre d'emmerdes qu'on ne peut pas éviter. On a beau se préparer à tout, c'est systématiquement les trucs qu'on n'a pas prévus qui nous pètent à la tronche. Et ça finit *toujours* par arriver. On vaque à ses occupations tranquillement, et *vlan* ! Un astéroïde déboule de nulle part et déglingue votre vie. Comment on peut vivre dans un univers pareil ?

C'était une question qui n'appelait pas de réponse, mais Kira suggéra quand même :

– En prenant des précautions sensées, et en ne laissant pas les risques nous rendre fous.

– Comme Gregorovich.

– Comme Gregorovich, acquiesça-t-elle. Nous devons tous accepter le hasard des dés, Salvo. C'est le principe de la vie. La seule autre solution, c'est de ramasser sa mise très tôt, et ça, ça revient à renoncer.

– Mmmmh.

Comme souvent, il la regarda par en dessous. Ses yeux d'un bleu glacial apparaissaient d'une pâleur maladive sous ses paupières tombantes, dans la pénombre du mode nuit.

– J'ai eu l'impression que la Lame souple vous échappait, sur Orsted, reprit-il.

Kira remua sur place, légèrement embarrassée.

– Un petit peu, c'est possible.

– Je devrais m'en inquiéter ?

Elle mit assez de temps à répondre pour que s'installe une certaine gêne. Puis elle admit :

– Peut-être.

D'une contraction des adducteurs, elle se baissa et s'arrima en position assise.

– Plus je me défais d'une partie du xéno, plus il veut dévorer, et dévorer encore.

Le regard de Falconi se fit perçant.

– Dans quel but ?

– Je n'en sais rien. Aucun de ses souvenirs ne me l'a montré en train de se reproduire, mais…

– Mais il se peut qu'il vous les cache.

Elle eut un petit geste du doigt pour valider sa suggestion. Il lui proposa de nouveau la gourde, qu'elle accepta.

– C'est du gâchis de me faire boire ça. Aucune chance que je sois ivre, avec la Lame souple qui s'en mêle.

– Ne vous en faites pas… Vous croyez que la Lame souple est une sorte d'arme nanotechnologique de l'apocalypse ?

– Elle en a la capacité, mais je ne pense pas qu'elle ait forcément été conçue pour ça. (Kira s'efforça de trouver les mots justes.) Elle ne me donne pas *l'impression* d'être mal intentionnée. Ça vous paraît cohérent ?

Falconi haussa un sourcil.

– C'est normal, pour une machine.

– Pourtant, elle ressent des émotions. C'est difficile à expliquer, mais selon moi ce n'est pas qu'une machine. Quand je tenais le bouclier autour du magtram, il y avait aussi de minuscules vrilles qui s'enfonçaient dans les murs. Je les *sentais*, et je n'ai pas eu l'impression que la Lame souple ait eu la volonté de détruire, mais plutôt de construire.

– Construire quoi ? demanda Falconi à mi-voix.

– Aucune idée. Je ne suis pas plus avancée que vous sur la question. (Un silence sinistre s'installa.) Ah, j'oubliais, Hwa-jung vous prévient qu'elle passera en cryo dès qu'elle aura placé Gregorovich en hibernation.

– Il n'y aura plus que vous et moi, donc, commenta Falconi, avant de lever la poche comme pour trinquer.

Kira eut un sourire en coin.

– Oui. Et Morven.

– Pfff. Elle ne compte pas.

Comme pour ponctuer ces mots, l'alerte PRL retentit, puis, avec un gémissement lointain, l'*Hélix* activa son propulseur Markov et quitta l'espace standard.

– C'est parti, maugréa Falconi.

Il secoua la tête comme s'il éprouvait des difficultés à l'accepter.

Kira se prit à examiner de nouveau le bonsaï en piteux état.

– Quel âge a-t-il, cet arbre ? s'enquit-elle.

– Vous n'allez pas me croire : trois cents ans.

– Non !

– Si, je vous jure. Il vient de la Terre, d'avant le tournant du millénaire. Un type me l'a filé comme partie d'un règlement pour un transport de marchandises. Il s'est pas rendu compte de la valeur de cette merveille.

– Trois cents ans…

Elle avait du mal à appréhender ce nombre. Cet arbre était plus vieux que toute l'expansion des humains dans l'espace. Il existait avant les colonies sur Mars et Vénus, avant les circohabitats et les stations de recherche habitées hors orbite terrestre basse.

– Eh ouais. (Une expression maussade assombrit le visage de Falconi.) Il a fallu que ces bourrins de l'armée l'arrachent de son pot. Ils n'auraient pas pu se contenter de scanner la pièce ?

– Mmmm.

Kira songeait toujours à ce qu'elle avait ressenti à travers le xéno sur Orsted, ainsi qu'au but pour lequel on l'avait élaboré ou pour lequel il était né. Elle ne pouvait oublier la sensation des innombrables vrilles qui s'étaient insinuées sous l'épiderme de la station, touchant, déchirant, construisant, *comprenant*.

La Lame souple n'était pas seulement une arme. Kira en avait l'intime conviction. Et de cette conviction surgit une idée qui la dérouta. Elle ignorait si ça pouvait réussir, mais elle le désirait afin de pouvoir se sentir moins coupable au sujet d'elle-même et du xéno. Pour qu'elle ait une raison concrète de considérer la Lame souple comme autre chose qu'un instrument de destruction.

– Vous seriez d'accord pour que je tente un truc ? s'enquitelle, en tendant la main vers l'arbuste.

– Quoi ? demanda Falconi, méfiant.

– Je ne sais pas trop, mais… laissez-moi essayer. S'il vous plaît.

Il réfléchit en tripotant le bord de la gourde.

– OK, mais allez-y mollo. Il y a déjà assez de trous dans la coque de l'*Hélix* comme ça.

– Accordez-moi *un peu* de jugeote, quand même.

Kira se décrocha du sol et se traîna le long du mur jusqu'au bureau. Là, elle tira le pot près d'elle et posa les mains sur le tronc. Au-delà de la rugosité de l'écorce, elle perçut un parfum de verdure et de fraîcheur, l'air marin caressant l'herbe tondue.

– Vous comptez juste rester plantée là, ou…

– Chhhut.

Kira se concentra et exhorta la Lame souple à s'insinuer dans l'olivier, avec un seul objectif, une seule directive : *soigne*. L'écorce se fendit en grinçant, et de minuscules fils noirs se répandirent sur l'arbre. Kira en sentit les structures, les strates d'écorce (interne et externe), le cœur de duramen, chacune des étroites branches, et le pétiole de chaque feuille fragile au dos argenté.

– Bon, fit Falconi en se levant.

– Attendez, insista Kira, en espérant que le xéno serait capable d'accomplir ce qu'elle lui réclamait.

Un peu partout sur l'olivier, les branches cassées reprirent leur position d'origine, se redressèrent fièrement. L'odeur d'herbe coupée s'intensifia tandis que la sève sourdait du tronc. Les feuilles flétries se lissèrent, les trous qui les perçaient se comblèrent, et, là où il en manquait, de nouveaux limbes surgirent – lames argentées rayonnant d'une vivacité nouvelle.

Au bout d'un moment, ces changements ralentirent, puis cessèrent, et Kira conclut avec satisfaction que les dégâts avaient été réparés. Le xéno aurait pu continuer – il le voulait –, mais la directive serait alors passée de *soigne* à *fais pousser*, et cela paraissait trop gourmand à Kira. Une façon imprudente de tenter le destin.

Elle rappela donc la Lame souple.

– Voilà, dit-elle, avant de retirer ses mains.

L'arbre était intact et vigoureux, comme auparavant. Une aura d'énergie semblait en émaner : une *vie* tout juste apparue et lustrée d'un éclat intense.

Kira fut submergée par un profond émerveillement, subjuguée par ce dont le xéno était capable. Par ce dont *elle* était capable. Elle avait réussi à guérir un être vivant – à réparer la chair (en quelque sorte) et à apporter du réconfort plutôt que de la douleur, à créer au lieu de détruire. Un rire lui échappa. Le poids qui écrasait ses épaules disparut, comme si la combustion avait chuté à un demi-g ou moins.

C'était un don. Avec la Lame souple, elle aurait pu accomplir des prodiges sur Völund, dans les jardins de la colonie. Elle aurait pu aider son père avec ses constellations de minuit, et sur Adrastée elle aurait pu contribuer à répandre un océan de verdure sur la croûte rocailleuse de la lune.

La *vie*, et tout ce qui en découlait. Un sentiment de triomphe et une profonde gratitude lui firent monter les larmes aux yeux, à travers lesquelles elle sourit, heureuse.

Un émerveillement semblable adoucissait l'expression de Falconi.

– Comment avez-vous appris à faire ça ?

Il toucha une feuille du bout du doigt, comme s'il ne pouvait y croire.

– J'ai cessé d'avoir peur.

– Merci, dit-il.

Jamais Kira ne l'avait senti aussi sincère.

– Je… Je vous en prie.

Puis Falconi se pencha vers elle, lui prit le visage entre ses mains, et, avant que Kira ait compris ce qui se passait, l'embrassa.

Il n'avait pas le même goût qu'Alan. Sa peau était plus salée, rugueuse à cause de sa barbe de plusieurs jours.

Stupéfaite, elle se figea, sans trop savoir comment réagir. La Lame souple forma des rangées de picots arrondis sur ses bras et sa poitrine, mais, comme elle, ils restèrent immobiles.

Falconi mit fin au baiser, et Kira s'efforça de recouvrer ses esprits. Son cœur battait la chamade.

– C'était quoi, ça ? dit-elle, d'une voix rauque.

– Désolé, s'excusa Falconi d'un air penaud, expression inhabituelle chez lui. Je me suis laissé emporter, je crois.

– Hein hein.

Elle se passa la langue sur les lèvres involontairement, et se réprimanda. *Bordel.*

Falconi eut un sourire espiègle.

– Ce n'est pas dans mes habitudes de faire du gringue aux membres d'équipage ou aux passagères. Ce n'est pas professionnel.

Le cœur de Kira s'emballa de plus belle.

– Tiens donc.

– Oui, c'est vrai… (Il finit le tord-boyaux.) On reste amis ?

– Parce que nous sommes amis ? rétorqua Kira d'un ton de défi.

Falconi l'examina quelques instants, comme s'il étudiait la question.

– Quelqu'un en qui j'ai assez confiance pour me battre à ses côtés est mon ami. Alors en ce qui me concerne, oui, nous sommes amis. Sauf si vous n'êtes pas de cet avis.

– Si, répondit Kira, avant de marquer aussi une longue pause. Nous sommes amis.

Une vive lueur étincela dans les yeux du capitaine.

– Bon, content que nous ayons éclairci ce point. Encore une fois, toutes mes excuses. L'alcool m'a fait baisser ma garde. Ça ne se reproduira pas.

– C'est... Très bien. Parfait.

– Je ferais mieux de mettre ça en stase, déclara-t-il en s'emparant du bonsaï. Ensuite, je devrai me plonger en cryo avant que nous chauffions trop l'*Hélix*. Et vous, qu'est-ce que vous allez faire ?

– Comme d'habitude. Je crois que je vais juste me cloîtrer dans ma cabine, cette fois, si ça ne pose pas de problème.

Il hocha la tête.

– On se retrouve à l'autre bout des étoiles, Kira.

– Ça marche, Salvo.

3.

Dans sa cabine, Kira s'épongea le visage avec une serviette humide, puis se laissa flotter devant le lavabo le temps de s'examiner dans le miroir. Bien qu'elle n'ait pas été à l'initiative du baiser, elle en éprouvait encore de la culpabilité. Jamais elle n'avait porté le regard sur un autre homme – pas un regard de cette nature – quand Alan et elle étaient ensemble. Le culot de Falconi n'avait pas fait que la prendre par surprise, il la contraignait à s'interroger sur ce qu'elle comptait faire de son avenir, si jamais elle en avait un.

Le pire, c'était que ce baiser lui avait plu.

Alan… Alan était mort depuis plus de neuf mois. Pas pour elle, avec tout le temps qu'elle avait passé en hibernation, mais pour le reste de l'univers, c'était la réalité. Une vérité difficile à avaler.

Éprouvait-elle même la moindre *attirance* pour Falconi ? Kira dut réfléchir à cette question un certain temps. Elle s'avoua que c'était le cas. Il tirait son charme de son côté robuste, ténébreux, viril. Pour autant, cela ne signifiait pas grand-chose. Elle n'était pas en état d'entretenir une relation avec un homme, encore moins le capitaine du vaisseau. Ce serait une source de problèmes.

C'était égoïste, mais Kira se réjouissait que Gregorovich n'ait pas été témoin de cette situation gênante. Il n'aurait pas tari de moqueries bizarres à leur encontre.

Peut-être aurait-il été préférable de discuter de nouveau avec Falconi, d'établir tout à fait clairement qu'il ne se passerait jamais rien d'autre entre eux. Bon sang, il avait eu de la veine que la Lame souple n'ait pas réagi trop violemment dans un élan protecteur exagéré… Il avait été soit très courageux, soit très inconscient.

– Tu t'en es bien sortie, murmura-t-elle en baissant les yeux sur la Lame souple.

Kira eut l'impression, un bref instant, de déceler de la fierté chez le xéno. Ce fut toutefois un sentiment fugace qui pouvait très bien n'être qu'un tour de son imagination.

– Morven. Est-ce que Falconi est encore hors cryo ?

– Non, madelle Navárez, répondit la pseudo-intelligence. Il vient de recevoir sa première série d'injections. Il n'est plus en état de communiquer.

Kira poussa un soupir de mécontentement. *Tant pis*. Il n'était probablement pas nécessaire de lui reparler, mais, au besoin, elle le ferait quand ils auraient atteint leur destination.

Leur stratégie n'était pas d'accomplir *tout* le trajet jusqu'au point de rendez-vous proposé par les medz de Tschetter. Ils allaient sortir de PRL bien avant, mais assez près pour émettre un avertissement afin que le Nœud d'esprits ne tombe pas dans une embuscade, et, ce faisant, peut-être éviter une catastrophe de plus grande envergure que la guerre qui opposait humains et medz. Ensuite, après avoir satisfait aux exigences de l'honneur et du devoir, ils pourraient regagner l'espace habité.

Kira soupçonnait néanmoins qu'Itari souhaiterait retourner parmi ses semblables, ce qui nécessiterait une rencontre d'une sorte ou d'une autre.

– Nous ne sommes ni plus ni moins qu'un service de navette, maugréa-t-elle en se dirigeant vers son lit.

Cette réflexion lui rappela une opinion que son grand-père paternel se plaisait à répéter : « Le sens de la vie, Kira, c'est déplacer les choses d'un point *a* à un point *b*. C'est tout. Au bout du compte, nous ne faisons rien de plus.

– Même quand nous discutons ? l'avait-elle interrogé, peinant à comprendre.

– Ça revient seulement à sortir une idée d'ici (il lui avait tapoté sur le front) pour l'amener dans le monde réel. »

Kira n'avait jamais oublié. Elle n'avait jamais oublié non plus qu'il avait désigné tout ce qui se trouvait hors de sa tête comme « le monde réel ». Depuis ce jour, elle continuait à se demander si c'était vrai. Quelle part de réalité le contenu de notre esprit comportait-il ? Quand elle rêvait, ses songes étaient-ils de simples ombres ou recelaient-ils une fraction de vérité ?

Elle se dit que Gregorovich aurait sans doute eu un avis sur la question.

Tandis qu'elle formait un filet de support avec la Lame souple pour s'arrimer au matelas, elle ne cessa de penser au bonsaï.

Ce souvenir la fit sourire. *La vie*. Elle avait passé tant de temps à bord de vaisseaux, de stations spatiales, d'astéroïdes glaciaux et arides, qu'elle avait presque oublié la joie que pouvait procurer le contact des végétaux.

Elle se rappela jusqu'à la moindre sensation qu'elle avait reçue de la Lame souple au cours de cette guérison. Elle les compara à celles, similaires, qu'elle avait éprouvées sur Orsted. Elles valaient la peine qu'elle les étudie, songea-t-elle. Pendant le voyage PRL, elle allait continuer à s'exercer à maîtriser le xéno (toujours une nécessité) et à améliorer la fluidité de ses communications avec lui afin qu'il exécute mieux ses souhaits sans qu'elle ait à tant les microgérer. Surtout, Kira voulait explorer la pulsion impérieuse qu'elle avait décelée chez la Lame souple, d'abord seulement par aperçus fugaces et maintenant plus vivement – celle de construire et de créer.

Celle-ci éveillait sa curiosité, et pour la première fois, c'était quelque chose que Kira *désirait* faire avec le xéno.

Elle régla donc son alarme hebdomadaire, comme pendant chaque voyage depuis leur départ de 61 Cygni, puis elle reprit ses exercices.

Ce fut une drôle d'expérience. Kira était résolue à empêcher le xéno d'endommager l'*Hélix* comme cela s'était produit sur Orsted, mais elle voulait malgré tout repousser ses limites. Elle avait envie de faire sauter les restrictions et de lâcher la bride à la Lame souple, tout en conservant un certain contrôle.

Elle commença par la main courante à côté du lit. C'était là un élément dispensable de l'appareil ; si le xéno la détruisait, Hwa-jung pourrait sans mal en imprimer une de rechange, même si cela risquait de ne pas enchanter Falconi.

Vas-y, chuchota-t-elle dans sa tête.

Des fibrilles souples émanèrent de sa paume, noires et fureteuses. Elles fusionnèrent avec la poignée de composite, et, à nouveau, Kira savoura la sensation délicieuse et addictive que procurait l'action de *créer*… Créer quoi, elle l'ignorait, mais cette satisfaction lui évoquait la joie qu'elle ressentait si souvent en résolvant un problème épineux.

Elle poussa un soupir, son souffle formant une volute spectrale dans l'air de plus en plus froid.

Quand les fibres eurent tout à fait recouvert la main courante, que Kira sentit émaner du xéno la satisfaction du travail accompli et, plus encore, un désir d'aller au-delà de la poignée et de s'étendre plus en profondeur dans la coque, elle l'arrêta et le retira, curieuse de voir ce qu'il avait réalisé.

Elle eut beau avoir le résultat sous les yeux, elle ne le comprit pas.

À l'endroit où, peu avant, était fixé le tube incurvé, elle vit… *quoi* ? Une longueur d'un matériau qui lui fit penser à une structure cellulaire ou une sculpture sophistiquée, couverte d'un motif répétitif constitué d'une juxtaposition de triangles. Sa surface légèrement métallique brillait d'un chatoiement tirant sur le vert, et de petites nodosités d'un vert jaune très clair se nichaient au sein des triangles.

Elle toucha la rampe transformée. Celle-ci était chaude.

Kira caressa le motif, émerveillée. Quelle que fût cette réalisation de la Lame souple, elle la trouvait magnifique, et il lui sembla percevoir que cette nouvelle matière était, d'une certaine manière, vivante. Ou qu'elle possédait un potentiel de vie.

Kira voulait aller plus loin. Mais avec cela – cette nouvelle aptitude – elle devait se montrer plus prudente encore qu'avec les puissantes pointes acérées que le xéno affectionnait tant. La vie restait ce qui existait de plus dangereux au monde.

Elle ne pouvait cependant s'empêcher de se demander si *elle* pouvait guider ou contrôler les facultés créatrices de la Lame souple. La Dévoreuse le pouvait, alors pourquoi pas elle ? *Doucement, doucement*. Si la guerre biologique était interdite par tous les systèmes membres de la Ligue (ainsi que par Shin-Zar), ce n'était pas sans raison. Mais elle ne cherchait pas à créer une arme. Ni des sbires pour se battre pour elle comme l'avait fait la Dévoreuse.

Comme ceci, songea-t-elle, en empoignant la rampe qui courait le long de son lit et en se représentant les formes en spirale d'une fougère oros – sa plante préférée sur Eidolon.

Au début, le xéno ne réagit pas. Puis, alors qu'elle s'apprêtait à renoncer, il jaillit de ses mains et couvrit la barre, d'où surgirent, comme par magie, des tiges délicates de fougères. C'était des répliques imparfaites, tant par la forme que par la substance, mais reconnaissables, et lorsque Kira retira la Lame souple elle décela une trace de parfum végétal qui émanait des frondes.

Les plantes n'étaient pas de simples sculptures. C'était de véritables êtres vivants : organiques, et donc précieux.

Pantoise, Kira eut un léger hoquet de surprise. Elle toucha chaque fougère, et des larmes brouillèrent sa vue. Elle les chassa d'un clignement de paupières, avant de laisser échapper un éclat de voix, mi-rire, mi-sanglot. Si seulement ses parents avaient pu voir ça... Si seulement Alan avait pu...

Kira avait conscience qu'il serait inconsidéré de tenter quoi que ce fût de plus ambitieux pour le moment. Elle allait se contenter de ce qu'elle avait accompli. De ce qu'*ils* avaient accompli.

Malgré les incertitudes que recelait l'avenir, elle sentit naître en elle la lueur d'un espoir resté longtemps absent. Le xéno n'était pas qu'une force de destruction. Sans savoir comment c'était possible, elle fut gagnée par la conviction qu'il serait peut-être capable de vaincre la Dévoreuse, à condition toutefois que Kira apprenne à le contrôler.

Une sensation de légèreté l'envahit (et ce n'était pas l'impesanteur). Elle sourit, et son sourire ne quitta pas son visage tandis qu'elle se préparait pour le long sommeil qui l'attendait. Et des rêves, qui sait ? pensa-t-elle, avant de rire plus fort et plus longtemps qu'elle ne l'aurait fait en présence de quelqu'un. En étant sobre, en tout cas.

Méditant toujours, elle ferma les yeux et exhorta la Lame souple à se détendre, à se reposer, à la protéger du froid et de l'obscurité. Très vite, le xéno obtempéra, beaucoup plus tôt que jamais auparavant, son état d'éveil reflua et Morphée enveloppa Kira de sa douce étreinte.

4.

Kira se réveilla une fois par semaine et s'exerça avec la Lame souple. Pendant ce voyage, elle ne sortit pas de sa cabine ; elle n'avait pas besoin de soulever des poids ou de mettre son corps à l'épreuve pour travailler avec le xéno.

Une fois par semaine, et chaque fois elle laissa la Lame souple se répandre plus loin dans l'enceinte de sa cabine, construire et se déployer davantage. Parfois, Kira apportait sa contribution, mais, la plupart du temps, elle donnait toute latitude au xéno et l'observait avec un émerveillement grandissant. Elle avait posé quelques limites (l'affichage sur son bureau devait rester intact), mais le xéno était libre d'utiliser tout le reste à l'intérieur de la pièce.

Une fois par semaine, pas plus. Quand elle ne s'entraînait pas, elle flottait, immobile et silencieuse, hibernant d'un sommeil pareil à la mort, où tout était gris et froid, où les sons filtraient dans sa conscience comme de très loin.

Dans ces limbes poussiéreux, un rêve lui vint :

Elle se vit (sous son aspect naturel, débarrassée de l'exoderme et nue comme à sa naissance) debout dans les plus noires des ténèbres. Dans un premier temps, elle fut seule dans ce néant, entourée d'un silence absolu, comme si elle existait dans un temps qui précédait le temps lui-même.

Puis devant elle fleurit une profusion de lignes bleues : des nervures fractales qui s'enroulaient telles des lianes. Ces lignes formèrent un dôme de formes enchevêtrées dont elle était le centre, coquille de courbes et de piques se répétant à l'infini – un univers de détails dans chaque point de l'espace.

Et elle savait, instinctivement, qu'elle voyait la Lame souple telle qu'elle était vraiment. Elle tendit le bras et toucha une ligne. Un frémissement électrique se diffusa en elle, et à cet instant elle vit un millier d'étoiles naître et mourir, chacune pourvue de ses propres planètes, espèces et civilisations.

Si elle l'avait pu, elle aurait eu un hoquet de stupéfaction.

Elle retira sa main et s'écarta. Émerveillée, elle se sentit petite et pleine d'humilité. Les lignes fractales continuaient à se mouvoir et à se torsader avec un bruissement de soie, mais elles ne s'approchèrent pas, ne se firent pas plus lumineuses. Elle s'assit pour les admirer, et perçut dans la matrice luisante qui s'agençait au-dessus une vigilance protectrice.

Toutefois, elle n'éprouva nul réconfort. Car, hors des nervures, elle devinait – comme par un instinct immémorial – une menace. Une faim insatiable se répandant dans l'obscurité, et avec cette faim une perversion de la nature dont résultait la rectitude des angles droits. Sans la Lame souple, elle aurait été sans défense, impuissante face à cette menace.

La peur l'envahit, et elle se recroquevilla, avec l'impression que le dôme fractal était une bougie vacillant dans le néant, bousculée de toutes parts par un vent hostile. Elle se savait la cible de la menace – elle et la Lame souple –, dont l'appétit dévorant était si absolu, cruel et étranger, qu'elle se sentait désarmée et sans aucun espoir.

Ainsi demeura-t-elle, seule et apeurée, assaillie par un pressentiment de cataclysme imminent si puissant que tout changement – y compris la mort – aurait été un profond soulagement.

DEUXIÈME PARTIE

★ ★ ★ ★ ★ ★ ★

MALIGNITATEM

Et la brindille pousse ainsi qu'elle est tordue.

— MARION TINSLEY

CHAPITRE 1

★ ★ ★ ★ ★ ★ ★

ARRIVÉE

1.

Kira se réveilla.

Elle fut tout d'abord incapable de dire où elle se trouvait. Elle était entourée de ténèbres si profondes que cela ne faisait aucune différence d'avoir les yeux ouverts ou fermés. Là où les lumières d'urgence auraient dû se situer régnait un noir d'encre. L'air était plus chaud que la normale pour un voyage en PRL – plus humide également –, et aucun souffle de vent ne venait agiter l'espèce de matrice dans laquelle elle reposait.

– Morven, monte les lumières, murmura-t-elle, toujours groggy à cause de sa longue inactivité.

Sa voix paraissait étrangement étouffée.

Aucun éclairage ne s'enclencha, et la pseudo-intelligence ne répondit pas.

Agacée, Kira tenta autre chose. *Lumière*, ordonna-t-elle à la Lame souple. Elle ignorait si le xéno pouvait l'aider.

À sa grande satisfaction, un halo vert lui permit de distinguer les formes qui l'entouraient. Elle se trouvait toujours dans sa cabine, qui n'était toutefois plus la même qu'au départ de

Sol. Des bandes d'un matériau noir et organique couvraient les murs, un treillis fibreux tapissait le sol et le plafond. La luminosité émanait de sphères palpitantes, pareilles à des fruits, qui pendaient au bout de vrilles gauchies grimpant le long des cloisons. Les tiges étaient ornées de feuilles, à l'intérieur desquelles elle devinait la forme des fougères oros qui se répétait pour dessiner des fioritures rococo élaborées. Et tout – les vrilles, les sphères, les stries et les treillis – était couvert de minuscules motifs texturés, comme si un artiste obsessionnel avait cherché à en décorer de fractales chaque millimètre carré.

Kira observa le résultat avec émerveillement. C'était *elle* qui avait réalisé tout ça. Elle et la Lame souple. C'était infiniment mieux que combattre et tuer.

Non seulement elle pouvait voir les fruits de leurs efforts, mais elle pouvait aussi les *sentir*, comme des extensions de son corps, même s'il y avait une différence entre le matériau de la membrane et ces créations végétales. Celles-ci paraissaient plus distantes, et Kira savait qu'elle ne pourrait pas les déplacer ou les manipuler comme elle le faisait avec les fibres de la Lame souple. En un sens, elles étaient indépendantes d'elle et du xéno, entités capables de survivre sans aide, à condition de bénéficier des nutriments indispensables.

Sans même parler des plantes, le xéno avait crû au cours du voyage. Il avait produit plus de matériau qu'il n'en fallait pour recouvrir le corps de Kira. Que pouvait-elle en faire ? Elle envisagea de lui demander de s'en débarrasser, ainsi qu'il l'avait fait avec les vrilles superflues sur Orsted, mais Kira rechignait à détruire leur construction. En outre, il pouvait être malavisé de se séparer de cette masse alors qu'il existait un risque – perspective fort désagréable, mais vraisemblable – qu'elle en eût besoin dans un avenir proche.

Pouvait-elle toutefois laisser le surplus dans sa cabine ? *Il n'y a qu'un seul moyen de le découvrir.*

Alors qu'elle se préparait à se libérer des liens qui la maintenaient sur sa couchette, Kira considéra son corps. Sa main droite – perdue sur Bughunt – s'était fondue dans le matelas, se dissolvant en un réseau de fibres qui traversaient le lit sur toute sa longueur et plongeaient dans le revêtement mural.

Un soudain accès de panique fit onduler le matériau, qui se hérissa de piquants.

Non ! songea-t-elle. Les épines disparurent, et Kira prit une longue inspiration pour se calmer.

Elle se concentra d'abord sur la reconstruction de sa main. Les lignes se déformèrent et remontèrent le long du matelas, redonnant leur forme à son poignet, sa paume, ses doigts. Puis Kira demanda mentalement à être libérée du lit.

Elle se releva avec un bruit de succion. Surprise, elle se rendit compte qu'elle ne conservait aucun lien physique avec les excroissances noires qui recouvraient les murs, alors qu'elle les sentait comme des parties d'elle-même. C'était la première fois qu'elle parvenait à se séparer consciemment d'une partie du xéno. Apparemment, cela ne le gênait pas, tant qu'il continuait de la recouvrir.

Une nouveauté encourageante.

Toujours désorientée, elle se glissa le long du mur, jusqu'à l'emplacement supposé de la porte. À son approche, sa volonté couplée à la conscience du xéno firent se rétracter le panneau noir et luisant.

La porte pressurisée se trouvait juste derrière.

Celle-ci s'ouvrit, et Kira fut soulagée de découvrir les panneaux marron habituels sur les parois de la coursive. Ses efforts pour limiter la croissance de la Lame souple étaient couronnés de succès ; la membrane extraterrestre ne s'était pas propagée dans le reste du vaisseau.

Elle se retourna et dit « Pas bouger », ainsi qu'elle l'aurait fait avec un chien.

Puis elle s'engagea dans le couloir. La masse de fibres noires demeura à l'intérieur de sa cabine.

À titre d'expérience, Kira referma la porte. Elle ressentait encore le xéno de l'autre côté, qui ne chercha toutefois pas à la suivre.

Elle se demanda comment les différentes parties de la Lame souple communiquaient entre elles. Par radio ? Par PRL ? Par un autre biais ? Et à quelle distance pouvaient-elles se trouver les unes des autres sans qu'il y eût le moindre risque ? Le signal pouvait-il être brouillé ? Cela pourrait se révéler problématique au combat.

Pour l'heure, Kira était satisfaite de pouvoir laisser les excroissances dans sa cabine. Si elle en avait besoin, une simple pensée suffirait à faire rappliquer le reste du xéno, sans endommager l'*Hélix*. Du moins l'espérait-elle.

Elle eut un sourire narquois. Falconi ne sauterait pas de joie en découvrant l'état de sa cabine. Hwa-jung non plus ; sans parler de Gregorovich, si toutefois l'intelligence de bord recouvrait un jour sa lucidité.

Kira supposait qu'ils étaient arrivés, mais l'*Hélix* était moins bruyant qu'il ne l'aurait dû. Elle essaya de faire apparaître ses visios, mais, encore une fois, la Lame souple avait absorbé ses lentilles, sans doute durant son hibernation.

– Quand vas-tu donc apprendre ? grommela-t-elle, contrariée.

Kira était sur le point de se diriger vers la casemate pour s'assurer que l'équipage allait bien quand l'intercom grésilla. La voix de Falconi retentit tout près :

– Kira, passez-me voir en salle de contrôle quand vous serez debout.

Il avait le timbre particulièrement rauque.

Kira fit un crochet par la cambuse pour se réchauffer une poche de tchell, avant de se diriger vers la proue.

Quand la porte pressurisée de la salle de contrôle pivota dans un grincement, Falconi leva les yeux du projecteur holographique. Sa peau était grisâtre, le blanc de ses yeux, teinté de jaune, et il tremblait et claquait des dents comme s'il crevait de froid. Symptômes typiques du cryomal.

– Par Thulé, dit Kira en s'approchant de lui d'une poussée. Tenez, vous en aurez plus besoin que moi.

Elle lui fourra la poche de tchell entre les mains.

– Merci, dit Falconi entre ses dents.

– Mauvaise réaction, hein ?

Il baissa le front.

– Ouais. C'est de pire en pire depuis quelques sauts. Je crois que mon corps n'apprécie pas les produits chimiques qu'on utilise. Faudra que j'en touche un mot... (ses dents claquèrent à nouveau)... un mot au doc.

– Comment vous allez rentrer ? s'inquiéta Kira.

Elle se dirigea vers l'une des armoires d'urgence placées le long du mur et lui apporta une couverture thermique.

Falconi la laissa lui envelopper les épaules.

– Je survivrai, affirma-t-il avec une pointe d'humour noir.

– Je n'en doute pas, répliqua-t-elle d'un ton taquin. (Puis elle embrassa la pièce d'un regard.) Où sont les autres ?

– Je ne voyais pas l'intérêt de les réveiller juste pour les remettre en cryo. (Falconi resserra la couverture autour de lui.) Inutile de leur faire subir ça plus que nécessaire.

Kira s'installa sur le siège voisin du sien et s'y harnacha.

– Vous avez déjà envoyé le signal ?

Il secoua la tête.

– J'attends Itari. Je l'ai bippé par l'interphone. Devrait plus trop tarder. (Falconi lui coula un regard de biais.) Et vous ? Tout va bien ?

– Nickel. Mais il y a un truc qu'il faut que vous sachiez…

Elle lui parla de ce que la Lame souple et elle avaient réalisé. Falconi poussa un soupir exaspéré.

– Vous étiez obligée de démantibuler mon vaisseau ?

– Ouais. Désolée. Mais c'était trois fois rien.

– Génial, grommela-t-il. Est-ce qu'il faut qu'on s'inquiète de la voir déglinguer le reste de l'*Hélix ?*

– Non. À moins qu'il m'arrive quelque chose ; et encore, je n'en suis même pas sûre.

Falconi inclina la tête.

– Alors que ferait la Lame souple, si vous mouriez ?

– Je… Je ne peux qu'émettre des hypothèses. Je pense qu'elle replongerait dans un état de latence, comme sur Adrastée. Ou qu'elle tenterait de se lier à quelqu'un d'autre.

– Mmm. Ce n'est pas inquiétant du tout.

Falconi but une nouvelle gorgée de tchell avant de lui rendre la poche. Le gris de ses joues commençait à s'estomper.

Itari arriva peu après, des morceaux de son cocon d'hibernation accrochés à ses nombreux membres. Impressionnée, Kira constata que la méduse avait fait repousser l'essentiel du tentacule qu'elle s'était sectionné durant leur fuite d'Orsted (même si le nouveau membre était pour le moment plus court et fin que ses semblables).

[[Ici Itari : Comment se déplace l'eau ?]]

Elle répondit comme il se devait : [[Ici Kira : L'eau est immobile… Nous sommes prêts à expédier une télomone au Nœud d'esprits.]]

[[Ici Itari : Alors ne perdons pas la moralité de l'instant.]]

2.

Transmettre le signal s'avéra bien plus compliqué que prévu. Kira dut apprendre à Itari comment fonctionnaient les communicateurs PRL de l'*Hélix*, et la méduse dut expliquer – avec force difficultés – comment émettre et encoder un message de manière que le Nœud d'esprits le capte *et* le comprenne. Faute de disposer de la machine medz permettant de convertir leurs odeurs en signaux, Kira dut traduire les mots d'Itari – si tant est qu'on pût les qualifier de *mots* – dans l'espoir que le Nœud se donnerait la peine de les retraduire dans l'autre sens.

Après plusieurs heures de labeur, l'avertissement partit enfin.

– Cette fois, ça y est, commenta Falconi.

– On n'a plus qu'à attendre, confirma Kira.

Le message mettrait une demi-journée à atteindre le point de rendez-vous proposé – qui se trouvait lui-même à quelques jours de voyage de Cordova-1420, le système où les méduses amassaient leur flotte –, et la réponse en sens inverse prendrait autant de temps.

– Un risque que les chasseurs du CMU l'interceptent ? s'inquiéta Kira.

– Il y a toujours un risque, répondit Falconi. Un risque astronomique.

3.

Kira passa le reste de la journée à aider Falconi à effectuer des diagnostics dans tout l'*Hélix*, tandis qu'il vérifiait les systèmes nécessaires au bon fonctionnement de l'appareil. Les filtres des conduits d'aération devaient être nettoyés, les conduites d'eau purgées, le propulseur à fusion testé, les ordinateurs redémarrés et quelques capteurs extérieurs remplacés, en plus des autres tâches, petites et conséquentes, qui rendaient possible la survie dans l'espace.

Falconi n'avait pas sollicité son aide, mais Kira n'avait jamais été du genre à rester les bras croisés. En outre, elle voyait bien qu'il souffrait encore du contrecoup de la cryo. Elle n'y avait pour sa part mal réagi qu'une seule fois, au cours de son deuxième voyage pour la Lapsang. Une erreur de configuration dans son tube avait engendré un léger surdosage de l'un des sédatifs, et cette infime différence avait suffi à la retenir aux toilettes pendant toute la durée de cette mission. La grande rigolade.

Elle compatissait donc avec Falconi, même si, dans son cas, cela paraissait pire qu'un simple effet indésirable. Le cryomal s'estomperait avec le temps, mais le capitaine ne pourrait pas bénéficier d'une longue convalescence avant de repartir pour la Ligue. Voilà ce qui inquiétait Kira.

L'*Hélix* était en bon état général. Le problème le plus sérieux était un joint haute pression défectueux dans la cale bâbord, mais il fut facilement réglé.

Pendant la révision de l'appareil, Kira ne cessa de se représenter le contenu de sa cabine – l'armure noire dont la Lame souple avait tapissé les murs. Elle emmena même Falconi admirer le résultat. Il passa la tête à l'intérieur, mais ressortit aussitôt.

– Non. Le prenez pas mal, Kira, mais c'est un grand non.

– Je comprends, répondit-elle avec un sourire.

Elle n'avait pas oublié leur baiser, mais ne voyait aucune raison d'en reparler maintenant. De toute façon, Falconi n'était pas en état pour une conversation de cette nature.

Après une soirée calme, Falconi et elle regagnèrent leurs cabines respectives (et Itari la soute) pour la nuit. Le coffrage noir qui recouvrait désormais les murs de la chambre de Kira rendait les lieux pesants et menaçants, même si les vrilles et les fleurs permettaient d'alléger un peu l'ensemble. Kira s'inquiétait de voir les aérations bouchées, mais la Lame souple veillerait sans doute à ce qu'elle eût toujours assez d'oxygène pour respirer.

– Je suis rentrée, chuchota-t-elle en caressant la cloison striée.

Le mur frémit légèrement en réaction. Kira se fendit d'un léger sourire, éprouvant une fierté inattendue. La pièce lui appartenait, à elle seule, et, même si la Lame souple en était majoritairement responsable, cette culture était aussi en partie sienne, née de son esprit à défaut de sa chair.

Elle se souvint alors du rêve qu'elle avait fait durant son long sommeil.

– Tu essayais de me protéger, pas vrai ? dit-elle un peu plus fort.

Les lumières verdâtres semblèrent palpiter en réponse, mais de façon presque imperceptible. À présent plus à l'aise, elle décida de se mettre au lit et s'y harnacha pour dormir.

4.

Tôt le matin suivant, plus de vingt-quatre heures après leur sortie de PRL, Kira et Falconi se retrouvèrent dans la coquerie pour attendre la réponse éventuelle du Nœud d'esprits. Itari les rejoignit et prit place à l'une des deux tables. La medz s'arrima à l'aide de ses petits bras préhenseurs.

Falconi semblait perdu dans ses visios, et Kira regardait une vidéo – l'un des bulletins d'information que l'*Hélix* avait captés avant de quitter Sol – sur l'affichage holographique intégré à la table. Le reportage était si peu intéressant qu'elle finit par l'éteindre pour s'intéresser à l'extraterrestre.

Les couleurs sombres et automnales de ses tentacules paraissaient désormais fixes et immuables, même si Kira savait qu'elles changeraient en fonction de ses émotions. Elle trouvait intéressant que ces créatures soient dotées de ces dernières, mais aussi que celles-ci ne lui soient pas totalement étrangères. Peut-être lui était-il plus facile de les comprendre grâce au temps que la Lame souple avait passé en fusion avec les grappeurs.

Les *grappeurs*… Le xéno vivait en permanence avec elle, et il obscurcissait ses pensées avec des considérations d'une autre ère. Cela avait naguère dérangé Kira. À présent, elle reconnaissait et acceptait ce fait. C'était *elle* qui décidait de la valeur des choses, pas le xéno, malgré la puissance des souvenirs dont elle avait hérité.

Un nuage continu de proxomones émanait de la méduse. Elles étaient pour l'instant tamisées – une espèce de ronronnement en arrière-plan, comme pour signifier « Je suis là » –, mais parsemées de pics d'intérêt, odeurs plus épicées et quelque peu désagréables.

Kira se demanda ce qu'Itari faisait, si l'alien possédait ses propres implants ou s'il était simplement en train de réfléchir et de se remémorer des choses.

[[Ici Kira : Parle-moi de ton banc, Itari.]]

[[Ici Itari : De quel banc parles-tu, Idéalis ? Ma couvée ? Mes coformes ? Ma Branche ? Il existe tant de bancs. L'Idéalis ne t'explique-t-il pas ces choses ?]]

La question de la medz ressemblait de si près à ses propres ruminations que Kira en fut surprise.

[[Ici Kira : Si, mais de façon très opaque. Dis-moi, où as-tu éclos ? Où as-tu grandi ?]]

[[Ici Itari : J'ai éclos dans un bassin de couvée près de la berge de la Haute Lfarr. Un endroit chaud où il y avait profusion de lumière et de nourriture. Quand j'ai mûri au point d'atteindre ma troisième forme, on m'a attribué celle-ci, que j'utilise depuis.]]

[[Ici Kira : N'as-tu pas pu choisir ta forme ?]]

Proxomone de perplexité. [[Ici Itari : Pourquoi aurais-je eu le choix ? Quel choix y a-t-il ?]]

[[Ici Kira : Eh bien… qu'est-ce que tu souhaitais faire, *toi* ?]]

De plus en plus perplexe. [[Ici Itari : Quelle importance ? Cette forme était la meilleure manière pour moi de servir ma Branche. Que pouvais-je envisager d'autre ?]]

[[Ici Kira : N'as-tu pas de désirs qui te sont propres ?]]

[[Ici Itari : Bien sûr. Servir ma Branche et les Wranaui dans leur ensemble.]]

[[Ici Kira : Mais tu as bien une idée sur la manière de le faire au mieux, non ? Tu n'es pas d'accord avec tous les Wranaui sur le déroulement de cette… ondulation.]]

Un léger rougissement parcourut les membres de la méduse. [[Ici Itari : Il existe de nombreuses solutions au même problème, mais le but en lui-même ne varie pas.]]

Kira décida d'adopter une autre approche. [[Ici Kira : Si tu n'avais pas à servir, que ferais-tu d'autre ? Si les Branches n'existaient pas, s'il n'y avait personne pour te dire à quoi consacrer ton temps ?]]

[[Ici Itari : Dans ce cas, il m'incomberait de rebâtir mon espèce. Je changerais de forme et multiplierais les couvées à longueur de journée, jusqu'à ce que notre force soit revenue.]]

Kira laissa échapper un sifflement de frustration, assez fort pour que Falconi l'entende.

– Vous parlez à cette chose ? demanda-t-il en indiquant Itari.

– Ouais, mais ça ne mène nulle part.

– Je suis sûr qu'elle est du même avis.

Kira grommela. Il n'avait pas tort. Elle essayait de communiquer avec une espèce extraterrestre. Parfois, s'entretenir avec un humain d'une autre planète, voire d'une autre *ville*, était pratiquement impossible. Pourquoi serait-ce plus facile avec un alien ? Elle éprouvait toutefois le besoin d'essayer. S'ils devaient s'entretenir régulièrement avec des medz à l'avenir, autant savoir ce qui importait pour elles (sans se cantonner aux souvenirs de la Lame souple).

[[Ici Kira : Explique-moi : Que fais-tu quand tu n'as besoin de rien faire ? Tu ne peux pas travailler en permanence. Aucune créature ne le peut.]]

[[Ici Itari : Je me repose. Je réfléchis à mes actions futures. Je rends hommage aux accomplissements des Disparus. Quand j'en ai l'occasion, je nage.]]

[[Ici Kira : Est-ce qu'il t'arrive de jouer ?]]

[[Ici Itari : Jouer est réservé aux premières et deuxièmes formes.]]

Kira trouvait étrange le manque d'imagination des méduses. Comment avaient-elles pu construire une civilisation interstellaire alors qu'elles ne semblaient pas animées par leurs rêves, contrairement aux humains ? La technologie qu'elles avaient récupérée sur les vestiges des Disparus n'avait pas pu les aider à ce point, si ? Elle se mit en garde contre les jugements anthropocentriques. Après tout, la medz à laquelle la Lame souple avait été unie – le mène-banc Nmarhl – avait su faire montre d'initiative. Peut-être qu'une différence culturelle ou linguistique majeure entre Itari et elle lui échappait encore.

[[Ici Kira : Que veulent les Wranaui, Itari ?]]

[[Ici Itari : Vivre, manger, se répandre dans toutes les eaux amicales. En cela, nous sommes pareils que vous, les biformes.]]

[[Ici Kira : Et que sont les Wranaui ? Quelle est votre nature profonde ?]]

[[Ici Itari : Nous sommes ce que nous sommes.]]

[[Ici Kira : L'Idéalis vous appelle des *grappeurs*. Qu'est-ce qui lui fait penser ça ?]]

La méduse se frotta les tentacules. [[Ici Itari : C'est parce que nous nous sommes emparés des pièces sacrées que nous ont laissées les Disparus. Parce que ce que nous pouvons tenir, nous ne le lâchons pas. Parce que chaque Branche doit agir comme elle le juge bon.]]

[[Ici Kira : Les Disparus vivaient dans votre monde d'origine, n'est-ce pas ?]]

[[Ici Itari : Oui. Nous avons trouvé leur œuvre sur la terre et dans les profondeurs de la Plaine abyssale.]]

[[Ici Kira : Il y a donc de la terre ferme sur votre planète ?]]

[[Ici Itari : Un peu, mais moins que dans beaucoup d'endroits.]]

[[Ici Kira : De quel niveau de technologie disposaient les Wranaui avant de découvrir l'œuvre des Disparus ?]]

[[Ici Itari : Nous avions appris à fondre le métal grâce aux courants chauds de nos océans, mais beaucoup de choses nous échappaient à cause de notre existence sous-marine. Ce n'est que par la grâce des Disparus que nous avons su nous développer par-delà les profondeurs bergiènes.]]

[[Ici Kira : Je vois.]]

Elle continua d'interroger la medz, tentant d'en comprendre un maximum sur son espèce et sa civilisation, mais de trop nombreuses zones de flou l'empêchèrent d'effectuer de véritables avancées. Plus Kira discutait avec Itari, plus elle se rendait compte des différences – allant bien au-delà des simples disparités physiques – qui séparaient les Wranaui des humains.

Il était près de minuit à bord du vaisseau, et Falconi rassemblait ses affaires avant de prendre congé lorsqu'un signal sonore retentit.

– Capitaine, transmission entrante, annonça Morven.

5.

Un picotement électrique remonta la colonne vertébrale de Kira. Peut-être allaient-ils enfin savoir que faire, où aller.

– Sur l'écran, ordonna Falconi d'un ton tendu.

Il s'essuya les mains avec un torchon et alla se placer à la table, près de l'endroit où flottait Kira.

L'hologramme intégré prit vie, et une image de Tschetter – toujours dans le même exoderme – apparut. Kira fut soulagée de constater que la major avait survécu à l'attaque de Bughunt.

« Capitaine Falconi, Navárez, votre message a été bien reçu et compris. Merci. On aurait été dans la merde jusqu'au cou, sinon – même si la situation actuelle n'est guère plus enviable. Étant donné les circonstances nouvelles, il est impératif que nous nous retrouvions pour parler. (Exactement ce que Kira avait anticipé.) Je répète : il est impératif que nous nous rencontrions. Une communication à distance ne suffirait pas, de plus elle risquerait d'être interceptée. Lphet a proposé les coordonnées suivantes, que je me suis efforcée de convertir en notation standard. Pour la sécurité de tous, ne répondez pas à ce message. Nous nous rendrons au lieu prévu et vous attendrons exactement quarante-deux heures après que vous aurez reçu ces éléments. Si l'*Hélix* ne nous a pas rejoints alors, Lphet supposera que vous – et ce « vous » vous désigne particulièrement, Kira – ne comptez plus participer à l'effort collectif, et le Nœud d'esprits réagira en conséquence. (Le ton de Tschetter était presque implorant, même si son expression demeurait aussi grave qu'à l'habitude.) Je ne saurais trop insister sur l'importance de cet appel, Kira. Je vous en conjure, venez. Vous également, Falconi. L'humanité a plus que jamais besoin de tous les alliés qu'elle pourra rassembler… Ici Tschetter, terminé. »

– Ils ne savent pas qu'on voyage sous le nom de *Cochon-tige*, pas vrai ? demanda Kira en désignant l'hologramme.

Elle venait de s'en rendre compte.

– Non, confirma Falconi. Bien vu. Nous allons rétablir le transpondeur. Ce serait un peu con de se faire descendre pour un problème d'identité.

– Ça veut dire qu'on y va ? s'enquit Kira.

– Une seconde. Je dois d'abord vérifier nos coordonnées. Profitez-en pour mettre au jus notre petit ami frétillant.

Kira remarqua l'agitation manifeste d'Itari, dont les tentacules s'étaient parés de rouge et de bleu, et se tortillaient sur la table qu'il occupait. Il ne cessait de s'agripper à la grille et de relâcher prise, comme un humain débordant de nervosité. Après que Kira l'eut informée des derniers rebondissements, la medz déclara :

[[Ici Itari : Nous allons rejoindre le Nœud, oui ? Oui ?]]

Cette répétition lui rappela Vishal, et Kira sourit sans le vouloir.

[[Ici Kira : Oui, je crois bien.]]

– Bien, dit Falconi. Il semblerait qu'ils veuillent qu'on se rejoigne plus près de Cordova-1420. Si on réussit à mettre les voiles rapidement, on devrait pouvoir y être en vingt-huit heures environ.

– En PRL ?

– Bien sûr.

– C'était pour savoir… Ça va être ultra serré, non ?

Il haussa les épaules.

– Ils ne sont qu'à douze heures de distance par signal, donc pas tant que ça.

– Vous avez besoin de retourner en cryo ?

– Nan, mais je ne compte pas réveiller le reste de l'équipage, et on va devoir faire en sorte de refroidir le vaisseau un max. Si vous voulez bien en informer Itari…

Kira s'exécuta. Puis ils se préparèrent à quitter le vide d'espace interstellaire que traversait actuellement l'*Hélix* – même si, faute de point de référence à voir par les hublots, ils avaient l'impression de faire du surplace.

Une fois l'appareil à bonne température, le propulseur Markov s'enclencha, son gémissement familier retentit, et ils passèrent en PRL.

6.

Les vingt-huit heures s'écoulèrent dans des ténèbres froides et silencieuses. Kira et Falconi passèrent l'essentiel du voyage dans leurs cabines respectives, restant aussi immobiles qu'il était raisonnablement possible, évitant de produire la moindre chaleur inutile. De même, Itari retourna dans la soute de bâbord et entra dans une stase attentive.

Les deux humains se retrouvèrent à quelques reprises dans la coquerie pour manger. Ils parlaient à voix étouffées, et ces apartés faisaient à Kira l'effet des lentes conversations nocturnes qu'elle avait jadis avec ses amis de l'école.

Après les repas, ils faisaient des parties de Facteur Sept. Falconi remportait certaines manches, Kira d'autres. Contrairement à la fois précédente, ils ne pariaient pas des réponses, mais des jetons confectionnés à partir de morceaux d'emballage pliés.

Au cours de la dernière partie, Kira finit par rompre le silence :

– Salvo… pourquoi avoir acheté l'*Hélix ?*

– Hein ?

– Qu'est-ce qui vous a donné envie de quitter votre quotidien ? Pourquoi cette vie ?

Il la scruta un moment par-dessus ses cartes.

– Et pourquoi être devenue exobiologiste ? Pourquoi avoir quitté Völund ?

– Parce que je voulais explorer, découvrir l'univers. (Elle secoua la tête d'un air contrit.) Je n'en demandais pas tant… Mais, quelque part, je me dis que ce n'est pas pour ça que vous avez quitté le débarcadère de Farrugia.

Il retourna l'une des cartes communes collées au plancher. Le six de trèfle. Si elle ajoutait cela à sa propre main, cela lui donnait… quatre sept en tout.

– Parfois, on ne peut pas rester chez soi, même si on en a envie.

– Vous en aviez envie ?

Un léger haussement d'épaules sous sa couverture thermique.

– Je n'ai pas trop eu le choix. Vous vous souvenez de la révolte qui y a éclaté ?

– Ouais.

– La compagnie grugeait tout le monde au niveau des avantages : incapacité, assurance accident, et ainsi de suite. Ils ont finalement atteint le point de rupture et… tout le monde a pris parti.

Elle comprit alors.

– Vous étiez une sorte d'expert en assurance, c'est bien ça ?

Salvo acquiesça, quoique à contrecœur.

– C'est comme ça que j'ai fini par comprendre que les gens étaient spoliés. Quand les manifs ont commencé, je n'ai pas pu rester les bras croisés. Vous devez comprendre que j'avais grandi avec ces travailleurs. C'étaient des amis, des proches.

– Et ensuite ?

– Ensuite… (Il reposa ses cartes et se massa les tempes.) Ensuite, je ne pouvais pas rester. Il s'était dit et passé des choses que personne ne pourrait oublier. Alors j'ai fait mes bagages, j'ai économisé pendant des années, et je me suis offert l'*Hélix*.

– Pour vous échapper ?

– Non, pour me libérer. J'aimais mieux en chier et échouer seul plutôt qu'être choyé en tant qu'esclave.

Sa conviction était telle que Kira en eut des frissons. Cela lui plaisait.

– Ainsi donc, vous avez des principes, souffla-t-elle d'un ton moqueur.

Salvo pouffa.

– Attention. Ne vous avisez pas d'aller le crier sur les toits, vous risqueriez de donner aux gens une mauvaise impression.

– Jamais de la vie. (Elle posa son jeu à son tour.) Bougez pas. Je reviens tout de suite.

Salvo la regarda quitter la cambuse avec un regard interrogateur. Kira se dépêcha de retourner à sa cabine, sortit son concertina rangé sous une couverture faite de Lame souple, puis retourna à la cuisine.

En avisant l'instrument, Salvo poussa un gémissement.

– Sérieusement ? Vous comptez me jouer une polka ?

– Chut, le réprimanda Kira avec rudesse afin de masquer sa nervosité. Je ne suis pas sûre de me souvenir de tous les accords, mais…

Elle lui interpréta alors « Saman-Sahari », l'un des premiers morceaux qu'elle avait appris. Une chanson longue et lente dont elle adorait la mélodie. Alors que la musique languissante emplissait les lieux, elle repensa aux serres de Völund, à leurs fragrances et au bourdonnement des insectes pollinisateurs. Cela lui évoqua forcément sa famille, sa maison et tout ce qu'ils avaient désormais perdu.

Des larmes lui montèrent alors aux yeux. Quand elle eut terminé, elle resta immobile un long moment, à fixer le concertina.

– Kira. (En se redressant, elle découvrit l'émotion sincère de Falconi, qui la contemplait, le regard humide.) C'était magnifique, dit-il en posant sa main sur la sienne.

Elle hocha la tête, renifla et rit doucement.

– Merci. J'avais peur de la massacrer.

– Pas du tout.

– Bon, eh bien… (Elle se racla la gorge et, bien qu'à contrecœur, retira sa main.) Je crois que je vais aller me coucher. La journée de demain promet d'être longue.

– Oui, c'est sans doute ce qu'il y a de mieux à faire.

– … Bonne nuit, Salvo.

– Bonne nuit, Kira. Et merci encore pour la chanson.

– Ça m'a fait plaisir.

7.

Kira remontait par l'échelle centrale de l'*Hélix* après être allée voir Itari dans la cale quand l'alarme de saut retentit. Elle ressentit un déplacement subtil dans la position du vaisseau. Elle regarda l'heure : 15 h 01 HSG.

La voix de Falconi retentit dans l'intercom :

– On y est. Et on n'est pas tout seuls.

CHAPITRE 2

★ ★ ★ ★ ★ ★ ★

NÉCESSITÉ II

1.

L'*Hélix* avait émergé de PRL près d'une naine brune : un globe sombre et magenta dépourvu de lunes ou de planètes. Elle régnait dans le vide par-delà l'héliosphère de Cordova-1420, errante solitaire orbitant autour du centre de la galaxie, effectuant ses révolutions dans une éternité silencieuse.

Près de l'équateur de la naine brune flottait une grappe de vingt et un points blancs : les vaisseaux du Nœud d'esprits, positionnés de sorte que la masse de l'étoile ratée les abrite des télescopes PRL potentiellement braqués sur eux depuis Cordova-1420.

Dès l'instant où l'*Hélix* avait fait taire son propulseur Markov, Falconi avait enclenché la procédure de réveil pour le reste de l'équipage (à l'exception de Gregorovich). L'appareil mettrait quatre heures à se caler sur la vitesse du Nœud d'esprits ; plus qu'il n'en fallait à chacun pour dégeler et avaler la nourriture et les liquides nécessaires à une reprise d'activité.

– Nous discuterons à votre arrivée, avait lancé Tschetter en réponse à leur appel. Ce sera plus facile de vous avoir en personne, Kira, pour communiquer directement avec les medz.

Après quoi, Kira s'était rendue à la coquerie pour accueillir les membres de l'équipage, qui s'y présentèrent au compte-gouttes. Aucun d'eux ne semblait en très grande forme.

– Et voilà, on a encore survécu à une cryo, commenta Sparrow en s'essuyant le visage avec une serviette. Youpi.

Nielsen avait encore plus mauvaise mine que Falconi à son réveil, même si elle ne montrait aucun symptôme de cryomal. Elle était prise d'un tic nerveux et pinçait les lèvres, comme si elle souffrait. Sans doute une crise du vieux mal qui affectait la capitaine en second.

– Je peux vous apporter quelque chose ? proposa Kira, compatissante.

– Non, mais merci quand même.

Les entropistes les rejoignirent à leur tour d'un pas incertain. Parés de robes de rechange, se soutenant mutuellement par le bras, tous deux avaient l'air hagard. Ils paraissaient toutefois calmes et sains d'esprit, ce qui était en soi un progrès. Le temps passé en cryo semblait avoir apaisé la stupeur de voir leur conscience commune brisée. Ils ne s'éloignaient cependant jamais plus d'un mètre l'un de l'autre, se touchant en permanence, comme si le contact physique pouvait d'une manière ou d'une autre se substituer à ce lien mental qu'ils avaient perdu.

Kira aida à réchauffer le repas et à servir tout le monde, faisant son possible pour atténuer les effets de l'hibernation. Vishal alla cependant s'asseoir près de Nielsen et lui passa le bras autour du cou pour lui parler à voix basse. Ses mots semblèrent apaiser la détresse de la seconde, qui ne cessait d'acquiescer en se redressant peu à peu.

Lorsqu'ils furent tous rassasiés, Falconi se leva et annonça :

– Je dois vous informer d'une chose.

Il leur expliqua la situation de Gregorovich.

– C'est horrible, commenta Nielsen en frémissant.

– Vous allez le dégeler ? s'enquit Sparrow.

Falconi secoua la tête.

– Pas avant de savoir ce qui se passe avec le Nœud d'esprits. Si ça se trouve, on va devoir faire demi-tour pour regagner la Ligue. Mais, si je dois demander à Hwa-jung de sortir Gregorovich de cryo, je tiens à ce que vous l'examiniez aussitôt, doc.

– Bien sûr, répondit Vishal. Je ferai tout ce que je peux pour lui.

– Ravi de l'entendre.

2.

Quatre heures plus tard, alors que tout le monde était sur le pont, légèrement groggy, l'*Hélix* s'amarra au vaisseau amiral medz : une vaste sphère luisante, dont une dizaine de sabords laissaient apparaître des canons autour de sa proue arrondie.

Kira et le reste de l'équipage se précipitèrent vers le sas. Seuls les entropistes restèrent dans la cuisine, à se réchauffer avec des boissons chaudes en se blottissant devant le projecteur holographique.

– Nous observerons…

– … d'ici, annoncèrent-ils.

Malgré sa méfiance, Kira avait hâte d'en avoir terminé afin de savoir à peu près de quoi l'avenir serait fait. S'ils finissaient par retourner vers la Ligue, allait-elle se cacher ? Se livrer au CMU ? Trouver le moyen d'affronter les méduses et les cauchemars sans croupir dans une cellule quelque part ? Peut-être qu'elle retournerait sur Völund dans l'espoir d'y retrouver sa famille, de la protéger…

Elle savait que Falconi était en proie au même genre de dilemme. Il se montrait particulièrement taciturne depuis leur arrivée près de la naine brune, et quand elle l'avait interrogé il s'était contenté de secouer la tête en répondant : « Je réfléchis, c'est tout. On y verra plus clair après. »

En effet.

L'*Hélix* tressauta lorsque les deux vaisseaux s'unirent. Le sas extérieur s'ouvrit, et de l'autre côté une membrane se rétracta sur l'une des portes nacrées des méduses. Celle-ci pivota pour révéler les trois mètres de tunnel qui conduisaient à l'intérieur de l'appareil.

Tschetter attendait là, en compagnie d'une créature que Kira identifia rapidement, grâce aux odeurs qui flottaient jusqu'à elle, comme la forme dotée de tentacules de Lphet.

– Permission de monter à bord, capitaine ? demanda Tschetter.

– Permission accordée, répondit Falconi.

Tschetter et Lphet flottèrent pour prendre position dans l'antichambre du sas.

[[Ici Lphet : Salutations, Idéalis.]]

– Ravi de vous revoir, major, annonça Falconi. Ça commençait à chauffer pas mal à Bughunt. Je craignais que vous n'en sortiez pas.

À l'instar du reste de l'équipage, il était armé, et sa main ne s'éloignait jamais beaucoup de la crosse de son blaster.

– Il s'en est fallu de peu, répondit Tschetter.

– Et qu'est-il arrivé au… comment disiez-vous, Kira ? au Traqueur ?

À l'évocation de ce danger ancestral, l'exobiologiste frissonna. Elle s'était posé la même question.

Tschetter prit un air dégoûté.

– Il a fui Bughunt avant qu'on ait réussi à le détruire.

– Où est-il, maintenant ? voulut savoir Kira.

La major haussa légèrement les épaules.

– Sans doute à errer quelque part parmi les étoiles. Je suis désolée, je ne peux pas vous en dire plus. Nous n'avons pas eu le temps de nous lancer à ses trousses.

Kira fronça les sourcils, regrettant la tournure des évènements. Savoir un Traqueur parmi les astres, libre d'accomplir les cruels desseins qu'il pouvait nourrir – débarrassé de la surveillance de ses créateurs, les Disparus –, l'emplissait d'effroi. Mais elle ne pouvait rien y faire, et ils avaient des affaires plus urgentes à régler.

– Eh bien, c'est pas une super nouvelle, cracha Sparrow d'un ton qui reflétait parfaitement l'humeur de Kira.

Falconi redressa le menton.

– Pourquoi fallait-il que l'on se rencontre en personne, major ? Qu'y avait-il de si important que vous ne pouviez nous dire au bigo ?

Même si elle n'aurait pas dû comprendre la question, ce fut la méduse qui répondit :

[[Ici Lphet : Les courants sont contre nous, Idéalis. À l'heure qu'il est, le banc de votre Branche se prépare à attaquer nos forces rassemblées autour de l'étoile voisine. L'assaut échouera sans doute, mais les pertes seront nombreuses. La mer vide s'emplira de sang, et nos chagrins partagés seront au bénéfice des putrides. Nous devons inverser la marée, Idéalis.]]

Une odeur de supplication fervente satura l'air. Derrière Kira, Itari frotta ses tentacules et prit une teinte jaunâtre.

Tschetter inclina la tête en direction de la medz.

– Lphet était en train d'expliquer la situation à Kira. C'est pire que ce que vous pouvez imaginer. Si nous n'intervenons pas, la Septième flotte sera détruite, mettant un terme à tout espoir de paix entre les medz et nous.

– La Ligue a essayé de vous tuer, fit remarquer Nielsen.

La major ne se laissa pas démonter.

– C'était un choix sensé étant donné les circonstances. Je ne l'approuve évidemment pas, mais ce n'était pas dépourvu de logique. En revanche, perdre la Septième n'aurait aucun sens. C'est la plus grande flotte active du CMU. Sans elle, la Ligue se retrouverait encore plus affaiblie. La moindre attaque sérieuse de la part des medz ou des putrides suffirait à nous submerger.

– Alors qu'avez-vous en tête ? s'enquit Kira. Vous devez bien avoir une idée, sans quoi nous ne serions pas là en train de discuter.

Tschetter acquiesça, et la medz intervint encore :

[[Ici Lphet : Tu as raison, Idéalis. Ce plan est un saut désespéré dans l'abysse, mais c'est tout ce qu'il nous reste.]]

[[Ici Kira : Tu peux comprendre mes autres mots ?]]

Elle sentait la proxomone de compréhension.

[[Ici Lphet : La machine que porte ta coforme Tschetter nous traduit la conversation.]]

La major continuait de parler.

– Malheureusement, la décision du Prime Consul d'éliminer le Nœud d'esprits a foutu en l'air notre plan initial. La Septième flotte atteindra Cordova-1420 d'ici quelques heures. Dès son arrivée, elle essuiera les premiers tirs, et il sera bien difficile de la sauver. Sans compter que trouver le moyen d'établir la paix entre les medz et nous sera au mieux risqué. Très risqué.

Kira se tourna vers Falconi.

– On pourrait envoyer un message à la Septième avant qu'elle atteigne Cordova ? Histoire de les prévenir ? Tschetter, vous devez connaître un moyen de les joindre sur les canaux militaires.

– Ça vaut le coup d'essayer, admit Falconi. Cependant…

– Ça ne marchera pas, l'interrompit Tschetter. On ne sait pas exactement où se trouve la Septième. Klein est malin, il n'arrivera pas en ligne droite depuis la Terre. Le risque de croiser un vaisseau medz serait bien trop grand.

– Vous ne pouvez pas les localiser grâce à vos détecteurs PRL ? s'étonna Kira.

Tschetter lui décocha un sourire déplaisant.

– Nous avons essayé, mais ils n'apparaissent nulle part. J'ignore pourquoi. Les autres medz n'ont pas pu les repérer non plus. Le Nœud d'esprits l'aurait appris.

Kira se souvint de propos que le colonel Stahl avait tenus.

– Sur Orsted, l'officier qui m'a débriefée m'a signalé qu'ils disposaient d'un moyen d'empêcher les medz de détecter la Septième.

– Vraiment ? répondit Tschetter d'un air pensif. Avant mon arrestation, je me rappelle avoir entendu des rumeurs émanant des divisions de recherche au sujet de techniques expérimentales permettant de dissimuler un vaisseau en PRL. Il était question de générer des signaux à courte portée – une sorte de bruit blanc – qui perturberaient les tentatives de balayage. C'est peut-être à cela qu'il faisait allusion. (Elle secoua la tête.) Peu importe. Le fait est que nous ne trouverons pas la Septième en PRL, mais que, dès qu'elle basculera en subluminique, les medz brouilleront le système. Aucun signal suffisamment rapide pour atteindre la Septième à temps ne sera assez puissant pour traverser les interférences. Et puis, je doute qu'ils écoutent ce qu'on aurait à leur dire.

Kira commençait à perdre patience.

– Pourquoi on se donne la peine de discuter, alors ? Vous comptez décoller pour vous battre au côté de la Septième ? C'est ça ?

– Pas tout à fait, la détrompa Tschetter.

Falconi leva la main pour les interrompre.

– Attendez un instant. Quel était votre plan initial, Tschetter ? Je n'ai jamais trop compris. Les méduses nous dépassent en vitesse comme en puissance de feu, d'ici jusqu'à Alpha du Centaure. Pourquoi auraient-elles besoin de nous pour dégommer leurs chefs ? On les gênerait plus qu'autre chose.

– Justement, j'allais y venir. (La major tira sur les doigts de son exoderme, lissant les rides formées sur le dos de ses mains.) Le plan était – et est – que le Nœud d'esprits escorte un de vos vaisseaux par-delà le périmètre de défense des medz. Le Nœud compte prétendre avoir capturé l'appareil lors d'un assaut sur la Ligue, et que celui-ci recèle des informations précieuses. Une fois à l'intérieur, le Nœud désigne la cible, et on descend leurs dirigeants. C'est bête comme chou.

– En effet, se rembrunit Sparrow.

– Un jeu d'enfants, intervint Vishal. On devrait être rentrés pour le dîner.

Il partit d'un rire sinistre.

Une onde parcourut les membres de la medz.

[[Ici Lphet : Nous sollicitons ton aide, Idéalis… Nous avons besoin de toi pour tuer le grand et formidable Ctein.]]

Un mélange de nausée, de douleur et de panique encombra les narines de Kira, comme si la méduse était physiquement malade. Elle ne put dissimuler sa stupeur.

[[Ici Kira : Ctein est *ici ?*]]

[[Ici Lphet : En effet, Idéalis. Pour la première fois en quatre ondulations et d'innombrables cycles, le terrible et colossal Ctein a déraciné ses multiples membres pour venir superviser l'invasion de vos planètes et l'anéantissement des putrides. C'est une chance unique et inédite de renverser notre ancestral tyran.]]

– Kira ? l'appela Falconi d'un ton anxieux.

Il rapprocha la main de la crosse de son blaster.

– Tout va bien. Juste… Attendez.

Elle réfléchit à toute allure.

[[Ici Kira : Est-ce pour cette raison que vous avez besoin de l'aide de la Ligue ? Pour éliminer le seul et unique Ctein ?]]

Proxomone affirmative.

[[Ici Lphet : Mais bien sûr, Idéalis. Qu'aurions-nous pu vouloir d'autre ?]]

Kira porta alors le regard sur Tschetter.

– Avez-vous déjà entendu parler de ce Ctein ?

La major fronça les sourcils.

– Ce nom a déjà été prononcé, oui. Je ne pensais pas qu'il revêtait une importance particulière.

Kira laissa échapper un rire incrédule.

– Pas une importance particulière… Nom de Thulé.

Falconi l'observa avec inquiétude.

– Qu'est-ce qui ne va pas ?

– Je…

Kira secoua la tête. *Réfléchis !*

– Bon, attendez encore.

Elle s'adressa de nouveau à la medz.

[[Ici Kira : Je ne comprends toujours pas : pourquoi ne pas tuer Ctein vous-mêmes ? Vos vaisseaux sont plus puissants, et vous pouvez nager plus près de lui sans éveiller les soupçons.

Alors pourquoi ne l'avoir pas déjà éliminé ? Voulez-vous que l'on nous…]] Elle ne trouva pas le concept medz signifiant le reproche, et conclut simplement en disant : [[… impute cet acte ?]]

[[Ici Lphet : Non, Idéalis. Nous avons besoin de votre aide parce que nous ne pouvons pas nous en charger nous-mêmes. Après le Schisme et l'ascension manquée de Nmarhl, le sage et brillant Ctein a veillé à ce que tous les Wranaui – y compris nous, les Tfeir – soient modifiés afin qu'ils ne puissent plus s'en prendre à son éminente forme.]]

[[Ici Kira : Vous voulez dire que vous êtes physiquement incapables de lui faire du mal ?]]

[[Ici Lphet : C'est exactement le problème, Idéalis. Si nous essayons, une maladie nous tétanise. Le simple fait d'envisager de nous en prendre à l'immense et formidable Ctein suffit à nous causer une détresse considérable.]]

Une ride profonde creusa le front de Kira. Ainsi donc, les méduses avaient été génétiquement modifiées pour devenir des esclaves ? Cela l'emplit d'un profond dégoût. Se retrouver contraint par ses gènes à ramper devant son chef était odieux. Les intentions du Nœud d'esprits lui paraissaient désormais plus claires, mais la tournure des évènements ne lui plaisait guère.

– Vous avez besoin d'un vaisseau humain, déclara-t-elle en regardant Tschetter.

L'expression de la major s'adoucit légèrement.

– Et d'un humain pour presser la détente, au propre ou au figuré, à un moment donné du processus.

Kira sentit la peur l'envahir.

– L'*Hélix* n'est pas un croiseur, et encore moins un cuirassé. Les medz nous tailleraient en pièces. Vous ne pouvez pas…

– Doucement, intervint Falconi. Je veux bien un peu de contexte, Kira. On ne parle pas tous l'odeur, je vous rappelle.

Derrière lui, l'équipage commençait à montrer des signes de nervosité.

Elle se passa la main sur le crâne, tâchant de mettre ses idées au clair.

– D'accord, d'accord…

Elle leur rapporta ce que Lphet lui avait dit. Lorsqu'elle eut terminé, Tschetter confirma et précisa quelques points encore flous, même pour Kira.

Falconi secoua la tête.

– Que je sois sûr de bien comprendre : vous voulez qu'on laisse le Nœud d'esprits nous conduire en plein cœur de la flotte medz, puis qu'on attaque le vaisseau à bord duquel se trouve ce Ctein…

– Le *Hiérophante bossué*, spécifia Tschetter avec obligeance.

– Je m'en tamponne le coquillard, de son nom. Vous voulez qu'on attaque cet appareil, après quoi toutes les medz postées à Cordova vont faire pleuvoir sur nous tous les feux de l'enfer, sans nous laisser la moindre chance ?

Tschetter ne sembla pas surprise par sa réaction.

– Le Nœud d'esprits promet de tout faire pour protéger l'*Hélix* après que vous aurez tiré vos Casaba-Howitzer sur le *Hiérophante*. Ils semblent relativement convaincus de pouvoir y parvenir.

Falconi laissa échapper un rire moqueur.

– Mon cul ! Vous savez aussi bien que moi qu'il leur est impossible de garantir quoi que ce soit une fois les hostilités lancées.

– Si vous pensiez obtenir des garanties concernant votre espérance de vie, vous risquez d'être cruellement déçu, confirma la major. (Elle se redressa, ce qui n'était pas une mince affaire en impesanteur.) Le Nœud d'esprits affirme que, lorsque Ctein sera mort…

– Attendez, fit Kira, traversée par une pensée déplaisante. Et le Nid de Transfert ?

– Le quoi ? s'exclama Tschetter, perplexe.

– Ouais, abonda Falconi. Le quoi ?

– Personne n'a lu le compte rendu de ma conversation avec Itari quand on a quitté Bughunt ? répondit Kira, consternée.

Falconi ouvrit la bouche et secoua la tête.

– Je… Merde. Ça m'a échappé. Il se passe tellement de trucs en ce moment…

– Et Gregorovich n'en a rien dit ?

– On n'a pas abordé le sujet.

Tschetter claqua des doigts.

– Navárez, faites-moi un topo.

Kira lui expliqua donc tout ce qu'elle savait du Nid de Transfert.

– Putain, c'est incroyable, commenta Falconi.

Sparrow se fourra une tablette de chewing-gum dans la bouche.

– Et donc, les medz pourraient ressusciter ?

– D'une certaine manière, oui, confirma Kira.

– Attends, que je pige bien : on les bute, elles ressortent dans leurs capsules de naissance, fraîches comme des gardons, et se souviennent de tout ce qui s'est passé ? Notamment d'où et de comment elles se sont fait descendre ?

– Grosso modo.

– Nom de Dieu.

Kira se retourna vers Tschetter.

– Ils ne vous ont pas prévenue ?

La major secoua la tête d'un air contrarié.

– Non. J'imagine que je n'ai pas dû poser les bonnes questions, mais… ça explique beaucoup de choses.

Falconi tapota distraitement la crosse de son blaster.

– Merde. Si les medz peuvent stocker des copies de sauvegarde d'elles-mêmes, comment on est censés tuer ce Ctein ? Une bonne fois pour toutes. (Il jeta un coup d'œil à Kira.) C'était le sens de votre question, pas vrai ?

Elle acquiesça.

Des proxomones de compréhension emplirent l'air, et Kira se rappela que les medz n'en perdaient pas une miette.

[[Ici Lphet : Tes doutes sont raisonnables, Idéalis, mais infondés dans le cas présent.]]

[[Ici Kira : Pourquoi cela ?]]

[[Ici Lphet : Parce qu'il n'existe aucune copie du grand et formidable Ctein.]]

– Comment est-ce possible ? s'étonna Nielsen lorsque Kira traduisit.

Cette dernière se posait la même question.

[[Ici Lphet : Au cours des cycles qui se sont écoulés depuis le Schisme, Ctein s'est laissé aller aux pires accès de faim et a crû par-delà les limites normales de la chair wranaui. Cela empêche le fier et rusé Ctein d'utiliser le Nid de Transfert. Celui-ci ne peut produire une forme assez vaste pour englober Ctein. Les courants ne tiendraient pas.]]

Sparrow fit éclater une bulle de chewing-gum.

– Ctein est donc un gros lard. Pigé.

[[Ici Lphet : Vous feriez bien de vous méfier de la puissance de Ctein, biformes. Il est unique parmi les Wranaui, et personne au sein des Branches ne peut rivaliser avec lui. Voilà pourquoi le grand et terrible Ctein est devenu si confiant dans sa suprématie.]]

Sparrow produisit un petit son dédaigneux.

[[Ici Kira : En clair, si nous tuons Ctein, c'en sera terminé ? Sa mort sera définitive ?]]

Une proxomone de détresse, et la medz adopta une teinte maladive.

[[Ici Lphet : C'est exact, Idéalis.]]

Lorsque Kira eut traduit, Tschetter intervint :

– Revenons à nos moutons… Quand Ctein sera mort, le Nœud d'esprits parviendra à assurer le contrôle de tous les vaisseaux de Cordova. Vous n'aurez pas à vous soucier de voir votre précieux vaisseau exploser, capitaine.

– C'est plutôt nous que je crains de voir exploser, grommela-t-il.

Tschetter parut irritée.

– Ne soyez pas idiot. Vous n'auriez pas à rester sur l'*Hélix*. Votre pseudo-intelligence pourrait le diriger. Les medz pourraient vous accueillir à leur bord et, après la mort de Ctein, vous ramener à la Ligue.

Hwa-jung se racla la gorge.

– Gregorovich.

– Ouais, fit Falconi. C'est le problème. Au cas où vous n'auriez pas compris, on a aussi une intelligence de bord.

La major écarquilla les yeux.

– Quoi ?

– C'est une longue histoire. Mais oui, c'est un gros cerveau, et on devrait démonter la moitié de la passerelle B pour le faire descendre du vaisseau.

Cette nouvelle entama le flegme de Tschetter.

– Ce n'est… pas idéal. (Elle se pinça l'arête du nez et plissa le coin des yeux, comme en proie à une migraine.) Et ce… Gregorovich, accepterait-il de piloter l'*Hélix* seul ? (Elle leva les yeux vers le plafond.) Intelligence de bord, vous devez bien avoir un avis ?

– Il ne peut pas vous entendre, expliqua laconiquement Falconi. Encore une longue histoire.

– Attendez une minute, intervint Sparrow. Si l'objectif est de faire exploser le *Hiérophante bossué*, pourquoi ne pas simplement en avertir la Septième ? L'amiral Klein est un dur à cuire, mais pas un imbécile.

Tschetter secoua le menton.

– Les medz ne laisseront jamais la Septième s'approcher du *Hiérophante*. Et, de toute façon, le vaisseau déguerpirait dans un autre système avec Ctein à son bord, et aucun appareil de la Ligue ne peut rivaliser avec les propulseurs medz. Dans tous les cas, je crois que vous vous montrez un peu trop optimistes quant à la volonté de l'amiral Klein d'écouter ce que je pourrais avoir à lui dire.

[[Ici Lphet : À cause de notre compulsion, nous Wranaui protégerons le grand et formidable Ctein de toutes nos forces. Crois-moi, Idéalis, parce que c'est la vérité. Nous le ferions tous au péril de notre vie.]]

En entendant le mot « compulsion », Kira sentit un frisson lui glacer l'échine. Si ce que les medz éprouvaient ressemblait de près ou de loin au besoin impérieux qui avait poussé la Lame souple à répondre aux lointaines convocations des Disparus… elle comprenait en quoi déposer Ctein pouvait leur être difficile.

– Il faut qu'on en discute entre nous, dit-elle à Tschetter.

Elle chercha du regard Falconi, qui eut un hochement de tête affirmatif.

– Naturellement.

Kira et tout l'équipage se retirèrent dans le couloir, de l'autre côté de l'antichambre du sas. Itari demeura en retrait.

Lorsque la porte pressurisée se referma, Falconi déclara :

– Gregorovich n'est pas en état de piloter l'*Hélix*. Et, même si c'était le cas, je ne l'enverrais jamais en mission suicide.

– En est-ce réellement une ? s'enquit Nielsen.

Falconi ricana.

– Ne me dites pas que ce plan démentiel vous semble être une bonne idée.

La seconde repoussa une mèche de cheveux échappée de son chignon. Elle paraissait toujours souffrir, mais son regard et sa voix n'en trahissaient rien.

– Tout ce que je dis, c'est que l'espace est gigantesque. Si l'*Hélix* pouvait tuer ce Ctein, les medz mettraient forcément un peu de temps à réagir. Un répit que le Nœud d'esprits pourrait mettre à profit pour les empêcher d'attaquer le vaisseau.

Falconi s'adressa alors à Sparrow :

– Moi qui pensais que c'était toi, le génie tactique. (Puis, à Nielsen :) On parle de la plus grosse et de la plus dangereuse de toutes les méduses. Le *Hiérophante bossué* doit sans doute être accompagné d'une escorte considérable. Dès l'instant où l'*Hélix* ouvrira le feu…

– Boum, compléta Hwa-jung.

– Exactement, confirma Falconi. L'espace est gigantesque, mais les méduses sont rapides et leurs armes ont une putain de portée.

– On ignore tout de la situation à Cordova, intervint Kira. Le *Hiérophante bossué* pourrait être entouré de la moitié de la flotte medz, ou se retrouver seul. C'est impossible à prédire.

– Dans ce cas, mieux vaut s'attendre au pire, suggéra Sparrow.

– D'accord, admettons qu'il ait une escorte. À votre avis, quelles sont les chances que la Septième flotte élimine le *Hiérophante ?*

Personne ne lui répondit. Kira scruta alors le visage de chaque membre de l'équipage. Sa décision était déjà prise : les humains et les medz *devaient* unir leurs forces si l'une ou l'autre espèce voulait nourrir le moindre espoir de survivre à l'insatiable Dévoreuse.

– Deux questions me semblent capitales, déclara alors Vishal.

– Ah, et lesquelles ? s'enquit Falconi d'une voix empreinte de respect.

Le docteur frotta les unes contre les autres les extrémités de ses longs doigts.

– La première : Pouvons-nous nous permettre de perdre la Septième flotte ? Réponse : Je ne le pense pas. La seconde : Que vaut la paix entre nous, les humains, et les medz ? Réponse : Rien ne compte plus dans tout l'univers à l'heure actuelle.

– Vous me surprenez, doc, admit doucement Falconi.

Kira voyait les rouages de son esprit tourner à toute allure derrière son regard brumeux.

Vishal acquiesça.

– Il est bon de savoir se montrer imprévisible, parfois.

– Curieusement, je ne crois pas qu'on serait payés un crédit en temps de paix, intervint Sparrow en se grattant le nez d'un ongle verni de rouge. Les seuls salaires qui existent sont le prix du sang.

– Je le crains également, confirma Falconi.

Kira le croyait volontiers. N'importe quel humain rationnel aurait réagi de la même manière. Elle aussi avait peur, alors que la Lame souple lui conférait plus de protection que n'en aurait quiconque à bord.

Nielsen avait rivé le regard sur la plateforme durant toute la conversation.

– On devrait aider, dit-elle à voix basse.

– Pourquoi ça ? réagit Falconi.

C'était une question sincère.

– Expliquez-nous, madelle Audrey, l'encouragea Vishal.

Kira remarqua qu'il l'appelait par son prénom, désormais. Nielsen pinça les lèvres, comme pour réprimer ses émotions.

– Nous en avons l'obligation morale.

Falconi haussa les sourcils.

– L'« obligation morale » ? En voilà de grands mots !

Son cynisme habituel refaisait surface.

– Nous le devons à la Ligue. À l'humanité en général. (Nielsen leur désigna le sas.) Aux medz.

Sparrow émit un grognement incrédule.

– À ces connasses ?

– Oui, même à elles. Je m'en fiche, qu'elles soient extraterrestres. Personne ne devrait être contraint de vivre d'une certaine manière sous prétexte que son ADN a été manipulé avant sa naissance. Personne.

– On n'a pas pour autant l'obligation de mourir pour elles.

– Non, admit Nielsen. Mais on ne peut pas non plus fermer les yeux.

Falconi gratta la crosse de son arme.

– Soyons clairs : Sparrow a raison, nous n'avons aucune obligation. Aucun d'entre nous. Nous n'avons pas à obéir à ce que Tschetter ou le Nœud d'esprits peuvent raconter.

– Pas d'autre obligation que celles imposées par la décence, intervint Vishal.

Il contempla ses pieds un instant, et reprit la parole d'une voix distante :

– J'aimerais pouvoir m'endormir le soir sans faire de cauchemars, capitaine.

– J'aimerais pouvoir *dormir* tout court, rétorqua Falconi, et c'est plus facile quand on est vivant.

Il poussa un soupir, et Kira remarqua un changement dans son expression. Il avait tranché.

– Hwa-jung, dégèle Gregorovich. On ne peut pas prendre cette décision sans lui.

La cheffe mécanicienne ouvrit la bouche pour protester, puis la referma avec un claquement de lèvres sonore et grommela. Son regard se fit lointain lorsqu'elle se concentra sur ses visios.

– Capitaine, dit Kira. Vous vous êtes entretenu avec Gregorovich avant notre départ. Vous savez comment il est. Quel est l'intérêt de lui parler ?

– Il fait partie de l'équipage, répliqua Falconi. Et il n'avait pas complètement perdu les pédales, vous l'avez dit vous-même. Même s'il n'est qu'*à moitié* sain d'esprit, on doit tenter le coup. Sa vie aussi est en jeu. C'est ce que nous ferions si c'était l'un de nous.

Il n'avait pas tort.

– Bon. Combien de temps pour le réveiller ? demanda Kira.

– Dix, quinze minutes, répondit Falconi.

Il se dirigea vers la porte pressurisée, l'ouvrit, et dit à Tschetter et aux méduses qui patientaient de l'autre côté :

– Laissez-nous encore un quart d'heure. Il faut qu'on sorte notre intelligence de bord de cryo.

Ce report déplut manifestement à Tschetter, qui se contenta cependant de répondre :

– Faites ce que vous avez à faire. Nous attendrons.

Falconi lui adressa un salut négligé et referma la porte.

3.

Les dix minutes suivantes s'écoulèrent dans un silence inquiet. Kira voyait les autres méditer ce que Tschetter et Lphet avaient pu leur dire. Elle en faisait autant. Si Falconi acceptait le plan proposé – quoi que pût en dire Gregorovich –, il y avait de fortes chances qu'ils finissent coincés sur un bâtiment medz sans plus posséder de vaisseau, et donc à la merci des choix d'itinéraire du Nœud d'esprits. C'était une perspective peu réjouissante. D'un autre côté, celle de la destruction de la Septième flotte n'était guère plus attrayante, d'autant qu'elle marquerait la poursuite de la guerre entre humains et méduses, et que les cauchemars finiraient par supplanter les deux races.

Lorsqu'une quinzaine de minutes se furent écoulées, Falconi s'impatienta.

– Hwa-jung ? Qu'est-ce qui se passe ?

– Il est réveillé, répondit-elle par l'intercom, mais je ne peux rien en tirer.

– Tu lui as expliqué la situation ?

– *Aish*. Bien sûr. Je lui ai montré l'enregistrement de notre conversation avec Tschetter et les medz.

– Et il n'a rien répondu ?

– Non.

– Il ne *peut* pas, ou il ne *veut* pas ?

Une courte pause s'ensuivit.

– J'en sais rien, capitaine.

– Merde. J'arrive.

Falconi décolla ses bottes du pont, poussa sur ses jambes pour gagner la prise la plus proche, puis se hâta vers la casemate.

Après son départ, un silence gêné envahit la coursive.

– Eh ben, c'est l'éclate, commenta Sparrow.

Nielsen se fendit d'un sourire mâtiné de chagrin.

– Ce n'est pas comme ça que j'imaginais ma retraite.

– Pareil pour moi.

Falconi reparut bientôt à l'autre bout du couloir, la mine préoccupée.

– Alors ? s'enquit Kira, même si la réponse paraissait évidente.

Le capitaine secoua la tête et replanta ses pieds sur le plancher, où ses tampons gecko le maintinrent en place.

– Je n'ai rien compris. Son état a empiré. Vishal, vous allez devoir l'examiner dès qu'on en aura terminé ici. En attendant, il faut qu'on prenne une décision, dans un sens ou dans l'autre. Maintenant.

Aucun d'eux ne semblait prêt à dire ce qu'il avait sur le cœur. Kira finit par prendre l'initiative et, avec une assurance feinte, déclara :

– Je vote pour.

– Pour *quoi*, exactement ? voulut savoir Sparrow.

– Je vote pour qu'on aide Tschetter et le Nœud d'esprits. Pour qu'on essaie de tuer leur chef, Ctein.

Voilà. Elle l'avait dit, et ses mots flottaient devant elle telle une odeur nauséabonde.

Hwa-jung intervint alors dans un grondement sourd :

– Et Gregorovich ? On est censés l'abandonner à bord de l'*Hélix ?*

– Ça ne me plairait pas, affirma Vishal.

Falconi secoua la tête, et le cœur de Kira se serra.

– Non. Je suis le capitaine de ce vaisseau. Il est hors de question que j'envoie Gregorovich – ou n'importe lequel d'entre vous – tout seul sur une mission pareille. Ou alors il faudrait que mon corps soit déjà froid depuis douze jours.

– Dans ce cas… ? l'interrogea Kira.

– C'est mon vaisseau, répéta-t-il.

Une étrange lueur apparut dans ses yeux bleu glacier : un regard que Kira avait remarqué chez bien des hommes au fil des années. En général juste avant qu'ils entreprennent quelque chose de dangereux.

– Dans ce cas, je vais accompagner Gregorovich. C'est le seul moyen.

– Salvo..., commença Nielsen.

– Vous ne parviendrez pas à m'en dissuader, Audrey, ne vous fatiguez pas.

Une grimace froissa les traits de Sparrow.

– Ah, bordel... Quand je me suis enrôlée dans la FCMU, j'ai juré de protéger la Ligue contre toutes les menaces, qu'elles soient domestiques ou extérieures. Rien au monde ne me ferait reprendre du service, mais j'imagine que j'étais convaincue de ma mission, et que c'est toujours le cas, même si le CMU est bourré de trous du cul imbus d'eux-mêmes.

– Tu n'iras pas, répliqua Falconi. Aucun d'entre vous n'ira.

– Désolée, capitaine. Si on a le choix de *ne pas* y aller, on a aussi celui d'y aller. Vous n'avez pas le monopole du beau geste. Et puis, vous aurez besoin de quelqu'un pour surveiller vos arrières.

Hwa-jung posa alors la main sur l'épaule de Sparrow.

– Où elle va, je vais. Et puis, si le vaisseau a un souci, qui le réparera ?

– J'en suis également, Salvo, affirma Nielsen.

Falconi les considéra tour à tour, et Kira fut surprise par l'anxiété qu'elle lut dans son regard.

– Je n'ai pas besoin de vous tous pour diriger ce vaisseau. Vous êtes des imbéciles si vous comptez réellement m'accompagner. Si l'*Hélix* explose, ce sera autant de vies gâchées.

– Non, répondit sobrement Nielsen. Non, car nous mourrons aux côtés d'amis, en essayant d'accomplir une chose qui compte.

Vishal dodelina du chef.

– Vous ne pourriez pas me tenir à l'écart, capitaine. Pas même si mon corps était déjà froid depuis une douzaine de jours.

Falconi ne sembla pas apprécier que ses propres mots se retournent contre lui.

– Et vous ? demanda-t-il à Kira.

Elle avait déjà réfléchi à sa réponse.

– Bien sûr. Je suis mieux… équipée que n'importe lequel d'entre vous pour survivre, si jamais ça déraille.

– Ça déraille toujours, lui certifia Falconi d'un air sombre. Mais on ne sait jamais comment. Vous avez conscience que, si notre propulseur Markov est atteint, même la Lame souple ne pourra pas vous protéger ?

– Je le sais, confirma Kira.

Elle était prête à courir ce risque. Paniquer maintenant n'aiderait personne.

– Et les entropistes ? s'enquit-elle.

– S'ils veulent rester avec Tschetter, grand bien leur fasse. Mais ils peuvent aussi venir se tailler une bonne tranche de rigolade avec nous.

– Et Trig ? fit Nielsen. On devrait…

– … le débarquer de l'*Hélix*, compléta Falconi. Ouais, bonne idée. Tschetter pourrait au moins le ramener à la Ligue. Quelqu'un a-t-il une objection ? Non ? OK. (Il prit une profonde inspiration, puis secoua la tête en riant.) Merde. On va vraiment se lancer, alors. Vous êtes sûrs de vous ? Dernière chance, tout le monde.

Des murmures d'approbation s'élevèrent de toutes les lèvres.

– Très bien, conclut-il. Allons buter cette medz.

4.

Après de plus amples discussions, tous tombèrent d'accord pour qu'Itari demeure provisoirement sur l'*Hélix*, tant en gage de bonne foi de la part de Lphet que pour pallier les éventuels problèmes nés des modifications que la medz avait apportées au propulseur du vaisseau. Sollicités, les entropistes décidèrent également de séjourner à bord de l'*Hélix*.

– Comment pourrions-nous refuser...

– ... d'aider à un moment aussi critique...

– ... de l'Histoire ?

Kira ne voyait pas quel genre d'aide ils pourraient apporter à présent que leur conscience commune était brisée, mais l'intention était louable.

Hwa-jung et Sparrow se rendirent ensemble à la casemate et rapportèrent le tube de cryogénisation de Trig au sas. Quand elles le transmirent à la major, Falconi lui lança :

– S'il lui arrive quoi que ce soit, je vous en tiendrai pour responsable.

– Je le protégerai comme s'il était mon propre fils, promit Tschetter.

Soulagé, Falconi tapota la vitre couverte de givre à son passage. Avant de regagner l'*Hélix*, le reste de l'équipage vint se recueillir comme devant un cercueil, puis Tschetter guida le tube par le conduit nacré jusqu'au vaisseau medz.

Dès l'instant où le vaisseau amiral du Nœud d'esprits se sépara de l'*Hélix*, Falconi tourna les talons et déclara :

– Il est temps de se préparer. Nielsen, avec moi en salle de contrôle. Hwa-jung, aux moteurs. Sparrow, sors les armes de l'arsenal. Juste au cas où.

– Oui, chef.

– Bien reçu.

– Peut-on gagner Cordova en restant tous éveillés ? demanda Kira.

– Il fera aussi chaud à bord que dans le trou du cul de Satan, mais ouais, ça devrait être jouable.

– C'est toujours mieux que de devoir retourner en cryo, ricana Sparrow en sortant.

– Je ne te le fais pas dire, répliqua Falconi.

5.

Kira avait cru que Falconi exagérait en décrivant la chaleur à venir. À son grand désarroi, ce n'était pas le cas. L'*Hélix* se trouvait à une demi-journée de PRL de Cordova-1420, et, à présent que tout le monde – y compris Gregorovich – était sorti de cryo, que tous les systèmes du vaisseau tournaient à plein, et qu'il n'y avait plus aucun moyen de dissiper l'énergie thermique qu'ils produisaient, l'intérieur de l'appareil s'était transformé en sauna.

La Lame souple protégeait en grand partie Kira, qui sentait toutefois ses joues et son front s'échauffer : une piqûre brûlante qui ne cessait de croître. La sueur qui lui dégoulinait dans les yeux l'agaçait tant qu'elle finit par se résoudre à se servir du xéno pour ériger une petite digue au-dessus de ses sourcils.

– Ça, c'est carrément chelou, Kira, lui signala Sparrow sans prendre de gants.

– Au moins, c'est efficace, répliqua-t-elle en se tamponnant le visage à l'aide d'un tissu humide.

Une demi-journée était une durée exceptionnellement courte en matière de voyages stellaires ou interstellaires. Cependant, cela devenait affreusement long lorsqu'on suffoquait dans une boîte de conserve surchauffée où même les cloisons étaient brûlantes, et où chaque geste ne faisait qu'aggraver la situation. Cela leur paraissait d'autant plus long qu'ils avaient prévu d'aboutir à un endroit où ils risquaient fort de se faire vaporiser d'un coup de laser ou de missile.

À la demande de Kira, Vishal lui avait imprimé un nouveau jeu de lentilles avant d'aller examiner Gregorovich. Elle s'en était saisie puis s'était réfugiée dans sa cabine. Rester éloignés les uns des autres permettait de disperser la chaleur et de ne pas surcharger les systèmes de survie d'une pièce donnée.

– Ce n'est pas bon pour l'*Hélix*, avait signalé Hwa-Jung.

– Je sais, avait répliqué Falconi. Mais il tiendra le coup quelques heures.

Kira s'efforça d'oublier la réalité en lisant et en jouant. Mais elle ne cessait de penser à Gregorovich – plus Vishal tardait à donner de ses nouvelles, plus elle s'inquiétait –, et ses craintes concernant Cordova ressurgissaient régulièrement : la présence du grand et formidable Ctein, patientant là tel un crapaud obèse, bouffi d'orgueil et de confiance, sûr de sa force cruelle ; la réaction vraisemblable de l'amiral Klein face à l'intrusion de l'*Hélix* et du Nœud d'esprits dans le système ; l'issue incertaine de toute cette aventure…

Bien qu'aucune solution évidente n'existât, elle ne cessait de ruminer ses doutes. La situation était tellement extraordinaire qu'elle ne disposait pour seule boussole que de sa propre conscience. Encore que ce « moi » s'était révélé ténu ces derniers temps, avec la Lame souple qui l'étirait ainsi.

Une fois de plus, elle ressentit la substance de la cuirasse sombre qui tapissait l'intérieur de sa cabine, la chair de sa chair, et pourtant… pas du tout. Une sensation vraiment étrange.

Elle se secoua et s'efforça de se concentrer à nouveau sur ses visios…

6.

Près de quatre heures s'écoulèrent avant que l'intercom produise un déclic.

– Écoutez-moi, tout le monde, dit Falconi. Vishal vient de me faire son rapport.

Kira tendit l'oreille.

– Grego est dans un sale état. La saute de courant provoquée par le bloqueur d'impédance a endommagé son réseau neuronal. Non seulement ça a grillé un certain nombre de connexions, mais le lien entre l'ordinateur et le cerveau de Grego continue de se dégrader à mesure que les neurones sont dézingués.

Un méli-mélo de voix inquiètes encombra la ligne.

– Est-ce qu'il va mourir ? demanda Sparrow avec sa franchise caractéristique.

– Non, à moins qu'on explose tous demain, répondit Falconi. Vishal ne sait pas si ça risque de provoquer des séquelles permanentes ou si Grego va simplement perdre quelques cellules supplémentaires. C'est impossible à déterminer pour le moment, et le doc ne peut pas non plus l'embarquer à l'infirmerie pour lui faire passer un scan. Il pense que Grego subit encore une distorsion sensorielle extrême. En bref, qu'il a des hallucinations. Il va donc le maintenir sous sédatif, tout en poursuivant son travail avec lui.

– *Aish*, intervint Hwa-jung. (La cheffe mécano paraissait en proie à une émotion inhabituelle.) C'est ma faute. J'aurais pas dû balancer le bloqueur sans d'abord vérifier la ligne.

Falconi la détrompa.

– Tu ne pouvais pas savoir que le bloqueur était là, et cette mule de Grego ne nous a pas laissé le choix. C'est la faute du CMU, et de personne d'autre. Ne te mets pas martel en tête.

– D'accord, chef.

– Bon. Je vous tiendrai informés s'il y a du nouveau.

Puis la communication fut coupée.

Dans la pénombre de sa cabine, tout juste éclairée par le halo vert des espèces de fruits qui pendaient aux vrilles déployées par la Lame souple, Kira se recroquevilla. Certes, Gregorovich avait commis une erreur en refusant de se rendre à Cordova. Néanmoins, il avait essayé de faire pour le mieux. Il ne méritait pas le sort qui lui était réservé, et elle détestait le savoir seul, prisonnier des méandres de son cerveau malade, incapable de distinguer le réel de l'imaginaire, peut-être même persuadé que ses compagnons d'équipage l'avaient abandonné. Une image terrible.

Si seulement... Si seulement elle pouvait faire quelque chose pour l'aider.

Elle considéra le bras que la Lame souple lui avait fait pousser. Si l'humaine était impuissante, la membrane qui la recouvrait ne l'était peut-être pas. Mais non, c'était dingue. Il y avait tout un monde entre un bras (ou un arbre) et un cerveau, et la moindre erreur avec Gregorovich pourrait causer encore plus de dégâts.

Elle chassa cette idée de son esprit.

7.

Grâce aux modifications apportées par Itari à leur propulseur Markov, l'*Hélix* put s'enfoncer dans la gravité de Cordova presque aussi profondément que les méduses.

Ils sortirent de PRL près d'une lune couverte de cratères en orbite autour d'une géante gazeuse mineure, au point de rendez-vous fixé en amont par le Nœud d'esprits. Dès que le propulseur fut coupé, Kira, les entropistes et l'équipage (à l'exception de Vishal) quittèrent leur exil forcé et se rassemblèrent en salle de contrôle.

Pendant qu'ils s'entassaient dans la pièce, Kira scrutait le flux vidéo émanant de l'extérieur du vaisseau. La lune obscurcissait en partie la vue, mais elle voyait le Nœud d'esprits les entourer sur la toile de fond menaçante de la géante gazeuse pourpre ; plus loin vers le cœur de la galaxie, un amas de points marquait l'emplacement de la Septième flotte.

Il y avait une multitude de vaisseaux du CMU, mais ce que Kira remarqua dans les profondeurs du système lui coupa le souffle.

– *Shi-bal*, marmonna Hwa-jung.

Inconsciemment, elle posa la main sur l'épaule de Sparrow et la caressa, comme pour la réconforter. La spatio ne cilla pas.

Un essaim de vaisseaux medz entouraient une petite planète tellurique près de l'étoile orange de type K. Et il n'y avait pas que des appareils : des chantiers de construction stationnaires ; de vastes champs de capteurs solaires scintillants ; des satellites de toutes les tailles et de toutes les formes ; des lasers défensifs gros comme les corvettes de la FCMU ; deux haricots magiques et quatre anneaux orbitaux pour faciliter l'échange rapide d'équipement avec la surface couturée de la planète.

Les medz dépouillaient l'astre rocheux à force de minage. Elles avaient déjà retiré une quantité impressionnante de matériau depuis la croûte, si bien que les balafres étaient visibles depuis l'espace – un patchwork invraisemblable d'excavations rectangulaires, dont les ombres abruptes formaient de profonds reliefs.

Tous les bâtiments medz n'étaient pas destinés au combat, mais les vaisseaux de guerre seuls étaient au moins deux fois plus nombreux que ceux de la Septième. Le plus gros d'entre tous – probablement le *Hiérophante bossué* – flottait non loin des docks, telle une baleine hypertrophiée ballottée dans le puits gravitationnel de la planète. Comme tous les appareils medz, il était d'un blanc nacré et ceinturé de canons ; à en juger par ses nombreux jets propulseurs, il était en outre bien plus manœuvrable que n'importe quel vaisseau humain. Plusieurs autres engins flottaient non loin, mais il semblait s'agir de machines de maintenance plutôt que d'une espèce de garde d'honneur.

– Par Thulé ! jura Nielsen. Pourquoi la Septième ne fait pas demi-tour ? Ils n'ont pas la moindre chance.

– C'est de la physique, raisonna sombrement Falconi. Le temps de décélérer, ils se retrouveront à portée de tir des medz.

– Et puis, s'ils essaient de fuir, elles n'auront aucun mal à les rattraper, enchérit Sparrow. De plus, il n'y a aucun avantage tactique à affronter une flotte plus importante dans l'espace interstellaire. Au moins, ici, il y a des planètes et des lunes autour desquelles manœuvrer pendant les combats.

– Mais quand même…, fit Nielsen.

– Sortie des radiateurs, annonça Morven.

– Il était presque temps, commenta Sparrow.

Comme tout le monde, elle était couverte de sueur.

Alors que Falconi se glissait dans son siège, Tschetter apparut sur le projecteur holo principal. Elle se tenait devant une salle bleutée emplie de structures coralliennes et de méduses rampant le long des cloisons incurvées.

– Des soucis avec l'*Hélix*, capitaine ? demanda-t-elle.

– Non, tout va bien.

La major sembla satisfaite.

– Lphet m'informe que nous avons reçu l'autorisation de traverser les défenses medz et se charge de vous désigner le *Hiérophante bossué*.

– Il semble qu'on soit en veine, intervint Kira en montrant le vaisseau amiral. Il n'a pas l'air particulièrement bien protégé.

– À part par les blasters, les canons électriques et les missiles embarqués, ironisa Sparrow.

Tschetter secoua la tête.

– Nous ne pourrons appréhender pleinement la situation qu'après nous être rapprochés. Les medz vont déplacer leurs bâtiments en fonction de la Septième. Elles sont d'ailleurs déjà en train de changer de position. Espérons juste qu'elles ne viendront pas encercler le *Hiérophante*.

– On croise les doigts, confirma Falconi.

– Et les orteils, renchérit Sparrow.

La major se détourna un instant.

– Nous sommes prêts. Commencez la combustion dans 3, 2, 1... Top.

L'alerte de poussée retentit, et Kira laissa échapper un soupir de soulagement lorsqu'une forme de pesanteur se fit sentir. Elle savait que le Nœud d'esprits se calait sur le rythme de l'*Hélix*, tandis que les bâtiments medz se disposaient en parallélépipède autour d'eux. En tout cas, tel était le plan.

– Restez en ligne, demanda Falconi. Je cherche à joindre la Septième.

– Bien reçu.

– Morven, appelle la Septième flotte. En faisceau étroit seulement. Dis-leur que Kira Navárez est avec nous et que nous devons nous entretenir avec l'amiral Klein.

– Un instant, s'il vous plaît, répondit la pseudo-intelligence.

– Au moins, ils n'ont pas commencé à tirer, fit remarquer Sparrow.

– C'est vrai, on n'aurait pas voulu louper ça, répliqua Falconi.

La réponse ne tarda pas : les communicateurs se mirent à clignoter pour signifier un appel entrant, et Morven annonça :

– Capitaine, le BCMU *Force implacable* cherche à nous joindre.

– Mets-le à l'écran, ordonna Falconi.

Le centre de commandement d'un cuirassé apparut à côté du visage de Tschetter. Au beau milieu était assis l'amiral Klein, le dos bien droit, la mâchoire carrée, le cheveu ras. Ses épaules étaient voûtées, et quatre rangées de rubans de décorations étaient épinglées sur son pectoral gauche. Comme tous les militaires de carrière de la FCMU, il avait un profond hâle de spationaute, même si le sien était si prononcé que Kira soupçonnait qu'il ne le perdait jamais totalement.

– Falconi ! Navárez ! Par tous les saints, qu'est-ce que vous foutez là ?

Kira était incapable de situer l'accent de l'amiral, même si elle supposait qu'il venait de la Terre.

– Ça ne se voit pas, monsieur ? répondit Falconi. C'est nous, la cavalerie.

Et il se fendit d'un sourire impudent qui emplit Kira de fierté – tout en lui donnant l'envie de le gifler.

L'amiral rougit.

– La cavalerie ?! Fiston, aux dernières nouvelles, vous étiez enfermés sur la station Orsted. Bizarrement, je doute que la Ligue vous ait laissés partir, et je suis plus que certain qu'elle ne vous aurait jamais envoyés ici dans votre tas de ferraille.

Falconi parut outré par la description faite de l'*Hélix*. Kira était surtout intriguée par le fait que le CMU n'avait pas jugé bon de signaler leur évasion à la Septième. *La flotte doit naviguer en silence radio*, songea-t-elle. *À moins que quelque chose ait* vraiment *mal tourné dans Sol après notre départ.*

L'amiral n'avait pas terminé.

– Pour couronner le tout, je suppose que les vaisseaux medz qui vous accompagnent signifient que vous avez alerté le Nœud d'esprits, et donc que mes petits chasseurs de reconnaissance vont trouver que dalle, alors qu'ils pourraient nous être bien utiles ici. (Le doigt tendu de l'amiral émergea de l'hologramme, faisant tressaillir Kira.) Et *ça*, c'est de la trahison, capitaine. Il en va de même pour vous, Navárez. Et pour tous les autres.

Kira et l'équipage échangèrent des regards.

– Nous ne sommes pas des traîtres, intervint Sparrow d'un ton blessé. Amiral.

– Nous sommes venus vous aider, renchérit Kira d'une voix plus posée. Si vous voulez avoir la moindre chance de survivre à cette bataille, sans parler de gagner cette guerre, vous devez nous écouter.

– Vraiment ? répliqua Klein, dont le scepticisme ne faisait aucun doute.

– Oui, monsieur. S'il vous plaît.

Le regard de l'amiral se posa sur un point au-delà du projecteur, et Kira eut le sentiment que quelqu'un lui parlait hors champ. Il reporta alors son attention sur eux, l'œil sévère et intransigeant.

– Je vous laisse une chance de me convaincre de ne pas vous classer parmi les combattants ennemis, Navárez. Saisissez-la.

Kira le prit au mot. Elle lui expliqua la situation de la manière la plus claire, rapide et directe qui fût. Sans jamais chercher à dissimuler son désespoir.

L'amiral eut le mérite de l'écouter sans l'interrompre. Lorsqu'elle eut terminé, un voile sombre s'était déposé sur le visage de son interlocuteur.

– C'est une sacrée histoire, Navárez. Vous espérez réellement me faire gober ça ?

Ce fut Tschetter qui lui répondit :

– Monsieur, vous n'êtes pas forcé de nous croire. Nous avons simplement besoin de…

– Qui englobe ce « nous », major ? l'interrompit Klein. Aux dernières nouvelles, vous étiez encore membre du Commandement militaire uni. Vous ne répondez pas aux medz. Vous répondez à votre officier supérieur le plus proche. En l'occurrence, *moi*.

La projection de Tschetter se raidit.

– Oui, mon amiral. J'en ai bien conscience, mon amiral. J'essaie simplement de répondre à votre question.

C'était la première fois que Kira la voyait s'adresser à quelqu'un avec le respect dû à l'autorité. Klein croisa les bras.

– Continuez.

– Oui, monsieur. Comme je vous le disais, vous n'êtes pas forcé de nous croire. Nous ne sollicitons pas votre aide, et nous ne vous demandons pas d'ignorer vos ordres. Tout ce que nous souhaitons, c'est que vous vous absteniez de tirer pendant que nous traversons le système. Et, si nous tuons Ctein, que vous évitiez d'attaquer le Nœud d'esprits dans la foulée. Laissez-lui une chance de prendre le commandement des méduses et de rappeler leurs forces. Amiral, nous pourrions mettre un terme à la guerre entre nos espèces d'un seul coup. Le jeu en vaut la chandelle.

– Vous pensez sincèrement être en mesure d'éliminer ce Ctein ?

Falconi acquiesça.

– Je dirais que nous avons de bonnes chances. Sans quoi, nous ne nous serions pas lancés dans cette mission commando.

– Mes *ordres* étaient d'éliminer le Nœud d'esprits, la flotte medz et le commandement actuel des méduses, grommela l'amiral. La flotte et le commandement étant les deux objectifs principaux. (Il les scruta par-dessous ses sourcils froncés.) *Si* vous parvenez à éliminer Ctein, et *si* le Nœud arrive à prendre le contrôle du reste de la flotte… Eh bien, j'imagine que cela ferait de lui le nouveau commandant des méduses. Il ne s'agirait plus du Nœud à proprement parler. Cela nous permettrait de surcroît de neutraliser le reste de la menace spatiale… C'est un peu tiré par les cheveux, mais je pense que je pourrai vendre ça au Prime Consul.

Kira sentit ses compagnons se détendre légèrement.

– Merci, monsieur, dit Tschetter. Vous ne le regretterez pas.

Klein émit un soupir évasif.

– À vrai dire, j'ai toujours estimé que s'en prendre au Nœud d'esprits était une grosse connerie tactique, et je ne suis pas le seul à le penser… Si vous réussissez, des tas d'hommes et de femmes de qualité vous devront la vie. (Son regard se durcit alors.) Quant à vous, major : si nous survivons à tout ça, je tiens à ce que vous vous présentiez sans délai à la Septième. C'est un ordre. Éliminer le chef des medz faciliterait grandement votre retour, mais, quoi qu'il en soit, le Renseignement tiendra à vous débriefer. Vous savez comment ça se passe. Après ça, nous déciderons de votre sort.

– Oui, amiral, répondit la major. Bien reçu.

Kira n'eut pas l'impression que cette perspective la ravissait.

– Bien. (Klein reporta son attention sur le centre de commandement autour de lui.) Je dois y aller. Nous allons attaquer les medz dans un peu moins de sept heures. Elles vont nous le faire payer cher, mais nous pouvons au moins essayer de les attirer à l'écart du *Hiérophante bossué*. Vous devrez vous charger des autres. Avisez Alètheia, notre intelligence de bord, du moindre changement de plan. Bonne chance, et bon vol. (Puis il surprit Kira en les saluant.) Navárez. Capitaine Falconi.

CHAPITRE 3

★ ★ ★ ★ ★ ★ ★

INTEGRATUM

1.

– Ça ne s'est pas trop mal passé, commenta Nielsen.

Sparrow eut un claquement de langue désapprobateur.

– Il n'avait pas franchement le choix.

– Dans combien de temps doit-on arriver ? demanda Kira.

Falconi jeta un coup d'œil à l'hologramme.

– Nous avons un peu de retard sur la flotte, alors... sept heures, à peu près, avant d'être à portée du *Hiérophante bossué*.

– À condition, intervint Veera, que les medz ne le déplacent pas avant, non ?

Tandis qu'elle parlait, Jorrus articulait les mêmes mots en silence.

– Je ne pense pas, répondit Tschetter, dont le visage emplissait à présent la majeure partie de l'affichage. Lphet a indiqué clairement que nous détenons à bord de l'*Hélix* des renseignements que Ctein a besoin de sentir.

– De sentir ? répéta Hwa-jung en fronçant les narines.

– C'est comme ça que Lphet l'a formulé.

Sept heures. Trois fois rien, et ils sauraient à ce moment-là s'ils allaient survivre.

Falconi mit alors fin à la communication avec la major et déclara :

– Nous avons une longue journée dans les pattes, et si vous êtes comme moi, avec cette chaleur, vous devez avoir l'impression d'être un torchon mouillé qu'on a essoré.

On entendit quelques murmures de confirmation parmi l'équipage.

– Bien. Que tout le monde aille manger un morceau et se reposer un peu. Dormez si vous y arrivez, sinon le toubib pourra vous filer des stimulants. Quand nous atteindrons le *Hiérophante*, il faudra qu'on soit au taquet. Surtout, soyez tous revenus à la salle de commandement une heure avant le contact. Oh, et aussi, exodermes intégraux. Par précaution.

2.

Par précaution. Ces mots continuaient à résonner aux oreilles de Kira. Que pourraient-ils faire si les choses tournaient mal, comme trop souvent ? Un seul tir provenant d'un vaisseau medz suffirait à immobiliser ou détruire l'*Hélix*... Mieux valait ne pas y penser. Un bon entraînement constituait le meilleur rempart contre les aléas des voyages spatiaux, mais les occasions de se préparer étaient limitées quand ceux qui décidaient du sort des uns et des autres n'étaient pas des individus, mais des vaisseaux.

Elle aida Hwa-jung à se charger de quelques tâches de maintenance. Puis elles se retirèrent à la cambuse. Vishal excepté, tout le monde s'y trouvait, serré autour de la première table.

Kira alla prendre des rations alimentaires, puis s'assit à côté de Nielsen. La seconde lui adressa un signe de tête et dit :

– Je crois… que je vais enregistrer un message pour ma famille et le remettre à Tschetter, et à la Septième flotte, aussi. Par précaution.

Par précaution.

– Ça me semble une bonne idée. Je vais peut-être faire pareil.

Comme les autres, Kira mangea et, comme les autres, elle parla, se livrant essentiellement à des spéculations sur la meilleure façon de détruire le *Hiérophante bossué* avec une de leurs Casaba-Howitzer – il était peu probable qu'ils parviennent à expédier plus d'une charge sans se faire détecter –, ainsi que de survivre au chaos qui ne manquerait pas de s'ensuivre.

Ils conclurent qu'ils souffraient d'un grave handicap sans Gregorovich pour superviser les opérations à bord de l'*Hélix*. Comme de nombreuses intelligences de bord, il avait eu la responsabilité de commander les lasers, les Casaba-Howitzer, les dispositifs de défense contre les blasters et les missiles, la suite logicielle de cyberguerre, ainsi que le pilotage de l'appareil pendant le combat, qui relevait autant de la stratégie que du calcul intransigeant de leur Delta-v.

La pseudo-intelligence, Morven, avait des compétences correctes, mais, à l'instar de tout programme informatique, elle pâtissait de limitations qui n'affectaient pas une intelligence humaine – ou dérivée d'un humain.

– Elle manque d'imagination, déplora Sparrow, c'est ça le problème. Je n'irai pas jusqu'à dire qu'on sera des cibles faciles, mais ça n'a rien d'idéal.

– À quel déficit en efficacité doit-on s'attendre ? s'enquit Falconi.

Sparrow souleva brièvement les épaules.

– À vous de nous le dire. Il vous suffit de repenser à l'époque où vous n'aviez pas Gregorovich à bord. Selon les chiffres du CMU, il faut compter une différence qui va de quatorze à vingt-huit pour cent. Et…

– Tant que ça !

Ce fut Hwa-jung qui se chargea de répondre :

– Gregorovich est là pour contrôler l'équilibre entre tous les systèmes présents dans le vaisseau, et se coordonner avec chacun d'entre nous.

Rapide acquiescement de Sparrow.

– Ouais, et ce que j'allais dire, c'est qu'en matière de stratégie, de logistique – en gros tout ce qui nécessite de la créativité pour la résolution des problèmes –, les IB explosent *tout* et tout le monde. On ne peut pas vraiment quantifier ce genre d'aptitude, mais le CMU estime que les IB sont au moins deux fois meilleures dans ces tâches que n'importe quel humain, et je ne vous parle même pas des pseudo-intelligences.

– Mais seulement si elles sont…, commença Jorrus, attendant que Veera finisse sa phrase.

Lorsqu'elle secoua la tête, ne sachant vraisemblablement pas quoi dire, il poursuivit, déconcerté :

– Euh… seulement si elles sont fonctionnelles.

– C'est pareil pour tout le monde, rétorqua Falconi.

Kira picorait sa nourriture tout en réfléchissant à la situation. *Si seulement*… Non. Cette idée restait trop insensée. Puis elle se représenta la flotte medz stationnée autour de Cordova. Et si rien n'était trop insensé, étant donné les circonstances ?

La conversation qui bourdonnait dans la coquerie s'interrompit lorsque Vishal apparut à la porte. Il paraissait épuisé.

– Alors ? demanda Falconi.

Vishal eut un hochement de tête négatif et leva un doigt. Sans prononcer un mot, il alla au fond de la cambuse, prit une poche de café instantané qu'il but d'un trait, puis, et seulement alors, retourna se poster devant le capitaine.

– C'est si grave que ça ? conclut ce dernier.

Nielsen se pencha en avant.

– Comment va Gregorovich ?

Vishal soupira et frotta ses mains l'une contre l'autre.

– Ses implants sont trop endommagés pour que je puisse les réparer. Je ne peux ni retirer ni remplacer les composants grillés. Et je ne peux pas identifier ceux qui s'achèvent sur un neurone mort. J'ai essayé de dévier les signaux vers d'autres zones de son cerveau, où les câbles sont encore fonctionnels, mais il n'y en a pas assez, ou bien Gregorovich n'a pas réussi à séparer le signal des infos sensorielles désordonnées qu'il reçoit.

– Vous le gardez sous sédatif ? demanda Falconi.

– Oui.

– Il va s'en sortir, quand même ? s'inquiéta Nielsen.

Sparrow remua sur son siège.

– Ouais, il va finir infirme ?

– Non, répondit lentement Vishal, prudent. *Par contre*, il faut à tout prix que nous le conduisions dans une structure suffisamment équipée. Ses connexions continuent à se dégrader. D'ici une journée, Gregorovich risque de terminer complètement coupé de son ordinateur interne. Il se retrouverait tout à fait isolé.

– Merde, jura Sparrow.

Falconi se tourna vers les entropistes.

– Vous ne pouvez rien faire pour l'aider, je suppose ?

Ils secouèrent la tête.

– Hélas, non, déplora Veera. Les implants sont des éléments très délicats…

– … nous serions déjà réticents à travailler sur un réseau neural de taille standard, alors encore plus…

– … sur celui d'une intelligence de bord.

Les entropistes parurent ravis de la fluidité de leur échange.

Falconi grimaça.

– C'est ce que je craignais. Doc, vous pouvez encore le placer en cryo, on est d'accord ?

– Oui, capitaine.

– Alors ne traînez pas. Ce sera plus sûr pour lui.

Kira tapota son assiette avec sa fourchette. Tous les regards se tournèrent vers elle.

– Donc, dit-elle en s'efforçant de prendre des gants, si je comprends bien : le seul truc qui cloche chez Gregorovich, ce sont les fils qui pénètrent dans son cerveau, c'est ça ?

– Oh, là, il y a un paquet d'autres trucs qui clochent chez lui, ironisa Sparrow.

Vishal tâcha d'afficher une expression patiente.

– C'est juste, madelle Kira.

– Il ne souffre pas de grosses lésions des tissus ni rien de ce genre ?

Vishal se dirigeait vers la porte, visiblement pressé de retourner auprès de Gregorovich. Il marqua un temps d'arrêt sur le seuil.

– Non. Les seuls dégâts sont les pertes des neurones à l'extrémité de quelques câbles, mais c'est très négligeable pour une intelligence de bord de cette taille.

– D'accord, fit Kira, avant de tapoter de nouveau son assiette.

Un air inquiet se peignit sur le visage de Falconi.

– Kira, fit-il sur un ton de mise en garde. Qu'est-ce que vous avez en tête ?

Elle s'autorisa une pause.

– Je me disais que… je pourrais peut-être utiliser la Lame souple pour l'aider.

Un brouhaha d'exclamations retentit dans la cambuse.

– Attendez que je m'explique ! se défendit Kira, et tous se turent. Je pourrais employer la même méthode qu'avec Akawe, dans Cygni. Connecter la Lame souple aux nerfs de Gregorovich, sauf que, là, ce serait pour les raccorder aux câbles de son réseau neural.

Sparrow poussa un long sifflement aigu.

– Nom de Thulé. Tu crois vraiment que tu pourrais y arriver ?

– Oui. Même si je ne peux rien garantir. (Kira porta le regard sur Falconi.) Vous avez vu comme j'ai pu soigner votre bonsaï. Et vous avez vu ce que j'ai réalisé dans ma cabine. La Lame souple n'est pas seulement une arme. Elle a des aptitudes beaucoup plus vastes.

Falconi se gratta le menton.

– Grego est une personne, pas une plante. Ça fait une sacrée différence.

Nielsen ajouta :

– La Lame souple en est capable, d'accord, mais *vous*, Kira ?

Cette question, elle se l'était maintes fois posée depuis qu'elle était unie au xéno. Pouvait-elle se maîtriser assez elle-même pour le contrôler ? Pour l'utiliser de façon responsable ? Elle raidit le dos et releva le menton, sentant poindre en elle la réponse, née de la douleur et de plusieurs longs mois d'entraînement.

– Oui. J'ignore dans quelles proportions ça marchera – Gregorovich devra sans doute se réadapter à ses implants, comme lors de leur première installation –, mais je pense que je serai en mesure de le reconnecter.

Hwa-jung croisa les bras.

– Tu ne devrais pas aller trifouiller dans la tête de quelqu'un si tu n'es pas sûre de toi. Ce n'est pas une machine.

– C'est clair, renchérit Sparrow. Tu risques pas de lui réduire la cervelle en bouillie ? De lui déglinguer ses souvenirs ?

– Je n'interagirai presque pas avec son cerveau, juste avec l'interface où il se branche à l'ordinateur.

– Ça, vous ne pouvez pas en être certaine, rétorqua Nielsen calmement.

– Quasiment, si. Mais si ça ne vaut pas la peine, tant pis. (Kira écarta les mains devant elle.) Je dis que je peux tenter le coup, c'est tout. (Elle jeta un coup d'œil au capitaine.) À vous de décider.

Falconi se tapota la cuisse à un rythme frénétique.

– Vous êtes diablement silencieux, doc. Vous en pensez quoi ?

À la porte, Vishal passa ses longs doigts sur son visage tout aussi effilé.

– Que voulez-vous que je vous dise, capitaine ? En tant que médecin de bord, je ne puis le recommander. Les risques sont trop élevés. Le seul traitement raisonnable consisterait à confier Gregorovich à une véritable installation médicale de la Ligue.

– Ça ne risque pas de se produire avant un bout de temps, doc, rétorqua Falconi. Même si nous nous en sortons vivants, impossible de savoir dans quel état sera la Ligue à notre retour.

Vishal inclina la tête.

– J'en ai bien conscience, capitaine.

Falconi se renfrogna. Pendant quelques secondes, il se contenta de scruter Kira, comme pour sonder son âme. Elle lui rendit son regard, sans ciller.

Puis Falconi dit :

– D'accord. Tentez le coup.

– Capitaine, en ma qualité de médecin officiel, je me vois dans l'obligation d'émettre une objection formelle, protesta Vishal. J'ai de sérieuses inquiétudes sur l'issue de cette procédure.

– Objection notée, mais je vais devoir la rejeter, doc.

Vishal n'en sembla pas surpris.

– Capitaine, intervint Nielsen d'un ton vif. Elle risque de le tuer.

Falconi se tourna brusquement vers elle.

– En ce moment même, nous nous précipitons tout droit vers la flotte medz. Alors c'est prioritaire.

– Salvo…

– *Audrey*… (Falconi arborait un rictus amer.) Un de mes membres d'équipage n'est pas en état de servir, et ça met en danger mon vaisseau et le reste de l'équipe. Il ne s'agit pas d'une livraison de marchandises. On n'est pas juste là pour aller chercher une cargaison. Il est question de vie ou de mort. Nous n'avons pas de marge de manœuvre. Si nous nous plantons, nous sommes foutus. Je suis son capitaine et, puisqu'il ne peut pas prendre cette décision lui-même, je dois le faire à sa place.

Nielsen se leva et traversa la cambuse pour se poster devant Falconi.

– Et s'il choisissait encore de ne pas obéir aux ordres ? Vous avez oublié ?

La tension entre eux était palpable.

– Grego et moi aurons une petite conversation, rétorqua Falconi entre ses dents. Nous allons tirer les choses au clair, croyez-moi. Sa vie est en jeu dans cette affaire, autant que les nôtres. S'il est en mesure de nous aider, il le fera. Ça ne fait aucun doute.

L'espace d'un instant, Nielsen parut décidée à camper sur ses positions. Puis, avec un soupir, elle fléchit.

– D'accord, capitaine. Si vous êtes vraiment convaincu que c'est la meilleure…

– Je le suis. (Falconi reporta alors son attention sur Kira.) Vous feriez bien de vous dépêcher. Nous n'avons pas beaucoup de temps.

Elle hocha la tête et se mit debout.

– Et, Kira… (Il lui décocha un regard sévère.) Faites gaffe.

– Bien sûr.

Il lui rendit son signe de tête, l'air satisfait.

– Hwa-jung, Vishal, accompagnez-la. Gardez l'œil sur Gregorovich. Assurez-vous qu'il va bien.

– Bien, monsieur.

– À vos ordres.

3.

Le médecin et la chef mécanicienne sur les talons, Kira quitta la cambuse en vitesse et descendit d'un pont pour gagner la salle hermétiquement fermée qui contenait le sarcophage de Gregorovich. En chemin, elle sentit des picotements gagner sa peau à mesure que l'adrénaline affluait dans ses veines.

Allait-elle vraiment se jeter à l'eau ? *Putain*. Falconi avait raison ; elle n'avait pas le droit à l'erreur. Le poids de cette soudaine responsabilité la déstabilisa un instant et la fit douter. Mais si, elle en était capable. Elle devait juste faire en sorte que le xéno et elle collaborent en harmonie. Elle devait surtout éviter qu'il prenne l'initiative et se lance dans des modifications intempestives du cerveau de Gregorovich.

Devant le sarcophage, Hwa-jung remit à Kira le même casque filaire que la fois précédente, et Vishal déclara :

– Madelle Kira, c'est le capitaine qui a donné l'ordre, mais, si j'estime que Gregorovich court le moindre danger, je vous dirai d'arrêter, et vous cesserez *tout de suite*.

– Compris.

Kira ne voyait franchement pas ce que Vishal pourrait faire pour les empêcher, la Lame souple et elle, de travailler sur Gregorovich une fois qu'elles auraient commencé, mais elle respecterait l'avis du médecin. Elle ne voulait surtout pas faire de mal à Gregorovich.

Vishal hocha la tête.

– Parfait. Je vais contrôler ses constantes. Si quoi que ce soit passe dans le rouge, je vous avertis.

Hwa-jung enchaîna :

– Moi je vais surveiller ses implants. Pour l'instant, ils fonctionnent à... quarante-deux pour cent.

– D'accord, dit Kira, avant de s'asseoir à côté du sarcophage. Il va me falloir un port d'accès pour la Lame souple.

– Là, indiqua Hwa-Jung, en montrant le côté du sarcophage.

Kira mit le casque sur ses oreilles.

– Je vais d'abord tenter de parler à Gregorovich. Juste pour voir si je peux faire le point avec lui.

Vishal secoua la tête.

– Vous pouvez toujours, madelle Kira, mais je n'ai pas réussi à m'entretenir avec lui, tout à l'heure. La situation ne se sera pas améliorée depuis.

– J'aimerais quand même essayer.

Dès que Kira eut branché le cordon, un rugissement l'assaillit. Elle crut y déceler des bribes de mots – des cris perdus dans une tempête inexorable. Elle appela Gregorovich, mais elle ne put déterminer s'il l'avait entendue, et, s'il répondit, le grondement étouffa sa voix.

Elle insista un peu plus d'une minute avant de retirer le casque.

– Ça n'a pas marché, indiqua-t-elle à Vishal et Hwa-jung.

Puis elle envoya une première vrille timide de la Lame souple dans le port. *Doucement,* ordonna-t-elle au xéno. *Doucement et ne provoque pas de dégâts.*

Tout d'abord, elle ne sentit rien d'autre que le métal et l'électricité. Puis elle perçut le goût du bain nutritif qui enveloppait l'intelligence de bord, et le métal laissa place à des tissus cérébraux à nu. Avec la plus grande lenteur, Kira chercha un point de connexion, une passerelle entre matière organique et conscience.

Elle laissa les vrilles se subdiviser davantage, former des monofilaments aussi fins et sensibles qu'un nerf. Ceux-ci fouillèrent le sarcophage et trouvèrent par hasard exactement ce que Kira recherchait : le faisceau de fils qui surmontaient le cerveau massif de Gregorovich, pénétraient en profondeur dans les plis gris et constituaient la structure physique de ses implants.

Elle entortilla les vrilles autour de chaque fil minuscule, qu'elle suivit vers l'intérieur. Certains s'achevaient sur une dendrite, marquant l'endroit où le non-vivant fusionnait avec le vivant. D'autres, beaucoup plus nombreux, se terminaient en perle de métal fondu ou sur un neurone mort et flétri.

Avec la plus grande délicatesse, elle s'attela à réparer les dégâts. Là, elle lissait une perle à son extrémité pour assurer une connexion parfaite avec sa dendrite cible ; ailleurs, déplaçant le fil de façon infinitésimale, elle reliait un composant qui finissait sur un neurone mort à la dendrite saine la plus proche.

Chaque fois qu'elle reconnectait un fil, Kira éprouvait une brève décharge au moment où une petite quantité d'électricité passait de l'un à l'autre. C'était une impression piquante et satisfaisante qui lui laissait un léger goût de cuivre sur la langue. Parfois, il lui semblait déceler la sensation provenant d'un neurone, pareille à un chatouillis au fond de son esprit.

Malgré l'échelle microscopique à laquelle elle opérait, Kira jugea cet exercice relativement facile. Ce qui ne l'était *pas* était l'ampleur de cette tâche. Il y avait des milliers et des milliers de fils, qu'elle devait tous contrôler. Au bout de quelques minutes, Kira se rendit compte qu'il lui faudrait des jours pour exécuter ce travail à la main (pour ainsi dire). Des jours dont ils ne disposaient pas.

Elle n'avait pas envie de renoncer, aussi ne lui restait-il qu'une chance. Espérant de tout son cœur qu'elle ne commettait pas une erreur, elle se fixa des objectifs – *lisse les fils fondus, relie-les aux neurones les plus proches* – et s'efforça de les intimer à la Lame souple. Puis elle lâcha sa prise sur le xéno, avec autant de précautions que si elle libérait un animal sauvage dont elle aurait craint une réaction imprévisible.

S'il te plaît, songea-t-elle.

Et la Lame souple obéit. Elle glissa le long des fils telle une pellicule d'une finesse atomique, déplaçant le métal, poussant les cellules, et réalignant les câbles avec les dendrites.

La conscience que Kira avait de son corps (et des excroissances dans sa cabine) s'atténua ; chaque brin de son esprit se répartissait parmi les milliers de monofilaments manipulés par le xéno. De loin, elle entendit Hwa-jung déclarer :

– Quarante-cinq pour cent ! ... Quarante-sept... Quarante-huit...

Kira s'isola de sa voix pour continuer à se concentrer sur la tâche qui lui incombait. *Fils, lisser, attacher*.

Tant de câbles se connectaient que Kira les percevait comme une vague de picotements chauds et froids déferlant dans sa tête.

Un crépitement de minuscules explosions, et à chacune d'elles une impression d'expansion.

Cette impression s'amplifia, à une cadence sans cesse plus rapide.

Un rideau s'écarta dans son esprit, et un vaste panorama s'ouvrit devant elle. Kira sentit en elle une *Présence*. Sans l'expérience acquise grâce à la Lame souple, cette sensation aurait été accablante, insupportable – un monstre gigantesque pesant sur elle de toutes parts.

Elle eut un sursaut d'effroi et aurait voulu se rétracter, mais elle se rendit compte qu'elle ne pouvait pas bouger.

Vishal et Hwa-jung poussaient des cris de panique, et le médecin dit, comme de très loin :

– Madelle Kira ! Stop ! Je ne sais pas ce que vous faites, mais ça affole ses neurotr...

Sa voix reflua, et Kira n'eut plus conscience que de l'immensité qui l'entourait. **Gregorovich,** dit-elle, sans obtenir de réponse. Elle insista, cherchant à se projeter elle-même : **Gregorovich ! Vous m'entendez ?**

Des pensées distantes tourbillonnaient très haut – nuages orageux hors d'atteinte et trop vastes pour qu'elle pût les appréhender. Puis la foudre s'abattit et :

Un vaisseau branlait autour d'elle, et des étoiles tournoyaient au-dehors. Du feu s'écoulait de son flanc gauche : un impact de météoroïde près du générateur principal...

Éclairs. Hurlements. Un rugissement dans le ciel. En contrebas, un paysage ravagé de fumée et de feu s'éleva vers elle. Trop vite. Impossible de ralentir. Les parachutes d'urgence défaillants.

L'obscurité pendant une éternité. Soulagement et incrédulité qu'elle fût encore de ce monde : le vaisseau aurait dû exploser. Il aurait mieux valu. Sept membres d'équipage toujours en vie, sept sur vingt-huit.

Puis des jours d'une interminable souffrance. La faim pour ses protégés, puis, pour tous, un par un, la mort. Et pour elle, pire que la mort : l'isolement. La solitude absolue. Une reine de l'espace infini, entravée dans une coquille de noix, accablée de rêves terribles à en hurler, hurler et hurler encore…

Ce souvenir recommença de zéro, se répétant tel un programme informatique figé dans une boucle logique, incapable de s'en libérer, incapable de redémarrer. **Vous n'êtes pas seul**, brailla Kira dans la tempête, mais cela revenait à vouloir capter l'attention de la terre ou de la mer, voire de l'univers tout entier. La Présence la remarqua. Nouvelle tentative de Kira. Nouvel échec. Plutôt que des mots, elle essaya de recourir aux émotions : réconfort, camaraderie, compassion, solidarité, et – toujours en filigrane – un sentiment d'urgence.

Ses efforts restèrent sans effet.

Elle appela de nouveau, mais l'intelligence de bord ne s'en aperçut pas, ou refusa de lui répondre, et la chape de cumulonimbus menaçants demeura. Deux fois encore elle chercha à entrer en contact avec Gregorovich, sans succès.

Elle avait envie de crier de rage. Où que l'intelligence de bord se fût terrée, c'était hors de sa portée ou de celle de la Lame souple.

Quant au temps… Le temps pressait.

Au bout d'un moment, la Lame souple cessa son labeur, et Kira, bien qu'elle y rechignât, extirpa les vrilles de l'exoderme des tréfonds du cerveau de Gregorovich et se retira avec précaution. Le rideau dans son esprit se referma lorsque le contact fut coupé, et, la Présence s'étant évanouie elle aussi, Kira se retrouva seule avec son symbiote extraterrestre.

…

4.

Elle tituba lorsqu'elle rouvrit les yeux. Étourdie, elle s'adossa au métal froid du sarcophage.

– Que s'est-il passé, madelle Kira ? l'interrogea Vishal en s'approchant.

Derrière lui, Hwa-jung l'observait d'un air inquiet.

– Nous avons tout essayé pour vous réveiller, mais rien n'y a fait.

Kira s'humecta les lèvres, désorientée.

– Et Gregorovich ? coassa-t-elle.

– Ses relevés d'activité sont revenus à la normale.

Soulagée, Kira hocha la tête. Puis elle se redressa d'une poussée sur le caisson.

– J'ai réparé ses implants. Je ne vous apprends rien. Par contre, il s'est produit un truc super bizarre.

– Quoi donc, madelle Kira ? demanda Vishal en se penchant vers elle, le front plissé.

Elle s'efforça de bien choisir ses mots.

– La Lame souple a connecté mon cerveau au sien.

Vishal écarquilla les yeux.

– C'est pas vrai… Un lien neuronal direct ?!

Kira hocha encore la tête.

– Ça n'est pas venu de moi. Le xéno l'a fait d'office. Pendant un moment, nous avons eu un… un…

– Une conscience commune ? suggéra Hwa-jung.

– Ouais. Comme les entropistes.

Vishal fit claquer sa langue en aidant Kira à se relever.

– Former une conscience commune avec une intelligence de bord est très dangereux pour un humain non augmenté, madelle Kira.

– Je sais. Ça tombe bien que je le sois, alors, rétorqua Kira, ironique.

Elle tapota les fibres sur son bras pour illustrer son propos.

– Tu as réussi à lui parler, du coup ? s'enquit Hwa-jung.

Kira fronça les sourcils, perturbée par ce souvenir.

– Non. J'ai essayé, mais les IB sont…

– À part, compléta Hwa-jung.

– Voilà. Je le savais, mais je ne m'étais jamais vraiment rendu compte à quel point. (Elle lui rendit le casque.) Je suis désolée. Je n'ai pas pu établir le contact.

Vishal prit les écouteurs à Hwa-jung.

– Je ne doute pas que vous ayez fait de votre mieux, madelle Kira.

Avait-elle assez insisté ? se questionna-t-elle.

Puis le médecin rebrancha le cordon dans le sarcophage. En réaction aux regards interrogateurs des deux femmes, il dit :

– Je vais essayer de m'entretenir avec Gregorovich de façon plus classique, d'accord ? Il sera peut-être en mesure de communiquer, maintenant.

– Il est encore isolé du reste du vaisseau ? demanda Kira, qui devinait la réponse.

Marmonnement affirmatif de Hwa-jung.

– Tant qu'on n'est pas sûrs qu'il ne représente pas une menace pour l'*Hélix*, on va continuer comme ça.

Elles patientèrent le temps que Vishal tente plusieurs fois de contacter Gregorovich. Après avoir répété les mêmes injonctions pendant une minute, le médecin se déconnecta du sarcophage et soupira.

– Toujours aucune réponse intelligible.

– Je vais prévenir Falconi, annonça Kira, déçue.

Vishal l'arrêta d'une main levée.

– Attendez encore un peu, je vous en prie, madelle Kira. Je pense qu'il serait fort utile de procéder à des tests. Sans cela, je ne pourrai pas établir avec certitude quel est l'état de Gregorovich.

– D'accord.

Kira et Hwa-jung se retirèrent dans le couloir à l'extérieur de la petite pièce tandis que le médecin terminait ses examens.

L'esprit de Kira bouillonnait encore des remous provoqués par son expérience. C'était *elle* qui avait été mise sens dessus dessous, lui semblait-il. Incapable de rester immobile, elle fit les cent pas dans la coursive pendant que Hwa-jung demeurait accroupie contre le mur, les bras croisés et le menton rentré.

– Je sais pas comment il tient le coup, déclara Kira.

– Qui ça ?

– Gregorovich. Ça déferle de *partout* dans sa tête. Je comprends pas comment il réussit à tout assimiler, et en plus à interagir avec nous.

Lent haussement d'épaules de Hwa-jung.

– Les intelligences de bord puisent leurs distractions dans de drôles de sources.

– Je veux bien te croire.

Kira cessa ses déambulations et s'accroupit à côté de la mécanicienne, qui la considéra, impassible. Kira se frotta les mains et repensa à ses échanges avec Gregorovich, pendant leur séjour dans Sol, notamment lorsqu'il lui avait confié être jaloux de l'intelligence de bord qui peignait des paysages.

– Qu'est-ce que tu feras quand tout ça sera fini, si nous nous en tirons ? Tu vas rentrer sur Shin-Zar ?

– Si ma famille a besoin de moi, je les aiderai. Mais je ne retournerai pas vivre là-bas. Cette époque est révolue.

Kira songea alors aux entropistes et à leur proposition de lui offrir un sanctuaire au siège de leur organisation, près de Shin-Zar. Le médaillon qu'ils lui avaient remis se trouvait toujours dans le bureau de sa cabine, couvert d'une couche d'extensions de la Lame souple.

– C'est comment, sur Shin-Zar ?

– Ça dépend. C'est une planète très vaste.

– Et là où tu as grandi ?

– J'ai vécu à plusieurs endroits.

La mécanicienne baissa le regard sur ses bras croisés. Au bout d'un moment, elle reprit :

– Ma famille s'est installée dans les contreforts d'une chaîne montagneuse. Ah, c'était vraiment haut, tellement beau.

– Les astéroïdes étaient-ils un gros problème ? Dans un documentaire sur Tau Ceti, ils expliquaient que le système comptait beaucoup plus de météoroïdes que, par exemple, Sol.

Hwa-jung secoua la tête.

– Nous disposions d'un abri construit en profondeur sous la roche. Mais nous ne l'avons utilisé qu'une fois, pour nous protéger d'une violente tempête. Nos forces de défense détruisent la majorité des astéroïdes avant qu'ils aient pu approcher de Shin-Zar.

Elle regarda Kira par-dessus ses bras.

– C'est pour ça que notre armée est si balèze. On est surentraînés pour ce qui est de dégommer des cibles, et si on se rate on crève.

– L'atmosphère y est respirable, c'est bien ça ?

– Les humains standard-Terre ont besoin d'une rallonge d'oxygène. (La cheffe mécano se tapota le sternum.) Pourquoi on a des poumons aussi volumineux, à ton avis ? Dans deux cents ans, il y aura assez d'oxygène même pour des gens minuscules comme toi. Mais pour l'instant il nous faut des poitrines costaudes pour bien respirer.

– Tu es déjà allée au Nova Energium ?

– Je l'ai vu. Je n'y suis pas entrée.

– Ah… Qu'est-ce que tu penses des entropistes ?

– Très futés, très cultivés, mais ils se mêlent de ce qui ne les regarde pas. (Hwa-jung décroisa les bras, qu'elle laissa pendre sur ses genoux.) Ils nous serinent qu'ils quitteront Shin-Zar si nous intégrons la Ligue, et c'est une des raisons pour lesquelles nous ne l'avons pas fait. Ils apportent un paquet de fric dans le système, ils ont des tas d'amis dans les gouvernements, et leurs découvertes donnent l'avantage à nos vaisseaux sur ceux du CMU.

– Hmmm. Tu as le mal du pays, la nostalgie de l'endroit où tu as grandi ?

Hwa-jung pianota sur le plancher de ses doigts pliés.

– T'en poses des questions, toi. Quelle fouineuse !

– Désolée.

Gênée, Kira dévia le regard vers Vishal, dans la pièce hermétique.

Hwa-jung marmonna quelques mots en coréen. Puis, d'une voix calme, elle dit :

– Oui, ça me manque. Le problème, c'est que mes parents n'avaient pas une bonne opinion de moi, et les gens que j'aimais ne leur plaisaient pas.

– Ça ne les empêche pas d'accepter ton argent.

Les oreilles de Hwa-jung rougirent aux extrémités.

– Ça reste mes parents. C'est mon devoir de les aider. Tu comprends pas ça ? Sérieux…

Penaude, Kira répondit :

– Si, je comprends.

La mécanicienne se détourna.

– Je n'ai pas pu accomplir ce qu'ils espéraient pour moi, mais je fais ce que je peux. Peut-être qu'un jour ce sera différent. En attendant… c'est ce que je mérite.

De plus loin dans le couloir, Sparrow intervint :

– Tu mérites mieux.

Elle vint jusqu'à elles et posa une main sur l'épaule de Hwa-jung. La cheffe mécano s'adoucit et appuya la tête contre la hanche de Sparrow. Celle-ci sourit à sa compagne et lui déposa un baiser sur le haut du crâne.

– Allez, va. Si tu continues à froncer les sourcils comme ça, tu vas te transformer en *ajumma*.

Hwa-jung se racla bruyamment la gorge, mais ses épaules se détendirent, et les coins de ses yeux se plissèrent.

– Saleté, rétorqua-t-elle d'un ton affectueux.

Au même instant, Vishal ressortit de la salle de l'intelligence de bord. Il sembla surpris de les voir toutes les trois au milieu du couloir.

– Alors ? Votre diagnostic, doc ? fit Sparrow.

Il eut un geste d'impuissance.

– Le diagnostic, c'est que nous devons attendre et croiser les doigts, madelle Sparrow. Gregorovich a l'air en bonne santé, mais il va lui falloir du temps pour s'adapter aux changements subis par ses implants, je pense.

– Combien de temps ? s'enquit Hwa-jung.

– Impossible à dire.

Kira était rongée par le doute. Si l'état mental de Gregorovich ne s'améliorait pas, peu importait que ses implants fussent fonctionnels.

– Je peux prévenir le capitaine ?

– Oui, s'il vous plaît, répondit Vishal. Je lui adresserai mon compte rendu plus tard, avec les détails des tests.

Les autres se dispersèrent, mais Kira resta sur place afin de contacter Falconi. Il ne lui fallut pas longtemps pour lui relater les opérations.

Elle conclut :

– Je suis désolée de ne pas avoir pu faire plus. J'ai essayé, j'ai vraiment essayé d'entrer en communication avec lui, mais…

– Au moins vous vous êtes donné ce mal.

– Ouais.

– Et je suis content que vous l'ayez fait. Allez vous reposer, maintenant. Nous n'avons pas beaucoup de temps devant nous.

– Entendu. Bonne nuit, Salvo.

– Bonne nuit, Kira.

Kira regagna lentement sa cabine, découragée. Falconi avait raison. Elle pourrait s'estimer heureuse de parvenir à grappiller six heures de sommeil. Le lendemain matin, elle ne pourrait pas couper aux comprimés. Elle ne pouvait se permettre d'être encore dans le brouillard au moment d'aborder le *Hiérophante bossué*.

La porte se ferma derrière elle avec un déclic froid. Elle ressentit ce bruit dans son cœur, et cela lui fit prendre concrètement conscience de l'inévitable qui approchait à grands pas.

Elle tâcha de ne pas penser à ce qu'ils allaient entreprendre, mais c'était impossible. Jamais elle n'avait voulu être une soldate, et pourtant ils s'apprêtaient à se jeter dans la bataille, à s'attaquer à la medz la plus puissante de toutes…

– Si vous me voyiez, murmura-t-elle, en songeant à ses parents.

Elle espérait qu'ils seraient fiers. Ils ne cautionneraient pas le fait qu'elle fût amenée à tuer, mais ils les approuveraient, l'équipage et elle, de se donner tant de mal pour protéger autrui. Voilà ce qu'ils jugeraient valable, plus que tout le reste.

Alan aurait été d'accord, lui aussi.

Elle frissonna.

À son ordre, la Lame souple débarrassa le bureau et la chaise de sa cabine. Kira s'assit, alluma la console d'un tapotement du doigt, et lança un enregistrement.

– Salut, maman, papa. Petite sœur. Nous allons bientôt attaquer les medz aux abords de Cordova 1420. C'est une longue histoire, mais, au cas où ça n'aboutirait pas, je tenais à vous envoyer ce message. Je ne sais pas si vous avez reçu le précédent, alors j'en joins une copie à celui-ci.

Par phrases brèves et claires, Kira leur relata l'issue malheureuse de leur visite dans Sol et les raisons pour lesquelles ils avaient choisi de venir en aide au Nœud d'esprits.

Elle termina par ces mots :

– Encore une fois, j'ignore comment ça va se passer ici. Même si nous nous en sortons, le CMU va vouloir me récupérer. En tout cas, je ne reverrai pas Völund de sitôt… Je suis désolée. Je vous aime tous. J'essaierai de vous faire parvenir un autre message, mais ça risque de ne pas être avant un bout de temps. J'espère que vous allez bien. Bye.

Elle porta les doigts à ses lèvres puis les pressa contre l'objectif.

Alors qu'elle coupait l'enregistrement, elle s'autorisa un soupir de chagrin, qui forma comme un poing douloureux dans sa poitrine avant qu'elle relâche tout son air.

Le calme était salutaire. Le calme était nécessaire. Elle en avait besoin.

Elle chargea Morven de transférer son message à la Septième flotte, puis ferma la console et alla au lavabo. Après s'être aspergé le visage d'eau froide, elle resta devant la glace à cligner des yeux, laissant les gouttes ruisseler sur ses joues. Puis elle retira sa combinaison froissée, enjoignit à la Lame souple d'éteindre ses lumières, et se glissa sous la couverture élimée.

Elle dut s'obliger à ne pas activer ses visios pour contrôler ce qui se passait dans le système. Si elle cédait à cette envie, elle ne fermerait pas l'œil.

Elle resta donc dans l'obscurité, s'efforça de respirer lentement et de ne pas contracter ses muscles, tout en s'imaginant en train de s'enfoncer dans le matelas, puis dans le plancher.

Malgré ses efforts, le sommeil la fuyait. Nulle parole ni pensée ne pouvaient effacer la proximité du danger, et, de ce fait, son corps rejetait le faux sentiment de sécurité qu'on tentait de lui imposer – il refusait de se détendre, de laisser l'esprit de Kira s'occuper à autre chose que monter la garde contre les créatures aux longs crocs qui, comme son instinct le lui soufflait, se tapissaient dans le noir.

D'ici quelques heures, elle serait peut-être morte. Elle et tous les autres. Finito. Kaput. Fichus *fichus*. Pas de régénération. Pas de deuxième chance. Morts.

Le cœur de Kira s'affola sous un afflux d'adrénaline, plus puissant que n'importe quel tord-boyaux. Elle suffoqua et se redressa d'un bond, en s'agrippant la poitrine. Un profond grommellement lui échappa, et elle se plia en deux, respirant à grand-peine.

Autour d'elle, des chuchotements ténébreux retentirent tandis que ses piquants acérés jaillissaient par milliers des parois de la cabine.

Elle s'en moquait. Rien n'avait d'importance, à part l'eau glacée qui s'accumulait dans ses entrailles et la douleur qui lui transperçait le cœur.

Morte. Kira n'était pas prête à mourir. Pas encore. Pas avant très, très longtemps. De préférence jamais. Pourtant, il était impossible d'y couper. De se soustraire à ce que le lendemain lui réservait…

– Raaaaah !

Elle avait peur, plus que jamais dans sa vie. D'autant qu'elle n'avait aucun moyen d'arranger la situation. Chacun à bord de l'*Hélix* était sanglé à une fusée expresse qui fonçait vers leur destinée, sans qu'il puisse rien faire pour en descendre en avance, à moins de se tirer un coup de blaster dans la tête.

Les rêves lugubres de Gregorovich avaient-ils contaminé son esprit ? Cela n'avait pas d'importance. Rien n'en avait, à part le gouffre terrifiant qui béait devant elle.

Incapable de tenir en place plus longtemps, elle s'assit au bord du lit. Si seulement elle pouvait communiquer avec Gregorovich. Il comprendrait, *lui*.

Elle frémit et envoya une pensée à la Lame souple, qui activa les nodules luminescents sur le pourtour de la pièce. Une lueur verte tamisée colora l'espace hérissé de pointes.

Kira respira par goulées avides, avec l'impression de suffoquer. *N'y pense pas. N'y pense pas. N'y…* Elle balaya la cabine du regard dans l'espoir de se changer les idées.

L'éraflure à la surface du bureau lui attira l'œil, cette rayure qu'elle y avait faite à sa première tentative de forcer la Lame souple à se détacher de son corps. Cela s'était produit quand ? À son deuxième jour à bord de l'*Hélix ?* Au troisième ?

Peu importait.

Des picotements de sueur glaciale gagnèrent son visage. Elle serra les bras autour d'elle, gagnée par un froid auquel nulle chaleur extérieure ne pourrait remédier.

Elle ne voulait pas être seule, pas dans ces circonstances. Elle avait besoin de voir quelqu'un, d'entendre sa voix, d'être réconfortée par sa proximité et de savoir qu'elle n'était pas la seule étincelle de conscience à faire face au néant. Ce n'était pas une question de logique ou de philosophie – Kira avait la certitude qu'ils prenaient la bonne décision en aidant le Nœud d'esprits –, mais plutôt d'un profond instinct animal. La logique avait ses limites. Pour repousser les ténèbres, il suffisait parfois de trouver une autre flamme éclatante.

Ayant toujours l'impression que son cœur allait surgir de sa poitrine, elle se leva vivement, alla à son casier et en sortit sa combinaison. Les mains tremblantes, elle s'habilla.

Voilà. Ça ira bien.

Au repos, ordonna-t-elle à la Lame souple. Les protubérances qui tapissaient la pièce frémirent et refluèrent de plusieurs centimètres, mais guère plus.

Elle ne s'en souciait pas. Les pointes se rétractèrent autour d'elle lorsqu'elle se dirigea vers la porte, et elle s'en contenta.

Kira s'engagea dans le couloir à grandes enjambées décidées. Maintenant qu'elle était en mouvement, elle ne voulait pas s'attarder, et sûrement pas s'arrêter. À chaque pas, elle avait le sentiment de tituber au bord d'un précipice.

Elle gravit un niveau dans le puits central pour accéder au pont C. La coursive faiblement éclairée y était tellement silencieuse qu'elle redoutait d'y faire le moindre bruit. Elle avait l'impression d'être seule dans le vaisseau, entourée par l'immensité du cosmos.

Un vif soulagement la gagna quand elle arriva à la porte de Falconi.

Ce soulagement fut éphémère. Un pic de panique la fit sursauter lorsqu'elle entendit un cliquetis métallique plus loin dans le passage. Elle pivota brusquement et vit Nielsen ouvrir la porte d'une cabine.

Mais pas la sienne. Celle de Vishal.

La seconde avait les cheveux mouillés, comme si elle venait de se doucher, et elle portait un plateau chargé d'en-cas emballés dans du papier alu, de deux tasses et d'une théière. Elle se figea en apercevant Kira, et la fixa du regard.

Dans les yeux de Nielsen, Kira décela un soupçon de sentiment qu'elle reconnut. Un même besoin, peut-être. Une même peur. Et de la compassion, aussi.

Avant que Kira ait eu le temps de réagir, l'autre femme lui adressa un bref signe de tête et disparut dans la cabine. Malgré le tranchant acéré de sa panique, Kira éprouva un certain amusement. Vishal et Nielsen. *Tiens, tiens*. À bien y réfléchir, ce n'était pas si surprenant.

Après une courte hésitation, elle frappa trois petits coups chez Falconi. Elle espérait qu'il ne dormait pas.

– C'est ouvert, répondit-il.

Le son de sa voix n'apaisa en rien le cœur de Kira. Elle actionna le volant de verrouillage et poussa la porte.

Une lumière jaune se répandit dans le couloir. Falconi était installé dans l'unique siège de la cabine, les pieds (toujours chaussés) sur le bureau, les jambes croisées. Il avait ôté sa veste et relevé ses manches, exposant les cicatrices de ses avant-bras. Son regard quitta ses visios pour se porter sur le visage de Kira.

– Vous n'arrivez pas à dormir, vous non plus ?

Kira secoua la tête.

– Vous permettez que…

– Je vous en prie, répondit-il, en laissant retomber ses pieds, avant de faire rouler sa chaise en arrière.

Elle entra et referma derrière elle. Falconi haussa un sourcil. Il se pencha en avant, les coudes sur les genoux.

– Attendez que je devine : inquiète pour demain ?

– Ouais.

– Vous voulez en discuter ?

– Pas spécialement.

Il indiqua d'un signe de tête qu'il comprenait.

– J'avais juste envie de… Je…

Elle grimaça.

– Un verre, ça vous tente ? proposa Falconi en tendant le bras vers le casier au-dessus de son bureau. J'ai une bouteille de whisky vénusien dans un coin. Je l'ai gagnée au poker il y a quelques années. Accordez-moi une…

Kira fit deux pas vers lui, lui prit le visage entre les mains, et l'embrassa. Franchement.

Falconi se raidit, mais ne se dégagea pas.

Elle aima son odeur, chaude et musquée. Lèvres charnues. Joues fermes. Elle lui trouva un goût puissant, et sa courte barbe permanente fut source de picotements inhabituels.

Kira interrompit son baiser pour le contempler. Son cœur battait plus vite que jamais, et son corps tout entier alternait entre chaud et froid. Falconi n'était pas Alan, il ne lui arrivait pas à la cheville, mais il ferait l'affaire. Pour cette unique fois, elle s'en contenterait.

Elle tenta en vain de ne plus trembler.

Falconi relâcha son souffle. Les oreilles rouges, il paraissait presque hébété.

– Kira… Qu'est-ce que vous faites ?

– Embrasse-moi.

– Je ne suis pas sûr que ce soit une bonne idée.

Elle se pencha vers lui, les yeux braqués sur sa bouche, sans oser croiser son regard.

– Je n'ai pas envie de rester seule, Salvo. *Vraiment* pas envie.

Il s'humecta les lèvres. Puis elle décela chez lui un changement de posture, vit ses épaules se détendre, sa poitrine s'élargir.

– Moi non plus, reconnut-il à mi-voix.

Elle frissonna de nouveau.

– Alors embrasse-moi.

Elle eut des fourmillements dans le dos lorsqu'il lui passa le bras autour de la taille pour l'attirer contre lui. Puis il s'exécuta. Il la prit par la nuque de l'autre main et, pendant quelques instants, Kira n'eut plus conscience que de l'afflux de sensations qui l'envahissait, intense et irrésistible. Tous ces contacts, mains et bras, lèvres et langues, peau contre peau.

Cela ne suffisait pas à effacer sa peur, mais c'était assez pour transformer sa panique et son anxiété en énergie animale, et *cela*, elle pouvait l'exploiter.

Falconi la surprit lorsqu'il posa la main contre sa poitrine et la repoussa pour se dégager de sa bouche.

– Quoi, qu'est-ce qu'il y a ? fit-elle en grommelant presque.

– Et ça, on en fait quoi ? demanda-t-il en lui tapotant le sternum, que recouvrait la Lame souple.

– Je te l'ai dit. Au toucher, c'est exactement comme la peau.

– Et là ?

Il descendit la main plus bas.

– Pareil.

Il sourit.

Ce fut un sourire incendiaire, qui attisa le feu brûlant déjà en elle. Elle grogna et ficha les doigts dans son dos tout en se penchant jusqu'à son oreille, qu'elle mordilla du bout des dents.

Il défit avec empressement la fermeture de la combinaison de Kira, et, avec la même impatience, elle s'en débarrassa. Elle craignait que la Lame souple le rebute, mais il la caressa avec autant d'avidité et d'attention que ses amants précédents, et, si la texture de la Lame souple ne lui paraissait pas aussi appétissante que sa vraie peau, il le cacha bien. Au bout de quelques minutes, elle cessa de s'inquiéter, s'autorisa à se détendre et à savourer son contact.

Quant au xéno, il semblait ne pas savoir comment réagir à leurs activités, mais, dans un accès de lucidité, Kira lui enjoignit (en des termes catégoriques) de ne pas interférer. À son grand soulagement, il obtempéra.

Falconi et elle bougeaient avec fougue, enhardis par leur désir partagé et la conscience de ce qui les attendait à la fin de la nuit. Ils ne négligèrent aucune parcelle de peau, nul galbe de muscle ou relief de leurs corps. Ils puisèrent dans leur étreinte fébrile toutes les sensations qu'elle pouvait leur procurer, pas tant en quête du plaisir que pour satisfaire leur soif de proximité. Ce sentiment aida Kira à se détacher de l'avenir, à s'ancrer dans le présent, à se sentir *vivante*.

Ils firent tout ce qu'ils pouvaient, mais, à cause de la Lame souple, pas tout ce qu'ils voulaient. Avec leurs mains, leurs doigts, leur bouche et leur langue, ils se firent du bien, pourtant ce n'était quand même pas suffisant. Falconi ne se plaignit pas, mais elle devinait qu'il était frustré. Elle l'était *elle-même* ; elle avait envie d'aller plus loin.

– Attends, dit-elle, avant de poser la main sur la poitrine velue du capitaine.

Il s'écarta, intrigué.

Elle se replia sur sa conscience, se concentra sur son entrejambe, rassembla sa volonté et obligea la Lame souple à se retirer de ses recoins les plus intimes. Le contact de l'air sur sa peau nue lui arracha un hoquet de surprise et un tressaillement.

Falconi baissa le regard, un sourire carnassier aux lèvres.

– Alors ? fit Kira, la voix tendue par l'effort, qu'elle pouvait toutefois maintenir.

Elle arqua un sourcil.

– Tu penses que tu auras assez de courage ?

Elle découvrit qu'il était courageux.

Très courageux.

5.

Adossée contre la cloison, Kira avait tiré une couverture autour de sa taille. À son côté, Falconi était allongé sur le ventre, la tête tournée vers elle et le bras gauche en travers de ses cuisses, d'un poids chaud et réconfortant.

– Normalement, marmonna-t-il, je ne couche jamais avec une membre d'équipage ou une passagère. Je tenais juste à le signaler.

– Et moi, en général, je ne saute pas sur le capitaine du vaisseau à bord duquel je voyage.

– Mmm. Je suis bien content que tu aies fait une exception…

Elle sourit et lui passa la main dans les cheveux, lui éraflant légèrement la peau du crâne. Il eut un petit bruit de délectation et se blottit plus près d'elle.

– Moi aussi, Salvo.

Il ne répondit pas ; sa respiration ralentit et se fit plus profonde tandis qu'il s'enfonçait dans le sommeil.

Elle contempla les muscles de son dos et de ses épaules. Au repos, ils semblaient tendres, mais elle distinguait encore les traces des rainures et des creux qui les séparaient, et elle se rappela la façon dont ils s'étaient contractés et noués, formant des reliefs durs pendant qu'il bougeait contre elle.

Elle glissa la main vers son propre bas-ventre. Pouvait-elle tomber enceinte ? Il lui paraissait peu probable que la Lame souple tolérerait qu'un enfant se développe en elle. Mais elle se posait la question.

Elle renversa la tête contre la cloison. Un long soupir lui échappa. Malgré ses inquiétudes, elle était contente. Pas heureuse – les circonstances étaient trop graves pour cela –, mais pas triste non plus.

Il ne leur restait que quelques heures avant d'atteindre le *Hiérophante bossué*. À la moitié de leur temps de vol, alors qu'elle s'efforçait de garder les yeux ouverts, l'avertissement d'impesanteur retentit, et elle utilisa la Lame souple pour arrimer Falconi et elle-même le temps que l'*Hélix* procède à un demi-tour avant de reprendre sa combustion.

Falconi marmonna des propos incohérents, mais, en bon spatio, il continua à dormir pendant toute la procédure.

Puis Kira s'enfonça davantage sous la couverture, s'étendit près de lui, et laissa ses paupières se fermer.

Enfin, le sommeil la gagna à son tour.

6.

Kira rêva, mais les songes ne furent pas les siens.

Fractures sur fractures plus anciennes, plus récentes, elle ne parvenait pas à les distinguer. Par deux fois le réceptacle accueillit son corps au repos. Par deux fois elle se réveilla, mais ne découvrit aucune trace de ceux qui l'avaient installée là afin qu'elle se repose.

À son premier réveil, les grappeurs attendaient.

Elle les affronta, dans leur multitude de formes. Elle en combattit des milliers, dans les profondeurs des océans et le froid de l'espace, à bord de vaisseaux, de stations et de lunes oubliées. D'innombrables batailles, grandes et modestes. Parfois elle l'emporta, parfois elle fut vaincue. Nulle importance.

Elle se battit contre les grappeurs, tout en étant liée à l'un d'eux. Les grappeurs se faisaient la guerre entre eux, mais elle restait fidèle à son symbiote de chair. Bien qu'elle n'eût aucun désir de tuer, elle se fraya un chemin au sein des étoiles en transperçant, tranchant et dardant des flèches. Quand la chair était trop mutilée pour être réparable, une autre prenait sa place, puis d'autres après elle, et à chaque fusion le camp qu'elle servait pouvait changer, passer à l'autre, revenir à l'un, et ainsi de suite.

Elle n'en avait cure. Les grappeurs n'avaient rien de commun avec l'espèce qui l'avait conçue. C'étaient des parvenus belliqueux, arrogants et ineptes. Ils ne l'utilisaient pas à bon escient, car ils ignoraient sa véritable nature. Toutefois, elle s'acquitta de son devoir du mieux qu'elle le put. Telle était sa nature.

Quand les grappeurs moururent, car ce fut là leur sort, elle tira une certaine satisfaction de leur fin. Ils auraient dû savoir à quoi s'attendre : le vol était tout aussi condamnable que l'usurpation. Ce dont ils s'étaient emparés ne leur était pas destiné.

Puis vint la chair du mène-banc Nmarhl et le soulèvement malheureux du Nœud d'esprits, qui se solda par le triomphe de Ctein. Elle retrouva la cavité réceptacle lorsque Nmarhl mit leurs chairs au repos, repos qu'elle goûta pendant d'innombrables fractures.

À son deuxième réveil, ce fut pour s'associer à une forme encore inconnue. Une forme ancienne. Étrange. La chair rencontra la chair, et de la chair surgit du sang. L'appariement était imparfait ; elle dut apprendre, s'ajuster, s'adapter. Cela exigea du temps. Des erreurs s'étaient faufilées, il avait fallu procéder à des réparations. Puis un froid l'avait engourdie, ralentie, avant que le couplage pût s'accomplir.

Lorsqu'elle en émergea, ce fut difficile. Douloureux. Il y avait aussi du bruit et de la lumière, et, bien qu'elle essayât de protéger la chair, ses tentatives échouèrent. Le chagrin la gagna de nouveau, quand à son réveil elle provoqua encore la mort, chagrin qu'accompagna un sentiment de… responsabilité. Et même de la componction.

…

Plus tard, un éclair lumineux. Une disjonction, et instinctivement elle sut, c'étaient des temps plus anciens, avant que les tout premiers soient partis. Elle admirait le tourbillon d'étoiles qu'était la galaxie, et, au sein de cette spirale toujours plus vaste, l'innombrable multitude d'astéroïdes, de météores, de lunes, de planètes et autres corps célestes qui emplissaient l'éther. La plupart étaient arides. Un certain nombre accueillaient de petits organismes primitifs. Les plus rares étaient ceux où la vie s'était développée sous des formes plus complexes. C'était là des trésors inestimables, des jardins étincelants vibrant de mouvement et de chaleur au cœur du néant étranger à la mort.

Tout cela, elle le contemplait, et elle comprit la cause sacrée qui était la sienne – voyager parmi les mondes déserts, creuser des sillons dans des sols incultes, y planter les germes de luxuriances futures. Car rien n'était plus important que de répandre la vie, de nourrir ceux qui un jour les rejoindraient dans les étoiles. Comme ceux qui étaient venus avant eux, c'était leur responsabilité, leur devoir, et leur joie que d'engendrer et protéger. Si l'on ne disposait pas d'une conscience pour l'apprécier, l'existence n'avait aucun sens – elle n'était qu'un tombeau abandonné croulant dans l'oubli.

Aiguillonnée, nourrie et guidée par son but, elle parcourut les confins désolés. Là, par son seul contact, elle fit jaillir des pousses, naître des êtres qui bougent, d'autres qui pensent. Elle vit des planètes de roche nue se couvrir d'eau et se tacheter de continents foisonnant de plantes feuillues. Elle aperçut des terres gagnées par une végétation verte ou rouge (selon la couleur de l'étoile dominante). Des racines s'enfonçant profondément. Des muscles qui s'étirent. Des chants et des paroles brisèrent le silence primordial.

Puis elle entendit une voix, bien que cette voix ne recourût pas à des mots :

– Est-ce accompli ?

Et elle répondit :

– Oui, ça l'est.

Parfois des batailles interrompaient son dessein. Mais les belligérants étaient différents. Elle-même *était différente. Ni elle ni ses ennemis n'étaient des grappeurs. Ses actes semblaient justifiés, elle avait le sentiment d'être utile, et les combats, bien que féroces, étaient brefs.*

Elle filait alors à travers une nébuleuse, et pendant quelque temps elle observa une portion d'espace gauchi. Elle devinait qu'il était gauchi à la façon dont il déformait les gaz qui l'entouraient. Et de cette déformation lui parvint une sensation voilée elle aussi, l'impression d'être en présence d'une perversion absolue, et elle en fut terrifiée, car elle connaissait sa signification. Le chaos. Le mal. La faim dévorante. Une intelligence gigantesque et monstrueuse couplée à une puissance que même les premiers ne possédaient pas…

Elle fusa parmi les étoiles et les planètes, à travers des souvenirs de temps anciens, parfois immémoriaux, puis à nouveau, comme cela avait été le cas une fois, elle flotta devant un motif fractal gravé sur la face d'une pierre levée. Comme jadis, le motif s'animait, tournait et se tordait par mouvements qu'elle ne réussissait pas à suivre, tandis que des lignes de force étincelaient et s'embrasaient en bordure du dessin.

Le nom « Lame souple » inonda son esprit, avec sa pléthore de sens. Image après image, association après association. Pendant tout ce temps, la fractale resta en suspens devant elle, pareille à une visio imprimée sur sa vue.

Ce déluge d'informations se poursuivit en boucle, par cycles ininterrompus. Au sein de cette confusion générale, elle reconnut la séquence qu'elle avait traduite par « Lame souple ». Ce terme semblait toujours juste, mais n'était plus adéquat. Pas après tout ce qu'elle avait appris.

Elle se concentra sur d'autres images, d'autres associations, cherchant à déceler les connexions entre elles. Alors de ce qui auparavant avait paru informe et obscur émergea une structure. Elle eut le sentiment d'assembler un puzzle en trois dimensions sans savoir quel devait être le produit fini.

Les détails les plus infimes du nom lui échappaient, mais, pièce par pièce, elle saisit le thème global. Celui-ci s'agrégea dans son esprit, pareil à un édifice de cristal, étincelant, limpide, aux lignes pures. Et, tandis que sa forme se révélait, elle eut une révélation.

Une profonde stupéfaction l'envahit, car le sens véritable du nom était bien plus vaste, immensément plus vaste, que ne le laissait entendre le terme « Lame souple ». Cet organisme avait un dessein, dont on ne pouvait presque pas appréhender la complexité ni – cela, au moins, elle en était sûre – l'importance. Cela pouvait sembler contradictoire, mais pour résumer ce dessein, cette complexité, nul besoin de dizaines de pages, ni même de paragraphes. Ils tenaient en deux mots :

La Graine.

L'émerveillement se mêla à la stupéfaction, ainsi que la joie. Cet organisme n'était pas une arme. En tout cas, il n'avait pas été créé avec cette seule intention. C'était une source de vie. De myriades de vies. Une étincelle qui pouvait embraser une planète entière du feu de la création.

Elle fut heureuse. Car il n'existait rien de plus beau.

7.

Une main lui secoua l'épaule.

– Kira. Debout.

– Hmmm.

– Allez, Kira. C'est l'heure. On va arriver.

Elle ouvrit les yeux, et des larmes roulèrent sur ses joues. *La Graine*. Elle se sentit écrasée sous le poids de ce savoir. De tous ses souvenirs. Le Prééminent. L'horrible balafre d'espace distordu. Les batailles sans fin. L'exoderme qui s'était excusé pour les morts d'Alan et des autres.

La Graine. Elle comprenait enfin. Comment aurait-elle pu deviner ? Elle fut accablée par la culpabilité, regrettant d'avoir si mal utilisé le xéno, d'avoir provoqué par sa peur et sa colère la création d'un fléau aussi cataclysmique que la Dévoreuse. À présent, elle devait de nouveau mener le xéno à la guerre. Maintenant qu'elle connaissait sa véritable nature, cela lui paraissait presque obscène.

– Bah alors. Qu'est-ce qui se passe ?

Falconi se redressa sur un coude et se pencha au-dessus d'elle.

Kira s'essuya les yeux avec la base de sa paume.

– Rien. Juste un rêve.

Elle renifla, s'en voulant d'être si faible.

– Tu es sûre que ça va ?

– Ouais. Allons buter le grand et formidable Ctein.

CHAPITRE 4

★ ★ ★ ★ ★ ★ ★

FERRO COMITANTE

1.

Le *Hiérophante bossué* se dessinait devant l'*Hélix*, point lumineux éclatant sur le fond noir du cosmos.

Kira n'avait jamais vu un vaisseau aussi gigantesque. De forme légèrement ovoïde, il était long comme sept bâtiments du CMU et presque aussi large. Sa masse était équivalente – et peut-être supérieure – à celle d'une structure telle que la station Orsted, mais, contrairement à cette dernière, il était parfaitement manœuvrable.

Au grand désarroi de Kira, trois bâtiments de plus petite taille s'étaient positionnés devant le *Hiérophante bossué*, puissance de feu supplémentaire prête à défendre leur vaisseau amiral si les humains s'approchaient assez pour constituer une menace.

Le *Hiérophante* et son escorte ne se trouvaient qu'à sept mille kilomètres, mais, malgré cette distance relativement réduite (presque un jet de pierre selon les critères du voyage interplanétaire), le vaisseau titanesque ne formait qu'un infime point lumineux lorsqu'on l'observait sans grossissement.

– Ça pourrait être pire, commenta Sparrow.

– Ça pourrait être vachement mieux aussi, rétorqua Falconi.

À part Itari, qui leur avait soutenu que la soute lui convenait tout à fait, tous s'étaient entassés dans la casemate. Aucun d'entre eux n'avait l'air très frais, mais Jorrus et Veera semblaient les plus fatigués. Leurs robes d'ordinaire impeccables étaient froissées, et leur profonde agitation évoquait à Kira les neurocâblés qu'elle avait pu croiser à Highstone, sur Völund. Ils demeuraient toutefois alertes, et ils écoutaient avec une vive attention.

Lorsqu'on les interrogea sur leur choix vestimentaire – à l'exception de Kira, les membres d'équipage avaient quitté leur tenue de tous les jours pour un exoderme –, les entropistes répondirent :

– Nous sommes parfaitement...

– ... équipés ainsi, merci.

Après quoi, Nielsen avait haussé les épaules et rangé les combinaisons qu'elle leur avait proposées.

Kira constata avec amusement que la seconde et Vishal restaient à des extrémités opposées de l'abri, mais qu'ils s'adressaient de discrets sourires, que leurs lèvres remuaient souvent légèrement comme s'ils échangeaient des textos.

Le visage de Tschetter apparut dans le coin supérieur droit de l'affichage. Derrière elle, les medz procédaient à leurs préparatifs. On apercevait le tube cryo de Trig près d'un mur concave, maintenu par plusieurs fixations étranges.

– Capitaine Falconi, dit Tschetter.

Elle avait de gros cernes sous les yeux, et Kira se rappela que la major n'avait accès à aucun stimulant ni aucun substitut chimique de sommeil.

– Major.

– Que votre équipage se tienne prêt. Nous serons bientôt à portée de tir.

– Ne vous inquiétez pas pour nous, répondit Falconi. Assurez-vous juste que le Nœud nous couvre quand nous irons au contact.

La major hocha la tête.

– Nous avons toujours le feu vert des medz ?

Un sourire sardonique fendit le visage de Tschetter.

– Si ce n'était pas le cas, elles seraient en train de nous canarder. En fait, elles veulent profiter de la présence de l'*Hélix* pour trifouiller dans ses ordinateurs.

Kira se frotta les bras. Les dés étaient jetés. Le caractère inéluctable de leur sort lui glaça les veines. Le reste de l'équipage semblait tout aussi nerveux.

– Entendu, répondit Falconi.

Tschetter hocha sèchement la tête.

– Attendez mon signal. Terminé.

Elle disparut de l'hologramme.

– Et c'est parti ! déclara Falconi.

Kira enfonça l'oreillette que Hwa-jung lui avait remise, s'assura qu'elle tenait bien, puis consulta ses visios pour suivre la progression de la bataille. La Septième flotte s'était dispersée en approchant des medz, afin de les appâter derrière la planète tellurique dont les extraterrestres exploitaient les minerais, et de les attirer vers ses deux petites lunes. Le CMU avait nommé cette planète R1, et ses satellites naturels r2 et r3. Désignations peu élégantes, mais adaptées aux exigences de l'armée en matière de stratégie et de navigation.

Des nuages de fumée et de craie dissimulaient la plupart des vaisseaux du CMU (à l'œil nu, du moins ; les bâtiments apparaissaient très nettement sur les écrans infrarouges). Des étincelles crépitaient au sein de ces nuages tandis que les lasers de défense rapprochée éliminaient les missiles tirés contre eux.

Contrairement à leurs appareils, les missiles des medz n'étaient pas beaucoup plus rapides ou agiles que ceux du CMU, aussi la Septième parvenait à détruire ou rendre inopérants la plupart d'entre eux.

Cependant, tandis que les lasers surchauffaient, de plus en plus de projectiles passaient entre les mailles du filet.

L'affrontement avait commencé depuis peu, et trois croiseurs du CMU étaient déjà hors combat : l'un pulvérisé, et deux autres neutralisés. Un détachement alien tentait de les aborder, mais les forces de l'amiral Klein s'efforçaient de les maintenir à distance.

Quant aux vaisseaux medz, difficile de trouver des chiffres sûrs, pourtant il semblait à Kira que le CMU en avait détruit au moins quatre et endommagé davantage. Si cela ne suffisait pas à infliger un revers à la flotte, c'était assez pour ralentir la première vague.

Des projectiles frappèrent deux autres bâtiments du CMU, tous les deux au niveau des réacteurs. Leurs fusées crachotèrent et moururent, et les croiseurs dérivèrent en tournant sur eux-mêmes, sans défense.

Près de la première ligne de la Septième flotte, un appareil medz zigzagua à une vitesse et à des angles qui auraient broyé même le plus robuste des vaisseaux humains. Une demi-douzaine de bâtiments de la Septième firent feu avec leurs lasers principaux et l'empalèrent de faisceaux rouge vif. Les lumières de l'assaillant s'éteignirent, et il enchaîna les tonneaux en projetant de l'eau bouillante qui forma une spirale de plus en plus large.

– Dans le mille, murmura Kira.

Elle pressa ses ongles contre ses paumes lorsque deux vaisseaux medz foncèrent en direction d'un cuirassé qui s'était retrouvé seul près de la lune r2. Des lasers fusèrent entre ses ennemis et lui, et les deux camps tirèrent plusieurs missiles.

Soudain, un jet d'énergie aveuglant surgit d'un de ceux du cuirassé et parcourut les quelque neuf mille kilomètres en une seconde. La projection atomisa les missiles en approche et vaporisa la moitié du vaisseau extraterrestre le plus proche.

Celui-ci virevolta, propulsé par l'atmosphère qui s'en échappait, puis il disparut dans sa propre explosion, son antimatière créant alors un soleil artificiel qui se dissipa vite.

L'assaillant medz restant s'éloigna en vrille. Un second jet jaillit d'une autre fusée – lance éblouissante de plasma surchauffé. Ce faisceau manqua sa cible, mais celui du troisième et dernier missile fit mouche.

Une boule de feu nucléaire remplaça l'appareil alien sur l'affichage holo.

– Vous avez vu ça ? s'exclama Kira.

Hwa-jung grommela.

– C'est des Casaba-Howitzer.

– Toujours pas de nouvelles de Gregorovich ? demanda Kira en lançant un coup d'œil à Vishal et Hwa-jung.

Tous les deux secouèrent la tête.

– Malheureusement. Ses constantes sont les mêmes qu'hier.

Kira n'en fut pas surprise – si Gregorovich s'était rétabli, il les aurait abreuvés de commentaires incessants –, mais déçue. Elle espérait qu'elle n'avait pas aggravé la situation en utilisant la Lame souple – la *Graine* – pour atteindre l'esprit de l'intelligence de bord.

Tschetter réapparut sur l'hologramme.

– C'est le moment. Si vous vous approchez plus, les vaisseaux qui protègent le *Hiérophante bossué* vont tiquer. Préparez-vous à passer à l'action.

– Reçu cinq sur cinq, répondit Falconi. Sparrow ?

– Je m'en occupe.

Un bruit métallique sourd retentit ailleurs dans l'*Hélix*, et la femme annonça :

– Howitzer chargée. Tubes lance-missiles ouverts. Parés à faire feu.

Falconi hocha la tête.

– Très bien. Vous avez entendu, Tschetter ?

– Affirmatif. Le Nœud d'esprits entre en phase finale. Transmission des données mises à jour pour les cibles. Restez en attente pour l'ordre d'attaque.

– En attente.

De l'autre côté de R1, un croiseur du CMU disparut dans un flamboiement lumineux.

– Ah, les malheureux. Qu'ils reposent en paix.

Le silence se fit dans l'atmosphère tendue et étouffante de la casemate. Falconi rejoignit Kira et posa une main discrète au bas de son dos. Ce contact la réconforta, et elle s'inclina légèrement en arrière. Les doigts du capitaine glissèrent sur sa peau, frottement léger et distrayant.

Sur ses visios apparut une ligne : <*Nerveuse ? – Falconi*>

Elle subvocalisa sa réponse : <*Difficile de ne pas l'être. – Kira*>

<*Si on s'en sort, il faudrait qu'on discute, tous les deux. – Falconi*>

<*C'est nécessaire ? – Kira* >

Le coin de la bouche de Falconi tressaillit. <*Ça n'a rien d'obligatoire. Mais j'aimerais bien. – Falconi*>

<*D'accord. – Kira*>

Le regard de Nielsen s'attarda sur eux, et Kira se demanda ce que pensait la capitaine en second. Elle releva le menton en signe de bravade.

Puis la voix de Tschetter fit irruption dans la casemate.

– À l'action. Je répète, à l'action. Dézinguez-les.

Sparrow gloussa, et un gros boum étouffé résonna dans la coque.

– Qui veut du calmar grillé ?

2.

L'*Hélix* avait décéléré, poupe la première, en direction du *Hiérophante bossué*. La torche vorace d'annihilation nucléaire qu'était le réacteur à fusion du bâtiment était donc pointée vers leur cible.

Cela présentait deux avantages. Ce feu destructeur les protégeait des missiles ou lasers tirés contre eux depuis le vaisseau amiral medz ou son escorte. L'immense quantité d'énergie, thermique et électromagnétique, que dégageait le propulseur suffisait à surcharger presque tout capteur dirigé vers lui. La réaction de fusion générait des températures plus élevées que la surface d'une étoile ; elle était aussi plus lumineuse – la source de lumière la plus aveuglante de la galaxie.

Par conséquent, la Casaba-Howitzer que Sparrow venait d'éjecter du tube lance-missiles arrière (bâbord) serait presque invisible à côté de l'incandescence bleutée du réacteur. Et, puisque la charge Howitzer n'était pour l'instant pas propulsée, sa propre fusée inactive et froide, elle allait dépasser l'*Hélix*, toujours en pleine décélération, sans devoir recourir à une combustion qui attirerait inévitablement l'attention.

– H moins quatorze secondes, annonça Sparrow.

C'était le temps nécessaire à la Casaba-Howitzer pour passer derrière leur bouclier fantôme et atteindre une distance (à peu près) sans risque pour l'*Hélix* avant de détoner et expédier un faisceau d'énergie nucléaire vers le *Hiérophante bossué*.

La charge allait exploser beaucoup plus près d'eux qu'une personne saine d'esprit n'aurait dû l'accepter, et pourtant Kira se plaisait à croire qu'ils l'étaient tous – à l'exception de Gregorovich. Le bouclier fantôme était censé les protéger du plus gros des radiations, comme il le faisait pour les émanations néfastes de leur propulseur à fusion. Le bunker jouerait son rôle lui aussi. Le principal danger restait les éclats. Si la déflagration projetait un morceau de la Casaba-Howitzer contre l'*Hélix*, l'éclat traverserait la coque.

– H moins dix secondes, décompta Sparrow.

Hwa-jung retroussa les lèvres et laissa échapper un chuintement désobligeant entre ses dents.

– On va se bouffer l'équivalent d'une année de radiations, à mon avis.

Contre la paroi, les entropistes se tenaient la main et balançaient le buste.

– H moins cinq, quatre…

– *Putain !* Ils virent de bord ! s'exclama Tschetter.

– … trois…

– Pas le temps d'ajuster le tir ! rétorqua Falconi.

– … deux…

– Il faut viser le…

– … un.

La tête de Kira fit un brusque écart lorsqu'une violente poussée des propulseurs à jets de gaz modifia la trajectoire de l'*Hélix*. Puis, quand l'accélération du vaisseau monta jusqu'à 2 g au moins, elle lutta, grimaçante, contre la force qui l'écrasait soudain.

Moins d'une seconde après, l'*Hélix* trembla de partout, et Kira entendit plusieurs grincements et craquements dans la coque.

Sur l'affichage, un aiguillon ardent fusa vers le *Hiérophante bossué*. Le vaisseau medz avait déjà effectué une demi-rotation, de sorte que son réacteur n'était plus visible, et il continuait sa manœuvre, se réorientant pour s'éloigner de l'*Hélix*.

– Bordel de merde, maugréa Falconi.

Kira observa avec une fascination mêlée d'effroi la torpille de plasma qui fonçait vers le *Hiérophante bossué*. Lphet et le Nœud d'esprits leur avaient indiqué précisément où se trouvait le propulseur Markov du vaisseau amiral. Toucher ce réacteur et percer le confinement de l'antimatière qu'il renfermait constituait le moyen le plus sûr de détruire le bâtiment. Autrement, rien ne leur garantissait que la Casaba-Howitzer allait éliminer Ctein.

Comme Itari l'avait expliqué, même la plus petite coforme des medz était cuirassée contre la chaleur et les radiations, et, ainsi que le CMU l'avait appris à ses dépens, il était extrêmement difficile de tuer ces créatures. Une medz aussi énorme que Ctein – quelle que fût sa forme actuelle – serait encore beaucoup plus robuste. Pour reprendre la formulation de Sparrow, leur objectif s'apparenterait davantage à la destruction d'un champignon et tous ses filaments.

De la fumée noire s'échappa de bouches d'évacuation alignées sur le pourtour bombé du vaisseau extraterrestre – pieuvre effrayée se cachant dans un vaste nuage d'encre –, mais cela n'allait lui procurer aucune protection contre la charge perforante de la Casaba-Howitzer. Presque rien ne pouvait y résister.

La lance frappa le *Hiérophante* au flanc. L'impact fit gonfler une demi-sphère de la coque, qui explosa et projeta un panache d'air et d'eau instantanément vaporisée.

Sparrow grogna lorsque la déflagration et ses débris se dissipèrent.

La charge nucléaire avait creusé un trou aussi gros que l'*Hélix* dans l'appareil ennemi. Son propulseur principal était visiblement détruit – du carburant giclait de la tuyère sans s'enflammer –, mais la majeure partie du vaisseau demeurait intacte.

Lasers et missiles fusèrent depuis le Nœud d'esprits vers les trois bâtiments d'escorte, qui se mettaient en position d'attaque. L'*Hélix* lâcha à son tour son propre nuage défensif, drapant le vaisseau d'obscurité. L'affichage bascula en mode infrarouge.

– Balancez une autre Howitzer, ordonna Falconi.

– Il ne nous en reste que deux, répondit Sparrow.

– Je sais. Envoyez quand même.

– Oui, capitaine !

Un nouveau coup sourd fit vibrer la coque, puis la Casaba-Howitzer s'éloigna comme un éclair pour se placer à la distance de sécurité minimale.

Elle n'atteignit jamais sa destination. Une gerbe d'étincelles violettes surgit de son nez, puis sa fusée crachota et le projectile dériva en tournoyant, inoffensif.

– Merde ! jura Sparrow. Un laser l'a dégommée.

– Je vois ça, commenta Falconi calmement.

Kira aurait aimé pouvoir encore se ronger les ongles. Faute de mieux, elle agrippa les accoudoirs de son siège anticrash.

– Est-ce que Ctein est mort ? demanda-t-elle à Tschetter. Sait-on si Ctein est mort ?

La major fit non de la tête. Sur le tableau de bord derrière elle, des voyants s'affolaient.

– Apparemment non, déclara-t-elle. Je…

Une explosion secoua le vaisseau medz.

– Tout va bien, major ? s'enquit Nielsen en se penchant vers l'hologramme.

Tschetter reparut, visiblement ébranlée. Des mèches frisottées s'étaient détachées de son chignon.

– Pour l'instant ça va. Mais…

– D'autres medz en approche, annonça Sparrow. Une bonne vingtaine. Il nous reste à peine dix minutes avant qu'elles arrivent. Même moins.

– Ça m'aurait étonné, grommela Falconi.

– Vous devez quand même éliminer Ctein, insista Tschetter. De notre côté, nous ne pouvons pas nous en charger. La moitié des medz qui m'accompagnent sont souffrantes, semble-t-il.

– Je ne…

– L'amiral Klein demande à vous parler, capitaine Falconi, signala Morven.

– Mettez-le en attente. Je n'ai pas le temps de lui répondre, pour l'instant.

– À vos ordres, capitaine, dit la pseudo-intelligence d'un ton enjoué qui, en pareilles circonstances, paraissait absurde.

Un point lumineux jaune et clignotant apparut sur l'hologramme, filant dans leur direction depuis le *Hiérophante*.

– Qu'est-ce que c'est que ça ? s'enquirent Jorrus et Veera en le désignant du doigt.

Falconi zooma. Une masse foncée, de forme étrange et de quatre mètres de long, apparut. L'objet ressemblait à un ensemble de plusieurs sphères sécantes soudées entre elles.

– C'est pas un missile, ça, conclut le capitaine.

Un souvenir ressurgit dans la mémoire de Kira – la réserve où elle avait vu se battre le Dr Carr et la medz Qwon, et, au fond de la salle, un trou percé dans la coque. Un orifice baigné par la lumière bleue émanant du petit vaisseau qui s'était accroché comme une bernacle au fuselage du *Circonstances atténuantes*.

– C'est une navette d'abordage, affirma-t-elle. Ou une capsule de sauvetage. En tout cas, ça peut découper la coque.

– Il y en a d'autres, les avertit Vishal.

Il avait raison. Une dizaine d'autres boules difformes se dirigeaient vers eux.

– Major, dit Falconi. Vous devez nous aider à les descendre, sinon…

– Nous allons essayer, mais nous sommes pas mal occupés, rétorqua Tschetter.

Un appareil de l'escorte du *Hiérophante* explosa, mais les deux autres continuaient à faire feu sur le Nœud d'esprits, tout comme le vaisseau amiral lui-même. Pour l'instant, le Nœud n'avait perdu aucun bâtiment, mais plusieurs répandaient fumée et vapeur par des brèches dans leur coque.

– Sparrow…, fit Falconi.

– Je suis déjà dessus.

Sur ses visios, Kira vit des lignes apparaître entre l'*Hélix* et les boules irrégulières – des tirs laser, mis en relief par l'ordinateur pour les rendre visibles à l'œil humain.

Elle se mordit la lèvre. C'était un calvaire de ne pas pouvoir aider. Si seulement elle avait eu un vaisseau à sa disposition. Ou si elle s'était trouvée assez près pour anéantir les ennemis avec la Lame souple.

Puis l'éclairage tremblota et Morven annonça :

– Brèche de sécurité détectée. Pare-feu vulnérable. Coupure des systèmes non essentiels. Veuillez éteindre tous vos appareils électroniques personnels jusqu'à nouvel ordre.

– Ils peuvent nous pirater, maintenant ? s'écria Nielsen.

Jorrus et Veera réagirent aussitôt :

– Donnez-nous…

– … l'accès super-utilisateur, nous…

– … pouvons vous aider.

Falconi hésita, puis hocha la tête.

– Mot de passe envoyé sur vos consoles.

Les entropistes se courbèrent au-dessus des affichages intégrés à leurs fauteuils.

Des éclairs rougeoyants apparurent au cœur de la fumée qui entourait le *Hiérophante bossué* – des tirs de missiles.

Des sirènes d'alarme hurlèrent. Morven annonça :

– Alerte, objets en approche. Collision imminente.

Les missiles émergèrent à toute vitesse de la fumée et dépassèrent rapidement les navettes medz. Certains fonçaient vers le Nœud d'esprits, tandis que quatre d'entre eux filaient droit vers l'*Hélix*.

Une nouvelle décharge de limaille fut éjectée à l'arrière du cargo. Le vaisseau était encore en pleine décélération, mais les projectiles accéléraient toujours plus, et la distance entre eux s'amenuisait avec une rapidité terrifiante.

Les lasers de l'*Hélix* dardèrent des faisceaux. Un missile se désintégra dans une déflagration sèche, très brève. Puis un autre, plus près cette fois. En restait deux.

– *Sparrow*, grogna Falconi entre ses dents.

– Je les vois.

Un bâtiment du Nœud d'esprits abattit le troisième. Le quatrième, lui, continuait sa course, échappant aux tirs laser avec des embardées fulgurantes.

Une pellicule de sueur couvrait le visage de Sparrow qui, sans cligner des yeux, concentrait son feu sur le projectile.

Morven :

– Attention, préparez-vous à l'impact.

Au dernier moment, le blaster de l'*Hélix* fit enfin mouche et le missile explosa à quelques centaines de mètres seulement de leur fuselage.

Sparrow poussa un cri de triomphe.

Le vaisseau trembla et vibra dans un bruit de ferraille, les cloisons grincèrent. D'autres alarmes s'enclenchèrent, de la fumée se déversa par une bouche de ventilation au plafond. La moitié des voyants des panneaux de commande s'éteignirent. Un étrange brouhaha s'éleva des haut-parleurs – pas des parasites… une transmission de données ?

Sur hologramme et les visios de Kira apparut un plan de l'*Hélix*. Une grande partie des ailes d'habitation et des cales en contrebas clignotaient en rouge. Hwa-jung contempla l'affichage telle une possédée, remuant les lèvres tandis qu'elle murmurait des instructions à l'ordinateur.

– Brèches détectées dans les ponts C et D. Cale A. Avarie massive du réseau électrique. Laser principal hors service. Unité de recyclage, pavillon hydroponique… tout est touché. Le réacteur fonctionne à vingt-huit pour cent de sa capacité. Procédures d'urgence enclenchées.

D'un geste, la cheffe mécanicienne afficha les images d'une autre caméra extérieure : sur la coque incurvée du circohabitat du vaisseau, un gros cratère inversé révélait des parois internes et des pièces plongées dans le noir où ne brillaient que des éclairs intermittents de décharges électriques.

Falconi serra le poing et l'abattit sur son accoudoir. Kira grimaça. Elle savait à quel point il tenait à son cargo.

– Nom de Thulé, dit Nielsen.

– Itari ? aboya Falconi.

Sur l'hologramme surgit une image où l'on voyait la medz gravir le puits central. L'extraterrestre paraissait indemne.

– Et Morven ? enchaîna le capitaine en tendant le cou vers les entropistes.

Leurs yeux mi-clos luisaient des reflets lumineux de leurs implants. Veera répondit :

– Pare-feu restauré, mais…

– … un programme malicieux est encore dans…

– … l'unité centrale. Nous l'avons confiné aux sous-routines de traitement des déchets le temps d'essayer de le purger. (Veera fit la moue.) Il est très…

– … très résistant, compléta Jorrus.

– Oui, confirma Veera. Il vaut probablement mieux éviter d'utiliser la tête du vaisseau pour l'instant.

De nouveau, la pseudo-intelligence annonça :

– Alerte, objets en approche. Collision imminente.

– *Putain !*

Cette fois, il s'agissait des vaisseaux d'abordage medz. L'un d'eux se dirigeait droit vers l'*Hélix*, les autres vers le Nœud d'esprits.

– Est-ce qu'on peut leur échapper ? demanda Falconi.

Hochement de tête négatif de Hwa-jung.

– Non. Impossible avec des propulseurs à jets de gaz. *Aish*.

– Et une Howitzer ? s'enquit alors le capitaine en se tournant vers Sparrow.

Elle grimaça à son tour.

– On peut tenter le coup, mais le plus probable, c'est que leurs contre-mesures la détruisent.

Falconi se rembrunit et jura dans sa barbe. Tschetter réapparut brièvement sur l'hologramme et intervint :

– Gardez la bombe pour le *Hiérophante bossué*. Nous allons essayer de vous faire franchir leurs systèmes de défense rapprochés.

– Bien reçu… Morven, abaissez la combustion à 1 g.

– Entendu, capitaine. Descente à 1 g.

Le signal d'alarme correspondant s'enclencha, et Kira poussa un léger soupir de soulagement lorsque le poids qui pesait sur sa poitrine revint à un niveau normal. Puis Falconi frappa la console du plat de la main et se leva.

– Tous sur le pont. Nous allons subir un abordage.

3.

– Bordel ! pesta Nielsen.

– Ils se dirigent vers la brèche percée dans la cale, j'ai l'impression, commenta Sparrow.

Des coups retentirent à la porte pressurisée de la casemate. Vishal l'ouvrit, et Itari s'avança dans l'encadrement.

[[Ici Itari : Quelle est la situation ?]]

[[Ici Kira : Attends. Je ne sais pas encore.]]

– Six minutes avant contact, annonça Hwa-jung.

Falconi tapota la crosse de son blaster.

– Les portes mécaniques sont verrouillées autour des zones endommagées. Les medz vont devoir les découper pour entrer. Ça nous laisse un peu de temps. Quand elles seront dans le puits principal, nous leur tendrons une embuscade depuis les étages supérieurs. Kira, il faudra que vous passiez la première. Si vous en butez au moins deux, on devrait pouvoir s'occuper des autres.

Elle hocha la tête. L'heure était venue de transformer les paroles en actes.

Falconi s'élança vers la porte.

– Pousse-toi, toi ! ordonna-t-il en agitant la main à l'intention d'Itari.

La medz comprit assez pour reculer et dégager l'ouverture.

[[Ici Kira : Les Wranaui du *Hiérophante bossué* vont passer à l'abordage.]]

Proxomone de compréhension, teintée… d'empressement.

[[Ici Itari : Très bien. Je ferai de mon mieux pour protéger tes coformes, Idéalis.]]

[[Ici Kira : Merci.]]

– En avant ! Allez, allez ! lança Falconi. Kira, Nielsen, doc, allez chercher des armes pour tout le monde. Sparrow, tu restes avec moi. Du nerf !

Avec Vishal, Kira courut derrière Nielsen dans les coursives obscures jusqu'à la petite armurerie de l'*Hélix*. L'air du vaisseau était chaud et sentait le plastique brûlé.

Dans le réduit de la taille d'un placard, ils se munirent de blasters et de fusils à cartouches. Kira fut tentée de faire l'impasse pour elle-même ; si elle devait se battre, elle ne trouverait pas meilleure arme que la Lame souple. (Elle préférait songer au xéno en termes de Lame souple avant d'aller au combat, tant la perspective de déverser la violence avec la Graine la dérangeait.) Il aurait toutefois été présomptueux de sa part de ne pas avoir de solution de rechange, aussi prit-elle un blaster, qu'elle accrocha en bandoulière par-dessus son épaule.

Malgré le bourdonnement de peur qui lui ébranlait les nerfs, elle éprouva un certain soulagement. L'attente était terminée. Son seul souci n'était plus que la survie – la sienne et celle de l'équipage.

La vie devenait beaucoup plus simple lorsqu'on se trouvait confronté à une menace physique. Le danger… mettait de l'ordre dans les idées.

Le xéno, réagissant à son état d'esprit, se raidit, s'épaissit et se prépara de multiples façons invisibles au chaos qui s'annonçait. Les changements qui se produisirent dans l'exoderme évoquèrent à Kira sa chair externe, le revêtement noir qui avait envahi l'intérieur de sa cabine. En cas de besoin, elle pouvait l'appeler, le ramener à elle, de sorte que la Lame souple gagne de nouveau en volume.

– Tenez, fit Nielsen en lançant plusieurs bombonnes à Kira, deux bleues et deux jaunes. Magnésie et limaille. Ça pourrait servir.

– Merci.

Les bras chargés d'armes, tous les trois foncèrent jusqu'au puits principal. Itari et les entropistes les y attendaient, mais pas Falconi et Sparrow.

Tandis que Nielsen équipait Veera et Jorrus, Kira présenta à la medz une sélection de blasters et d'armes standards. L'alien choisit deux pistolets laser, dont il s'empara avec les petits bras osseux qui se dépliaient sous sa carapace. Kira entendit Nielsen s'impatienter sur un ton d'avertissement.

– Capitaine…

La voix de Falconi s'échappa de l'intercom.

– On s'active. Mettez-vous en position. On arrive rapidos.

La seconde ne parut pas franchement rassurée. Kira la comprenait.

Avec Itari, ils obéirent au capitaine et se disposèrent en cercle autour du tube, cachés derrière les bords des portes pressurisées ouvertes.

À peine furent-ils en place que Sparrow et Falconi émergèrent d'un pas lourd du couloir le plus proche, tous deux en méca.

Comme s'ils en étaient convenus au préalable, Sparrow se posta d'un côté du puits et le capitaine de l'autre.

– Je me suis dit que vous voudriez ceci, déclara Nielsen en envoyant son lance-grenades à Falconi.

Il lui adressa un hochement de tête sec.

– Merci. Je vous le revaudrai.

En voyant Sparrow et Falconi en armure, Kira se sentit un peu moins stressée par l'affrontement imminent. Au moins, tout ne reposerait pas que sur ses épaules. Elle craignait néanmoins qu'ils se jettent en première ligne. Surtout Falconi.

L'éclairage tremblota, et, l'espace d'un instant, des bandes d'urgence rouges illuminèrent la salle.

– Propulsion à vingt-cinq pour cent, et ça continue à baisser, lut Falconi sur ses visios. Fait chier. Dans cinq minutes on bougera plus d'un poil.

– Contact, prévint Hwa-jung.

L'*Hélix* fut secoué lorsque la capsule medz percuta la coque quelque part en contrebas. Un signal criard retentit dans les hauteurs du vaisseau, et Kira s'agrippa à une main courante juste avant que les moteurs se coupent.

– Ça va chauffer, maugréa Sparrow.

Elle leva un bras bardé de métal et pointa les armes embarquées de la méca vers le fond du puits.

4.

Des bruits étranges résonnèrent à l'arrière, dans la cale A. Claquements, puissantes percussions et coups métalliques sourds, sans doute ceux de tentacules s'abattant contre les portes pressurisées verrouillées.

Kira laissa la Lame souple lui recouvrir le visage. Prenant de grandes inspirations pour se stabiliser, elle épaula son blaster et visa vers le bas. Bientôt…

– Après avoir forcé le passage, expliqua Hwa-jung, ils auront quatorze secondes avant que la série de portes anti-souffle se ferme.

– Pigé, répondit Sparrow.

À cause de son armure, elle ne pouvait pas vraiment se cacher. Elle encombrait la plus grande partie de l'encadrement, pareille à un gigantesque gorille d'acier, le visage dissimulé par la visière réfléchissante de son casque. De la même façon, Falconi était presque complètement à découvert. Pour sa part, il gardait sa visière semi-transparente pour mieux voir.

Bam !

Kira sentit une brusque poussée d'air comprimé dans ses oreilles, malgré le masque de l'exoderme. Elle remua la mâchoire pour chasser la douleur sourde qui se formait à la base de son crâne.

De la fumée surgit au fond du puits, qui, dans l'impesanteur, ressemblait à présent à l'extrémité d'un long tube. L'alarme de dépressurisation se mit à brailler.

Une bourrasque passa sur la joue de Kira, la sensation la plus préoccupante qui soit à bord d'un vaisseau spatial.

Autour d'elle, ses coéquipiers ouvrirent le feu lorsque les formes sombres de medz aux nombreux bras se déversèrent dans le conduit central. Des grappeurs honnis, poussés par la rage. Les aliens ne s'attardèrent pas pour riposter, mais traversèrent le tube à fond de train et disparurent dans un autre couloir.

Quelques secondes plus tard, une porte pressurisée à proximité de la cale se ferma avec un gros claquement sinistre, et le vent cessa.

– Merde, ils se dirigent vers la salle des machines, s'écria Falconi, les yeux plongés dans le conduit.

– Ils peuvent mettre tout le vaisseau hors service, de là, indiqua Hwa-jung.

Comme pour souligner ses propos, l'éclairage vacilla de nouveau avant de s'éteindre tout à fait, et ils furent plongés dans la lueur rougeâtre des voyants d'urgence.

Puis le plus inattendu des spectacles attira leur attention : un tentacule se déroula hors d'une porte tout au bout du puits. Serré dans son étreinte impitoyable se trouvait le caisson de cryo de Roncible.

Kira vit le visage de Falconi se tordre de rage.

– Putain de merde, *non*, rugit-il.

Il se serait élancé vers la poupe si Nielsen ne l'avait pas attrapé par le bras.

– Capitaine, gronda-t-elle, avec la même intensité que lui. C'est un piège. Vous ne ferez pas le poids.

– Mais…

– Pas question.

Sparrow les rejoignit.

– Elle a raison, insista-t-elle.

La seule à pouvoir intervenir était Kira, qui en avait conscience. Allait-elle vraiment risquer sa vie pour le cochon ? Pourquoi pas, après tout ? Une vie en valait bien une *autre*, et il lui faudrait affronter les medz tôt ou tard. Elle aurait juste préféré que cela ne se passe pas à bord de l'*Hélix*…

Le tentacule faisait doucement avancer et reculer le cochon – c'était manifestement une pure provocation.

– Bande d'enfoirés, râla Falconi.

Il leva à moitié son lance-grenades, puis le rabaissa.

– J'ai pas de bon angle de tir.

L'éclairage d'urgence se coupa à son tour, défaillance qui les plongea provisoirement dans des ténèbres inhabituelles et hostiles. Grâce à sa vision infrarouge, Kira distinguait encore les formes aux alentours, et elle remarqua une étrange confluence de champs électromagnétiques le long du puits – des fontaines tourbillonnantes de force violette.

– Champ de confinement plasma défectueux, annonça Morven. Veuillez procéder immédiatement à l'évacuation. Je répète, veuillez...

Hwa-jung grommela.

Les lumières se rallumèrent subitement, d'abord rouges, avant de retrouver l'éclat normal des bandes standards à spectre complet, d'une blancheur éblouissante. Un léger tremblement parcourut les panneaux des cloisons, puis une voix d'une puissance phénoménale tonna dans tout l'*Hélix*.

– LÂCHEZ TOUT DE SUITE CE COCHON !

Gregorovich.

5.

La porte anti-souffle au bout du puits claqua, sectionnant net le tentacule de la medz dans un giclement d'humeur orange. Le membre tranché se mit à flotter en se contorsionnant, comme s'il se tordait de douleur, puis projeta le caisson de Roncible contre la paroi. La capsule rebondit et fit plusieurs tonneaux dans le conduit central avant que Falconi réussisse à s'en saisir.

Le caisson semblait indemne, à part une profonde rayure sur un côté.

– Trucidez-moi ce machin, ordonna le capitaine en désignant le tentacule.

Nielsen, Sparrow et Kira se firent une joie de s'exécuter.

– Content de vous retrouver, mon infestation symbiotique ! s'écria Gregorovich. Ô joie infinie que nous soyons à nouveau réunis, mes horripilants petits tas de bidoche ! Que de sombres heures nous avons passées pendant que je m'égarais dans un dédale tortueux de vains sophismes et que vous vous vautriez dans de fâcheuses mésaventures ! Quelle aubaine pour vous qu'une lumineuse lanterne m'ait ramené à vous. Réjouissez-vous, car me voilà ressuscité ! Qu'avez-vous donc fait à ce malheureux escargot de vaisseau, hmmm ? Je vais reprendre le contrôle des opérations, s'il vous sied. Morven, pauvre simulacre, hélas, n'est pas taillée pour cette tâche. D'abord, évacuons ces ridicules lignes de code extraterrestres qui infestent mes processeurs, eeeeet... à dégager. Ventilation et stabilisation du réacteur. Maintenant, montrons à ces raclures de fosse septique de quel bois je me chauffe. Wouhou !

– Pas trop tôt, commenta Falconi.

– Yéhé ! s'exclama Sparrow en donnant une claque sur la paroi. Tu m'as manqué, le sinoque.

– Ne vous emballez pas quand même, tempéra Nielsen en jetant un regard d'avertissement au plafond.

– Moi ? M'emballer ? répondit l'intelligence de bord. Ça, *jamais !* Veuillez décoller mains et pieds des murs, sols, plafonds et rambardes.

– Euh..., fit Vishal.

[[Ici Kira : Itari, écarte-toi des parois.]]

La medz répondit à l'urgence de cette requête avec une vivacité gratifiante. Elle ôta ses tentacules et se stabilisa dans le vide grâce à de petits jets de gaz jaillissant à la circonférence de sa carapace.

Un bourdonnement menaçant s'éleva, et Kira sentit la peau du xéno la picoter et se hérisser. Puis, derrière la porte qui avait coupé le tentacule, retentirent des déflagrations fracassantes – comme si la foudre s'abattait en mini-éclairs claquants, crépitants et frémissants.

Leur parvint ensuite une affreuse odeur de viande brûlée.

– Problème réglé, annonça Gregorovich avec une satisfaction évidente. Votre calmar grillé est servi, Sparrow. Toutes mes excuses, Hwa-jung, mais vous allez devoir remplacer une partie des câblages.

La cheffe mécanicienne sourit.

– Pas grave.

– Vous avez entendu ce que j'ai dit tout à l'heure ? s'enquit Sparrow.

L'IB gloussa.

– Oh que oui, c'était léger comme une plume, une voix se propageant dans des eaux brumeuses.

– Comment ? voulut savoir Falconi. Nous vous avions isolé du vaisseau.

Gregorovich renifla.

– Ah ah, allons donc. Hwa-jung a ses petits secrets, j'ai aussi les miens. Lorsque mon esprit a été débarrassé de visions perfides et de doutes abrutissants, ça n'a rien eu de bien compliqué, tant s'en faut. Une pincée de ceci, un soupçon de cela, une patte de lézard et une langue de vipère, ajoutez enfin un malicieux détournement d'ampères.

– En fait, intervint Nielsen, je me demande si je ne vous préférais pas avant.

Mais elle souriait.

– Et Ronron ? s'enquit Vishal.

– Il va au poil, répondit Gregorovich. Bref, pour revenir à notre situation générale. Vous nous avez mis dans de beaux draps, mes amis, oh oui.

Falconi braqua le regard sur la première caméra fixée au mur.

– Vous êtes sûr que vous serez à la hauteur ?

Une main spectrale, bleue et velue, fut projetée par l'écran le plus proche. Elle levait le pouce, et l'intelligence de bord déclara :

– Un peu, mon neveu, et plutôt deux fois plus infect. Euh, ça ne veut rien dire, ça. Hmmmm. Tout cela pour vous informer que je suis paré, mon bon capitaine ! Si je ne l'avais pas été, comptiez-vous vraiment affronter sans moi cette horde aux maints bras ?

Falconi soupira.

– Espèce de cinglé.

– Je ne vous le fais pas dire, confirma Gregorovich d'un ton des plus satisfaits.

Nielsen intervint :

– Notre plan, c'était de…

– Oui, la coupa Gregorovich, je connais votre plan. Tous registres et enregistrements consultés, classés et archivés. En revanche, votre plan, pour rester correct, est complètement foireux. Vingt et une medz sont en approche, et elles n'ont franchement pas l'air tendres.

– Et donc ? Vous avez des propositions, des idées dans votre gros cerveau ? demanda Sparrow.

– Pour sûr, chuchota Gregorovich. Permission de passer à l'action, capitaine ? Des mesures drastiques sont nécessaires si vous voulez que vous, moi ou ce cochon que vous tenez dans vos bras ayons la moindre chance de revoir la vive clarté de l'aube.

Falconi eut un instant d'hésitation. Puis, avec un bref tressaillement du menton, il répondit :

– Allez-y.

Gregorovich rit.

– Hahaha ! Votre confiance me fait chaud au cœur, ô capitaine ! Accrochez-vous ! Préparez-vous pour le tête-à-queue !

– Le tête-à-queue ! s'exclama Nielsen. Ça ne va pas la...

Kira se prépara à être secouée et ferma les yeux, sentant son corps et tout autour d'elle effectuer une pirouette. Puis, quand l'intelligence de bord déclara : « Reprise de la combustion », ses semelles furent ramenées au plancher, et elle retrouva son poids habituel.

– Expliquez-vous, ordonna Falconi.

Impassible, Gregorovich reprit :

– Ces personnes du Nœud d'esprits ne peuvent pas nous défendre contre tous nos ennemis. Ils renâclent aussi à s'attaquer à leur cher chef. Cela ne nous laisse donc qu'une solution.

– Nous devons quand même tuer Ctein, lui rappela Kira.

– Exactement, répondit Gregorovich, avec fierté. Nous devons donc saisir ce moment à la gorge et l'*étrangler*. Montrons à ces vauriens aquatiques ce qu'est l'ingéniosité humaine. Il n'est rien que nous ne puissions transformer en arme ou faire sauter, hahaha !

– Pas question d'emboutir le *Hiérophante*, avertit Falconi, la mâchoire crispée.

– Tsss, tsss. Qui parle de l'emboutir ? (L'intelligence de bord semblait beaucoup trop amusée par la situation.) Nous n'utiliserons pas non plus notre propulseur à fusion pour flamber notre cible comme une crêpe, car elle exploserait et nous détruirait avec elle. Non, nous n'en ferons rien.

– Arrêtez de tourner autour du pot, gronda Sparrow. Qu'est-ce que vous nous préparez, Grego ? Crachez le morceau.

L'intelligence de bord eut une exclamation incrédule.

– Grego, carrément ? Très bien, comme vous voudrez, mon petit moineau. Le *Hiérophante bossué* s'éloigne de nous, mais, dans sept minutes et quarante-deux secondes, je garerai le nez de l'Hélix dans la plaie béante que vous avez ouverte dans le cuir du *Hiérophante*.

– Quoi !? s'étranglèrent Nielsen et Sparrow.

Dans sa méca, Falconi remua les yeux en tous sens pendant qu'il consultait ses visios. Il pinçait les lèvres si fort qu'elles en devinrent blanches.

– Oh oui, confirma Gregorovich, très content de lui. Les medz n'oseront pas nous tirer dessus, tant nous serons proches de leur chef craint et adulé. Dès que nous serons solidement amarrés, vous – et c'est probablement *vous* la plus concernée, ô reine des épines – pourrez vous élancer et éliminer cette medz belliqueuse une bonne fois pour toutes.

L'air perplexe, Vishal jeta des coups d'œil à Falconi et Sparrow.

– Le *Hiérophante* ne va pas nous abattre ? Et leurs défenses ?

– Regardez, répondit le capitaine en désignant l'affichage holographique.

Celui-ci présentait une image composite de l'*Hélix* vu de l'extérieur. Un épais nuage de craie l'enveloppait, surgissant d'orifices près de la proue et scintillant de fins rubans de limaille. Cinq vaisseaux du Nœud d'esprits formaient un cercle protecteur autour du cargo. On vit alors leurs lasers s'actionner et détruire une nouvelle vague de missiles lancés par le *Hiérophante*.

L'*Hélix* fut ébranlé, mais s'en sortit intact.

– Est-ce qu'on va y arriver ? demanda Kira calmement.

– On va bien voir, dit Falconi en éteignant l'hologramme. Il vaut mieux ne pas assister à ça. Bien, tout le monde au sas B. Il va falloir aller à la baston. Ça ne va pas être de la tarte.

Il remit le caisson cryo de Roncible à Vishal et dit :

– Emmenez-le à l'abri. À l'infirmerie, pourquoi pas.

Vishal hocha la tête et accepta le cochon.

– Bien sûr, capitaine.

Alors la peur reprit ses droits, se traîna dans les entrailles de Kira. À supposer qu'ils parviennent à *approcher* Ctein, et que les souvenirs de Nmarhl soient exacts, elle allait devoir affronter une créature au moins aussi gigantesque que la Lame souple quand ils s'étaient échappés d'Orsted. La medz était par ailleurs d'une grande intelligence, autant que la plus grosse intelligence de bord.

Elle frémit.

Falconi s'en aperçut.

<*Ne gamberge pas. – Falconi*>

<*Facile à dire. – Kira*>

En passant, il lui toucha délicatement l'épaule avec son gantelet d'armure.

6.

L'*Hélix* n'explosa pas.

Au grand soulagement et à la grande stupéfaction de Kira, les cinq vaisseaux du Nœud d'esprits ne laissèrent passer qu'un missile, lequel rata l'*Hélix* de plusieurs centaines de mètres et alla se perdre à jamais dans l'espace.

Elle s'intéressa à la progression de la bataille. Les choses se déroulaient aussi mal qu'elle le craignait. La Septième flotte étant dispersée, les medz torpillaient les appareils du CMU avec une efficacité inexorable. La vue du nombre de bâtiments de guerre détruits ou endommagés glaça les veines de Kira et l'emplit d'une détermination renouvelée. Le seul moyen de mettre un terme au massacre consistait à tuer Ctein, coûte que coûte.

Et si pour cela il faut faire sauter le Hiérophante bossué *alors que nous sommes à bord ?* Une certitude inébranlable se forma en elle. Dans ce cas, ils se sacrifieraient.

Si elle n'avait d'autre choix que d'affronter les medz, elle allait leur donner du fil à retordre. Elle convoqua par la pensée la portion du xéno qui avait envahi sa cabine. Elle fit revenir la chair orpheline par les couloirs, s'efforçant de ne pas détériorer l'*Hélix*, et l'amena jusqu'au sas où elle attendait avec le reste de l'équipage.

Nielsen poussa un petit cri d'effroi lorsque la Graine fonça vers eux, déferlante noire de fibres rampantes.

– Ne vous inquiétez pas, la rassura Kira, mais ses camarades s'écartèrent tout de même d'un bond quand les fibres s'écoulèrent sur le plancher jusqu'à elle, recouvrirent ses pieds, ses jambes, ses hanches et son torse – l'enveloppant d'un rempart vivant épais de presque un mètre.

Bien que la masse accrue du xéno restreignît ses mouvements, Kira n'éprouva aucune lourdeur. Au contraire, elle se sentait comme entourée de muscles lui obéissant au doigt et à l'œil.

– Putain, la vache ! s'exclama Sparrow. Tu nous as caché d'autres trucs dans ce genre-là ?

– Non, c'est tout.

Sparrow secoua la tête et jura de nouveau. Seul Itari semblait insensible à l'aspect de la Graine – de l'Idéalis. La medz se contenta de frotter ses tentacules et d'émettre une proxomone de vif intérêt.

Falconi eut un sourire en coin.

– En tout cas, c'est impressionnant

– Sans rire, je suis passé à ça de la crise cardiaque, renchérit Vishal.

Agenouillé par terre, il remettait de l'ordre dans sa sacoche médicale. Ce spectacle offrait un rappel sinistre de ce qui les attendait.

La situation paraissait à Kira d'une étrangeté absolue. Les évènements qui l'avaient conduite à ce moment et à cet endroit précis étaient si improbables qu'ils confinaient à l'impossible. Et pourtant on en était là.

Une décharge électrique illumina l'antichambre. Hwa-jung grogna et se pencha au-dessus des quatre drones qu'elle triturait dans l'encoignure.

– Ils vont être prêts à temps, ces machins ? s'enquit Sparrow.

Sans quitter ses appareils des yeux, la mécanicienne répondit :

– Si Dieu le veut… oui.

Chaque drone était équipé d'une canule de soudage intégrée dans un bras articulé et d'un laser de réparation dans l'autre. Ces deux outils, comme le savait Kira, pouvaient provoquer de graves blessures s'ils étaient mal employés, et elle soupçonnait Hwa-jung de vouloir en faire un très mauvais usage.

– Alors, comment on va procéder ? demanda Nielsen.

Falconi pointa le doigt sur Kira.

– C'est simple. Kira, vous passez devant, nous nous mettons à couvert derrière vous. Nous surveillerons vos flancs et vous fournirons des tirs de soutien. Comme sur Orsted. Nous foncerons tout droit à travers le *Hiérophante bossué*, sans nous arrêter, sans nous retourner, sans ralentir jusqu'à ce nous ayons atteint Ctein.

– Et si quelqu'un est touché ? s'inquiéta Sparrow, un sourcil arqué. Ça va canarder dans tous les sens, là-dedans, et vous le savez.

Falconi tambourina sur la crosse de son lance-grenades.

– S'il y a un blessé, on le ramène à l'*Hélix*.

– C'est…

– Si on ne peut pas, on le garde avec nous. (Il promena le regard sur leurs visages.) Quoi qu'il arrive, on laisse tomber personne. Personne, OK ?

C'était réconfortant, mais Kira se demandait si ce serait possible. *Trig*… Elle ne voulait perdre aucun autre membre de l'équipage. Aucun autre ami. Si elle pouvait faire quoi que ce fût pour leur éviter le danger, elle ne devait pas hésiter une seule seconde, si effrayant que cela pût être.

– Je vais y aller, annonça-t-elle.

Personne ne sembla l'avoir entendue.

– Je vais y aller, répéta-t-elle plus fort. Seule.

Le silence s'abattit dans l'antichambre et tous les regards se braquèrent sur elle.

– Jamais de la vie, rétorqua Falconi.

Kira secoua la tête, ignorant la boule qui pesait dans son ventre.

– Je ne plaisante pas. J'ai la Lame souple. Grâce à elle je serai en sécurité – beaucoup plus que vous avec vos mécas. Et, si j'y vais seule, je n'aurai pas à me soucier de votre protection.

– Et toi, qui te protégera, *chica* ? lui renvoya Sparrow en s'approchant d'elle. Si une medz se planque pour te canarder ? Si elles te tendent une embuscade ? Si tu te fais buter, Navárez, on est tous foutus.

– Je suis quand même la mieux équipée pour affronter ce qu'ils nous réservent, insista Kira.

– Et Ctein ? dit Nielsen en croisant les bras. Si cette medz est aussi énorme que vous nous l'avez décrite, il va nous falloir toute la puissance de feu disponible pour la descendre.

– À moins que vous vouliez lâcher complètement la bride à la Lame souple, ajouta Falconi.

Parmi eux, lui seul connaissait le rôle qu'elle avait joué dans la création des cauchemars, et sa réflexion entra en résonance avec la peur la plus profonde de Kira. Elle crispa la mâchoire, frustrée.

– Je pourrais très bien vous bloquer ici, déclara-t-elle.

Un faisceau de vrilles sinueuses jaillit de ses doigts, menaçant.

Le regard de Falconi se fit encore plus glacial.

– Faites-nous ce coup-là, Kira, et nous nous débrouillerons pour nous dégager un passage à coups de chalumeau ou d'explosifs, même s'il nous faut casser l'*Hélix* en deux. Et nous vous rejoindrons quand même… Pas question que vous y alliez seule, point final.

Elle s'efforça de ne pas laisser la situation l'affecter, mais elle en était incapable. Son agacement s'accrut tant que son souffle se coinça dans sa gorge.

– C'est que… Je… Vous allez vous faire blesser ou tuer, c'est tout ce que vous allez gagner. Ce n'est pas que je *tienne* à y aller seule, mais je ne vois pas de meilleure solution. Pourquoi vous ne…

– Madelle Kira, intervint Vishal, qui se leva et se joignit à eux. Nous connaissons les risques, et… (il courba la tête, le regard doux, soyeux, et tendre) nous les acceptons de bon cœur.

– Rien ne vous y oblige, pourtant, rétorqua Kira.

Vishal sourit, et la pureté de son expression la figea.

– Bien sûr que non, madelle Kira. Mais ainsi va la vie, n'est-ce pas ? Et c'est le principe de la guerre.

Il la surprit alors en lui donnant une accolade. Puis Nielsen la serra dans ses bras à son tour, Falconi et Sparrow lui touchèrent l'épaule de leurs lourds gantelets.

Kira renifla et leva les yeux vers le plafond pour cacher ses larmes.

– D'accord... Très bien. Nous irons tous ensemble, en ce cas.

Elle songea qu'elle avait eu une chance immense de tomber sur l'équipage de l'*Hélix*. Ils étaient tous foncièrement bons, bien plus qu'elle ne l'avait soupçonné en arrivant à leur bord. En outre, ils avaient changé. À son avis, ceux qu'elle avait rencontrés dans 61 Cygni n'auraient pas forcément été prêts à risquer leur peau comme ils allaient le faire à présent.

– Ce que je me demande, dit Sparrow, c'est comment on va trouver ce Ctein. Ce vaisseau est carrément gigantesque. On pourrait tourner là-dedans pendant des heures et quand même rester bredouilles.

– Des propositions ? s'enquit Falconi en regardant Itari. Et toi, la pieuvre ? Une idée pour nous aider ?

[[Ici Itari : Si vous parvenons à nager jusqu'à l'intérieur, et si je trouve un nodule pour accéder au Réticule du *Hiérophante bossué*, alors je pourrai localiser Ctein précisément.]]

Kira traduisit.

Hwa-jung parut soudain ragaillardie.

– Le Réticule ? Qu'est-ce que...

– On verra ça plus tard, l'interrompit Falconi. À quoi ça ressemble, ces nodules ?

[[Ici Itari : À des carrés d'étoiles. Ils se trouvent aux croisements un peu partout dans chaque vaisseau, pour faciliter les communications.]]

– Il se peut que j'en aie déjà vu un, déclara Kira, au souvenir du premier bâtiment medz dans lequel elle était montée.

[[Ici Itari : Dès que nous saurons où est Ctein, nous pourrons utiliser les tubes d'impesanteur qui relient les différents ponts. Ça nous permettra de nous déplacer rapidement.]]

– Tu pourras nous aider, Itari ? Ta programmation génétique ne va-t-elle pas t'en empêcher ?

[[Ici Itari : Tant que vous n'évoquez pas la raison de notre présence ici… oui, je devrais être en mesure de vous aider.]]

Une bande rouge de malaise colora ses tentacules.

– « Je devrais être en mesure de vous aider », répéta Falconi. Bah voyons.

Sparrow avait l'air inquiète.

– À l'instant où les medz nous auront repérés, elles vont se précipiter sur nous en masse.

– Non, la contredit Falconi, elles vont se précipiter sur *elle*. (Il désigna Kira d'un geste.) Vous les empêchez de nous tomber sur le paletot, Kira, et on fait pareil pour vous.

Elle se prépara mentalement, plus déterminée que jamais.

– Comptez sur moi.

Falconi grogna.

– Il ne nous reste qu'à trouver un de ces nodules. C'est notre premier objectif. Après, on file buter une grosse medz. Hé…

Il pivota vers Veera et Jorrus, qui, accroupis dans un coin, chuchotaient en se tenant mutuellement par les avant-bras.

– Et vous, les quêteurs ? Vous êtes sûrs de vouloir nous suivre ?

Les entropistes saisirent leurs armes et se relevèrent. Toujours vêtus de leurs grandes robes irisées, ils avaient le visage à l'air libre. Kira se demanda comment ils envisageaient de survivre au vide, ainsi qu'à un tir de blaster.

– Oui, merci, prisonnier, répondit Veera.

– Nous ne voudrions être nulle part ailleurs, ajouta Jorrus.

Tous les deux semblaient toutefois assez mal à l'aise.

Sparrow éclata d'un rire cynique et s'écria :

– Alors là, je peux pas en dire autant !

Falconi s'éclaircit la voix.

– N'allez pas croire que je deviens sentimental, mais… euh… on ne peut pas rêver meilleur équipage que vous tous. Je tenais à vous le dire.

– Eh ben, vous faites pas un mauvais capitaine, capitaine, le complimenta Nielsen.

– La plupart du temps, tempéra Hwa-jung.

– La plupart du temps, ouais, acquiesça Sparrow.

Le voyant de l'intercom s'alluma, et Gregorovich annonça :

– Contact dans soixante secondes. Veuillez attacher vos ceintures, mes fragiles petits tas de bidoche. Ça va secouer.

– Oh là là, ce n'est pas rassurant, protesta Vishal d'un air dépité. Pas du tout.

Nielsen se toucha le front et murmura quelques mots.

Kira enclencha ses visios. Devant eux, le *Hiérophante bossué* approchait à grande vitesse. Vu de près, le vaisseau paraissait encore plus massif – rond et blanc, hérissé de tiges et d'antennes qui saillaient de sa ligne médiane rebondie. Le trou percé par la Casaba-Howitzer avait mis à nu un long empilement de ponts, de dizaines de salles à la fonction inconnue exposées au froid extrême de l'espace. Y flottaient plusieurs medz, certaines encore en vie, la plupart mortes et entourées de glaçons de sanie gelée.

Le *Hiérophante* dressant sa masse menaçante au-dessus d'eux, Kira éprouva la même attraction impérieuse qu'elle avait ressentie auparavant : la compulsion des Disparus qui la pressaient de répondre.

Elle s'autorisa un sourire sinistre. Ctein et ses grappeurs risquaient de ne pas aimer la façon dont elle allait réagir à cet appel.

Des *grappeurs* ? Elle adoptait les schémas de pensée de la Lame souple/Graine. Pourquoi pas, après tout ? Ceux-ci étaient adaptés. Les medz, avec leurs nombreux membres, s'accrochaient en effet à vous comme un grappin, et aujourd'hui elle allait leur rappeler pourquoi ils devaient craindre l'Idéalis.

À côté d'elle, elle perçut comme une profonde nausée chez Itari. La medz tremblait, colorée de vilaines nuances de vert et de marron.

[[Ici Itari : Le simple fait d'être ici m'est difficile, Idéalis.]]

[[Ici Kira : Contente-toi de protéger mes coformes. Ne te soucie pas du grand et formidable Ctein. Ta présence ici n'a aucun rapport avec lui.]]

Une vague violette ondula sur la medz.

[[Ici Itari : Ça m'aide beaucoup, Idéalis. Merci.]]

Tandis que l'*Hélix* se glissait dans le cratère creusé au flanc du *Hiérophante bossué*, et que les ponts à moitié fondus emplissaient le panorama visible par les vitres en saphir du cargo, Falconi commenta :

– Eh ben, Gregorovich, vous êtes en forme olympique ! Quelques paroles d'encouragement avant que nous nous jetions à l'eau ?

L'intelligence de bord fit mine de se racler la gorge.

– Très bien. Oyez, oyez. Seigneur des néants interstellaires, protégez-nous lorsque nous nous lancerons à l'assaut de nos ennemis. Guidez nos mains, nos pensées, ainsi que nos armes, afin que nous imposions notre volonté à ces pourfendeurs de la paix. Que l'audace soit notre bouclier et la vertueuse fureur notre épée, puissent ces perfides combattants s'enfuir à la vue de ceux qui défendent les sans-défense, et puissions-nous ne jamais nous courber ni nous briser face au mal. *Aujourd'hui* est le jour de la Colère, et *nous* sommes les instruments du châtiment porté par notre espèce. *Deo duce, ferro comitante*. Amen.

– Amen, répétèrent Hwa-jung et Nielsen.

– Ça, c'était de la prière ! s'enthousiasma Sparrow, avec un sourire carnassier.

– Merci, mon moineau.

– Un peu trop guerrier à mon goût, protesta Kira. Mais ça fera l'affaire.

Falconi passa son lance-grenades en bandoulière.

– Reste à espérer que quelqu'un écoutait.

Puis l'*Hélix* fut secoué d'un violent soubresaut lorsqu'il s'immobilisa dans les entrailles du *Hiérophante bossué*. Sans la Lame souple pour l'arrimer au mur, Kira aurait été projetée au sol. Les autres titubèrent, Nielsen tomba sur un genou. Le vrombissement du réacteur à fusion se tut, mais une sensation de pesanteur demeura, la gravité artificielle du *Hiérophante* englobant l'*Hélix*.

7.

De l'autre côté du sas, Kira distingua ce qui était apparemment une réserve, où s'empilaient des rangées de sphères roses translucides disposées autour d'un appendice foncé semblable à une tige. Des étagères de matériel inconnu s'alignaient le long des trois parois qui n'avaient pas été désintégrées par la charge nucléaire. Des gouttelettes de scories fondues avaient gelé sur les grilles du plancher, les murs concaves et la coquille trivalve d'aspect familier qui servait de porte. Tout ce qui était visible serait hautement radioactif, mais pour le moment c'était le cadet de leurs soucis.

Coup de chance inattendu, aucune medz ne se trouvait dans la salle.

– Pas mal, Grego, lança Falconi. Tout le monde est paré ?

– Deux secondes, intervint Hwa-jung, toujours penchée au-dessus de ses drones.

Falconi plissa les yeux.

– Accélère le mouvement. On va se faire tirer comme des lapins, si on reste ici.

La cheffe mécanicienne marmonna quelque chose en coréen. Puis elle se redressa, et les drones s'élevèrent dans les airs avec un bourdonnement agaçant.

– Prête, annonça Hwa-jung.

– Enfin, maugréa Falconi, qui pressa le bouton de déverrouillage et actionna l'ouverture de la porte. Ça va être le moment de faire du barouf.

– Euh…, fit Kira en regardant les entropistes.

Comment allaient-ils respirer dans le vide ?

Elle s'inquiétait pour rien. D'un même mouvement, Veera et Jorrus relevèrent leurs capuches. Le tissu se durcit et chatoya, devint transparent et forma une membrane solide autour de leurs cous, aussi hermétique qu'un casque d'exoderme.

– La classe, commenta Sparrow.

Le silence du vide sidéral les submergea lorsque Falconi purgea le sas et ouvrit la porte extérieure. Aussitôt, Kira n'entendit plus que sa respiration et les battements de son cœur.

Puis son oreillette grésilla, et Gregorovich déclara, d'une voix qui paraissait soudain étonnamment proche :

– *Oh, la tuile.*

– *Quoi,* la tuile ? l'interrogea Falconi d'une voix âpre, rendue métallique par la radio.

L'intelligence de bord semblait rechigner à répondre.

– *Navré de vous l'apprendre, mes chers amis, profondément navré, mais je crains que l'intelligence ne suffise plus à nous sauver. Pour tous, la chance finit toujours par se tarir, et c'est en effet le cas pour nous.*

Sur les visios de Kira, une image du système apparut. Tout d'abord, elle ne comprit pas ce qu'elle voyait : les points jaunes et bleus qui indiquaient les positions respectives des vaisseaux medz et de ceux du CMU étaient à moitié dissimulés sous une constellation rouge.

– *C'est quoi ce…*, commença Sparrow.

– *Las,* fit Gregorovich, qui pour la première fois parut sincèrement désolé, *las, les cauchemars ont décidé de se joindre à la bataille. Et cette fois ils ne sont pas venus seuls. Ils sont accompagnés par une chose énorme. Celle-ci diffuse des signaux sur tous les canaux. Elle se fait appeler… la Dévoreuse.*

CHAPITRE 5

★ ★ ★ ★ ★ ★ ★

ASTRORUM IRAE

1.

Kira ouvrit de grands yeux horrifiés.

Sur ses visios s'affichait un spectacle d'épouvante. Un véritable cauchemar, façonné par les erreurs de son passé. La Dévoreuse… On aurait dit un amas grotesque de chair noir et rouge flottant dans l'espace, à vif, écorché, luisant de fluides suintants. Cette masse était plus volumineuse que le *Hiérophante bossué*. Plus grosse que toutes les stations spatiales qu'elle avait pu voir. Son envergure approchait celle des deux petites lunes de la planète R1. Elle avait une forme de métastase cancéreuse tentaculaire, trop chaotique pour qu'on pût y déceler un semblant d'ordre, tout en évoquant – peut-être volontairement – une fractale à sa circonférence.

À la vue de la Dévoreuse, Kira éprouva un dégoût viscéral, aussitôt suivi d'une peur presque paralysante.

Cette tumeur obscène avait émergé de PRL près de l'orbite de R1, en même temps que l'immense essaim de putrides. La Dévoreuse et ses forces passaient à l'attaque, s'en prenant indifféremment aux humains et aux medz.

Kira serra les bras autour de son torse et s'accroupit, le dos courbé, nauséeuse. La Graine ne réussirait jamais à vaincre un monstre comme la Dévoreuse. Cet organisme était trop énorme, trop perverti, trop enragé. Même si elle avait le temps de faire croître la Graine à une taille similaire, elle se perdrait dans le corps du xéno. Celle qu'elle était cesserait alors d'exister, ou deviendrait une portion si infime de la Graine qu'elle en serait insignifiante.

Cette éventualité était plus effrayante que celle de la mort. Si elle se faisait tuer, elle resterait jusqu'à la fin celle qu'elle était. Mais, si la Graine l'absorbait, elle serait confrontée à la destruction de son être bien avant celle de son esprit ou de son corps.

Puis les lourdes mains de la méca de Falconi se saisirent d'elle et la remirent debout, tandis qu'il s'adressait à elle d'un ton apaisant :

– *Ne t'en fais pas, va. Nous n'avons pas encore perdu.*

Elle s'ébroua, sentant des larmes perler sous le masque du xéno.

– Non, je n'y arriverai pas. Je ne peux pas. Je ne p…

Il la secoua assez fort pour obtenir son attention. La Lame souple réagit en se hérissant d'une vaguelette de pointes.

– *Je t'interdis de dire ça, putain. Si tu renonces, c'est comme si on était déjà tous morts.*

– Tu ne comprends pas.

Elle fit un geste d'impuissance vers la masse informe en suspens sur ses visios, même si Falconi ne pouvait pas la voir.

– Cette… ce…

– *Ça suffit*, la coupa-t-il d'une voix sévère. *Concentre-toi sur une chose à la fois. Nous devons tuer Ctein. Tu en es capable ?*

Elle hocha la tête, recouvrant un soupçon de maîtrise d'elle-même.

– Ouais… je pense.

– D'accord. Alors ressaisis-toi et allons flinguer cette medz. On se souciera des cauchemars après.

Le ventre de Kira se noua de peur, bien qu'elle tentât de se comporter comme si elle était sûre d'elle. Elle éteignit le flux vidéo de ses visios, mais l'image de la Dévoreuse s'attarda, comme gravée sur ses rétines.

Au commandement de Kira, le xéno la propulsa vers l'avant du sas.

– Allons régler ça, déclara-t-elle.

2.

Hors de l'*Hélix*, dans la réserve du vaisseau extraterrestre, les ombres tournaient en même temps que le *Hiérophante bossué*, et pourtant, à cause du champ de gravité artificielle, Kira ne ressentait pas le mouvement giratoire. La lumière fluctuante avait l'âpreté brutale et crue spécifique de l'espace, et ses alternances produisaient un effet stroboscopique déroutant.

– Restez près de moi, recommanda-t-elle.

– On est juste derrière, répondit Falconi.

Se refusant à perdre ne fût-ce qu'une seconde, Kira s'élança dans la réserve. Les ombres mouvantes l'étourdissaient, aussi se concentra-t-elle sur le plancher entre ses pieds et s'efforça-t-elle de ne pas songer qu'ils tournoyaient dans le cosmos.

Alors qu'elle traversait les rangées de sphères translucides (dont chacune mesurait au moins quatre mètres de diamètre et renfermait d'étranges formes congelées), un impact arracha à l'une d'elles un morceau de la taille d'un poing, tout près de sa tête.

Il n'y eut aucun bruit, mais Kira sentit une pluie d'éclats fouetter la surface durcie de la Lame souple.

– *À couvert !* cria Falconi.

Kira ne tenta même pas de se cacher. Avec le xéno, elle démantibula le plancher nacré, décrocha les globes et la tige qui les reliait, et comprima ces éléments pour se constituer un bouclier qui protégeait aussi l'équipage. Comme sur Orsted. À la différence près qu'à présent elle était sûre d'elle, en pleine confiance. Contrairement à la fois précédente, commander à la Graine n'exigeait d'elle aucun effort, et elle n'éprouvait presque aucune crainte de perdre le contrôle. Ce qu'elle souhaitait, elle le réalisait.

Elle bascula sa vision en infrarouges et vit un faisceau incandescent jaillir des étagères de stockage et percer un trou rougeoyant, de la grosseur d'un auriculaire, dans le matériau juste au-dessus de sa poitrine. Elle s'en alarma, puis se rendit compte que la perforation était trop peu profonde pour atteindre son corps.

Devant eux, deux medz (des calmars) embusquées parmi les sphères se dépêchaient de s'éloigner sur leurs tentacules fléchis, tout en braquant sur elle deux énormes blasters.

Vous pouvez toujours rêver, songea Kira, qui darda des vrilles.

Elle s'empara des medz, les comprima, en fit des lambeaux de chair trépidants d'où giclait de la sanie. Cela allait peut-être s'avérer plus facile qu'ils le pensaient…

Par la radio, Kira entendit quelqu'un retenir un haut-le-cœur.

– Avec moi ! cria-t-elle, avant de se diriger vers la coquille blanche qui leur permettrait d'accéder à la partie pressurisée du vaisseau.

Le trivalve refusa de s'ouvrir à son approche, mais, avec trois entailles rapides, Kira trancha le mécanisme qui en assurait la fermeture.

Une bourrasque déferla sur elle lorsque les battants s'écartèrent en s'affaissant.

Le bouclier qu'elle avait assemblé étant trop volumineux pour passer dans l'ouverture, elle se résigna à s'en débarrasser avant d'ordonner au xéno de la projeter dans les profondeurs du bâtiment extraterrestre. Itari et l'équipage lui emboîtèrent le pas.

3.

L'intérieur du *Hiérophante* était très différent des deux autres vaisseaux medz à bord desquels Kira avait pu monter. Les parois étaient plus foncées, plus sombres – colorées de nuances de gris et de bleu, décorées de bandes à motifs pareils à des coraux qu'en d'autres circonstances Kira aurait rêvé d'étudier.

Elle se trouvait dans un long couloir désert jalonné de passages latéraux, de portes, et de niches percées de conduits d'accès aux niveaux inférieurs et supérieurs. Maintenant qu'ils évoluaient de nouveau dans une atmosphère, Kira entendit le sifflement strident s'échappant du trivalve détruit, le bourdonnement des drones de Hwa-jung, et une sirène hurlante qui lui rappela le cri d'une baleine, comme si l'appareil tout entier geignait de douleur, de colère et de peur.

Le déferlement d'air empestait la proxomone d'alerte, doublée de l'ordre adressé à toutes les coformes de maintenance de nager vers l'ombre immédiatement. Non qu'elle comprît le sens de cette injonction.

Un bref instant, Kira songea qu'ils avaient peut-être réussi à esquiver les capteurs du *Hiérophante*, et qu'ils ne seraient pas contraints de se battre tout du long.

Puis, avec un bruit de couperet, une membrane blanche colmata la porte qu'elle avait découpée, bloquant le vent de la dépressurisation, et à l'autre bout du couloir apparut un pullulement de membres grouillants : des dizaines de medz enragées et armées qui fonçaient droit sur eux.

Le cœur de Kira se mit à cogner deux fois plus vite. C'était exactement le scénario qu'elle avait espéré éviter. Mais elle avait la Lame souple, qui était son bras, son épée, son bouclier. Elle souhaitait bien du courage aux medz pour l'arrêter. Agrippant tous les pans du couloir d'un jet de vrilles, elle ramena violemment les plaques des parois vers elle pour former un épais pavois.

Tandis que lasers, crache-plombs et explosions sourdes détonaient de l'autre côté du barrage, Sparrow s'exclama :

– *Ça, c'est du comité d'accueil !*

– *Itari !* appela Falconi. *Où se trouve le nodule le plus proche ?*

Kira fit la traduction. La medz se faufila à côté d'elle et tapota la face interne du bouclier de fortune.

[[Ici Itari : Un peu plus loin devant nous.]]

– On avance ! cria Kira, avant de poursuivre sa progression en maintenant le pavois devant elle pour obturer l'espace du passage arrondi.

Elle sentait les impacts contre la face externe, provenant à la fois des transferts de force et des tiraillements aigus qui parcouraient ses vrilles. Juste assez d'informations de la part de la Lame souple pour lui indiquer d'où venait le danger, sans toutefois que ce fût douloureux.

Elle franchit la première porte et avait presque atteint la suivante quand un cri retentit. Elle pivota alors et vit une medz se précipiter derrière eux, tentacules déployés comme une seiche s'apprêtant à engloutir sa proie. L'extraterrestre était accompagné par deux drones sphériques blancs pourvus d'optiques scintillantes…

Il percuta la méca de Sparrow de plein fouet et l'expédia dans le mur.

Puis une multitude d'évènements se produisirent tout à coup, presque trop rapidement pour qu'on pût en décomposer l'enchaînement : Itari enroula plusieurs de ses tentacules autour de l'assaillant et tenta de le décrocher de Sparrow. Tous les trois tombèrent en pagaille contre le mur voisin. Une rafale de laser crachée par la méca de Sparrow grava une ligne pointillée dans la carapace de l'ennemi, et Falconi s'approcha pour leur venir en aide, mais un seul coup suffit à l'alien pour l'envoyer au tapis.

Nielsen bondit en avant pour couvrir le capitaine. La medz la cueillit d'un revers de son tentacule et la frappa en pleine poitrine. La seconde s'effondra.

Les drones de Hwa-jung firent feu avec leurs lasers de soudage, et les deux sphères blanches tombèrent dans une gerbe d'étincelles. Puis la cheffe mécanicienne elle-même se dressa de toute sa carrure colossale devant Nielsen et Falconi, saisit le tentacule qui les menaçait, le serra contre sa poitrine et le comprima de toutes ses forces.

Des os se brisèrent dans le membre frétillant parsemé de ventouses.

Vishal faisait feu avec son crache-plomb, rapide *bam ! bam ! bam !* qui vibra jusque dans les os de Kira. Elle eut un temps d'hésitation, tétanisée. Si elle utilisait la Lame souple pour éliminer la medz, elle risquait de blesser ou tuer Itari en même temps.

Son inquiétude n'était pas fondée. Itari tira violemment le calmar et le projeta dans le couloir, derrière les entropistes et loin de Sparrow.

Kira eut alors la marge de manœuvre nécessaire. Elle expédia un faisceau d'aiguillons noirs, qui transpercèrent la medz et la clouèrent sur place. La créature s'affala, se débattit comme un poisson hors de l'eau, puis fut secouée de tressaillements avant de retomber inerte. Une flaque d'humeur orange se forma sous sa carapace.

– *Madelle Audrey !* s'écria Vishal, qui se précipita auprès de la seconde.

4.

– *Bloquez-moi cette porte avant qu'il en rapplique d'autres !* exigea Falconi en se relevant.

Sa lourde méca heurta le plancher dans un concert de chocs métalliques, laissant des traînées couleur graphite sur la matière blanche.

Kira utilisa la Lame souple pour décrocher et plier des morceaux du mur afin de rendre le portail infranchissable. Elle avait commis une erreur idiote en ne condamnant pas l'entrée après leur passage.

Souhaitant prendre une dernière précaution, elle arracha une grosse portion du pont incurvé et en fit un écran antisouffle derrière eux.

Vishal était courbé à côté de Nielsen et promenait un microlab au-dessus d'elle tout en gardant une main pressée contre le flanc de la seconde.

– *Elle est très abîmée, doc ?* s'enquit Falconi.

– *Deux côtes cassées, je le crains*, répondit le médecin.

– *Fait chier !* s'énerva le capitaine, en maintenant son lance-grenades pointé vers le couloir. *Vous n'auriez pas dû faire ça, Audrey. C'est moi qui suis en armure.*

Nielsen toussa. Du sang moucheta sa visière.

– Désolé, Salvo. La prochaine fois je laisserai la medz vous réduire en bouillie.

– Ce serait pas mal, oui, rétorqua-t-il brusquement.

– Il faut qu'on bouge, leur rappela Sparrow en les rejoignant. Sa méca était rayée et bosselée, mais les dégâts semblaient superficiels. Devant eux, le tonnerre assourdi des tirs résonnait toujours tandis que les medz tentaient de désagréger à coups de lasers la bonde que Kira avait construite dans le couloir.

Nielsen essaya de se lever. Elle grimaça et retomba en poussant un cri qui parvint à Kira malgré le casque de la seconde.

– Et merde ! jura Falconi. *On va devoir la porter. Sparrow…*

La spatio secoua la tête.

*– Non, elle va nous encombrer. Il faut la ramener. Nous sommes encore assez près. C'est tout droit pour retourner à l'*Hélix.

Les entropistes s'approchèrent.

– Nous pouvons la raccompagner au vaisseau, si vous le souhaitez, capitaine, et ensuite…

– … revenir en vitesse.

– Putain, fit Falconi, la mine renfrognée. *Bon, très bien. Allez-y. Gregorovich va vous montrer où se trouve l'armurerie. Prenez des charges explosives, tant qu'à faire. Ça nous servira à condamner les passages latéraux.*

Veera et Jorrus inclinèrent la tête.

– Si telle est votre volonté…

– … ce sera fait.

Kira fut ébahie de constater que les entropistes agissaient encore en parfaite harmonie malgré la rupture de leur esprit commun. On avait presque l'impression qu'ils partageaient toujours leurs pensées.

En dépit de la grimace de douleur de Nielsen, Jorrus et Veera la soulevèrent, contournèrent le bouclier antisouffle, et s'éloignèrent en hâte.

– *En avant*, ordonna Falconi en se retournant vers Kira. *Trouvons un de ces nodules avant que les medz nous dégomment à notre tour.*

Kira hocha la tête et reprit son avancée, s'assurant de combler toutes les portes trivalves sur son chemin.

Cette attaque avait entamé sa confiance. Malgré sa puissance gigantesque, la Lame souple ne la rendait pas invincible. Tant s'en fallait. Une seule medz avait réussi à franchir leurs défenses, et ils se retrouvaient à trois de moins. Exactement comme elle l'avait craint. Et rien ne garantissait que les entropistes réussiraient à les rejoindre. Qu'adviendrait-il s'ils déploraient d'autres blessés ? Les renvoyer à l'*Hélix* n'offrirait pas une solution durable, à moins qu'elle fût là pour assurer leur protection.

De tout le groupe, elle seule était capable d'une action véritablement efficace pour repousser les medz. Et, si elle en avait la *possibilité*, elle en avait le *devoir*. Les seules limites à ce qu'elle pouvait accomplir avec la Lame souple tenaient à son imagination, alors pourquoi se réfrénait-elle ?

Forte de cette réflexion, Kira déploya le xéno vers l'arrière, formant autour de leur équipe une cage treillagée qui devait les protéger d'une nouvelle attaque. Elle consolida aussi le bouclier devant elle, y incorporant des morceaux du mur et du plancher, renforçant le matériau de la Lame souple pour constituer un rempart qu'elle espérait impénétrable.

Elle ne pouvait pas voir au travers de ce bouclier, mais elle percevait ce qui se présentait grâce aux vrilles du xéno : la forme du couloir, les tourbillons d'air (souvent surchauffés par les lasers) et les impacts incessants des tirs ennemis.

Ils franchirent porte après porte en vitesse, et, chaque fois que Kira demandait s'ils allaient toujours dans la bonne direction, Itari répondait [[En avant.]]

L'immensité du *Hiérophante* ne cessait d'ébahir Kira. Elle avait le sentiment de se trouver dans une station spatiale ou une base souterraine plutôt que dans un vaisseau. Le *Hiérophante* dégageait une impression de robustesse, de masse, qu'elle n'avait jamais ressentie à bord d'un appareil volant, pas même le *Circonstances atténuantes*.

Par leur canal partagé, elle entendit Falconi féliciter Vishal :

– *Joli carton, tout à l'heure, doc.*

– *Oui, merci.*

Un coup sourd derrière un trivalve qu'elle venait de barricader les fit tous tressaillir. Les éléments de la coquille tentaient de s'ouvrir par soubresauts, et la porte se déforma sous la poussée qu'on lui appliquait de l'autre côté. Mais les solives que Kira avait fixées en travers tenaient bon, et ceux qui essayaient de l'enfoncer n'y parvinrent pas.

Elle continua sur sa lancée et finit par heurter un mur marquant une bifurcation. Kira laissa la Lame souple se diviser et s'étendre vers l'avant afin de colmater les deux passages. Le tir de barrage, projectiles et faisceaux énergétiques mêlés, ne baissa pas d'intensité, bien qu'il provînt majoritairement de la branche de gauche.

En se positionnant d'un mouvement fluide de part et d'autre, la Lame souple dénuda la surface de la cloison qui avait bloqué leur progression.

Un panneau encastré dans le mur scintillait comme un champ d'étoiles – minuscules points de lumière changeante et multicolore.

[[Ici Itari : Le Réticule !]]

La medz s'avança, une proxomone de soulagement et de détermination émanant de ses membres.

[[Ici Itari : Monte la garde pour moi, Idéalis.]]

Après quoi, la medz appuya un tentacule sur le panneau illuminé. À la grande surprise de Kira, le membre se fondit dans le mur, s'y enfonça au point d'être presque caché.

– *On a trouvé ?* demanda Falconi.

– *Oui.*

Mais Kira avait la tête ailleurs ; les martèlements qui bombardaient le bouclier du xéno gagnaient en puissance. Elle se dépêcha de consolider ses défenses en arrachant de nouveaux éléments aux parois, mais elle se rendait compte qu'elle n'allait pas pouvoir retenir les medz très longtemps.

Un élancement aigu de non-douleur parcourut les vrilles étendues dans le passage de gauche – c'était de cette façon que le xéno lui indiquait qu'il avait été endommagé. Elle eut un hoquet angoissé, et Vishal s'enquit :

– *Que se passe-t-il, madelle Kira ?*

– *Je...*

Un autre élancement, plus fort que le précédent. Kira grimaça, les yeux embués, et secoua la tête. Une pointe de flamme bleue entamait les couches extérieures de son bouclier – une chaleur ardente, aussi intense qu'un soleil, qui faisait fondre et rongeait sa seconde chair. La Lame souple pouvait la protéger de bien des assauts, mais même elle ne pouvait que céder sous la morsure d'une lance thermique. Les medz avaient retenu leurs leçons d'autrefois sur la manière d'affronter l'Idéalis.

– *Ils me donnent... du fil à retordre.* [[Ici Kira : Si tu le peux, fais vite, Itari.]]

Une onde colorée anima la peau de l'extraterrestre, qui retira alors son tentacule du mur. Des filets de mucus dégoulinaient de ses ventouses.

[[Ici Itari : Ctein se trouve quatre *nsarro* devant nous, et quatorze niveaux plus bas.]]

[[Ici Kira : C'est long, un *nsarro* ?]]

[[Ici Itari : C'est la distance que l'on peut nager en sept pulsations.]]

Grâce aux souvenirs de la Graine, Kira avait le sentiment qu'une pulsation était brève, bien qu'elle ne pût y associer une durée précise.

Une explosion ébranla le sol sous leurs pieds.

– Kira…, fit Falconi d'une voix nerveuse.

Les drones de Hwa-jung planaient au-dessus de lui, des projecteurs éblouissants brillant sous leurs bras articulés.

– Que tout le monde s'accroche ! annonça Kira. On descend. De quatorze niveaux.

Elle expédia des tiges noires de part et d'autre en travers de la cage, entre les camarades qu'elle protégeait. Dès que Falconi et les autres tinrent fermement les barres, elle creusa le pont avec le xéno, laissant des milliers de minuscules fibres pareilles à de longs doigts s'enfoncer dans le plancher, arracher tuyauterie, circuits et étranges organes palpitants qui séparaient les étages du bâtiment.

C'était une entreprise risquée ; si elle heurtait un conduit pressurisé, l'explosion pouvait les tuer tous. Mais la Lame souple connaissait ce danger, aussi Kira lui faisait-elle confiance.

En quelques secondes, elle avait dégagé un trou assez large pour englober tout leur groupe. Des ombres bleues s'animaient en contrebas, parmi un chatoiement de particules qui s'élevaient vers eux, aussi vives que des braises.

Kira décrocha alors la Graine des murs et du bouclier, puis se laissa tomber avec les autres dans le crépuscule bleuté.

5.

Un tourbillon de particules aveugla Kira quelques instants.

Lorsque la nuée se dissipa, elle vit une longue salle basse de plafond, creusée de bassins peu profonds remplis d'eau. Les murs étaient presque noirs, tout comme le sol. Des objets ovales de la taille d'une tête humaine luisaient d'un doux éclat au-dessus de niches, semblables à des autels, espacées à intervalles réguliers le long des parois.

Des formes sombres à l'aspect d'insectes remuaient dans l'eau clapotante. Elles fuirent devant les projecteurs aveuglants que les drones de Hwa-jung braquèrent sur elles, cherchant la sécurité dans les ténèbres.

Des bassins d'éclosion, pensa aussitôt Kira, qui se demandait toutefois pourquoi les medz s'encombreraient de telles installations, surtout sur un vaisseau spatial. D'autant plus qu'elles disposaient d'autres technologies pour la reproduction. Le Nid de transfert, par exemple.

Des dalles transparentes épaisses de plusieurs centimètres coulissèrent brusquement au-dessus des bassins, qu'elles fermèrent hermétiquement, et, sans que les proxomones du *Hiérophante* aient transmis le moindre avertissement, toute pesanteur disparut.

– *Ah, putain !* s'emporta Falconi.

Il battit des bras en tous sens un certain temps, puis recourut aux propulseurs de sa méca pour se stabiliser. Derrière lui, les autres empoignèrent les tiges prévues à cet effet.

D'ordinaire, la bascule en impesanteur donnait la nausée à Kira, mais cette fois son estomac resta tranquille. À sa grande surprise, l'absence de gravité lui fut presque agréable. Elle avait la sensation de voler, comme dans un rêve. Ou dans un cauchemar.

Elle ne pouvait imputer ce changement qu'à la Lame souple. En tout cas, elle s'en réjouissait.

[[Ici Itari : En l'absence de gravité, les bancs de Ctein pourront nous assaillir par tous les côtés, Idéalis.]]

– Pas faux, grommela Kira, surtout pour elle-même.

Elle projeta de nouveau des vrilles du xéno et creusa un autre trou dans le plancher. Avec les morceaux, elle construisit un petit bouclier très dense sous leurs pieds, au cas où un bataillon de medz les attendrait en dessous.

Puis, accrochant ses filins un peu partout, elle fit descendre tout le monde au niveau inférieur.

Cette fois, ils se retrouvèrent dans un vaste espace voûté, bleu là encore, mais orné de bandes rouges et orange à peine plus larges que son pouce. Un faisceau de piliers hexagonaux formait comme un arbre jusqu'au plafond, et autour du tronc des nids de fibres enchevêtrées se balançaient doucement, reliées par des câbles au lustre d'étain. Une proxomone d'intense concentration imprégnait les lieux.

Kira ne parvint pas à identifier la fonction de cette salle. Pourtant, elle ne put s'empêcher de s'immobiliser un court instant pour en admirer la majesté, la beauté baroque, l'étrangeté absolue.

Elle reprit son forage et déblaya un trou dans le troisième pont, ce qui leur donna accès à un couloir assez étroit pourvu seulement de quelques portes. Le passage s'achevait une dizaine de mètres devant eux, par une ouverture circulaire menant à une autre salle enténébrée.

Alors qu'elle commençait à désosser le plancher, une proxomone désormais familière lui parvint :

[[Ici Itari : Par ici, Idéalis.]]

Sur quoi, la medz la contourna à toute vitesse et fonça vers l'ouverture.

Kira jura, repositionna le bouclier et s'élança à la suite de l'alien en tractant l'équipage derrière elle. Elle avait l'impression d'être un voilier portant à son bord des marins agrippés aux cordages, prêts à repousser un abordage.

Lorsqu'ils franchirent la porte circulaire, Kira sentit les parois s'écarter. Elle aurait préféré voir ce qui se trouvait devant elle, et aussitôt la Lame souple exauça ses vœux. Sa vision vacilla, puis passa de l'intérieur du bouclier à l'extérieur, comme si le xéno s'était façonné des yeux à sa surface.

Et c'était le cas.

Kira vit que la salle était une sorte de réfectoire. Les souvenirs de la Lame souple lui fournirent au moins cette information. Des mangeoires bordaient les murs, mais aussi des alcôves, auxquelles s'ajoutaient tubes, cuves et conteneurs transparents où flottaient des créatures attendant d'être consommées. Dans l'un d'eux, les *pfennic* au goût de cuivre. Dans un autre, les *nwor* et leurs nombreuses pattes, tendres, savoureux, un vrai régal à chasser.

Entre les alcôves se trouvaient plusieurs portes, solidement fermées. Itari n'en choisit aucune, mais fila vers un disque serti dans le plancher, ses tentacules ondulant dans son sillage.

[[Ici Itari : Par ici.]]

La medz tapota plusieurs petites saillies arrondies au sol, et un couvercle circulaire s'ouvrit avec un claquement métallique, révélant un tube rougeoyant de deux mètres de diamètre.

[[Ici Itari : Nagez par ici.]]

Aussitôt, l'extraterrestre plongea dans le conduit étroit et disparut.

– Merde, s'exclama Kira. (Elle aurait préféré que la medz la laisse repasser en tête.) Tout le monde se décroche. On ne rentrera pas tous, sinon.

Les membres d'équipage lâchèrent les mailles et les longerons de la cage, et Kira modifia la forme de la Graine pour entrer dans l'ascenseur gravitationnel.

Avant qu'elle ait pu le faire, une décharge de non-douleur fusa dans son flanc. Puis une autre sur le bouclier, due à un projectile tiré d'un autre angle, et des détonations d'armes retentirent. Kira tressaillit ; l'exoderme aussi, entraînant avec lui le pavois, qui s'érodait vite.

Les portes qui émaillaient le mur déversèrent une nuée de sphères bourdonnantes. Des drones. Des drones par dizaines, armés de blasters, de crache-plombs et d'outils tranchants. Alors qu'ils fonçaient vers elle, leurs mandibules crépitaient d'étincelles électriques, et leurs bras articulés faisaient claquer et cliqueter leurs pinces tels des ciseaux pressés de taillader la chair.

BRAOUM ! La déflagration d'une grenade tirée par Falconi l'ébranla violemment. Un éclair aveuglant illumina l'autre bout de la salle, et des débris de machines medz rebondirent contre le mur. Les autres membres de l'équipe faisaient feu eux aussi.

Un drone de Hwa-jung explosa.

Kira fit jaillir un véritable buisson d'épines, une pour chaque sphérule vrombissante. La Lame souple était véloce, mais les petits globes l'étaient encore plus. Ils esquivèrent, s'écartant par mouvements imprévisibles que l'œil ne pouvait suivre. La chair ne faisait pas le poids face à la vitesse ou la précision d'une machine, pas même celle de son symbiote.

Dans les communicateurs résonna un cri de douleur.

Kira cria elle aussi, enrageant de ne pas pouvoir repousser les drones.

– Yah !

Aussitôt, la Lame souple fit déferler un courant électrique à sa surface, bouclier compris. Cinq drones extraterrestres grillèrent en crachant des étincelles et tombèrent, leurs pinces articulées se refermant tels de petits poings. Cette décharge fut une initiative aussi bienvenue qu'inattendue, mais pas suffisante pour mettre un coup d'arrêt à l'attaque.

Les drones concentraient apparemment leur feu sur Kira. Elle doutait qu'ils pussent la tuer, mais elle s'inquiétait pour l'équipage. Elle ne pouvait détruire les machines assez vite pour protéger ses compagnons.

Elle prit donc la seule mesure dont elle était capable : elle imagina une sphère creuse qui les enveloppait tous.

La Lame souple obéit et créa une bulle parfaitement ronde autour d'eux.

– *C'est quoi, ce bordel !?* s'exclama Sparrow.

Les canons de ses blasters rougeoyaient comme la braise.

La bulle était fine, en revanche. Beaucoup trop. Kira sentait déjà une bonne dizaine de points chauds se former à la surface sous la mitraille. Elle ne voyait plus à l'extérieur comme précédemment, ne pouvait localiser précisément la position des sphérules afin de les anéantir. Cinquante centimètres au-dessus de sa tête, une pluie d'étincelles perfora la membrane noire.

Un morceau de la bulle gros comme le poing fut arraché, et, l'espace d'un instant, une lumière aveuglante inonda l'intérieur. La Lame souple s'écoula sur le trou pour le recouvrir.

Kira ne savait pas quoi faire. Par désespoir, elle s'apprêta à s'extirper de sa bulle et se jeter en avant pour éloigner les tirs de ses coéquipiers. Peut-être réussirait-elle alors à éliminer les sphérules. Ce serait presque une opération suicide, en revanche. Les medz ne seraient pas loin derrière leurs machines…

– Restez là, leur enjoignit-elle.

Mais une déflagration sonore les assaillit alors. Ce hurlement assourdissant fit vibrer ses dents si fort qu'elle craignit qu'elles se brisent sous la violence de ce martèlement strident et déchirant.

6.

Les pointes brûlantes qui mordaient la bulle disparurent, tout comme le tir de barrage mêlant impulsions laser et projectiles. Stupéfaite, Kira ouvrit une meurtrière pour regarder à l'extérieur (en s'assurant que sa tête fût protégée derrière une épaisse couche de sa seconde chair).

Dans toute la salle, les sphérules tourbillonnaient et filaient dans tous les sens. Elles semblaient déroutées par le vacarme ; leurs armes faisaient feu par rafales intermittentes vers les murs, le sol et le plafond, et leurs pinces articulées remuaient, faibles et sans cible.

Au-dessus des tubes et des mangeoires, Kira vit les entropistes qui volaient vers elle, leurs grandes robes pliées aussi précisément que des origamis. Dans leurs mains étincelait de la lumière, et devant se bombait une onde de choc chatoyante d'air comprimé. C'était d'elle qu'émanait le terrible hurlement. Des lasers la frappèrent, mais elle renvoya les faisceaux d'énergie. Les balles n'eurent pas plus de succès ; elles explosèrent en projetant des étincelles de métal fondu à plus d'un mètre de Jorrus et Veera.

Kira ne comprenait pas ce qu'elle voyait, mais elle ne s'accorda pas un instant pour y réfléchir. Elle se détacha de la bulle, expédia un coup vers le drone le plus proche et ficha une vrille dans son boîtier d'aspect osseux. Sans la moindre hésitation, elle réduisit la machine en miettes.

– *Kira !* cria Falconi. *On peut pas tirer ! Écarte-toi de...*

Elle élargit l'ouverture dans la coupole.

Les drones de maintenance de Hwa-jung virevoltaient autour d'elle, en un flou de mouvement mécanique d'où jaillissaient les éclairs crus des soudeuses à l'arc, détruisant d'une attaque fulgurante toute sphérule qui s'approchait. Ils lui évitèrent à plusieurs reprises de recevoir un tir qui aurait pu la distraire.

– *Ça, c'est de l'aide !* commenta Hwa-jung.

Les secondes qui suivirent s'écoulèrent dans une grande confusion de décharges électriques, de pointes dardées par la Lame souple, et d'une mitraille de lasers. Sparrow et Falconi faisaient feu par-dessus Kira, et, à eux deux, éliminèrent autant de drones que celle-ci.

Les entropistes se révélèrent étonnamment efficaces au combat, alors qu'ils ne portaient même pas d'armure. Leurs tuniques n'étaient pas de simples tuniques, et ils disposaient apparemment de sortes de blasters cachés sur eux. Kira n'en était pas sûre. En tout cas, ils savaient se battre, ce dont elle se réjouissait.

Lorsque la dernière sphérule fut hors de combat, Kira s'immobilisa pour reprendre son souffle. Même si la Lame souple s'efforçait de lui fournir de l'air, elle en manquait. Qui plus est, à cause du masque qui lui couvrait le visage et de la masse accrue du xéno qui l'entourait, elle avait si chaud que la tête lui tournait.

Elle affala la bulle d'un noir d'obsidienne et se tourna vers l'équipage, redoutant ce qu'elle risquait de découvrir.

Hwa-jung plaquait la main contre sa hanche gauche. Sang et Médimousse suintaient entre ses doigts. Une expression de douleur crispait son visage, les narines évasées et les lèvres blanchies tant elle les serrait. Vishal flottait déjà à côté d'elle et déballait un bandage compressif qu'il avait pris dans sa trousse. Le médecin donnait l'impression d'avoir été touché lui aussi ; un point de mousse médicale blanche lui ornait une épaule. Sparrow semblait indemne, mais un tir de laser avait soudé au coude l'articulation de la méca de Falconi, figeant son bras en position semi-fléchie.

– Ça va, ton bras ? lui demanda Kira.

Il grimaça.

– *Ouais. Je peux plus le bouger, c'est tout.*

Sparrow se propulsa jusqu'à Hwa-jung, semblant presque souffrir autant que la mécanicienne. La spatio posa la main sur l'épaule de Hwa-jung, en prenant garde à ne pas gêner Vishal.

– *Ce n'est pas grand-chose*, maugréa Hwa-jung. *Ne vous arrêtez pas pour moi*.

Kira se mordit la lèvre. Elle se sentait désemparée. Et elle avait le sentiment d'avoir échoué. Si seulement elle avait mieux utilisé la Lame souple, elle aurait pu assurer la sécurité de tous.

En réponse à la question qui la travaillait, Falconi déclara :

– *On ne peut plus reculer, maintenant.*

Avant que Kira eût pu émettre un commentaire, une medz jaillit d'un trou circulaire percé dans le pont. Elle faillit la transpercer, mais reconnut l'odeur de la créature et se rendit compte qu'il s'agissait d'Itari.

[[Ici Itari : Idéalis ?]]

[[Ici Kira : Nous arrivons.]]

Un nuage de proxomones dériva alors vers elle, non pas en provenance d'Itari, mais des portes d'où les sphérules blanches et scintillantes avaient surgi. D'autres medz arrivaient, vraisemblablement *très* remontées.

– Il faut qu'on décarre, prévint Kira. Tout le monde dans le tube ascensionnel. Je couvre nos arrières.

Itari replongea dans l'orifice, suivi par Falconi, Jorrus et Veera, ainsi que Sparrow.

– Magnez-vous, doc ! cria Kira.

Vishal ne répondit pas, mais referma sa sacoche. Puis il s'élança jusqu'au trou et s'engagea dedans. Hwa-jung fit de même, traînant derrière elle son blaster accroché à sa sangle.

– Pas trop tôt, bougonna Kira.

Elle comprima la Lame souple autour d'elle, se délesta d'une partie des matériaux qu'elle avait amassés au cours de leur progression, et se jeta tête la première dans le tube.

7.

Tue Ctein.

Cette injonction résonnait dans le crâne de Kira tandis qu'elle filait dans le conduit rouge. Elle volait vite, très vite – autant que le magtram de la station Orsted.

Des panneaux transparents apparaissaient à toute allure et à intervalles réguliers. Au travers, Kira aperçut une série de salles : l'une pleine de végétation oscillante (une forêt d'algues sur un fond étoilé), une autre avec une spirale métallique enveloppant une flamme, une qui bourdonnait de machines à la fonction inconnue, d'autres encore remplies d'objets et de formes qu'elle n'identifia pas.

Elle compta les ponts qui défilaient… Quatre. Cinq. Six. Sept. Enfin ils progressaient pour de bon. Plus que quatre niveaux avant d'atteindre celui où les attendait le grand et formidable Ctein.

Encore trois, et…

Une détonation projeta Kira contre la paroi. La surface incurvée se brisa, et elle fit la culbute vers le côté, avec Itari et les autres, à travers une large salle où s'alignaient des rangées de capsules métalliques.

8.

Merde, merde, merde.

Kira décapsula la bombonne de craie et de limaille qu'elle portait à la ceinture. Un nuage blanc éclata autour d'eux, perdant en densité à mesure qu'il s'étendait vers les murs. Avec un peu de chance, il les protégerait assez longtemps pour qu'elle prenne le contrôle de la situation.

Elle devait agir très rapidement. Seule la vitesse leur permettrait de survivre.

Fichant des vrilles dans le sol, elle s'immobilisa, ébranlée par une secousse douloureuse.

À travers la magnésie, elle vit une créature à l'aspect de homard et à la queue en éventail qui cavalait sur le mur opposé, vers une petite ouverture sombre mesurant moins d'un mètre de diamètre.

Arrête-la.

À cette injonction, la Lame souple abandonna la majeure partie de sa masse accumulée tout en projetant Kira vers la medz. À l'aide des fibres très fines, Kira se tracta en travers du pont, accomplissant une trajectoire courbe dans le nuage.

Le homard tressaillit et tenta d'esquiver l'attaque.

Trop lent. Kira harponna l'extraterrestre avec une lame triangulaire du xéno, qu'elle laissa se hérisser de pointes, pourfendant l'alien comme une pie-grièche empalerait sa proie sur les épines d'un buisson.

Kira balaya la salle du regard. RAS. Hormis quelques marques de brûlure supplémentaires sur leurs mécas, Sparrow et Falconi paraissaient indemnes. Ils tenaient leur position près du tube ascensionnel en compagnie des entropistes.

Du plancher gauchi devant le tube jaillissaient des arcs électriques qui leur bloquaient le passage. Hwa-jung s'approcha et plongea la main dans la clarté bleutée, munie d'un outil pris à sa ceinture.

Peu après, les décharges cessèrent.

Kira vit alors Vishal qui flottait près du mur du fond. Le médecin était figé, les bras tendus le long du corps. Son exoderme avait basculé en position de sûreté, l'immobilisant de la tête aux pieds pour le protéger. La raison à cela sautait aux yeux : un trait de Médimousse suintait de sa poitrine barrée d'une brûlure.

Kira s'élança vers lui pour le rattraper et l'amarrer au sol avec la Lame souple. Au même moment, une ombre trottinant dans sa vision périphérique attira son attention.

Elle pivota sur elle-même, son pouls montant en flèche.

Une créature composée d'innombrables anneaux, pareille à une scolopendre, filait sur le pont supérieur et se dirigeait vers Jorrus, qui avait le dos tourné. Des centaines de pattes noires s'animaient en accordéon sur tout le corps segmenté du myriapode. Des pinces s'ouvrirent devant une bouche où se déployait une rangée de mandibules dégoulinant d'une matière visqueuse.

Kira et Veera virent toutes les deux le mille-pattes, mais pas Jorrus. Veera cria, et son compagnon la fixa du regard, sans comprendre.

Kira dardait déjà une vrille vers l'alien, mais elle était trop loin.

La scolopendre bondit sur Jorrus, referma les pinces sur sa tête et verrouilla les pattes autour de son corps. L'entropiste ne parvint qu'à pousser un cri étranglé avant que les pinces acérées sectionnent son crâne et son cou, le décapitant dans un puissant jet de sang artériel.

9.

La scolopendre repoussa Jorrus et se projeta vers le dos sans protection de Hwa-jung.

Kira hurla, toujours incapable de frapper l'extraterrestre...

Un rugissement de propulseurs se fit entendre lorsque Sparrow enclencha une combustion d'urgence de sa méca et déboula à toute vitesse. Elle se jeta sur le mille-pattes au moment où il s'accrochait à Hwa-jung, et tous les trois culbutèrent vers le côté.

Des lasers firent jaillir des éclairs entre leurs corps enchevêtrés. De la sanie gicla de la carapace de l'alien. Puis du sang se répandit dans l'air, et la méca de Sparrow émit un grincement métallique de protestation.

Par les communicateurs retentissaient des halètements frénétiques.

Kira se catapulta vers les combattants. Elle les atteignit à l'instant même où Sparrow éjectait le myriapode vers le mur du fond, d'un coup de pied – l'alien se tortillant énergiquement tout du long.

BOUM !

Le lance-grenades de Falconi se cabra, et la scolopendre fut réduite en charpie orange.

– Pas trop de dég…, commença Kira, avant d'apercevoir de la mousse médicale qui giclait d'une vilaine fissure dans l'armure de la jambe gauche de Sparrow – le genou était bloqué, raide comme un piquet.

Hwa-jung ne s'en sortait pas mieux. Le myriapode l'avait mordue profondément à l'épaule droite. L'exoderme de la mécanicienne avait déjà endigué le saignement, mais son bras pendait mollement, et son torse tout entier semblait de travers.

Derrière elles, Veera hurlait. Elle flottait à côté du corps de Jorrus, qu'elle serrait dans ses bras.

Les convulsions du visage de Veera lui étaient si pénibles à voir que Kira détourna le regard. *Ça ne marchera jamais*. Cette pensée l'assaillit avec une limpidité glaciale.

– *Je peux faire quelque chose ?* s'enquit Falconi en se propulsant vers Hwa-jung.

– *Montez juste la garde*, répondit Sparrow, d'une voix crispée par la douleur, tandis qu'elle s'occupait de Hwa-jung, lui appliquant un bandage d'urgence en haut du dos.

– *Arrrgh !* geignit la mécanicienne.

Kira ne se contenta pas de monter la garde. Elle expédia un filin autour de Vishal, qui dérivait toujours à l'autre bout de la salle, et le tracta jusqu'à eux. Le médecin la regarda en roulant les yeux, l'air effrayé et frustré par son incapacité à bouger. La sueur perlait sur son visage. Puis elle prit Veera et Jorrus (ainsi que la tête tranchée de ce dernier) dans son étreinte et les ramena à leur tour. Veera ne protesta pas, elle s'accrocha juste davantage à Jorrus, et enfouit sa visière dans la robe ensanglantée de son compagnon.

Itari se joignit au petit groupe, ses tentacules flottant derrière lui.

Une fois tout le monde à proximité, Kira se mit à arracher le plancher, dans l'intention de bâtir un dôme protecteur autour d'eux. D'autres medz n'allaient pas tarder à fondre sur eux, et Hwa-jung, Vishal et Veera n'étaient pas en état de se battre.

Tandis qu'elle plongeait la Lame souple dans le sol, elle sentit une réticence inhabituelle chez le xéno, et…

Elle tressaillit lorsque Itari l'entoura d'un tentacule. Les ventouses de la créature agrippèrent la Lame souple dans une tentative futile de l'immobiliser. Un court instant, Kira dut réprimer l'envie de transpercer la medz avec un épi d'aiguillons.

[[Ici Kira : Qu'est-ce que tu…]]

[[Ici Itari : Idéalis, non. Arrête. C'est dangereux.]]

Elle se figea, et le xéno l'imita.

[[Ici Kira : Explique-toi.]]

Falconi leur jeta un coup d'œil à travers sa visière.

– *Qu'est-ce qui se passe, Kira ?*

– J'essaie de le comprendre.

[[Ici Itari : Il y a un tube d'alimentation sous ce plancher. Tu le vois ?]]

La medz pointa un bras osseux vers un marquage au sol qui s'étendait au milieu du pont.

[[Ici Itari : Un courant long et tumultueux. Très dangereux de le couper. L'explosion nous tuerait.]]

Kira retira aussitôt la Lame souple. Elle aurait dû prêter une plus grande attention au xéno. Cette erreur aurait pu leur coûter la vie.

[[Ici Kira : Le pont du dessus est-il sans danger ?]]

[[Ici Itari : Pour t'y attaquer avec ta seconde chair ? Oui.]]

Forte de cette garantie, Kira désossa le plafond et l'utilisa pour édifier une épaisse coupole. Tout en s'y employant, elle expliqua à Falconi :

– Ligne d'alimentation dans le plancher. Il faudra que je découpe un passage ailleurs.

Puis, désignant le médecin et la mécanicienne, elle ajouta :

– On ne peut pas les emmener.

– *Mais il est pas question qu'on les abandonne*, rétorqua Falconi, furieux.

Elle lui retourna un regard tout aussi véhément, sans jamais interrompre sa construction, ses vrilles donnant l'impression d'assembler le dôme de leur propre chef.

– Tu veux qu'ils se fassent tuer, peut-être ? Je ne peux pas assurer leur sécurité. Et on ne peut pas les renvoyer. Alors qu'est-ce que tu attends de moi ?

Un silence gêné s'ensuivit.

– *Tu pourrais les rafistoler, comme tu l'as fait pour mon bonsaï. Tu as réussi à pénétrer dans le cerveau de Gregorovich, pas vrai ? Ça ne doit pas être bien difficile de guérir des os et du muscle.*

Elle secoua la tête.

– Si, c'est difficile. Très. Je peux essayer, mais pas ici, et pas maintenant. Je serais incapable de nous défendre contre les medz en même temps.

Falconi se rembrunit.

– *Ouais, mais si on les laisse ici, les medz…*

– Elles se concentreront sur moi. Seuls, Hwa-jung, Vishal et Veera devraient être tranquilles quelque temps. Je ne sais pas trop pour Sparrow, par contre. Sa…

– *Je peux quand même me battre*, rétorqua la spatio d'un ton brusque. *T'inquiète pas pour moi*.

Elle appliqua une dernière pression sur le pansement compressif dans le dos de Hwa-jung, puis prit la tête de la mécanicienne dans ses bras avant de se propulser vers l'endroit où

Kira était suspendue parmi des dizaines de tiges noires, reliées chacune à la coquille qu'elle élaborait.

– Tu devrais rester là. Vous devriez tous rester, les implora Kira. Je…

– *On ne te laisse pas toute seule*, la coupa Falconi. *Le débat est clos.*

Hwa-jung planta fermement ses grosses chaussures sur le plancher et leva son blaster de son bras valide.

– *T'en fais pas pour nous, Kira. On va survivre.*

[[Ici Itari : Nous devons nous dépêcher. Le grand et formidable Ctein doit se préparer à nous affronter.]]

– Oh, bordel… Bon, d'accord. Tous les trois, sortez du dôme. Tout de suite.

Kira était en train de traduire quand le *Hiérophante* fit une embardée d'un mètre vers la droite et que toutes les lumières tremblotèrent. Nerveuse, elle jeta des coups d'œil alentour. Rien d'autre ne semblait avoir changé.

– *Gregorovich !* cria Falconi en tapotant son casque. *Répondez, Gregorovich !*

Il secoua la tête.

– *Fait chier. Pas de signal. Il faut qu'on s'arrache.*

Ce qu'ils firent. Kira s'extirpa de la coupole et, en quelques secondes de travail effréné, la scella et la renforça de l'extérieur. Les medz pourraient quand même s'y introduire de force, mais cela exigerait du temps, et les extraterrestres s'inquiétaient plus d'*elle* – de l'Idéalis – que de quiconque.

Hwa-jung et Sparrow ne se quittèrent pas des yeux jusqu'à ce que le dernier panneau s'encastre dans la structure et leur bouche la vue. Puis Sparrow releva les épaules et se détourna avec une expression si assassine que, pour la première fois depuis leur rencontre, Kira eut vraiment peur d'elle.

– *Conduis-nous à Ctein*, grogna la spatio.

– Par ici, indiqua Kira.

Tout en gardant cinquante centimètres de bouclier empilés devant elle, elle se précipita vers la porte qu'Itari avait désignée. Sparrow, Falconi et la medz la suivirent.

Le portail coulissa. Derrière se trouvait une salle où s'alignaient par rangées des espèces de cloportes géants enfermés dans d'étroits enclos métalliques.

Kira eut un temps d'arrêt. *Encore un piège ?*

– Je passe d'abord, annonça-t-elle, avant de se répéter pour Itari.

Falconi hocha la tête, puis les deux autres et lui s'écartèrent.

Kira prit une grande inspiration et s'avança.

Lorsqu'elle franchit l'ouverture, une violente explosion l'aveugla, et elle eut l'impression qu'une ceinture d'acier lui enserrait la taille, tranchant peau, muscles et os.

10.

Elle n'était pas morte.

Ce fut la première pensée qui vint à Kira, perplexe. Si les medz avaient miné la porte, elle aurait dû être morte. Sa taille n'était pas vraiment douloureuse. Elle ressentait juste une pression et un pincement désagréables, ainsi qu'un copieux afflux de non-douleur.

Le souffle la faisait tournoyer comme une toupie. Elle essaya de bouger et découvrit que seuls son cou et ses bras répondaient. Tandis qu'une salve de faisceaux laser et de balles s'abattait dans son dos, elle se risqua à jeter un coup d'œil vers ses pieds.

Elle le regretta.

La déflagration avait perforé les cinquante centimètres de matériau du xéno qui enveloppait son abdomen. Des bandes déchirées d'intestin gris-blanc s'échappaient par les trous, avec des giclées d'un sang affreusement rouge. Alors que son élan faisait pivoter ses hanches, elle aperçut la blancheur d'un os parmi la chair, et elle crut reconnaître une vertèbre.

Le xéno était déjà en train de ramener ses entrailles dans son ventre et de suturer les plaies, mais Kira savait que ces blessures étaient suffisantes pour la tuer. Les souvenirs de la Graine étaient sans appel : l'hôte de l'exoderme pouvait tout à fait mourir.

Tandis qu'elle pirouettait, un éclair de métal fondu s'enfonça dans son bouclier.

Un autre suivit aussitôt, frappant plus près de ses organes vitaux. Des gouttes incandescentes éclaboussèrent ses jambes, rebondirent sur la surface durcie du xéno, et refroidirent pour prendre un aspect noir cendré.

Kira ne ressentait aucune douleur, mais elle voyait flou, et tout lui semblait lointain et impalpable. Elle ne pouvait pas se défendre ; elle parvenait à peine à réfléchir.

Elle entraperçut une meute disparate de medz qui fonçait vers elle – tentacules, griffes et pinces mêlés, prêts à la tailler en pièces. Elle n'avait pas le temps de fuir…

Puis Falconi, Sparrow et Itari surgirent et accueillirent les assaillants sous un feu nourri de leurs lasers, lance-grenades et mitrailleuses.

Kira se crut sauvée. Mais les medz étaient trop nombreuses. Elles se séparèrent en plusieurs groupes, repoussèrent Sparrow et Falconi vers les murs, derrière les enclos métalliques, et acculèrent Itari dans un recoin concave.

Non ! paniqua Kira tandis que ses trois camarades disparaissaient derrière une déferlante de corps grouillants.

Ce fut son tour d'être attaquée de toutes parts. Medz énormes et petites, à pattes, à pinces, et d'autres dont elle ne reconnut même pas les appendices. Une chaleur aussi ardente que celle d'une étoile se mit à découper sa peau protectrice.

Elle tenta de lancer des aiguillons vers ses ennemis, dont ils tuèrent une partie. Mais les autres ne furent pas touchés, ou les flammes l'arrêtèrent, et l'exoderme se replia, parcouru de non-douleur.

Elle réitéra ses tentatives, même si la chaleur lui donnait le vertige. Elle essaya de contourner les torches, de trouver les failles microscopiques dans les armures des medz. Dans le même temps, un sentiment de dégoût l'enveloppa : tous les aliens de la mêlée crachaient la haine et la révulsion qu'elle leur inspirait. *[[Non-forme, fausse-chair]]* criaient-ils tandis qu'ils s'employaient à perforer, déchirer et brûler sa carapace. La masse gigantesque qu'ils constituaient lui rendait le mouvement difficile, malgré la force immense de la Lame souple.

Kira fit donc la seule chose à sa portée : elle lâcha prise. Elle laissa volontairement le contrôle à la Graine et la somma de faire le nécessaire. Dans quelques secondes, elle allait perdre connaissance…

Le bouclier, les parois et les créatures enragées s'effacèrent et perdirent leurs couleurs. La salle se mit à vaciller autour d'elle. Il y eut des éclairs, des décharges et des bruits étouffés.

Elle sentit que la Graine gagnait en ampleur, se gavait du *Hiérophante bossué* comme jamais, se ramifiant et se déployant en une multitude de lianes noires. Ce qui la définissait en tant que *Kira* s'étirait sur une surface toujours plus vaste, se délayait à cause des exigences neuronales de l'exoderme.

Les lianes se faufilèrent *à travers* le barrage qu'elle avait construit, s'allongeant jusqu'à accéder à ce qui se trouvait derrière chaque point de non-douleur. Tâtant. Goûtant. Comprenant. Et quand elles touchaient de la chitine ou des muscles étrangement gélatineux, elles saisissaient et tiraient violemment, tordaient et déchiraient jusqu'à ce que l'être frétillant ait cessé de frétiller.

Peu à peu, les bruits se firent plus forts et la couleur réinvestit son environnement. D'abord le rouge ; Kira vit alors les murs éclaboussés de sang. Puis le bleu ; elle remarqua les voyants d'alerte de dépressurisation qui clignotaient près du plafond. Puis le jaune et le vert, qui attirèrent son attention sur la sanie mêlée de sang.

Ses idées s'éclaircirent en même temps que l'air ; fumée, craie et limaille s'écoulaient vers trois trous percés dans les parois, le plus large d'entre eux faisant la taille de son poing.

Une couche nanométrique de fibres noires du xéno couvrait une vaste portion de la salle, et Kira était suspendue en son centre par des dizaines de tiges et de filins qui émanaient d'elle en direction des murs. Parmi les stalles étroites où flottaient les cloportes morts dérivaient les restes de dizaines de medz. Un nuage de sanie et de viscères les entourait, horrible masse orageuse de fluides et de membres mutilés, parsemée de débris de matériel. En s'échappant, l'air plaqua un crabe contre un trou, qu'il ferma hermétiquement.

C'était elle qui avait accompli ce carnage. Elle. Une profonde douleur se forma dans son cœur. Jamais elle n'avait aspiré à semer la dévastation, à tuer. La vie était trop précieuse pour cela. Pourtant les circonstances l'avaient poussée à la violence, à devenir une arme. Et la Graine avec elle.

La voix de Falconi grésilla dans ses oreilles :

– *Kira ! Tu m'entends ? Libère-nous !*

11.

– Hein ?

Elle se détourna et constata que la Lame souple s'était étendue jusqu'au fond de la salle, et, à l'aide d'un réseau de fibres, collait Falconi, Sparrow et Itari aux parois de part et d'autre de l'entrée détruite par le feu. Un vif soulagement l'envahit. Les medz ne les avaient pas tués. La Graine ne les avait pas tués. *Elle* ne les avait pas tués.

Au prix d'un effort important, elle rétracta les fibres pour libérer le capitaine et les deux autres. En se concentrant, elle parvenait à contrôler n'importe quelle partie de la Graine, mais, dès que son attention se relâchait, la partie agissait selon la volonté du xéno. Sous un tel afflux d'informations sensorielles, doublé du choc provoqué par sa blessure, elle se sentait hébétée.

– *Nom de Dieu*, lâcha Falconi en traversant une nuée de viscères flottants pour la rejoindre.

– *Dieu n'a pas grand-chose à voir là-dedans, à mon avis*, commenta Sparrow.

Falconi s'immobilisa près de Kira et lui lança un regard inquiet à travers sa visière.

– *Tu vas bien ?*

– Ouais, c'est juste que… Je…

Malgré elle, elle observa de nouveau le bas de son corps.

Sa taille avait recouvré un aspect plus normal. Informe et aussi épaisse qu'un tonneau à cause de l'exoderme, elle paraissait pourtant intacte. Et en état de marche. Kira prit une grande inspiration, tenta de contracter ses abdominaux. Ses muscles fonctionnaient, mais ils lui semblaient étranges, telles des cordes de guitare mal tendues.

– *Tu es en état de continuer ?* s'enquit Sparrow, ses armes toujours pointées vers la porte à l'autre bout.

– Je crois.

Kira n'aurait pas d'autre choix que de se laisser examiner par Vishal s'ils sortaient vivants du *Hiérophante*. Le problème principal n'était pas ses muscles (qu'on pouvait réparer), mais le risque d'infection. Ses intestins avaient été perforés. À moins que la Graine sût différencier les bonnes bactéries des mauvaises, elle allait se retrouver avec une septicémie en moins de temps qu'il ne faut pour le dire.

Cela étant, elle avait beaucoup plus confiance dans le xéno qu'au début. Elle allait donc se montrer optimiste, et, avec un peu de chance, elle ne perdrait pas connaissance.

Kira rappela davantage l'exoderme pour libérer ses bras, puis tapota le plastron de Falconi.

– Tu as des antibiotiques, là-dedans ?

Il leva une main, et une petite aiguille surgit au bout de l'index de sa méca. À l'injonction de Kira, la Lame souple découvrit un carré de peau de son épaule, sur laquelle elle perçut le contact chaud de l'air ambiant.

Elle sentit la piqûre de la seringue et la brûlure des antibiotiques dans son muscle. La Lame souple ne considérait apparemment pas l'injection assez importante pour bloquer la douleur.

– Aïe, fit Kira.

Les lèvres de Falconi tressaillirent, formant un semblant de sourire.

– *Je viens de te donner une dose d'éléphant. Ça devrait faire l'affaire.*

– Merci.

L'exoderme recouvrit son épaule. Kira se cambra et contracta de nouveau ses abdos. Cette fois, elle se concentra sur ce qu'elle aurait dû ressentir. Un sifflement aigu lui échappa lorsque les fibres désaccordées changèrent de position en émettant un *chtong* qui expédia une vibration jusqu'aux extrémités de ses doigts et au cœur de ses os.

Sparrow secoua la tête à l'intérieur de son casque.

– *Bordel de Thulé ! J'ai jamais vu un truc pareil,* chica.

Proxomone de profond respect.

[[Ici Itari : Idéalis.]]

Maintenant que les medz savaient quoi utiliser contre elle, elle allait devoir se montrer plus maligne. Fini de foncer tête la première. Si elle y était restée, les medz auraient éliminé Falconi, Sparrow et Itari. Cette idée l'emplit d'un effroi comme elle n'en avait pas ressenti depuis les évènements sur Adrastée.

[[Ici Itari : Nous ne devrions pas nous attarder ici, Idéalis. Nous sommes tout près de Ctein, et d'autres soldats de sa garde ne vont pas tarder à arriver.]]

[[Ici Kira : Je sais. Il faut continuer à descendre…]]

Un bref éclat lumineux attira son attention lorsque le trivalve situé un peu plus loin se convulsa et cracha *quelque chose*. Avant que Kira ait eu le temps de voir de quoi il s'agissait, Falconi enclencha ses propulseurs d'urgence pour se poster devant elle, et elle entendit deux puissantes détonations.

Une pluie d'étincelles et de balles de shrapnel éjecta Falconi comme un fétu de paille.

12.

Kira vit un drone medz s'éloigner à toute allure de la porte, laissant dans son sillage comme une queue de comète de fumée protectrice. En rage, elle emprisonna le drone dans un filet de fibres, puis elle projeta des pointes et transperça de part en part la machine, qui s'éteignit en geignant.

Elle prit une inspiration tremblotante ; sans Falconi, les tirs auraient pu lui arracher la tête.

Sparrow attrapa l'armure de Falconi par-derrière et le ramena près d'elle. Le capitaine avait le bras droit en purée. Une détermination soudaine envahit Kira : elle n'allait perdre personne d'autre. *Ça ne se reproduirait pas.*

Falconi haletait mais restait calme ; ses implants bloquaient sans doute la majeure partie de la douleur. De la mousse blanche jaillit des bords cassés de l'armure, stoppant le saignement et enveloppant le bras de Falconi dans un plâtre instantané.

– *Putain*, grogna-t-il.

– Tu peux bouger ? demanda Kira.

Une nouvelle secousse ébranla le *Hiérophante*. Elle n'y prêta pas attention.

La méca de Falconi s'agita d'un soubresaut lorsqu'il vérifia.

– *Je peux me servir de mon bras gauche, mais les propulseurs sont HS.*

– Bordel.

Ça faisait un total de quatre blessés et un mort. Kira leur adressa un regard à chacun.

– Faites demi-tour. Dépêchez-vous. Vous devez repartir avec les autres.

Derrière sa visière, Falconi crispa les dents et secoua la tête.

– *Alors là, ça risque pas. On t'abandonne pas.*

– Hé, écoute-moi.

Kira l'attrapa et plaqua le front contre son casque. Les yeux bleus de Falconi n'étaient qu'à quelques centimètres, séparés d'elle par l'écran de saphir limpide.

– J'ai la Lame souple. Si tu restes, tu vas y passer, c'est tout ce que tu vas gagner.

Elle garda pour elle son autre pensée : si elle ne devait s'inquiéter que d'elle, elle pourrait se lâcher avec la Lame souple sans craindre de les blesser ou de les tuer.

Après quelques souffles, Falconi céda.

– *Et merde. D'accord. Sparrow, toi aussi. Nous trois.*

La spatio fit non de la tête.

– *Je laisse pas Kira toute…*

– *C'est un ordre !*

– *Fait chier !*

Sparrow se propulsa cependant vers la salle qu'ils venaient de quitter. Falconi et Itari suivirent de près.

– Dépêchez-vous ! les pressa Kira. Allez, allez, allez !

Sous son insistance, ils regagnèrent vite le dôme protecteur. Il ne fallut que quelques secondes à Kira pour y ménager un trou de la taille d'une medz. Dedans, Hwa-jung pointait un blaster sur l'ouverture.

– *Fais bien gaffe à toi*, lui recommanda Falconi en s'apprêtant à entrer.

Kira fit de son mieux pour le serrer contre elle malgré l'armure.

– Ne garde pas les cicatrices de ta blessure, ce coup-ci, d'accord ? Promets-le-moi.

– *Tu vas t'en sortir, Kira.*

– Évidemment, qu'est-ce que tu crois ?

– *Ça suffit, intervint Sparrow. Il faut pas que tu traînes, alors grouille !*

[[Ici Itari : Idéalis…]]

[[Ici Kira : Trois niveaux plus bas et tout droit… je sais. C'est là que se trouve Ctein. Fais juste en sorte que mes coformes soient en sécurité.]]

Brève hésitation de la part de la medz, puis :

[[Ici Itari : C'est promis.]]

Kira referma solidement le dôme. Tandis qu'ils disparaissaient derrière les plaques de métal, Falconi lui envoya un dernier message :

– *Tu vas y arriver. N'oublie pas qui tu es.*

13.

Kira pinça les lèvres. Si seulement cela pouvait être aussi facile. Laisser toute latitude au xéno serait la manière la plus sûre et la plus simple de tuer Ctein, mais elle risquerait alors de perdre sa propre identité et, plus grave, de créer une autre Dévoreuse. Et c'était là un risque qu'elle se refusait à prendre.

Par conséquent, elle tenait à garder le contrôle sur le xéno, coûte que coûte. Toutefois, elle pouvait accomplir davantage avec lui qu'elle ne l'avait fait, ce qui exigeait de lui accorder plus d'autonomie.

Cela la terrifiait. Elle allait marcher sur un fil, sans le moindre droit à l'erreur.

Elle regagna à toute vitesse la salle où avaient été parqués les cloportes. L'air y était si saturé de morceaux de chair et de fluides corporels qu'on y voyait mal. Elle ramena le xéno près d'elle afin qu'il forme un cylindre compact. Puis elle désossa le pont et déboucha dans un tunnel de transport.

Il n'y avait plus que la Graine et elle, un vaisseau plein de medz qui les encerclaient, et le grand et formidable Ctein droit devant.

Le coin des lèvres de Kira tressaillit. Si par miracle ils survivaient – si *l'humanité* survivait –, on baserait des cours d'exobiologie passionnants sur ces péripéties. Elle espérait juste qu'elle aurait le loisir d'y assister.

Alors qu'elle s'était enfoncée à mi-profondeur du plancher du tunnel, le *Hiérophante* bascula comme une balançoire sortie de ses gonds. Les parois tremblèrent bruyamment, et Kira entendit un nombre alarmant de claquements secs et de sifflements de gaz. Les lumières s'éteignirent, vite remplacées par un éclairage d'urgence, rouge et peu puissant. Une demi-douzaine de jets de vapeur à haute pression jaillirent des murs, marquant les emplacements des conduits rompus.

Tout le long du tunnel, Kira distingua dans les panneaux des trous qu'elle n'avait pas vus avant, aux contours irréguliers. Certains n'étaient pas plus gros qu'un ongle, d'autres faisaient la taille de sa tête.

Le récepteur dans son oreille grésilla.

– *... recevez. Je répète, tas de bidoche, est-ce que vous me recevez ?*

– Gregorovich ?! s'exclama-t-elle, incrédule.

– *Lui-même. Il faut vous hâter, tas de bidoche. Les cauchemars se rapprochent. L'un d'entre eux vient de détruire un vaisseau medz. Le* Hiérophante *a été heurté par les débris. Le choc semble avoir perturbé leur brouillage.*

– Des medz de notre camp ?

– *Par chance, non.*

Elle reprit son forage.

– Les autres sont retranchés un pont plus haut. Vous pourriez les aider à regagner l'*Hélix ?*

– *Nous sommes déjà en concertation étroite*, répondit l'IB. *Les différentes possibilités sont à l'étude, des plans s'échafaudent, toutes les éventualités sont examinées.*

Avec un grognement, Kira arracha une poutre de soutien. Une balle tirée d'un peu plus loin dans le tunnel de transport ricocha sur son flanc. Elle ne s'en soucia pas.

– OK. Prévenez-moi s'ils évacuent le vaisseau.

– *Affirmatif. Faites-leur leur fête, Varunastra.*

– Ça marche, confirma-t-elle, la mâchoire crispée. Je vais les mater.

D'autres balles, faisceaux laser et projectiles s'abattirent sur elle alors qu'un groupe de medz déchaînées se massait au bout du couloir. Le pourtour de la Lame souple était assez épais pour que Kira ne s'en inquiète pas. Les medz allaient devoir recourir à une arme *beaucoup* plus grosse si elles espéraient la blesser.

Après avoir franchi le seuil du tunnel, elle déboucha dans une salle baignée d'une lueur rouge sombre et parcourue de conduits transparents où de l'eau coulait bruyamment, assez larges pour que les medz puissent y passer ; puis, après un nouveau forage, elle atteignit le pont désiré. *Enfin*. Kira esquissa un sourire. Ctein était tout près, maintenant.

Ce dernier niveau était violet foncé, aux murs couverts de motifs évoquant ceux qui ornaient les bâtiments de Nidus. Des résonances des Disparus, réemployées par des grappeurs qui ignoraient le sens des artefacts qu'ils avaient découverts, et s'en moquaient.

Le dégoût qu'éprouva Kira n'était pas le sien ; il provenait de la Graine, réprobation assez vive pour lui donner envie de saccager les parois, de les purifier de leurs copies bâclées, barbares, arrogantes.

Fonçant tout droit, elle dégagea les portes à grands coups, transperça et brisa les medz qui s'interposaient… Rien ne pouvait la ralentir ni la bloquer. Elle aurait pu s'égarer, mais devant elle enflait une épaisse nappe de proxomones, qu'elle identifia comme celle de Ctein : une émanation de haine, de colère, d'impatience et… de satisfaction ?

Avant qu'elle eût pu démêler ces signaux, Kira atteignit une porte ronde haute de dix mètres. Contrairement à toutes celles qu'elle avait pu voir à bord des bâtiments medz, celle-ci n'était pas constituée de coquillage mais de métal, de composite, de céramique et d'autres matériaux qu'elle ne reconnut pas. La structure était blanche, bordée de cercles concentriques en or, en cuivre, et vraisemblablement en platine.

Sept canons fixes étaient montés autour du cadre. Suspendues aux murs près de ces canons se trouvaient au moins une centaine de medz de toutes tailles et formes.

Kira n'hésita pas un instant. Elle plongea tout droit, laissant la Lame souple arracher le plancher devant elle, darder des aiguillons noirs vers les mitrailleuses, et expédier un millier de fils dans les airs, lancés à la recherche de la chair.

Les armes automatiques ouvrirent le feu dans un tonnerre assourdissant. Le xéno en étouffa le vacarme. Plus d'une dizaine de projectiles s'écrasèrent sur Kira, certains brisant ou trouant l'exoderme par endroits, chocs aussitôt suivis de tiraillements de non-douleur.

Les medz combattirent vaillamment, mais Kira avait trop d'expérience et de confiance en elle. Leurs efforts furent tout à fait vains. Une demi-seconde plus tard, les pointes de ses aiguillons palpaient les mitrailleuses, puis elle les perforait et en détruisait le mécanisme.

Les muscles, os et carapaces des medz ne lui posèrent pas plus de difficulté. Pendant un déchaînement de quelques instants, elle sentit leur chair – ses lames transperçaient leurs entrailles molles, qui n'offraient nulle résistance et tremblaient sous la violence de leur sort. Ce fut intime et obscène, mais, malgré son écœurement, Kira ne s'arrêta jamais, ne ralentit même pas.

Elle retira alors la Lame souple. L'espace devant la porte ronde n'était plus qu'un nuage de sanie vaporisée et de corps en charpie : un massacre de sa seule main.

Gagnée par la honte, elle éprouva un cinglant besoin d'être pardonnée. Kira n'avait jamais été croyante, pourtant elle avait le sentiment d'avoir commis un péché, comme lorsqu'elle avait créé la Dévoreuse involontairement.

Mais qu'aurait-elle pu faire d'autre ? Laisser les grappeurs la tuer ?

Elle n'avait pas le temps d'y réfléchir. Après s'être élancée vers l'avant, elle agrippa la porte avec des vrilles étendues dans toutes les directions. Puis, avec un cri et une violente traction, elle arracha la structure massive, en jeta les différentes parties contre les parois, qui s'enfoncèrent sous le choc.

14.

Une proxomone âcre et pénétrante assaillit Kira, plus puissante que toutes celles qu'elle avait senties auparavant. Elle eut un haut-le-cœur et cligna des paupières, ses yeux se mouillant de larmes derrière le masque de l'exoderme.

Devant elle se trouvait une vaste salle sphérique. Un îlot de roche s'élevait de ce qui devait constituer le sol quand une poussée dotait le *Hiérophante* d'une pesanteur. L'îlot rocheux était enveloppé, gainé, *isolé* par une grande sphère d'eau bleu nuit qui ondoyait. Et là, au cœur de la sphère, au sommet de l'îlot rocheux, trônait le grand et formidable Ctein.

Cette créature tenait en tous points du cauchemar, dans les deux sens du terme. Un enchevêtrement de tentacules marbrés de gris et de rouge prenait racine dans un corps lourd et colossal serti çà et là de plaques de carapace orange. Des centaines, non… des milliers d'yeux ourlés de bleu émaillaient la moitié supérieure de cette montagne de chair plissée, et tous braquèrent sur elle une hargne assez puissante pour que Kira eût un mouvement de recul.

Grand et formidable, en effet ; Ctein était gigantesque. Plus grand qu'une maison. Plus grand qu'une baleine bleue. Même plus grand que l'*Hélix*, et plus massif aussi, car entièrement plein. Kira eut le plus grand mal à appréhender la taille du monstre. Jamais elle n'avait vu de créature aussi immense, à part dans les films ou les jeux vidéo. Il était beaucoup plus gros que dans ses réminiscences, sans doute à cause de l'avidité sans bornes de Ctein au cours des siècles qui s'étaient écoulés entre-temps.

Ce n'était pas tout. Grâce à la vision augmentée dont la Lame souple la pourvoyait, Kira vit comme un soleil miniature brûlant au cœur de la masse informe de Ctein – explosion stable qui ne demandait qu'à s'échapper de sa coquille. Une perle rougeoyante d'annihilation.

Elle bascula sur le spectre de la lumière visible puis revint à l'infrarouge. À la lumière visible, elle ne décelait rien d'inhabituel. Le corps de Ctein était du même gris-rouge foncé que dans ses souvenirs des temps anciens. Mais, à l'infrarouge, il flamboyait, il rougeoyait, il scintillait et brillait. Il *étincelait*.

En bref, cette medz semblait s'être encastré un réacteur à fusion dans le corps.

Kira se sentait toute petite, insignifiante, minuscule fourmi face à un mastodonte. Son courage faillit l'abandonner. Malgré toutes les prouesses de la Lame souple, elle avait du mal à imaginer comment elle pourrait égaler la puissance de Ctein. Par ailleurs, cette créature n'était pas un vulgaire animal sans jugeote. Elle était aussi rusée qu'une intelligence de bord, et ses capacités lui permettaient de dominer les medz depuis des siècles.

Ces considérations firent douter Kira, et le doute la fit hésiter.

Tout autour du rocher de Ctein était incrustée une bonne portion du Conclave abyssal – des coquillages à l'aspect de bernacle marbrés de différents verts et oranges, les bras aux nombreuses articulations de leurs occupants remuant dans les courants. Remuant et geignant dans un vacarme infernal qui, aux oreilles humaines de Kira, évoquait un chœur d'âmes au supplice. Pour le grappeur qui sommeillait en elle, pour Nmarhl, c'était les sons du foyer, et des souvenirs de la Berge plaintive l'assaillirent.

Puis la puanteur accablante des proxomones passa de la satisfaction à l'amusement. Et de la créature cauchemardesque émana une déclaration, aussi concise qu'apocalyptique :

[[Ici Ctein : Je te vois.]]

À cet instant, Kira comprit que son hésitation avait été une erreur. Elle convoqua la Lame souple, la comprima comme un grand ressort tandis qu'elle se préparait à frapper pour anéantir Ctein.

Mais elle fut beaucoup trop lente.

Un bras pourvu d'une pince se déplia à la ligne médiane de la medz, décrocha une sorte de grosse dalle foncée du sommet de sa carapace. Puis Ctein la braqua sur elle.

Oh, merde ! Cette dalle était un énorme canon à impulsion, une arme assez massive pour être montée à la proue d'un croiseur, assez puissante pour transpercer un cuirassé du CMU de part en part. Kira était fichue. Elle espérait juste que…

Deux choses se produisirent coup sur coup : l'exoderme s'anima autour d'elle, augmenta sa superficie, et…

BAAAAM !

Le pont se souleva sous ses pieds, et il y eut un bruit si assourdissant que tout fut ensuite plongé dans le silence. À l'autre bout de la vaste salle, une boule de feu d'un vert scintillant dévora le mur concave, et une onde de pression déferla dans la sphère d'eau, broyant le Conclave abyssal, arrachant le grand et formidable Ctein à son trône ancestral. La créature battit des tentacules dans tous les sens, en vain.

À droite de Kira, la coque disparut, et elle entendit le hurlement de l'air aspiré dans le vide. Avant qu'elle ait eu le temps de réagir, la muraille d'eau bouillonnante s'abattit sur elle.

L'eau la heurta avec la force d'un tsunami déchaîné. L'impact brisa toutes ses vrilles et tous ses filins, séparant la majeure partie du xéno du reste de sa masse et les expédiant, elle et lui, comme des fétus de paille dans la blancheur incandescente de l'espace.

– *Kira !* cria Falconi.

CHAPITRE 6

★ ★ ★ ★ ★ ★ ★

SUB SPECIE AETERNITATIS

1.

L'espace était blanc ?

Kira ignora cette absurdité manifeste. Il fallait procéder par ordre. Elle commanda mentalement à la Lame souple de stabiliser leur vol, et des jets de gaz soufflèrent depuis ses épaules et ses hanches. Le tournoiement ralentit, et en quelques secondes la coque fuyante du *Hiérophante bossué* s'immobilisa dans son champ de vision.

Un énorme morceau avait été arraché au flanc du vaisseau ; ce qui l'avait atteint avait soufflé la plupart des ponts arrière. *Une autre Casaba-Howitzer ?*

Elle percevait les morceaux de Lame souple restés orphelins dans le *Hiérophante*, séparés d'elle et pourtant connectés. Redoutant ce qu'il adviendrait si elle les perdait pour de bon, Kira les attira par la pensée. Ils se mirent à s'agiter en réaction, sinuant au travers de la structure du vaisseau.

Elle observa autour d'elle. Ouais, l'espace était blanc. Elle laissa tomber l'infrarouge. Toujours blanc. Et rayonnant. Mais pas aussi brillant qu'il aurait dû l'être si elle s'était trouvée dans la droite ligne du soleil le plus proche.

Puis elle eut une illumination. Elle se trouvait à l'intérieur d'un nuage de fumée visant à protéger le *Hiérophante* des lasers ennemis. Pratique pour le bâtiment, beaucoup moins pour elle. Malgré la lumière ambiante, elle n'y voyait qu'à une vingtaine de mètres.

– *Kira !* l'appela encore Falconi.

– Toujours là, répondit-elle. Ça va ?

– *Ça va. Un des cauchemars vient de percuter le* Hiérophante. *Il…*

– Merde !

– *Comme tu dis. On retourne à l'*Hélix. *Les medz semblent se désintéresser de nous pour l'instant. Jusque-là, leur flotte retient les cauchemars, mais on n'a pas beaucoup de temps. Tschetter affirme que Ctein est encore en vie. Tu dois buter cette medz, et vite.*

– Je fais de mon mieux.

Elle déglutit péniblement, s'efforçant de réprimer la terreur que Ctein lui inspirait. D'autres menaces plus périlleuses approchaient. Les cauchemars. La Dévoreuse.

Elle n'avait jamais eu aussi peur de sa vie. Ses mains et ses pieds étaient glacés, en dépit des efforts de la Lame souple pour les réchauffer, et son cœur battait si vite que c'en était douloureux. Peu importait. *Continue. Ne t'arrête pas.*

Kira repassa en mode infrarouge et se servit du xéno pour se maintenir en place tandis qu'elle inspectait les environs. Ctein était franchement gigantesque, alors où se planquait-il ? La chambre d'où ils avaient été éjectés était visible, cavité enténébrée dans les entrailles du *Hiérophante*, bogue désormais privée de son fruit monstrueux. Comme elle, Ctein avait pu être soufflé loin du vaisseau, mais elle se doutait que la medz disposait de jets de position dissimulés dans sa masse. Si Ctein avait contourné la coque du *Hiérophante*… elle mettrait bien trop longtemps à le repérer dans ce nuage tourbillonnant. La surface du vaisseau amiral s'étendait sur des kilomètres et des kilomètres.

– Gregorovich, dit-elle tout en poursuivant ses recherches, tu vois quelque chose ?

– *Hélas, l'*Hélix *est toujours logé au sein du* Hiérophante. *Mes détecteurs sont bloqués.*

– Vérifie auprès de Tschetter. Peut-être que le Nœud…

Une bande dépourvue de fumée, d'une cinquantaine de centimètres de hauteur, apparut brièvement devant elle. Elle partait de l'horizon de la coque, filait devant Kira et se poursuivait vers l'espace infini. Une masse d'arabesques remuantes s'étendait au milieu de la fumée, qu'elle repoussait, et le nimbe du transfert thermique se répandait dans la brume.

Kira jura. Sur son ordre, le xéno inversa sa trajectoire et la précipita vers l'appareil endommagé. Ils offraient une cible facile, à flotter ainsi dans le vide. Elle devait se mettre à l'abri avant que…

Un énorme tentacule tâtant méchamment de tous côtés surgit de derrière la courbe du *Hiérophante bossué*. En infrarouge, l'appendice lui apparaissait telle une langue de feu, ses ventouses devenaient des cratères incandescents et son squelette intérieur une colonne flexible de lingots chauffés à blanc et placés bout à bout au cœur de cette chair translucide. Des cils vibratiles couvraient le dernier tiers du membre ; chaque structure serpentine était longue de plusieurs mètres et semblait dotée d'une intelligence propre, car elle se mouvait, ondulait, s'entortillait indépendamment de ses voisines. Un deuxième tentacule vint rejoindre le premier, puis un troisième, un quatrième, et le reste de la forme colossale de Ctein lui apparut.

La peau de la méduse avait changé : elle était désormais lisse et incolore, comme couverte d'une peinture à l'étain. Sans doute une sorte d'armure. Pis encore : la créature brandissait encore son canon de la taille d'un vaisseau.

Kira hurla dans le vide en ordonnant à la Lame souple d'accélérer. Elle se propulsa parmi les plateformes exposées du *Hiérophante*, mais, alors qu'elle commençait à se détendre légèrement, l'ombre multiple de Ctein l'éclipsa, et le monstre ouvrit le feu.

La déflagration l'atteignit avec une puissance paralysante et la précipita contre une cloison.

Mais elle était encore vivante.

Le xéno s'était déployé autour d'elle, tel un énorme ballon noir recouvrant l'intégralité de son corps, y compris sa tête, sans pour autant entraver sa vision. Elle sentait des structures au sein de ce ballon : des entrelacs complexes de fibres, de tiges et de garniture plastique, que la Lame souple avait conçus en une fraction de seconde.

Une nouvelle explosion la secoua si fort qu'elle en fut sonnée. Cette fois, elle sentit la membrane contrer le projectile en provoquant sa propre détonation, qui dévia l'éclat métallique mortel de côté, la laissant indemne.

Kira comprit avec une pointe d'étonnement que le xéno avait construit une espèce d'armure réactive, semblable au blindage que l'armée utilisait sur ses véhicules.

Elle n'avait aucune intention de s'attarder pour découvrir combien de temps la Lame souple réussirait à la protéger. Elle ne pouvait affronter Ctein directement. Pas tant que ce monstre serait armé. La seule issue était d'esquiver et de fuir, en attendant que la medz se retrouve à court de munitions. À moins de parvenir à se rapprocher d'elle pour la lacérer à l'aide de la Lame souple.

Elle tendit une main en avant (même si son geste demeura masqué par le ballon), formant ainsi un câble qu'elle lança vers un ensemble de poutrelles à moitié fondues, plusieurs mètres au-dessus de sa tête. Le câble adhéra à sa cible, et elle s'y hissa avec toute sa force pour sortir de la fosse creusée dans le flanc du *Hiérophante*. Au bord du cratère, elle lâcha ce premier filin et en projeta un autre vers la coquille, puis tira, transformant un élan vertical en progression horizontale. En s'élançant au-dessus du point d'ancrage de son câble, elle en envoya un nouveau devant elle, et un autre, et encore un autre. Elle traversa ainsi la coque jusqu'à se retrouver hors de vue de la medz.

Le monstre la suivit. Elle jeta un coup d'œil derrière elle et vit Ctein bondir à ses trousses, ses membres ondulant avec une grâce hypnotique.

Elle grimaça et essaya de tirer plus fort sur le dernier câble. Elle avait cependant déjà atteint les limites des capacités de son corps et de la membrane.

Alors qu'elle volait autour du *Hiérophante* telle une balle de spirobole autour de son poteau, Kira eut une pensée. Une idée.

Elle ne prit pas le temps d'évaluer ses chances de succès : elle se contenta d'agir et d'espérer – un espoir aveugle – que cela réussirait.

Elle envoya plusieurs autres filins pour s'immobiliser brutalement derrière un morceau de coque déchiré par un éclat. Elle fit dégonfler le ballon autour d'elle et transforma le matériau de la membrane en ses propres tentacules, dont elle se servit pour libérer des pans de carlingue endommagés.

Chaque panneau comptait plus d'un mètre d'une épaisseur essentiellement composée de fines couches de composite prisonnières de ce qui semblait être une mousse métallique. Exactement ce qu'elle espérait : à l'instar des vaisseaux humains, le *Hiérophante* était doté d'un bouclier Whipple destiné à le protéger des débris spatiaux. Si ce blindage était capable de bloquer des micrométéorites, plusieurs couches devaient permettre de repousser un projectile issu d'une arme cinétique comme le canon électrique.

Alors que Kira disposait les morceaux devant elle, un flux continu de matériaux s'écoulait dans sa direction par le vaisseau éventré, mû par une volonté propre. Inquiète, elle eut un mouvement de recul, prête à affronter ce nouvel ennemi.

Elle reconnut alors la présence familière de la Lame souple : les morceaux perdus de son xéno étaient venus la réintégrer.

Ces fibres orphelines se fondirent avec le reste de la membrane, lui procurant une sensation d'eau fraîche sur la peau ; elles vinrent ajouter une masse bienvenue à l'organisme affaibli.

Distraite, Kira ne parvint à empiler que quatre morceaux de coque avant que le monstre contorsionniste franchisse la crête du flanc du *Hiérophante* et fasse feu de nouveau.

BOUM !

Son blindage de fortune immobilisa le projectile à la troisième couche de coque. Pas un grain de poussière ne vint se déposer sur son exoderme. Et, si l'impact fut considérable, la Lame souple se contracta pour la protéger du choc.

Elle se demanda de combien de munitions la medz disposait encore.

Ctein tira une fois de plus.

Ignorant la secousse, Kira se précipita alors vers l'avant. Les morceaux de fuselage ne tiendraient pas longtemps, elle devait saisir la moindre occasion.

La créature s'approcha plus vite que sa corpulence l'aurait laissé penser. Des volutes blanches s'élevèrent du côté gauche de sa carapace, et l'ensemble de la coquille et des tentacules bascula vers la droite. Cette saloperie disposait de propulseurs naturels, greffés ou adjoints à son enveloppe. Cela contrariait les projets de Kira, mais, si rapide que fût la medz, il était impossible qu'elle pût mouvoir sa masse de plusieurs tonnes aussi lestement que la Lame souple.

– Prends ça, murmura Kira en faisant courir des centaines de fils tranchants comme des rasoirs sur la surface du *Hiérophante*.

Les lignes s'élancèrent, frappèrent et se superposèrent selon différents angles, de sorte qu'il devint impossible de déterminer laquelle allait attaquer, et à quel endroit.

Avant que le grand et formidable Ctein ait pu se mettre hors de portée, les minuscules pointes des tiges vinrent aiguillonner les tentacules les plus proches. À son grand désarroi, Kira se rendit compte que la fine armure grise du monstre était constituée d'un nanomatériau pas si différent des fibres qui constituaient la Lame souple. Cela doubla la rage de la membrane, qui identifia cette protection comme un nouvel exemple de technologie dérobée par les grappeurs. Avec plus de temps, Kira était convaincue que le xéno parviendrait à s'y introduire, mais Ctein ne lui accorderait aucun répit.

Alors que la créature brandissait à nouveau son arme vers elle, Kira laissa le bouquet de fils essaimer d'un tentacule à l'autre, jusqu'à ce qu'elle voie le canon et le sente à sa portée. Elle l'arracha alors des doigts à l'extrémité du bras osseux de la medz, puis l'expédia dans les profondeurs du cosmos, où il dériverait pendant des millions d'années.

L'espace d'un instant, Kira crut avoir l'avantage. Mais, à l'aide d'un de ses tentacules libres, Ctein attrapa derrière lui un énorme tube blanc qui avait dû être attaché à l'arrière de sa carapace. Le cylindre était long d'au moins six mètres, et, quand la méduse le dirigea vers elle, Kira découvrit l'iris sombre à son extrémité.

Elle hurla en essayant de s'écarter, mais cette fois elle ne fut pas assez rapide.

L'ouverture du tube s'illumina, et une lance de flamme solide fut propulsée vers elle. Le feu consuma les fibres du xéno comme du bois sec ; elles fondirent et s'évaporèrent, et Kira éprouva une vague de non-douleur assez puissante pour l'effrayer.

Elle voulut s'échapper, repousser Ctein, mais il s'accrocha à elle, rapprochant le feu ravageur. La créature possédait une puissance redoutable – assez grande pour se mesurer à la Lame souple.

Cependant, comme son nom l'indiquait, celle-ci avait l'avantage d'être souple ; Kira la laissa se détendre et ployer devant les assauts de Ctein, filer comme de l'eau, s'écouler au moindre contact. Les ventouses de la medz ne purent la retenir ; le xéno parvint à se dérober.

Kira se tortilla et, avec un glapissement, réussit à tirer et pousser à la fois pour se libérer.

Elle tomba loin de Ctein, avec le sentiment d'avoir échappé de justesse à une mort certaine.

La créature ne lui laissa cependant pas l'occasion de se ressaisir. Elle lui bondit dessus, et Kira prit la fuite vers la proue lointaine du *Hiérophante*. Une poursuite silencieuse, seulement rythmée par les battements sourds de son cœur et son souffle rauque, accomplie avec la grâce terrifiante due à l'impesanteur.

La taille de Ctein était invraisemblable. Kira avait l'impression d'être pourchassée par une montagne. Différents noms possibles lui traversèrent l'esprit : *Kraken. Cthulhu. Jörmungandr. Tiamat.* Mais aucun d'eux ne permettait de capturer l'essence horrifique de la bête lancée à ses trousses. Un nid de monstres chatoyants, avides de la dépecer.

Elle jeta un coup d'œil par-dessus son épaule et se rendit compte enfin de la nature du tube : il s'agissait d'un propulseur équipé de sa réserve de combustible. La medz se servait d'une *fusée* comme arme.

Ctein s'était préparé à l'affronter. À affronter l'Idéalis. Alors que Kira n'avait rien prévu du tout. Elle n'avait pas mesuré l'ampleur de la menace incarnée par cette créature ancestrale.

En d'autres circonstances, l'absurdité de se servir d'un propulseur de cette façon l'aurait abasourdie. Mais, en l'état actuel des choses, c'était simplement un facteur nouveau à inclure aux nombreux calculs qui se bousculaient dans son cerveau : des vitesses, des distances, des angles, des forces, ainsi que les réactions et comportements possibles. L'équation à résoudre pour survivre.

Puis elle songea qu'en plus de la chaleur produite, la fusée générait également une certaine poussée. C'était sa fonction principale. Ce qui signifiait que Ctein devait se tenir à quelque chose lorsqu'il s'en servait, sous peine de partir dans la direction opposée. Il disposait certes de ses propres propulseurs, mais Kira ne les pensait pas assez puissants.

– Ha ! s'exclama-t-elle.

Comme en réaction, son oreillette grésilla et un homme lui lança :

– *Ici le lieutenant Dunroth. Vous me recevez ?*

– Putain, vous êtes qui ?

– *L'assistant de l'amiral Klein. Nous avons tiré un missile dans votre direction depuis le* Force implacable. *Pouvez-vous rediriger la medz vers la poupe du* Hiérophante *?*

– Vous allez nous faire péter tous les deux ?

– *Négatif, madelle Navárez. Il s'agit d'une munition ciblée. Vous ne devriez pas être trop menacée. Mais nous avons besoin d'une ligne de mire dégagée.*

– Reçu. J'y vole.

La voix de Tschetter retentit alors à son tour :

– *Navárez. Assurez-vous de vous placer à distance suffisante de Ctein. Et souvenez-vous : il n'existe pas de feu allié.*

– Compris.

Kira lança la membrane vers la coque pour s'immobiliser, puis elle se rejeta en arrière, par-dessus la méduse à ses trousses. Ctein tendit trois tentacules vers elle, étirant ses appendices au maximum, mais il la manqua de quelques mètres. Ainsi qu'elle l'avait espéré, le monstre continuait de s'accrocher au *Hiérophante*, afin de pouvoir utiliser son chalumeau démesuré.

La Lame souple interrompit son vol et retourna vers la surface du cuirassé. Kira constata qu'elle se mouvait plus rapidement, plus efficacement qu'avant, et elle se souvint de rêves où le xéno piquait et s'élevait dans l'espace avec l'agilité d'un drone, prouesse qui pouvait s'expliquer uniquement si l'organisme avait la faculté de produire ses propres propulseurs. De véritables propulseurs, capables d'une poussée continue.

Elle remarqua aussi qu'elle ne manquait toujours pas d'oxygène. Tant que son exoderme l'alimenterait, elle pourrait continuer à se battre.

Elle se hissa le long du *Hiérophante*, progressant de plus en plus vite, jusqu'à ne plus être certaine de réussir à s'arrêter avant le bouclier fantôme. Et pourtant elle sentait Ctein gagner du terrain, telle une déferlante immense, insensible, irrépressible.

Le ton sec du lieutenant Dunroth retentit à nouveau :

– *Cinq secondes avant impact. Dégagez la zone. Je répète, dégagez la zone.*

Kira avisa un météore qui fonçait en direction du *Hiérophante*, une étoile assez vive pour être perçue à travers l'épaisseur du brouillard.

Le temps parut ralentir ; son souffle se bloqua. Le missile la tuerait – ou ne la tuerait pas. L'issue ne dépendait pas d'elle.

Environ une seconde avant l'impact, alors que le projectile était encore à une centaine de mètres, Kira se plaqua contre la coque, faisant adopter au xéno la forme d'une coquille rigide.

Le missile disparut alors dans un clignotement d'une ampleur décevante, puis une sphère d'espace dépourvu de fumée se déploya à partir de l'endroit où il s'était trouvé.

Merde. Kira avait vu suffisamment de lasers défensifs en action pour comprendre ce qui s'était passé. Un blaster monté quelque part sur le *Hiérophante* avait désintégré l'arme.

Elle se détacha de la coque et se jeta de côté un instant avant que Ctein la percute.

Une proxomone de dérision l'enveloppa.

[[Ici Ctein : Pitoyable.]]

– *Désolé, Navárez*, dit le lieutenant Dunroth. *Il n'est apparemment pas possible de franchir l'armada défensive du* Hiérophante. *On orbite autour de r2 avant une deuxième tentative. L'amiral Klein dit que vous avez intérêt à buter ce fils de pute ou à trouver le moyen de dégager de là, parce qu'on va balancer trois autres Casaba-Howitzer au prochain passage.*

Ctein projeta l'un de ses tentacules vers elle, et Kira esquiva de justesse l'appendice tout en muscles et en tendons. Et une deuxième fois, telle une ablette échappant aux coups de battoir assassins d'une pieuvre enragée.

La fumée tourbillonnante s'épaissit puis se dissipa à nouveau tandis que le *Hiérophante* émergeait du brouillard. Pour la première fois depuis que l'explosion avait éjecté Kira du vaisseau, la véritable obscurité de l'espace était visible ; la coque et tout le reste lui apparurent alors avec une acuité presque douloureuse. À la périphérie de son champ de vision, elle remarqua de lointains éclats et clignotements, preuve que les combats se poursuivaient entre la Septième, les méduses et les cauchemars en approche.

Kira rebascula sur le spectre visible. Elle n'avait plus besoin d'infrarouge, à présent que la fumée ne la gênait plus.

Elle resta suspendue devant la créature flexueuse. Ctein plongea ; elle se déroba. Elle fonça en avant, et le monstre alluma son propulseur un instant. La chaleur intenable repoussa Kira. Ils se trouvaient dans une impasse, cherchant tous deux le moindre avantage – sans parvenir à le trouver.

Une proxomone éjectée par quelque glande dissimulée sur le corps de la medz l'assaillit.

[[Ici Ctein : Tu ne comprends pas la chair à laquelle tu es unie, biforme. Tu es indigne, insignifiante, vouée à l'échec.]]

Elle répondit de la même manière, dirigeant sa propre proxomone vers la masse noueuse de la créature.

[[Ici Kira : Tu as déjà échoué, grappeur. Les putrides…]]

[[Ici Ctein : Lorsque je serai uni à l'Idéalis, ainsi que j'aurais dû l'être avant la traîtrise de Nmarhl, les putrides tomberont devant moi comme la vase dans l'abysse. Personne ne me résistera. Cette ondulation a peut-être été perturbée, mais la prochaine sera triomphale pour les Wranaui, et tous ploieront devant la puissance de nos bancs.]]

[[Ici Kira : Tu n'auras jamais l'Idéalis !]]

[[Ici Ctein : Oh que si, biforme. Et je me délecterai de briser ta coquille pour me repaître de ta chair.]]

Kira hurla et essaya de filer sous l'extraterrestre pour lui arracher sa fusée, mais il anticipa ses mouvements et se déplaça de conserve, de manière à toujours la tenir en joue.

C'était une danse hideuse et frénétique, mais emplie d'instants de grâce et d'audace. Ctein était trop massif et puissant pour que le xéno pût le maîtriser, Kira s'efforçait donc d'échapper à sa poigne. De son côté, le monstre faisait son possible pour fuir le contact de la Lame souple. Il semblait savoir que, s'il la laissait le toucher trop longtemps, elle finirait par percer son armure.

L'humaine avançait ; la medz battait en retraite. Puis les rôles s'inversaient. À deux reprises, Kira réussit à agripper un tentacule, mais Ctein la frappa si fort qu'elle fut contrainte de lâcher pour ne pas se faire assommer. Les coups étaient assez formidables pour arracher des morceaux de membrane : de petits lambeaux de fibre se liquéfiant en des magmas amorphes avant de venir la rejoindre. Si elle parvenait à réduire la distance qui la séparait du monstre, à enrouler la Lame souple autour de sa carapace pour se serrer contre lui, Kira savait qu'elle pourrait l'emporter. Cependant, elle n'arrivait pas à franchir les défenses de la méduse.

Le vieux et fourbe Ctein semblait prendre conscience qu'il détenait l'avantage, car il se mit à la poursuivre le long du *Hiérophante*, lui tirant dessus à l'aide de sa fusée-chalumeau, balançant ses tentacules à un rythme saccadé, laissant de profonds sillons dans la coque du vaisseau à chacune de ses tentatives. Kira n'avait d'autre choix que de battre en retraite. Elle cédait du terrain mètre après mètre, car, si le monstre parvenait à la coincer entre la coque et ses appendices, l'impact réduirait son cerveau d'humaine en bouillie, en dépit de la protection de la Lame souple.

Kira avait le souffle court et, malgré son exoderme, elle se sentait transpirer, même si la membrane avait tôt fait d'absorber sa sueur.

Elle ne pouvait plus continuer. Elle finirait par commettre une erreur, et Ctein l'éliminerait. Il n'y avait nulle part où fuir, et elle ne pouvait pas laisser tomber ses amis. Ni le CMU ; quels que soient leurs torts, ils se battaient, comme elle, pour la survie de l'humanité.

Elle échappa à un nouvel assaut de Ctein. Elle avait l'impression que cet affrontement durait depuis des jours. À quel moment l'*Hélix* était-il venu percuter le *Hiérophante ?*

Elle poinçonna une énième fois la carapace de la medz. Et, pour la énième fois, les pointes hérissées de la membrane glissèrent dessus.

Kira grommela d'épuisement en agrippant une antenne pour s'éloigner rapidement de la méduse, échappant de justesse à une riposte fatale. S'ensuivit un nouveau battement de tentacules, qu'elle réussit à éviter en se précipitant vers la proue du cuirassé.

Ctein la surprit alors en bondissant sur elle, abandonnant toute prise sur le *Hiérophante*.

– Argh !

La Lame souple réagit en la faisant reculer et sinuer dans la largeur du vaisseau. Les propulseurs de Ctein crachèrent des jets blancs, et il parvint à épouser sa trajectoire. Il gagnait du terrain, sa fusée brandie tel un doigt accusateur gigantesque.

Kira parcourut du regard la coque du *Hiérophante*. Un morceau de carlingue gauchi attira son regard. Si elle réussissait à l'atteindre, elle pourrait s'en servir pour se propulser derrière la méduse et…

– *Kira ! Écarte-toi !* hurla Falconi.

Distraite, elle pivota maladroitement, se mettant à vriller tandis que la Lame souple l'expédiait dans l'autre sens. Un tentacule s'incurva dans sa direction, et elle distingua à quelque distance le torse plastronné de Falconi, visible au travers d'un trou dans la coque. D'un bras, il souleva son lance-grenades, un éclair en illumina la gueule, et…

Le moteur de la fusée de Ctein explosa dans un panache de combustible embrasé giclant dans toutes les directions.

Kira tressaillit en recevant des projections. Elle n'éprouva pourtant aucune douleur.

L'explosion repoussa la medz, qui parvint miraculeusement à se raccrocher au *Hiérophante*. Au grand désarroi de Kira, la créature paraissait indemne.

Une proxomone exprimant une vaste et terrible colère envahit l'espace avoisinant.

La créature revint se plaquer contre le cuirassé puis balança l'un de ses membres vers Falconi. Celui-ci se replia derrière le rebord de son trou, et Kira le vit disparaître par une porte un instant avant que le tentacule frappe, écrasant les cloisons et poutrelles exposées.

– *Il est tout à toi, gamine.*

– Merci. Je te revaudrai ça, répondit Kira.

Elle s'arrêta à plusieurs mètres du *Hiérophante* et se positionna en face de Ctein. Il n'y avait plus d'armes, à présent, seulement des tentacules et des vrilles, leurs deux esprits braqués l'un contre l'autre. Elle se prépara à embrasser à nouveau la monstruosité, à l'affronter au corps à corps jusqu'à ce qu'au moins l'une des deux succombe. En dépit des nombreux avantages que lui conférait la Lame Souple, Kira n'avait aucune assurance de gagner. Il suffirait à Ctein de l'écraser contre la coque du *Hiérophante*, et c'en serait fini d'elle.

Mais elle n'allait pas baisser les bras.

– OK, gros tout moche, marmonna-t-elle en rassemblant son courage. Finissons-en.

Kira remarqua alors une infime déchirure dans la peau blindée d'un bras du monstre – celui, sans doute, qui avait tenu la fusée. Le tir de Falconi n'avait finalement pas laissé Ctein totalement indemne. La plaie ressemblait à une minuscule fissure à la surface d'une coulée de lave en train de refroidir, mais en dessous on distinguait la chair surchauffée.

Une lueur d'espoir renaquit en Kira. Si minime que fût la blessure, elle s'imagina s'en servir pour éliminer son adversaire. Cela serait terriblement risqué, mais elle n'aurait peut-être pas de meilleure chance.

Elle esquissa un semblant de sourire. La solution était d'étreindre Ctein, coûte que coûte, et de s'unir à lui comme elle s'était unie à la Graine.

Kira s'intima mentalement l'ordre d'avancer, et la membrane réagit en activant les espèces de propulseurs qu'elle avait érigés sur son dos. Cela la précipita vers Ctein à plus de 1 g d'accélération. Elle éclata d'un rire rendu muet par le vide.

La méduse tenta de la bloquer dans un cercueil de chair avide. Kira se tortilla entre deux tentacules levés, puis s'accrocha à celui qui était égratigné.

Ctein parut alors comprendre ce qu'elle avait en tête et explosa de fureur.

L'univers tournoya autour de Kira quand la medz écrasa son appendice contre le *Hiérophante*. L'humaine parvint à faire durcir la membrane juste avant l'impact, ce qui n'empêcha pas sa vision de se troubler. Désorientée, elle eut soudain l'impression de fonctionner au ralenti.

Le tentacule s'éleva à nouveau. Si Kira n'agissait pas rapidement, elle serait bientôt réduite en bouillie. Et la perspective de laisser Ctein l'emporter lui répugnait encore plus que l'idée de mourir.

Elle sentait la déchirure sous son ventre, petite zone tendre au milieu de la surface dure du membre. Elle y planta donc la Lame souple, la fit pivoter en enfonçant les fibres du xéno dans la plaie. Le tentacule se convulsa, puis s'agita d'un côté à l'autre dans une tentative frénétique de lui faire lâcher prise. Mais maintenant Ctein ne parviendrait plus à se débarrasser d'elle.

La chair du monstre était brûlante contre ses lames, et des gouttelettes de sanie giclaient de la plaie, couvrant sa peau d'un épais limon. Kira s'immisça plus profondément dans la créature, et continua de se déployer jusqu'à rencontrer un os. Elle s'en empara alors et écarta la chair, forçant l'entaille à s'ouvrir afin de déverser la Lame souple dans le corps extraterrestre.

L'appendice préhenseur s'enroula autour d'elle, sombre, humide, avide. Kira fut prise d'un accès de claustrophobie, et elle se sentait sur le point de suffoquer.

Il y eut devant elle une gerbe d'étincelles, et elle se rendit compte avec stupeur que Ctein se servait de ses autres membres pour sectionner celui auquel elle s'agrippait.

Déterminée à ne pas laisser filer son avantage, elle pressa la Lame souple de s'étendre encore.

Le xéno se multiplia en un millier de lignes délicates tout en s'enfouissant en Ctein. Cependant, contrairement à ce que Kira avait espéré, les filins ne tranchèrent pas. Ils ne mutilèrent pas le monstre. Ils demeuraient souples et délicats, et ce qu'ils effleuraient ils le... *reconstruisaient*. Les nerfs et les muscles, les tendons et les os : tout cela servait de nourriture au xéno.

Ctein se débattait et se tortillait. Oh, comme il regimbait ! Il la fouettait au travers de sa propre chair ; il s'accrochait et tordait son propre membre pour la broyer, et un bruit de tonnerre emplit les oreilles de Kira.

Pourtant, la puissance du grand et terrible Ctein ne pouvait rivaliser avec l'obstination de la Lame souple. Les fibres en fractales de l'organisme ployaient, tissaient et dévoraient pendant qu'elles convertissaient la chair du monstre. Elles déchiraient les cellules de la créature, les asséchaient et les comprimaient en quelque chose de dur et d'inflexible. La forme qui en résultait était anguleuse, tout en surfaces planes, en lignes droites et en angles aigus d'une précision atomique. Un objet mort et terne dépourvu de mouvement, incapable de faire le moindre mal.

Une vingtaine de mètres encore, et ses vrilles se retrouvèrent à l'intérieur de la carapace ; le muscle céda le pas aux organes et aux machines.

Il émanait de la Lame souple une onde de colère, de rancœur même, et sans le vouloir Kira se surprit à crier :

[[Ici Kira : Pour Nmarhl !]]

Le xéno grandit de façon exponentielle jusqu'à occuper l'immense carapace, convertissant chaque centimètre cube en perfection brute.

Ctein frémit une fois de plus – puis s'immobilisa.

Kira passa en mode infrarouge et vit diminuer l'éclat du réacteur à fusion.

La Lame souple n'en avait pas terminé ; elle continuait de s'étendre, jusqu'à avoir tout consumé de la peau et de la carapace de la medz. Des veines pareilles à de la pierre apparurent sur le tentacule auquel Kira se raccrochait. Elles se déployaient sur toute la surface de Ctein.

Ignorant ce que le xéno fabriquait, Kira rappela la Lame souple et se libéra de la carcasse gigantesque avec un profond sentiment de soulagement.

Alors qu'elles s'en éloignaient en flottant, Kira se retourna vers le monstre.

À la place de Ctein se dressait une structure anguleuse d'un noir terne : un énorme assemblage de fines colonnes de basalte à facettes. Une masse inerte de carbone réorganisé. À certains endroits, un motif de circuit imprimé familier recouvrait la surface… Kira remarqua avec stupeur la similarité entre les colonnes flottantes et la formation qu'elle avait trouvée sur Adrastée. Elle comprit que ce qu'elle avait vu là-bas avait aussi été vivant. Jadis.

Elle considéra les vestiges de Ctein avec un mélange de satisfaction et d'amertume. *Elle* avait accompli cela. Avec l'aide de la Graine. Après des siècles de règne, le grand et formidable Ctein était bel et bien mort. Et elles en étaient responsables.

Tout ce savoir perdu. Toutes ces années de souvenirs pétrifiées. Tous ces espoirs, ces rêves, ces plans, réduits à un bloc de pierre dérivant dans l'espace.

Kira éprouva une forme de tristesse. Puis elle frissonna et laissa échapper un éclat de rire sans joie. Une telle quantité d'adrénaline saturait son organisme qu'elle était à moitié ivre.

Des voix lui hurlaient dans les oreilles, trop nombreuses pour qu'elle pût les identifier. Puis celle de Tschetter vint couvrir ce vacarme :

– *Vous avez réussi, Kira ! Vous avez réussi ! Les medz ont lâché ! Lphet et le Nœud d'esprits sont en train de prendre le contrôle de leur flotte. Vous avez réussi !*

Au moins y avait-il à présent quelque espoir pour l'avenir. Kira essuya une traînée de sang sur son visage et observa la coque du *Hiérophante bossué* pour se réorienter.

– Gregorovich, où sont…

Une ombre passa sur elle, obscurcissant la lumière de l'étoile voisine. Un froid glacial la tétanisa jusqu'à la moelle. Kira leva les yeux vers ce qui avait provoqué l'éclipse, et son sentiment de triomphe s'évapora.

Quatre vaisseaux rouge viande flottaient au-dessus d'elle, leurs coques dénaturées luisant comme de la chair à vif.

Des cauchemars.

2.

La terreur affola le pouls de Kira, qui se propulsa par-delà le corps rocheux de Ctein dans l'espoir de trouver un abri sur le *Hiérophante*. De nouveaux appareils cauchemars arrivaient par dizaines, à une allure aussi vertigineuse que celle du missile du *Force implacable*. Leurs silhouettes se dessinaient telles des taches informes sur le champ étoilé – des ombres presque invisibles sur l'étendue obscure. Elle savait que derrière eux, trop loin pour qu'elle la distinguât, la masse agglomérée de la Dévoreuse approchait à toute allure, affamée et insatiable.

Kira lança un regard autour d'elle, espérant sans trop y croire trouver son salut dans les environs.

Elle contempla entre ses pieds la planète que les medz étaient occupées à exploiter, R1 – de la taille d'une porte de sas et d'un aspect rouille marbré de nuages. Plus loin, les lunes r2 et r3, en orbite autour de leur astre. Derrière, les étincelles et éclairs qui témoignaient de la bataille acharnée que le CMU et les medz livraient aux cauchemars. Chaque éclat lumineux lui faisait l'effet d'un coup de poignard en plein cœur, car elle savait qu'il symbolisait la mort de dizaines, voire de centaines, d'êtres dotés de conscience. Sans compter les cauchemars, qu'ils fassent ou non partie de cette catégorie.

À cette distance, elle était incapable de déterminer quel camp avait le dessus. Seules les explosions étaient visibles, pas les vaisseaux. Au fond d'elle pourtant, elle savait que l'issue n'était pas favorable à la Septième flotte ou aux medz. Les cauchemars étaient trop nombreux, et la Dévoreuse menaçait derrière.

Les quatre vaisseaux qui l'avaient survolée ralentirent sur des flèches d'un feu nucléaire bleu-blanc plus vif que le soleil. Ils pivotèrent vers le *Hiérophante* et s'en approchèrent jusqu'à le toucher, à quelques centaines de mètres de la position de Kira.

Une profonde vibration ébranla la coque.

Elle ferma les paupières un instant, redoutant la suite. Elle pouvait seulement continuer de se battre en espérant que le personnel de l'*Hélix* parviendrait à prendre la fuite. Combattre et combattre encore, jusqu'à ce que les cauchemars capitulent ou que la Dévoreuse vienne se repaître d'elle. Car elle n'hésiterait pas un instant à le faire, si elle en avait l'occasion.

Kira prit une profonde inspiration. Elle se sentait déjà à moitié morte. Grâce à la Lame souple, son corps était en un seul morceau, mais elle avait la sensation qu'il n'était pas en parfait état.

Sur son ordre, le xéno se mit à déchirer un trou pour retourner dans le *Hiérophante*.

– *Waouh !* s'exclama Falconi. *Tiens bon la rampe, deux croiseurs medz et un troisième du CMU vont s'attaquer à la Dévoreuse.*

Un fourmillement naquit sur la nuque de Kira. Elle tourna la tête vers le coin du ciel où se trouvait la monstruosité. Elle retint son souffle, dans l'expectative.

Plus loin, de petites explosions éventrèrent la coque du *Hiérophante*. Des charges de perçage, probablement.

– Qu'est-ce qui se passe ? se renseigna-t-elle.

La réponse de Falconi mit un moment à lui parvenir.

– *La Dévoreuse vient de larguer un nuage. On dirait que les lasers vont avoir du mal à le traverser. Attends… Ils lui balancent des missiles. Un paquet, même.*

S'ensuivit un silence tendu. Puis, avec une déception manifeste, il reprit :

– *Les missiles sont inutiles. La Dévoreuse les a attrapés comme des mouches. Putain. Une vingtaine de cauchemars au moins retournent vers la Dév. Si les méduses ou le CMU comptent l'éliminer, il ne leur reste pas longtemps... Ah, merde ! Merde !*

Parmi les étoiles, Kira distingua l'explosion, telle une supernova miniature.

– Est-ce que c'était...

– *La Dév dispose d'une arme de dingue, un mélange de laser et de rayon à particules. Elle vient de dégommer deux vaisseaux medz. Ça a traversé leur nuage de camouflage. On dirait que le croiseur va essayer de...*

Trois nouveaux éclairs palpitèrent avant de disparaître sur la toile de fond veloutée, se dissipant en un rien de temps en dépit de leur potentiel destructeur.

– *Encore un coup d'épée dans l'eau*, reprit Falconi d'une voix terne. *Le croiseur a bazardé deux Casaba. Ça aurait dû toucher au but, mais la Dév les a fait voler en éclats à l'aide de son faisceau. Elle arrive à détourner des explosions nucléaires avec son putain d'attirail défensif !*

– Comment on va la détruire ? demanda Kira, en proie au désespoir.

La coque du *Hiérophante* continuait de vibrer sous ses pieds.

– *Je ne pense pas qu'on y parviendra*, admit Falconi. *C'est impossible de se rapprocher suffisamment pour submerger ses...*

Tandis qu'il parlait, un amas d'éclairs crépita dans l'angle supérieur droit de la vision de Kira, non loin du point trouble et orangé qu'était r2.

Elle serra les poings, enfonçant les ongles dans ses paumes. C'était impossible.

– Gregorovich, qu'est-ce que c'était que ce truc ?

– *Oh. Vous l'avez vu, hein ?* répondit-il d'un ton morne.

– Ouais. C'était quoi ?

– *D'autres cauchemars.*

C'étaient les mots qu'elle avait redoutés, et ils la frappèrent avec violence.

– Combien ?

– *Deux cent vingt-quatre.*

3.

– Put…

La voix de Kira se brisa, et elle ferma les yeux, incapable de supporter le poids de l'existence. Puis elle serra les dents et se prépara à affronter cette réalité déplaisante.

Elle se détacha inconsciemment du *Hiérophante bossué* et se laissa flotter au-dessus de la coque tandis qu'elle réfléchissait. Elle ne se voyait pas passer à l'action avant d'avoir pris une certaine mesure des évènements en cours.

– *Kira, qu'est-ce que tu fais ?* demanda Falconi dans son oreille. *Tu dois revenir ici avant que…*

Sa voix disparut au loin, ignorée.

Kira inspira profondément à deux reprises.

Ils ne pouvaient plus l'emporter, désormais. C'était une chose de se battre en sachant que, si la mort était une issue possible, la victoire en était une autre. Savoir en revanche qu'elle allait mourir sans que cela fasse la moindre différence…

Elle réprima une envie de hurler. Après tout ce qu'ils avaient réalisé, tout ce qu'ils avaient perdu et sacrifié, ils ne pouvaient pas échouer maintenant. Cela relevait d'une profonde injustice.

Nouvelle inspiration, plus longue et lente.

Kira repensa aux serres sur Völund – le parfum du terreau et des fleurs, le vol paresseux de la poussière dans les rayons du soleil, le goût des tomates estivales encore tièdes… et sa famille, aussi. Puis elle songea à Alan et à l'avenir qu'ils avaient envisagé, cet avenir qui resterait à jamais une chimère.

Ces souvenirs lui laissèrent un goût doux-amer. Tout avait une fin, et il semblait que la sienne approchait à grands pas.

Ses yeux s'emplirent de larmes. Elle renifla et contempla les étoiles, la bande blanchâtre de la Voie lactée qui parcourait la sphère infinie des cieux. L'univers était tellement beau que c'en était déchirant. Et dans le même temps il regorgeait d'atrocités. Certaines étaient nées des exigences inexorables de l'entropie ; d'autres de la cruauté qui semblait inhérente à tous les êtres conscients. Rien de tout cela n'avait aucun sens. Tout n'était qu'absurdités, magnifiques et horribles, bonnes à engendrer le désespoir et le divin.

Un parfait exemple : alors même qu'elle contemplait la galaxie et s'émerveillait de son éclat, un autre vaisseau cauchemar apparut, torpille de chair cramoisie. Elle sentit qu'il en émanait une sorte d'attraction, une affinité appelant la chair à la chair, tel un cordon sorti de son nombril, puisant directement dans son essence vitale.

Un nouveau sentiment anima alors Kira : la détermination. Et avec elle le chagrin. Car elle comprenait à présent qu'elle se trouvait devant un choix : elle pouvait laisser les évènements se poursuivre sans obstacle, ou elle pouvait les démancher pour leur faire adopter une autre forme.

Tu parles d'un choix.

Croquer le chemin. Voilà ce qu'elle allait faire. Croquer le chemin, omettre la nécessité. Par ses actes, elle n'aiderait pas seulement la Septième, mais aussi ses amis, sa famille, son espèce tout entière.

Elle n'avait pas le choix du tout.

Si l'équipage de l'*Hélix* et elle ne pouvaient s'en tirer, au moins devait-elle essayer d'empêcher la Dévoreuse de se propager. Si personne ne la maîtrisait, la Graine corrompue se répandrait dans toute la galaxie en un clin d'œil cosmique, et les medz ou les humains ne pourraient rien pour l'en empêcher.

Sa décision n'était pas non plus dépourvue d'une certaine beauté, d'une certaine symétrie qui lui plaisait bien. D'un coup bien net, elle pourrait résoudre tout le problème de son existence, un problème initialement personnel, qui en était venu à concerner tout l'univers colonisé lorsqu'elle avait découvert cette chambre secrète sur Adrastée. La Graine lui avait appris sa raison d'être, et voilà que Kira comprenait sa propre utilité et que les deux moitiés d'elle-même s'accordaient enfin.

– Gregorovich, dit-elle d'une voix épouvantable dans le vide silencieux. Tu as encore cette Casaba-Howitzer ?

* * * *

FONDU AU NOIR II

1.

– *Kira*, dit Falconi. *Qu'est-ce qui se passe ? On ne te voit plus sur nos écrans.*

– Tu es retourné à bord de l'*Hélix ?*

– *À l'instant. Alors…*

– J'ai dit que j'avais besoin d'une Casaba-Howitzer.

– *Pour quoi faire ? Il faut qu'on dégage d'ici avant que les cauchemars nous atomisent. Si on fonce directement vers la limite de Markov, on pourra l'atteindre avant que…*

– Non, l'interrompit-elle d'un ton posé. On ne les prendra jamais de vitesse, tu le sais pertinemment. Maintenant, fais-moi passer la Casaba. Je pense savoir comment arrêter la Dévoreuse.

– *Comment ?!*

– Tu me fais confiance ?

Il y eut un long moment d'hésitation.

– *Oui. Mais je ne veux pas que tu te fasses tuer.*

– On n'a pas des tonnes de solutions, Salvo… Envoie-moi cette bombe. Vite.

Il demeura silencieux quelques instants, assez longtemps pour qu'elle se dise qu'il allait refuser. Puis :

– *Casaba-Howitzer lancée. Elle va prendre position à cinq cents mètres de la face cachée du* Hiérophante. *Ça va aller ?*

– Je pense que oui.

– *Ki... Si tu te positionnes les pieds vers la poupe, la Casaba se trouvera à sept heures par rapport à toi. Gregorovich l'illumine à l'aide d'une visée laser. Ça devrait bien ressortir avec tes infrarouges.*

Elle scruta les ténèbres jusqu'à repérer un petit point brillant, perdu dans le néant. Il semblait presque à portée de sa main, mais la distance était toujours difficile à évaluer lorsqu'on ne disposait d'aucun point de référence.

– Vu, annonça-t-elle. J'y vais.

Elle n'avait pas fini sa phrase que la Lame souple la propulsait déjà en direction de la bombe en sommeil.

– *Parfait. Tu veux bien m'expliquer ce que tu as en tête, exactement ? Je t'en prie, dis-moi que ce n'est pas ce que je crois.*

– Attends.

– *Attends ?! Allez, Kira, à quoi tu...*

– J'ai besoin de me concentrer. Laisse-moi une minute.

Falconi grommela mais cessa de l'importuner.

– Plus vite, plus vite ! dit Kira pour elle-même, encourageant mentalement la Lame souple à forcer l'allure.

Elle savait que les cauchemars ne tarderaient pas à venir mener l'enquête. Si elle pouvait atteindre la Casaba-Howitzer avant eux...

Le missile grossissait à vue d'œil : un épais cylindre au nez bulbeux portant une inscription au pochoir rouge sur le côté. Son propulseur principal était éteint, mais l'ajutage rougeoyait encore à cause de la chaleur résiduelle.

L'impact contre la Casaba lui coupa le souffle. Elle enroula les bras autour du tube. La circonférence était trop importante pour qu'elle en fasse le tour. L'entrée en contact l'avait fait pivoter avec le missile, mais la Graine les stabilisa rapidement.

Du coin de l'œil, Kira vit que le vaisseau cauchemar qui avait approché le *Hiérophante* se dirigeait maintenant vers elle, et à vive allure.

La voix de Falconi retentit dans ses oreilles.

– *Kira...*

– Je le vois.

– *On pourrait...*

– Ne bougez pas. N'intervenez pas.

Kira réfléchissait à toute vitesse pendant qu'elle enveloppait la Casaba-Howitzer de la membrane et enfouissait d'innombrables fibres dans son revêtement. Grâce à ses vrilles, elle palpa les câbles, les interrupteurs et les divers composants de la bombe. Puis elle sentit la chaleur du plutonium emmagasiné, tâta le bain tiède de ses radiations, et s'en nourrit.

Elle devait empêcher les cauchemars de l'arrêter. Si elle essayait de les combattre, ils la ralentiraient assez pour que d'autres arrivent. Et puis, elle se rappelait comment elle s'était perdue quand elle en avait touché un lors de leur fuite de Bughunt. Elle ne pouvait courir ce risque avant d'avoir atteint la Dévoreuse.

La lumière crue des rétrofusées l'inonda, tandis que le vaisseau cauchemar ralentissait jusqu'à l'arrêt relatif. Il n'était qu'à quelques dizaines de mètres. À cette distance, elle voyait les veines palpiter sous son extérieur éraflé. Le simple fait de regarder le vaisseau lui arracha une grimace de douleur compatissante.

Une pensée naquit en elle, qui n'était pas issue de son cerveau : *Ce qui est entendu peut être satisfait.* Et elle se rappela la manière dont son exoderme avait réagi aux convocations lorsqu'elle était montée à bord du vaisseau, dans Sigma Draconis. D'autres souvenirs lui revinrent et la transportèrent vers un autre temps et d'autres lieux, vers une partie de la galaxie lointaine et oubliée, où elle avait éprouvé l'appel de ses maîtres et y avait répondu de la façon adéquate. Conforme à son devoir.

Kira sut alors quoi faire.

Elle rassembla ses forces et se servit de la Graine pour envoyer un message aux cauchemars et à la Dévoreuse qui leur avait donné vie, émettant ce signal avec toute la puissance dont elle disposait : *N'avancez pas ! Vous pouvez obtenir ce que vous désirez. Laissez partir mes amis, et je viendrai à vous. Je vous le promets.*

2.

Le vaisseau près d'elle ne réagit ni par la voix ni par l'action. Cependant, il ne l'attaqua pas non plus, et, alors que Kira accélérait pour s'éloigner du *Hiérophante bossué*, l'appareil cramoisi des cauchemars demeura sur place.

Elle finit toutefois par recevoir une réponse : une transmission ne contenant rien d'autre qu'un long hurlement inarticulé, un cri blessé, empli de douleur, de colère et d'avidité. Des frissons dévalèrent l'échine de Kira lorsqu'elle reconnut le bruit de la Dévoreuse.

La Graine lui permit d'identifier la source de la transmission. Luttant contre son instinct, elle s'y dirigea et augmenta la poussée.

– *Kira !* lança Falconi d'une voix tranchante. *Qu'est-ce que tu fais ?*

– J'ai dit à la Dévoreuse que j'allais la rejoindre.

– *… Et elle t'a crue ?*

– Suffisamment pour me laisser passer.

Tschetter prit alors la parole. Kira ne savait même pas que la major les écoutait.

– *Navárez, nous ne pouvons pas laisser les putrides mettre leurs griffes sur l'Idéalis. Faites demi-tour.*

– Ils possèdent *déjà* l'Idéalis, répliqua Kira. Du moins une partie. (Elle battit des cils et sentit son masque chasser ses larmes.) Salvo, explique-lui. On doit empêcher les cauchemars, les putrides, de se propager. Si je pouvais arrêter la Dévoreuse, ça nous laisserait une chance de nous y opposer. Tous ensemble. Humains et méduses.

– *Pouah*, s'étrangla Falconi. *Ça ne peut pas être la seule solution. Il en existe forcément une meilleure.*

Nielsen se joignit alors à la conversation, et Kira fut heureuse de pouvoir entendre sa voix encore une fois.

– *Kira, vous ne devriez pas avoir à vous sacrifier pour nous tous.*

Elle partit d'un rire amer.

– Ouais. À qui le dites-vous !

– *On ne peut rien faire pour te dissuader, hein ?* essaya Falconi.

Elle imaginait sans mal son froncement de sourcils agacé.

– Si vous avez une meilleure idée, je suis preneuse.

– *Bouge ton petit cul pour nous sortir un de tes tours incroyables et bute le reste des cauchemars.*

– J'ai peut-être un petit cul incroyable, mais pas à ce point.

– *J'aurais cru.*

– Ah. Mais tu ne piges pas ? C'est ça, mon tour incroyable. Je suis en train de récrire le dessein, de reposer l'équation. Sans quoi, rien ne finira bien pour qui que ce soit. Tu n'y es pour rien, tu n'aurais jamais pu empêcher ça. Personne ne l'aurait pu.

Je crois que c'est devenu inévitable dès l'instant où j'ai touché la membrane, sur Adra.

– *La prédestination ? C'est une bien sinistre pensée… Tu es sûre de toi ?*

– Ils ne sont pas en train de vous tirer dessus, si ?

– *Non.*

– Alors ouais, je suis sûre.

Falconi soupira, et Kira perçut la lassitude dans sa voix. Elle le visualisa dans la salle de contrôle de l'*Hélix*, flottant près du projecteur holographique, son armure souillée de sang et de sanie. Elle eut un pincement au cœur. Le laisser là, avec tout l'équipage, lui était encore plus douloureux que d'abandonner sa famille. Le capitaine et les autres étaient juste à côté ; ses parents étaient tellement loin qu'ils paraissaient presque abstraits – des spectres pâles auxquels elle avait fait ses adieux bien longtemps auparavant.

– *Kira…*, reprit Falconi d'une voix encombrée par le chagrin.

– Il n'y a pas moyen de faire autrement. Fais dégager l'*Hélix* loin d'ici tant que tu le peux. Les cauchemars devraient vous laisser tranquilles. Allez, dépêche-toi.

Il y eut une longue pause, au cours de laquelle il lui sembla presque entendre Falconi se disputer avec Nielsen et Tschetter.

– *Bien reçu*, finit-il par répondre à contrecœur.

– Il faudrait aussi que je sache comment faire exploser la Casaba.

Le blanc qui s'ensuivit sembla encore plus interminable. Puis :

– *Gregorovich dit qu'il y a un panneau d'accès sur le côté. Tu devrais y trouver un pavé numérique. Le code d'activation est delta-sept-epsilon-gamma-gamma…*

Elle se concentra pour mémoriser la séquence à mesure qu'il la débitait.

– Tu auras dix secondes pour foutre le camp après avoir appuyé sur « Entrée ».

Mais elle ne pourrait pas foutre le camp, et Falconi l'avait très bien compris. De son côté, Kira ne se faisait pas d'illusions quant à la faculté qu'avait la Graine de survivre à une explosion nucléaire.

Elle se concentra sur la fusion de la Lame souple avec le missile, les entremêlant l'un à l'autre jusqu'à ce qu'il fût presque impossible de déterminer où s'achevait l'organisme et où commençait la Casaba-Howitzer. Elle avait investi la bombe si intégralement qu'elle en sentait chaque élément, jusqu'aux microsoudures dans l'ogive de la fusée ou aux imperfections du caisson renfermant le plutonium. Elle travaillait avec soin, et quand elle eut terminé elle était convaincue que même la Dévoreuse aurait bien du mal à extraire la Graine de la bombe.

Elle chercha alors l'ennemi du regard. Il était encore trop loin, mais elle en sentait la présence.

La distance entre eux diminuait rapidement, pas assez cependant au goût de Kira. Elle ne voulait pas laisser à la Dévoreuse le temps de changer d'avis. La Graine la poussait déjà au maximum de ses capacités, mais, faute de combustible, la propulsion demeurait limitée.

Que pouvait-elle faire d'autre ?

La réponse, quand elle lui vint, lui arracha un sourire sinistre.

Elle se concentra sur l'image et le concept qu'elle avait créés et s'efforça de les visualiser afin de les imposer à la Graine.

Celle-ci comprit son intention presque immédiatement et réagit avec une rapidité plaisante.

Quatre côtes noires, incurvées et délicates, se formèrent sur la couronne de la Casaba-Howitzer et s'étendirent vers l'extérieur, formant un grand X. Les côtes s'étendirent en grandissant, s'affinant jusqu'à devenir invisibles. Elle les sentait tels des doigts écartés, leurs pointes se situant à trente ou quarante mètres les unes des autres et s'éloignant encore.

Depuis la base de chaque côte, une membrane en miroir commença à se former, aussi fine qu'une bulle de savon et plus lisse qu'une mer d'huile. La membrane se déploya de tous côtés, joignant chaque côte à sa voisine jusqu'à atteindre la pointe de chaque arc. Elle se voyait dans le reflet ainsi formé, masse noire et basse accrochée au missile, silhouette sans visage et anonyme sur la pâle étendue de la galaxie.

Kira leva la main droite et l'agita. La vue de son reflet l'amusa. La situation était si saugrenue que son absurdité la fit rire. L'humour était la meilleure façon de réagir quand on se faisait pousser des ailes solaires après s'être unie à une bombe atomique.

Les ailes continuaient de se déployer. Elles ne pesaient presque rien, mais, par comparaison, Kira se sentait toute petite. Elle était ce cocon minuscule suspendu au cœur d'ailes argentées, un potentiel cerné de réalité. Une graine portée par le vent.

Elle pivota, lentement, pesamment, avec soin, et les voiles captèrent la lumière du soleil, qui s'y refléta dans un flamboiement aveuglant. Elle sentait la pression des photons heurtant la membrane, la poussant avec force loin de l'étoile, des vaisseaux et des planètes, en direction de la tache rouge sombre qu'était la Dévoreuse. Le vent solaire n'offrait que peu de vitesse, mais c'était déjà ça, et Kira était satisfaite d'avoir pu accélérer son vol.

– *Waouh*, commenta Falconi. *Je ne savais pas que tu pouvais faire ça.*

– Moi non plus.

– *C'est magnifique.*

– Tu peux me dire combien de temps il va me falloir pour arriver auprès de la Dévoreuse ?

– *Quatorze minutes. Ça se rapproche vite. Tu sais que ce truc est énorme, Kira. Plus gros que le* Hiérophante.

– Je sais.

Dans le silence qui s'ensuivit, elle perçut l'impuissance de Falconi – elle savait qu'il se retenait de lui dire ce qu'il avait sur le cœur.

– Tout va bien, finit-elle par ajouter.

– *Non, ça va pas,* grommela-t-il, *mais on n'y peut rien... Une seconde, l'amiral Klein veut te parler. Je te le passe...*

Il y eut un déclic, puis Kira entendit la voix tonitruante du militaire dans son oreille :

– *Tschetter m'a expliqué ce que vous essayiez de faire. Elle m'a aussi expliqué ce qu'était la Dévoreuse. Vous êtes une femme courageuse, Navárez. Aucun de nos vaisseaux ne semble pouvoir l'atteindre, vous êtes donc notre meilleur atout. Si vous réussissez, nous parviendrons peut-être à vaincre les cauchemars.*

– C'est l'idée.

– *Sacrée bonne femme. J'envoie quatre croiseurs en renfort, mais ils n'arriveront pas avant que vous ayez atteint la Dévoreuse. Si vous y parvenez, ils vous aideront à nettoyer le reste et vous fourniront leur assistance et leur soutien si nécessaire.*

Si nécessaire. Mais cela ne le serait sûrement pas.

– Amiral Klein, j'aurais un service à vous demander.

– *Tout ce que vous voudrez.*

– Si une partie de la Septième s'en tire, pouvez-vous veiller à ce que toutes les poursuites contre les membres de l'équipage de l'*Hélix* soient abandonnées ?

– Je ne peux rien vous promettre, Navárez, mais j'intercéderai en leur faveur quand notre rafiot repartira. Étant donné ce que vous avez réalisé ici, à Cordova, je suppose que l'on pourrait fermer les yeux sur leur départ non autorisé de la station Orsted.

– Merci.

Une explosion retentit sur la ligne, et Klein reprit :

– Il faut que j'y aille. Bonne chance, Navárez. Terminé.

– Bien reçu.

Puis l'oreillette de Kira se tut pendant de longues minutes. Elle fut tentée de contacter Falconi ou Gregorovich, mais s'en abstint. Il lui fallait se concentrer.

3.

Les quatorze minutes s'écoulèrent à une allure déconcertante. Kira voyait les flashs témoigner encore des combats qui se poursuivaient entre cauchemars, humains et medz. Les défenseurs étaient amassés autour des deux lunes de R1, se servant des planétoïdes rocheux pour se dissimuler tout en essayant vainement de repousser les hordes de bâtiments cramoisis.

La Dévoreuse lui apparut toutefois bien avant l'échéance : d'abord sous la forme d'une étoile rouge et terne avançant sur la toile de fond veloutée de l'espace. Puis, en grossissant, elle se mua en une tumeur noueuse et dendritique, aux bords grouillant d'une forêt de bras, de jambes et de tentacules si rapprochés qu'on eût cru des cils vibratiles. La plupart de ses membres étaient plus gros que Ctein tout entier. Ils s'étiraient sur des dizaines, voire des centaines de mètres, tels d'immenses troncs de viande informe qui auraient dû s'effondrer sous leur poids. Enfouie au milieu de tout cela, telle une plaie purulente et béante, se trouvait la gueule de la Dévoreuse : une portion de chair disgracieuse tendue autour d'un bec anguleux qui, lorsqu'il s'ouvrait, laissait apparaître d'innombrables rangées de dents irrégulières, d'une blancheur d'os et d'apparence atrocement humaine, obstruant une rougeur convulsive et palpitante.

La Dévoreuse était plus un îlot de chair dérivant dans l'espace qu'un véritable vaisseau. Une montagne de souffrances et d'excroissances mal placées, saturée d'une rage fébrile.

Kira se ratatina sur elle-même en contemplant l'abomination que ses actes avaient engendrée. Comment avait-elle pu se croire capable d'éliminer la Dévoreuse ? En comparaison, la Casaba-Howitzer paraissait dérisoire.

Mais la trajectoire de Kira était établie ; la Dévoreuse et elle allaient se percuter, rien ne pourrait plus l'empêcher.

Elle se sentait incroyablement petite et effrayée. Son funeste destin l'attendait.

– Putain, chuchota-t-elle.

Elle trembla alors si fort que ses jambes furent prises de crampes.

– Souhaitez-moi bonne chance, ajouta-t-elle à voix plus haute, afin que tout le monde pût l'entendre.

Après quelques secondes de latence dues à la distance, Sparrow lui lança :

– *Défonce-lui la gueule,* chica.

– Fight *!* s'exclama Hwa-jung.

– *Vous pouvez y arriver*, renchérit Nielsen.

– *Je vais prier pour vous, madelle Kira*, ajouta Vishal.

– *Soyez la pire carie qui soit pour ses ratiches, ô exaspérant tas de bidoche*, abonda Gregorovich.

– *Ce n'est pas parce qu'il est énorme que tu ne peux pas le tuer*, l'encouragea Falconi. *Frappe-le au bon endroit et il n'a aucune chance… On est tous avec toi, Kira. Bonne chance.*

– Merci.

Elle éprouvait une très profonde reconnaissance envers eux. Ce que Falconi avait dit était vrai, et c'était le plan que Kira entendait suivre depuis le début : faire exploser un morceau de la Dévoreuse ne permettrait pas d'arrêter la créature. À l'instar de la Graine, elle pouvait se régénérer à l'infini. Non, le moyen le plus sûr de détruire cette chose était d'éradiquer l'intelligence qui la contrôlait – l'union improbable entre le corps mutilé de Carr et celui de la méduse Qwon. En entreprenant de les soigner, le xéno avait fusionné leurs deux cerveaux pour n'en former plus qu'un, difforme. Si elle parvenait à accéder à cette masse de matière grise tourmentée, Kira pensait être capable de corriger son erreur et de mettre un terme à cette ignominie.

Ce n'allait toutefois pas être du gâteau.

– Guide-moi, Thulé, souffla-t-elle en affalant ses voiles solaires, afin que la Graine formât une petite coquille rigide autour d'elle et du missile.

Le continent de chair infernal se dressait devant elle. Kira ignorait où pouvait se situer le cerveau qu'elle ciblait ; probablement vers le centre de cet amas de viande démesuré. Elle ne voyait pas de meilleur endroit où frapper. C'était un pari osé, mais elle n'avait d'autre choix que de le tenter.

Plusieurs des tentacules les plus gros s'élevèrent du corps de la Dévoreuse et se tendirent vers elle avec une lenteur apparente, mais, étant donné leur taille, à une vitesse terrifiante.

– Merde !

Kira s'imposa un changement de trajectoire, qui lui permit de se glisser latéralement parmi la forêt d'appendices. Des milliers de membres plus petits s'agitaient sous elle, tentant de la saisir.

S'ils y parvenaient, Kira savaient qu'ils la lacéreraient, malgré les efforts de la Graine pour la protéger.

Un nuage de proxomones flotta jusqu'à elle, et elle faillit vomir en percevant cette odeur de mort, de décomposition et de désir avide et cruel de se repaître de sa chair.

La colère l'envahit. Pas question qu'elle laisse cette tumeur maligne démesurée la dévorer sans lui provoquer une violente indigestion.

Droit devant elle, des vrilles noires, pareilles à celles de la Graine, se hérissèrent comme des cheveux sur la surface du monstre. Sauf que ces vrilles-là étaient aussi épaisses que des troncs et s'achevaient en des pointes affilées comme des rasoirs.

Gauche ! songea Kira. D'une poussée de propulseurs, le xéno la fit descendre de côté, loin des appendices voraces.

Elle se rapprochait du centre de la Dévoreuse. Encore quelques secondes et…

Près d'elle, le bec géant émergea de la forêt de membres en délire et des collines de chair suintante ; il claqua voracement, et elle eut la nette impression qu'il rugissait de frustration silencieuse. Des nuages de salive gelée jaillissaient de la gueule béante.

Kira glapit, et la Graine lui accorda une nouvelle accélération pour la rapprocher de la surface couverte de sang et de pus.

– Bouffe-moi ça ! marmonna Kira entre ses dents.

Mais, juste avant de frapper, elle se surprit à prier. *Pitié. Pitié, faites que mon plan fonctionne, que je puisse expier mes péchés en arrêtant cette Dévoreuse, que ma vie n'ait pas été vaine, que mes amis survivent.*

Pitié.

4.

Dès l'instant où la Graine toucha la Dévoreuse, un hurlement de rage emplit l'esprit de Kira. Un bruit plus sonore qu'un ouragan, qu'un réacteur de fusée.

La puissance de l'impact fut plus violente que n'importe quelle combustion d'urgence subie jusqu'à ce jour. Elle ne vit plus que du rouge, ses articulations hurlèrent quand ses os se retrouvèrent écrasés les uns contre les autres, pressant les fluides corporels, écrasant tendons et cartilages.

Kira ignorait à quelle profondeur la bombe et elle avaient pénétré, mais cela ne suffisait pas. Elle devait arriver près du cœur dissimulé de la Dévoreuse avant de faire exploser le missile.

Elle frappa la première, se déployant avec la Graine plus qu'elle l'avait jamais fait. La Dévoreuse était furieuse. Kira aussi. Elle laissa échapper toute sa peur, sa frustration et son chagrin pour renforcer son assaut.

Le xéno agit de même, cinglant et tailladant telle une scie circulaire incontrôlable à mesure qu'il s'enfouissait dans la chair environnante. Des gouttes d'un sang brûlant les inondaient, et le hurlement dans l'esprit de Kira provoqua encore plus de douleur et de panique.

Puis la chair se contracta, pressant vers l'intérieur avec une force inexorable. Kira tenta de résister, et, si la Dévoreuse n'avait été constituée que de chair, elle y serait peut-être parvenue. Mais l'excroissance cancéreuse était parcourue de la même substance qui constituait la Graine : un réseau de fibres noires et dures comme le diamant, qui se mouvaient et s'étendaient avec une ambition intarissable, sectionnant, tirant, écrasant.

Là où les deux xénos se touchaient, ils se battaient avec une détermination féroce. Au début, aucun ne sembla prendre l'avantage, tant ils rivalisaient d'agilité ; puis Kira constata à sa grande inquiétude que sa deuxième peau se dissolvait sous les vrilles ennemies. La crainte se mua en horreur lorsqu'elle comprit que les xénos cherchaient à fusionner. Pour la Graine, il n'existait pas de différence entre la partie d'elle qui était reliée à l'humaine et celle qui constituait la Dévoreuse. C'étaient les deux moitiés d'un même organisme, qui n'aspiraient qu'à se réunir.

Kira poussa un cri de rage alors que la surface externe de la Graine continuait de se fondre dans la Dévoreuse. Elle en perdait peu à peu la maîtrise. Puis une secousse ébranla son corps et elle se convulsa, comme si un millier de fils électriques s'étaient brusquement branchés sur elle. Un sang chaud au goût cuivré lui emplit la bouche.

Un flot d'informations sensorielles déferla dans ses nerfs, et elle perdit brièvement toute conscience de son environnement.

Elle pouvait *ressentir* la Dévoreuse, aussi bien que son propre corps. Des couches et des couches de chair, souvent agitées de palpitations à cause des terminaisons nerveuses à vif ; un supplice de membres, de muscles et d'organes assemblés au hasard. Des morceaux d'humain et de méduse greffés les uns sur les autres, sans structure ni fonction particulière. Une matière purulente s'écoulait par des veines prévues pour le sang, du sang affluait au travers de tissus spongieux destinés à des sécrétions plus épaisses ; les os raclaient contre les tendons, les cartilages ou d'autres os ; des tentacules comprimaient des intestins mal agencés ; tout tremblait sous l'effet de l'équivalent physique d'un cri.

Sans les fibres de xéno entrelacées dans la Dévoreuse – pour la nourrir et lui permettre de survivre –, l'abomination serait morte en quelques minutes, voire quelques secondes.

La douleur s'accompagnait d'une faim dévorante – un besoin primaire de manger, de croître, de se développer sans fin, comme si les garde-fous intégrés à la Graine avaient cédé et ne contrôlaient plus ce désir de s'étendre. Les émotions de la Dévoreuse étaient mâtinées d'une certaine jubilation sadique, ce qui ne surprenait pas Kira. L'égoïsme était plus fondamental que la bonté. Cependant, elle ne s'était pas attendue à trouver cet égarement, cette confusion presque enfantine qui l'accompagnait. L'intelligence née des cerveaux joints de Carr et de Qwon semblait incapable de comprendre les circonstances. Elle ne mesurait que sa souffrance, sa haine et son envie de proliférer jusqu'à recouvrir chaque centimètre carré de chaque planète et chaque astéroïde de l'univers – jusqu'à ce que sa progéniture encombre l'espace entre chaque étoile, que chaque rayon de lumière soit absorbé par la vie, la *vie*, la *VIE* qu'elle avait semée au moyen de ses lombes malencontreuses.

Elle le désirait. Elle en avait besoin.

Kira hurla dans les ténèbres en se débattant contre la Dévoreuse de tout son corps, de tout son esprit, de toute sa Graine. Elle dirigea sa rage et sa haine contre le monstre, et ravagea la chair autour d'elle avec toute la puissance de son désir désespéré.

Ses tentatives restaient vaines. Face à la Dévoreuse, sa colère n'était qu'une bougie allumée devant un volcan, sa haine n'était qu'un cri perdu dans une tempête.

La puissance incompréhensible de la Dévoreuse la contraignait, l'aveuglait. La Graine se dissolvait autour d'elle, atome par atome, en allant rejoindre la monstruosité. Et plus Kira résistait, plus le xéno s'écoulait vite.

Alors que la tumeur se rapprochait de sa peau nue – sa peau véritable –, Kira comprit qu'elle n'avait plus le temps. Si elle n'agissait pas *maintenant*, elle aurait accompli tout cela pour rien.

Dans un accès de panique renouvelée, elle utilisa ce qu'il lui restait de Graine pour chercher les commandes de la Casaba-Howitzer. *Là.* Les boutons étaient ronds et durs sous les vrilles du xéno.

Kira commença à entrer le code d'activation.

Puis… elle perdit ses excroissances. Les vrilles devinrent molles et s'écoulèrent comme de l'eau dans les ténèbres environnantes. La chair rejoignit la chair, emportant son ultime espoir de salut.

Elle avait échoué. Totalement, irrémédiablement. Et elle avait livré à leur plus grand ennemi ce qui aurait pu être l'ultime chance de victoire de l'humanité.

La colère de Kira bouillonna de plus belle, mais c'était désormais un sentiment futile, inefficace. Puis les dernières molécules du xéno se sublimèrent, et la substance de la Dévoreuse s'effondra sur elle, chaude, sanguinolente, avide.

5.

Kira cria.

Les fibres de la Dévoreuse la lacéraient. La peau, les muscles, les organes, les os : tout y passait. Son corps était réduit en lambeaux.

La Graine l'occupait encore, et elle entreprit finalement de résister avec détermination, cherchant à protéger Kira tout en voulant fusionner avec sa chair perdue depuis si longtemps. Deux besoins contradictoires. Mais, même si la Graine s'était uniquement concentrée sur la défense de son enveloppe humaine, il n'en restait que trop peu pour repousser la puissance de la Dévoreuse.

Kira se sentait totalement impuissante. Et vaincue. La douleur ardente – tant la sienne que celle de la Dévoreuse – n'était rien en comparaison. Elle aurait pu subir n'importe quelle torture imaginable si la cause le justifiait, mais, dans la défaite, l'outrage infligé à sa chair était mille fois plus odieux.

Ce n'était pas normal. Rien ne l'était. La mort d'Alan et de ses autres coéquipiers, l'assaut du *Circonstances atténuantes*, la création de la Dévoreuse, les milliers et les milliers d'êtres conscients – humains, méduses et cauchemars – morts en dix mois et demi d'affrontements. Toute cette violence, toute cette douleur, tout cela pour quoi ? De mauvaises raisons. Le pire était que le dessein de la Graine finirait si déformé et perverti que son héritage – et par extension celui de Kira – serait fait de mort, de destruction et de souffrances.

La colère se mua en chagrin. Il ne subsistait plus grand-chose d'elle, à présent. Kira ignorait combien de temps il lui restait avant de sombrer dans l'inconscience. Quelques secondes, peut-être moins.

Elle eut une vision de Falconi et de leur nuit passée ensemble. Le goût salé de sa peau. La sensation du corps du capitaine contre le sien. Sa chaleur en elle. La dernière expérience intime et normale qu'elle partagerait avec une autre personne.

Elle revoyait les muscles de son dos rouler sous ses mains et, derrière lui, sur la console, le bonsaï noueux – seul végétal encore vivant à bord de l'*Hélix*. Il ne s'était pourtant pas trouvé là, si… ?

Végétal. Cela lui évoqua les jardins de Völund, si pleins de vie, odoriférants, fragiles, précieux…

Puis Kira capitula. Elle reconnut sa défaite, abandonna sa colère. Lutter n'avait plus d'intérêt. En outre, elle comprenait la douleur de la Dévoreuse, les raisons de sa rage. Au fond, elles n'étaient pas si différentes des siennes.

Si elle avait pu pleurer, elle l'aurait fait. Et à la dernière extrémité, à l'ultime instant de son existence, une bouffée de chaleur l'envahit, apaisante, purifiante – transformatrice dans sa pureté rédemptrice.

Je te pardonne, dit-elle. Et, au lieu de rejeter la Dévoreuse, elle l'embrassa, s'ouvrit à elle pour l'accueillir.

Un changement…

Là où les fibres de la créature la touchaient – désincarnant sa chair avec une intensité impitoyable –, il y eut une pause. Puis Kira éprouva une chose des plus étranges : ce n'était plus la Graine qui inondait la Dévoreuse, mais la Dévoreuse qui se déversait dans la Graine, qui fusionnait avec elle, *devenait* elle.

Kira accepta l'afflux de matériaux, l'aspirant en elle comme un enfant en son sein. Sa douleur se dissipa, ainsi que celle des tissus dont elle avait pris possession. Alors que son envergure s'étendait, son sentiment d'existence se déployait, et avec lui la découverte d'une nouvelle conscience, comme si des perspectives toutes neuves s'ouvraient devant elle.

La colère de la Dévoreuse redoubla. L'abomination avait conscience de ce changement, et sa fureur ne connaissait plus aucune limite. Elle assaillit l'humaine de toute la formidable puissance contenue dans son corps difforme – l'écrasant, la broyant, la tordant, la lacérant. Mais, alors que les fibres fractales de la Dévoreuse se resserraient autour de Kira, elles se détendaient dans la Graine et tombaient sous l'emprise de leur proie.

Le hurlement qui émanait de l'esprit torturé de la Dévoreuse était d'une puissance apocalyptique, une nova d'un courroux pur et sans limites implosant depuis son cœur. La créature se convulsait, comme en proie à une attaque, mais sa démence ne pouvait plus entraver ni endiguer l'avancée de Kira.

Car celle-ci n'affrontait plus le cauchemar, maintenant : elle le laissait être, reconnaissant son existence et le rôle qu'elle avait joué dans sa création. Et, ce faisant, elle soignait la chair tourmentée de la créature.

Alors que son emprise s'étendait, Kira se sentit devenir de plus en plus fine, disparaître dans la masse cumulée de la graine. Cette fois, elle ne chercha pas à résister. Lâcher prise était le seul moyen de contrer la Dévoreuse.

Une clarté singulière consumait la conscience de Kira. Elle n'aurait su dire qui elle était ni comment elle était venue au monde, mais elle *ressentait* tout. La pression de la chair de la Dévoreuse, la clarté stellaire qui les nimbait, les couches de proxomones flottant alentour, les bandes de radiations violettes qui englobaient l'ensemble et palpitaient, semblant respirer.

L'esprit de la Dévoreuse se débattait de toute sa fureur croissante alors que la Graine se refermait sur elle, plongeant dans les profondeurs de la viande sanguinolente. L'essentiel de la montagne de chair appartenait à Kira, à présent, et elle consacrait autant d'énergie à en apaiser les nombreuses blessures qu'à repérer et à isoler le cerveau.

Elle sentait la proximité de la conscience corrompue de Carr et Qwon, qui débordait d'une frustration incohérente. Kira savait que – si elle lui en laissait l'occasion – la démence conjointe repartirait de plus belle dans son insatiable volonté de croissance galactique.

Ni Kira ni la Graine ne pouvaient l'autoriser.

Là. Des éclats d'os, une chair plus molle au milieu, différente de toutes les autres, un dense réseau de nerfs émanant de l'intérieur gris. *Là.* Même à distance, la force des pensées à l'intérieur suffit à faire trembler Kira (et la Graine). Elle aurait voulu s'unir avec ce monticule de tissus pour le soigner, comme elle l'avait fait avec Gregorovich, mais l'esprit de la Dévoreuse était trop puissant pour elle. Elle risquerait de perdre à nouveau le contrôle de l'Idéalis.

Non. La seule solution était un coup fatal.

Elle hérissa une lame de fibres, arma son bras et…

Un signal l'atteignit depuis l'une des planètes en orbite autour de la pâle étoile bleutée. Un afflux d'ondes électromagnétiques, qu'elle entendit pourtant aussi clairement qu'une voix : un hurlement strident chargé de couches d'informations cryptées.

Au fond d'elle, une décharge électrique parcourut les circuits de la Casaba-Howitzer. Puis un dispositif s'enclencha dans le missile avec un bruit sourd. Elle comprit alors, avec une certitude terrifiante.

Activation.

Elle n'avait plus le temps de fuir.

Alan.

Dans les ténèbres, la lumière s'épanouit.

TROISIÈME PARTIE

★ ★ ★ ★ ★ ★ ★

QUIETUS

...

J'ai vu plus de merveilles, vastes et modestes,
Que bien des hommes. Je suis en paix,
Ma respiration se fait plus lente. Je ne pourrais pas en demander plus.
Aller plus loin que le banal quotidien
Aura donné à ma vie tout son sel. Nous sommes faits
Pour explorer et quêter au-delà des frontières
Et quand nous trouvons un rivage éloigné,
En chercher un encore plus loin. Mais il suffit.
Le silence se fait. Mes forces se sont enfuies,
Sol n'est plus qu'une pâle lueur, et voilà que j'attends,
Viking reposant sur son navire.
Même si ce ne sont pas les flammes
Qui m'accompagneront dans l'au-delà,
Mais le froid et la glace,
Et que je dériverai seul à jamais.
Aucun roi d'autrefois n'aura eu si majestueuse bière,
Ornée de métal sombre et gris,
Ni de si nombreux joyaux pour décorer sa morne tombe.
J'éprouve mes sangles, je croise les bras,
Me préparant une fois de plus
À m'aventurer dans l'inconnu,
Heureux de contempler la mort en face
Et de quitter ce royaume,
Heureux d'attendre et d'enfin m'assoupir...
M'assoupir à la lueur d'une étoile inconnue.

La lointaine rive, 48-70
Harrow Glantzer

CHAPITRE 1

★ ★ ★ ★ ★ ★ ★

RECONNAISSANCE

1.

Elle *était*.

Elle n'aurait su dire où, ni comment, ni quoi... mais elle était. Ne pas savoir ne la dérangeait pas. Cette existence la satisfaisait.

Sa conscience n'était plus qu'une sensation fragile, tremblotante, comme si on l'avait trop étirée. Elle se sentait dépourvue de substance, nuage de brume dérivant au-dessus d'une mer enténébrée.

Et, dans un premier temps, cela lui suffit.

Elle remarqua alors que la membrane de son être s'épaississait, très lentement pour commencer, puis de plus en plus vite. Vint alors la question dont découlaient toutes les autres : *pourquoi ?*

Alors que sa chair continuait à se solidifier, ses pensées elles aussi devinrent plus concrètes, cohérentes – et pourtant la confusion régnait. Était-elle censée savoir ce qui lui arrivait ? Où était-elle ? Et ce « où » était-il un endroit bien réel, ou l'avait-elle imaginé ?

Il y eut cet éclair douloureux quand ses nerfs se connectèrent, aussi aveuglant que la lumière qui la baignait. Car il y avait de la lumière désormais, issue de plusieurs sources : de froides étincelles perçant sur un fond noir et une grande sphère qui brûlait sans fin.

D'autres décharges suivirent. La pensée elle-même ne résista pas à l'assaut de la douleur. Et, tout du long, elle continua à grandir. À accumuler. À prendre forme.

Un souvenir lui revint, et avec lui, le souvenir des souvenirs. *Il était en cours d'anatomie de troisième année, à écouter cette fichue pseudo-intelligence disserter de sa voix monotone sur la structure interne du pancréas, et à fixer la chevelure rousse deux rangées devant lui...*

Mais qu'est-ce que cela signifiait ?

D'autres souvenirs : *Il pourchassait Isthah au milieu des rangs de tomates, dans la serre, derrière leur résidôme... puis plongeait vers la Plaine abyssale, dépassant ses coformes et contournant ces monstrueuses guirlandes avec leurs becs béants... se disputait avec son oncle qui ne voulait pas qu'il s'engage dans le CMU, passait son examen d'entrée pour rejoindre Lapsang, et entrait dans le Nid de Transfert pour y prendre sa nouvelle forme et prêter le serment de fidélité à la lueur d'Epsilon Indi sur son concertina des formes qui filaient comment va double espresso fermoir validation en quatre étapes proxomone hérésie avec une traînée de fumée...*

Si elle/il/cela avait eu une bouche, elle/il/cela aurait hurlé. Tout sentiment d'identité s'évanouit dans un tourbillon d'images, d'odeurs, de saveurs et de sentiments où rien n'était compréhensible, mais tout semblait être une partie d'elle/lui/cela... *était* elle/lui/cela.

Elle/il/cela suffoqua soudain, pris·e de peur, et elle/il/cela se mit à battre l'air, complètement perdu·e.

Certains, parmi ces souvenirs, étaient plus clairs et organisés que les autres – *verdure, amour, solitude, de longues nuits passées à travailler sur des planètes inconnues* – et elle/il/cela s'y cramponna comme à un cordage en pleine tempête, partant de là pour tenter de se reconstruire une identité.

Ce ne fut pas facile.

Puis, au beau milieu de ce chaos assourdissant, un mot surgit soudain, et elle/il/cela l'entendit prononcé par une voix qui n'était pas la sienne : « Kira. »

... *Kira*. Un nom qui sonnait comme le tintement d'une cloche. Elle se blottit à l'intérieur, s'en servant comme d'une armure pour protéger son noyau, un outil pour se donner une cohérence interne.

Sans elle, elle n'était personne. Tout juste un amas de besoins disparates, dépourvus de signification ou de trame. Aussi se raccrocha-t-elle à ce nom de toutes ses forces, tâchant de conserver un semblant d'individualité au cœur du tumulte. Elle ne pouvait pas encore dire *qui* était Kira, mais au moins ce nom lui offrait-il un point fixe sur lequel se centrer pendant qu'elle tâchait de comprendre comment se définir elle-même.

2.

Le temps progressait bizarrement, par à-coups. Elle n'aurait su dire si un instant venait de s'écouler, ou une éternité. Sa chair continuait à croître, comme matérialisée à partir d'un nuage de vapeur. Elle se construisait, se regroupait, *devenait*.

Elle sentait maintenant ses membres, ses organes aussi. Une chaleur torride et, dans les zones d'ombre, un froid mordant, impitoyable. Sa peau s'épaissit en réaction, formant une armure capable de protéger même les plus délicats des tissus. Son regard restait la majeure partie du temps tourné vers l'intérieur. Un chœur de voix disparates continuait à hurler dans son esprit, chaque fragment tentant de l'emporter sur les autres. Il lui semblait parfois s'appeler Carr, d'autres fois Qwon, mais sa conscience revenait toujours vers *Kira*. C'était la seule voix assez forte pour tenir tête à toutes les autres, la seule capable d'atténuer leurs cris, d'apaiser leur détresse.

Elle continua à grandir, encore et encore, jusqu'à n'avoir enfin plus de matière à ajouter à sa chair. Sa taille était désormais fixée, même si elle pouvait changer sa forme à l'envi, déplacer ou façonner tout ce qu'elle estimait inadéquat ou inopportun.

Son esprit commença à se stabiliser, et les choses à lui paraître moins floues. Elle se souvint d'épisodes de sa vie sur Völund, il y avait si longtemps… son travail d'exobiologiste, sa rencontre avec Alan – pauvre Alan ! – et, plus tard, sa découverte de la Graine, sur Adrastée. Et pourtant elle se rappelait aussi avoir été Julian Aldus Carr, docteur de la FCMU, fils de parents pas tout à fait aimants et fervent collectionneur de noix de béryl sculptées. De même, elle se rappelait avoir été Qwon le Wranaui, loyal serviteur du Nœud d'esprits, membre du banc d'élite Hfarr et grand amateur des délicieux *pfennic*. Mais les souvenirs de Carr et Qwon étaient brumeux, parcellaires, submergés par ceux, bien plus vivaces, du temps qu'ils avaient passé ensemble sous l'incarnation de la Dévoreuse.

Un frisson la parcourut. *La Dévoreuse…* cette réminiscence provoqua dans son esprit un déferlement de signaux, chargés de douleur, de colère, et des affres d'attentes insatisfaites.

Mais comment pouvaient-ils – elle, et eux – être encore en vie ?

3.

Enfin, elle se concentra sur ce qui l'entourait.

Elle flottait dans le vide, apparemment immobile, sans aucun débris autour d'elle, ni gaz ni poussière. Elle était seule.

Son corps était sombre et recouvert d'une sorte de croûte, pareil à la surface d'un astéroïde. Les fibres de la Graine la maintenaient d'un seul tenant, mais elle était plus que ces dernières : elle était aussi constituée de chair, tendre et vulnérable, à l'intérieur.

Les yeux qu'elle possédait à présent lui permettaient de voir les bandes de force magnétique qui couraient dans tout le système, de même que le voile scintillant du vent solaire. Le soleil d'un blanc bleuté qui éclairait faiblement le tout lui rappelait… elle n'aurait su dire quoi exactement, mais il lui semblait familier, et provoquait en elle une certaine nostalgie – qui ne venait pas d'elle/Carr/Qwon, mais de la Graine elle-même.

Elle porta son regard plus loin.

Le système grouillait d'une multitude de vaisseaux. Elle croyait en reconnaître certains. D'autres lui étaient inconnus, mais d'un type familier : des appareils grappeurs, biformes… ou bien appartenant à la chair égarée de la Dévoreuse –, autrement dit *elle-même*. *Elle* était responsable. Et elle voyait à présent que sa progéniture attaquait de nouveau les autres bâtiments, répandant souffrance, douleur et destruction dans tout le système.

Elle ne comprenait pas tout du spectacle auquel elle assistait, mais elle savait que c'était malencontreux, aussi rappela-t-elle à elle ses enfants dévoyés afin de mettre un terme à ce conflit.

Certains obéirent et filèrent dans sa direction, laissant de grandes traînées de flammes derrière eux. Elle les serra contre elle et soulagea leurs tourments, apaisa leurs esprits, et remisa leur chair là d'où elle venait, car, étant leur mère, elle avait pour devoir de veiller sur eux.

D'autres se rebellèrent. Elle envoya des fragments de son être à leur poursuite, les rattrapa et les réprimanda avant de les ramener à elle. Aucun ne lui échappa. Elle n'en voulait pas à ses enfants de s'être si mal comportés, ne ressentait au contraire que du chagrin à leur égard, et elle chanta tandis qu'elle dissipait leurs peurs, leur colère, leurs nombreuses douleurs. Ils souffraient tant ! Elle aurait pleuré si elle l'avait pu.

Alors qu'elle rassemblait sa descendance indisciplinée, quelques grappeurs et biformes lancèrent vers ses émissaires des lasers, missiles et projectiles solides. La Dévoreuse aurait été folle de rage, mais pas elle. Ces attaques ne la dérangeaient pas outre mesure, car elle savait ces créatures incapables de comprendre. Elle n'avait pas peur d'elles. Leurs armes ne pouvaient rien contre ce qu'elle était devenue.

Beaucoup de ces vaisseaux suivirent le mouvement quand elle fit revenir à elle les fragments de sa chair. Ils s'arrêtèrent devant elle et formèrent un rempart qu'ils devaient sûrement penser hors de sa portée. Il n'en était rien, mais elle garda cette information pour elle.

Des centaines de signaux émanaient de ces appareils, dirigés vers elle, des faisceaux électromagnétiques formant autant de cônes d'énergie prismatique qui clignotaient dans son champ de vision. Les sons et informations qu'ils transmettaient lui évoquaient les bourdonnements d'une nuée de moustiques.

Toute cette agitation rendait ses efforts de concentration encore plus difficiles qu'ils ne l'étaient déjà. Agacée, elle prononça un simple mot, usant d'un médium que toutes les espèces comprendraient. *Attendez.*

Les signaux s'interrompirent alors, la laissant dans un merveilleux silence. Satisfaite, Kira se replia de nouveau sur elle-même. Il y avait encore beaucoup de choses qu'elle devait comprendre.

4.

Petit à petit, elle s'employa à reconstituer un tableau cohérent des évènements récents. Elle revécut l'expédition sur Bughunt, l'évasion d'Orsted, puis le long voyage vers Cordova et la bataille qui s'était ensuivie.

Une certitude : la Casaba-Howitzer avait explosé. La Graine avait réussi – comment ? Grande question – à sauver du cataclysme nucléaire une partie de sa conscience, et de celles de Carr et de Qwon.

Elle était… Kira Navárez, mais aussi tellement plus. Elle était en partie Carr, en partie Qwon, et en partie Graine.

Un verrou semblait avoir sauté dans son esprit, et elle avait désormais accès à une mine d'informations – des connaissances venues de la Graine, datant de l'ère des Disparus, même si ceux-ci se donnaient un autre nom alors : les Anciens. Ceux qui étaient venus avant.

En s'employant à la sauver, le xéno et elle avaient parachevé leur fusion. Mais ce n'était pas tout, comprit-elle : les pouvoirs de la Graine étaient multiples, complexes, et la plupart d'entre eux avaient été bloqués, inaccessibles, jusqu'à ce que la Lame souple ait atteint une certaine taille (maintenant largement dépassée).

Ainsi, celle qui jadis n'avait été que Kira et qui était désormais bien davantage, flottant dans les ténèbres de l'espace, réfléchissait, étudiait, et contemplait ces nouveaux possibles. Le chemin qui s'ouvrait devant elle était complexe, mais elle savait que la ligne directrice de la Graine la guiderait, parce que c'était aussi la sienne : la vie était sacrée. Leur code moral reposait intégralement sur cette idée. La vie était sacrée ; elle avait pour mission de la protéger et, dans les limites du raisonnable, de la répandre.

Alors qu'elle se livrait à ces méditations, elle remarqua que les vaisseaux occupant le système s'étaient séparés en deux camps, humains d'un côté, Wranaui de l'autre, et que, même s'ils continuaient à la tenir en joue, ils avaient autant d'armes pointées les uns sur les autres. Deux flottes face à face, et elle au milieu. Le cessez-le-feu ne tenait manifestement qu'à un fil. Le grand et formidable Ctein avait beau être mort, il n'aurait pas fallu grand-chose pour que la guerre reprenne. Les deux espèces n'avaient eu que la menace de la Dévoreuse pour les unir et restaient, au fond, aussi assoiffées de sang et expansionnistes l'une que l'autre. Elle le savait pour avoir été Kira, mais aussi le chef de banc Nmarhl.

Elle se sentait également responsable de cette guerre. Elle qui avait été Carr et Qwon. La Dévoreuse et sa progéniture. Elle qui flottait aujourd'hui en orbite autour de Cordova.

Elle savait aussi que d'autres de ses malheureux enfants rôdaient toujours dans le cosmos, semant terreur, souffrance et mort chez les humains et les Wranaui. La part de Kira en elle tremblait pour sa famille. Et ce n'était pas tout : elle n'avait pas oublié la planète que la Dévoreuse avait infestée, avec ses êtres vivants métamorphosés pour servir la chair dévoyée. De même que les machines qui s'y trouvaient, et les vaisseaux, et toutes sortes de dangereux engins.

Cette pensée l'emplissait d'angoisse.

Elle souhaitait… la paix, sous toutes ses formes. Qu'humains et Wranaui puissent cohabiter et respirer un air pur qui n'empesterait pas le métal et le malheur.

Elle sut alors ce qu'il lui restait à faire.

– *Observez et n'intervenez pas*, ordonna-t-elle aux flottes de combat, qui n'avaient toujours pas bougé.

Pour commencer, la partie la plus douloureuse. Elle puisa dans le savoir caché de la Graine et transmit un puissant signal. Ni cri de détresse, ni supplique, mais un signal de mise à mort, adressé aux créations de la Dévoreuse. Une fois reçu, il délierait les cellules des putrides, désassemblerait leurs corps et les réduirait à leurs composants organiques. Ce que la Graine avait fait, la Graine pouvait le défaire.

Elle ne voyait pas de moyen plus rapide pour mettre un terme à toute cette violence, toutes ces souffrances. C'était son fardeau et elle ne ferait rien pour s'y soustraire, si douloureux cela fût-il.

Cette tâche accomplie, elle fabriqua des agents avec sa propre chair et les envoya récupérer les vaisseaux endommagés qui flottaient autour de la planète que les Wranaui avait exploitée. Elle dépêcha d'autres fragments d'elle-même dans les ceintures d'astéroïdes avec pour mission d'y extraire les matériaux dont elle avait besoin.

Tandis que ces drones s'acquittaient de cette mission, elle se mit à l'œuvre sur sa propre chair, la restructurant pour ce qu'elle avait en tête. Elle commença par façonner une sphère cuirassée autour de son noyau pour protéger ce qui restait de son corps originel, puis fit jaillir de celle-ci des panneaux noirs et lisses conçus pour absorber le moindre rayon de soleil qui les toucherait. Elle avait besoin de puissance pour atteindre son but, ce dont la Graine disposait certes en quantité, mais pas suffisamment pour ce qu'elle avait à l'esprit.

Esprit, es-tu là ?

Elle rit doucement, une petite chanson dans l'espace.

Piochant dans les banques de savoir encodées de la Graine, elle commença à construire les machines dont elle avait besoin, à partir d'une structure atomique. Grâce à l'énergie accumulée par ses panneaux, elle fit naître un soleil en elle, un réacteur à fusion de taille à propulser les plus gros bâtiments de guerre du CMU. Avec l'énergie de cette étoile artificielle, elle fabriqua de l'antimatière – en bien plus grande quantité que les techniques si peu efficaces des humains ou des Wranaui le leur permettaient. Les Anciens avaient appris à maîtriser la production de cette ressource avant même l'apparition de l'une ou l'autre de ces espèces. Elle bâtit ensuite un moteur à torsion modifié qui lui permettrait de plier l'étoffe même de l'univers et de siphonner directement l'énergie de l'espace supraluminique, ce qui était, avait-elle compris, la façon dont la Graine fonctionnait.

Ses agents, lorsqu'ils prirent possession des vaisseaux endommagés, trouvèrent parfois des humains ou des Wranaui blessés et abandonnés là, qui bien souvent les attaquèrent. Elle ignora leurs assauts et les soigna, malgré leurs protestations, avant de les renvoyer auprès de leurs congénères dans des capsules d'évacuation qu'elle prit sur les appareils, ou qu'elle fabriqua elle-même.

Les drones revinrent en remorquant vaisseaux et pierres, et Kira assimila les matériaux que ceux-ci contenaient – comme l'aurait fait la Dévoreuse – pour les ajouter aux structures qui prenaient forme autour d'elle.

Les flottes qui continuaient à la surveiller s'agitèrent de plus en plus en la voyant procéder, et plusieurs navires lui envoyèrent de puissants signaux pour tenter de lui parler.

– *Attendez,* ordonna-t-elle.

Ils obéirent, même si humains comme Wranaui reculèrent encore davantage, laissant un vaste espace autour d'elle.

Disposant à présent de copieuses réserves de masse et d'énergie, Kira s'employa entièrement à la construction. Elle ne se limita pas à l'aspect mécanique de la chose. En plus des poutres et entretoises métalliques, elle laissa la Graine créer des chambres spéciales et les remplir d'un bouillon organique – des bioréacteurs chauffés qui se mirent sur-le-champ à fabriquer les matériaux vivants nécessaires pour le produit fini : du bois plus robuste que l'acier, des semences, des bourgeons, des œufs et plus encore, des lianes qui grimpaient, se cramponnaient, et pouvaient transmettre un courant électrique aussi efficacement qu'un câble en cuivre, des champignons supraconducteurs, et tout un écosystème de faune et de flore tiré de l'immense expérience de la Graine, qu'elle-même et Kira pensaient capable de fonctionner en symbiose.

Elle allait vite, mais son projet exigeait du temps. Les jours passaient, les flottes continuaient à l'observer, et elle continuait à bâtir.

Quatre énormes traverses sortirent de son noyau, devant, derrière et sur les côtés, pour former une croix aux branches égales. Elle les étendit ensuite, jusqu'à ce que chacune mesure trois kilomètres et demi de long et soit assez épaisse pour qu'un croiseur puisse y passer. Elle demanda alors à la Graine de joindre les extrémités de cette croix grâce à un grand anneau, tandis qu'au bout de chaque branche deux arcs poussaient, l'un vers le haut, l'autre vers le bas, incurvés vers l'intérieur, comme pour souligner les contours d'une sphère invisible.

La Graine était devenue si colossale que Kira avait le plus grand mal à s'imaginer confinée dans un corps de taille humaine ou wranaui. Sa conscience occupait l'intégralité de cette structure, dont elle sentait en permanence chaque parcelle, un peu comme une intelligence de bord dans son vaisseau, supposa-t-elle. La substance de son être s'étendit pour répondre aux exigences de son influx sensoriel accru, et cette expansion fut accompagnée par un accroissement de ses pensées qu'elle n'avait jamais connu jusqu'alors.

L'édification se poursuivait, mais Kira n'avait plus envie d'attendre. De plus, tous ceux qui l'observaient voyaient à présent ce qu'elle avait décidé de bâtir : une station spatiale plus massive que tout ce qu'avaient pu accomplir humains ou Wranaui. Si certains de ses éléments étaient d'un gris métallique, cet assemblage était en grande partie vert et rouge, ce qui trahissait la nature organique de la majorité de ses composants. C'était un être vivant, et Kira savait qu'il continuerait à croître et à évoluer pendant encore des décennies, voire des siècles.

Mais, comme tout jardin, la structure nécessitait un entretien assidu.

Elle se concentra sur plusieurs chambres, près de son noyau, les referma pour les séparer du vide, les remplit d'un air respirable à la fois par les humains et les Wranaui, les pourvut d'une gravité adaptée aux deux espèces, et les aménagea dans un style qui lui semblait approprié. Elle puisa pour cela dans les mémoires des Wranaui et des Anciens, et dans la part d'elle qui était encore Kira, choisissant chaque fois ce qu'elle préférait.

Deux de ses agents lui apportèrent à sa demande le noyau durci de ce qui avait été le grand et formidable Ctein. Les Wranaui ne s'en soucieraient pas – les dépouilles leur importaient peu – mais elle, si. Elle prit ses restes noircis et, une fois de plus, reconstruisit la substance de sa chair en transformant les colonnes de basalte en sept cristaux étincelants, d'un bleu presque blanc. Elle plaça chacun d'eux dans une chambre différente, afin qu'ils constituent une mise en garde, un souvenir, un symbole de renouveau.

Puis, enfin, elle brisa son silence.

Amiral Klein, mène-banc Lphet, je souhaiterais vous parler. Venez me retrouver. Vous aussi, Falconi, et… amenez Trig.

CHAPITRE 2

★ ★ ★ ★ ★ ★ ★

UNITÉ

1.

Kira regarda approcher les trois vaisseaux, le BCMU *Force implacable*, le VSL *Hélix* et un bâtiment wranaui marqué par les combats et dont le nom, une fois traduit, donnait à peu près *Vifs courants sous les vagues silencieuses*.

Ils n'auraient pas pu être plus dissemblables. Le *Force implacable* était épais et oblong, sa coque, hérissée de lasers, lance-missiles et canons électriques. Le gris mat et foncé de son fuselage tranchait avec ses radiateurs, qui étincelaient comme des diamants. L'*Hélix* était plus petit, ramassé, trapu même, avec sa coque d'un brun familier, grêlée par les impacts de micrométéorites et percée de la large entaille ouverte par les Wranaui. Comme le bâtiment de guerre du CMU, l'*Hélix* avait déployé les ailettes de ses radiateurs, dont un grand nombre étaient brisées. Le vaisseau wranaui, quant à lui, avait l'allure d'une sphère lisse, d'un blanc cassé, uniquement marquée par un tir de blaster qui barrait sa proue.

Les trois bâtiments usèrent de leurs propulseurs à jets de gaz pour ralentir à l'approche des ports d'amarrage que Kira avait formés pour eux. Des essaims de ses drones passaient et repassaient sur la toile de fond veloutée, s'affairant comme des abeilles. Kira leur accordait toute son attention, de même qu'à ses visiteurs, mais ne pouvait s'empêcher d'éprouver une étrange sensation au plus profond de son être.

Était-ce… de la *gêne* ? Voilà qui la surprit. Avec tout ce qu'elle était devenue, elle se demandait encore ce que Falconi penserait d'elle.

Et pas seulement lui. Quand le sas de l'*Hélix* s'ouvrit, ce fut tout l'équipage qui sortit, y compris Nielsen – les côtes encore bandées – et Veera l'entropiste. Kira fut heureuse de constater qu'ils apportaient le cryotube de Trig, installé sur une palette roulante.

L'amiral Klein descendit du *Force implacable*… suivi de toute une troupe de marines de la FCMU en armure mécanisée. Lphet était lui aussi accompagné de Wranaui armés quand il débarqua. Des proxomones d'inquiétude et de curiosité émanaient des extraterrestres, parmi lesquels se trouvait Itari, ainsi qu'un humain : la major Tschetter, le visage plus impénétrable que jamais.

– *Par ici*, dit Kira en allumant une rangée de lumières émeraude le long du corridor qui s'ouvrait devant eux.

Depuis les murs et le plafond – car elle était tout cela, et plus encore –, elle regarda humains et Wranaui s'exécuter. Falconi semblait méfiant, mais elle était soulagée de constater qu'il avait l'air en bonne santé et que sa blessure à l'épaule ne le faisait apparemment plus souffrir. Klein n'affichait aucune émotion, mais son regard ne cessait d'aller de droite à gauche, à l'affût de mauvaises surprises.

À l'exception des marines, tous les humains portaient exoderme et casque. Les Wranaui, comme à leur habitude, s'appuyaient sur la protection que leur offrait leur forme.

Tandis que ses visiteurs pénétraient dans la salle d'apparat qu'elle avait construite pour les recevoir, Kira ramena son point de vue dans la chair qu'elle s'était créée afin que Klein, Lphet et Falconi aient une image d'elle à regarder. C'était la moindre des politesses.

La pièce était haute, étroite, avec un plafond en voûte et deux rangées de colonnes en *nnar*, cette espèce de corail qu'elle connaissait – et appréciait tant – grâce à Qwon. Les murs étaient bordés de barres d'un métal gris et poli, orné de lignes bleues dessinant des motifs n'ayant de sens que pour les Anciens… et elle, désormais. Ces cadres accueillaient de grands panneaux incurvés mêlant bois, lianes et feuilles vert foncé.

On devait ces dernières touches à la part de Kira qui subsistait en elle, de même que les fleurs qui occupaient chaque recoin sombre, avec leurs pétales violets et leurs pistils mouchetés. Des constellations de minuit, en souvenir de sa planète natale, d'Alan, et de tout ce qu'elle avait été autrefois.

Elle avait répété la forme des fleurs sur le sol, en spirales fractales qui s'enroulaient sans fin, tableau qui l'emplissait d'une profonde satisfaction.

Au milieu des spirales luisait l'un des cristaux qu'elle avait façonnés à partir de Ctein, une flamme figée, toute en scintillante beauté. La vie en état de suspension, mais qui continuait à se battre, à lutter.

Quelques sphérules brillantes pendaient des branches de *nnar*, en hauteur, chapelets de fruits rayonnant d'une lueur douce et dorée. Des volutes d'un épais pollen parfumé tourbillonnaient dans les faisceaux de lumière. À l'exception d'un filet d'eau qui gazouillait au milieu des colonnes, la salle était plongée dans un silence sacré.

Kira ne demanda rien, n'adressa pas d'ultimatum, pourtant Klein lança un simple mot à ses soldats, qui restèrent postés près de l'entrée en voûte. Lphet fit la même chose avec sa garde – Itari compris –, puis l'amiral et le mène-banc avancèrent en tête, la major Tschetter et l'équipage de l'*Hélix* derrière eux.

Alors qu'ils approchaient du bout de la salle d'apparat, Kira laissa les lampions éclairer plus fort, chassant les ombres telle l'aube afin qu'ils puissent la contempler.

Ses visiteurs s'arrêtèrent net.

Elle les observait du haut du mur où son nouveau corps était enchâssé parmi les racines qui le constituaient, une grande trame verte à laquelle se mêlaient les fibres noires et luisantes de la Graine – la merveilleuse Graine, créatrice de vie.

– Bienvenue, les salua-t-elle.

Il était si étrange de parler avec une bouche et une langue, et encore plus d'entendre la voix qui résonna dans la salle, plus grave que dans son souvenir, et contenant des échos de Carr et de Qwon.

– Mon Dieu, Kira, qu'avez-vous fait ? souffla Nielsen, le visage inquiet derrière la visière de son casque.

– Ça va, Kira ? s'inquiéta Falconi avec sa moue habituelle, les sourcils froncés.

L'amiral Klein se racla la gorge.

– Madelle Navárez…

– Bienvenue, répéta-t-elle en souriant (ou en tout cas en essayant. Elle n'était pas certaine de se rappeler comment s'y prendre.) Je vous ai fait venir ici, amiral Klein, et toi, mène-banc Lphet, en tant que représentants des espèces humaines et wranaui.

[[Ici Lphet : Je ne suis plus mène-banc, Idéalis.]]

Tschetter traduisit pour les humains la réponse de la medz.

– Comment dois-je t'appeler, dans ce cas ?

Kira s'exprimait à la fois en anglais et en proxomones, afin que tous la comprennent.

[[Ici Lphet : Le grand et formidable Lphet.]]

Un léger frémissement parcourut la structure de la station, tel un courant d'air froid le long de l'échine de Kira.

– Tu as pris la place de Ctein.

Ce n'était pas une question.

Le Wranaui frotta avec fierté des tentacules qui avaient viré au rouge et blanc.

[[Ici Lphet : En effet, Idéalis. J'ai maintenant autorité sur toutes les Branches wranaui.]]

L'amiral Klein trépigna d'un pied sur l'autre.

– Bon, Navárez, pourquoi sommes-nous là ? Qu'est-ce que vous êtes en train de construire, et dans quel but ?

Kira rit doucement, un petit bruit mélodieux, semblable au chant d'un ruisseau tapissé de mousse.

– J'avais quelque chose à vous dire. Humains et Wranaui continueront à se battre tant qu'ils n'auront pas trouvé de terrain d'entente. Les cauchemars – les putrides – leur avaient offert un ennemi commun, mais cet ennemi n'est plus.

[[Ici Lphet : Tu en es sûre, Idéalis ?]]

Elle comprenait ce que Lphet demandait vraiment : en était-ce fini de la Dévoreuse ? Celle-ci constituait-elle toujours une menace ?

– Oui, je te le promets. L'exoderme auquel je suis liée, qui est pour toi l'Idéalis et pour vous la Lame souple, amiral Klein, ne causera plus jamais de problèmes. J'ai également transmis un ordre aux putrides qui se trouvent hors de ce système. Ils cesseront les hostilités dès qu'ils le recevront.

L'amiral semblait dubitatif.

– Mais comment ? Vous voulez dire que…

– J'ai défait les putrides, le coupa Kira, sa voix résonnant au-dessus de leurs têtes. Vous n'avez plus à vous soucier d'eux.

– Vous les avez tués, commenta Nielsen d'une voix blanche.

Les autres semblaient autant troublés que soulagés.

Kira baissa le regard vers eux.

– Je n'avais pas le choix. Mais le problème reste entier : humains et Wranaui ne resteront jamais alliés s'ils n'ont pas de raison pour ça. Alors j'en ai trouvé une. J'ai bâti ce sanctuaire.

– Quoi, cet endroit ? demanda Klein en regardant autour de lui.

Elle sourit de nouveau. C'était plus facile, cette fois.

– C'est une station spatiale, amiral. Ni un vaisseau, ni une arme : un havre. Je l'ai bâtie autant que possible comme les Anciens – les Disparus – l'auraient fait. Ils l'auraient nommée Mar Íneth dans leur langue. Dans la nôtre, elle s'appelle Unité.

– Unité…, répéta Klein, songeur.

Kira hocha la tête du mieux qu'elle put.

– C'est un lieu de rassemblement. Un organisme vivant qui continuera à grandir et s'épanouir avec le temps. Cette station inclut des espaces adaptés aux humains, et d'autres aux Wranaui. D'autres créatures vivront également ici, des gardiens qui veilleront au bon fonctionnement des nombreux éléments d'Unité.

Tschetter prit alors la parole :

– Vous voulez que cette station nous serve d'ambassade ?

– Plus que ça. De trait d'union entre nos deux espèces. Il y aura assez de place ici pour accueillir des millions d'habitants, peut-être même davantage. Tous seront les bienvenus, tant qu'ils seront disposés à vivre en paix. Si cette idée vous dérange encore, songez que j'ai bâti Unité avec des moyens et un savoir dont les Wranaui eux-mêmes ne disposent pas. Je permettrai à ceux qui vivront ici d'étudier la station… et de m'étudier, moi. Cet argument devrait à lui seul convaincre tout le monde.

L'amiral Klein semblait préoccupé. Il pinça longuement les lèvres, les bras croisés.

– Et qu'est-ce qui nous dit que ce xéno ne va pas tout d'un coup se rebiffer et tuer tout le monde à bord ?

Une vague mauve, offusquée, courut le long des tentacules de Lphet.

[[Ici Lphet : L'Idéalis a déjà donné sa parole, biforme ! Tes inquiétudes sont injustifiées.]]

– Ah, vraiment ? Allez dire ça aux millions – si ce n'est aux milliards – de victimes des cauchemars !

[[Ici Lphet : Tu n'as pas…]]

Kira fit frémir les feuilles qui tapissaient les murs, ce qui coupa net la conversation et poussa toute l'assistance à se retourner vers elle.

– Je ne peux vous offrir aucune garantie, amiral Klein, mais vous avez vu de quelle façon j'ai secouru et soigné les soldats de votre flotte.

– Je l'admets, répondit l'homme, la tête penchée.

– Il faut savoir s'en remettre à la foi, amiral. Prendre un risque.

– Un sacré risque en l'occurrence, Navárez.

Tschetter lança un regard à Klein.

– Il serait pire de ne pas entretenir de liens avec les Wranaui.

Klein se renfrogna.

– Ça ne signifie pas que nous sommes au bon endroit pour organiser des relations diplomatiques, et il est hors de question que des civils aient le droit de se retrouver si près de Cordova, pas tant que le Renseignement n'aura pas passé le système au peigne fin. De toute façon, il n'est pas en mon pouvoir de négocier ce genre d'accord. Vous devrez vous débrouiller avec la Ligue, Kira, ce qui va prendre du temps. Je suppose qu'ils voudront envoyer quelqu'un pour discuter avec vous en tête à tête, donc en gros il faudra encore un bon mois et demi avant que cette histoire soit réglée.

Sans protester, Kira se tourna vers le Wranaui.

[[Ici Kira : Qu'en dis-tu, grand et formidable Lphet ?]]

La créature se teinta de rouge et d'orange.

[[Ici Lphet : Les Branches seraient honorées d'accepter ta proposition, Idéalis. L'occasion d'étudier une telle création ne s'est jamais présentée à nous – ni dans cette ondulation ni dans aucune autre. Dis-moi combien de Wranaui peut accueillir cette station, et je te les enverrai immédiatement.]]

Mâchoires serrées, Klein écouta Tschetter traduire.

– Ah, c'est comme ça ? Allez, tant pis. La Ligue n'aura qu'à régler les détails plus tard, parce qu'il est hors de question de laisser les medz prendre une longueur d'avance sur nous. Quel que soit le nombre de gus qu'ils postent ici, j'exige de pouvoir en mettre autant.

Cette fois, Kira jugea bon de ne pas sourire.

– Bien entendu, amiral. À une condition, cependant.

L'homme se raidit.

– Laquelle, Navárez ?

– Et ça vaudra pour quiconque voudra vivre sur Unité, ou seulement y passer : toutes les armes seront interdites. Si jamais vous enfreignez cette règle, je les détruirai et vous expulserai.

[[Ici Lphet : C'est entendu, Idéalis. Nous t'obéirons.]]

– Qu'en est-il des bots de maintenance, des lasers de service ? Même une fourchette peut devenir une arme mortelle entre de mauvaises mains.

Ah, les humains.

– Faites preuve de bon sens, amiral. J'autoriserai les armures assistées, tant qu'elles seront désarmées. Mais ne vous y trompez pas, je mettrai un terme au moindre affrontement qui éclatera ici, peu importe qui l'aura déclenché, humain ou Wranaui.

La voix de Kira se fit plus profonde, jusqu'à résonner dans toute la salle, comme si Unité tout entière était devenue sa gorge – ce qui, en un sens, était le cas.

Klein pâlit sous son hâle de spatio.

– Bien compris. Mes troupes ne vous causeront pas de problème, vous avez ma parole.

[[Ici Lphet : Il en ira de même pour les formes loyales aux Branches.]]

Kira leur laissa alors ressentir sa satisfaction à travers les couleurs chatoyantes des lampions, le gazouillis de l'eau, le bruissement réconfortant de ses feuilles.

– Voilà qui est réglé, dit-elle.

Elle se concentra alors sur Falconi et l'équipage de l'*Hélix*, contemplant chacun tour à tour.

– La vache, Kira, tu fais jamais les choses à moitié, pas vrai ? lui lança Sparrow en se grattant les côtes à travers sa combi.

Vishal prit alors la parole :

– Comment avez-vous fait pour survivre, madelle Kira ? Nous étions sûrs que vous aviez été tuée par l'explosion de la Casaba-Howitzer !

L'amiral Klein sembla encore plus mal à l'aise. Kira était convaincue que c'était lui qui avait autorisé la détonation de l'engin – et elle s'en moquait. À quoi bon établir les responsabilités des uns et des autres, désormais ? Et puis c'était la décision la plus logique à prendre sur le moment, alors qu'il fallait à tout prix arrêter la Dévoreuse.

– Je crois bien l'avoir été… pendant un moment, dit-elle, un peu perplexe.

Hwa-jung grogna quelques mots et se signa d'un rapide geste de la main.

– Est-ce que tu es vraiment… toi ? demanda-t-elle.

Un souvenir décousu traversa le cerveau reconstruit de Kira : *une cellule grise, une glace sans tain, du métal froid sous ses genoux. Un holo qui clignotait devant elle, et la major Tschetter, en uniforme gris, qui lui demandait : « Vous sentez-vous toujours vous-même ? »*

Un petit rire lui échappa.

– Oui… et non. Je suis plus que ce que j'étais.

Le regard de la cheffe mécano se planta dans le sien, plus brûlant qu'une lance thermique.

– Non. Es-tu vraiment toi *là* (elle se frappa le sternum), là où ça compte vraiment ? Est-ce que ton âme est la même ?

Kira réfléchit un instant.

– Mon âme ? Je ne sais comment répondre à cette question, Hwa-jung. Mais sache que je souhaite la même chose qu'*avant* : la paix, et le triomphe de la vie. Cela signifie-t-il que je suis la même personne ? Peut-être, peut-être pas. Il n'est pas toujours mauvais de changer.

Hwa-jung n'avait pas l'air rassérénée.

– Non, c'est vrai, et ce que tu dis me plaît beaucoup, mais n'oublie pas ce que c'est d'être humaine.

– Oublier, c'est précisément ce que je ne veux pas faire, répondit Kira.

La mécano sembla au moins un peu apaisée.

Kira se tourna alors vers Veera. L'entropiste se tenait les bras croisés, les mains enfouies dans les amples manches de sa robe. Elle avait les yeux cernés de violet et ses joues étaient creusées, comme si elle était tombée gravement malade.

– Toutes mes condoléances pour la perte de votre compagnon, quêteuse Veera. Nous… comprenons.

L'entropiste acquiesça, les lèvres pincées, et s'inclina profondément.

– Merci, prisonnière Kira. Votre sollicitude m'est d'un grand réconfort.

Kira hocha la tête à son tour.

– Je ne suis plus une prisonnière, quêteuse.

L'entropiste écarquilla les yeux de surprise.

– Mais… que voulez-vous dire ?

Sans lui répondre, Kira se tourna de nouveau vers Falconi.

– Salvo.

– Kira, répondit-il, la mine sombre.

– Tu as amené Trig.

– Bien entendu.

– Tu nous fais confiance, Salvo ?

Le capitaine hésita, puis répondit :

– Je ne serais pas venu avec le gamin, sinon.

Cet aveu réchauffa le cœur de Kira, qui sourit encore – c'était en train de devenir son expression favorite.

– Dans ce cas, continue.

Elle fit jaillir du sol fractal un bouquet de vrilles – vertes, cette fois, et non noires – à hauteur du cryotube de Trig. Sparrow et Hwa-jung s'écartèrent d'un bond en jurant, tandis qu'au fond de la salle les marines se raidirent, armes levées.

– Baissez-moi ça ! aboya Klein. Repos !

Kira continua à sourire tandis que les vrilles s'enroulaient en une étreinte serpentine autour du cryotube, qu'elles ensevelirent sous leur masse végétale.

– Kira ? murmura Nielsen, ni furieuse ni menaçante, seulement inquiète.

– Faites-moi confiance, répondit-elle.

Avec ses vrilles, elle se glissa dans le tube cryo et planta un millier de fibres dans la chair endommagée de Trig, en quête de l'origine de son mal. *Là*. Un amas de cellules brûlées, de muscles déchirés, de tendons endommagés, de vaisseaux sanguins et de nerfs tranchés... Les dégâts subis par son corps étaient aussi faciles à sentir pour elle que la structure interne de la station.

Comment avait-elle pu trouver cela si difficile, autrefois ?

Elle déversa ensuite l'énergie requise dans le corps gelé de Trig, guidant la Graine tandis que cette dernière soignait ses blessures. Quand tout lui sembla réglé, elle lui ôta son respirateur et débrancha les câbles fichés dans ses bras, séparant le garçon de la machine qui le maintenait en vie depuis plus de six mois.

Elle le réchauffa, lentement, délicatement. Elle sentit la chaleur de son métabolisme augmenter tel un feu démarrant peu à peu pour finalement s'embraser, jusqu'à ce qu'il réussisse à prendre sa première inspiration sans aide extérieure.

Elle le libéra alors. Les vrilles se rétractèrent dans le sol pour dévoiler la forme pâle de Trig, recroquevillé en position fœtale, seulement vêtu d'un caleçon thermique gris, de ceux que l'on porte d'ordinaire sous un exoderme. Il hoqueta comme quelqu'un qui aurait regagné la surface après avoir manqué de se noyer et expulsa un crachat qui disparut presque instantanément dans le sol.

– Trig ! s'écria Nielsen en se penchant sur le garçon, imitée par Vishal.

Sparrow, Hwa-jung et Falconi s'empressèrent de les rejoindre.

– Où... où suis-je ? murmura Trig d'une voix rauque.

– J'ai peur que ce soit un peu compliqué à expliquer, répondit Vishal.

– Euh… pourquoi vous portez tous des exos ? demanda le jeune homme.

Sparrow s'écarta, et Trig vit Kira, suspendue au mur.

– Kira ? C'est vous ?

– Bon retour parmi nous, répondit-elle avec chaleur. Nous n'étions pas sûrs que tu t'en sortirais.

Trig contempla la salle et ses colonnes, les yeux écarquillés.

– C'est à vous, tout ça ?

– Parfaitement.

Le garçon essaya de se lever, mais ses jambes se dérobèrent sous lui, et il serait tombé si Hwa-jung ne l'avait pas rattrapé.

– Va pas trop vite, lui dit-elle.

– Mais je… (Il secoua la tête et lança un regard perdu à Falconi.) On est toujours sur Bughunt ?

– Oh non, loin de là, répondit le capitaine. Tu sais quoi ? On va te ramener sur l'*Hélix* histoire que le doc t'examine pour vérifier si tout va bien et que tu te reposes un peu, et on te racontera ensuite tout ce qui s'est passé.

– On s'est sacrément marrés, ajouta Sparrow, pince-sans-rire.

– C'est vrai que je serais pas contre un peu de repos, dit Trig. J'ai l'impression de m'être fait tabasser à coups de marteau. Je…

Le jeune homme s'interrompit en remarquant Lphet et, à l'autre bout de la salle, le reste des Wranaui. Il poussa un grand cri et commença à reculer, affolé, mais Hwa-jung le retint par le bras.

– Des medz ! Vite, faut pas…

– Calme-toi. Tout va bien, lui dit Nielsen d'une voix apaisante. Respire un grand coup. Ce sont des amis.

Trig contempla tour à tour humains et Wranaui, sans savoir que penser.

– Comme j'ai dit, il s'est passé deux, trois trucs, lâcha Sparrow en lui donnant un petit coup de poing dans l'épaule.

– C'est une façon de présenter les choses, maugréa Falconi. Tu peux croire Nielsen, en tout cas : on est tous copains, maintenant.

Il lança un rapide regard en direction de Kira avant de revenir vers Trig.

– Entendu, capitaine. Excusez-moi.

– Ne t'excuse pas. Je comprends ta réaction, répondit Falconi en lui tapotant le dos.

Kira revint alors vers ses autres hôtes.

– Amiral Klein, grand et formidable Lphet, vous avez vu de quoi je suis capable. Si d'autres membres de vos équipages sont blessés – et si vous ne pouvez pas les guérir vous-mêmes –, amenez-les-moi, et je ferai pour eux ce que j'ai fait pour Trig.

[[Ici Lphet : Ta bonté est sans égale, Idéalis, mais les Wranaui irrémédiablement meurtris seront transférés vers de nouvelles formes au lieu de continuer à souffrir.]]

– À ta guise.

Une ride profonde s'était dessinée entre les sourcils de Klein.

– C'est une offre sacrément généreuse, mais le protocole de bioconfinement ne nous autorise pas à…

– Il a déjà été plus qu'enfreint, vous ne croyez pas, amiral ? demanda Kira d'une voix douce.

La grimace de Klein s'accentua.

– Vous avez peut-être raison, mais je n'ai pas envie que la Ligue me colle en cour martiale pour violation de quarantaine.

– Vous avez sûrement fait passer des examens aux hommes et aux femmes que j'ai déjà soignés.

– Évidemment.

– Et alors ?

– Les techniciens n'ont rien trouvé qui clochait chez eux, admit Klein.

– Voilà qui est réglé.

– Certainement pas ! répondit l'amiral en secouant la tête. Le *Circonstances atténuantes* n'avait rien décelé de bizarre chez vous non plus avant que le xéno se décide à se manifester, alors excusez-moi si je ne prends pas cette histoire à la légère, Navárez.

Kira sourit une fois de plus, surtout pour paraître rassurante.

– La Ligue n'a aucun pouvoir ici, et cela doit rester ainsi. Ce système est à moi, à Unité, et ni la Ligue ni les Wranaui n'y imposeront leurs lois. Tant que vous resterez sous ma protection, vous serez un homme libre, amiral – libre de prendre toutes les décisions que vous dictera votre conscience.

– Un homme libre ? dit Klein avec un petit rire. Vous manquez pas de culot, Navárez.

– Peut-être. Comprenez-moi bien : je ne fais pas cette offre pour vous, mais pour vos troupes. Sachez que, si vous avez des blessés condamnés à rester mutilés, je peux les aider, c'est tout. La décision vous revient.

Kira abandonna l'amiral pour regarder les Wranaui postés à l'entrée de la salle.

– Je suis heureuse de te voir en bonne santé, Itari, et reconnaissante de l'aide que tu nous as apportée sur le *Hiérophante bossué*.

Une onde vivement colorée parcourut les tentacules du Wranaui.

[[Ici Itari : Je suis heureux d'avoir pu me montrer utile.]]

– Grand et formidable Lphet, enchaîna Kira, sans les services rendus par Itari lors des récents évènements, nous n'aurions peut-être jamais vaincu Ctein. J'ai une faveur à te demander : j'aimerais que tu lui accordes le droit de ponte, de même que le droit de choisir la forme de son choix.]]

Elle perçut une proxomone d'assentiment.

[[Ici Lphet : Une requête raisonnable, Idéalis. J'y consens.]]

Itari se teinta de bleu et de violet.

[[Ici Itari : Merci, Idéalis.]]

Kira répondit par une proxomone agréable, avant de s'adresser à toute l'assemblée :

– J'ai dit ce que j'avais à vous dire, et je dois maintenant retourner à ma tâche. Laissez-moi. Je vous convoquerai quand je serai de nouveau prête à parler.

L'amiral Klein acquiesça d'un mouvement sec de la tête, tourna les talons et repartit vers l'entrée. Lphet fit une révérence en agitant des tentacules qui se parèrent brièvement de couleurs éclatantes – un geste que Kira reconnut grâce aux souvenirs de Qwon – et lui emboîta le pas. L'équipage de l'*Hélix* prit congé en dernier, mais pas avant que Falconi ait levé une dernière fois les yeux vers elle et lui ait demandé :

– Tu es sûre que ça ira ?

Elle le regarda affectueusement, et la salle tout entière sembla se pencher vers lui.

– Ça ira très bien, Salvo, répondit-elle. Tout va pour le mieux.

Elle le pensait de tout son être.

– Génial, répondit-il sans conviction.

2.

Une fois ses visiteurs repartis, Kira s'attela de nouveau à la construction de la station. Les Wranaui promis par Lphet arrivèrent bientôt, et elle les guida vers leurs quartiers immergés. Klein dépêcha très peu de temps après un contingent de chercheurs du CMU. Elle leur fournit à eux aussi un lieu où vivre au sein de son corps en expansion, et leur offrit des fruits originaires de Mar Íneth. Si les humains acceptèrent le cadeau, ils n'y goûtèrent pas, et ils gardèrent leur combinaison en permanence, ce qui devait être particulièrement inconfortable. Elle n'allait pas les forcer à lui faire confiance. Les Wranaui, moins préoccupés par leur sécurité, profitèrent volontiers de son hospitalité, peut-être en raison de leur passé avec la Graine, ou simplement parce qu'ils se souciaient peu de ce qui pouvait arriver à leurs enveloppes corporelles.

Tschetter était revenue elle aussi avec les Wranaui. Quand Kira lui demanda pourquoi elle n'avait pas réintégré le CMU, elle répondit :

– Après tout ce temps passé avec les medz, le RCMU ne me laisserait jamais récupérer mon ancien poste. Pour eux, je suis irrévocablement compromise.

– Qu'allez-vous faire ?

L'ex-major désigna la station autour d'elle d'un grand geste.

– Devenir une intermédiaire entre humains et Wranaui, pour essayer d'éviter une nouvelle guerre. Lphet m'a choisie pour faire office de traductrice et de médiatrice auprès du CMU et de la Ligue, ce que Klein a accepté. (Elle haussa les épaules.) Je crois que pourrai servir à quelque chose ici. « Madame l'ambassadrice »… ça sonne plutôt bien, vous ne trouvez pas ?

Kira était du même avis ; elle sentait l'émotion la gagner en voyant tout l'espoir que Tschetter plaçait dans cette nouvelle mission, et l'optimisme avec lequel elle envisageait leur avenir commun.

Les vaisseaux continuaient à se rassembler autour de la station, humains, wranaui, sans compter ceux que Kira avait construits pour lui rapporter des matériaux puisés aux quatre coins de Cordova. Ils s'agglutinaient autour d'elle comme des abeilles attirées par une fleur gorgée de nectar, et elle ressentait une certaine fierté chaque fois qu'elle les regardait.

Un signal venu de l'*Hélix* lui parvint et, curieuse, elle répondit.

La voix familière de Gregorovich emplit alors ses oreilles invisibles :

– *Salutations, ô tas de bidoche. Nous voilà semblables, à présent. Que pensez-vous de votre coquille ?*

– J'ai transcendé ma coquille.

– *Oh ho ! Une audacieuse proclamation.*

– C'est pourtant vrai, répondit-elle, avant de s'enquérir soudain : Comment faites-vous pour suivre en permanence tout ce qui se passe en vous ? Ça n'arrête jamais.

La réponse de l'intelligence de bord se révéla étonnamment sobre.

– *C'est une question de temps, ô reine des épines. De temps et de pratique. Ne décidez de rien tant que vous n'êtes pas sûre de vous. Après ma transition, il m'a bien fallu un an et demi avant de savoir qui était ce nouveau moi.* (Il gloussa, ce qui gâcha quelque peu le sérieux de l'instant.) *Pour être honnête, je crois que je ne le sais toujours pas vraiment, comme tout un chacun, d'ailleurs. Nous changeons en même temps que le monde autour de nous.*

Kira réfléchit un instant à ces paroles.

– Merci, Gregorovich.

– *Mais de rien, chère station. N'hésitez pas, si vous avez besoin de parler.*

Kira prit à cœur les conseils de l'intelligence de bord. Tout en travaillant à l'élaboration d'Unité, elle redoubla d'efforts pour mettre de l'ordre dans le chaos de souvenirs éparpillés dans son cerveau reconstitué, tâchant de déterminer lesquels appartenaient aux diverses parties de son esprit – de savoir qui elle était exactement. Elle prêta une attention toute particulière à ceux de la Dévoreuse, et c'est en les étudiant qu'elle fit une découverte qui la glaça.

Oh, non.

Elle se rappelait. Avant de se mettre en route vers Cordova-1420, la Dévoreuse avait pris ses précautions en cas d'une éventuelle (et pourtant très improbable) défaite. Elle avait créé, au plus profond de l'espace interstellaire, sept avatars à partir de sa chair et de celle de la Graine – sept copies vivantes, autonomes, douées de raison –, et envoyé ces clones débordant de rage dans la galaxie, sans savoir où ils finiraient.

Kira pensa à l'injonction de mise à mort qu'elle avait envoyée plus tôt. *Elle aura sûrement suffi à...* Mais lui vint alors de la Graine la conviction inébranlable que cet ordre n'arrêterait pas les avatars de la Dévoreuse, car ils *étaient* eux-mêmes la Graine – difformes et pervertis, mais faits de la même substance, comme la Dévoreuse l'avait été.

Kira ne pouvait pas, contrairement à ce qu'elle avait fait avec les putrides, anéantir l'engeance toxique de la Dévoreuse avec une simple injonction. Les Anciens n'avaient pas jugé bon de doter la Graine d'un tel pouvoir, préférant le garder pour eux, sous la forme du Bâton bleu.

Mais ce dernier était brisé, et Kira n'aurait pu le réparer, même si elle avait eu ses fragments en sa possession. Elle ne savait tout simplement pas comment s'y prendre, ce qui était là aussi l'œuvre des Anciens.

Ils avaient péché par excès de confiance.

Son épouvante s'accentua au fur et à mesure qu'elle retournait le problème. Les rejetons de la Dévoreuse répandraient le mal partout où ils iraient, noyant des planètes entières sous les putrides, convertissant ou effaçant toute autre forme de vie de la galaxie. Ils ne laisseraient que désolation en héritage – tout le contraire de ce que la Graine était supposée incarner.

Cette idée la hantait.

Kira comprit à regret que sa vie après la mort ne ressemblerait en rien à ce qu'elle avait imaginé. La Dévoreuse avait été son fardeau, et il en allait de même pour les sept projectiles que celle-ci avait expédiés dans les étoiles.

CHAPITRE 3

★ ★ ★ ★ ★ ★ ★

DÉCESSION

1.

Kira agit sans hésiter. Le temps pressait.

– Écartez-vous, ordonna-t-elle aux vaisseaux rassemblés autour d'elle.

S'ensuivit une période de vive agitation tandis que les capitaines donnaient l'ordre à leurs bâtiments de faire place à Unité.

Cela fait, Kira enclencha les propulseurs bordant la station, qui se mit alors en route, lentement, lourdement, en direction de la planète dont les Wranaui exploitaient les ressources. Le CMU l'appelait R1, mais Kira estimait qu'elle méritait un véritable nom. Elle laisserait cependant aux pensionnaires d'Unité le soin de le choisir. En tant qu'habitants du système, le droit leur en revenait.

Lphet et Klein la contactèrent tous les deux quand la station se mit en mouvement.

– *Navárez, qu'est-ce que vous fichez ?* demanda Klein.

– Je me place en orbite haute autour de R1. Ce sera une meilleure situation pour Unité.

– Bien reçu. On va s'assurer que le passage soit dégagé. Ce serait pas mal de prévenir, la prochaine fois.

[[Ici Lphet : As-tu besoin d'aide, Idéalis ?]]

– Pas pour l'instant.

2.

Déplacer Unité exigea plusieurs jours, un laps de temps dont Kira profita pour s'atteler aux préparatifs nécessaires ; une fois la station placée sur son orbite définitive, elle rappela l'équipage de l'*Hélix*.

Tous se présentèrent aussitôt. Le vieux vaisseau accosta près de son centre principal, ce qui permit à Kira de constater que la plupart des avaries avaient été réparées (même si plusieurs de ses radiateurs étaient encore mutilés).

Ses compagnons parcoururent ses couloirs en bavardant avec excitation, mais seuls les mouvements de leurs lèvres permettaient de voir qu'ils discutaient, car ils avaient laissé les haut-parleurs de leurs combinaisons éteints. Kira était curieuse, cependant, et elle baigna leurs visières d'un flot invisible de lumière collimatée qui lui permettait de capter les vibrations de leurs voix.

– … idée de ce qu'elle veut ? demanda Trig, qui ne tenait pas en place.

– Ça fait trois fois que tu poses la question, grommela Falconi.

– Désolé, répondit le garçon, penaud.

– Klein a été on ne peut plus clair au sujet de ce que nous sommes censés…, commença Nielsen.

– Je me fous complètement de ce que peuvent bien penser les huiles, la coupa Sparrow. On ne parle pas d'une medz ou d'un cauchemar, mais de Kira.

– Tu en mettrais ta main au feu ? demanda Falconi.

S'ensuivirent quelques secondes de silence, avant que Sparrow se frappe la poitrine du poing.

– Ouais. Elle est de notre côté. Elle a guéri Trig, après tout.

– Ce qui nous vaut d'être toujours en quarantaine, en l'occurrence, rétorqua le capitaine.

– Les petits aléas de la vie, dit Hwa-jung avec un sourire en coin.

Falconi éclata alors de rire, imité par Nielsen.

Quand l'équipage entra dans la grande salle, Kira ramena son point de vue et son ouïe à son corps reconstruit. Ils s'arrêtèrent devant elle, et elle leur sourit. Des pétales roses et blancs, à l'agréable parfum, tombèrent du plafond.

– Soyez les bienvenus, dit-elle.

Falconi pencha la tête, la mine ironique.

– Va savoir pourquoi, j'ai l'impression qu'on est censés se prosterner devant toi, maintenant.

– Pas question, répondit-elle. Vous ne devriez vous incliner devant rien ni personne. Vous n'êtes pas des serviteurs, et certainement pas des esclaves.

– Tu l'as dit ! approuva Sparrow en lui adressant un petit salut.

Kira regarda alors Trig.

– Comment te sens-tu ?

Le garçon haussa les épaules, nonchalant. Il avait retrouvé des couleurs.

– Plutôt pas mal. J'en reviens carrément pas d'avoir loupé autant de trucs.

– Ce qui n'est pas une si mauvaise chose, crois-moi. Si j'avais pu passer les six derniers mois endormie, je l'aurais fait.

– Vous avez sans doute raison, mais quand même ! Sauter du magtram sur Orsted, ça devait être d'enfer !

– C'était surtout suicidaire, grogna Sparrow.

Le jeune homme sourit avant de recouvrer son sérieux.

– En tout cas, merci de m'avoir retapé, Kira. Vraiment.

– Heureuse d'avoir pu t'aider, dit-elle, et la salle tout entière sembla luire faiblement.

Elle se tourna vers Vishal, qui se tenait près de Nielsen, leurs épaules presque en contact.

– Y a-t-il quelque chose chez Trig que j'aurais pu laisser passer ? Des problèmes que j'aurais provoqués par mégarde ?

– Arrêtez, je me sens super bien ! affirma le garçon en bombant le torse.

Le docteur secoua la tête.

– Il est en parfaite santé. Je ne pourrais pas en tirer un meilleur bilan sanguin et neurologique.

Falconi hocha la tête.

– Sérieusement, on t'en doit une belle, Kira. S'il y a quoi que ce soit qu'on puisse faire pour toi…

Il fut interrompu par un furieux bruissement de feuilles.

– Puisque rien de toutes ces calamités ne serait arrivé sans moi, considère que nous sommes quittes.

Falconi gloussa. C'était bon de l'entendre rire de nouveau.

– Ça me va.

Trig n'arrêtait pas de trépigner, excité comme une puce.

– Mais lâchez le morceau ! lança-t-il à Vishal et Nielsen. Allez ! Sinon c'est moi qui m'en charge !

– Quel morceau ? demanda Kira, intriguée.

Nielsen grimaça, gênée.

– Tu ne vas pas en croire tes oreilles…, dit Falconi.

Vishal prit alors la main de Nielsen et avança d'un pas.

– Madelle Kira, j'ai une annonce à vous faire. Nous nous sommes fiancés, Audrey et moi. Elle m'a choisi, *moi* !

Nielsen rougit et laissa échapper un petit rire.

– C'est vrai, confirma-t-elle en regardant le docteur avec une douceur que Kira ne lui avait jamais vue auparavant.

Plus grand-chose ne la surprenait. Ni le mouvement des étoiles, ni la désintégration des noyaux atomiques, ni les fluctuations quantiques apparemment aléatoires qui sous-tendaient la réalité telle qu'elle apparaissait au commun des mortels… et pourtant cette nouvelle-ci l'étonna, même si elle aurait pu l'anticiper.

– Félicitations, dit-elle avec toute la chaleur dont elle était capable.

Le bonheur de deux êtres semblait peut-être dérisoire comparé à l'immensité de l'univers, mais qu'est-ce qui comptait le plus à l'arrivée ? S'il était impossible d'échapper à la souffrance, à la douleur, aimer et être aimé en retour était ce qui s'approchait le plus du paradis.

– Merci, madelle Kira, répondit Vishal. Mais avant de nous marier nous attendrons quand même de pouvoir organiser une cérémonie digne de ce nom, avec ma mère, mes sœurs, une foule d'invités, un vrai festin…

– On verra, on verra, tempéra Nielsen avec un petit sourire.

Le docteur la prit par les épaules.

– C'est vrai, il ne faudrait pas attendre *trop* longtemps non plus. Nous envisageons d'acheter un cargo pour lancer notre propre compagnie de transport de marchandises.

– Quoi qu'on fasse, ce sera tous les deux, ajouta Nielsen.

Falconi porta la main à son visage pour se gratter le menton, et ses doigts rebondirent contre sa visière.

– Allez, ras-le-bol, grogna-t-il en ôtant son casque.

– Capitaine ! s'écria Hwa-jung, scandalisée.

– Tout va bien, dit-il avec un geste rassurant de la main.

Le bruit de ses ongles raclant contre sa barbe résonna dans toute la salle.

– Comme tu peux le constater, la nouvelle nous a tous un peu pris de court, mais bon ! S'ils sont heureux, nous aussi.

– Voilà, ajouta Trig, sans enthousiasme.

Il lança un regard en direction de la seconde et poussa un petit soupir.

– Ça sent bon ici, commenta Falconi en reniflant.

– Je fais de mon mieux, répondit Kira avec un sourire plus doux que toutes ses tentatives précédentes.

– Bon, lâcha Sparrow en roulant les épaules, comme si elle s'apprêtait à soulever une lourde charge. Pourquoi tu nous as appelés, Kira ? Juste pour tailler une bavette ? Désolée, mais ça ne te ressemble pas.

– Je me posais la même question, renchérit Falconi.

Il passa un doigt le long d'un des grands piliers et inspecta la poudre qui s'en détacha.

Kira prit une grande inspiration. Pas par nécessité, mais elle réussissait mieux à se concentrer ainsi.

– Je vous ai fait venir pour deux raisons. Tout d'abord, pour vous révéler une vérité au sujet de la Dévoreuse.

– Continue, dit Falconi, circonspect.

Elle leur révéla le secret des sept graines maléfiques, découvert parmi les souvenirs de la Dévoreuse. Elle vit leurs traits se décomposer peu à peu.

– Grands dieux, souffla Nielsen.

– Tu veux dire qu'il y a sept autres de ces choses en train de se promener Thulé sait où ? demanda Sparrow, l'air aussi dépitée que les autres.

Kira ferma les yeux un instant.

– Exactement. Le Traqueur aussi, et je peux vous garantir qu'il ne va pas se tenir tranquille. Ni la Ligue, ni les Wranaui ne sont de taille à faire face à de telles menaces. Je suis la seule – enfin, la Graine est la seule – qui puisse les arrêter.

– Et tu comptes faire quoi, exactement ? l'interrogea Falconi avec un calme glaçant.

– Mon devoir, bien entendu : les neutraliser.

Pendant un long moment, on n'entendit plus dans la salle que le bruit des pétales qui touchaient le sol.

– Comment ? voulut savoir Sparrow. Elles peuvent être n'importe où !

– Pas n'importe où, non. Quant au comment… je préfère ne pas le révéler pour l'instant.

– Booon…, fit Falconi. Et quelle était l'autre raison pour laquelle tu voulais nous voir ?

– Pour vous offrir des cadeaux.

Kira se laissa descendre du mur et se libéra du réseau de fibres semblables à des racines qui l'enserraient jusqu'alors. Ses pieds touchèrent le sol, et, pour la première fois depuis l'attaque contre le *Hiérophante bossué*, elle se tint debout toute seule. Son corps était fait du même matériau vert foncé, presque noir, que les parois de la station, et ses cheveux ondulaient doucement, comme soulevés par la brise – bien qu'il n'y eût pas le moindre souffle d'air dans la salle.

– Waouh, murmura Trig.

Falconi fit un pas en avant, la scrutant intensément.

– C'est vraiment toi ?

– Autant que tout le reste d'Unité.

– Ça me va, répondit le capitaine avant de la serrer dans ses bras.

Kira ressentit son étreinte jusque dans les entretoises les plus éloignées de la station.

Le reste de l'équipage vint se presser autour d'elle pour l'embrasser, la toucher ou lui tapoter (délicatement) le dos.

– Où est votre cerveau ? demanda Trig, les yeux écarquillés. Dans votre tête, ou (il désigna le mur dont s'était décrochée Kira)… là-haut ?

– Trig ! protesta Hwa-jung. Un peu de respect, *aish !*

– Pas de problème, répondit Kira. (Elle se toucha la tempe.) J'en ai une petite partie ici, mais le reste est là-haut. Il ne tiendrait pas dans un crâne aux dimensions classiques.

– Presque comme une intelligence de bord, commenta Hwa-jung.

– Presque, approuva Kira en hochant la tête.

– Quoi qu'il en soit, je suis bien contente de te retrouver en un seul morceau, déclara Sparrow.

– Pareil, abonda Nielsen.

– Même si tu ressembles à des épinards bouillis, maintenant, ajouta Sparrow en riant.

Kira recula pour se donner un peu d'espace.

– Écoutez-moi : je ne pourrai plus trop vous aider, désormais, alors je veux faire ce que je peux, tant que je le peux.

– Tu ne nous dois rien, lui assura Falconi.

– Si je vous devais quoi que ce soit, ce ne serait plus des cadeaux, répondit Kira en souriant. Trig, je sais que les aliens t'ont toujours intéressé : ça, c'est pour toi.

Une perche de bois vert surgit alors du sol et grandit jusqu'à atteindre pratiquement la taille de Trig. À son extrémité, enchâssée au milieu de branches entrelacées, se trouvait une émeraude grosse comme un œuf de caille, éclairée de l'intérieur.

Kira saisit la perche, et celle-ci se détacha du sol. De petites feuilles saillaient ici et là le long du bois ; une odeur de sève parfuma les lieux.

– Tiens, dit-elle en tendant l'objet à Trig. Il ne s'agit pas d'un Bâton bleu, mais d'un Bâton vert. Ce n'est pas une arme, même si tu peux l'utiliser pour combattre en cas de nécessité. Il contient un fragment de la Graine. Si tu prends soin de ce bâton, tu verras qu'il peut faire pousser à peu près n'importe quoi, même dans la plus aride des terres. Grâce à lui, tu pourras communiquer avec les Wranaui, et partout où tu le planteras la vie fleurira. Il peut aussi accomplir d'autres choses, et si tu te montres digne de lui tu découvriras peut-être l'étendue de ses pouvoirs. Ne laisse le CMU s'en emparer sous aucun prétexte.

– Merci, balbutia Trig, le visage illuminé par une profonde révérence. Merci, merci, merci, merci… je ne sais même pas comment – ah, bon sang, merci !

– Un dernier détail, dit Kira, la main sur le joyau. Une fois par jour, le bâton donnera un fruit. Un seul fruit rouge. C'est peu, mais tu es sûr ainsi de ne jamais souffrir de la faim. La nourriture ne sera dorénavant plus un problème pour toi, Trig.

Le garçon serra le bâton contre lui, les yeux brillants de larmes.

– Je n'oublierai jamais ce merveilleux cadeau, bredouilla-t-il.

Kira en était convaincue.

– Hwa-jung, poursuivit-elle.

Elle tira deux sphères de son flanc, l'une blanche, l'autre marron, tenant chacune dans la paume d'une main, et tendit la marron à la cheffe mécano.

– C'est un outil issu de la technologie des Anciens. Il te permettra de réparer à peu près n'importe quelle machine.

Hwa-jung scruta en se mordant la lèvre la sphère que Kira venait de lui remettre.

– Ce truc va pas me bouffer tout mon vaisseau ?

Kira éclata de rire et secoua la tête.

– Non, il ne fonctionne pas comme la Graine : aucun risque qu'il se répande de façon incontrôlable. Sois tout de même prudente quand tu t'en serviras, car il peut avoir tendance à vouloir apporter… des améliorations.

La mécano enfouit la sphère dans l'une des poches de sa ceinture et marmonna quelques mots de remerciement, mais Kira comprit en voyant ses joues se teinter de rouge à quel point ce présent comptait pour elle.

Satisfaite, elle tendit alors la sphère blanche au docteur.

– Vishal, voici un autre outil des Anciens. Vous pourrez grâce à lui soigner la plupart des blessures. Faites seulement attention en vous en servant, car il…

– A tendance à apporter des améliorations, compléta Vishal avec un doux sourire. J'ai compris.

– Parfait. Avec lui, nous aurions pu sauver Trig, sur Bughunt. J'espère que vous n'en aurez jamais l'utilité, mais si c'est le cas…

– Je serai bien content de l'avoir. (Vishal prit l'objet dans ses mains et s'inclina.) Merci du fond du cœur, madelle Kira.

Vint ensuite le tour de Sparrow. Kira se baissa pour tirer de sa cuisse une petite dague entièrement noire et la tendit à la spatio. La lame avait une texture légèrement fibreuse, proche de celle de la Graine.

– Ceci est bien une arme, en revanche.

– Sans blague, répondit Sparrow.

– Elle ne déclenchera pas les détecteurs de métaux, et elle échappera aussi aux rayons x et aux micro-ondes… mais c'est sa lame qui la rend réellement unique. Elle peut trancher absolument tous les matériaux.

– Ah, vraiment ? s'étonna Sparrow, sceptique.

– Vraiment. Il te faudra parfois y passer un peu de temps, mais avec elle tu pourras transpercer n'importe quoi. Et, non, tu n'auras pas à craindre d'en perdre le contrôle comme cela m'est arrivé avec la Graine.

Sparrow considéra la dague avec un intérêt accru. Elle la manipula devant elle puis en testa le tranchant sur le coin d'une de ses poches. Tandis que l'arme découpait proprement l'étoffe, une discrète lueur bleutée courut le long de son fil.

– Pratique, merci. Ça m'aurait permis de me sortir de deux ou trois situations un peu compliquées pendant mes folles années.

Kira n'avait en revanche rien qui puisse faire disparaître comme par magie le problème de Nielsen.

– Audrey… je pourrais soigner votre mal. La Graine a le pouvoir de remodeler n'importe quel tissu et de modifier n'importe quel code génétique, mais si je le faisais…

– Vous devriez transformer la plus grande partie de mon cerveau, répondit Nielsen. (Elle sourit tristement.) Je sais.

– Ce qui ne modifierait pas *forcément* votre personnalité et vos souvenirs, mais je ne peux rien promettre, même si la Graine n'a pas l'intention de vous faire de mal, au contraire.

La seconde prit une inspiration saccadée, puis leva le menton.

– Merci pour cette proposition, Kira, mais non. J'ai eu beaucoup du mal à découvrir qui j'étais au fond, et j'apprécie vraiment celle que je suis devenue. Pas question de la perdre.

– Je suis sincèrement navrée. J'aimerais pouvoir en faire davantage.

– Allons, il y a bien plus mal loti que moi. Ça ira, je vous assure.

Vishal l'enlaça.

– Et puis je ferai tout mon possible pour l'aider, madelle Kira. Pendant mes études, je me suis spécialisé en modifications génétiques.

L'expression de Nielsen s'adoucit, et elle lui rendit son étreinte.

– Heureuse de l'apprendre, dit Kira. Et, même si je ne peux pas vous guérir, ça ne m'empêche pas de vous offrir un cadeau. Plusieurs, en l'occurrence, maintenant que vous êtes fiancés.

Nielsen s'apprêta à protester, mais Kira n'y prêta pas attention. Elle s'agenouilla et dessina par terre deux cercles jumeaux dont le diamètre n'excédait pas quatre ou cinq centimètres. Ses doigts laissèrent au sol une traînée jaune qui se mit à briller de plus en plus, jusqu'à devenir aveuglante.

La lumière s'atténua d'un coup, dévoilant deux anneaux vert et or, parsemés d'éclats de saphir.

– Pour Vishal et vous, un cadeau de mariage un peu en avance, expliqua Kira en remettant les bijoux à Nielsen. Vous n'êtes pas du tout obligés de les porter, mais si vous le faites vous découvrirez qu'ils possèdent certaines propriétés.

– Ils sont magnifiques, merci, répondit Nielsen en acceptant les anneaux. J'ai bien peur qu'ils soient trop grands pour moi, par contre.

– Essayez-en un, suggéra Kira, secrètement amusée.

Nielsen enfila une bague à son doigt et poussa un petit cri quand le bijou se resserra jusqu'au bon diamètre.

– Mais c'est trop *cool* ! souffla Trig.

– N'est-ce pas ? s'amusa Kira.

Elle se dirigea alors vers le pilier le plus proche et sortit deux objets d'une petite niche creusée dans son flanc. Elle remit le premier à Nielsen – un disque grand comme la paume de sa main, fait d'un matériau blanc et grossier évoquant une carapace, et qui contenait une grappe de petites perles bleues.

– Voici le cadeau que j'avais prévu pour vous au départ.

– Qu'est-ce que c'est ? demanda Nielsen.

– De quoi vous soulager. La prochaine fois que vous aurez une crise, avalez une seule de ces perles. Elles ne vous guériront pas, mais elles vous rendront la vie plus facile, plus tolérable.

– Merci, dit Nielsen, un peu sonnée.

– De nouvelles perles remplaceront indéfiniment celles que vous aurez enlevées. Vous ne serez jamais à court.

Des larmes roulèrent sur les joues de la seconde.

– Vraiment, Kira… *merci*.

Derrière elle, Vishal renchérit :

– Vous êtes trop bonne, madelle Kira. Merci, du fond du cœur.

Kira brandit alors un nouvel objet : une clé quantique ordinaire.

– J'ai aussi ceci pour vous.

La seconde secoua la tête.

– Vous en avez déjà trop fait, Kira. Je ne peux rien accepter de plus.

– Ce n'est pas un cadeau, mais une requête… si vous êtes d'accord. Je voudrais que vous deveniez ma représentante légale. Vous trouverez sur cette clé un document à cet effet.

– Mais, Kira !

Elle prit Nielsen par les épaules et la regarda dans les yeux.

– J'ai travaillé chez Lapsang Trading pendant plus de sept ans, et j'avais un bon salaire. Nous pensions nous servir de cet argent,

Alan et moi, pour démarrer une nouvelle vie sur Adrastée, mais… je n'en ai plus l'utilité maintenant. Je vous demande de vous assurer que cette somme soit transmise à mes proches, sur Völund, s'ils sont encore en vie. Et, si ce n'est pas le cas, elle vous reviendra.

Nielsen ouvrit la bouche, mais aucun son n'en sortit. Elle finit par hocher la tête.

– C'est d'accord, Kira. Je ferai de mon mieux.

Rassurée, Kira poursuivit :

– La compagnie risque de vous donner du fil à retordre, c'est pourquoi j'ai demandé à l'amiral Klein d'être mon témoin et de s'assurer de la conformité de ma démarche, ce qui devrait tenir les avocats du consortium en respect.

Elle déposa la clé-Q dans la main de la seconde, qui l'étreignit soudain de toutes ses forces.

– Vous avez ma parole. Je ferai tout ce que je peux pour remettre ceci à votre famille.

– Merci.

Kira s'approcha alors de Falconi, qui attendait seul à quelques pas de là. Il croisa les bras et haussa un sourcil, l'air méfiant.

– Qu'est-ce que tu as pour moi, Kira ? Des billets pour une station balnéaire sur Eidolon ? De la poudre de perlimpinpin à répandre sur l'*Hélix ?*

– Mieux que ça, répondit-elle.

Elle leva la main, et quatre gardiens de la station entrèrent dans la salle par la porte cintrée d'un des murs latéraux, poussant une palette sur laquelle était installé un coffre scellé, gris militaire et arborant le logo du CMU.

– C'est quoi, ces bestioles ? demanda Trig en pointant le Bâton vert en direction des gardiens.

Les nouveaux venus avaient l'allure de petits bipèdes, pourvus de courtes pattes arrière à double articulation et de petits bras de tyrannosaure sur le devant, terminés par de longs doigts délicats si pâles qu'on les aurait crus translucides. Une queue flexible s'étendait derrière eux, et leur peau était protégée par des plaques dures et luisantes, évoquant la carapace d'une tortue. Ils portaient au sommet de leur crâne étroit une huppe de plumes rouges et violettes. Quatre ailes de libellule plaquées sur leur dos venaient compléter le tableau.

– Ils s'assurent du bien-être de la station, expliqua Kira. On pourrait même dire que c'est elle qui leur a donné le jour.

– Tu veux dire que c'est toi, remarqua Falconi.

– En un sens, oui.

Les gardiens abandonnèrent la palette et repartirent en pépiant. Kira ouvrit le couvercle de la caisse, qui contenait plusieurs rangées de capsules d'antimatière. Sur chacune luisait le petit voyant vert indiquant qu'elles étaient pleines et opérationnelles.

Nielsen hoqueta de surprise et Hwa-jung lâcha un juron.

– Voilà pour toi, et pour l'*Hélix*, annonça Kira à Falconi. De l'antimatière. J'en ai récupéré une partie sur les vaisseaux que j'ai désossés ; le reste, je l'ai fabriqué moi-même et transféré dans ces capsules.

Falconi contempla la caisse, hébété.

– Mais il y a de quoi…

– Alimenter l'*Hélix* pendant plusieurs années, oui. Sinon, tu peux la vendre et garder les crédits pour te constituer un petit pécule. À toi de choisir.

– Merci, Ki…

– Je n'ai pas fini.

Kira leva la main et les gardiens revinrent avec une autre palette, chargée celle-ci de pots remplis d'une terre sombre d'où jaillissait un étrange assortiment de plantes qui ne ressemblaient en rien à celles qu'on trouvait sur Terre, Eidolon ou Völund. Certaines luisaient, d'autres bougeaient, et l'une d'entre elles – rouge, aux allures de pierre – *bourdonnait*.

– Puisque tu as dû vider ton pavillon hydroponique, je me suis dit qu'il te faudrait de quoi le regarnir.

– Mais je... (Falconi secoua la tête.) C'est très attentionné de ta part, mais comment va-t-on faire voyager tout ça ? On n'a pas assez de capsules cryo et...

– Les pots les protégeront pendant les passages en PRL. Fais-moi confiance. (Elle lui remit une autre clé-Q.) Et voici les instructions pour leur entretien, plus des détails sur chacune.

Pour la première fois, elle vit des larmes briller dans les yeux du capitaine. Il tendit la main vers une plante marbrée dont la forme évoquait une cruche, avec de petits tentacules qui s'agitaient autour de son col, puis se ravisa.

– Je ne sais pas comment te remercier.

– Encore deux choses, dit Kira. Tout d'abord ceci (elle lui confia un petit rectangle en métal de la taille d'un paquet de cartes) : pour Veera et les entropistes.

– Qu'est-ce que c'est ? s'enquit Falconi en retournant l'objet.

– De quoi les mettre sur la voie, s'ils arrivent à le comprendre. (Elle sourit.) Ce qui arrivera tôt ou tard. Et pour finir... (Elle prit le visage du capitaine à deux mains et l'embrassa doucement sur la bouche.) Merci, Salvo.

– Pourquoi ?

– Pour avoir cru en moi, m'avoir fait confiance, m'avoir traitée comme un être humain et pas un cobaye.

Elle l'embrassa encore et recula, les bras ouverts. Des lianes descendirent du mur, l'enveloppèrent en une délicate étreinte et la soulevèrent pour la ramener vers son alcôve dans la paroi.

– Je vous ai remis mes cadeaux, annonça-t-elle en se fondant dans la substance de la station, ce qui lui procura immédiatement une impression de sécurité. Vous pouvez repartir, à présent, mais où que nous mènent le temps et le destin, sachez que vous resterez à jamais mes amis.

– Qu'est-ce que tu vas faire, Kira ? demanda Falconi en tordant le cou pour la regarder.

– Vous verrez !

3.

Alors que l'équipage repartait dans les couloirs menant au pont d'arrimage, Kira contacta Gregorovich, qui, elle le savait, avait écouté toute la conversation via le système de communication de leurs combinaisons.

– J'ai aussi quelque chose pour vous… si vous en voulez.

– Ah oui ? Et quoi donc, ô seigneuresse des anneaux ?

– Un corps. Un nouveau corps, grand ou petit, comme vous voudrez, en métal ou organique, et de la forme qui vous plaira. Vous n'avez qu'à me dire ce que vous désirez, et la Graine le réalisera.

À la grande surprise de Kira, l'intelligence de bord ne répondit pas tout de suite. Son silence avait presque une présence physique, une pression de contemplation et d'incertitude à l'autre bout du signal.

– Imaginez : vous pourriez aller où bon vous semble. Vous ne seriez plus lié à l'*Hélix*.

Et enfin Gregorovich se décida à parler :

– *C'est vrai, pourtant c'est peut-être ce que je veux, tout compte fait. Votre offre est tentante, Kira, sacrément tentante. Et ne vous méprenez pas, je vous en suis très reconnaissant, mais je pense que ma place est ici pour l'instant, avec Falconi, Nielsen, Trig, Vishal, Hwa-jung et Sparrow. Ils ont besoin de moi et… je ne vais pas mentir, il est plutôt agréable d'avoir des tas de bidoche comme eux qui courent partout dans vos coursives. C'est quelque chose que vous devez pouvoir comprendre maintenant. Alors, certes, je serais heureux de retrouver un corps… mais je pourrai toujours en réintégrer un plus tard, alors que cet équipage et ces amis ne seront pas toujours là, eux.*

Kira comprenait parfaitement, et elle appréciait sa réponse.

– Si jamais vous changez d'avis, sachez que ma proposition reste valable.

– *Je suis heureux de vous avoir connue, ô reine des fleurs. Vous êtes une personne épineuse et problématique, mais la vie est plus intéressante lorsque vous êtes dans les parages… Je vous admire grandement d'avoir décidé de poursuivre seule ces mécréants de la Dévoreuse, un choix que je n'aurais pas pu faire. De plus, vous m'avez montré le chemin de la liberté. Vous m'avez permis d'échapper à mes démons, ce pour quoi je vous serai éternellement reconnaissant. Si jamais vous êtes encore de ce monde dans un très lointain avenir, souvenez-vous de nous comme nous nous souviendrons de vous. Et, si le temps se montre clément et que je dispose encore de toutes mes facultés, sachez que vous pourrez toujours compter sur moi.*

Kira répondit simplement :

– Merci.

4.

Ses visiteurs repartis et l'esprit bien plus libre, Kira s'attela à l'étape suivante de son plan. Le concept était simple, mais la mise en œuvre, plus complexe et dangereuse que tout ce qu'elle avait entrepris depuis qu'elle avait repris conscience après la destruction de la Dévoreuse.

Pour commencer, elle se rapprocha de l'enveloppe externe de la station, où elle se mit à rassembler des matériaux – organiques ou non – pour construire un deuxième noyau, d'une taille identique à celui qui se trouvait au centre d'Unité. Vint ensuite la partie la plus difficile : elle sépara son cerveau en deux parties inégales.

Elle isola tout ce qui relevait de Qwon et de Carr, le plaça au cœur d'Unité, et attira à elle tout ce qui était Kira, la Graine et la Dévoreuse. Il fallut dupliquer quelques éléments – elle devait se rappeler les tests médicaux de Carr et le temps que Qwon avait passé à chasser dans les eaux de son monde natal – et certaines omissions et autres oublis étaient hélas inévitables, mais elle fit de son mieux.

Ce fut un processus effrayant. Kira redoutait à chaque seconde d'amputer une part fondamentale de son esprit, de condamner l'accès à un souvenir dont elle ignorait avoir besoin... ou de se tuer, tout simplement.

Mais, là encore, elle fit de son mieux. Et elle savait, pour l'avoir appris, qu'on devait parfois prendre des décisions sans forcément savoir laquelle était la bonne.

Elle travailla pendant tout un jour et toute une nuit, jusqu'à ce que tout ce qui lui semblait être *elle* tienne dans le crâne qu'elle avait choisi – si petit, si limité. Elle se sentait diminuée, mais appréciait par ailleurs d'être libérée de tout l'afflux sensoriel dont la station l'inondait d'ordinaire.

Elle jeta un dernier regard sur la conscience de Qwon/Carr, comme une mère sur son enfant endormi, puis se détacha de Mar Íneth et se mit en route vers la ceinture d'astéroïdes la plus proche, usant de son tout nouveau noyau à fusion pour se propulser.

Comme d'habitude, Klein et Lphet s'empressèrent de lui réclamer des explications. Elle leur révéla alors l'existence des sept graines de la Dévoreuse et leur fit part de ses intentions.

– Je vais les traquer, dit-elle.

– Mais… et la station ? bafouilla Klein.

[[Ici Lphet : Je partage l'inquiétude du mène-banc, Idéalis. Elle est trop importante pour qu'on la laisse sans surveillance.]]

– Elle ne l'est pas, répondit Kira en riant. Je l'ai confiée à Carr-Qwon.

– Hein ? s'écria Klein.

[[Ici Lphet : Idéalis ?]]

– La part de moi qui était constituée d'eux deux supervise désormais Unité. Ils s'occuperont d'elle et, en cas de besoin, la protégeront. Je vous suggère de ne pas les contrarier.

[[Ici Lphet : Essaies-tu de créer d'autres putrides ?]]

– Ça me fait mal de l'admettre, mais je suis d'accord avec la medz, renchérit Klein. Vous voulez fabriquer une autre Dévoreuse ou quoi ?

– Il n'y a plus de Dévoreuse, répondit Kira d'un ton tranchant. J'ai ôté toute trace de la Graine de Carr-Qwon. Ils sont devenus autre chose, une entité mal déterminée, mal assurée, mais je peux vous garantir qu'il ne reste plus rien de la colère et de la douleur qui alimentaient la Dévoreuse – ou, si c'est le cas, elles sont en moi dorénavant. Amiral, Lphet, vous avez une nouvelle forme de vie à qui faire découvrir ce monde. Traitez-la avec bienveillance, et vous serez agréablement surpris du résultat. Ne me décevez pas.

5.

Une fois arrivée dans la ceinture, Kira s'arrêta près de l'un des plus gros astéroïdes, une énorme masse de métal de plusieurs kilomètres de diamètre, grêlée par d'innombrables collisions au fil des années.

À nouveau, elle se mit à construire. Cette fois, elle s'inspira d'un modèle existant, qu'elle avait trouvé en fouillant dans la mémoire de la Graine. Un appareil conçu par les Anciens pendant leur âge d'or, et qui correspondait exactement à ce qu'elle recherchait.

Kira se servit de la Graine pour dévorer l'astéroïde, qu'elle adapta à ses besoins, et, en se basant sur le schéma des Anciens, elle construisit un vaisseau.

Il n'était ni anguleux, oblong et bordé de radiateurs comme les bâtiments humains, ni arrondi, blanc et irisé comme ceux des Wranaui. Non, le vaisseau de Kira ressemblait à une flèche, étirée et pointue, ornée de lignes ondulées qui lui donnait l'aspect d'une feuille. Il arborait des nervures, des stries et, au niveau de sa poupe évasée, des membranes en éventail. Tout comme Unité, c'était un organisme vivant. La coque se dilatait et se contractait légèrement, et l'appareil dégageait une impression de vigilance, comme s'il regardait partout à la fois.

C'était d'une certaine façon le cas, car ce vaisseau était une extension de Kira. Il lui faisait office d'yeux, et grâce à lui elle pouvait voir bien davantage.

Une fois sa tâche accomplie, Kira obtint un appareil qui faisait la moitié de la taille d'un cuirassé du CMU, mais doté d'une puissance de feu bien supérieure. Il était propulsé par un autre moteur à torsion qui lui permettrait, elle en était convaincue, de prendre de vitesse le plus rapide des rejetons de la Dévoreuse.

Elle embrassa une dernière fois le système du regard : l'étoile de Cordova, la planète R1 et la structure verdoyante d'Unité dans son orbite. Les flottes humaines et wranaui agglutinées autour de la station qui, si elles n'en étaient pas encore à fraterniser, au moins ne se tiraient plus dessus.

Kira vit que cela était bon, et sourit.

Elle fit mentalement ses adieux, une plainte silencieuse pour pleurer tout ce qui avait été perdu. Elle pointa ensuite son vaisseau vers le dernier souvenir de la Dévoreuse puis, d'une infime pensée, se mit en route.

★ ★ ★ ★

FONDU AU NOIR III

1.

Kira n'était pas seule. Pas encore.

Elle filait à la surface du vide, quatre cuirassés du CMU et trois croiseurs wranaui en formation serrée derrière elle. Ils étaient tous en plus ou moins mauvais état, marqués par les explosions et couverts de crasse, tenant essentiellement, dans le cas des vaisseaux humains, grâce à du scotch PRL, à des soudures d'urgence et aux prières de leur équipage. Pourtant, ils étaient encore en état de l'accompagner.

L'amiral Klein et Lphet semblaient bien décidés à l'escorter jusqu'à la limite de Markov. Pas tant pour la protéger que pour l'observer, supposait-elle. Peut-être aussi pour lui tenir compagnie, ce qu'elle appréciait. À ce stade, elle ne craignait plus que le silence et la solitude…

Une fois atteinte la limite de Markov – qui était pour son vaisseau bien plus proche de l'étoile que pour les appareils humains et wranaui – elle devrait abandonner ses compagnons de route. Ils ne pourraient jamais suivre son allure en PRL.

Là, elle se retrouverait vraiment seule.

Dès qu'elle avait pris sa décision, elle avait su que ce moment viendrait, mais son imminence avait quelque chose d'effrayant. Maintenant que Carr et Qwon avaient quitté sa conscience, son esprit lui semblait bien vide. Elle était de nouveau un individu, et non plus une pluralité. Même si la Graine était une compagne, en quelque sorte, elle ne pouvait pas remplacer de véritables rapports humains.

Travailler seule ne l'avait jamais dérangée, mais il y avait toujours eu, même dans les avant-postes les plus isolés dans lesquels Lapsang Trading l'avait envoyée, des camarades avec qui parler ou boire, avec qui se disputer ou coucher, et plus généralement se confronter, mentalement et physiquement. Elle n'aurait rien de tout cela pendant le long voyage qui l'attendait.

Cette perspective l'inquiétait. Même si pour l'instant elle avait confiance en ses facultés, une période d'isolement prolongée ne risquait-elle pas de nuire à sa santé mentale, comme c'était arrivé à Gregorovich quand il s'était retrouvé échoué ? Cela la conduirait-elle à ressembler de plus en plus à la Dévoreuse ?

Une ondulation parcourut la surface de la Graine ; Kira frissonna, pourtant elle n'avait ni froid ni chaud.

Lovée dans son berceau enténébré, elle ouvrit les yeux, ses vrais yeux, et contempla la surface incurvée au-dessus d'elle, véritable carte géographique de chair marbrée, mi-végétale, mi-animale. Elle en suivit les nervures du bout des doigts, assimilant leurs tracés.

Elle finit par refermer les paupières et envoya un signal à l'*Hélix*, à l'attention de Falconi.

Il répondit aussi vite que le permettait le décalage luminique.

– Hello, Kira. Comment va ?

Elle lui fit part de ses craintes, et déclara, en guise de conclusion :

– J'ignore ce que je risque de devenir, avec le temps.

– C'est pareil pour tout le monde… mais je suis sûr d'une chose : tu ne perdras jamais la raison, Kira. Tu es trop solide pour ça. Et la Graine ne te fera jamais oublier qui tu es. Regarde : la Dévoreuse elle-même n'a pas réussi à t'éliminer ! Le reste, c'est une promenade de santé.

Elle sourit dans le noir.

– C'est vrai. Merci, Salvo.

– Tu as besoin d'aide ? Je suis sûr qu'il y a dans les rangs du CMU et chez les medz une tonne de volontaires qui seraient ravis de parcourir la galaxie en long et en large avec toi.

Elle examina sérieusement cette idée, puis secoua la tête.

– Non, je dois m'en charger seule. Je serais trop inquiète pour eux si j'avais des compagnons avec moi.

– C'est toi qui vois. Mais n'hésite pas à nous prévenir si tu changes d'avis.

– J'y penserai. Je regrette seulement de ne pas être là pour voir comment les choses vont tourner entre les Wranaui et nous.

– Ça fait du bien te t'entendre dire « nous ». Klein se demandait si tu te considérais encore comme humaine.

– Une part de moi, oui.

Falconi répondit par un grognement.

– Je sais que tu seras loin au-delà de la bordure de la galaxie, mais tu pourras toujours envoyer des messages, et on trouvera de notre côté un moyen d'en faire autant. Il faut rester en contact.

– Je ferai tout mon possible.

Mais Kira se doutait qu'elle n'aurait sûrement plus jamais de nouvelles de la Ligue ou des Wranaui. Même s'ils savaient où elle se trouvait, elle en serait partie depuis longtemps avant que leurs signaux lui parviennent. Elle ne retrouverait l'espace habité que si les avatars de la Dévoreuse l'y ramenaient, ce qui, elle l'espérait, n'adviendrait jamais.

Restait que Falconi lui avait montré qu'il tenait à elle, et c'était beaucoup pour Kira. Elle se sentait apaisée. Elle était prête à affronter le futur.

Une fois leur conversation terminée, Kira contacta le *Force implacable*. L'amiral Klein accepta de transmettre un message (débarrassé de toutes les informations que le CMU considérait comme confidentielles) à sa famille, sur Völund. Elle aurait pu facilement envoyer elle-même un signal assez puissant pour atteindre la planète, mais elle ne savait pas comment structurer les ondes d'énergie pour qu'elles soient reçues et interprétées par les antennes de son système natal.

Kira aurait aimé pouvoir attendre une réponse, mais il aurait fallu au moins trois mois pour qu'un message lui parvienne – si d'aventure on retrouvait sa famille… et s'ils étaient encore en vie. Comme il lui était douloureux de songer qu'elle ne le saurait probablement jamais !

Tandis qu'elle filait vers la limite de Markov, Kira écouta la musique qu'elle avait reçue de l'*Hélix*. Du Bach, mais aussi de longues compositions orchestrales qui semblaient se caler sur les rotations des planètes et les mouvements des étoiles. La musique apportait une structure à un temps par ailleurs informe, une trame à l'avancée impersonnelle des œuvres les plus gigantesques de la nature.

Elle somnolait dans sa capsule vivante, aux confins de la conscience. Le véritable sommeil était à portée de main, mais elle le retardait autant que possible, pas encore prête à s'y abandonner. Pas avant que l'espace se distorde autour d'elle et la coupe du reste de l'univers.

2.

En arrivant à la limite de Markov, Kira sentit que son vaisseau tout entier était prêt. L'étoffe du réel sembla devenir plus malléable, et elle sut alors que l'heure de partir était venue.

Elle embrassa une dernière fois le système du regard, habitée par un tourbillon de regrets, d'angoisse et d'excitation. Mais elle savait son dessein juste, et sa détermination s'en trouva accrue. Elle devait plonger dans l'inconnu pour y arracher les semences du mal et répandre une nouvelle vie à travers la galaxie. Un sain objectif.

Elle redirigea alors toute la puissance du vaisseau vers son moteur à torsion, se préparant pour le passage en PRL, et la chair de l'appareil tout entier se mit à vibrer.

Le bourdonnement avait atteint son paroxysme quand soudain une transmission grésillante lui parvint. Elle émanait de l'*Hélix*, de Falconi.

– *Kira, le CMU nous signale que tu es sur le point de passer en PRL. Tu dois te dire que tu vas te retrouver toute seule à partir de maintenant, mais tu te trompes. On pense tous à toi. Ne l'oublie jamais, tu m'entends ? Ordre de ton capitaine. Bien, je te laisse aller botter le cul de ces cauchemars, et je compte bien te revoir en pleine forme quand…*

Le bourdonnement cessa, les étoiles commencèrent à se distordre et un miroir noir l'enveloppa, l'isolant dans une sphère de la taille de son vaisseau. Tout devint silencieux.

Kira était triste, malgré elle, et elle s'autorisa à accepter ce sentiment de vide et à donner à cette émotion le respect qu'elle méritait. Une part de son être résista, une autre continua à chercher une échappatoire. Si elle ne mettait pas trop longtemps à trouver les émissaires de la Dévoreuse, elle pourrait toujours retourner chez elle, mener une vie paisible…

Kira prit une grande inspiration. *Non*. Les dés étaient jetés. Inutile de regretter les décisions passées ou, comme l'avait dit Falconi, les choses sur lesquelles elle n'avait aucune prise.

Le moment était venu. Elle ferma les yeux et, même si cette perspective l'emplissait toujours d'une certaine appréhension, elle se laissa gagner par le sommeil.

Un sommeil sans rêves.

3.

…

…

…

Un vaisseau émeraude fusait dans les ténèbres, petit point luisant dans l'immensité de l'espace. Il était seul, sans escorte, ni compagnons, ni machines attentives. Seul dans le firmament, et tout était silencieux.

Le vaisseau filait, mais semblait immobile. Papillon délicat et scintillant, figé dans le cristal, préservé pour l'éternité. Immortel et immuable.

Il avait jadis, et à de nombreuses reprises, volé plus vite que la lumière. Ce n'était plus le cas. La piste qu'il suivait était trop subtile pour ça.

La galaxie pivota sur son axe pendant un temps incommensurable.

Puis un éclair déchira l'obscurité.

Un nouveau bâtiment venait d'apparaître devant le premier, griffé et crasseux, avec une coque toute rapiécée et une inscription à moitié effacée sur son nez.

Les deux appareils ne se croisèrent qu'une infime fraction de seconde, tant leurs vitesses respectives étaient immenses, à peine le temps pour qu'une brève transmission passe de l'un à l'autre.

C'était une voix d'homme, qui disait : *« Ta famille est en vie. »*

Le deuxième appareil disparut alors au loin.

À l'intérieur du vaisseau solitaire, au cœur d'un cocon émeraude de chair enveloppante, reposait une femme, et, même si ses yeux étaient fermés et sa peau bleue, son sang glacé et son cœur figé, un sourire se dessina sur son visage.

Ainsi elle continua à naviguer, heureuse d'attendre et d'enfin s'assoupir, s'assoupir à la lueur d'étoiles inconnues.

ADDENDA

★ ★ ★ ★ ★ ★ ★

APPENDICE I

★ ★ ★ ★ ★ ★ ★

ESPACE-TEMPS ET VOYAGE SUPRALUMINIQUE

*Extrait tiré de l'*Entropic principia *(revu et corrigé)*

… il est nécessaire de faire un rapide résumé des notions fondamentales. Que celui-ci serve d'introduction et d'aide-mémoire pour des études ultérieures et plus approfondies.

Le voyage supraluminique est *la* technologie emblématique de notre ère. L'expansion au-delà du système solaire aurait été impossible sans lui, à moins de se résoudre à des trajets de plusieurs siècles à bord de vaisseaux conçus pour héberger plusieurs générations successives, dans lesquels les colons seraient les derniers-nés. Même les réacteurs à fusion les plus puissants ne disposent pas du Delta-v nécessaire pour aller d'une étoile à l'autre comme nous le faisons aujourd'hui.

Même s'il existait en théorie depuis longtemps, le voyage supraluminique n'est devenu une réalité qu'à partir du moment où Ilya Markov a codifié la théorie des champs unifiés, en 2107. Une confirmation empirique suivit bientôt, et le premier prototype de réacteur PRL fut construit en 2114.

Le véritable génie de Markov fut de comprendre la nature fluide de l'espace-temps et de démontrer l'existence des différents domaines luminiques évoqués auparavant dans les travaux purement théoriques de Froning, Meholic et Gauthier à l'aube du XXIe siècle, les recherches sur la question étant jusqu'alors restreintes par les limitations de la relativité générale.

Selon les écrits d'Einstein quant à la relativité spatiale (associés aux transformations de Lorentz), aucune particule dotée d'une masse véritable ne peut accélérer jusqu'à atteindre la vitesse de la lumière. Cela demanderait non seulement une quantité d'énergie infinie, mais provoquerait aussi une rupture de la causalité et, comme une démonstration ultérieure l'a prouvé, l'univers ne rompt pas la causalité sur une échelle non quantique.

Cependant, rien dans la relativité restreinte n'empêche une particule dépourvue de masse de *toujours* se déplacer à la vitesse de la lumière (*c.-à-d.* un photon), ni de toujours se déplacer *plus vite* que la lumière (*c.-à-d.* un tachyon). Et c'est exactement ce que les calculs démontrent. En combinant plusieurs des équations de la relativité restreinte, la symétrie relativiste sous-jacente entre les particules subluminiques, luminiques et supraluminiques devient évidente. Concernant les supraluminiques, substituer leur masse relativiste à leur masse propre permettrait à la masse supraluminique et à l'énergie de devenir des propriétés définissables, non imaginaires.

Ce qui donne notre modèle actuel de l'espace physique (fig. 1) :

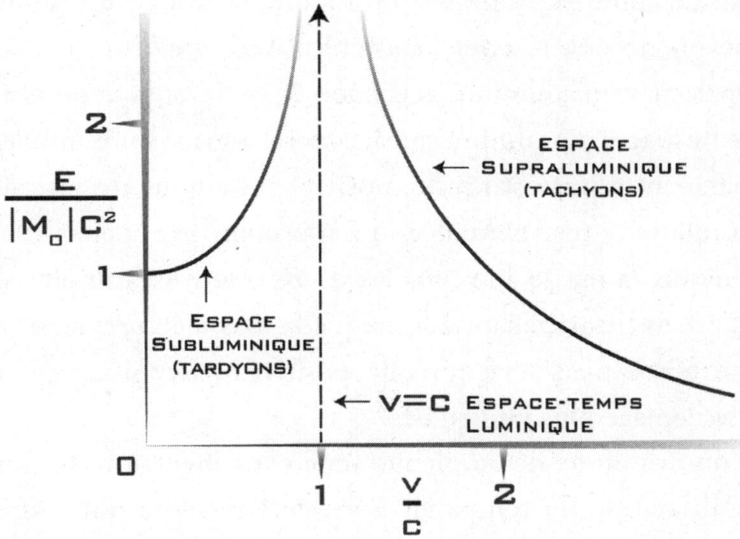

Figure 1 : Énergie positive contre vélocité

Ici, l'asymptote verticale *v=c* représente la membrane fluidique de l'espace-temps (qui a une épaisseur négligeable, mais non équivalente à zéro).

Quand on examine ce graphique, un certain nombre de choses deviennent immédiatement et intuitivement claires. Tout d'abord, qu'une simple particule subluminique ne peut jamais atteindre la vitesse de la lumière *c*, pas plus qu'une particule supraluminique. Dans un espace normal, PLL, dépenser de l'énergie (par exemple expulser du combustible par l'arrière de votre vaisseau) peut vous rapprocher de la vitesse de la lumière, et il en va de même avec l'espace PRL. Cependant, dans l'espace PRL, la vitesse de la lumière est la vitesse la *plus lente* possible, pas la plus rapide, et vous ne pouvez jamais vraiment ralentir jusqu'à l'atteindre, pas tant que vous possédez une masse.

Puisqu'une vitesse accrue vous *éloigne* de *c* en PRL, les vitesses tachyoniques n'ont pas de limite supérieure, même s'il existe des limites pratiques, en fonction du niveau minimum d'énergie nécessaire pour maintenir l'intégrité d'une particule (rappelons-nous que moins d'énergie = davantage de vitesse dans l'espace supraluminique). Dans l'espace subluminique, la masse au repos est réelle, positive, et augmente en raison de la relativité restreinte quand *v* approche de *c* ; dans l'espace luminique, la masse au repos est de zéro et *v* est toujours égal à *c* ; et dans l'espace supraluminique la masse au repos est imaginaire à *v*=*c*, mais devient réelle, positive et décroissante quand elle se déplace plus vite que *c*.

L'un des effets de ce phénomène est l'inversion des effets de la dilatation du temps vis-à-vis de l'accélération. Dans le PLL comme dans le PRL, un individu approchant *c* vieillit plus lentement que le reste de l'univers. Ou plutôt l'univers vieillira bien plus vite qu'un vaisseau spatial fonçant à 99 % de *c*. Cependant, en PRL, approcher de *c* signifie ralentir. Mais, si au lieu de cela vous accélériez et vous déplaciez à des multiples de *c* encore plus élevés, alors vous vieilliriez de plus en plus vite comparativement au reste de l'univers – ce qui serait un énorme inconvénient du voyage PRL si les vaisseaux n'étaient pas en supraluminique entourés d'une bulle de Markov (nous y reviendrons plus tard).

Comme le montre ce graphique, il est possible d'avoir une vélocité nulle dans l'espace subluminique – mais qu'est-ce que cela signifie quand le mouvement est relatif ? Que vous êtes à l'arrêt par rapport au point de référence que vous avez choisi, qu'il s'agisse d'un observateur extérieur ou du point auquel vous souhaitez vous rendre. Une vélocité de 0 en espace subluminique équivaut à 1,7 *c* en espace supraluminique, ce qui est rapide, mais encore plus lent que la vélocité de beaucoup de particules PRL. En effet, même les propulseurs Markov bas de gamme sont capables d'atteindre 51,1 *c*. Cependant, si vous avez besoin d'atteindre une destination le plus vite possible, il peut valoir le Delta-v requis pour l'arrêt complet de son vaisseau avant de passer en PRL, et ainsi obtenir ce 1,7 *c* supplémentaire de vélocité.

S'il était possible de convertir directement une masse subluminique en masse supraluminique sans une bulle de Markov, 1,7 *c* serait la vitesse la plus importante qu'il soit possible d'atteindre, puisqu'il n'existe pas de moyen pratique de faire accélérer davantage la masse (*c.-à-d.* réduire davantage le niveau d'énergie de ladite masse) si ce n'est en la refroidissant, comme il est impossible d'aspirer du combustible *à l'intérieur* d'un réservoir. Ce serait le deuxième inconvénient majeur du voyage PRL, si la bulle de Markov n'existait pas.

Le troisième obstacle serait que la matière se comporte dans l'espace supraluminique de façon radicalement différente que dans le subluminique, à tel point que la vie telle que nous la connaissons ne pourrait tout simplement pas y exister – problème qui, une fois de plus, peut être contourné grâce à une bulle de Markov.

Les trois continuums – subluminique, luminique et supraluminique – coexistent dans le même espace-temps, se chevauchant dans chaque point de l'univers. Le luminique existe dans une membrane fluidique qui sépare le subluminique du supraluminique, agissant comme un médium d'interférence entre eux. La membrane est semi-perméable et a une surface définie des deux côtés, sur lesquels toutes les forces EM existent.

La membrane elle-même, et ainsi l'intégralité de l'espace tridimensionnel, est constituée de Quantums d'Énergie Transluminique (QET) qui sont, tout simplement, les briques de réalité les plus fondamentales. Les QET possèdent une longueur 1 ℓp (longueur de Planck), une énergie 1 E_P (énergie de Planck) et une masse nulle. Leurs mouvements et interactions engendrent toutes les autres particules et champs.

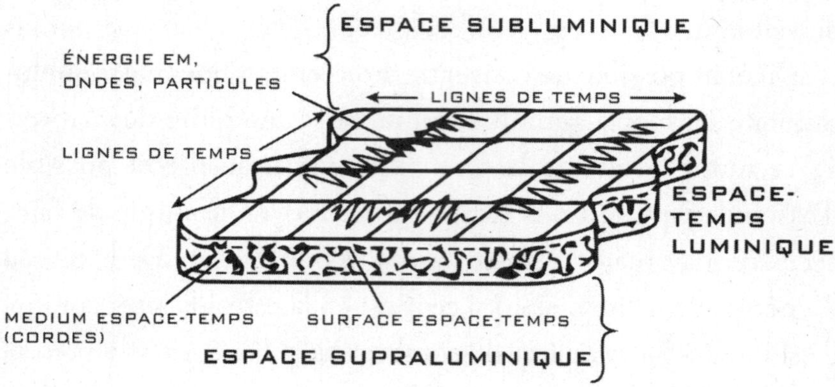

Figure 2 : Diagramme simplifié de l'espace-temps

Pris dans leur ensemble, les QET – et l'espace-temps lui-même – se comportent d'une manière quasi fluidique. Tout comme un fluide, la membrane luminique présente :

- Pression
- Densité et compressibilité
- Viscoélasticité
- Surface et tension superficielle.

Nous examinerons plus tard chacun de ces points en détail, mais pour l'instant notons seulement que la viscoélasticité est la propriété donnant lieu à la gravité et à l'inertie ; c'est elle qui permet tout mouvement relatif. Au fur et à mesure que la masse s'accumule, elle commence à déplacer la membrane de l'espace-temps, qui s'amenuise sous l'objet. Voilà en quoi consiste la gravité. De même, la membrane résiste au changement, ce qui signifie qu'elle met du temps à être déplacée quand une force est appliquée (la viscosité de l'espace-temps a pour conséquence une friction entre les couches limites, cause de l'effet Lense-Thirring).

Puisque les espaces subluminique et supraluminique sont physiquement séparés par la membrane de l'espace-temps, les masses PLL et PRL peuvent occuper simultanément les mêmes points, même si un tel arrangement ne pourrait être que de courte durée, puisque (a) toute matière dans l'espace supraluminique se déplace à une vitesse plus importante que *c*, et (b) la membrane partagée signifie que le déplacement espace-temps depuis la masse, autrement dit la gravité, a un effet égal et contraire sur le domaine opposé.

Un exemple pour illustrer cela : en espace PLL, une planète va presser contre la fabrique de l'espace-temps pour créer le genre de puits gravitationnel que nous connaissons tous. Cette dépression va conjointement se manifester dans l'espace PRL sous la forme d'une « colline » gravitationnelle – une proéminence égale et opposée dans la fabrique de l'espace-temps. L'inverse est également vrai.

Les conséquences sont multiples : tout d'abord, une masse se trouvant dans l'un des domaines de l'espace a un effet répulsif dans l'autre. Étoiles, planètes et autres corps gravitationnels PLL ne s'attirent plus quand on passe en PRL, bien au contraire.

Il en va de même pour l'espace supraluminique. Cependant, puisque le PRL contient une densité d'énergie nette moindre (un effet secondaire naturel du fait que les tachyons possèdent une vitesse de base $> c$), et compte tenu de la nature radicalement différente des lois et particules existant en PRL, les collines gravitationnelles produites par la matière subluminique, plus dense, dispersent la masse tachyonique, la repoussant au loin. Comme le confirme Oelert (2122), la plus grande partie de notre matière supraluminique existe en un vaste halo entourant la Voie lactée.

Ce halo fournit une pression positive pesant sur la Voie lactée, ce qui évite à la galaxie de voler en éclats.

Les effets gravitationnels de la masse supraluminique sur notre propre domaine subluminique sont longtemps restés mystérieux. Les premières tentatives visant à les expliquer ont débouché sur les théories maintenant obsolètes de la « matière noire » et de l'« énergie noire ». Nous savons aujourd'hui que les concentrations de masse supraluminique entre les galaxies sont responsables de l'expansion de l'univers, et qu'elles affectent également la forme et le mouvement des galaxies elles-mêmes.

Il reste encore à déterminer si la matière tachyonique se fond ou non en l'équivalent supraluminique des étoiles et des planètes. Les calculs affirment que oui, mais jusqu'à présent aucune observation n'a permis de le confirmer. La limite de la galaxie est trop éloignée pour n'importe quel drone, même le plus rapide, et la génération actuelle de détecteurs PRL n'est pas assez sensible pour capter les corps gravitationnels à cette distance. Cela changera assurément avec le temps, et nous serons alors capables d'en apprendre bien davantage au sujet de la nature de la matière supraluminique.

Une autre conséquence du puits/colline provoqué par un déplacement de l'espace-temps causé par la masse est l'effet communément appelé « limite de Markov ». Il serait cependant utile, avant d'expliquer ce dernier, de revenir rapidement sur le fonctionnement concret du voyage et des communications PRL.

Pour obtenir une transition la plus facile possible entre espace subluminique et supraluminique, il est nécessaire de manipuler directement la membrane espace-temps sous-jacente, ce qui s'accomplit grâce à un champ EM spécialement conditionné qui va s'associer avec la membrane (ou plutôt avec les QET qui la constituent).

En théorie de jauge, les champs EM ordinaires peuvent être considérés comme *abéliens* ; c'est-à-dire que la nature du champ diffère de ce qui le génère. Ce qui est vrai non seulement des radiations EM mais aussi de l'attraction électron/proton, de même que de la répulsion à l'intérieur des atomes et des molécules. On parlerait de champs *non abéliens* pour, par exemple, les forces nucléaires fortes et faibles, qui sont structurellement plus complexes et, en conséquence, affichent des niveaux plus élevés de symétrie interne.

Les autres champs non abéliens plus utiles pour nous sont ceux que l'on associe à la tension superficielle, la viscoélasticité et la cohérence interne de la membrane de l'espace-temps, produits par les mouvements internes et les interactions des QET, dont l'analyse détaillée dépasse grandement les ambitions de ce chapitre.

Dans tous les cas, il a été démontré qu'il est possible de convertir des radiations EM ordinaires abéliennes en non abéliennes en modulant la polarisation de l'énergie des ondes émises par des antennes et leurs surfaces, ou en adaptant les fréquences du courant alternatif à la géométrie torique à travers laquelle passent les courants (la méthode employée par les réacteurs Markov). Ce procédé donne lieu à des radiations EM avec un champ sous-jacent de symétrie SU(2) et de forme non abélienne, tel que le décrivent les équations étendues de Maxwell. Le tout couplé dans une direction orthogonale avec les champs de l'espace-temps via une quantité partagée : le « potentiel de vecteur A » (orthogonal, tardyons et tachyons présentant des mouvements de direction opposée le long de leurs longueurs de paquets, et le champ EM conditionné interagissant à la fois avec les surfaces de l'espace-temps subluminique *et* supraluminique).

On a souvent comparé un tel phénomène à une progression en ligne droite le long d'un angle droit.

Une fois le champ EM couplé à la fabrique de l'espace-temps, il devient possible de manipuler la densité du médium. En injectant une quantité appropriée d'énergie, l'espace-temps lui-même peut être rendu de plus en plus fin et perméable – tant et si bien qu'à un certain point la densité de l'énergie dans l'espace subluminique pousse la zone affectée à passer en espace supraluminique, comme une bulle sous haute pression se dilatant/s'élevant dans une zone de basse pression.

Tant que le champ EM conditionné est maintenu, l'espace subluminique englobé peut être conservé en état de suspension à l'intérieur de l'espace supraluminique.

Du point de vue d'un observateur en PLL, cependant, tout ce que contient cette bulle aura disparu, et ne pourra être détecté que par la « colline » gravitationnelle laissée de l'autre côté de la membrane de l'espace-temps.

À l'intérieur de la bulle, un observateur se retrouvera entouré par un miroir parfaitement sphérique là où la surface de la bulle sera en contact avec l'espace PRL extérieur.

Du point de vue d'un observateur en PRL, une bulle parfaitement sphérique et réfléchissante aura seulement apparu d'un coup dans l'espace supraluminique.

Masse et moment cinétique seront conservés tout du long. La direction originale restera en PRL ce qu'elle était en PLL, et la vitesse originale sera convertie en son équivalent énergie supraluminique.

Une fois le champ EM interrompu, la bulle disparaîtra, et tout ce qu'elle contenait retrouvera l'espace subluminique (un processus que nombre d'entre vous connaissent sans doute déjà). Ce phénomène est souvent accompagné d'une vive lumière et d'une explosion d'énergie thermique quand la lumière et la chaleur accumulées à l'intérieur de la bulle pendant le voyage sont libérées.

Il est nécessaire d'évoquer quelques points spécifiques au sujet des bulles de Markov :

• Puisque la surface de la bulle est un miroir parfait, il est pratiquement impossible pour un vaisseau d'évacuer de la chaleur lors d'un trajet en PRL, raison pour laquelle il est devenu nécessaire de placer équipages et passagers en cryo avant ledit trajet.

• Compte tenu de ce fait, il est irréaliste de vouloir utiliser un propulseur à fusion en PRL. Ainsi, les réacteurs Markov – qui requièrent une quantité importante d'énergie pour générer et maintenir un champ EM conditionné d'une puissance suffisante – ont recours à de l'antimatière stockée pour produire cette énergie, un procédé plus efficace qui occasionne les émissions de chaleur les plus réduites.

• Même si un réacteur Markov et le vaisseau qui l'entoure contiennent une grande quantité d'énergie compressée pour du PRL, la seule énergie que voit l'espace supraluminique est celle qui apparaît à la surface de la bulle. Ainsi, plus un réacteur Markov aura un bon rendement (*c.-à-d.* moins il utilisera d'énergie pour générer son champ EM conditionné), plus vous vous déplacerez vite.

• Si un vaisseau avait le malheur d'entrer en collision avec un morceau de masse PRL, sa bulle de Markov disparaîtrait instantanément et il regagnerait aussitôt l'espace PLL, avec des conséquences potentiellement désastreuses en fonction de l'endroit où cet appareil se trouverait.

• Moins vous employez d'énergie pour créer une bulle de Markov, plus celle-ci devient fragile. Les grandes collines gravitationnelles telles que celles qui entourent étoiles et planètes sont largement assez puissantes pour faire disparaître une bulle et vous renvoyer dans l'espace normal, subluminique. C'est ce qu'on appelle la limite de Markov. Celle limite peut être abaissée si l'on dispose d'une puissance de calcul adaptée, mais elle ne pourra jamais être complètement effacée. À l'heure actuelle, les réacteurs Markov ne peuvent pas être activés dans un champ gravitationnel d'une puissance supérieure à 1/100 000e de g. C'est pour cette raison qu'à l'intérieur de Sol les vaisseaux doivent s'éloigner d'une distance équivalant au rayon de l'orbite de Jupiter avant de pouvoir passer en PRL (sachant que vous devrez aller encore plus loin si vous vous trouvez en l'occurrence près de Jupiter).

Si exaspérante que soit la limite de Markov – personne n'aime avoir à supporter plusieurs jours de voyage supplémentaires après avoir passé des semaines voire des mois en cryo – elle n'en reste pas moins une bonne chose. Grâce à elle, impossible d'envoyer un astéroïde PRL directement sur une ville, ou pire. Sans limite de Markov, les vaisseaux représenteraient une menace potentielle bien plus grande qu'elle ne l'est déjà, et prévenir les attaques surprises se révélerait tâche impossible.

Nous pouvons aussi nous estimer heureux que la viscoélasticité de l'espace-temps interdise la création de véritables bombes superpositionnelles. Si un vaisseau en espace PRL se retrouve au niveau d'une masse en espace PLL produisant moins de 1/100 000e de g et que l'appareil regagne l'espace subluminique à ce moment précis, vaisseau et masse se repousseront avec une force égale, au lieu de se rencontrer. Dans le cas contraire, l'explosion qui en résulterait serait comparable à une détonation d'antimatière.

Une fois qu'un vaisseau est entré en espace supraluminique, le vol en ligne droite est généralement l'option la plus pratique. Il est cependant possible de manœuvrer un minimum en augmentant délicatement la densité de l'énergie d'un côté ou l'autre de la bulle, ce qui amènera ce côté du vaisseau à ralentir, et fera donc pivoter l'appareil. Il s'agit cependant d'un processus graduel, et adapté uniquement à des ajustements de trajectoire minimes sur de longues distances. Vous risqueriez sinon de déstabiliser la bulle. Pour de véritables modifications de direction, il est préférable de revenir en espace subluminique, d'effectuer votre changement de cap, puis de repartir en PRL.

Tous les changements de direction effectués en PRL auront des répercussions lors du retour en PLL. Il en va de même pour tous les changements de vitesse/moments cinétiques, le degré de changement étant inversement proportionnel.

Il est techniquement possible pour deux vaisseaux de s'arrimer en PRL, mais les problèmes pratiques posés par la nécessité de faire correspondre exactement leurs vélocités, de même que les contraintes mathématiques requises par l'union de deux bulles de Markov, font que, si la manœuvre a déjà été tentée avec des drones, personne – à notre connaissance – n'a été assez fou pour l'entreprendre avec des vaisseaux ayant un équipage à bord.

Même si un vaisseau se trouvant en PRL, à l'intérieur d'une bulle de Markov, ne peut observer directement ce qui l'entoure, il lui est tout de même possible d'obtenir un minimum d'informations sur l'extérieur. Quand on fait vibrer la bulle à des fréquences adaptées, des particules PRL peuvent être créées sur la surface externe de la membrane et ainsi être utilisées à la fois comme une forme de radar et un mécanisme de signalisation. Avec des mesures minutieuses, il est possible de détecter le retour de ces particules quand elles empiètent sur la bulle, ce qui permet d'interagir – de manière certes rudimentaire – avec l'espace supraluminique.

C'est également ainsi que fonctionnent communicateurs et détecteurs en PRL. Tous deux peuvent être utilisés bien plus près d'une étoile ou d'une planète que la distance nécessaire au maintien d'une bulle de Markov, mais, comme pour la bulle, à un point donné les collines gravitationnelles associées deviennent si raides que seuls les signaux PRL les plus lents et les plus puissants peuvent les gravir.

Grâce à la protection de sa bulle, un vaisseau conserve en PRL le même référentiel inertiel qu'il détenait auparavant, ce qui signifie qu'il ne subit pas les effets de la dilatation du temps, contrairement à une particule supraluminique exposée, ni aucun effet relativiste d'ailleurs (les frères du célèbre paradoxe des jumeaux vieilliront à la même allure si l'un d'eux effectue un aller-retour en PRL entre Sol et Alpha du Centaure).

Ce qui, évidemment, nous amène à la question de la causalité.

Pourquoi, pourrait-on se demander, le voyage PRL ne permet-il pas de voyager dans le temps, comme toutes les équations de la relativité restreinte semblent l'indiquer ? Parce que ce n'est pas le cas, voilà tout, et nous le savons parce que… ce n'est pas le cas.

Cette réponse peut sembler facétieuse, mais en vérité le débat est resté sans réponse jusqu'à ce que Robinson et l'équipage du *Dédale* effectuent les premiers trajets en PRL. Il fallut recourir à des enquêtes empiriques pour répondre avec certitude aux questions concernant le voyage dans le temps, et ce n'est qu'une fois celles-ci effectuées que toutes les explications mathématiques et physiques associées purent être complètement développées.

Voici en substance ce qui fut déterminé : peu importe la vitesse d'un voyage supraluminique – à combien de multiples de *c* votre vaisseau se déplace –, vous ne pourrez jamais regagner votre point d'origine *avant* le moment de votre départ. De même, vous ne pourrez pas non plus utiliser de signal PRL pour envoyer des informations dans le passé. Un laps de temps se déroulera *toujours* entre départ et retour.

Comment est-ce possible ? Pour quiconque a déjà entendu parler des cônes de lumière et des transformations de Lorentz, il sera parfaitement évident que dépasser la vitesse de la lumière peut vous permettre de remonter dans le temps et d'aller tuer votre grand-père (ou autre acte tout aussi absurde).

Et pourtant c'est impossible.

Tout repose sur un simple fait : les trois domaines luminiques appartiennent au même univers. Même s'ils sont apparemment séparés (ou semblent l'être, depuis notre perspective subluminique), ils font tous les trois partie d'un tout. Et, même si des infractions aux lois physiques semblent se produire dans certaines circonstances, il est important de noter qu'en règle générale ces lois sont respectées. Par exemple, énergie et quantité de mouvement sont toujours conservées d'un domaine luminique à l'autre.

Vient s'ajouter à cela une certaine perméabilité. Les distorsions gravitationnelles d'un côté de la barrière luminique auront un effet en miroir de l'autre côté. Ainsi, un objet se déplaçant dans l'espace subluminique laissera une distorsion gravitationnelle PLL dans l'espace PRL équivalent. Les ondes produites par cette distorsion se propageront vers l'extérieur à *c* quoi qu'il arrive, mais le mouvement du centre gravitationnel sera toujours inférieur à *c*. L'inverse est vrai pour une masse gravitationnelle supraluminique, qui laisserait une traînée d'ondulations PRL dans un espace subluminique. (Bien entendu, nulle trace PRL de ce type n'a été détectée avant l'invention du réacteur Markov, mais c'est en raison – dans la plupart des cas – de leur extrême ténuité et de la distance à laquelle se trouve la majorité de la matière supraluminique du corps de la Voie lactée.)

Note : il est important de ne pas oublier que tout ce qui se déplace plus vite que *c* dans l'espace subluminique peut en théorie être utilisé pour obtenir une violation de la causalité, il en va de même pour tout ce qui se déplace *plus lentement* que *c* dans l'espace supraluminique. En PRL, *c* est la vitesse minimum que puisse atteindre l'information. Au-delà, la relativité et la non-simultanéité sont maintenues, quelle que soit votre vitesse.

Même sans réacteurs Markov, nous nous retrouvons dans une situation où les phénomènes naturels semblent franchir la barrière de la lumière des deux côtés de la membrane de l'espace-temps sans cependant, là encore, provoquer de violations de la causalité.

Et donc, encore cette question : pourquoi ?

Il y a deux réponses.

Tout d'abord, aucune particule de vraie masse ne dépasse la barrière de la lumière, que ce soit dans le domaine sub- ou supraluminique. Si c'était le cas, nous verrions tous les paradoxes et violations de la causalité prédits par la physique traditionnelle.

Ensuite, les QET, qui constituent la base de chaque particule subluminique, en font de même avec les particules supraluminiques. Comme leur nom l'indique, les QET sont capables d'exister dans les trois domaines à la fois, et peuvent également se déplacer aussi lentement que la plus lente des particules PLL et aussi vite que la plus rapide des particules PRL – autrement dit, à une vitesse phénoménale –, seulement restreints par la limite inférieure d'énergie nécessaire pour maintenir la cohérence des particules – d'ailleurs, les QET peuvent même se déplacer encore plus vite grâce à leur énergie de Planck de 1.

Ainsi, grâce à la découverte des QET, nous disposons d'un objet capable de transporter des informations bien plus vite que la vitesse de la lumière. Normalement un tel processus ne peut se produire que dans le domaine supraluminique, mais tous les QET sont capables d'atteindre de telles vitesses, et ils passent souvent d'une vélocité sub- à supraluminique à mesure qu'évolue leur position au sein de la membrane espace-temps. Ces changements sont responsables d'une grande partie des bizarreries quantiques constatées à petite échelle.

Le cône de lumière d'un observateur qui emploierait les QET pour recueillir des informations serait bien plus large que s'il n'utilisait que des photons (plus large, mais pas complet ; les QET ont une vélocité limitée). Le cône de lumière – ou de QET – élargi accroît le nombre d'évènements qu'on peut considérer comme simultanés. Même si la non-simultanéité et la relativité sont maintenues au travers des trois domaines luminiques (quand ceux-ci sont envisagés dans leur ensemble), l'immense vélocité des QET réduit drastiquement la quantité d'évènements pouvant être considérés comme non simultanés, et ceux qui restent dépassent les vitesses les plus rapides que puisse atteindre une particule PRL. Et, si en théorie l'univers demeure fondamentalement relatif, en pratique la grande majorité des évènements peut être considérée comme ordonnée et causale.

Ce qui signifie que, quand un vaisseau passe en PRL, il ne peut provoquer de violations de la causalité à l'intérieur de l'espace supraluminique, puisque la bulle de Markov *est* une particule/objet supraluminique et se comporte en tant que tel. Et, quand un vaisseau revient en PLL, c'est sans aucune violation de la causalité car les temps de trajet sont toujours plus lents que la vitesse maximale des QET (*c.-à-d.* la vitesse de l'information).

Là où un paradoxe se *serait* produit en espace subluminique, on constate que les évènements se sont déroulés en suivant une relation causale, les uns après les autres, sans aucune contradiction. Il semblerait, vu de loin, qu'il soit possible d'envoyer une information à son point d'origine avant qu'elle soit transmise, mais « sembler » est bien le mot-clé ici, car c'est en réalité impossible. La transmission retour n'arriverait jamais plus tôt qu'une unité de temps de Planck QET (où le temps de Planck QET est défini par le temps que mettrait un QET lancé à vitesse maximale pour traverser une unité de longueur de Planck).

En conséquence, celui qui voit la possibilité d'une violation de causalité en espace subluminique voit, par essence, un mirage, et quiconque essaiera d'exploiter cette possibilité sera voué à l'échec.

Ce constat rend illusoires un grand nombre d'observations de notre univers subluminique. Avant l'invention des réacteurs Markov (ou, à défaut, la détection des signaux gravitationnels PRL), rien de tout cela n'importait. La relativité était maintenue parce que le voyage et les communications PRL n'étaient pas possibles. On ne pouvait pas non plus pousser un vaisseau à des vitesses relativistes assez élevées pour sérieusement étudier la question. Ce n'est qu'aujourd'hui, alors que nous avons accès aux domaines à la fois sub- et supraluminique, que la vérité nous apparaît.

Alors que les signatures lumineuses de nos voyages PRL commencent à atteindre les étoiles les plus proches, un observateur positionné à leur niveau, et équipé d'un télescope assez puissant, verrait une série d'images particulièrement déroutantes, des vaisseaux et des signaux surgissant comme par magie, apparemment dans un désordre absolu. Cependant, en observant les QET à la place des photons, on pourrait reconstituer l'ordre véritable des évènements (on obtiendrait le même résultat en voyageant physiquement jusqu'à la source des images).

Le mécanisme exact qui empêche les violations de causalité en espace PLL est la vélocité maximale des QET. Tant que celle-ci n'est pas brisée (et aucun mécanisme connu ne laisserait une telle chose se produire), le PRL ne permettra pas de voyager dans le passé – ce qui devrait nous réjouir. Un univers non causal deviendrait un chaos innommable.

* * * *

Cette vue d'ensemble achevée, nous allons maintenant nous pencher sur les possibilités théoriques de l'utilisation des champs EM conditionnés pour réduire les effets inertiels et augmenter ou diminuer la gravité perçue. Même si c'est encore chose très malaisée à accomplir avec nos niveaux actuels de production d'antimatière, cela pourrait être à l'avenir un moyen de…

APPENDICE II

★ ★ ★ ★ ★ ★ ★

PRINCIPES DE COMBAT SPATIAL

Retranscription d'un cours donné par le professeur Chung à l'académie navale du CMU, Terre (2242)

Bonjour à tous. Prenez place, je vous prie.

Au cours des six prochaines semaines, vous allez recevoir la meilleure formation possible concernant le fonctionnement et les techniques du combat spatial. Combattre dans l'espace n'est pas beaucoup plus compliqué que combattre dans l'eau ou les airs. Non, c'est immensément, infiniment plus compliqué.

L'impesanteur est un environnement particulièrement contre-intuitif pour le cerveau humain. Même si vous avez grandi sur un vaisseau ou une station, comme c'est le cas pour certains d'entre vous, il reste des aspects du manœuvrage inertiel que vous *ne pourrez pas comprendre* sans une formation appropriée. Peu importe si vous êtes incroyablement calés pour tout ce qui concerne notre bon vieux PLL, le PRL va prendre tout ce que vous pensez savoir et l'écraser à coups de talon jusqu'à ce qu'il n'en reste plus qu'une bouillie informe.

Les capacités de manœuvre de votre vaisseau et de ceux aux côtés de qui vous combattrez vont déterminer *où* vous pourrez vous battre, *qui* vous pourrez affronter et – le cas échéant – les conditions nécessaires à votre retraite. L'espace, comme il a été dit et redit, n'est pas seulement vaste, il est plus gigantesque que tout ce que vous pouvez imaginer. Si vous ne pouvez pas réduire la distance qui vous sépare de votre cible, celle-ci n'aura rien à craindre de vos tirs. Voilà pourquoi il est souvent avantageux de sortir de PRL avec un haut degré de mouvement relatif… souvent, mais pas toujours. Les circonstances varient d'un cas à l'autre, et en tant qu'officiers vous serez amenés à prendre ce genre de décision dans l'instant.

Vous apprendrez à connaître les capacités et les limites de nos propulseurs à fusion. Vous découvrirez pourquoi – malgré tout ce que vous avez vu dans des jeux ou des films – le concept de combat de vaisseaux en un contre un est non seulement dépassé, mais n'a jamais vraiment existé. Les drones et les missiles sont non seulement beaucoup moins coûteux, mais aussi bien plus efficaces. Les machines peuvent supporter un nombre de g bien plus élevé que n'importe quel être humain. Alors oui, on trouvera parfois un ouvrier contestataire ou un membre du cartel du coin qui prendra un petit vaisseau pour jouer au pirate, mais sachez qu'ils perdront *à tous les coups* face à un navire de guerre digne de ce nom, comme nos nouveaux croiseurs ou des cuirassés.

Le combat, une fois engagé, se résume à un jeu stratégique entre les différents systèmes de votre vaisseau. Une partie d'échecs dans laquelle vous devez infliger assez de dégâts à vos ennemis pour les mettre hors d'état de nuire ou les détruire avant qu'ils puissent en faire de même avec vous.

Chaque arme possède ses avantages et ses inconvénients. Les missiles sont ce qu'il y a de plus adapté pour les attaques allant de courte à moyenne portée, mais ils sont trop lents et n'ont pas assez de carburant pour des tirs longue distance – et, une fois que vous avez fait feu, ils sont partis. Les lasers de défense rapprochée peuvent les stopper, mais en nombre limité, et seulement tant qu'ils ne surchauffent pas. Les Casaba-Howitzer sont elles aussi des armes de courte à moyenne portée, mais, contrairement aux missiles, les lasers ne peuvent rien contre elles une fois qu'elles ont été tirées. En l'occurrence, la seule chose qui serait capable d'arrêter le faisceau de ces dernières est un mur de plomb et de tungstène de dix à vingt mètres d'épaisseur. Leur gros point faible, c'est leur masse, qui limite la quantité que vous pouvez transporter. N'oublions pas que plus une Casaba-Howitzer est loin, plus son faisceau s'élargit, la rendant à force aussi dévastatrice qu'un pet en plein blizzard. Pour tout ce qui est tir de moyenne à longue portée, fiez-vous à votre laser de quille – même si, là encore, gare à la surchauffe, sans compter que votre ennemi peut employer la craie et la limaille pour disperser vos rayons. Les propulseurs de masse et les pénétrateurs nucléaires peuvent être employés à n'importe quelle distance, les armes cinétiques ayant une portée techniquement infinie dans l'espace, mais ils ne sont réellement efficaces qu'en combat rapproché, quand l'ennemi n'a pas le temps d'esquiver, ou bien à très, très longue portée, quand il ignore encore que vous lui tirez dessus.

Quelle que soit l'arme – ou les armes – que vous aurez choisie, vous devrez jongler entre elle et la charge thermique maximale de votre vaisseau. Allez-vous faire feu une fois de plus avec votre laser de quille, ou pousser vos réacteurs pour tenter une autre esquive ? Allez-vous courir le risque de déployer vos radiateurs pendant un échange de tirs histoire de perdre quelques degrés ? Combien de temps allez-vous laisser à votre vaisseau pour refroidir avant de partir en PRL quand vous êtes pris en chasse ?

Les combats entre vaisseau et surface poseront d'autres problèmes. Les installations stationnaires telles que les plateformes de défense orbitales, les circohabitats et les astéroïdes aménagés demandent chacune une stratégie adaptée. Si vous décidez d'aborder un vaisseau ennemi, comment protéger au mieux vos troupes et votre appareil ?

Vous devrez également, en plus du combat sur le plan physique, vous soucier des attaques électroniques. Vos ennemis essaieront forcément de retourner vos systèmes informatiques contre vous. Un brouillage normal ne vous mettra peut-être pas à l'abri, votre ennemi pouvant employer une visée laser pour initier une prise de contrôle.

Voilà quelques exemples – et la liste est encore longue ! – de ce que vous devrez prendre en compte pour livrer bataille dans l'espace. Votre environnement voudra vous tuer, vos ennemis voudront vous tuer, et votre instinct, votre ignorance risqueront fort d'y parvenir – en emportant tous ceux qui se trouvent avec vous – si vous n'apprenez pas à maîtriser ces quelques connaissances de base.

J'imagine que certains d'entre vous se disent : « C'est notre intelligence de bord ou notre pseudo-intelligence qui va s'occuper de tout ça, non ? », et oui, c'est le cas... mais pas tout le temps. Les intelligences de bord n'ont pas de mains. Elles ne peuvent réparer ou déplacer qu'un nombre limité de choses, et c'est doublement vrai pour les pseudo-intelligences. En cas d'urgence, certaines actions ne peuvent être accomplies que par des humains, et il n'est pas rare que l'intelligence de bord ou le système informatique d'un vaisseau soient désactivés par l'ennemi. Quand ça vous arrivera, ce sera à vous de prendre les décisions – vous, la prochaine génération d'officiers de la FCMU.

Les six prochaines semaines compteront parmi les plus difficiles de votre vie. C'est voulu. Il est hors de question pour le CMU de laisser des incompétents monter à bord de vaisseaux dans lesquels ils mettraient en danger leur vie et celles de leurs compagnons. Mieux vaut dégager tout de suite et retourner à une vie de troufion dans laquelle votre plus grand souci sera de cirer vos bottes et de fermer votre gueule. Si vous ne vous estimez pas capables d'assumer ce genre de responsabilités, et que vous décidiez de nous quitter maintenant, la porte est grande ouverte, et personne – ni moi, ni vos supérieurs, ni le CMU – ne vous en tiendra rigueur... Quelqu'un ? Non ? Excellent. Pendant un mois et demi, mon équipe et moi-même allons vous faire vivre un enfer. Vous allez regretter de ne pas avoir abandonné. Mais, si vous travaillez dur et que vous apprenez des erreurs de ceux qui ne sont plus là pour le faire, alors vous aurez une chance de décrocher vos galons d'officier, et de leur faire honneur.

Alors bossez ferme, car j'attends qu'à la fin de ce programme chacun d'entre vous soit capable de m'impressionner avec ses connaissances sur le combat spatial.

Ce sera tout. Rompez.

APPENDICE III

★ ★ ★ ★ ★ ★ ★

LEXIQUE

28 g : l'un des nombreux satcoms en orbite autour de Zeus et Adrastée.

A

ACMU : Armée du Commandement Militaire Uni.

ADRASTÉE : lune de la géante gazeuse Zeus dans le système Sigma Draconis. Dans la mythologie grecque, Adrastée est une nymphe chargée de veiller sur un Zeus encore enfant. Signifie « inévitable » en grec.

AIGOO : interjection coréenne employée pour exprimer diverses émotions telles que la pitié, le dégoût, la frustration, un léger malaise ou la surprise. Proche du soupir.

AISH : en coréen, interjection exprimant la frustration ou le mécontentement.

AJUMMA : terme coréen employé pour décrire une femme généralement entre deux âges – voire encore jeune, mais mariée. Les ajummas sont souvent représentées comme excessives et étouffantes.

ANCIENS : espèce intelligente, à l'origine de la Graine, du Grand Sémaphore et de nombre d'autres artéfacts technologiques découverts dans le bras d'Orion. Humanoïdes, dotés de deux paires de bras, mesurant deux mètres en moyenne. A priori éteints. Les traces laissées montrent qu'ils étaient extraordinairement en avance du point de vue de l'évolution, et qu'ils ont précédé toutes les autres espèces conscientes. (*Voir* « Prééminent » *et* « Bâton bleu ».)

ANNEAU ORBITAL : gigantesque anneau artificiel placé autour d'une planète. Peut être construit à n'importe quelle distance de celle-ci, mais le premier anneau est généralement situé en orbite basse. Le concept de base est on ne peut plus simple : un câble orbitant au-dessus de l'équateur est entouré d'une enveloppe non orbitante et supraconductrice employée pour faire accélérer ou décélérer le câble selon les besoins. Des panneaux solaires et autres structures peuvent être construits sur l'enveloppe, y compris des ascenseurs spatiaux stationnaires. La gravité sur la surface extérieure de l'enveloppe/anneau équivaut pratiquement à celle que l'on trouve sur sa planète. Moyen économique et pratique pour placer en orbite (ou rapporter à la surface) d'importantes cargaisons. Utilisé aussi bien par les humains que les Wranaui.

ARROSITO AHUMADO : dessert typique de San Amaro, riz au lait parfumé par un caramel obtenu en faisant fondre du sucre roux dans lequel on fera infuser des cendres d'herbes aromatiques avant de le filtrer.

ASCENSEUR SPATIAL : ruban en fibre de carbone reliant la surface d'une planète à un point d'ancrage (un astéroïde, le plus souvent) situé au-delà de l'orbite géostationnaire. Des tractobennes transportent les marchandises le long du ruban.

ASPECT DU NÉANT : écran wranaui ; traditionnellement, image générée à l'intérieur d'une sphère d'eau en suspension.

B

BANC D'ÉLITE HFARR : une des flottes de l'armée Wranaui (il en existe une pour chaque branche).

BÂTON BLEU : module de commande conçu par les Anciens. D'une grande importance sociotechnologique.

BÂTON VERT : fragment de la Graine, à qui il a été donné une vie propre.

BATTEMENT : unité de mesure temps wranaui. Équivalant à quarante-deux secondes. (*Voir aussi* « Cycle ».)

BCMU : Bâtiment du Commandement Militaire Uni.

BERGE PLAINTIVE : volcan sous-marin dans les profondeurs des océans de Pelagius. Abrite le Conclave abyssal.

BLASTER : type d'arme tirant des décharges de laser plutôt qu'un rayon continu.

B. LOOMISII : bactérie orange, dont l'apparence évoque le lichen, endémique d'Adrastée.

BOTS DE CHARGEMENT : robots semi-autonomes employés pour la main-d'œuvre.

BOUCLIER FANTÔME : tampon de protection antiradiation placé entre le réacteur et le corps d'un vaisseau spatial. Comprend deux couches : un écran destiné à bloquer les neutrons (généralement de l'hydroxyde de lithium) et un autre pour les rayons gamma (en tungstène ou en mercure). Afin de maintenir les stations et leurs équipes dans l'« ombre » émise par ce bouclier, les vaisseaux accostent le plus souvent le nez en premier.

BOUCLIER-MAG : torus magnétosphérique dipolaire de plasma ionisé employé pour protéger les vaisseaux des radiations solaires pendant les voyages interplanétaires ; ou système magnéto-hydrodynamique utilisé pour freiner et offrir une protection thermale au cours de la rentrée atmosphérique.

BRANCHES : organes politiques et sociogénétiques semi-autonomes au sein de la société wranaui. Chaque Branche agit comme elle l'entend, mais ses décisions peuvent être annulées par la forme gouvernante. (*Voir* «Tfeir».)

BRED : excréments stériles et recouverts de polymère traités par les exodermes équipés de la technologie adaptée.

BRIDE SACRÉE : structure géologique aux proportions colossales située sur Ruslan. Énorme dalle de granit veinée d'or. L'une des principales attractions touristiques de la planète. Propre à éveiller ferveur religieuse et angoisses existentielles chez ceux qui l'approchent. Décor d'*Adelin*, célèbre pièce de théâtre dont l'acteur principal, Sasha Petrovich, se retrouvera mêlé à une affaire de corruption vers la fin 2249 – affaire qui poussera Maxim Novikov, le gouverneur de Ruslan, à la démission. (Il sera remplacé par l'inquisiteur Orloff, chargé de maîtriser la situation, ce qui marquera le début de plusieurs années de troubles violents.)

BUGHUNT : nom attribué par le CMU au système jadis occupé par les Anciens. Abrite la planète que les humains appellent Nidus. Dernière demeure du Bâton bleu.

BULLE DE MARKOV : sphère d'espace subluminique imprégnée par un champ électromagnétique conditionné permettant à la matière tardyonique de passer dans l'espace supraluminique via la membrane de l'espace-temps fluidique.

C

C. BLOSCAN : passage en revue détaillé – et faisant peu de cas de la vie privée d'autrui – des données amassées par les implants d'un individu. Souvent néfaste pour la santé physique et mentale du sujet, étant donné la puissance des signaux électriques employés et la nature invasive de l'opération. Peut provoquer une perte d'activité cérébrale.

CASABA-HOWITZER : charge nucléaire. Souvent montée sur un missile pour augmenter sa portée. Terme désignant aussi bien les simples Casaba-Howitzer (qui concentrent une explosion nucléaire en un faisceau de plasma) que celles qui utilisent cette même explosion pour envoyer des projectiles formés (balles de tungstène en fusion au potentiel de destruction extrême).

CAUCHEMARS : tumeurs malignes et autosuffisantes engendrées par une union infructueuse entre Graine et hôte (le plus souvent quand la Graine, l'hôte, ou les deux sont endommagés de façon irréparable).

CENTRALTERRE : siège de la Ligue et du CMU. Bâti autour de la base du Haricot magique d'Honolulu.

CHASSEUR-PISTEUR : petit drone employé pour la surveillance et l'élimination de cibles.

CHAT DE BORD : animal-mascotte que l'on retrouve traditionnellement sur un vaisseau. Les spationavigants attachent par superstition une grande importance à la présence d'un chat à bord, ainsi qu'à son bien-être, et beaucoup refuseront de monter dans un bâtiment qui n'en possède pas. On a déjà vu quelqu'un se faire tuer parce qu'il avait fait du mal – intentionnellement ou non – à un chat de bord.

CIC : Commission Interstellaire du Commerce. Branche de la Ligue chargée de superviser le commerce spatial. S'occupe en particulier de faire respecter les réglementations, de percevoir les droits de douane et de lutter contre la fraude, mais aussi d'accorder des prêts et d'encourager la croissance économique dans l'espace habité.

CICMU : Corps d'Infanterie du Commandement Militaire Uni.

CIRCASTIM : *voir* « StimVigil ».

CITOYENNETÉ CORPORATIVE : citoyenneté dégagée de toute appartenance à un territoire, accordée à certains employés de grandes corporations interstellaires. Permet à ses détenteurs de travailler, se déplacer et vivre relativement facilement au sein de divers systèmes, planètes et nations. Statut instauré avant la création de la Ligue des Mondes Alliés, et peu à peu remplacé par celui de citoyen de la Ligue, procurant un passeport équivalent.

CLÉ-Q : disque-mémoire de niveau quantique

CMU : Commandement Militaire Uni. Forces militaires combinées de la Ligue, avec des troupes et du matériel puisés chez tous ses membres constituants. Nombre de gouvernements ont renoncé à avoir leur propre armée, et dirigent toutes leurs ressources militaires vers le CMU.

COFORME : terme wranaui pour décrire des individus ayant la même forme corporelle.

COLLÈGE DES ÉNUMÉRATEURS : instance dirigeante des suménistes, siégeant dans leur quartier général de Mars.

COMMANDEMENT EUROPA : le Commandement Europa de la Ligue des Mondes Alliés (CELMA, ou parfois ComEur) est l'un des sept états-majors unis de la branche militaire de la Ligue stationnés dans Sol. Son quartier général se trouve sur la station Lawrence, avec un soutien matériel fourni par les usines de la station Orsted, en orbite autour de Ganymède.

COMMIL : réseau de communications officiel du CMU.

COMPULSION : *voir* «Tsuro».

CONCLAVE ABYSSAL : congrès des coformes wranaui siégeant dans la Berge plaintive, dans les océans de Pelagius.

CONSCIENCE COLLECTIVE : union psychomécanique de deux cerveaux ou plus. Généralement accomplie grâce à une synchronisation en continu des implants des sujets, assurant une harmonie entre les stimuli intéro-, extéro- et proprioceptifs. Un échange total de mémoire sensorielle est une étape courante (quoique non requise) de la création d'une conscience collective. La portée effective dépend de la bande passante de la transmission et de la tolérance au décalage. Il arrive que des ruptures se produisent quand la proximité physique dépasse le seuil de tolérance. La plus grande conscience collective jamais observée comptait quarante-neuf participants, mais l'expérience fut de courte durée, les sujets ayant été très vite victimes d'une surcharge sensorielle.

CONSERVATISTE (PARTI) : l'un des principaux partis politiques de la Ligue. Tourné vers les préoccupations écologiques, tout particulièrement pour la préservation de la faune et de la flore des diverses xénosphères. (*Voir* « Expansionniste (parti) » *et* « Stellaristes ».)

CORDOVA (Gliese 785) : naine rouge orangé employée depuis longtemps par les Wranaui comme avant-poste et station de surveillance pour observer l'humanité.

COQUILLE : mot wranaui pour « vaisseau », inspiré par leurs propres carapaces.

CRÉDITS : cryptomonnaie calée sur l'Heure Standard Galactique (HSG). Monnaie légale la plus communément acceptée à travers l'espace interstellaire. Devise officielle de la Ligue des Mondes Alliés.

CROISEUR : vaisseau de guerre du CMU conçu pour mener seul des opérations de reconnaissance et des patrouilles sur de longues distances. Plus petit et facile à manœuvrer qu'un cuirassé, mais pas moins redoutable. Généralement assorti de deux navettes équipées de propulseurs Markov capables d'effectuer des trajets entre orbite et surface (et inversement).

CRYO : cryogénisation ; biostase provoquée au moyen d'un mélange de médicaments en prévision d'un voyage supraluminique.

CRYOMAL : troubles digestifs, métaboliques et hormonaux causés par une période trop longue passée en cryo (ou trop de va-et-vient entre veille et cryo), de simplement désagréables à mortels, avec des effets secondaires proportionnels à la durée du sommeil et/ou au nombre de cycles. Certains individus y sont plus sujets que d'autres.

CUIRASSÉ : plus gros bâtiment de la FCMU. Lourdement armé, capable de transporter un grand nombre de troupes, lent à la manœuvre en raison de sa longueur. Jamais utilisé sans être accompagné de vaisseaux de taille plus réduite en soutien.

CYCLE : année wranaui. À peu près d'un quart plus longue qu'une année terrienne standard.

D

DELTA-V : mesure de la poussée par unité de masse dans un vaisseau nécessaire pour effectuer certaines manœuvres. En d'autres termes, changement de vélocité pouvant être accompli en fonction de la quantité de carburant employée. Les manœuvres sont mesurées en quantité de Delta-v requise, et la masse de carburant nécessaire pour chaque manœuvre est déterminée grâce à l'équation de Tsiolkovski.

DÉPARTEMENT DE LA DÉFENSE : département civil de la Ligue chargé de contrôler le CMU.

DESSEIN : directives gravées décrivant et fixant les buts à long terme de la Graine.

DI : Diplôme Interplanétaire. Seul titre universitaire accepté dans l'intégralité de l'espace habité. Délivré par l'université de Bao, sur le Monde de Stewart, en coopération avec plusieurs écoles de Sol. Le DI concerne la plupart des matières fondamentales, y compris le droit, la médecine, et les principales disciplines scientifiques.

DIRECTEUR DE LA SÉCURITÉ INTERSTELLAIRE : agent le plus haut placé des services de renseignement civils de la Ligue. Chargé en premier lieu d'assurer la protection de l'humanité.

DISPARUS : *voir* « Anciens ».

DQAR : formation de combat wranaui, représentée par un delta inversé.

E

EIDOLON : planète en orbite autour d'Epsilon Eridani. Comparable à la Terre et fourmillant d'une vie dépourvue d'intelligence et en grande partie hostile ou toxique. La colonie qu'elle abrite détient le taux de mortalité le plus élevé de l'espace habité.

ENTROPIC PRINCIPIA : texte fondateur de l'Entropisme. Conçu au départ comme une déclaration d'intention, et par la suite développé en traité philosophique contenant un inventaire de toutes les découvertes scientifiques connues, avec un accent tout particulier porté sur l'astronomie, la physique et les mathématiques. (*Voir* « Entropisme ».)

ENTROPISME : pseudo-religion basée sur une croyance en la mort thermique de l'univers et une volonté de fuir ou de retarder cette dernière. Fondée par le mathématicien Jalal Sunyaev-Zel'dovich au milieu du xxe siècle. Les entropistes consacrent d'immenses ressources à la recherche scientifique et ont contribué – directement ou non – à nombre de découvertes majeures. Reconnaissables à leurs robes en dégradé. Difficiles à contrôler, les entropistes refusent de s'inféoder à un gouvernement pour se consacrer uniquement à la poursuite de leur but. Leur technologie a systématiquement plusieurs dizaines d'années d'avance sur le reste de l'humanité, si ce n'est davantage. « Par nos actes, nous faisons croître l'entropie de l'Univers. Par l'entropie, nous quêtons le salut. » (*Voir aussi* « Nova Energium ».)

ÉNUMÉRATION : suite de nombres croissants diffusée en continu, et que les numénistes doivent écouter dans le cadre de leur pratique religieuse. Certains nombres – les nombres premiers, par exemple – sont considérés comme de meilleur augure que les autres. (*Voir aussi* « Numénisme ».)

EXODERME : tenue protectrice multiusage ajustée qui – assortie d'un casque – peut faire office de combinaison spatiale ou de plongée comme de vêtement anti-froid. Équipement standard pour quiconque doit évoluer en milieu hostile.

EXOSQUELETTE : armure mécanisée (« méca » dans le langage courant). Ossature mécanisée employée pour le combat, le transport de marchandises, l'exploitation minière et le transport. Les mécas varient grandement en termes de conception et de fonction : certaines sont ouvertes, et d'autres spécialement renforcées pour supporter des séjours dans le vide cosmique ou les profondeurs marines. Les modèles blindés font partie de l'équipement standard des troupes du CMU.

EXPANSIONNISTE (PARTI) : l'un des principaux partis politiques de la Ligue. Fondé au départ pour aider au rayonnement humain au-delà de Sol, il s'emploie désormais principalement à protéger les intérêts des colonies extrasolaires, souvent au point de faire barrage à la fondation de nouvelles. (*Voir* « Conservatiste (parti) » *et* « Stellaristes ».)

EXPANSION HUTTÉRITE : campagne de colonisation intensive menée par les huttérites réformés, entamée dans le Système solaire avant de rayonner encore plus loin suite à la découverte du voyage supraluminique. Elle aurait débuté peu de temps après la construction du premier ascenseur spatial de la Terre pour s'achever avec l'implantation sur Eidolon.

F

FACTEUR SEPT : jeu de cartes très prisé des spatios. Pour gagner, il faut obtenir le plus grand multiple de sept en additionnant la valeur des cartes (pour les figures, c'est la valeur numérique de celles-ci qui compte).

FDA : Force de Défense Astrale. Détachement militaire – quoique souvent composé de civils – chargé de la protection d'une planète.

FERME À ANTIMATIÈRE : ensemble de satellites placés dans la proche orbite d'une étoile et sur lesquels sont installés des panneaux solaires qui transforment la lumière de l'astre en électricité employée pour produire de l'antimatière. Procédé terriblement inefficace mais hélas nécessaire, l'antimatière étant le carburant choisi pour les propulseurs Markov.

FLASH-TRAQUAGE : manœuvre consistant à voyager en PRL à distance suffisante pour, une fois arrêté, observer la lumière émise en temps réel d'un évènement. Supposons par exemple qu'un vaisseau A veuille voir où et quand un vaisseau B a quitté le système solaire au cours de la journée précédente. Le vaisseau A va parcourir le nombre requis d'heures-lumière (ici, vingt-quatre) à l'extérieur de Sol, puis l'équipage observera par son télescope jusqu'à ce qu'il voie B sortir à son tour du système.

FLÉAU : microbe qui causa la mort de quelques humains (entre vingt-sept et trente-quatre) lors d'une mission d'exploration sur le planétoïde rocheux Blackstone.

FOLIE DE CHIARA (LA) : chanson traditionnelle de Völund narrant les mésaventures d'un chat.

FOUGÈRE OROS : plante originaire d'Eidolon. Verte et noire, avec des frondes enroulées comme celles d'une fougère à l'état jeune, d'où son nom.

G

GAMBERGE (SYNDICAT) : organisation syndicale de l'arsenal de Cérès.

GARDIENS : créatures biomécaniques hautement intelligentes vivant sur Unité. Chargés de la maintenance générale et de petits travaux de construction. Probablement connectés via une forme de conscience collective intégrée.

GECKO (TAMPONS) : pastilles adhésives que l'on retrouve sous les semelles des exodermes et des bottes conçues pour se déplacer en apesanteur. Comme leur nom l'indique, ces tampons (recouverts de poils de 5 µm de diamètre) fonctionnent sur le principe de la force de Van der Waals. La force de cisaillement est un facteur limitant pour la charge maximale, mais offre aussi un mécanisme pour la libération.

GRAINE : potentiel génétique capable de s'auto-organiser. Une étincelle de vie dans le vide infini.

GRAND ARITHMÉTISTE : *voir* « Pontifex Digitalis ».

GRAND BAZAR PIEUX DE FINK-NOTTLE : célèbre magasin terrien spécialisé dans la vente d'amphibiens. Enseigne fondée par C. J. Weenus en 2104.

GRANDE RAZZIA : plus forte main possible au Facteur Sept : quatre sept, deux rois et un neuf, pour un total de quatre-vingt-onze et un score de treize points.

GRAND SÉMAPHORE : premier artéfact alien découvert par les humains, sur Talos VII, dans Theta Persei. Le Sémaphore est un trou de 50 kilomètres de diamètre et 30 de profondeur qui émet une impulsion électromagnétique à 304 mégahertz toutes les 5,2 secondes, ainsi qu'un signal sonore représentant l'ensemble de Mandelbrot en code ternaire. Il est entouré par un maillage de gallium entrecroisé de vanadium ayant peut-être autrefois servi de supraconducteur. De gigantesques créatures ressemblant à des tortues (quoique dépourvues de tête ou de pattes) parcourent la plaine où il est situé, sans que personne ne sache, à l'heure actuelle, ce qui les lie à l'artéfact. On sait qu'il existe au moins six autres Sémaphores, et, si on les suppose bâtis par les Anciens, rien à ce jour ne permet de le confirmer. De la même façon, leur fonction initiale demeure un mystère.

GRATTE-TERRE : terme péjoratif employé pour nommer un individu vivant ou étant né sur une planète.

GUIRLANDES : plantes assez proches de l'algue éclairant les profondeurs de la Berge plaintive.

H

HÂLE DE SPATIO : inévitable pour quiconque passe des mois sous les lampes à spectre intégral utilisées dans les vaisseaux spatiaux pour prévenir la dépression saisonnière, les carences en vitamine D et diverses affections. Particulièrement prononcé chez les individus nés sur une station ou passant leur vie à bord d'un vaisseau.

HANZO TENSÉGRITÉ : compagnie d'assurances basée à l'extérieur de Sol, pas particulièrement réputée pour la qualité de ses services.

HARICOT MAGIQUE : *voir* «Ascenseur spatial».

HAUTE LFARR : proéminence renommée sur Pelagius. Le climat tempéré qui y règne rendait ses mares couveuses particulièrement prisées. Prit par la suite une importance religieuse et sociopolitique considérable avec la découverte de plusieurs artéfacts bâtis à son sommet. Site originel du Conclave Wranaui (plus tard, du Conclave abyssal) avant l'union des Branches et l'ascendance de la forme régnante.

HDAWARI : créatures carnivores de grande taille vivant sur Pelagius. L'un des seuls prédateurs connus des Wranaui adultes – dont ils sont proches cousins, quoique moins intelligents.

HEPTARCHIE : conseil des Anciens. (*Voir* « Prééminent ».)

HÉRÉSIE DE LA CHAIR : *voir* « Tfeir ».

HIBERNACLE : terme employé par les entropistes pour nommer les cryotubes.

HSG : Heure Standard Galactique. Temps universel coordonné déterminé par les émissions de QET du centre galactique. La causalité peut sembler rompue, mais ce n'est qu'une apparence : *a* doit toujours causer *b*.

HUTTÉRITES RÉFORMÉS : branche dissidente de l'huttérisme ethnoreligieux traditionnel, et dont les membres surpassent aujourd'hui largement en nombre ceux du mouvement originel. Les huttérites réformés (HR) tolèrent l'usage de la technologie moderne quand elle leur permet d'œuvrer à l'expansion de l'humanité et de s'approprier la part de création divine qu'ils estiment leur être due, mais la réprouvent quand ils la jugent employée à des fins égoïstes ou individualistes – par exemple pour les injections JUVI. Les huttérites réformés préfèrent vivre en communauté, et se révèlent de formidables colons partout où ils s'installent. Contrairement aux huttérites traditionnels, les HR peuvent servir dans l'armée, même si c'est une pratique encore très mal vue par la majorité de leurs pairs.

HYDROTEK CORP : compagnie spécialisée dans l'extraction et le raffinage d'hydrogène autour des géantes gazeuses. Les stations d'Hydrotek sont, dans la majorité des systèmes, les principaux endroits où refaire le plein et procéder à une remasse.

I

IDÉALIS : la Graine étant capable de changer de forme à volonté, les Wranaui la considèrent comme un « idéal platonique d'incarnation ».

INARÉ : [[recherche invalide : aucune entrée trouvée]]

INFRASONS : émanations vocales employées par les Wranaui pour communiquer sur de longues distances en milieu océanique. Assez proches du chant des baleines.

INTELLIGENCES DE BORD : transcendance somatique de l'humanité. Cerveaux retirés de leurs corps, placés dans une matrice de croissance et immergés dans une substance nutritive destinée à favoriser la croissance des tissus et la formation synaptique. Les intelligences de bord sont le résultat d'une convergence de facteurs divers : la volonté humaine de dépasser les limites de l'intellect, l'impossibilité de développer de véritables IA, la taille de plus en plus massive des vaisseaux spatiaux, et le potentiel destructeur des appareils destinés au voyage interstellaire. L'idée d'avoir alors une personne, une intelligence, entièrement consacrée à la supervision des nombreuses opérations que nécessite le fonctionnement d'un navire était des plus tentantes. Cependant, aucun cerveau dépourvu d'augmentations ne pouvait supporter la quantité d'informations sensorielles traitées. La taille du vaisseau influe directement sur celle du cerveau requis. Les intelligences de bord comptent parmi les esprits les plus brillants que l'humanité ait produits – et dans certains cas, les plus dérangés. Le processus de croissance est difficile, et de sérieux effets secondaires psychiatriques ont été constatés à plusieurs reprises. Les intelligences de bord – qu'elles soient embarquées sur un vaisseau ou non – dirigeraient une part bien plus vaste des affaires courantes de l'humanité qu'on l'imagine. Pourtant, même si leurs actes et leurs méthodes peuvent se révéler opaques, elles n'aspirent, comme le commun des mortels, qu'à mener une vie longue et prospère.

J

JUVI (INJECTIONS) : série d'injections antisénescence conçues pour revitaliser les processus cellulaires, éliminer les facteurs mutagènes, rétablir la longueur des télomères, et plus généralement ramener un corps à un état proche d'un âge biologique équivalant au milieu de la vingtaine. En règle générale, opération à renouveler tous les vingt ans. N'évite pas la croissance due à l'âge des cartilages du nez, des oreilles, etc.

L

LAPSANG TRADING : conglomérat interstellaire ayant débuté comme une simple société commerciale avant de se tourner vers la fondation, le financement et l'administration de colonies telles que Highstone, sur Völund. Son siège se trouve sur le Monde de Stewart. Slogan : « Forgeons l'avenir ensemble. »

LIGUE DES MONDES ALLIÉS (LMA) : gouvernement interstellaire fondé suite à la découverte du Grand Sémaphore de Talos VII. Englobe les colonies au sein et autour de Sol, Alpha du Centaure, Epsilon Indi, Epsilon Eridani et 61 Cygni.

LIMITE DE MARKOV : éloignement d'une masse gravitationnelle à partir de laquelle il devient possible de maintenir une bulle de Markov et de passer en voyage PRL.

LOI POUR LA SÉCURITÉ STELLAIRE : loi promulguée lors de la fondation de la Ligue des Mondes Alliés, à l'origine de la création du CMU et offrant des pouvoirs considérables à l'armée, aux renseignements et au commandement civil en cas d'évènement exogène (comme la découverte de la Lame souple).

« LOINTAINE RIVE (la) » : poème de spatio écrit par l'Huttérite Harrow Glantzer.

LUTSENKO DEFENSE INDUSTRIES : fabricant de munitions basé sur Ruslan.

M

MALTIGRE : grand prédateur proche du tigre terrestre, vivant sur Eidolon. Remarquable pour les pointes qui lui hérissent le dos, ses yeux jaunes et son intelligence redoutable.

MARES COUVEUSES : bassins peu profonds dans lesquels les Wranaui déposent leurs œufs et les laissent éclore, pratique ayant lieu de nos jours dans des bains artificiels, pour permettre aux œufs de voyager et par souci de commodité. Les jeunes Wranaui se montrent dès leur naissance belliqueux et cannibales, et seuls les plus forts d'entre eux survivent aux mares.

MARKOV, ILYA : ingénieur et physicien ayant défini les grandes lignes de la théorie du champ unifié en 2107, premier pas vers la concrétisation du voyage supraluminique moderne.

MÉDIBOT : assistant robotisé capable d'émettre des diagnostics et de traiter la majorité des cas (à l'exception des plus complexes.) Les médecins s'en remettent à eux pour la plupart des opérations de chirurgie. Beaucoup de capitaines vont jusqu'à se passer purement et simplement d'un médecin de bord, choisissant par souci d'économie de s'exposer au risque – relativement minime – de se retrouver sans praticien humain en cas de véritable besoin.

MEDZ : *voir* « Wranaui ».

MÈNE-BANC : tout officier supérieur Wranaui dirigeant plus de trois unités.

MOINE ESCLAVAGISTE : *voir* «Traqueur».

MONDE DE STEWART : planète rocheuse en orbite autour d'une étoile d'Alpha du Centaure. Premier monde colonisé à l'extérieur de Sol. Découvert et ainsi nommé par Ort Stewart. Endroit très inhospitalier, qui a par conséquent produit une proportion de scientifiques bien plus élevée que la normale, leurs compétences étant requises pour permettre à leurs compatriotes de survivre dans ces conditions extrêmes. Cela explique aussi pourquoi tant de spatios sont originaires du Monde de Stewart : ils aspirent dès leur plus jeune âge à partir pour un endroit plus tempéré.

MOTEUR À TORSION : générateur et engin de propulsion conçu par les Anciens. Employé pour assurer le fonctionnement d'Unité, de même que les vaisseaux des Anciens. Fonctionne en « tordant » la membrane de l'espace-temps afin de permettre l'extraction de l'énergie de l'espace supraluminique, et ce malgré la densité énergétique moindre de celui-ci. Cette distorsion peut également être employée pour propulser un appareil dans l'espace subluminique ou former une bulle de Markov pour le voyage en PRL.

MOUSSE MÉDICALE : mousse stérile contenant des antibiotiques qui durcit pour former un plâtre semi-rigide. Employée pour stopper les hémorragies, immobiliser les membres fracturés et prévenir l'infection d'une plaie.

N

NANO-ASSEMBLEUR : imprimante 3D recourant à des nanobots pour produire des formes complexes, des machines, voire

– si les stocks de matière première disponibles le permettent – des structures biologiques telles que muscles, organes ou semences.

NARU : classe de vaisseaux wranaui de masse moyenne, conçus pour transporter un nombre limité de troupes – généralement pas plus de trois calmars, deux ou trois rampants, et le même nombre de carpes.

NID DE TRANSFERT : dispositif wranaui permettant de copier les souvenirs et la structure cérébrale de base d'un corps à l'autre. Également employé pour transférer des personnalités et souvenirs stockés dans un nouveau corps suite au décès de l'individu original. (*Voir aussi* «Tfeir».)

NNAR : organisme proche du corail vivant sur Pelagius, souvent utilisé à des fins décoratives par les Wranaui. Certaines espèces sécrètent une pellicule transparente ayant des effets légèrement psychotropes sur les formes immatures des Wranaui.

NŒUD D'ESPRITS : globalement n'importe quel groupe de Wranaui rassemblés dans un but commun. Union solennelle et sacrée, que ses membres scellent traditionnellement en entremêlant leurs tentacules à ceux des autres. Ainsi, un Nœud se compose le plus souvent de sept individus (le nombre de tentacules le plus courant chez les Wranaui), mais peut en accueillir davantage. Les Nœuds modernes peuvent être formés grâce à des télomones infrasoniques, bien qu'une telle pratique soit considérée par beaucoup comme moins puissante que celle d'un véritable nœud physique. Ici, en particulier : le Nœud fondé par le mène-banc Nmarhl et ses compatriotes afin de s'opposer à Ctein et protéger l'Idéalis qui se liera plus tard à Kira Navárez.

NOIX DE BÉRYL : noix comestibles dotées de coquilles leur donnant l'aspect de gemmes, et que l'on trouve dans certaines marques de rations. Variété génomodifiée originaire d'Eidolon.

NOMATI : animaux proches du polype, indigènes des régions arctiques d'Eidolon. À chaque éclipse solaire, ils se détachent de leur point d'ancrage (généralement un rocher) et sautent à quatorze reprises, et ce pour des raisons encore inconnues.

NOMBRE SUPRÊME : plus grand nombre imaginable. Selon les numénistes, la somme de toute connaissance, contenant le connu et l'inconnu. La plus grande part de deux moitiés égales. Dieu.

NORODON : analgésique liquide, à action rapide, préconisé pour les douleurs d'intensité moyenne à élevée.

NOVA ENERGIUM : maison-mère et principal laboratoire de recherche des entropistes. Situé près de Shin-Zar.

NOVA NOIRE : cultivar de Capsicum chinense, génomodifié pour qu'il forme une couche de pure capsaïcine sur sa peau. Conçu par Inès Tolentira, du Monde de Stewart, grâce auquel celle-ci a remporté le prix de la Grande fête du piment des Trois soleils.

NSARRO : unité de longueur Wranaui. Correspond à la distance qu'un individu peut parcourir à la nage en sept battements. (*Voir* « Cycle » *et* « Battement ».)

NUMÉNISME : religion axée sur la nature supposée sacrée des nombres. Fondée sur Mars par Sal Horker II entre 2165 et 2179. Le numénisme a rapidement gagné en popularité auprès des colons et travailleurs obligés pour survivre de s'en remettre à la technologie de leur nouveau monde. L'Énumération – une suite croissante de nombres réels diffusée en continu depuis la maison-mère du numénisme, sur Mars – est sans doute sa caractéristique la plus marquante.

NWOR : créature d'eau salée aux nombreuses pattes, vivant sur Pelagius. Possède une carapace semblable à celle d'un crustacé. Omnivore. Notable pour son comportement solitaire.

O

ONDULATION : [[recherche invalide : aucune entrée trouvée]]

ORBE DE TRANSITION : propulseur PRL wrananui. Il fait « transiter » un vaisseau de l'espace subluminique vers le supraluminique.

P

PALOURDE-LION : animal vivant sur Eidolon. Reconnaissable à sa coquille ambrée. Utilisé pour la fabrication d'un type bien particulier d'encre sépia.

PELAGIUS : nom donné par les humains à la planète natale des Wranaui. En orbite autour d'une étoile de type F. Située à 340 années-lumière de Sol.

PFENNIC : animal proche du poisson, vivant sur Pelagius. Sa chair a un goût de cuivre caractéristique. Mets très prisé par les Wranaui.

PIEUX DES DIEUX : *voir* « SJAM ».

POLYFORME : *voir* « Graine ».

PONTIFEX DIGITALIS : chef des numénistes. Dirige le Collège des Énumérateurs, à qui il doit aussi rendre des comptes. Chargé de superviser l'Énumération.

PORTAIL TORQUE : trou de ver artificiel généré et maintenu par un moteur à torsion situé à une extrémité ou l'autre de celui-ci. Employé par les Anciens pour se déplacer quasi instantanément sur de grandes distances.

POSSESSIONS FRANCHES : colonies, assemblées, stations et territoires extérieurs n'ayant aucune affiliation avec l'un ou l'autre des gouvernements principaux.

POSTE (VAISSEAU DE) : drone messager de petite taille et dépourvu d'équipage, capable d'effectuer des bonds en hyperespace.

POURAF : misérable, nul. Dérivé de « pourrave ». Péjoratif.

PRÉÉMINENT : chef de l'heptarchie. Porteur du Bâton bleu.

PRIME CONSUL : dirigeant de la Ligue des Mondes Alliés. Élu par les gouvernements qui composent cette dernière.

PRISONNIER : Pour les entropistes, quiconque n'est pas un des leurs. Un être emprisonné par son ignorance dans un univers à l'agonie.

PRL : plus rapide que la lumière. Principal mode de déplacement interstellaire. (*Voir* « Propulseur Markov ».)

PROPULSEUR MARKOV : machine fonctionnant à l'antimatière et permettant le voyage supraluminique. (*Voir* « Théorie du champ unifié ».)

PROXOMONES : substances chimiques émises par les Wranaui pour communiquer. Leur principale méthode pour échanger des informations, linguistiques ou non.

PSEUDO-INTELLIGENCE : simulacre convaincant de raison, les véritables intelligences artificielles s'étant révélées jusqu'à présent plus difficiles (et dangereuses) à créer que prévu. Les pseudo-intelligences sont des programmes capables de fonctions exécutives limitées, mais dépourvus de conscience de soi, de créativité et de capacité d'introspection. En dépit de ces limites, elles se sont révélées d'une grande utilité dans presque toutes les disciplines humaines, qu'il s'agisse du pilotage des vaisseaux ou de l'administration des villes. (*Voir aussi* « Intelligence de bord ».)

PUTRIDES : *voir* « Cauchemars ».

Q

QUANTUM D'ÉNERGIE TRANSLUMINUQUE (QET) : la brique de réalité la plus fondamentale. Une entité quantifiée de longueur 1 ℓp (longueur de Planck), d'énergie 1 Ep (énergie de Planck) et de masse nulle. Occupe tous les points de l'espace, à la fois sub- et supraluminiques, aussi bien que de la membrane luminique qui sépare les deux.

QUÊTEUR : Entropiste. Personne en quête d'un moyen de sauver l'humanité de la mort thermique de l'univers.

R

RAZZIA NETTE : plus forte main naturelle possible au Facteur Sept, composée de quatre rois, deux reines et un as, pour un total de soixante-dix-sept et un score de onze points.

RCMU : Renseignement du Commandement Militaire Uni.

RD 52 : Casaba-Howitzer refroidies à l'hydrogène pour se rapprocher à une fraction de degré du zéro absolu. Utilisées comme des mines. L'une des premières tentatives d'armes furtives dans l'espace.

REGINALD LE DIEU À TÊTE DE COCHON : gourou local de la ville de Khoiso. Humain génomodifié pour avoir une tête ressemblant à celle d'un cochon. Ses disciples sont convaincus qu'il s'agit d'un dieu doté de pouvoirs extraordinaires.

REMASSE : combustible rejeté à l'arrière d'un vaisseau spatial. De l'hydrogène, le plus souvent. À ne pas confondre avec le carburant, qui, dans le cas de fusées nucléaires, est la substance mise en fusion ou fissionnée pour chauffer la remasse/le combustible.

RENSEIGNEMENT DE LA FLOTTE : branche de la FCMU dédiée à collecte d'informations.

RÉTICULE : réseau interne dans un vaisseau Wranaui.

ROBE D'ENTROPISTE : habit traditionnel des entropistes pratiquants ; orné d'un phénix prenant son envol, symbole de leur secte. Le métamatériau dont sont faites ces robes, truffé d'une technologie de pointe, leur permet de faire office d'exoderme, d'armure, voire, si nécessaire, d'arme.

RSW7-MOLOTÓK : Casaba-Howitzer fabriquées par la firme Lutsenko Defense Industries.

RTC NEWS : Ruslan Transmission Company. Nouvelles en continu émises depuis 61 Cygni.

RUSLAN : planète rocheuse en orbite autour de 61 Cygni. Deuxième colonie la plus récente de la Ligue, juste avant Völund. Principalement investie par des entreprises russes. De nombreuses exploitations minières ont été installées sur les ceintures d'astéroïdes entourant Cygni B, le système jumeau de A.

S

« SAMAN-SAHARI » : chanson lente et douce originaire de l'Association de Combine (une colonie indépendante et collectiviste établie sur un planétoïde d'Alpha du Centaure au cours des premières années de la colonisation du système).

SAN AMARO : petit pays d'Amérique latine. Lieu de construction du premier ascenseur spatial de la Terre.

SAYA : « pour sûr ». On pourrait traduire plus littéralement par « ma sûreté ». Expression très populaire sur Ruslan. Dérivé du malais.

SCARABÉE PAILLETÉ : petit animal, proche de l'insecte terrestre du même nom, vivant sur Eidolon. Reconnaissable à son exosquelette étincelant et métallique.

SCHISME : guerre civile entre Wranaui aux conséquences cataclysmiques, provoquée par la découverte de nombreux artéfacts technologiques laissés par les Anciens, parmi lesquels la Graine et d'autres formes similaires. Mena à l'Hérésie de la Chair de Tfeir. Alors que les Branches se déchiraient pour obtenir le pouvoir, les Wranaui se lancèrent également dans une ambitieuse campagne expansionniste, colonisant de nombreux systèmes. Ces conflits fratricides faillirent causer la fin de leur espèce, en raison de la violence des affrontements tout d'abord, mais aussi parce qu'ils tirèrent au passage un Traqueur de son sommeil, et créèrent les putrides par inadvertance. La civilisation wranaui se retrouva en lambeaux, et il lui fallut près de trois siècles pour se remettre. (*Voir* « Ondulation » *et* « Tfeir ».)

SCMU : Station du Commandement Militaire Uni.

SCOTCH PRL : terme familier qui désigne un adhésif de scellement incroyablement résistant et autocollant. Assez solide pour colmater une brèche sur la coque d'un vaisseau, mais, contrairement à une croyance répandue, inapproprié pour des réparations censées durer l'intégralité d'un voyage en hyperespace.

SCRAMROCK : hypervibe post-fusion, caractérisée par des samples d'ondes radio et plasma captées sur les anneaux de diverses géantes gazeuses. Genre musical popularisé par le groupe Lonicera Mass en 2232.

SECRÉTAIRE DE LA DÉFENSE : fonctionnaire chargé de la branche militaire de la Ligue.

SEPTIÈME FLOTTE : l'une des flottes de la Ligue des Mondes Alliés. Son quartier général se trouve sur la station Deimos, près de Mars. Appartient à la flotte solaire du CMU. La plus grande des flottes déployées.

SEPT MINUTES POUR SATURNE : film de guerre tourné dans Alpha du Centaure en 2242 et retraçant la tentative ratée de Vénus d'obtenir son indépendance lors de l'offensive de Zahn.

SFAR : niveau d'accréditation wranaui. Plus élevé que *sfenn*, moins que *sfeir*.

SHI-BAL : juron coréen, équivalant plus ou moins à « putain ». Employé pour exprimer la colère, ou avec des connotations négatives.

SHIN-ZAR : planète à forte gravité en orbite autour de Tau Ceti. Seule grande colonie ayant refusé d'appartenir à la Ligue, ce qui donna lieu à des conflits armés entre les forces zariliennes et celles de la Ligue entraînant des milliers de morts dans les deux camps. Remarquable pour sa grande proportion de colons d'origine coréenne, ainsi que sa pratique de la génomodification à grande échelle afin d'aider ses habitants à s'adapter à la gravité bien plus importante que sur Terre. On retrouve parmi ces améliorations un squelette plus épais, une capacité pulmonaire augmentée (pour compenser un taux d'oxygène dans l'air plus faible), un taux d'hémoglobine accru, une masse musculaire augmentée via une inhibition de la myostatine, des tendons doublés, et en règle générale des organes plus gros. Population génétiquement divergente. (*Voir aussi* « Entropisme ».)

SIMILI : enveloppe artificielle (mais biologique) conçue pour héberger le cerveau d'un individu ayant perdu l'usage de son corps. Dans bien des cas, étape intermédiaire avant une conversion complète en intelligence de bord.

SJAM : ou « les pieux des dieux. » Projectiles inertes composés de tiges de tungstène et largués depuis une orbite. Concept inventé par le Dr Pournelle au cours du XXe siècle. Arme cinétique employée par l'armée quand l'usage de bombes traditionnelles n'est pas souhaitable (pour éviter, par exemple, d'irradier une zone) ou quand la présence de dispositifs d'interception pose problème.

S-PAC : bras robotiques employés pour manipuler des objets placés en quarantaine.

STELLARISTES : l'un des principaux partis politiques de la Ligue. Actuellement au pouvoir. Mouvement isolationniste composé des principaux pouvoirs gouvernementaux sur Mars, Vénus et la Terre. A pris de l'ampleur suite aux troubles sur Shin-Zar et à la découverte du Grand Sémaphore. (*Voir aussi* « Parti conservatiste » *et* « Parti expansionniste ».)

STIMVIGIL : l'une des marques les plus populaires d'anti-sommeil. Contient deux composés distincts : un premier pour remettre à zéro le cycle circadien du corps, et un autre pour débarrasser le cerveau des métabolites telles que le β-amyloïde. Évite chez l'individu en manque de sommeil toute neurodégénérescence et lui permet de conserver ses aptitudes mentales et physiques. L'état anabolique du sommeil n'est cependant pas reproduit, aussi une phase de repos normale est-elle toujours requise pour permettre la sécrétion d'hormones de croissance et apaiser efficacement le stress de la journée.

STRATOCITÉS : résidômes légers, de densité neutre, flottant dans les nuages de Vénus. Comptent parmi les installations humaines les plus vastes et prospères en dehors de la Terre. Leurs ossatures sont en grande partie construites avec le bois des arbres et les plantes qui poussent dans les dômes.

T

« TANGAGRIA » : chanson traditionnelle de Bologne, Italie. Compositeur inconnu.

TCHELL : infusion obtenue avec les palmes du sheva d'Eidolon. Stimulant léger, et boisson chaude la plus répandue au sein de la Ligue après le café. Davantage consommée par les colons que les Terriens.

TÉLOMONE : substance chimique persistante sécrétée par les Wranaui pour les communications longue distance en milieu liquide. Sa bande passante métaphorique étroite et la qualité relativement basse de son signal la rendent d'une efficacité limitée pour les gros envois de données. (*Voir* « Proxomone » *et* « Infrasons ».)

TÉLOMONES INFRASONIQUES : traditionnellement, combinaison des deux méthodes employées par les Wranaui pour communiquer sur de longues distances en milieu liquide. Par la suite, ce terme est utilisé plus généralement pour décrire les transmissions supra- ou subluminiques, la radio par exemple.

TESSÉRITE : minéral endémique d'Adrastée. Proche de la bénitoïte, mais virant davantage au violet.

TEXTILE INTELLIGENT : métamatériau auquel sont intégrés composants électroniques, nanomachines et autres augmentations. Capable de changer de forme avec le stimulus adapté.

TFEIR : l'une des six Branches des Wranaui. Connue pour l'hérésie de la chair : une autoreproduction effectuée grâce au Nid de Transfert *sans* que la forme originale de l'être copié soit morte, ce que le reste des Wranaui considéra comme un terrible péché d'orgueil, et qui devint l'une des causes principales du Schisme.

THÉORIE DU CHAMP UNIFIÉ : théorie définie dans ses grandes lignes par Ilya Markov en 2107, posant les bases du voyage supraluminique (de même que nombre d'autres avancées technologiques).

THRESH : type de smasher metal hardcore ayant vu le jour dans les communautés rurales d'Eidolon. L'une des caractéristiques principales de ce genre musical est l'utilisation d'outils agricoles en guise d'instruments.

THULÉ : le Seigneur des Espaces Vides. Le dieu des spatios. Dérivé de l'expression latine *Ultima Thule* signifiant « un lieu au-delà des frontières du monde connu ». Nom donné à l'origine à un planétésimal transneptunien de Sol, le terme en est venu par la suite à exprimer l'inconnu en général, pour finalement le personnifier. Source de nombreuses superstitions chez les mineurs d'astéroïdes de Sol et d'ailleurs.

TOURBILLON : *voir* « Grand Sémaphore ».

TOXOPAXIA : gigue célèbre originaire de l'un des circohabitats de Sol.

TRANSCENDANCE : jeu vidéo dans lequel le joueur doit mener une espèce des tout débuts de la conscience jusqu'à la colonisation des étoiles voisines, et ce en un minimum de temps.

TRAQUEUR : forme de vie servile créée par les Anciens pour contenir et faire respecter leur autorité. Capable de prendre le contrôle d'un autre être vivant suite à un contact physique et des immixtions dans son cerveau. Hautement intelligent, extrêmement dangereux, capable de rassembler de grandes armées d'esclaves.

TSURO : Balise employé par les Anciens pour appeler et contrôler la Graine, au moyen d'un front d'onde QET modulé.

V

VÖLUND : planète-colonie en orbite autour d'Epsilon Indi. Tient son nom du dieu-forgeron des mythologies nordiques et germaniques. Aucune forme de vie indigène enregistrée à sa surface à ce jour.

VSL : véhicule supraluminique. Appellation donnée par la Ligue aux engins civils capables de passer en PRL.

W

WRANAUI : espèce intelligente et engagée dans l'exploration spatiale, originaire de la planète Pelagius. Possède un cycle de vie extrêmement complexe, et une organisation hiérarchique et sociale qui ne l'est pas moins, dominée par des Branches et une forme dirigeante. Les Wranaui sont une race d'origine aquatique et basée dans les océans, mais ils ont réussi, grâce à un usage intensif de corps artificiels, à s'adapter à pratiquement tous les milieux. Êtres agressifs et expansionnistes, ils n'accordent que peu d'importance aux libertés individuelles ou à la sécurité d'autrui, préférant recourir à des corps de remplacement. Leur langage, basé sur les odeurs, est particulièrement difficile à traduire pour les humains. Même sans augmentations technologiques, les Wranaui sont biologiquement immortels : leur corps de base peut à tout moment revenir à l'état larvaire afin de renouveler ses tissus organiques. Certains éléments portent à croire qu'ils ont été génétiquement modifiés par les Anciens à un moment ou un autre de leur longue histoire.

Y

YANNI LE TRITON : émission pour enfants très populaire sur Ruslan ayant lancé la mode – passagère – des tritons domestiques.

APPENDICE IV

★ ★ ★ ★ ★ ★ ★

CHRONOLOGIE

Vers 1700-1800

• Le Schisme

2025-2054

• Conception du premier ascenseur spatial sur Terre. S'ensuit rapidement une accélération des explorations et des activités économiques dans le système solaire (Sol). Premiers humains sur Mars. Installation d'une base lunaire et de plusieurs stations spatiales dans Sol. Début de l'exploitation minière d'astéroïdes.

2054-2104

• Grâce à l'ascenseur spatial, la colonisation du système solaire s'accélère. Début de l'Expansion huttérite. Premières villes flottantes sur Vénus. Avant-postes permanents (mais pas autosuffisants) sur Mars. Nombreux habitats et stations supplémentaires dans tout le système. Début de la construction d'un anneau orbital autour de la Terre.

• Les fusées thermonucléaires propulsées par fission sont les principaux moyens de transport dans le système solaire.

• Le mathématicien Jalal Sunyaev-Zel'dovich publie les principes fondateurs de l'entropisme.

• Le maintien de l'ordre devient de plus en plus difficile dans le système solaire. Des tensions éclatent entre les colonies du Système solaire externe et les planètes du système interne. Les Nations Unies et les gouvernements individuels durcissent et complètent le droit international spatial. Des milices se forment sur Mars et parmi les mineurs d'astéroïdes. Des corporations recourent à des prestataires de sécurité privés pour protéger leurs investissements. L'espace est désormais totalement militarisé.

• Vénus et Mars conservent des liens étroits avec la Terre, tant au niveau des ressources que de la politique, mais des mouvements indépendantistes apparaissent.

• De gigantesques panneaux solaires assemblés dans l'espace fournissent Sol en énergie abondante peu coûteuse. Visioprojections, implants et modifications génétiques sont courants chez les citoyens qui ont les moyens de se les offrir.

• De puissants réacteurs à fusion remplacent les anciennes fusées à fission, réduisant considérablement les temps de voyage au sein du système solaire.

2104-2154

• Création du Grand Bazar pieux de Fink-Nottle.

• Invention des injections JUVI, grâce auxquelles les humains accèdent *de facto* à l'immortalité biologique. Cette avancée conduit au lancement de plusieurs vaisseaux coloniaux subluminiques et autosuffisants vers Alpha du Centaure.

• Peu après, Ilya Markov codifie la théorie du champ unifié. Un prototype opérationnel de propulseur PRL est construit en 2114. L'appareil expérimental *Dédale* accomplit le premier vol supraluminique.

• Départ pour Alpha du Centaure de vaisseaux PRL, qui dépassent les bâtiments coloniaux subluminiques. Fondation de la première colonie extrasolaire sur le Monde de Stewart dans Alpha du Centaure.

• Oelert (2122) confirme que la majorité de la matière supraluminique locale est contenue dans un vaste nimbe entourant la Voie lactée.

• Création de plusieurs autres colonies extrasolaires, d'abord sur Shin-Zar, puis sur Eidolon. Certaines villes et certains avant-postes sont fondés par des consortiums, d'autres par des nations terrestres. Tous restent cependant très dépendants des ravitaillements expédiés depuis la Terre, et la quasi-totalité des colons se retrouvent criblés de dettes après avoir acheté le matériel nécessaire à leur activité.

2154-2230

• Colonisation de Weyland.

• Sal Horker II fonde le numénisme sur Mars vers 2165-2179.

• À mesure qu'elles se développent, les colonies aspirent à leur indépendance vis-à-vis de la Terre et de Sol. Affrontements entre factions locales (par exemple, les Troubles sur Shin-Zar.) Les relations se tendent avec la Terre. Vénus échoue à obtenir son indépendance lors de l'offensive de Zahn.

• Colonisation de Ruslan.

2230

• Naissance de Kira Navárez.

2234-2237

• Découverte du Grand Sémaphore sur Talos VII par le capitaine Idris et l'équipage du VSL *Adamura*.

• Formation de la Ligue des Mondes Alliés, qui suscite méfiance et résistance. Certaines colonies/possessions franches s'abstiennent. Vote de la loi pour la Sécurité stellaire, qui mène à la création du CMU et au regroupement de la majorité des forces de l'Humanité. Des groupes indépendantistes livrent bataille pour conserver leur souveraineté, notamment le gouvernement planétaire de Shin-Zar.

• De violentes tempêtes hivernales sur Völund détruisent en grande partie les serres de la famille Navárez.

2237-2257

• Une affaire de corruption impliquant Sasha Petrovich à la fin de 2249 débouche sur la démission du gouverneur de Ruslan, Maxim Novikov.

2257-2258

• Prospection de la lune Adrastée et évènements subséquents.

⋆ ⋆ ⋆ ⋆

POSTFACE & REMERCIEMENTS

1.

Salutations, mes chers amis.

Quel long voyage ! Entrez, asseyez-vous près de l'hologramme, mettez-vous à l'aise. Vous devez être fatigués. Il y a du whisky vénusien sur l'étagère à côté de vous… Là, voilà. Servez-vous, si vous voulez.

Pendant que vous vous remettez de vos émotions, je vais vous raconter une histoire. Non, pas celle-là, une autre. Celle-ci remonte à 2006-2007 (les dates deviennent floues avec le temps). J'avais fini d'écrire mon deuxième roman, *L'Aîné*, presque terminé le troisième, *Brisingr*, et je rongeais mon frein, agacé que ce qui aurait dû être une trilogie soit devenu une tétralogie, et qu'il me faille encore travailler plusieurs années sur le cycle de *L'Héritage*. Ne vous méprenez pas : j'adorais la série et je me réjouissais de l'achever, mais dans le même temps j'avais envie – ou plutôt *besoin* – de m'essayer à autre chose. La discipline est une condition *sine qua non* de la réussite artistique, pour autant il ne faut pas négliger la variété. En se plongeant dans de nouvelles expériences, on apprend, on s'enrichit, on entretient la flamme.

Tandis que je passais mes journées en Alagaësia, dans un univers peuplé d'elfes, de nains et de dragons, je passais mes nuits à rêver d'aventures en d'autres lieux. Et dans un de ces rêves une femme trouvait une biocombinaison extraterrestre sur la lune d'une géante gazeuse…

Ce n'était qu'une idée embryonnaire, mais j'ai tout de suite su comment l'histoire allait commencer et finir. Restait le plus difficile : tout agencer entre les deux.

Après avoir terminé *Brisingr*, je me suis attelé à une première ébauche d'*Idéalis*. Si vous aviez ce texte entre les mains, vous vous moqueriez. C'était boiteux, sans queue ni tête, mais l'ossature de ce qui donnerait ce récit était déjà là et n'attendait que d'être mise au jour.

J'ai dû le laisser de côté pour écrire et assurer la promotion de *L'Héritage*. Cela m'a mené à la mi-2012 (la tournée de promo pour un livre ou une saga populaire n'est pas une mince affaire). Par la suite, après avoir terminé à vingt-huit ans une série sur laquelle je travaillais depuis mes quinze ans, j'avais besoin de m'accorder une pause.

Pendant six mois, je n'ai pas écrit une ligne. Puis l'envie de créer m'a de nouveau démangé. J'ai pondu un scénario (qui n'a rien donné). J'ai écrit quelques nouvelles (dont l'une serait publiée dans *La Fourchette, la Sorcière et le Dragon*, une suite du cycle de *L'Héritage*.) Et je me suis documenté sur les principes scientifiques sur lesquels allait reposer ma prochaine histoire.

J'ai consacré presque toute l'année 2013 à ces recherches. N'étant ni physicien ni mathématicien (je ne suis même pas allé à la fac), j'ai dû travailler d'arrache-pied pour parvenir au degré de compréhension que je visais. Pourquoi me donner tant de mal ? Parce que ce que la magie est à la fantasy, la science l'est à… la *science*-fiction. Elle établit les règles à respecter, définit les champs des possibles. Et, même si j'envisageais *Idéalis* comme une déclaration d'amour au genre, je voulais éviter certaines conventions techniques qui auraient sapé le cadre du récit. Je cherchais essentiellement une astuce qui rendait possibles les voyages supraluminiques mais *pas* ceux dans le temps, et surtout qui ne contredisait pas éhontément les lois de la physique telle que nous la connaissons. (D'accord pour tordre quelques règles çà et là, mais je me refusais à les enfreindre complètement.)

Évidemment, la construction d'un univers n'est rien si l'histoire ne tient pas debout. Et c'est là, malheureusement, que j'ai rencontré le plus de difficultés.

Pour diverses raisons, l'écriture du premier jet d'*Idéalis* m'a occupé jusqu'à janvier 2016. Trois ans (*grosso modo*) de travail acharné. À la fin, ma première lectrice, ma sœur, la seule et unique Angela, m'a fait savoir que le livre ne fonctionnait pas. Mais alors pas du tout. En relisant mon manuscrit, j'ai dû me rendre à l'évidence : elle avait raison, hélas.

L'année 2017 s'est écoulée dans une succession effrénée de révisions, dont aucune n'a réglé les problèmes de fond. Ces réécritures, pour employer une métaphore, revenaient à réorganiser les transats sur le pont du *Titanic*, ce qui ne changeait rien au fait que le paquebot prenait l'eau.

Le problème était celui-ci : après que j'avais consacré tant de temps au cycle de *L'Héritage*, mes capacités à ficeler une intrigue étaient rouillées. Au bout de dix ans, les muscles créatifs que j'avais développés en travaillant à l'histoire d'Eragon avaient fini par s'atrophier. Et pour être tout à fait honnête, après le succès du cycle, j'ai sans doute péché par vanité en me lançant dans *Idéalis*. « J'ai du métier, ça va s'écrire tout seul. »

Ha ! La vie, le destin, les dieux – appelez ça comme vous voudrez, mais il n'y a rien de tel que la réalité pour nous apprendre la modestie.

La situation a atteint un point charnière à la fin 2017 quand mon agent, Simon, et mon éditrice de l'époque, Michelle, m'ont poliment fait savoir que la nouvelle version n'était pas à la hauteur.

À ce moment-là, j'ai failli renoncer. Alors que j'avais consacré tant de temps et de travail à ce texte, ce retour à la case départ m'a franchement… démoralisé. Mais s'il y a bien un trait de caractère qui me définit, c'est la détermination. J'ai horreur d'abandonner un projet, même quand le bon sens m'y incite.

En novembre 2017, j'ai donc cessé de réorganiser les transats et je me suis attelé à revoir les fondations de l'histoire. J'ai tout repris de fond en comble. En dix jours, j'ai noirci (à la main) plus de deux cents pages de notes dans lesquelles je disséquais les personnages, leurs motivations, le sens de leurs actions, la symbolique, la technologie… Je n'ai rien laissé au hasard.

C'est seulement après cet examen méticuleux, estimant que j'avais une trame plus solide pour mon histoire, que je me suis remis à écrire. L'essentiel de la première partie, « Exogenesis », est resté identique. Et une partie de la deuxième. Mais pour toute la suite je suis reparti de zéro. Il n'y avait pas de Bughunt dans la version d'origine d'*Idéalis*. Pas de séjour dans Sol. Pas de voyage vers Cordova. Pas de cauchemars, pas de Dévoreuse, pas d'Unité, pas de grande aventure au-delà de 61 Cygni.

Pour résumer, j'ai écrit un livre complètement nouveau – et pas franchement petit – au cours de 2018 et du premier semestre 2019. Dans le même temps, j'ai aussi écrit et revu *La Fourchette, la Sorcière et le Dragon*, assuré sa promo aux États-Unis et en Europe, avant de poursuivre une tournée aux États-Unis pour le reste de l'année 2019 dans le cadre d'une résidence d'auteur pour Barnes & Noble. Je n'ai pas chômé !

L'écriture et la révision d'*Idéalis* ont constitué de loin le plus grand challenge créatif de ma vie. J'ai dû réapprendre à raconter une histoire, réécrire un livre sur lequel je transpirais depuis des années, et surmonter un certain nombre de défis personnels et professionnels.

Cela en valait-il la peine ? Je le pense. Et j'ai hâte de mettre à profit les compétences que j'ai acquises/réapprises pour un prochain livre, qui, si tout se passe bien, me prendra beaucoup *moins* que neuf ans à publier.

En me penchant sur l'historique de ce projet, je constate que ça n'a pas été une promenade de santé. Tant de temps s'est écoulé. Tant d'angoisse, d'efforts et d'ambition s'y sont mêlés. J'ai fini la première mouture de ce roman pendant un hiver au cours duquel j'ai partagé mon temps entre un appartement lugubre à Édimbourg et un autre un peu plus lumineux à Barcelone. J'ai procédé aux révisions dans le Montana, où je vis, mais aussi dans des dizaines de lieux à travers le monde où le travail et la vie m'ont mené. J'y ai apporté les ultimes corrections en pleine pandémie.

Lorsque j'ai eu l'idée d'*Idéalis*, j'étais dans la vingtaine. Je suis à présent dans la seconde moitié de la trentaine. Quand j'ai commencé, ma barbe ne comptait aucun poil blanc. Bon sang, je n'avais même pas de barbe ! Maintenant, le poivre se parsème de sel. Je me suis même marié, ce qui s'est révélé une aventure en soi…

Idéalis n'est pas parfait, mais c'est la version la plus aboutie que je pouvais écrire de cette histoire, et je suis fier du résultat. Pour citer Rolfe Humphries, dans l'avant-propos à sa traduction de *L'Énéide* : « L'ampleur d'un poème épique nécessite, au cours du processus d'écriture, une variété anticipée, une irrégularité calculée, et de temps à autre quelque relâchement désinvolte. »

Tout cela est très vrai. J'aime aussi beaucoup ce qu'il dit plus loin :

« Les dernières révisions sont toujours les plus assommantes, et Virgile, comme on peut l'imaginer, après avoir travaillé à son poème plus de dix ans, était parvenu au point où il préférait faire n'importe quoi d'autre, y compris mourir, plutôt que revoir son texte une fois de plus... Qui attend d'un poème épique qu'il soit absolument parfait, de toute façon ? »

Je suis d'accord avec lui sur toute la ligne. Quoi qu'il en soit, j'espère que vous apprécierez les imperfections de ce roman.

Voilà. Je vous ai raconté une histoire au sujet d'une histoire. Il se fait tard, et vous avez presque fini votre whisky vénusien. J'ai assez soliloqué. Mais, avant que vous vous retiriez, j'ai encore quelques détails à vous signaler.

Primo : celles et ceux d'entre vous qui êtes fans du cycle de *L'Héritage* aurez peut-être relevé des clins d'œil à la série dans *Idéalis*. Ce n'est pas le fruit de votre imagination. Oui, Inarë est bien celle que vous pensez. (À ceux qui ne connaissent pas ce nom, je vous recommande de consulter la lettre de Jeod sur mon site, paolini.net.)

Secundo : si vous voulez vous plonger plus profondément dans l'univers d'*Idéalis*, je vous suggère de vous intéresser à l'utilisation qui y est faite du nombre sept (partout où c'est possible, les nombres en sont des multiples ou peuvent s'additionner pour donner sept). Je vous suggère aussi de chercher où, en dehors du roman lui-même, j'ai pu recourir à ce nombre.

Tertio : je me suis amusé à glisser des acrostiches dans la table des matières.

Voilà. Assez parlé. Il fait frisquet, les étoiles sont éclatantes, et ce récit a atteint sa conclusion, pour Kira comme pour moi.

Croquez le chemin.

2

Pendant que j'écrivais ce roman, j'ai eu la chance de pouvoir compter sur d'innombrables soutiens. Sans le dévouement de ces personnes, *Idéalis* n'aurait jamais vu le jour. Les voici :

Mon père, qui a continué à mettre de l'huile dans les rouages pendant que j'étais sous l'eau des mois d'affilée. Ma mère, pour sa patience et ses révisions (que de corrections !) et son aide indéfectible. Ma sœur, Angela, qui ne m'a jamais laissé me contenter des solutions de second choix et m'a donné le coup de fouet nécessaire pour arranger l'histoire de Gregorovich (parmi de nombreuses autres). Caru, qui a créé les logos géniaux (sauf celui de Shin-Zar) intégrés dans le lexique, et des tas d'autres illustrations. Ma femme, Ash, pour son soutien sans faille et diverses contributions artistiques (parmi lesquelles le logo de Shin-Zar). Et un immense merci à toute ma famille pour avoir lu ce livre plus souvent que de raison.

Mon assistante (et amie) Immanuela Meijer, pour ses commentaires, son soutien et quelques illustrations magnifiques. C'est à elle que l'on doit la carte de Sigma Draconis, de 61 Cygni, d'une partie de Bughunt, et la fractale de la splendide carte/page de garde.

Mon agent, Simon Lipskar, qui (depuis le premier jour) a défendu sans relâche ce livre et le potentiel qu'il y voyait. Merci, Simon !

Ma chère amie, Michelle Frey, qui a lu plusieurs versions de ce livre et à qui a incombé la tâche ingrate de m'annoncer qu'elles ne fonctionnaient pas. Sans ses retours, je ne me serais jamais lancé dans l'entreprise de tout reprendre pour que ça fonctionne *enfin*.

Chez Macmillan : Don Weisberg, que j'ai côtoyé lorsqu'il travaillait chez Random House et qui, grâce à cela, a bien voulu prendre le risque de publier un roman pour adultes par un auteur jusqu'alors connu pour son travail en édition jeunesse. Merci, Don !

Chez Tor : mes éditeurs, Devi Pillai et William Hinton. Ils m'ont poussé dans mes retranchements comme personne… et le livre n'en est que meilleur. Les assistants d'édition Rachel Bass et Oliver Dougherty, ainsi que la correctrice Christina MacDonald.

Au service promotion/marketing : Lucille Rettino, Eileen Lawrence, Stephanie Sarabian, Caroline Perny, Sarah Reidy et Renata Sweeney. Si vous avez entendu parler de ce roman, c'est grâce à elles !

À la composition/fabrication : Michelle Foytek, Greg Collins, Peter Lutjen, Jim Kapp, Rafal Gibek. Sans eux, ce livre n'aurait jamais été publié dans les temps, et il n'aurait certainement pas été aussi beau. Merci aussi à tous ceux, chez Tor, qui ont travaillé sur ce roman.

Merci également à Lindy Martin pour la magnifique illustration de couverture.

Côté technique : Gregory Meholic, qui a eu la gentillesse de me laisser utiliser sa théorie du tri-espace pour établir le socle de mon système PRL (ainsi que plusieurs de ses graphiques, qui ont été redessinés pour l'Appendice I). Il a aussi répondu aux tonnes de questions dont je l'ai bombardé alors que je me démenais pour tout comprendre en détail. Je m'excuse auprès de lui d'avoir simplifié sa théorie sur un ou deux points dans l'intérêt du récit. Désolé, Greg ! Merci aussi à Richard Gauthier, à qui l'on doit l'idée des quanta d'énergie transluminique, ou QET ; et à H. David Froning Jr., qui a posé les fondations techniques pour les champs électromagnétiques conditionnés, que j'ai utilisés comme base pour mes propulseurs Markov. Enfin, Winchell Chung et le site Atomic Rocket (www.projectrho.com/rocket/), LA ressource incontournable pour qui veut écrire des œuvres de science-fiction plausibles. Sans ce site, les idées développées dans ce livre auraient été beaucoup moins intéressantes.

Un merci spécial aux proches de Felix Hofer, qui ont eu la gentillesse de me laisser utiliser son nom dans ce roman. Felix était un de mes lecteurs, qui a trouvé la mort dans un accident de moto peu après avoir fêté ses dix-huit ans. Lui et moi avions échangé quelques courriers, et par ce geste je tenais à honorer sa mémoire et apporter ma pierre pour que son nom demeure.

Comme toujours, mes chères lectrices et chers lecteurs, c'est à vous que va ma plus profonde reconnaissance. Sans vous, rien de tout cela ne serait possible ! Alors encore une fois, merci. Retrouvons-nous bientôt.

Christopher Paolini
Septembre 2020

★ ★ ★ ★ ★ ★ ★

TABLE DES MATIÈRES

DU MÊME AUTEUR

Cycle de l'Héritage

Eragon
L'Aîné
Brisingr
L'Héritage

La Fourchette, la Sorcière et le Dragon

Cet ouvrage a été mis en pages
par DV Arts Graphiques à La Rochelle

Impression réalisée par Rotolito S.p.A.
en août 2021
pour le compte des Éditions Bayard

Imprimé en Italie